十八世紀
的復甦

維多利亞時期的圖畫書與懷舊的年代　　林芊宏 著

作者序

我開始接觸西洋美術，特別是插畫的議題，可以回溯至1986至1988年之間，當時是我年輕時候，在美國伊利諾大學留學時期。我在伊大美術史學系主修西洋美術史，專攻十九世紀的歐美藝術。在那一段期間，有機會學習了十九世紀插畫的歷史、技術與印刷、插畫與文本的課題。

畢業後多年進入台東大學美勞教育學系之後，教學的科目以美術史為主軸，涵蓋不同的科目包括西洋、台灣、與中國美術史。由於東大的學校改制轉型，美勞教育學系因此改變為「美術產業學系」。東大的美術產業學系與兒童文學研究所共同開發兒童文化的課程。我的教學科目也因此增加了「兒童文化」與「圖畫書」。我個人以為圖畫書的課題，很適合我的學術專長與背景，我可以利用大學時主修歐美文學，與研究所專攻西洋美術的背景，結合這兩個不同學術領域，成為我未來發展與文本與圖像相關的圖畫書的計畫。 我的文學與美術史的學術背景，不僅觸動了我對圖畫書的教學，也加深了我對英國圖畫書的研究興趣與理想。

對於十九世紀英國兒童插畫計畫的議題，我於2009年有機會回到我的母校伊大，該校除了美術史學系以外，尚有兒童文學研究所，以及附屬於圖書館與科學研究所之兒童圖書室。我利用了伊大龐大的學術資源，蒐集了有關英國兒童插畫的圖書文獻資料。此外，我於2011年前往美國普林斯頓大學，參用了附屬之柯特桑兒童圖書館之古文獻資料。 爾後數年我轉入英國作實地的搜索探查工作，包括幾個重要童書的典藏單位，如大英圖書館、維多利亞與亞伯特博物館之國家藝術圖書館、波德連圖書館、考伯與牛頓博物館。為了本論文十八世紀的復甦—維多利亞時期的圖畫書議題，英美兩國重要童書典藏處的資料探索，讓我獲得許多珍貴的古老文獻資料，對於此計畫的搜索、建構與實現非常有幫助。

對於本論文主題，本人曾經發表了三篇論文，包括：2011年國立台東大學圖像文本學術研討會論文：《十八世紀英國肖像畫之復甦》，2013年九月屏東教育大學學報論文：《十八世紀之復興：繪畫，時尚與戲劇》。2016年五月國立台東大學兩岸三地生活美學暨美術產業學系學術研討會之論文：《十八世紀的復甦：風俗畫》。

本論文進行期間，特別感謝伊大圖書館暨科學研究所的主任南西・奧布倫女士、羅伊・布魯克斯主任，與普林斯頓大學柯特桑兒童圖書館館長安德・依梅女士，陳敏捷女士的協助與支持。此外，尚有許多參訪之圖書館館員的協助，無法一一列名，感

銘在心。論文撰寫期間感謝好友台灣大學社會工作學系余漢儀教授、與莎拉‧杜本女士的修正，曾興廣老師的建議及徐明正先生的圖片修正。最後我要將本書的研究成果獻給我敬愛的父母。

林芊宏

2017年6月30日於台東

目次

第二部份

圖次

第一部份

本文分兩部分，第一部份序論、希望先開始討論十八世紀復甦風潮的背景，繼之是喬治‧勞特力奇公司、艾德蒙‧埃文斯的學徒生涯與創作生涯，以及其彩色印刷方法與當代有關埃文斯的評價，第三章討論藍道夫‧凱迪克、華特‧克雷恩、凱特‧格林那威三位插畫家的生平活動。從第四章到第七章則討論凱迪克十八世紀主題的圖畫書。

Chapter 1

序論

1.1 研究設計

　　本篇論文主題為《十八世紀的復甦——維多利亞時期的圖畫書與懷舊的年代》。研究目的在探究：英國十八世紀的復甦或復興潮流，如何反映在十九世紀維多利亞時期的兒童圖畫書中，特別針對該世紀中葉的童書公司——喬治・勞特力奇公司（George Routledge）1870-80年代所出版的作品。這段時期，該公司特地邀請艾德蒙・埃文斯（Edmund Evans）擔任木刻與印刷師，協同維利亞時代最傑出的三位童書插畫家合作，製作成以十八世紀文化為主題的圖畫書系列。

　　這三位插畫家分別是：藍道夫・凱迪克（Randolph Caldecott）、華特・克雷恩（Walter Crane）、與凱特・格林那威（Kate Greenaway）。概介如下：

　　插畫家——藍道夫・凱迪克與木刻印刷師——艾德蒙・埃文斯合作，1870-80年代之間，由喬治・勞特力奇公司出版的圖畫書作品，包括：1878年《約翰・吉爾平騎馬》（The Diverting History of John Gilpin）、1879年《瘋狗之死輓歌》（The Elegy on the Death of the Mad Dog）、1881年《農夫少年》（Farmer's Boy）及1885年的《潘展狀圖畫書》（The Panjandrum Picture Book）。在此之前，他亦接受過麥克米倫公司（Macmillan and Co.）的委託，1874年繪製《舊聖誕節》（Old Christmas），這一本插畫書由詹姆士・古伯（James D.Cooper）擔任雕刻工作。之外，華特・克雷恩與艾德蒙・埃文斯的合作，1875年出版了《美女與野獸》（Beauty and the Beast），凱特・格林那威與艾德蒙・埃文斯合作的，則有1878年《窗下》（Under the Window）作品。

　　然而，維多利亞時期的十八世紀文化復興潮流為何？這股潮流又是如何反映在喬治・勞特力奇公司1870-80年代出版的圖畫書作品上？針對此，本研究設定幾項關鍵性的問題焦點來加以探討：

- 這些圖畫書設計的概念或模式為何？
- 其文本採用的來源為何？
- 這些文本是如何被納入圖畫書，並與插圖融合？
- 圖文之間的關係為何？
- 插畫的角色與地位為何？
- 插畫的印刷技術為何？是黑白或彩色？

‧插畫的風格為何？插畫家所具有的特質為何？
‧圖畫書的相關設計要素為何？
‧圖畫書的設計模式與相關主題之版本間關係為何？
‧圖畫書是否被再製成具有教育功能的教具或遊戲用品？
‧圖畫書是否被應用於當代的商業市場？

1.2 研究文獻探討

　　有關英國十八世紀復興的議題，約瑟夫・格能（Joseph B・Connors）於1964年的博士論文《維多利亞十八世紀的再評價》（The Victorian Reappraisal of the Eighteenth Century）中，探討十八世紀復興運動於1870與1880年代早期出現的議題，指出這時已達到了對於十八世紀文化狂熱追求的巔峰。這種文化復興反映在社會上的許多層面，乃屬於知識、藝術與文化的現象，作者集中在討論與該運動有關之文學藝術的問題。第一章他指出，十九世紀早期卡萊兒（Carlyle）與馬考來（Macaulay）之對於十八世紀復興思想的影響。第二章討論一些對十八世紀持有浪漫與懷想態度的學者、古物研究者、地理學者與畫家，指出其中最具影響力的是兼具古物研究者與文學批評者身分的查克萊（Thackeray）。第三、四章則論述，安妮女王復興運動是如何反映在建築物與裝飾藝術上，而此又與文學性的復興風潮具有關聯性。[1]

　　馬克・吉洛安（Mark Girouard）1977年的著作《甜美與光明：安妮女王運動1860-1900》（Sweetness and Light: the Queen Anne Movement, 1860-1900）中，討論到安妮女王運動如何明顯地反映在英國建築物與裝飾家俱上，也論及英國的圖畫書，說安妮女王的十八復興風格反映在兒童圖畫書上，如在格林那威與克雷恩的作品。他認為格林那威的《窗下》圖畫書之中，富有十八世紀的風格要素，也提到安妮女王運動對克雷恩圖畫書產生影響。[2]惟作者的敘述相當之簡短，未及作深入探討。

　　蘿拉・海倫・布德雷（Laurel Ellen Bradley）於1986年的博士論文《喚起維多利亞藝術中的十八世紀》（Evocations of the Eighteenth Century in Victorian Art），當中討論到十八世紀復興運動，特別針對繪畫作品。第一章探討古典十八世紀文學作品中的繪畫與插畫作品；第二章討論十八世紀作品中歷史風俗畫；第三章述及1870-1900年代之間有關十八世紀復興的幾種繪畫主題，如服裝與美少女；第四章討論具有十八世紀復興風味的室內裝飾設計、服裝與戲劇作品；第五章說明十八世紀繪畫大師如喬舒亞・雷諾茲（Sir Joshua Reynolds）與托馬斯・庚斯博羅（Thomas Gainsborough）之對於維多利亞藝術的影響；第六章則是有關十八世紀復興運動是

---

[1]　Joseph B. Connors, *The Victorian Reappraisal of the Eighteenth Century*, Ph.D., (University of Minnesota, 1964)。

[2]　Mark Girouard, *Sweetness and Light: The Queen Anne Movement* (Oxford [Eng.]: Clarendon Press, 1977) 139-148。

如何反映在維多利亞後期與愛德華時代的人物肖像畫（portraiture）上。[3]

托摩格・瑪莎奇（Tomoko Masaki）2006年的博士論文《維多利亞流行圖畫書的歷史：勞特力奇公司童書出品的美學，創造，與技術層面》（A History of Victorian Popular Picture Books: The Aesthetic, Creative, and Technological Aspects of the Toy Book through the Publications of the Firm of Routledge）正是一本探討勞特力奇公司童書出品的重要書籍。包含兩冊，第一冊論文，第二冊為作品圖片。第一章討論勞特力奇公司童書的出版歷史，第二章論及童書封面的美學發展與印刷歷史。第三章討論童書的印刷者、三種印刷方法、1865年以前的童書插畫的黑白印刷及彩色印刷、勞特力奇公司1865年以前的手工童書、1865年代彩色童書的來臨，以及勞特力奇公司的重要印刷者：戴瑟烈・布拉德（Dalztel Brothers）、艾德蒙・埃文斯、文生・布洛克（Vincent Brooks）等。第四章論述艾德蒙・埃文斯的色彩印刷，對圖畫書設計的貢獻，以及與其合作的藝術家：鮑克特・佛斯特（Birket Foster）、克雷恩、凱迪克、與海利・夫尼斯（Harry Furniss）等人和相關作品。在結論中，作者並指出勞特力奇公司製作的童書具有多樣化的特色，認為童書的製作者身具工匠（craftsman）的角色，藝術家則是在童書的創作上佔有重要的地位；其中，克雷恩就是第一位圖畫書的藝術家兼設計者，凱迪克則是第一位圖畫書的藝術家與插畫者。[4]不過，該書並未提到維多利亞時代興起之十八世紀復興潮流，也未針對此復興潮流對於該公司童書作品的關係或影響作出任何評論。

馬丁・哈帝（Martin Hardie）在1906年的著作《英國彩色書籍》（English Colored Books），他指出埃文斯與三位兒童插畫家（凱迪克、克雷恩與格林那威）所合作的童書具有相當影響力，且這種關係後來就形成了童書的學會會員制（Academicians of the Nursery）。埃文斯十分精通圖畫書，其貢獻在於復興色彩印刷；克雷恩的作品特徵則是在裝飾與象徵主義上，格林那威在圖畫藝術的表現上，凱迪克則以精簡實用來表達與創造童書。[5]

羅利・麥克玲（Ruari Maclean）於1967年編輯《艾德蒙・埃文斯的回憶》（The Reminiscences of Edmund Evans）。這是一本可供了解艾德蒙・埃文斯的生平、雕刻印刷學徒生涯的書籍。在此，埃文斯回憶撰寫了他早期的學習生活與歷程，曾經師事於雕刻家——艾本尼瑟・蘭道爾斯（Ebenezer Landells），並與鮑克特・佛斯特成為終生好友。他清楚地敘述了他所製作的插圖書與童書，以及與凱迪克、克雷恩與格林那威合作童書的經驗。[6]

---

[3] Laurel Bradley, *Evocations of the Eighteenth Century in Victorian Art,* Ph.D. (New York: New York University, 1986)。

[4] Tomoko Masaki, *A History of Victorian Popular Picture Books: The Aesthetic, Creative, and Technological Aspects of The Toy Book Through The Publications of The Firm of Routledge*, Volume I: Text, Volume II: Catalogue, (Tokyo: Kazama Shobo Tokyo, 2006)。

[5] Martin Hardie, *English Coloured Books* (Bath: Kingsmead, 1906)。

[6] Ruari McLean, *The Reminiscences of Edmund Evans* (Oxford at the Clarendon Press, 1967)。

波西・米爾（Percy H・Muir）撰寫兩本有關埃文斯與三位兒童插畫家是如何合作童書的書籍，1954年出版《英國童書1600-1900》（English Children's Books 1600-1900），其中對凱迪克與格林那威的童書作品有簡要敘述。[7]繼之，1971年出版之《維多利亞插畫書》（Victorian Illustrated Books），則對埃文斯與三位兒童插畫家的合作經驗，有更詳細說明與討論，特別是在童書作品內容層面上。他認為「埃文斯毫無疑問是一位傑出的色彩印刷師，可以與貝斯特相比擬。他對於書籍的製作具有一雙銳利的眼睛，在很需要改進的時代中，他將製作的標準提高，知道書籍的製作不僅止於結合插圖與文字而已，是將兩者調合一致。」[8]

珍娜・瑪利・亞瑟（Janet Marie Arth）於1978年的碩士論文為《艾德蒙・埃文斯色彩插畫與圖書館》（Edmund Evans, Color Illustration and Libraries）。作者討論埃文斯作為童書的木雕師、色彩印刷師，與英國雕刻歷史文化的關係，摘要英國雕刻歷史中的重要人物，包括托馬斯・比威克（Thomas Bewick）、喬治・貝斯特（George Baxter）、查理士・乃特（Charles Knight）、與亨利・柯樂（Sir Henry Cole）。作者討論埃文斯生平學習生涯與雕刻的技術，記錄了三位兒童插畫家與埃文斯合作工作的經驗，特別是關於埃文斯對於童書製作的技術與方法。論文末尾簡潔摘要埃文斯對於英國童書發展的貢獻、與兒童書館典藏層面的關係。[9]

蘇珊・梅爾（Susan E・Meyer）1983年的著作《偉大的童書插畫者的寶藏》（A Treasury of the Great Children's Book Illustrators）中，也提到埃文斯的傑出彩色印刷技術及與三位兒童插畫家合作的經驗。梅爾摘要三位兒童插畫家的生平與重要童書內容。[10]另外，理查・達比（Richard Darby）1991年的著作《童書插畫的黃金時代》（The Golden Age of Children's Book Illustration），中簡短地介紹克雷恩、格林那威與凱迪克的生平與童書作品。[11]

哈維・達頓（F・J・Harvey Darton）1999年的著作《英國的童書：社會生活五百年》（Children's Books in England: Five Centuries of Social Life），摘介了上述三位兒童插畫家的童書作品。他表示「埃文斯的公司非常要求製作的細節，不僅是使用色彩印刷，而且使用多色印刷，其所達的技術標準在當時是非比尋常的。這三位藝術家的童書都與埃文斯合作製作，很值得推崇，特別是當時處於現代童書的開創階段。」[12]

[7] Percy Muir, *English Children's Books 1600-1900* (London: B. T. Batsford Ltd. 1954)。

[8] Percy Muir, *Victorian Illustrated Books* (New York, Washington: Praeger Publishers, Inc. 1971) 157。

[9] Janet Marie Arth, Edmund Evans, *Color Illustration, and Libraries, Master of Art,* (University of Minnesota, 1978)。

[10] Susan E. Meyer, *A Treasury of The Great Children's Book Illustrators* (New York: Harry N. Abrams, Inc. 1983) 27-28, 79-125。

[11] Richard Dalby, *The Golden Age of Children's Book Illustration* (New York: Gallery Books, 1991) 22-32。

[12] F. J. Harvey Darton, *Children's Books in England: Five Centuries of Social Life* (London: The British Library Board, New Castle: Oak Knoll Press, 1999) 278。

安娜・倫丁（Anne Lundin）2001年的著作《維多利亞的地平線：華特・克雷恩、蘭道夫・凱迪克與凱特・格林那威的圖畫書的接受》（The Reception of the Picture Books of Walter Crane, Randolph Caldecott, and Kate Greenaway）。在書中她採用了「接受理論」（Reception Theory）作為研究的主要方法。這是討論文學作品如何地被讀者或民眾所接受或回應的一種理論方法，1960年代開始發展出來，它同時包含了美學溝通上的三個主要項目：讀者、批評者與聽者。作者認為在英國維多利亞時代，雜誌與新聞界媒體之上，不僅反映出大眾對於兒童文學的想法，也建構其當代兒童文學閱聽眾之對於兒童的意見與批評，進而形成維多利亞時代的童書價值標準。[13]

安娜在該本書第一章：維多利亞的地平線（Victorian Horizons），就指出：1.童書被視為商品、2.童書被提升為藝術作品、3.文學中插畫與圖畫的效果被加強、4.成人文學與兒童文學缺少嚴格的劃分、5.性別的區分、6.道德傳說的多樣化、7.持續性的幻想與寫實、8.對於兒童浪漫的理想化、9.注重兒童文學的歷史學、10.憂慮兒童文學改變的特性。該書第2、3、4章討論克雷恩、凱迪克與格林那威的生平、早期的創業、重要童書內容與當代雜誌的批評意見。此外，作者認為埃文斯在與三位兒童插畫家合作童書的關係上扮演重要角色，當代文學讀者與批評者普遍都能接受。在維多利亞的童書社會價值上，這是「三人一組」或「三人同盟」的關係概念（The Notion of the Triumvirate of Edmund Evans），而埃文斯本人，在這種同盟的製作過程與作品產生關係中，貢獻良多。[14]

此外，托摩格・瑪莎奇（Tomoko Masaki）2006年的博士論文《維多利亞流行圖畫書的歷史：勞特力奇公司童書出品的美學、創造、與技術層面》中，討論到埃文斯色彩印刷與圖畫書設計的貢獻，以及對其合作藝術家的相關作品也有概略介紹。[15]

本書論文立意探討的三位插畫家之一——藍道夫・凱迪克，1886年2月12日死於佛羅里達州的聖奧古斯丁（St. Augustine），他的訃告當時被刊登在多家英國報章與雜誌版面上，諸如：《觀察者》（Spectator）、《學院期刊》（Academy）、《泰晤士報》（Times）、《週六評論》（Saturday Review）、《藝術期刊》（Art Journal）、《布萊克伍德雜誌》（Blackwood's Magazine）、《倫敦新聞畫報》（Illustrated London News），連美國媒體也見刊載。

整體而言，這些訃告文章的內容都是洋洋灑灑且文辭華麗，清楚地標註出凱迪克短暫藝術生涯的每個時間點，呈現這一位傑出童書插畫家的生平與影響。如《泰晤士報》（1886）所刊登抒發個人感受的非正式訃告中，強調其魅力驚人，不僅代表當時

---

[13] Anne Lundin, *Victorian Horizons, The Reception of The Picture Books of Walter Crane, Randolph Caldecott, and Kate Greenaway* (Lamham, Md, & London: The Children's Literature Association and Scarecrow Press, Inc. 2001)。

[14] Ibid。

[15] Masaki, *A History of Victorian Popular Picture Books, 2006*, 223-316。

的流行美學，筆下動物角色與打獵場景也備受歡迎，簡直擁有「近似於古物收藏家的精神」。回顧凱迪克的影響力，說他交友廣泛、仰慕者眾，友人與畫迷們都對他的逝去感到惋惜。[16]《學院期刊》（1886）的訃告更是令人哀傷，這篇開頭寫出凱迪克的名字，第一句話就說：「他的人生似乎總是充滿危機」。文中將他的玩具書視為最經典之作品，說他是以極簡藝術吸引世人的關注，創造出空前成就。之外，喬治・庫克強（George Cruikshank）與理查・道爾（Richard Doyle）也以「天才」一詞盛讚凱迪克，強調就動作描繪與幽默風格而言，凱迪克的藝術技巧堪稱是「包羅萬象、饒富人情又賞心悅目」。[17]《週六評論》（1886）一篇文中，亦感謝他那名震一時的藝術貢獻，說縱使有插畫家的作品風格與他相似，仿效他的畫風，然因凱迪克的個性讓自己的作品與眾不同，並無人能出其左右。他最成功的傑作之一，就是為華盛頓・歐文（Washington Irving）所繪製的插畫及圖畫書，而圖畫書又比插畫更能恆久傳世。文末，載出凱迪克圖畫書中的一系列經典場景，說道這不禁讓人追憶起他的「男子氣概、和善幽默、人生喜樂、風物景色、純真逗趣的稚嫩與嬌柔之美」。[18]

　　《觀察者》（1886）訃告的篇幅更是可觀，文中以《傑克蓋房子》的細部素描為例，反覆驗證凱迪克能以精鍊筆觸傳達出主題的核心精神。他比較法國前衛流行與凱迪克作品，依作者所見，這種法國風潮讓人大失所望，而凱迪克則能補捉到英倫風光的精髓，帶讀者回顧經典場景及懷舊畫面。[19]這份訃告與《週六評論》的訃告風格相似，都是透過文章的時效性與強烈情感，來描述這位藝術家對於讀者的影響。另外，《噴趣》（Punch）也於同年寫詩來頌揚這位藝術家，彰顯出強烈感情與哀慟之意，追思凱迪克那「帶來歡樂的巧手，筆下維妙維肖刻畫出往昔的英國生活、情感與休閒娛樂。」[20]說也奇怪，凱迪克雖是在美國逝世，但美國藝文出版界卻鮮少有提及他的死訊，僅隔年刊出較多悼念凱迪克的頌詞。亨利・布萊克本（Henry Blackburn）1895年出版了凱迪克傳記，收錄於《藝術期刊》，共分上下兩回，紀錄他早期藝術生涯。

　　凱迪克逝世四十年後，就算還沒設立「凱迪克獎」（Caldecott Medal），藝術評論家與史學家們也已為他樹立了永垂不朽的名望。他的摯友與合作夥伴——亨利・布萊克本（Henry Blackburn），在1886年出版《藍道夫・凱迪克：早期藝術生涯的個人回憶》（Randolph Caldecott: A Personal Memoir of His Early Art Career）傳記中，紀錄其1861年至1880年的早期藝術生涯。布萊克本熱衷於解說凱迪克的作品，論及其童年時期，於是成為現存的唯一史料。這篇回憶錄重於描繪「凱迪克作品中的優雅、美感與豐富想像力」，而不是進行其藝術評論。[21]其實，布萊克本對他1874與

[16] "Death of Mr. Caldecott," *Times* (February 15 1886) 7。

[17] "Obituary: Randolph Caldecott," *Academy* (February 20 1886) 137-38。

[18] "Randolph Caldecott," *Saturday Review* (February 20 1886) 260-61。

[19] "Art: Randolph Caldecott's Work," *Spectator* (February 20 1886) 256。

[20] "In Memoriam," *Punch* (February 27 1886) 106。

[21] Henry Blackburn, *Randolph Caldecott: His Early Art Career* (London: Sampson Low, Marston, Searle & Rivington, 1886) 210。

1875年的作品較感興趣，而此時期他的作品大多是《舊聖誕節》的插畫。也提到凱迪克表示他的作品「省略要如科學般精準」、「線條越少，失誤越少」。而他的特殊貢獻正在於對省略技巧的研究及對限制線條的概念。[22]在其序言中，布萊克本曾提出相關研究建議：「要把凱迪克的晚期作品留給後人研究」。可惜，這近百年來，未出現過相關研究。

歷史研究與藝術史專家也相當讚美凱迪克的作品，如菲爾德太人（Mrs. E. M. Field）的《兒童與童書》（The Child and His Book, 1891），這首部研究童書的專書，認為凱迪克是技法創新的「理想藝術家」。凱迪克繪製的動物世界別出心裁，能與另外兩位藝術家（華特‧克雷恩與凱特‧格林那威）的相關作品分庭抗禮。約瑟夫‧彭內爾（Joseph Pennell）則在《現代插畫》（Modern Illustration, 1895）中舉出凱迪克圖畫書的卓越之處，不過，他說大家一般會認為這些圖畫書「不如《布雷斯布里奇廳》（Bracebridge Hall）和《舊聖誕節》，會覺得其藝術地位完全無法相比」[23]格里森‧懷特（Gleeson White）的重要研究著作〈童書與插圖〉（Children's Books and Their Illustrators）刊載於《工作室》（The Studio, 1897-1898）。他特別指出凱迪克罕見的藝術技巧，尤其是「他能處理任何純文字內容，加上插圖評論，風格奇特又微妙……他運用前所未見的方法鑽研主題……然後再以簡約風格描繪主題，作品熱情活潑，讓人欲罷不能，線條與色彩的使用都相當簡單明瞭……」。[24]在馬丁‧哈帝（Martin Hardie）的《英國彩色書籍》（English Coloured Books, 1906），認為凱迪克能與克雷恩和格林那威並駕齊驅，指出凱迪克的「精美著色與驚人新穎創意」，例如著名的「瘋狗之舞」（mad dog dancing figure）。《泰晤士報》對這幅畫鍾愛有加，述及「此畫擁有250多道筆觸，每道筆觸都是可有可無、卻又都至關重要。」[25]在《英國童書：社會生活五百年》，哈維‧達頓（F. J. Harvey Darton）塑造出凱迪克的個性，說他總是把人性擺在第一位，「充滿活力」又「饒富人情」，「如同他的英國同胞，他在乎的是民眾，可愛的狗兒、馬匹以及各種血肉之軀」。[26]達頓的論述發揮十足影響力，塑造出一百多年來世人對這位藝術家的印象。

童書刊物《號角雜誌》（Horn Book）創立於1922年，在其各期封面之圖案上，繼續推了凱迪克的知名度。時值1924年，《號角雜誌》依照凱迪克筆下的三位歡樂獵人來設計封面，而且說明之所以會特意選用這三位獵人，主要是要讓他們「吹響號角，預告優良兒童讀物的來到。由於三個獵人吹得不夠用力，所以凱迪克的畫作版式也才會時大時小。於每次新期號來到時，他們都會吹響號角通知大家。」[27]這個刊物

[22] Blackburn, *Randolph Caldecott*, 1886, 126。

[23] Pennell Joseph. *Modern Illustration* (London: George Bell & Sons, 1895) 86。

[24] Gleeson White, *Children's Books and Their Illustrator* (New York: J. Lane, 1897) 35-36。

[25] Hardie, *English Colored Books*, 1906, 280。

[26] Darton, *Children's Books in England*, 1999, 277。

[27] Anita Silvey, "A Homage to Randolph Caldecott," *Horn Book* (November/December 1985) 683。

使用這個封面長達五十九年之久，直到1986年慶祝凱迪克百年冥誕，才終將封面改為以凱迪克當主角的素描畫作。這幅畫作名叫《克服困難繼續畫》（Sketching under Difficulties），地點是布列塔尼大區（Brittany），呈顯凱迪克被當地孩童與長者所包圍。莫里斯‧桑達克（Maurice Sendak）在凱迪克的肩膀上多畫了「調皮動物」（Wild Thing）、拿小提琴的貓、狗兒和黑鳥。《號角雜誌》從此開始遴選「凱迪克的接班人」來設計封面。之後，藝術家們亦承襲凱迪克的傳統，「重視文字、尊敬文字，並以藝術平衡文字，讓文字與藝術持續對話，在這個過程中創造宛若歌劇的珍稀作品——也就是如假包換的圖畫書。」[28]

《號角雜誌》透過圖文推廣凱迪克的作品，雜誌創辦人暨編輯——柏莎‧曼漢尼（Bertha Mahony）於1938年撰文頌揚凱迪克，稱讚其作品擁有「鄉村生活」與「寫實趣味的天然特質」。文末列出凱迪克的圖畫書作品，並於備註說明所有圖畫書都是由沃恩公司（Warne）出版，每本售價60分。[29]《號角雜誌》在八年後紀念迪克與格林那威的百歲冥誕（兩人均生於1846年3月），此活動名為「雙筆爭豔，百年初現」（Their First Hundred Years）。以再版發行的三、四月號做為紀念號，專文介紹這兩位藝術家與艾德蒙‧埃文斯。柏莎‧曼漢尼在評論中提及凱迪克的「永恆活力」，並將《農家少年》與《傑克蓋房子》（The House that Jack Built）封為她最喜愛的兩本書。除此之外，她建議將來在舉行最後票選以前，凱迪克獎委員會都要再回顧凱迪克的圖畫書，然後「檢視他們百年後票選的結果。」[30]希爾達‧凡‧史塔肯（Hilda Van Stockum）在這期也以〈凱迪克生充滿動感的圖畫〉（Caldecott's Pictures in Motion）評論凱迪克。[31]安‧卡洛‧穆爾（Anne Carroll Moore）的〈三隻貓頭鷹〉（Three Owls）專欄中，也有好幾篇文章在討論凱迪克。瓊‧巴德傑（Joan Bodger）的1961年文章中，回顧自己曾朝聖凱迪克的知名景點，造訪布倫塔諾出版社（Bretano）。當初凱迪克的圖畫書就是在此販售，書商選擇了提高圖畫書售價，而非是將書放在童書區，且刻意不讓這些書「被所有的新書搶走光彩。」[32]這本雜誌定期刊登凱迪克獎的得獎演說，並於1974年製作凱迪克插畫年曆。有位雜誌編輯曾撰文預警讀者，布魯姆斯伯里（Bloomsbury）的凱迪克故居可能會遭到拆除命運。但在讀者熱烈寫信反應後，凱迪克故居大羅素街46號（46 Great Russell Street）與其紀念銘牌，終究得以被保存下來。

《號角雜誌》的圖文讓凱迪克名望如日中天，這些圖文通常著重於凱迪克生平以及與他同名的插畫紀念獎項——「凱迪克獎」。這個獎項是在1937年由評論家與史學家所設立。凱迪克之所以能達到如此權威與聲望，凱迪克獎自然是最大功臣。當初

---

[28] Anita Silvey, "Caldecott's Heirs," *Horn Book* (November/December 1987) 693。

[29] Bertha Mahony, "Randolph Caldecott," *Horn Book* (July 1983) 218-23。

[30] Bertha Mahony, "Their First Hundred Years," *Horn Book* (March-April 1946) 95。

[31] Hilda Van Stockum, "Caldecott's Pictures in Motion," *Horn Book* (March-April 1946) 119-125。

[32] Joan H. Bodger, "Caldecott Country," *Horn Book* (June 1961) 237。

會創設圖畫書插畫獎，挑選凱迪克作為獎項代表人，再再都透露出版社、教師、圖書管理員在文學推廣上的繁複關係。1920年代是童書的黃金十年，童書獎項紛紛出爐，紐伯瑞獎（Newbery Medal）也在此時成立。這個獎項是由梅爾契爾（Frederic Melcher, 1879-1963）創設與命名，他原本是《出版人週刊》（Publishers Weekly）編輯，後來又出任鮑克出版公司（Bowker）董事長。梅爾契爾在美國書商協會（American Booksellers Association）相當活躍，而他本人也是書籍收藏家。他在1919年就曾協辦「童書週」（Children's Book Week），這是第一場全國提倡閱讀的活動。梅爾契爾在1921年設立紐伯瑞獎，藉此推廣優質童書的出版。紐伯瑞獎成功凝聚了成長中的孩童服務社群，讓出版社與圖書管理員攜手合作，大眾也開始注意到童書閱讀的重要性。有鑒於此，梅爾契爾打算慷慨解囊，另外設立其他獎項。他認為圖畫書並未獲得應有的獎項肯定，1930年代的絕佳圖畫書更是乏人問津，所以他才會在1937年創設凱迪克獎，並由勒內・保羅・錢伯倫（René Paul Chamberlain）依照考約翰・吉爾平（John Gilpin）的畫像設計出獎牌。

　　凱迪克可能的確聰明過人，因為在此領域的首位優秀史學家——哈維・達頓近來總是對他讚不絕口。達頓的重要研究《英國童書：社會生活五百年》正是這個主題的第一本學術出版著作，本書也是眾多學者的研究對象。達頓將凱迪克與華特・克雷恩、凱特・格林那威，三者相提並論，並封他們為「艾德蒙・埃文斯的童書三巨頭」，因為他們「締造了現代圖畫書」。不僅如此，達頓還另外單獨如此的表揚凱迪克：「在三人之中，凱迪克的個性最活力充沛，可以說是最富人情味。另外兩位乍看像是藝術家，深入卻會發現他們只像普通人。凱迪克總讓人覺得他不是在考量如何作畫。如同他的英國同胞，他在乎的是民眾，可愛的狗兒與馬匹，以及各種血肉之軀。」[33]

　　《文學期刊》（Library Journal）在1937年7月宣布新設凱迪克獎，在其公告文章上就引用達頓《英國童書》書中的上述內容，足見他在凱迪克形象建構上擁有重大影響力。芭芭拉・貝德（Barbara Bader）1976年出版《美國圖畫書：從挪亞方舟到船上萬獸》（American Picture Books from Noah's Ark to the Beast Within），但在這之前，評論作品從未宣揚過美國童書藝術家的偉大之處，英國童書傳統仍蔚為主流，而且美國閱讀大眾特別尊崇英國的藝術與文學。正如麥可・派崔克・赫恩（Michael Patrick Hearn）所言，凱迪克在當時依然很受歡迎：「凱特・格林那威和華特・克雷恩在大西洋兩岸風靡一時。美國圖書館協會（American Library Association）或許想為這個獎項賦予正統性，才會選用上一位英國插畫家來為獎項命名。這個年度獎項會頒給已經在美國出版、締造出最傑出貢獻的圖畫書。但當時，凱迪克系列作品的知名度確實已強壓過所有美國藝術家，而且他的玩具書1920年在美國再版發行，銷售量更勝過四十年前所推出的初版。」[34]使用凱迪克的名字為獎項來命名，其名聲建構內部

---

[33] Darton, *Children's Books in England,* 1999, 277。

[34] Michael Patrick Hearn, "Before the Flood: Notes on Early Twentieth Century American Children's Illustration," *The Calendar* (Children's Book Council) (November 1979-June 1980)。

的運作可見一斑，需要有舉足輕重的權威人士的認可（達頓）、從業人員的支持（教師與圖書管理員）以及出版社的經濟實力（梅爾契爾與出版業）。

在凱迪克名聲的推廣上，圖書管理員總是佔有重要的歷史地位。其例之一，卡洛琳・賀文斯（Caroline Hewins）他孜孜不倦寫出史上首部閱讀書目指南，並由雷伊波爾德公司（Leypoldt）在1883年出版此書，書名為《少年讀物：父母與孩童指南》（Books for the Young: A Guide for Parents and Children）。她推薦凱迪克的八本圖畫書，而這個系列也是當時已出版的作品。賀文斯負責培訓兒童讀物圖書管理員，安・卡洛・穆爾則是她最具代表性的學生。賀文斯交派她撰寫童書評論與實用文學指南。穆爾在這個領域擁有不同凡響的影響力，她擔任紐約公共圖書館（New York Public Library）的兒童服務部門主管，訓練出一批改變國內外的中堅圖書管理員。[35]舉例來說，莉莉安・史密斯（Lillian Smith）曾在安・卡洛・穆爾的指導下從事圖書工作，後來她移居加拿大，協助發展當地的兒童圖書服務；史密斯也撰寫指標性著作《歡欣歲月》（The Unreluctant Years）（1953），成為首開先河的相關文學評論。她在此書中提出，凱迪克的作品比克雷恩或格林那威的作品更為重要，因為「他能夠為人類與動物角色賦予個性。」[36]

穆爾對凱迪克的作品愛不釋手，在多種書評專欄中都對他的畫作讚譽有加，這些專欄文章後來也收錄成冊出版。她用印刷圖片裝飾中央兒童室優雅合宜的牆面，也把幾小幅凱迪克的書中插畫掛在窗台座位的木質鑲板。每年都會在3月22日慶祝凱迪克生日，壽星還包括：凱・格林那威、安徒生（H. C. Anderson）、華特・迪・拉馬爾（Walter de la Mare）、萊斯利・布魯克（L. Leslie Brooke）與瑪麗・雪德洛克（Marie Shedlock）。她也鼓勵所有的部門都舉辦年度慶生活動。穆爾的傳記作者——法蘭西斯・克拉克・賽耶斯（Frances Clarke Sayers）指出，這樣「能為特定作家與藝術家注入現代世界的全新生命力」，所以，這些活動至關重要。[37]為紀念凱迪克百歲冥誕，穆爾的圖書管理員門生瑪麗・古爾德・戴維斯（Mary Gould Davis）出版對這位藝術家的評論文章，這也是美國評論家首度為凱迪克撰文。她回顧自己對凱迪克作品的認同，並且提到凱迪克獎與凱迪克的生平與影響息息相關。[38]這份盛讚甚至也擴散至流行媒體，所以有些雜誌文章會討論凱迪克與格林那威，如《時代》（Time）就頌揚凱迪克「對於動作的精準判斷力，樹立快動作插畫的全新標準」[39]

[35] Anne Lundin, "Anne Carroll Moore (1871-1961): 'I Have Spun Out a Long Thread,'" in *Reclaiming the American Library Past: Writing the Women In,* ed. Suzanne Hildebrand (Norwood, NJ: Ablex, 1996) 187-204。

[36] Lillian Smith, *The Unreluctant Years: A Critical Approach to Children's Literature* (Chicago: American Library Association, 1953)。

[37] Frances Clark Sayers, *Anne Carroll Moore* (New York: Athenaeum, 1972) 206。

[38] Mary Gould Davis, *Randolph Caldecott*. 1846-1886 (Philadelphia, New York: J.B. Lippincott Company 1946)。

[39] "New Country," *Time* (April 1, 1946) 55。

英國童書評論雜誌《小朋友書櫃》（The Junior Bookshelf）也推出特別號（1946年3月）慶祝凱迪克與克雷恩百歲冥誕，並收錄愛麗絲・喬登（Alice Jordan）與艾莉諾・格蘭（Eleanor Graham）的凱迪克專文。

在1946年熱鬧非凡的百歲冥誕紀念活動結束後，直到1970年代都暫停活動。英國的學者布萊恩・奧德森（Brian Alderson）在著作中深入探討了新興的圖畫書，他的研究對當時與未來都帶來重要影響。為倫敦的全國圖書聯盟（National Book League）籌備展覽，展覽名為《圖畫書賞析》（Looking at Pictures Books, 1973），並為這個活動製作目錄。他將凱迪克列為書本插畫中的「英國學派」，學派其他成員尚有：布雷克（Black）、穆雷迪（Mulready）、喬治・庫克強、愛德華・里爾（Edward Lear）以及道爾。奧德森認為，凱迪克與桑達克兩人雖然對於插畫要則的見解相同，但各自依然保有獨特個性。因此，儘管插畫界人才濟濟，凱迪克與桑達克還是被提升至「權威級天才地位」。儘管後來，這份目錄並沒有被廣為流傳，艾登・錢伯斯（Aidan Chambers）仍在《號角雜誌》專欄引用他的高見。可見，由於奧德森優秀的評論能力，讓凱迪克的權威地位更加屹立不搖。[40]

此後，有三部重要關於凱迪克的專書在1976年至1978年間推出，促使了他的作品再版發行。其一，羅德尼・恩根（Rodney Engen）的著作名為《藍道夫・凱迪克：「童書之王」》（Randolph Caldecott: "Lord of the Nursery," 1976），在書名中即表明凱迪克在文學市場上水漲船高的優越地位。恩根自己本身也是藝術家，他呈現出凱迪克的插畫傳記，特別著重於介紹他早期以速寫記錄生活的習慣。他說，在其他較不知名的藝術媒介上，凱迪克也有多才多藝的表現，而恩根也透過重製，讓世人注意凱迪克在這方面的成就。其二，麥可・哈金斯（Michael Hutchins）的《圖信並茂：藍道夫・凱迪克插圖信件集》（Yours Pictorially: Illustrated Letters of Randolph Caldecott, 1976），提供短篇傳記，呈現這位藝術家的大量書信集，當中許多原始信件都附有插畫。這個選集讓凱迪克與和他通信的朋友與夥伴們，躍然於紙上，並被標註出信中的人士，使得這本專書成為無價之寶，影響可能更勝於其他有關凱迪克的著作。這進一步加深了對凱迪克之彰顯「人性第一，藝術第二」（the person first, the artist next）的形象。在達頓1932年的評論文章中，也曾如此說。這些信件提供的種種軼事，有助於讀者對這位藝術家產生情感上的共鳴，加上信件上的大量插圖，展現出凱迪克的聰穎敏捷和信手捻來的精湛畫技。這本選集從眾多文獻來源收集而成，學者們常會引用，可見此書對他們的幫助極大。

其三，伊麗莎白・比靈頓（Elizabeth Billington）的《藍道夫・凱迪克寶庫》（The Randolph Caldecott Treasury, 1978），是向凱迪克致敬的選集，當初由於凱迪克圖畫書已經絕版，作者才會獲得啟發而寫下此書。她在評論時最常引用的是莫里斯・桑達克的文章，而這篇文章的部分內容則是來自桑達克1964年的凱迪克獎得獎感

---

[40] Aidan Chambers, "Letter from England: Looking at Pictures," *Horn Book* (April 1974) 130-35。

言。桑達克相當重視凱迪克的才能，說：他能夠「汲取自身最深刻感知的精神生活，加以激發並創造……兼具音樂節奏性與本能衝動……宛若一支舞蹈的開場。」並且，揭示了「一個悲喜共存、互相渲染的世界。」[41]如今，桑達克已然成為童書界最享譽盛名的大家之一，因此他所推崇的人物必然也是廣大民眾心中的權威。桑達克的顯赫聲望明顯有助於提升凱迪克的形象。《藍道夫・凱迪克寶庫》書評常提出再版發售凱迪克作品的建議。《出版人週刊》認為「所有男孩女孩都應該有機會接觸傳奇大師凱迪克的作品，體驗他筆下新穎逗趣、美麗動人的藝術作品。」[42]另一場紀念活動名為《凱迪克特展》（Caldecott Exhibition），舉辦時間為1977年至1978年，地點選在曼徹斯特美術館（Manchester City Art Gallery）。

　　凱迪克著作選集在1988年出版，書名為《凱迪克選集：書籍與插圖解說》（Caldecott & Co.: Notes on Books & Pictures）。凱迪克的再版作品又掀起一陣凱迪克風潮，這些再版作品包括《約翰・吉爾平》（John Gilpin）、《六便士之曲》（Sing a Song of Sixpence）、《你好，蒂迪迪多》（Hey, Diddie Diddle）、《紅心皇后》（The Queen of Hearts）、《伊索寓言》（Some of Aesope's Fables with Modern Instances）、華盛頓・歐文的《舊聖誕節》以及茱莉亞娜・霍西雅・尤因（Juliana Horatia Ewing）的《傑克內普斯》（Jackanapes）。沃恩公司也出版過好幾部故事選集，其中有六本目前仍在販售中。有些最新的版本新增學術文章，例如：麥克・派崔克・赫恩為凱迪克的《伊索寓言》所撰寫的導言。其中大部分都是平裝本或平價版，而非精美的美術版。這些再版作品常是學者的評論對象，或是作為圖書管理員的評論參考資料，使得這些書籍更有機會售出與流傳。赫恩曾為《凱迪克的伊索寓言》（The Caldecott Aesop, 1978）撰寫導言，這是本圖畫書尺寸的精裝書，收錄初版手工著色印製的畫作。儘管如此，一般再版作品依然無法媲美艾德蒙・埃文斯著色工藝的卓越境界，頂多只能做到水準接近。

　　雖然圖畫書的文學或藝術評論常受到學界冷落，文學學者還是會研究凱迪克。《連結》（Only Connect, 1969）是最早期的圖畫書評論集之一，曾經收錄費德里克・羅斯（Frederick Laws）在1956年對凱迪克的評論。作者先在文中討論克雷恩和格林那威的作品，然後讚美凱迪克圖文並茂敘事風格「宛若對話一般自然流暢。」[43]《獅子與獨角獸》（The Lion and the Unicorn）在1983年刊載約翰・切克（John Cech）的文章，文中特別鎖定研究一本圖畫書，體認到凱迪克開始遭人忽略，感嘆學術界的權威與地位實在變化莫測，寫道：「當批評家將注意力一轉到圖畫書，就不再注重19世紀的插畫家，如凱迪克；反而重視的是當代的人物，說他們更懂得利用現

---

[41] Maurice Sendak, "Randolph Caldecott: An Appreciation," in *The Randolph Caldecott Treasury*, ed. Elizabeth T. Billington (New York: Frederick Warne, 1978)。

[42] "Children's Books," *Publishers Weekly*(August 6, 1978) 82。

[43] Fredrick Laws, "Randolph Caldecott," *in Only Connect: Readings on Children's Literature,* ed. Sheila Egoff, G. T. Stubbs, and L. F. Ashley (Toronto: Oxford University Press, 1969)。

代印刷術、複製技術與當代美學」。[44]

切克將《歡樂三獵人》（The Three Jovial Huntsman）稱作「最典型的凱迪克作品」，他敘述凱迪克的樸實風格、精簡線條、流暢動作、與讀者互動、以及視覺與文字遊戲，他將這本特定圖畫書評為「幽默與動作、鄉村生活與人物角色，語言與線條的楷模傑作」。[45]在文末他指出，要是凱迪克為人所忽略，那一定是因現代讀者失去了欣賞能力。這篇文章十分獨特，不僅是因為內容只鎖定在單一圖畫書，也因為作者多評論名聲與閱讀練習。針對凱迪克之遭受忽略的原因，筆者也同意切克最後提出的看法。經過一番深思熟慮，我認為箇中原因就是維多利亞時代讀者大都受過美學訓練，他們能在文化論述中去欣賞凱迪克作品，可惜現代卻鮮少有人能做到這一點。

真要說起來，學術界幾年之後還是接受了凱迪克，並將凱迪克收錄在兒童文學協會（Children's Literature Association）1985年至1989年出版的「試金石」系列（Touchstone）。這個系列共有三冊，協會藉此系列推薦兒童文學發展上具最重要性的作品。試金石系列收錄的書籍必須別出心裁，而且還要「具備矛盾特質，既要是最能跳脫傳統的作品，又要是最能代表傳統的作品。」[46]這個系列選錄了約65部著作，其將凱迪克所有圖畫書視為單一著作收錄，並讚美他「創造出全新文類」。圖畫書插畫會藉由這種方式詮釋文本，而非僅僅描繪事件或是裝飾書頁。艾琳·格林（Ellin Greene）曾撰文討論凱迪克，她認為凱迪克「對生活的個人觀點、溫和的幽默歡樂感以及細節的運用，絕對能立刻吸引孩童的注意」[47]，她也為此特別盛讚凱迪克。

1986年正值凱迪克逝世一百週年，所以這位藝術家受到學術界與大眾的密切關注。哈佛大學霍夫頓圖書館（Houghton Library）出版書單《藍道夫·凱迪克》（Randolph Caldecott, 1846-1886），收錄於規模最龐大的凱迪克作品選集《卡羅琳·米勒·帕克文選》（Caroline Miller Parker Collection）。布萊恩·奧德森（Brian Alderson）在大英博物館策劃展覽並撰寫目錄《六便士之曲》（Sing a Song for Sixpence, 1986）。他此舉不僅是向凱迪克致敬，更是在研究插畫的傳統延續。奧德森認為：「這種『英式』風格猶如試金石，可以用來評斷並體現所有插畫藝術，因為這種風格能在文字與插圖間達到充分靈活的回應互動。這種風格自始至終都強調線條品質，而非比較明暗對比法（chiaroscuro）與著色等可有可無的特色。」[48]奧德森格外地關切凱迪克與埃文斯的聯手合作，說他們合製的主版（key block）可作為

---

[44] John Cech, "Remembering Caldecott: The Three Jovial Huntsmen and the Art of the Picture Book," *Lion and the Unicorn* 7/8 (1983/84) 110-11。

[45] Ibid., 118。

[46] Perry Nodelman, ed *Touchstones: Reflections on the Best in Children's Literature*, vol. 1 (West Lafayette, IN: Children's Literature Association, 1985)。

[47] Ellin Greene, "Randolph Caldecott's Picture Books: The Invention of a Genre," in *Touchstones: Reflections on the Best in children's Literature*, vol. 3 (West Lafayette, IN: Children's Literature Association, 1985) 38-45。

[48] Brian Alderson, *Sing a Song for Sixpence* (Cambridge: Cambridge University Press, 1986) 8。

線條樣張（line-proof），而凱迪克創造的特點就是色版製作（the making of colour-blocks）、微妙的色澤與油墨。凱迪克精通製圖術（draftsmanship），藉此成為這項工藝傳統的極致典範。奧德森將這種傳統延續至今，並將多位童謠文學插畫家視為現代模範。這些插畫家面臨「各式各樣的詮釋演練，並在其中找到令人滿意的答案。」[49]《基督科學箴言報》（The Christian Science Monitor）在1986年凱迪克逝世一百週年的紀念文章寫道：「他不只為現代插畫開闢康莊大道，也為我們紀錄下歷歷在目、時而幽默風趣的1870年代英國鄉村生活，所以大家對他的生平與作品越來越感興趣。」[50]

當凱迪克獎在1988年屆滿五十週年，美國圖書館協會為此出版專業書籍《圖書館幼兒服務》（Youth Services in Libraries）。本書探討凱迪克獎的歷史，分享凱迪克獎得主的研究資源，並頌揚紀念凱迪克。1996年是凱迪克一百五十歲冥誕，美國與英國的藍道夫‧凱迪克學會（Randolph Caldecott Societies）分別在佛羅里達州的聖奧古斯丁（St. Augustine）與英國的切斯特（Chester）舉辦紀念活動，美國圖書館協會也共襄盛舉地前往朝聖。此類紀念活動始於1946年的凱迪克百歲冥誕，然後在近年的一百五十歲冥誕達到高峰。這些活動一直在為凱迪克增加能見度，讓他成為世人眼中的焦點。

克勞德‧黑格爾（Claudette Hegel）2004年出版《藍道夫‧凱迪克的插畫生涯》（Randolph Caldecott An Illustrated Life）。這本書詳實描述了凱迪克的生平與創作生涯。由於書寫的重點在於凱迪克的生活，故未對其圖畫書作品作探討。[51]羅勃‧德斯瑪利（Robert J.Desmarais）2006年出版《藍道夫‧凱迪克，及他為年輕讀者所作的童書與插畫》（Randolph Caldecott,His Books And Illustration For Young Readers），文中剖析凱迪克的插畫藝術，並收錄了凱迪克362本圖畫書，簡要介紹這些圖畫書的內容。[52]

至於，有關本書所欲探討的第二位插畫家——華特‧克雷恩的研究，保羅‧科諾第（Paul‧G‧Konody）於1902年出版的《華特‧克雷恩的藝術》（The Art of Walter Crane）。書中概要論述克雷恩的藝術創作，包括：藝術與社會主義、藝術家的形成、童書藝術、畫家、其藝術理論與實際創作、手藝及藝術成就。科諾第認為克雷恩的童書可以概分為三種：1. 1864-1876年時期的童書，例如：《六辨士與先令童書系列》（The Sixpenny and Silling Toy Books）。這些童書都是由艾德蒙‧埃文斯雕刻，並由喬治‧勞特力奇公司與沃恩公司（Warne and Co.）出版。2. 1877-1886年時期的童書，亦由勞特力奇公司出版。3. 1886年以後的童書，由馬可斯‧華德公司1885

49　Alderson, *Sing a Song for Sixpence*, 1986, 106。

50　Lisa Lane, "Caldecott: New Look at a Picture-Book Pioneer," *Christian Science Monitor* (February 21, 1986) 16-17。

51　Claudette Hegel, *Randolph Caldecott, An Illustrated Life* (North Carelina: Avisson Press Inc., 2004)。

52　Robert J. Desmarais, *Randolph Caldecott, His Book and Illustrations for Young Readers Edmonton* (Canada: University of Alberta Library, Bruce Peel Special Collections Library, 2006)。

年出版。總之，克雷恩的童書不管是黑白或彩色，都具有插畫與裝飾兩種目的。[53]

克雷恩本人於1907年發表《一位藝術家的回憶》（An Artist's Reminiscences），對他畢生的創作，特別是1845至1903年之間，作了一個回憶式的自傳。[54]羅德尼‧恩根（Rodney‧K‧Engen）1975年的著作《華特‧克雷恩一位書籍插畫者》（Walter Crane As a Book Illustrator）中，也對克雷恩的生平、創作發展作了一個概要論述，其中也討論到克雷恩與埃文斯童書合作的經驗。指出克雷恩受到了英國社會運動的影響，曾與威廉‧莫莉絲（William Morris）等人參與1883年的社會聯盟，1884年參與英國工藝活動，成為藝術與工藝協會的會長。此外，也指出克雷恩的設計概念與其對印刷技術的知識有關。[55]

尹所貝爾‧斯貝索（Isobel Spencer）1975年的博士論文《華特‧克雷恩：其作品與影響》（Walter Crane: His Work and Influence）共十二章，對克雷恩的生平與創作，作了詳細討論，包括其早期的學徒生涯、與埃文斯合作的童書、與黃皮書、直到1890年代的插畫、凱迪克與格林那威、多種類型的裝置藝術與晚年的繪畫、克雷恩的社會主義與相關作品。作者指出克雷恩作為童書的插畫者的聲譽，植根於他於1865年至1876年所製作的六辨士與先令童書系列，這些童書都是由埃文斯雕刻，並由喬治‧勞特力奇公司出版。[56]

馬克‧吉洛安（Girouard Mark）1977年的著作《甜美與光明：安妮女王運動，1860-1900》中，討論安妮女王運動與十八世紀文化復興的議題，集中探討此運動如何反映在英國的建築物與室內裝置上。該書第六章：圖畫書中，指出安妮女王運動於1870年代開始對克雷恩的圖畫書產生影響。克雷恩吸收日本藝術，並將日本藝術融入在其圖畫書之中，這種現象特別可從克雷恩與埃文斯在1870至1874年所合作的童書上窺見。[57]

歐尼爾‧莫那（O'Neil Morna）2010年的著作《華特‧克雷恩：藝術與工藝、繪畫與政治1875-1890》（Walter Crane: the Arts and Crafts, Painting and Politics, 1875-1890），文中檢視克雷恩於1870-1880年代的繪畫作品，認為這時期的作品具有古典寓意與裝飾的價值，彰顯了克雷恩政治與美學的內涵。然而，本書並未討論克雷恩的童書。[58]

有關本書所欲探討的主力插畫家之三——凱特‧格林那威的研究，羅德尼‧恩根（Rodney K‧Engen）1981年的著作《凱特‧格林那威的傳記》（Kate Greenaway:

[53] Paul G Konody. *The Art of Walter Crane* (London: G.Bell & sons, 1902)。

[54] Walter Crane, *An Artist's Reminiscences* (London: Methuen and Co., 1907)。

[55] Rodney K. Engen, *Walter Crane as a Book Illustrator* (London: Academy Editions, 1975)。

[56] Isobel Spencer, *Walter Crane: His Work and Influence*, Ph.D. (University of Glasgow, 1975) 43-71。

[57] Girouard, *Sweetness and Light,* 1977, 139-145。

[58] Morna O'Neill, *Walter Crane: The Arts and Crafts, Painting, and Politics* (New Haven: Yale University Press 2010)。

A Biography），對格林那威的生平與童書創作曾作了簡要描述。[59]依那・泰勒（Ina. Taylor）1991年的著作《凱特・格林那威的藝術：兒童的懷舊肖像畫》（The Art of Kate Greenaway: A Nostalgic Portrait of Childhood）中，亦對格林那威的生平與創作歷程有進一步討論。全書共七章，第一章敘說格林那威幼年時代的生活與經驗，第二章論及其早年在藝術學校的生活與藝術發展，第三章說到格林那威結識埃文斯，形成童書的合作關係，及所帶來創作生涯的突破，第四章論其童書之創作達到流行的高潮，第五章說明當代著名英國評論家——約翰・魯斯金對格林那威的讚賞與意見，第六章則說明格林那威晚年的創作與生活，特別是與其好友海倫・艾琳翰（Helen Allingham）的互動與交流創作關係，以及1880-90年代其晚年的展覽活動。[60]

安那・賀其生・魯丁（Anne Hutchison Lundin）1992年的博士論文《凱特・格林那威在英國與美國的批評與接受1879-1901》（The Critical Reception of Kate Greenaway in England and America, 1879-1901）。提到有關凱特・格林那威的批評與接受，在英國十九世紀的後半葉，已經清楚地反映在維多利亞時期為數眾多的兒童文學的評論中。「期待的地平線或視野」（Horizons of Expectations）是接受理論的基礎，也是探討讀者如何反應的理論。其主要研究1880-90年代童書是如何被回應、批評與接受，並進一步探討格林那威於1879-1901年之間所製作的童書。指出在這段期間，共有75個文學性的雜誌有回應、批評與討論格林那威的童書作品，並肯定格林那威的童書作品與貢獻。[61]

宋揚・少爾・富麗茲（Sonya Sawyer Fritz）2010年的博士論文《少女兒童的地理：維多利亞時代兒童文學的性別空間》（Girlhood Geographies: Mapping Gendered Spaces in Victorian Literature for Children），當中分析維多利亞時代幾位少女兒童製作的文學作品，透過文化地理的角度來檢視，企圖了解維多利亞時代少女兒童，在作品中如何表現地理位置的重要性。本書討論多位兒童文學作品，其中之一為凱特・格林那威的作品《窗下》（Under the Window），認為此件作品是屬於花園空間。[62]

李貝嘉・貝利（Rebecca A. Perry）2010年的碩士論文《少女與婆婆：凱特・格林那威與英國十九世紀後期的童裝》（Girlies' and 'Grannies': Kate Greenaway and Children's Dress in Late Nineteenth Century Great Britain）討論格林那威的影響。格林那威認為當代理想的少女模仿舊時代的服飾，少女因而以具有舊時代風味的服裝穿著。格林那威的插畫啟示了當代流行服裝風尚，例如倫敦的利伯提（Liberty）服飾店，這所服飾店是在十九世紀後半葉，專門為婦女與兒童製造的美學織品與服飾知

[59] Rodney K. Engen, *Kate Greenaway: A Biography, Schocken Books* (New York: Schocken Books, 1981)。

[60] Ina Taylor. *The Art of Kate Greenaway: a Nostalgic Portrait of Childhood* (Gretna, La.: Pelican Pub. Co. 1991)。

[61] Anne Hutchison Lundin, *The Critical Reception of Kate Greenaway in England and America*, Ph.D. (Alabama: The University of Alabama, 1992)。

[62] Sonya Sawyer Fritz, *Girlhood Geographies: Mapping Gendered Spaces in Victorian Literature for Children*, Ph.D. (Texas A&M University, 2010)。

名。作者亦檢視格林那威的圖畫書、利伯提的目錄與當代的文獻資料，由此可看出格林那威的圖畫書所描繪具有復古風味的少女形象，反映了當代之復古風尚的美學潮流。[63]

　　綜合以上，有關十八世紀復興議題的文獻整理、討論與研究成果，筆者發現針對該復興潮流與喬治·勞特力奇公司童書作品的關係與影響，這個主題的全面研究，嚴格說來，在國內外相關學界迄今並無學者真正關注過，也尚未有文獻存在。例如筆者以為，在與木刻印刷師──埃文斯合作的三位插畫藝術家當中，藍道夫·凱迪克當屬最醉心投入的一位兒童插畫家，但是並無人討論這個議題。有關於克雷恩的討論，也多僅是簡短帶過，而可能只有對格林那威的圖畫書能稱得上是有少數研究文獻存在，其指出格林那威所描繪具有復古風味的少女形象，反映了當代復古風尚的美學潮流。有鑑於此，本人擬以「十八世紀的復甦──維多利亞時期的圖畫書與懷舊的年代」作為本書的主題，進行深入的研究。

---

[63] Rebecca Perry, "Girlies" and "Grannies":*Kate Greenaway and Children's Dress In Late Nineteenth-Century Britain* (M.A., New York: the Bard Graduate Center, 2010)。

1.3 研究方法

本研究在調查過程中，收集並參用了許多英美國家圖書館文獻資料，包括:大英圖書館（The British Library,London）、維多利亞與亞伯特博物館之國家藝術圖書館（The National Art Library in the Victorian & Albert Museum,London）、波得連圖書館（The Opie Collection in the Bodleian Library, Oxford）、多倫多公共圖書館（The Osborne Collection in the Toronto Public Library, Canada）、考伯與牛頓博物館（The Cowper and Newton Museum, Olney）、伊利諾大學之圖書館與科學研究所附屬之兒童圖書室（Children Library Room, Graduate School of Library and Information Science, University of Illinois）、普林斯頓大學之柯特桑兒童圖書館（The Cotsen Children Library,Princeton University）。所採用之研究方法與步驟如下:

一、文獻分析法:

廣泛搜集、研讀與分析有關:十八世紀復興議題之文化歷史背景文獻資料、喬治·勞特力奇童書公司出版的文獻目錄資料、當代作家的論述或評論、艾德蒙·埃文斯、藍道夫·凱迪克、華特·克雷恩、與凱特·格林那威的生平與學習創作生涯的文獻資料，包括畫家的自傳、自述、與當代的文化評論與研究文獻。此外，尚有關於十八世紀文化主題圖畫書的文獻資料，以及英國十八、十九世紀的兒童教具與遊戲用品研究文獻。

二、圖畫書版本的蒐集與出版目錄之建構:

首先，全面與大量的搜尋相關主題之圖畫書版本，這些圖畫書版本係屬於十八、十九世紀古老珍貴文獻資料，取得非常不容易，泰半須由研究者親赴英美國家圖書館來收集、記錄與拍攝，方能獲得，可謂費時繁多，取得彌足珍貴。追溯其歷史淵源，紀錄比較，並依序系統性地建構出十八世紀文化主題圖畫書發展的出版目錄。再依據這些目錄來檢視各版本的相關資訊，並進一步分析、判斷與詮釋上述三位插畫家與該主題圖畫書形成之歷史傳統的關聯性。

三、文本分析法:

研究者將分析圖畫書的文本，首先要就圖畫書的文字與故事內容進行研讀，以了

解作家所欲傳達的含意，其次是透視分析插畫者究竟是如何回應文本內容，及如何以其插畫的視覺語言與圖象來表現文本的相關內容。如此，將可探究文本與插畫的親密一體與共構關係。

四、圖畫書設計概念與模式分析：

可供檢視的焦點如：圖畫書的尺寸、頁數、圖文關係配置、單頁或跨頁設計、封面、標題頁、卷頭插畫、插畫頁、插畫的形式表現、插畫印刷黑白或彩色的使用、插畫風格。不論其雕刻印刷技術，黑白彩色的運用或是版面設計等，在在都是作為探討的對象，主要目的在了解雕刻師與印刷師之於插畫中的表現方法與協調性。然後，再對圖畫書中的圖文整合關係進行分析，以更深層的探究插畫家究竟是如何透過個人的藝術表現，來詮釋其對文本內涵的理解。

1.4 論文架構與各章摘要

第一部份

第1章、序論：研究設計含研究目的、範圍、問題、文獻探討、研究方法、論文架構與各章摘要。

第2章、喬治·勞特力奇公司（George Routledge），本章旨在討論英國維多利亞時期盛行十八世紀復甦風潮，說明這股風潮不僅反映著1870年代人們緬懷過去的年代，而且形成十八世紀復古的兒童插畫潮流。喬治·勞特力奇公司是英國十九世紀中葉最重要的童書出版公司，在十八世紀的復興潮流中，勞特力奇公司積極因應這股復古的潮流，製作了一系列以十八世紀文化為主題的圖畫書。在十八世紀復甦風潮中，喬治·勞特力奇公司是十八世紀主題圖畫書的搖籃。

1865年對勞特力奇公司是關鍵的一年，1865年之後童書發展快速成長。就在這一段期間勞特力奇公司進入童書出版的巔峰期。也在這一段期間勞特利奇邀請艾德蒙·埃文斯擔任木刻與印刷師，並協同三位維利亞時代傑出的童書插畫家合作，產生許多優秀的童書作品，特別是以十八世紀文化為主題的圖畫書系列，受到良好的評價。這三位兒童插畫家包括：藍道夫·凱迪克、華特·克雷恩、與凱特·格林那威。

本文分兩部分，第一部份希望先開始討論十八世紀復甦風潮的背景，繼之是喬治·勞特力奇公司，艾德蒙·埃文斯的學徒生涯與創作生涯，以及其彩色印刷方法，與當代有關埃文斯的評價，第二部份在第三章討論。

第3章、插畫家生平活動：藍道夫·凱迪克、華特·克雷恩、與凱特·格林那威，本章討論上述三位兒童插畫家的生平、創作生涯、與三者之間交流互動所穫得的童書成果。

第4章、舊聖誕節（Old Christmas），本章討論藍道夫·凱迪克在十八世紀復甦風潮中的第一件插畫作品，標題為《舊聖誕節》（Old Christmas）。這件作品是美國作家華盛頓·歐文（Washington Irving 1783-1859）的著作。歐文是一位活躍於十九世紀早期的美國作家、歷史學家、評論家。他於1815由於家庭事業，舉家遷往英國，並於1819-20之間撰寫了《寫生簿》（The Sketch Book of Geoffrey Crayon·Gent或稱The Sketch Book）。這本書包含了三十四篇短文，其中包括《舊聖誕節》（Old Christmas, 1820），於1819-1820年順利出版。歐文於1822年又發表

其序篇《布雷斯布里奇廳》（Bracebridge Hall）。凱迪克於1874年接受麥克米倫公司（Macmillan and Co.）委託繪製《寫生簿》。起初他一共繪製了120幅作品，並且在1875年以《舊聖誕節》為名出版，並再版兩次。本部分討論《舊聖誕節》的文本與凱迪克與亨利・馬修・布洛克的插畫。

第5章、約翰・吉爾平騎馬（The Diverting History of John Gilpin），藍道夫・凱迪克與艾文斯於1878年繪製《約翰・吉爾平騎馬》（The Diverting History of John Gilpin）圖畫書。這一本圖畫書的文本，係源自於十八世紀的詩人作家威廉・考伯的詩作《約翰・吉爾平騎馬》。在十八世紀的復甦風潮中，《約翰・吉爾平騎馬》的詩文不僅在十八世紀末迅速流傳，獲得讀者的喜愛，而且持續在十九世紀，刺激產生了豐富的插畫版本，形成了強勢的吉爾平故事的插畫傳統。本部分討論的議題，包括約翰・吉爾平騎馬的詩文，喬治王時期吉爾平故事的版本與插畫，維多利亞時期吉爾平故事的版本與插畫，以及凱迪克如何參考運用詩文與相關版本的插畫作品，來發展其獨特創新風格的吉爾平故事圖畫書。

第6章、維克菲爾德的牧師（The Vicar of Wakefield），奧利佛・高德史密斯（Oliver Goldsmith）於1766年發表其著名的小說，名稱為《維克菲爾德的牧師》。這部小說出版後獲得極高的評價，於十八世紀後期，延續至十九世紀，非常的著名流行，可以說是十九世紀文學藝術領域尊為英國的經典之作。本章討論這本小說的早期插畫版的作品及丹尼爾・麥克里斯（Daniel Maclise）、威廉・穆雷迪（William Mulready）的插畫、與凱迪克的《瘋狗之死輓歌》（The Elegy on the Death of the Mad Dog）圖畫書。

第7章、農夫少年（Farmer's Boy），藍道夫・凱迪克與埃文斯於1881年繪製《農夫少年》圖畫書。這本圖畫書的文本源自於十八世紀的詩人羅博・布倫菲兒（Robert Bloomfield）的詩集《農夫少年》。在十八世紀的復甦風潮中，《農夫少年》詩集不但在文學界嶄露頭角，而且由於豐富的插畫，在市場中多次再版，穫得讀者的喜愛。本部分討論的議題包括《農夫少年》詩集文本的內容、插畫版本、相關主題的繪畫作品、以及凱迪克如何參考運用詩集文本與插畫作品，來發展出他獨具風格的圖畫書。

第二部份

第8章、風俗畫，本章討論英國維多利亞時期盛行十八世紀復甦風潮，說明這股風潮不僅反映著1870年代人們緬懷過去的年代，而且形成十八世紀復古的繪畫潮流。這些繪畫作品，描寫四種不同的風俗主題，包括服裝畫、快活的鄉紳、仕女帽少女、以及快樂純真的兒童。

第9章、美女與野獸（Beauty and the Beast），本章討論《美女與野獸》的故事，首先是故事的文本，開啟於十八世紀的口述傳統與文學傳統，進而論十九世紀《美女與野獸》的版本與插畫，其中之一的版本是由華特・克雷恩製作，是十八世

的復興風潮中，優良的兒童圖畫書。它不但承襲了《美女與野獸》的文本傳統，而且吸收了維多利亞時期盛行的日本藝術，富有設計與裝飾的特徵。

第10章、兒童肖像畫，本章針對英國維多利亞時代，討論該時代崛起的十八世紀兒童肖像畫，以及維多利時代畫家如何利用兒童肖像畫，抒發對於十八世紀文化的嚮往，並描繪十八世紀文化與生活。本章討論三個主要議題：維多利亞時代藝術展覽與藝術評論；十八世紀英國肖像畫、約翰・埃弗里特・米萊斯（John Everett Millais）的兒童肖像畫、凱特・格林那威的兒童肖像畫。

第11章、兒童教具與遊戲用品，本章討論自十八世紀以降，因應童書市場激烈發展的趨勢，重要的思想家、教育學者提出圖畫的教育理論，鼓勵以圖畫或其他輔助的教具，來教導兒童，並以威廉・達頓（William Dartons）出版公司的童書產品與喬治・勞特力奇公司的童書產品為範例，敘述相關教具與遊戲用品的種類，及其歷史的發展，與使用的圖像。

第12章、繪畫、時尚與戲劇，本章討論英國維多利亞時期盛行十八世紀風潮，形成十八世紀風味的時尚與戲劇潮流。十八世紀的時尚在1870年代英國重新受到重視，並且在十九世紀末持續地影響著英國的穿著方式。具有十八世紀風格的服飾被重新設計製作，成為英國當代的流行時尚，反映著1870年代人們緬懷舊時代的生活。

十八世紀復興戲劇以及其他以十八世紀想像為題材的戲劇則在這波劇院的復興中扮演重要的角色。本章討論1870至1900年期間，十八世紀的戲劇作品如何成為流行的戲劇製作，以及舞台總監、創造新喬治王戲劇風潮的演員與畫家之間的交流活動。凱迪克因應這股戲劇風潮，於1885年製作《偉大的潘展狀》圖畫書。

第13章、結論，本章結論十八世紀復甦風潮對於兒童插畫潮流的影響與歷史意義。喬治・勞特力奇公司是十八世紀文化主題圖畫書的搖籃，該公司於1870、80年代的圖畫書產品傑出的童書成果。艾德蒙・埃文斯與三位兒童插畫家：藍道夫・凱迪克、華特・克雷恩、與凱特・格林那威合作圖畫書的成果。

Chapter 2

喬治‧勞特力奇公司

（George Routledge）

2.1 前言

　　本文旨在討論英國維多利亞時期盛行「十八世紀復興風潮」，說明這股風潮不僅反映1870年代人們緬懷過去的年代，而且形成十八世紀復古的兒童插畫潮流。喬治‧勞特力奇公司（George Routledge）是英國十九世紀中葉最重要的童書出版公司，在十八世紀復興風潮中，勞特力奇公司積極因應這股復古潮流，製作了一系列以十八世紀文化為主題的圖畫書。在十八世紀復興風潮中，喬治‧勞特力奇公司是十八世紀主題圖畫書的搖籃。

　　喬治‧勞特力奇公司首次在1865年出版先令童書系列（Routledge shilling toy books），以大尺寸的規格製作並彩色印刷。1865年對勞特力奇公司是關鍵的一年，之後童書發展快速成長，就在這一段期間勞特力奇公司進入童書出版的巔峰期。也在這一段期間勞特利奇邀請艾德蒙‧埃文斯擔任木刻與印刷師，並協同三位維利亞時代傑出的童書插畫家合作，產生許多優秀的童書作品，特別是以十八世紀文化為主題的圖畫書系列，受到極高的評價。這三位兒童插畫家包括：藍道夫‧凱迪克、華特‧克雷恩、與凱特‧格林那威。

　　本文分兩部分，第一部份希望先開始討論十八世紀復興風潮的背景，繼之是喬治‧勞特力奇公司、艾德蒙‧埃文斯的學徒生涯與創作生涯、以及其彩色印刷方法、與當代有關埃文斯的評價，第二部份則討論上述三位兒童插畫家的生平、創作生涯、與三者之間交流互動所獲得的童書成果。

2.2 十八世紀復甦風潮（1870-1900）

1870年代維多利亞時期對於喬治王時期（The Georgian Era）的藝術熱烈展開時，英國正處於經濟困窘的處境。[1]英國的世界貿易霸主地位也因而開始動搖，並損害了國家形象，這段時期，後人稱為「英國農業大蕭條（Great Depression of British Agriculture）」（1873-96）。農業大蕭條的起因是由於解除進口的限制，造成小麥價格慘跌，使得數千農民頓失生計，也迫使許多遊民移往大城市尋求慈善單位的糧食救濟。雖然這場經濟大蕭條僅影響了部份的英國經濟，其他許多方面仍維持繁榮的發展，但由於大量的失業人口使得普羅大眾對英國未來的經濟榮景逐漸失去信心。有產階級以為經濟發展趨緩導致負面影響，歸咎於工業革命。他們認為，工業革命對於改善以農為主的經濟所做出的承諾，是不切實際的。即使到了十九世紀末，新帝國主義所帶來的經濟繁榮，皆無法讓英國重拾其工業化、進步的烏托邦夢想。

有幾個重要的理由，導致於十八世紀復甦的潮流；第一、十九世紀的初期十八世紀被認為是一段重要的歷史時期；第二、1830年代及早期的1840年代英國的生活產生重大的改變，新的生活被認為應該是具有社會的秩序、萌芽的商業與產業，以及都市化的文化，當時有三件社會重大的事件改變了英國的生活，產生新的社會秩序，這三個事件是改革議案（the Reform Bill, 1832）、維多利亞女王登台（Victoria's ascension, 1837）、以及鐵道的暴漲（The Railroad Boom, 1830s, 1840s）。

早期維多利亞時代，人們的目標是蓄累可觀的財富，死後才可以進入天堂。然而晚期，許多白手起家的資產階級後代卻對唯物主義抱持著懷疑的態度，他們認為上一代太執著於物質追求。相反地，他們追求的是更形而上的滿足，例如，個人自由、教育與文化。一位紳士必須要謙恭有禮、溫文儒雅、具有品味；相對地，一個女性要當個淑女，就必須要符合完美的典範。

從1860年代開始，由於威廉・梅克比斯・薩克萊[2]（William Makepeace Thackeray）的鼓吹，公立學校逐漸形成一套紳士典範制度。[3]無論出身中產階級或是系出名門，接受紳士教育的男孩無論談吐和行為舉止皆遵守同一套規範。公立學校不再存有階級

---

[1] Judith Ryder and Harold Silver, *Modern English Society, History and Structure 1850-1970* (London: Methuen, 1970) 83。

[2] Girouard, Sweetness and Light, 1977, 3。

[3] Ibid., 3。

差異，同時也建立起一套高尚、負責而且從容的行為標準。這些規範修正了實業家的後代原本不修邊幅的性格，變得較為收斂，名門貴族也比較不會過度自我放縱。事實上，公立學校畢業生的養成就是以十八世紀的紳士做為教育的典範。[4]

紳士典範鼓勵提升藝術和生活品質，同時也衝擊了英國的工業生產力。如同馬丁·維納（Martin Wiener）所說，為了讓商人的孩子得到認同，以便成為新上層中產階級的一員，他們必須拋棄父執輩追求財富的價值觀。資產階級對於工作、開創力、物質生產和賺錢的渴求，被上層社會對於高雅風尚的興趣、追求安逸和政治服務所取代。同樣地，現代化的工業城鎮遭到遺棄，錢寧願花在鄉村，尤其是具有歷史古蹟意義的房子上。英國的鄉村生活普遍被認為是早期維多利亞時代美德的發源所在，在十九世紀晚期則被奉為個人和社會安定的象徵。

在政治上，自由主義盛行。[5]1860年代至一次世界大戰期間，教育、衛生、軍事和公務員制度皆推行了多項改革。1867年，中產階級和城市裡的勞動階層獲得了投票權，最終於1884年農人也取得了投票權。1870年代的英國不但更加民主，並且也較樂意接納各方意見。自由討論的氛圍、不切實際的社會改革主義、以及為了保障工人福利，進而限制產業權力的措施，與早期維多利亞時期的社會心理氛圍有很大的對比，早期維多利亞的英國較鼓吹積極、敬業、嚴格的道德標準和投身於自由企業。

馬修·阿諾德（Matthew Arnold）則提出了新的精神訴求，這種新的精神，在約翰·斯圖亞特·穆勒（John Stuart Mill）訴求思想和討論自由的論述中發揮得更加極致。[6]他在1860年代十年的一個過渡時期中，具有非常深遠的影響。阿諾德認為英國雖然擁有繁榮的經濟，卻使得英國人精神枯萎。在1869年出版的《文化與無政府狀態》（*Culture and Anarchy*）一書中，對於經濟成長是國家成就最佳指標的看法，他採取鄙視的立場。相反地，他認為偉大的成就必須以「美好與光明的成長（progress in sweetness and light）」來衡量：

> 對於尋找永恆的真理，來治療當代病態的精神生活，我們不應完全絕望……我們已經發現找尋真理的最佳途徑，那就是……鼓勵我們的朋友與同胞去追尋文化。[7]

阿諾德製訂了一個有影響力的信條，旨在糾正英國生活中「希伯來」美德的偏頗。根據他的看法，改進維多利亞早期強調活力、決心、專注和自制的希伯來性格的

---

4 Rupert Wilkinson, Gentlemanly Power: British Leadership and the Public School Tradition (*London and N.Y.: Oxford University Press, 1964*)。

5 George Dangerfield, *The Strange Death of Liberal England:1910-1914* (N.Y.: Capricorn Books, 1961) 7。

6 George Macauley Trevelyan, *British History in the Nineteenth Century and After: 1782-1919* (Harmondsworth, Middlesex, 1979) 332-33。

7 Matthew Arnold, *Culture and Anarchy* (Cambridge, 1932) 163-64。

時機已經成熟，而這必須透過「美好與光明的『古希臘文化』特質」。「美好」意味著一切形式的美的創造和享受；「光明」來自於求知欲，也就是「希望看到、了解真理，並且使之盛行的欲望」。

許多追隨阿諾德、生活安逸的中產階級，從絕對道德的羅斯金式（Ruskinian）批判，轉變成為重新審視藝術的感性與優美。信奉這種氛圍的人在喬治王時代逐漸增加。維多利亞時代晚期，許多文化界人士嚮往十八世紀英國的文化並且從中發掘其內涵，如同琳達‧道林（Linda Dowling）所說[8]，這些內涵十分個人，甚至是互相牴觸的，而對奧伯利‧比亞茲萊（Aubrey Beardsley）來說，十八世紀是一個「放肆自由（licentious freedom）」和「曖昧柔弱（ambiguous effiminacy）」的源頭。相較之下，威廉‧亨利（W.E. Henley）很欣賞這個時代的「多采多姿和勇氣（exuberance and bravery）」。萊斯利‧史蒂芬（Leslie Stephen）則是深受喬治王時期「解放理性主義（liberating rationalism）」的吸引。奧斯丁‧多布森（Austin Dobson）創作的社交詩，主題老套、力求以客觀的形式表達。王爾德（Oscar Wilde）則重視十八世紀對於技巧（artifice）的熱愛和高明的文字遊戲。

英國十九世紀是一個注重歷史的時代，歷史主義如同十八世紀的復甦潮流，對於十九世紀具有高度的價值，提供了哲學家、歷史家、小說家、與畫家思想論述的題材，也就是說十八世紀是維多利亞時期作家與畫家最鍾愛的歷史時期，十八世紀的主題在十九世紀中葉受到歡迎與流行，原比希臘中世紀、義大利文藝復興、或十七世紀的英國更加稀有、珍貴、也更具有價值，在這一段時期歷史主義的重視導致了對於十八世紀狂熱的潮流。[9]

英國十八世紀的價值與聲望，對於十九世紀主要來自於幾位重要的作家，這些作家對於當代提供了文學與視覺藝術創作的題材，重要的作家包括有奧利佛‧高德史密斯（Oliver Goldsmith）、勞倫斯‧斯登（Lawrence Sterne）、山姆‧李察生（Samuel Richardson）、亨利‧福町（Henry Fielding）、約瑟夫‧艾丁生（Joseph Addison）等。十八世紀文化復甦的重要特徵，便是在於十八世紀文學的插畫（literary illustration）領域。[10]

奧利佛‧高德史密斯的《維克菲爾德的牧師》（The Vicar of Wakefield）代表了英國十八世紀文化的表徵。高德史密斯於1766年發表小說《維克菲爾德的牧師》。這部小說出版後獲得極高的評價，於十八世紀後期，延續至十九世紀，非常著名流行，可以說是十九世紀文學藝術領域中，被尊為英國的經典之作。《牧師》於1766年出版之後，到底有多少繪畫受其啟發、製作呢？理查‧阿爾提克（Richard Altick）在其著作《書中的繪畫：藝術與文學1760-1900》（Paintings From Books: Art and Literature in Britain, 1760-1900）中指出，共有一百件作品依據這部小說創作。《牧

[8] Linda Dowling, "*Aesthetes and the Eighteenth Century*," Victorian Studies, 20 (Summer 1977) 358。

[9] Bradley, *Evocations of the Eighteenth Century in Victorian Art,* 1986, 22。

[10] Ibid., 26。

師》創作的第一件繪畫作品於1784年展出，從1784年到十九世紀初期，也就是1800年，總共有十件繪畫作品出現並展出。進入維多利亞時代，也就是從1837年開始，有關《牧師》主題積極成長。在1838-1849年之間，共有27件。1850-1860年之間，總共有15件。《維克菲爾德的牧師》與其他十八世紀文學作品的插畫版本在市場上流行，由此證明了十八世紀文化復甦的重要性。[11]

從1870年代後期至1921年死亡的四十年時間，亨利·奧斯汀·多布森在英國文學界被尊稱為十八世紀先生（Mr.Eighteenth Century）。幾乎所有的出版商企劃出版十八世紀作品都會請求他寫序言或是出版他的詩集與文學著作，多布森致力於十八世紀的研究，其重要著作含十八世紀的作家的生平與文學的評論等，包括《亨利·福町》（Henry Fielding, 1883）、《湯瑪斯·比威克》（Tomas Bewick, 1884）、《奧利佛·高德史密斯》（Oliver Goldsmith, 1888）、《威廉·霍加斯》（William Hogarth, 1879-1891-1897-1902-1907）、《18世紀蔓藤花樣》（Eighteenth Century Vignettes, 1892）等。[12]

多布森也熱衷於十八世紀視覺文化的表現，特別讚賞威廉·霍加斯的藝術表現。在維多利亞時期也與數位藝術家有良好的友誼，比如兒童插畫家凱特·格林那威與藍道夫·凱迪克。多布森稱讚格林那威擁有一種特殊的兒童插畫風格，稱為珍·奧斯登（the Jane Austen period）時期的風格，多布森曾經撰寫一首詩讚美格林那威的藝術，這首詩名稱為《家庭的藝術》（Household Art）。[13]凱迪克也曾經為多布森1882年的著作《十八世紀論文》（Eighteenth Century Essay: selected and annotated），繪製一張卷頭插畫，名稱為《多利獵狐》（The Tory Foxhunter），多布森認為凱迪克的插畫充滿了歡樂的狗、馬、與各種各樣家庭的動物。[14]

不可否認地，由於十八世紀狂熱日漸增長，助長了視覺藝術的發展。1870年代的文學評論家把這個現象稱為「安妮女王的復興」（Queen Anne Revival），雖然這個詞彙在建築上的應用較廣為人知。薩克萊的女婿，也就是萊斯利·史蒂芬（Leslie Stephen），是一位極具影響力的人物。他是《康希爾雜誌》（*Cornhill Magazine*）的編輯，也是《國家人物傳記大辭典》（*Dictionary of National Biography*）的創辦人。這位評論家和他於1877年出版的著作《十八世紀英國思想》（*English Thought in the 18th Century*），說明了十八世紀思想具有兼容性和客觀特點，奠定了將近一個世紀的和平與繁榮。因此，史蒂芬改變了薩克萊和卡萊爾對於知識份子是懷疑論者和異教徒的譴責。[15]

---

[11] David Montgomery, *Paintings and Illustrations from Oliver Goldsmith's Vicar of Wakefield: An Overview of British Art Styles, in the Late Eighteenth and Nineteenth Centuries,* Ph. D. (University of Missouri-Columbia, 1988) 9-14。

[12] Connors, *The Victorian Reappraisal of the Eighteenth Century*, 1964, 301-331。

[13] Ibid., 322, 323, 326。

[14] Ibid., 327。

[15] John W. Bicknell, "*Leslie Stephen's 'English Thought in the Eighteen Century' A Tract for the Times,*"

當代評論家認為史蒂芬的《十八世紀英國思想》僅是全面重新評估十八世紀英國的一小部份，不僅是評論本身，史氏對於小說和詩歌的評論也是如此。例如，羅伯特・路易斯・史蒂文森（Robert Louis Stevenson）於1879年出版的浪人小說《騎驢漫遊記》（*Travels with a Donkey in the Cévennes*），被視為是「安妮女王復興下的作品之一，史蒂文森的寫作反映出一個反抗的時期，處處充滿著反抗當下那個我生存的時代、反抗那個年代裡沒有形式的固有觀念。」[16]由此可以看出史蒂文森認為十八世紀的懷舊風格具有很高的價值。從葛蘭・艾倫（Grant Allen）在《半月評論》（The Fortnightly Review）中的論述中，可以看出新興的英國文學受到十八世紀的影響。史蒂文森「不像牧師和教師般承受著不安的道德負擔；他樂於取悅我們，彷彿他出生於安逸的十八世紀，遠在那些語重心長的思想家崛起之前。」[17]

　　Victorian Studies (December 1962) 104-20。

[16] Grant Allen, "*Some New Books*", Fortnightly Review Magazine, 26 (1879) 151。

[17] Ibid., 153。

2.3 喬治・勞特力奇公司
(George Routledge)

　　喬治・勞特力奇公司是英國十九世紀中葉最重要的童書出版公司,在十八世紀復興風潮中,勞特力奇公司積極因應這股復古的潮流,製作了一系列以十八世紀文化為主題的圖畫書。喬治・勞特力奇公司是十八世紀主題圖畫書的搖籃。

　　喬治・勞特力奇(1812-1888)出生於克柏蘭(Cumberland)州的布蘭普頓(Brampton)。於1836年在蘭徹斯特廣場的蘭德堂11號設立他的書店。他的助理是威廉・亨利・沃恩(William Henry Warne),年僅十五歲。1843年勞特力奇搬到舒活廣場36號,正式開始他的出版商生涯。1848年勞特力奇,結合沃恩出版鐵路圖書館(Railway Library)。此鐵路圖書館是一系列先令書籍(a series of shilling volumes)且擁有一份黃色封面的雜誌,售價是2或3英鎊,可以在倫敦及各地區的書局買到,也可以透過鐵路連鎖便利商店買到。[18]

　　勞特力奇公司的出版政策非常清楚,希望創造一個寬廣永遠的市場,並且可以讓讀者接受價格低廉的出版品。該公司為了達到這個目的,大量製作書籍,有時候一件書籍超過十萬的數量,由此勞特力奇製造了一個商品的王國,並得力於做事效率很高的代理商。[19]

　　1851年勞特力奇與費德利・沃恩(Frederick Warne)合作,1852年又搬到費里登街2號(Farringdon street),就在此時開始公司的童書出版事業,而到了1888年1月12日,他過世時公司已經非常龐大,擁有許多代表書商。喬治力奇本人自信的說:「1836年時只有一本書出版,但是如今出版的書籍數量已經超過5,000本。所以在過去五十年期間,每一年我出版一百本書,也就是一星期有兩本書出版,這些出版的童書數量龐大,因為這些童書帶給兒童快樂。」[20]

　　喬治・勞特力奇公司從1851年到1889年的期間,歷經幾次變遷,公司名稱也有改變,從1851到1858年公司名稱為《喬治・勞特力奇》,1858年11月9日至1865年為《勞特力奇與沃恩》(Routledge & Warne),1865年7月1日至1889年為《喬治・勞特力奇父子公司》(George Routledge & Sons)。[21]

---

[18] Masaki, *A History of Victorian Popular Picture Books part I*, 2006, 18。

[19] Ibid., 19。

[20] Ibid。

[21] Ibid., 45。

羅利‧麥克玲（Ruari Mclean）在其著作《維多利亞的書籍設計與彩色印刷》（Victorian Book Design & Color Printing）中指出喬治‧勞特力奇公司的童書首次在1865年出版，當時的印刷只有單頁，皆是彩色封面，勞特利奇公司出版了先令童書系列，以大尺寸規格出版並彩色印刷。在1865年該公司出版了兩個很大的先令書系列，第一個系列童書是由艾德蒙‧埃文斯與華特‧克雷恩合作。從1865年以後，公司的童書產量快速的發展，在所有的出版商之中，只有勞特力奇出版的年齡超過10年。1865年對勞特力奇公司是關鍵的一年，之後童書發展快速成長，就在這一段期間勞特力奇公司出版童書進入巔峰期。[22]也就是在這一段期間勞特力奇邀請艾德蒙‧埃文斯擔任木刻師與印刷師，並協同三位維利亞時代傑出的童書插畫家合作，產生許多優秀的童書作品，特別是以十八世紀文化為主題的圖畫書系列，受到極高的評價。這三位童書插畫家包括：藍道夫‧凱迪克、華特‧克雷恩、與凱特‧格林那威。

---

[22] Ibid., 45-46。

2.4 艾德蒙・埃文斯（Edmund Evans）

　　艾德蒙・埃文斯（Edmund Evans 1826-1905）製作平價彩色印刷、開發童書市場，同時兼具商業頭腦與專業技術，是維多利亞時代優秀的印刷師與木刻師。評論家一致認為，艾德蒙・埃文斯是維多利亞時期絕佳圖畫書創作中的佼佼者，哈維・達頓（Harvey Darton）在開創先河的作品《英國童書》（*Children's Books in England, 1932*）中提到：

> 埃文斯的公司對於所有複印細節均一絲不苟，不僅三種顏色已達到當時罕見的技術水準，其他許多顏色也是如此。華特・克雷恩、藍道夫・凱迪克（Randolph Caldecott）及凱特・格林那威（Kate Greenaway）三位藝術家的彩色兒童圖書，幾乎都是出自這一家蓬勃發展的公司。該公司在現代「青少年彩色圖書」（juvenile colour-book）的草創階段有許多建樹，讓人敬佩懷念。[23]

　　艾德蒙・埃文斯生於1826年，鮮少人知道他在當學徒之前的事蹟，僅有在《回憶錄》（Reminiscences）中稍微提到小時候在美麗的環境中長大，還有他不喜歡上學。[24]1839年，他在塞繆爾・本特利（Samuel Bentley）的印刷工作室中首度接觸到印刷業，由於他講話口吃，無法成為「校正員」（reader's boy），而在倉儲部門跑腿。埃文斯記得自己曾在板子上複印驟子雕刻，然後趁大家吃晚餐時，使用滾筒與印刷機製作壓印，結果遭到責罵。埃文斯在此事發生後不久看到了一則廣告，而向班特利的合夥人佛利先生（Fley）請教木刻學徒的事，於是佛利將他推薦給與印刷廠合作的雕刻家艾本尼瑟・蘭道爾斯（Ebenezer Landells）。艾德蒙的父親亨利・埃文斯（Henry Evans）與蘭道爾斯先生談定學徒的條件，艾德蒙很喜歡這一位老師。[25]

　　艾本尼瑟・蘭道爾斯（1808-60）曾向托馬斯・比威克（Thomas Bewick）見習，在比威克過世後，追隨約翰・傑克森（John Jackson）學習。蘭道爾斯最令人記憶深刻的事，是在1840年與插圖時尚雜誌合作創立報紙雜誌事業，並在1841年首度推出《噴趣》（Punch）雜誌，之後則創作及出版《倫敦圖畫新聞》（Illustrated

---

[23] Darton, *Children's Books in England: Five Centuries of Social Life*, 1932, 278。

[24] McLean, *The Reminiscences of Edmund Evans*, 1967, 3-6。

[25] Ibid., 8。

London News），他在後續推出的其他刊物，都不如這兩部作品成功。蘭道爾斯是因為《玩具自製指南》（Boy's Own Toy Maker, 1858）及《彩繪紙模型》（Illustrated Paper Model Maker, 1860）兩部童書的雕刻而聞名。

艾德蒙・埃文斯在向蘭道爾斯學習時，與鮑克特・佛斯特（Birket Foster）成為終身好友。後來，鮑克特・佛斯特成為著名的風景畫與水彩畫家，他們曾在學徒時期及出師之後多次共同出差與旅遊。[26]

埃文斯的七年學徒生涯在1847年畫上句點後，拒絕了蘭道爾斯公司提供的職位，決定自行創業，最初幾年獲得報社的個別委託案件，在這些客戶中也包括《倫敦圖畫新聞》。他的早期作品大部分是以鮑克特・佛斯特的素描或油畫雕刻而成，且通常是在旅行時完成。[27]埃文斯大約在1850年開始雇用助手，並收自己的弟弟為學徒。

最早使他名聲大噪的彩色作品是，愛達・菲佛小姐（Madame Ida Pfeiffer）的《聖地遊記》（A Visit to the Holy Land, 1852）。這一本書是以鮑克特・佛斯特的畫作雕成，使用褐色、淡藍與淡黃色印製，總共推出三刷，以一個主版提供褐色輪廓，再由其他兩木版加上藍黃二色。

> 他採用的一系列木版油彩印刷製程，是承襲自早期明暗對比的雕刻家傳統，與前輩喬治・拜克斯特（George Baxter）幾乎如出一轍。拜克斯特是使用銅版或銅板做為雕刻主板。[28]

埃文斯工作室在邁向成功之路時，擴大到擁有三至四台手動印刷機，並在倫敦佛利特街（Fleet Street）擁有一間倉庫，且大約於此時期，埃文斯成功地為印刷術找到其他用途，亦即為可能是今日大眾市場平裝本之前身的鐵路小說圖書製作彩色雕刻。第一本書籍封面作品是《糕點師傅信件集》（Letters Left at the Pastrycook's, 1853），使用了紅、藍雙色，背景為黑色先令在紅色圖樣上印製深藍色圖樣。這些早期封面都是以白紙印製，後來因為白紙太容易髒汙，而改用黃釉紙（yellow-glazed paper）製作書報攤小說的「黃皮書」或「芥末醬」書皮。麥克萊恩（McLean）將普及運用黃紙封面的功勞，歸於埃文斯[29]，因為埃文斯已為好幾家公司大量製作封面，這些公司包括亨利・沃爾頓・史密斯公司（W.H. Smith & Co.）、查普曼和霍爾公司（Chapman, Hall & Co.）以及梅瑟・史密斯公司（Messrs. Smith, Elders & Co.），且通常都會推出三刷，以善用「……每一塊雕刻木版，賺取更多的錢！」[30]

26　Ibid., 9-10。

27　Ibid。

28　Dictionary of National Biography, 2 nd Supp. "Edmund Evans" by Martin Hardie。

29　Ruari, Mclean, *Victorian Book Design and Colour Printing*, 2nd ed. (Berkeley, CA: University of California Press, 1972) 155。

30　Mclean, *The Reminiscences of Edmund Evans*, 1967, 28。

掌握彩色墨水的亮度為首要條件，埃文斯即深諳此道，這些「黃皮書」也為他提供「多年賴以維生的產品線。」[31]

　　埃文斯同時繼續為好幾家公司雕刻書本插圖，其中有許多都是鮑克特·佛斯特的作品，包括 8件作品2色的《芬妮小小朋友的小蕨類》（Little Ferns for Fanny's Little Friends, 1854）、16幅插圖與4色的《安息日鐘聲詩集》（Sabbath Bells Chimed by the Poets, 1856）以及《奧立佛·高德史密斯詩歌集》（Poetical Works of Oliver Goldsmith, 1859）。鮑克特·佛斯特在傳記中描述了埃文斯製作《奧立佛·高德史密斯詩歌集》的方式：

> 鮑克特·佛斯特採用常見的方法，直接在木版上作畫，再由埃文斯進行雕刻設計，並在製圖紙上調整木版樣張，供佛斯特使用，然後由佛斯特上色，埃文斯則製作不同顏色需要的各種木版。[32]

喬治·勞特力奇公司

　　埃文斯負責刻製一個著名系列，並採用12板6色印製，書名為《海邊常見物品》（Common Objects of the Sea Shore），在1857年首度推出，之後其他續作與自然類作品也相繼推出。此系列促使埃文斯與勞特力奇公司展開長期合作，且埃文斯的公司在此段期間內不斷擴張，進而在佛利特街擁有兩棟建築物，以滿足大量的印刷需求。

　　勞特力利奇公司與沃恩公司（Warne）在1865年出版玩具書，才開始踏上印製彩色童書的道路。華特·克雷恩曾被譽為「最偉大的玩具書設計藝術家……」[33]，他不僅是書本設計師（他曾在1865至1886年間製作四十多本玩具書，且均由艾德蒙·埃文斯印製），廣義而言，他也是壁紙、陶瓷（wedgewood）、橫飾帶狀雕刻（frieze）與其他產品的設計師。他在1863年結識埃文斯，且在製作玩具書以前即曾為埃文斯設計過「黃皮書」。

　　埃文斯首本由克雷恩設計的玩具書《六便士之曲》（Sing a Song of Sixpence）率先使用非常適合克雷恩之裝飾技法的單一色彩。華特·克雷恩在自傳中對艾德蒙·埃文斯的敘述如下：

> 埃文斯先生不僅是一位生意人，也是高明的水彩藝術家，更將童書推向雅緻色彩的方向發展，可是出版商不是全無異議，他們認為粗糙的色彩與庸俗的設計通常較能吸引大眾、且賣得更好，當時此全新技法仍無法受到大眾欣賞。[34]

---

[31] Mclean, *Victorian Book Design and Colour Printing*, 1972, 179。

[32] H. M. Cundall, *Birket Foster R. W. S.* (London: A.&C. Black, htd.1906) 60。

[33] Mclean, *Victorian Book Design and Colour Printing*, 1972, 186。

[34] Crane, *An Artist's Reminiscences*, 1907, 76。

1872-1873年，埃文斯與海外的華特・克雷恩為他雕製插圖。克雷恩詳述了埃文斯當時使用的技法：

> 這些卡片上的黑白畫作，都是透過郵件寄到倫敦給埃文斯先生，他再將這些畫作轉至木版上進行雕刻，然後將樣張寄給我上色，現在此種製作方式已開始取代直接畫在木版上進行雕刻的老方法。此做法的優點是至少能保留原畫作的風采。[35]

隨著童書圖畫書的需求量增加，艾德蒙・埃文斯也必須尋找新的插畫家。埃文斯挑選了兩位插畫家接替華特・克雷恩，也許是好運當頭，也許是技巧高超，結果他們獲得比克雷恩更持久的聲望。第一位插畫家是藍道夫・凱迪克，為16本玩具書繪製插圖，第一批作品是1878年的《約翰・吉爾平騎馬》（The Diverting History of John Gilpin）與《傑克蓋房子》（The House that Jack Built），首刷1萬本，很快就一掃而空，而凱迪克較晚出版的玩具書則成功達成首刷印製10萬本。[36]以下引言可透露出這一位雕刻家的生活，這是藍道夫・凱迪克寫給著名童書作家尤文太太的信件，日期為1883年10月18日：

> 你問我：「艾德蒙・埃文斯不是雕刻家嗎？」我認為你知道「木刻家」如何處理事情，我會嘗試稍做解釋。艾德蒙・埃文斯的整個職業生涯都與木刻息息相關，且總是維持本世紀的藝術風格，多年來從不間斷（我是如此相信），可是僅是坐著埋頭雕刻，且每一塊木板都親手雕刻，將不可能賺錢。他以自我風格教導各種年輕助手，並在他們成為技藝高超的雕刻家時，再以每週的固定薪資留住人才。當他對助手的能力感到非常滿意時，即會同意監督他們的作品，並有空閒時提供建議，例如在出版社大廳等待時、與作者通信時、尋找適當工藝素材時、尋找可靠的製圖員時（製圖員必須會將繪有優質鉛筆畫設計的木版交回，不會售出這些設計以賺取蠅頭小利），或他與製圖藝術家面談時。這些藝術家會向他要求職位、要求立即與超額的工作獎勵，或指出他們的畫作雕刻得很差，讓人「無法忍受」。然後他會買下特定的機器，與嫻熟的工匠一起使用木版印製作品，並進一步製作凸版，且可能還想要一起進行雕刻，他同時會監督裝訂書籍和縫製封面的人員，以確保所有的印刷事務都在控管之下。簡言之，無論單色或彩色版，他都會隨時做好準備將圖書變得至臻完美。
>
> 現在不僅要使用許多人力與機械、顧慮許多面向，以及必須對出版商動之以情、向作者解釋、與藝術家交手，一位真正的雕刻家顯然很不適合面對這些

---

[35] Ibid., 148。

[36] McLean, *The Reminiscences of Edmund Evans*, 1967, 58-59。

工作，因為雕刻的工作安靜平穩，且必須眼明手穩。所以艾德蒙‧埃文斯、庫柏（Cooper）與師傅級人物都是負責掌管大規模的團體，很少親自動手雕刻。凡是知道現代木刻有多麼令人抓狂的藝術家，都偏好由受委託的助手或幫手為他們雕刻畫作。……[37]

　　埃文斯的第三位玩具書插畫家為凱特‧格林那威，她的父親約翰‧格林那威，在埃文斯擔任學徒時，即是蘭道爾斯雇用的雕刻家。凱特為埃文斯完成的第一個工作，是1872年設計的「黃皮書」封面，至1879年，才以《窗下》鞏固童書插畫家的聲望。這一本勞特力奇公司出版之童書刊有凱特的詩作，並由埃文斯雕刻畫作，首刷就印了兩萬本，當時此印刷量對於六先令的售價而言，是很大的數量。首刷數量是由埃文斯決定，沒有經過出版商同意，所以勞特力奇公司在知道後感到頗為驚恐，後來證明埃文斯的直覺正確，首刷果然立刻賣完。「埃文斯發現印刷速度很難趕上銷售速度。」根據凱特‧格林那威的傳記內容與埃文斯提供的筆記顯示，艾德蒙‧埃文斯印製《窗下》的流程如下：

　　首先，拍攝原畫作的照片，將照片印在經白化漂白的木板表面，在此階段會盡可能忠實地雕刻，不會注意色彩，並從進行雕刻時，開始「轉移」、「襯托」或以深褐色或黑色墨水調整「樣張」。這些照片都是以畫面朝下的方式，放在準備進行彩色印刷的木版上，木版數量與使用的色彩數量相等，然後送過印刷機。此方式可將濕墨水轉移至木版上，而原畫作摹寫也已備妥可供雕刻師作業，雕刻師會在準備上墨時，決定印到特定木版上的色調。他會將其中一塊都印成紅色，準備進行雕刻，下一塊則都印成藍色，同樣準備進行雕刻，當所有顏色都準備完成後，有些顏色還會進行重疊或疊加，則必須為此部分混合或調整其他顏色。接著雕刻師開始雕刻，直至將每一個顏色的木版都準備就緒，依據理論而言，每一塊木版印製的樣張均應確實重現原畫作使用的藍色、紅色及其他顏色，可是埃文斯感嘆道：「雕刻師與畫家的眼睛、腦袋和雙手就是不同。」所以畫家總是必須辛苦地對照比較。彩色墨水也能研磨混合，如同畫家之調色盤上的顏料，可是機械印刷永遠都不如原作飽滿。當數塊木版印出的所有樣張都令人滿意時，就會使用主版印一張，然後再使用適合彩墨的其他木版疊印，此時必須集中心力注意「區域」（register）是否正確-亦即每一塊木版皆應印在紙上的正確位置，且與其他木版的相對位置也應正確。由此可見，顏色用得越少越好，雕工才不會超出成本，且能簡化印刷時的難度……[38]

37　Michael Hutchins, ed., *Yours Pictorially, Illustrated Letters of Randolph Caldecott* (New York: Frederick Warne, 1976) 104。

38　Marion Harry Spielman and George Somes Layard, *Kate Greenaway* (London: Adam and Charles Black, 1905; reprint ed., New York: Benjamin Blom, 1968) 64-65。

傳說埃文斯還有一項特殊能力。約翰・格林那威「曾經聲稱艾德蒙・埃文斯僅需要使用三種顏色的木版，就能達到倫敦其他印刷公司望塵莫及的成果，他不僅心靈手巧，藝術品味也非常高妙，眼光十分精準。」[39]

其他由埃文斯先生與格林那威小姐製作的成功作品，包括《生日書》（Birthday Book, 1880）、《鵝媽媽》（Mother Goose, 1881），以及凱特・格林那威從1883至1896年出版的《年曆書》（Almanacks），第一本年曆賣出大約10萬本。

在1956年，英國圖書館協會為紀念格林納威小姐的奉獻，特別頒發了刻有她名字的獎章，以彰顯她在童書插圖方面的卓越成就。她的許多童書（包括《窗下》），今日依然買得到。

另外特別值得一提的童書作品為《置身仙境》（In Fairyland, 1870）。羅利・麥克玲相信在此書的16個彩板中，部分是由埃文斯完成最大型的彩色木刻，且雕刻手法比其他公司完成之同尺寸木雕更細緻。[40]布蘭德（Balnd）聲稱這些插圖「色彩優雅，設計精緻，脫俗非凡。」[41]這些插圖是由里查・道爾（Richard（Dicky）Doyle）繪製，里查是以黑白作品聞名的插畫家，而埃文斯則使用8至12種顏色印製他的作品。

艾德蒙・埃文斯作品

下列是埃文斯傳記綱要中概述他的作品。

年代	重要記事
1826	2月23日出生於南華克倫敦自治市（Southwark）
1840	成為黑白木刻家文本尼瑟・蘭道爾斯的學徒，學藝至1847年
1851	他在佛利特街的瑞奇克爾特（Racquet Court）建立雕刻與印刷公司，且在此居住五十多年。玩具書讀者通常可在每一本書的封底找到他以黑色小字寫下的不起眼壓印：「佛利特街瑞奇克爾的雕刻家與印刷師艾德蒙・埃文斯」
1852	為英格拉姆・庫克公司（Ingram Cooke & Co.）印製首部署名的彩色作品《造訪聖地》（A visit to the Holy Land），書中的插圖是由當學徒時的同事兼友人鮑克特・佛斯特繪製。
1853	為英格拉姆，庫克公司印製《糕點師傅信件集》（Letters Left at the Pastrycook）。這是在單冊裝訂作品「黃皮書」著名系列之前推出的作品。
1854	藉由《燈伕》（The Lamplighter）與喬治・勞特力奇公司展開合作。這一本書是屬於「鐵路博物館」系列，該書的黃皮封面是由埃文斯印製。
1854	首度投入製作玩具書，為「馬佛阿姨小小圖書館」（Aunt Mavor's Little Library）製作彩色封面。這些玩具書是使用迪席爾兄弟（Dalziel Brothers）的雕刻設計，由勞特力奇公司出版。
1856	為貝爾與達迪出版社（Bell & Daldy）雕刻及印製首部全彩複印作品《安息日之鐘》（Sabbath Bells），運用了四到五種顏色，並由鮑克特・佛斯特繪製插圖。

[39] Ibid., 57。

[40] McLean, The Reminiscences of Edmund Evans, 1967, 28。

[41] David Bland, A History of Book Illustration (Cleveland: World Publishing Company, 1958) 270。

年代	重要記事
1856	為兩種玩具書系列雕刻及印製書籍：「馬佛阿姨小小圖書館」1冊《鳥兒、走獸與魚群》（*Birds, Beasts and Fishes*），由查爾斯‧班尼特（C. H. Bennett）繪製插圖。「馬佛阿姨玩具書」（*Aunt Mavor's Toy Books*）共有13冊，彩色封面，書中為黑白插圖。
1857	首度為勞特力奇公司的「一先令玩具書及趣味書籍」（One Shilling Toy Books and Funny Books）雕刻及印製七本彩色故事書，包括三本由查爾斯‧班尼特（C. H. Bennett）繪製的作品：《貪心傑姆的故事》（*The History of Greedy Jem*）、《不守信用的鸚鵡》（*Faithless Parrot 3*）、《一隻求偶的青蛙》（*The Frog Who Would A Wooing Go*）。
1859	雕刻及印製《奧立佛‧高德史密斯詩歌集》（*The Poems of Oliver Goldsmith*），由鮑克特‧佛斯特繪製插圖，印製九至十刷。麥克玲（McLean）寫道：「此作品的印刷或藝術層面均為極品，絕對是空前絕後的傑作。」
1860	為勞特力奇‧沃恩‧勞特力奇公司（Routledge, Warne and Routledge）雕刻及彩印莫里斯‧契佛（Maurice Cheveul）的《對比色定律》（*The Laws of Contrast of Colour*）。
1864	雕刻及彩印《西元前55年至西元後1485年之英國編年史》（*A Chronicle of England B.C. 55- A. D. 1485*），內文與插畫作者為詹姆士‧多伊爾（James E. Doyle），由朗盟公司（Longman）出版。柏奇（Burch）寫道：「這是埃文斯先生製作最棒的彩色圖書。」
1865	從勞特力奇父子公司出版的「馬佛阿姨小小圖書館」，開始與沃爾特‧克蘭合作彩印玩具書，推出《鐵路字母》（*The Railroad Alphabet, AM-60*）及《農場字母》（*The Farm Yard Alphabet*）。
1869	與克朗海公司（Kronheim & Co）共同印製《高貴生活》（*The Nobility of Life*），由弗雷德里克‧沃恩公司（Frederick Warne & Co.）出版；埃文斯使用木刻印製，克朗海（Kronheim）則採用拜恩斯特印刷製程。
1870	印製里查‧多伊爾（Richard Doyle）的圖書《置身仙境》（*In Fairy Land*）
1875	與克雷恩合作製作《美女與野獸》。
1876	與克雷恩合作為勞特力奇公司製作玩具書，最後創作出29本六便士玩具書（Sixpenny toy book）以及8本先令玩具書（Shilling toy book）。
1877	與克雷恩合作為勞特力奇公司製作《孩童歌劇》（*The Baby's Opera*）。
1878	開始與藍道夫‧凱迪克合作，為勞特力奇公司製作玩具書：《傑克蓋房子》（*The House That Jack Built*）及《約翰‧吉爾平騎馬》（*The Diverting History of John Gilpin*）。
1878	製作《窗下》（*Under the Window*），由勞特力奇公司出版，與凱特‧格林那威合作完成。
1879	與凱迪克合作製作《瘋狗之死輓歌》。
1881	與凱迪克合作製作《農夫少年》。
1885	與凱迪克合作製作《偉大的潘展狀》。
1886	凱迪克在美國佛羅里達州逝世。此時，埃文斯及凱迪克已完成16本先令玩具書。
1898	退休，將公司傳給兒子們。
1905	8月21日在懷特島的文特諾逝世，葬於文特諾墓園。

　　根據以上資料[42]，埃文斯於1865年之前的作品是鎖定成人觀眾，1865年之後的作品則是鎖定兒童，但是獲得好評的作品主要是圖畫書，特別是與華特‧克雷恩、藍道夫‧凱迪克，以及凱特‧格林那威協力製作的圖畫書。與三位兒童插畫家合作的圖畫書中，有6本是有關於十八世紀文化的作品，將在各插畫家部分提出討論。

---

[42] Masaki, *A History of Victorian Popular Picture Books part I*, 2006, 226-227。

埃文斯與彩色印刷

艾德蒙·埃文斯具有遠見，願意開發玩具書成為圖畫書。對埃文斯來說，彩色印刷不是他的目標，而是用於製作創新、及創意作品的媒介，他不僅運用雕刻及印刷技術進行彩色印刷，更運用於製作兒童圖畫書。

埃文斯的《回憶錄》（*Reminiscences*, 1967）未說明他為何會對彩色印刷有興趣，或許埃文斯也如同迪席爾兄弟（Dalziel Brothers）及其他卓越的印刷師一樣，受到商業壓力的驅策。埃文斯在向蘭道爾斯學習時，似乎沒有學到彩色印刷技術，如同路易斯（Lewis）寫道：「蘭道爾斯工作室從未出現過彩色印刷作品。」可是埃文斯早在1852年創立公司之後已開始實驗色彩。

他從未成為彩色印刷師喬治·拜克斯特（George Baxter, 1804-1867）的學徒，卻變成他的優勢。如果埃文斯曾為拜克斯特工作，最後將會變成摹寫複製的彩色印刷師，因為拜克斯特的目標就是創造藝術作品的真實複印摹寫。如果他成為拜克斯特的專利權所有人，就會嘗試發明自己的拜克斯特印刷術，且依然會效法喬瑟夫·馬汀·克朗海（Joseph Martin Kronheim, 1810-1896）的做法，以低廉方式複印原作。由於他沒有專利，所以他必須和喬治·卡格爾·里頓（George Cargill Leighton, 1826-1895）一樣奮力開發出自有技術，但是他從未如同文森·布克斯（Vincent Brooks, 1815-1885）般，向拜克斯特購買彩色木版。

埃文斯透過實驗訓練自己順從自我直覺。他顯然迫切渴望能精通雕刻及印刷技術，而且他對這一門技術懷抱著深切的終身情感，因此願意奉獻時間與精力施展自己的才華。正因為如此，埃文斯才能在印刷史上留名，成為最具影響力、最知名的彩色印刷師。

埃文斯擁有之彩色雕刻家／印刷師的技巧已足以媲美迪席爾兄弟。迪席爾兄弟最初是進行黑白印刷，不僅熟諳技法，且取得豐碩的成果，但是迪席爾兄弟仍堅持使用線雕製作（line engraving）與黑白作品一樣細緻的彩色作品。埃文斯則為了創造更好的彩色作品，放棄使用線條，埃文斯絕對是一位極具彈性、饒富創意的工匠，從他發明「黃皮書」及較晚期的玩具書作品，即能明顯呈現出他的創意特色。[43]

最後，埃文斯公司採用維多利亞時代晚期的照相色彩製程（photographic colour process）。馬丁·哈帝曾經詢問：「三色製程（three-colour process）是否會導致淘汰木版彩色印刷？」埃文斯回答：

> 我必須這麼說，我認為三色製程將會徹底淘汰目前相形老舊的彩色印刷法。我
> 確實認為華特·克雷恩的玩具書或凱迪克的素描即使改用任何製程，也無法達

---

[43] Ibid., 230。

成更佳的複印效果，但是鮑克特‧佛斯特的作品仍可進一步改善。[44]

　　年邁的埃文斯在此份回答中強調了木版彩色印刷的特色。我們應該會想起維多利亞時期兩家具代表性的印刷業者：克朗海公司（Kronheim & Co.）與埃文斯比較的作品《高貴生活》（*Nobility of Life, 1869*）。羅伯特‧柏奇（R. M. Burch）、路易斯（C.T.C. Lewis）及戈登‧雷（Gordon N. Ray）等評論家宣稱，克朗海（Kronheim）的複印作品較埃文斯更優異，他們確定克朗海使用的拜特斯特製程（Baxter process）更能摹寫原作，且勝過埃文斯的木刻印刷法。當初鮑克特‧佛斯特對埃文斯這一位印刷師朋友之作品感到不滿意的原因不難瞭解。筆者在大英圖書館看過佛斯特與埃文斯合力創作的作品，那是一件令人為之驚艷的作品，即使至現代依然能吸引觀眾的目光。但是讀著必須注意，當初在製作這些作品時，雕刻家／印刷師埃文斯是致力於以木刻摹寫藝術家的原作。

　　部分同期評論家認為，埃文斯是為克雷恩及凱迪克使用另類技法，正如同威爾森（F.J. F. Wilson）及道格拉斯‧格雷（Douglas Grey）在《現代印刷方法》（*Modern Printing Machinery, 1888*）中寫道：

> 然而，有些藝術家的設計尤其適合以木版製程複印。若有強烈的輪廓與定位（key），色彩及色調就會感覺較單調（以格林那威小姐與克雷恩晚期的作品為例），限量印刷摹寫的困難則相對簡單，除素描或主版（key block）外，純粹是因為極少的陰影與細節。[45]

　　這些作家依然假設印刷師僅需要負責製作維妙維肖的摹寫，所以他們認為格林那威與凱迪克作品的外觀似乎「特別適合使用木版製程複印」，意味埃文斯這種印刷師能輕鬆地完成好作品。可是他們忽略了一個事實：埃文斯是經過眾多實驗以及與藝術家密切合作，才能發展出這種插圖風格。

　　彩色印刷師艾德蒙‧埃文斯很幸運地能與拜克斯特相提並論。柏奇（Burch）形容埃文斯為「除拜克斯特外，艾德蒙‧埃文斯可能是最享譽盛名的彩印木刻家。」[46]克拉克（Clarke）也指出：

> 埃文斯透過與華特‧克雷恩、藍道夫‧凱迪克及凱特‧格林那威合力製作童書的彩色插圖，最後，將自己定位為彩色印刷師，是一位與拜克斯特不相上下的可敬對手。[47]

---

[44] Hardie, *English Coloured Books,* 1906, 272。

[45] F. J. F. Wilson and D. Grey, *Modern Printing Machinery* (London: Cassell, 1888) 383。

[46] R. M. Burch, *Colour Printing and Colour Printers* (Edinburgh: Paul Harris Publishing, 1983) 154。

[47] Harold George Clarke, Baxter Colour Prints (London: Maggs Bros; Leamington Spa: Courier Press, 1919) 120。

克拉克繼續說道：「大家不要忘了，拜克斯特與埃文斯之間有極重大的區別，後者[埃文斯]僅是彩色印刷師，負責製作其他藝術家的作品，而拜克斯特則同時兼具藝術家與彩色印刷師的身分。」[48]但是，我卻抱持不同的看法。喬治‧拜克斯特是名符其實的彩色印刷師，儘管他擁有成為藝術家的潛力，卻將一生都奉獻給製作摹寫擬真的藝術家作品。艾德蒙‧埃文斯除了是一位彩色印刷師外，更是首位兼具編輯身分的印刷師，所以他不僅是一位彩色印刷師。

哈德聶特（Hodnett）有一段話說得十分貼切，他指出，這個時期雕刻家都感到十分灰心，因為他們僅能製作摹寫複印。雖然他這一番評論是針對黑白印刷雕刻師，可是同樣也適用於彩色印刷師。

> 高明的雕刻師一整年都在從事此種毫無利潤且頗為嚇人的工作。此外，維多利亞時代的摹寫雕刻家雖然技術純熟，卻無法和原創藝術家一樣，以鉛筆線條快速構圖，因此無法像原作般自由揮灑（freedom）、筆隨心轉（spontaneity）。[49]

埃文斯從未在《回憶錄》中抱怨雕刻工作的限制，可是摹寫工作似乎無法滿足他。綜觀他的玩具書作品，可發現他不斷嘗試跳脫製作摹寫的限制，打造能創作童書的自由空間。

大家經常形容埃文斯身兼二才，既是技術高超的工匠，也是頭腦精明的商人，例如哈金斯（Hutchins）即曾寫道：「他的雕刻技術絕對無庸置疑，此外，埃文斯的成功必須歸因於他的經商能力。」他還曾進行種種實驗，在作品中展現原創性（例如黃皮書封面及大獲成功的玩具書），由此可見他對此項工藝的投入和熱愛：僅有精明的商業頭腦，無法締造現有的成就。幸好黃皮書之構想的銷售量很令人滿意，為他提供了堅實的經濟基礎，才能繼續實驗推出讓他聲名大噪的玩具書。埃文斯在製作便宜的鐵路小說系列封面時，除黑色主版外，僅使用兩種顏色，而黃皮書在他的作品中則是另闢新徑，推出更便宜的木刻印刷產品，最後促成玩具書迅速發展。他在契佛（Cheveul）的《對比色定律》（*The Laws of Contrast of Colour*）理論的支持下，開始使用大膽的輪廓與單一色彩，當時他正與克雷恩合作，專注於製作平價優質的兒童玩具書。[50]

雖然埃文斯非常熱衷於實驗，但是開發技法與設計的方式，總是按部就班、老老實實：每一次僅加入一種顏色，並小心翼翼地設計出適合木版設計及分色的線條與影線（hatching），此態度使他建立了藝術家對他的信任感。在十九世紀後半葉，藝界、商界及買家漸漸能接受童書圖畫書藝術家（picture book artist for children's books）的社會和美學地位。查爾斯‧班尼特（Charles H. Bennett）很高興自己能在作品的封面提名，卻因為貧病交加而英年早逝，此即表示他的薪資非常低廉。華特‧

---

[48] Ibid., 120-121。

[49] Edward Hodnett, *Five Centuries of English Book Illustration* (Aldershot:Scolar Press, 1988, 1990) 14。

[50] Masaki, *A History of Victorian Popular Picture Books part I*, 2006, 310。

克雷恩同樣可以在玩具書系列提名，因為他的名字已成為賣點之一，可是他每一次僅能取得單筆收入。藍道夫‧凱迪克的作品在評論家與買家之間獲得熱烈迴響，使他能獲得版稅，甚至能提高版稅，直至埃文斯刻印的珍貴藝術玩具書問世，並聘用著名藝術家製作玩具書之後，圖畫書藝術家才終於獲得社會地位及合理的收入。[51]

有關埃文斯的評價：

威廉‧費委爾（William Feaver, 1977）回應道：「埃文斯與華特‧克雷恩、藍道夫‧凱迪克及凱特‧格林那威聯手創作是非常重要的事，他們使童書插圖不再僅限於敘述故事及諷刺漫畫（喬治‧庫克強（George Cruikshank）及愛德華‧里爾（Edward Lear）的模式），而正式進入了設計的殿堂。」儘管如此，埃文斯最重要的貢獻是製作兒童圖畫書的遠見，他以維多利亞時代雕刻家／印刷師的觀點改良印刷與格式，最後與華特‧克雷恩、藍道夫‧凱迪克、格林那威及其他藝術家聯手創作玩具書。埃文斯是維多利亞時代最具前瞻性、最富有實驗精神，且堅決開發出全新技術的印刷師，他在創造圖畫書時，結合了技術專業與藝術審美觀，而他製作圖畫書的工藝技巧也確立他在圖畫書史的地位。[52]

埃文斯與藝術家攜手創作玩具書，證明圖畫書也能藉由此種製程完成。在維多利亞女王在位期間，艾德蒙‧埃文斯透過與藝術家合作，投注畢生心血發展出彩色印刷及繪本設計，為勞特力奇公司提供作品。

珍妮特‧亞當‧史密斯（Janet Adam Smith）在《兒童插畫圖書》（*Children's Illustrated Books*, 1948）中寫道：埃文斯的成果是「結合華特‧克雷恩、凱特‧格林那威以及藍道夫‧凱迪克三位經典大家的圖畫書顛峰之作。」費德里克‧羅斯（Frederick Laws）在文章中寫道（1956）：「埃文斯……是樹立良好品質標準的重要人物。」瑪莉‧絲薇特（Mary Thwaite）在《兒童閱讀之樂》（*From Primer to Pleasure*, 1963, 1972）中提到：「愛德華[原文如此]‧埃文斯在童書彩色印刷上的成就耀眼。」艾娃‧史密斯（E. S. Smith）在《兒童文學史》（*The History of Children's Literature*, 1980）中寫道：埃文斯是「偉大的雕刻家與印刷師，他讓這一項技術至臻完美，並使這一項藝術趨近成熟。」約翰‧羅文‧湯森（John Rowe Townsend）在《兒童讀物》（*Written for Children*, 1965, 1990）中提到：「埃文斯極盡所能地發揮當時的所有技術，讓這一本[圖畫書]成為美術作品……」當初就是他領導華特‧克雷恩、藍道夫‧凱迪克及凱特‧格林那威這三位偉大圖畫書藝術家投入此領域中。[53]

兒童圖書史中的「埃文斯傳奇」獲得所有的讚譽，而他在兒童圖畫書上的成就更是倍受盛讚。相較於過去的研究人員，當代評論家有更多的機會可欣賞到埃文斯的原創作品，且他們同樣熱衷於研究埃文斯的成就。維多利亞與艾伯特博物館的國家藝術

---

[51] Ibid., 310-311。

[52] Ibid., 311。

[53] Ibid., 224-225。

圖書館館員馬丁・哈帝在《英語彩色書籍》（*English Coloured Books*, 1906, 1990）中寫道：「現代能成功復興木刻彩印……都必須歸功於艾德蒙・埃文斯的能力、進取心及藝術技巧。」羅伯特・柏奇（R. M. Burch）在《彩印色印刷及彩色印刷機》（*Colour Printing and Colour Printers*, 1910, 1983）中寫道：「除拜克斯特外，艾德蒙・埃文斯……可能是最享譽盛名的彩印木刻家。」不久之後，鑽研拜克斯特製程的歷史學家哈洛・喬治・克拉克（H. G. Clarke）亦在《拜克斯特彩色印刷》（*Baxter Colour Prints*, 1919）中評論道：「最後埃文斯將自己定位為彩色印刷師，是一位與拜克斯特不相上下的可敬對手。」寇特妮・路易斯（Courtney Lewis）也在《十九世紀英國圖畫印刷故事》（*The Story of Picture Printing in England during the Nineteenth Century*, 1928）中寫道：「這些作品（格林那威、克雷恩及凱爾德卡特的插畫）都是彩色印刷的天才之作。」她還表示：「這些作品展現出便宜書籍的品質不一定低劣。」[54]

威廉・費委爾（William Feaver）在《年少時光：兩世紀童書插圖》（*When We Were Young: Two Centuries of Children's Book Illustration*, 1977）針對兒童圖書進行評價：「童書插圖在混亂的意象中漂浮，偶爾會漂到美術的海域，但是通常是滯留於商業的淺水處，僅有少部分作品禁得起時間的考驗，最終成為經典之作。」維多利亞時代有許多彩印技術精湛的印刷師推出大量玩具書，不過僅有埃文斯的作品禁得起時間的考驗，成為受到高度評價的圖畫書。[55]

艾德蒙・埃文斯在1892年退休，告別表現活躍的印刷業。一封日期標明為1897年10月6日，由艾德蒙・埃文斯寫給瓊斯・埃文斯先生（Jones Evans）的信件中寫道：「我曾同時雇用塞滿兩個房間的雕刻助手，現在他們[埃文斯的兒子]幾乎無法繼續僱用那些雕刻師了。」埃文斯公司依然位於倫敦佛利特街的瑞奇克爾特上，他在1898年將公司轉讓給兒子威爾弗雷（Wilfred）與赫伯特（Herbert）。

埃文斯於1905年逝世。他在去世前夕寫信給馬丁・哈帝，提到攝影雕刻的趨勢，他說：「我必須這麼說，我認為三色製程將會徹底淘汰現在相形較老舊的彩色印刷法。我確實認為華特・克雷恩的玩具書或藍道夫・凱迪克的畫作即使改用其他任何製程，也無法達成更佳的複印效果，可是鮑克特・佛斯特的作品仍可進一步改善。」艾德蒙・埃文斯經歷過彩色印刷的巔峰時期，同時也見證了彩色印刷的興衰。[56]

---

[54] Ibid., 225。

[55] Ibid., 228。

[56] Ibid., 308-311。

2.5 小結

　　1870年代維多利亞時期對於喬治王時期的藝術熱烈展開時，英國的世界貿易霸主地位也因而開始動搖，並損害了國家形象，這段時期，後人稱為英國農業大蕭條。有幾個重要的理由，導致於十八世紀復甦的潮流；第一、十九世紀的初期十八世紀被認為是一段重要的歷史時期；第二、1830年代及早期的1840年代英國的生活產生重大的改變，新的生活被認為應該是具有社會的秩序、萌芽的商業與產業，以及都市化的文化，當時有三件社會重大的事件改變了英國的生活，產生新的社會秩序，這三個事件是改革議案、維多利亞女王登台、以及鐵道的暴漲。

　　由於威廉・梅克比斯・薩克萊的鼓吹，公立學校逐漸形成一套紳士典範制度。公立學校畢業生的養成就是以十八世紀的紳士做為教育的典範。馬修・阿諾德則提出了新的精神訴求，這種新的精神必須透過「美好與光明的『古希臘文化』特質」。

　　英國十九世紀是一個注重歷史的時代，歷史主義如同十八世紀的復甦潮流，對於十九世紀具有高度的價值，提供了哲學家、歷史家、小說家、與畫家思想論述的題材，也就是說十八世紀是維多利亞時期作家與畫家最鍾愛的歷史時期，十八世紀的主題在十九世紀中葉受到歡迎與流行，在這一段時期歷史主義的重視導致了對於十八世紀狂熱的潮流。奧利佛・高德史密斯的《維克菲爾德的牧師》與其他18世紀文學作品的插畫版本在市場上流行。亨利・奧斯汀・多布森在英國文學界被尊稱為十八世紀先生，熱衷於十八世紀視覺文化的表現，特別讚賞凱特・格林那威與藍道夫・凱迪克的插畫，由此證明了十八世紀文化復甦的重要性。

　　喬治・勞特力奇公司是英國十九世紀中葉最重要的童書出版公司，在十八世紀復興風潮中，勞特力奇公司積極因應這股復古的潮流，製作了一系列以十八世紀文化為主題的圖畫書。喬治・勞特力奇公司是十八世紀主題圖畫書的搖籃。

　　羅利・麥克玲在其著作《維多利亞的書籍設計與彩色印刷》中指出喬治・勞特力奇公司的童書首次在1865年出版，當時的印刷只有單頁，皆是彩色封面，勞特利奇公司出版了先令童書系列，以大尺寸規格出版並彩色印刷。在1865年該公司出版了兩個很大的先令書系列，第一個系列童書是由艾德蒙・埃文斯與華特・克雷恩合作。從1865年以後，公司的童書產量快速的發展。1865年對勞特力奇公司是關鍵的一年，之後童書發展快速成長，就在這一段期間勞特力奇公司出版童書進入巔峰期。也就是在這一段期間勞特力奇邀請艾德蒙・埃文斯擔任木刻師與印刷師，並協同三位維利亞時

代傑出的童書插畫家合作，產生許多優秀的童書作品，特別是以十八世紀文化為主題的圖畫書系列，受到極高的評價。這三位童書插畫家包括：藍道夫・凱迪克、華特・克雷恩、與凱特・格林那威。

艾德蒙・埃文斯生於1826年，鮮少人知道他在當學徒之前的事蹟，僅有在《回憶錄》中稍微提到小時候在美麗的環境中長大，1839年，他在塞繆爾・本特利的印刷工作室中首度接觸到印刷業，由於他講話口吃，無法成為「校正員」，而在倉儲部門跑腿。埃文斯記得自己曾在板子上複印騾子雕刻，使用滾筒與印刷機製作壓印，曾經向佛利先生請教木刻學徒的事，於是佛利將他推薦給與印刷廠合作的雕刻家艾本尼瑟・蘭道爾斯。

埃文斯的七年學徒生涯在1847年畫上句點後，拒絕了蘭道爾斯公司提供的職位，決定自行創業，最初幾年獲得報社的個別委託案件，包括《倫敦圖畫新聞》。他的早期作品大部分是以鮑克特・佛斯特的素描或油畫雕刻而成，且通常是在旅行時完成。埃文斯大約在1850年開始雇用助手，並收自己的弟弟為學徒。埃文斯工作室在邁向成功之路時，擴大到擁有三至四台手動印刷機，並在倫敦佛利特街擁有一間倉庫，且大約於此時期，埃文斯成功地為印刷術找到其他用途，亦即是今日大眾市場平裝本之前身的鐵路小說圖書製作彩色雕刻。第一本書籍封面作品是《糕點師傅信件集》，使用了紅、藍雙色，背景為黑色先令在紅色圖樣上印製深藍色圖樣。這些早期封面都是以白紙印製，後來因為白紙太容易髒汙，而改用黃釉紙製作書報攤小說的「黃皮書」或「芥末醬」書皮。

埃文斯同時繼續為好幾家公司雕刻書本插圖，其中有許多都是鮑克特・佛斯特的作品，包括8件作品2色的《芬妮小小朋友的小蕨類》、16幅插圖與4色的《安息日鐘聲詩集》以及《奧立佛・高德史密斯詩歌集》。

艾德蒙・埃文斯具有遠見，願意開發玩具書成為圖畫書。對埃文斯來說，彩色印刷不是他的目標，而是用於製作創新、及創意作品的媒介，他不僅運用雕刻及印刷技術進行彩色印刷，更運用於製作兒童圖畫書。

埃文斯於1865年之前的作品是鎖定成人觀眾，1865年之後的作品則是鎖定兒童，但是獲得好評的作品主要是圖畫書，特別是與華特・克雷恩、藍道夫・凱迪克，以及凱特・格林那威協力製作的圖畫書。與三位兒童插畫家合作的圖畫書中，有數本是有關於十八世紀文化的作品，且是具有創意特色的圖畫書。

埃文斯的《回憶錄》未說明他為何會對彩色印刷有興趣，或許埃文斯也如同迪席爾兄弟及其他卓越的印刷師一樣，受到商業壓力的驅策。埃文斯在向蘭道爾斯學習時，似乎沒有學到彩色印刷技術，如同路易斯寫道：「蘭道爾斯工作室從未出現過彩色印刷作品。」可是埃文斯早在1852年創立公司之後已開始實驗色彩。

埃文斯擁有之彩色雕刻家與印刷師的技巧已足以媲美迪席爾兄弟。迪席爾兄弟最初是進行黑白印刷，不僅熟諳技法，且取得豐碩的成果，但是迪席爾兄弟仍堅持使用線雕製作與黑白作品一樣細緻的彩色作品。埃文斯則為了創造更好的彩色作品，放棄

使用線條，埃文斯絕對是一位極具彈性、饒富創意的工匠，從他發明「黃皮書」及較晚期的玩具書作品，即能明顯呈現出他的創意特色。

　　大家經常形容埃文斯身兼二才，既是技術高超的工匠，也是頭腦精明的商人，例如哈金斯即曾寫道：「他的雕刻技術絕對無庸置疑，此外，埃文斯的成功必須歸因於他的經商能力。」他還曾進行種種實驗，在作品中展現原創性（例如黃皮書封面及大獲成功的玩具書），由此可見他對此項工藝的投入和熱愛：僅有精明的商業頭腦，無法締造出現有的成就。幸好黃皮書之構想的銷售量很令人滿意，為他提供了堅實的經濟基礎，才能繼續實驗推出讓他聲名大噪的玩具書。埃文斯在製作便宜的鐵路小說系列封面時，除黑色主版外，僅使用兩種顏色，而黃皮書在他的作品中則是另闢新徑，推出更便宜的木刻印刷產品，最後促成玩具書迅速發展。他在契佛的《對比色定律》理論的支持下，開始使用大膽的輪廓與單一色彩，當時他正與克雷恩合作，專注於製作平價優質的兒童玩具書。

　　威廉・費委爾表示道：「埃文斯與華特・克雷恩、藍道夫・凱迪克及凱特・格林那威聯手創作是非常重要的事，他們使童書插圖不再僅限於敘述故事及諷刺漫畫，而正式進入了設計的殿堂。」此外，埃文斯最重要的貢獻是製作兒童圖畫書的遠見，他以維多利亞時代雕刻家與印刷師的觀點改良印刷和格式，最後與華特・克雷恩、藍道夫・凱迪克、格林那威及其他藝術家聯手創作玩具書。埃文斯是維多利亞時代最具前瞻性、最富有實驗精神，且堅決開發出全新技術的印刷師，他在創造圖畫書時，結合了技術專業與藝術審美觀，而他製作圖畫書的工藝技巧也確立他在圖畫書史的地位。

　　埃文斯與藝術家攜手創作玩具書，證明圖畫書也能藉由此種製程完成。在維多利亞女王在位期間，艾德蒙・埃文斯透過與藝術家合作，投注畢生心血發展出彩色印刷及繪本設計，為勞特力奇公司提供作品。珍妮特・亞當・史密斯在《兒童插畫圖書》中寫道：埃文斯的成果是「結合華特・克雷恩、凱特・格林那威以及藍道夫・凱迪克三位經典大家的圖畫書顛峰之作。」

Chapter 3

插畫家的生平活動

3.1 前言

　　藍道夫・凱迪克在四十年短暫人生中，創作的插畫、繪畫及雕塑作品，是英國維多利亞時代唯美主義巔峰時期，擁有獨特風格表現的代表：他的插畫作中捕捉了英國十八世紀寧靜的鄉間小道，廣大莊園中身穿克里諾林裙襯（crinoline）的女士與矮胖的鄉紳，以及穿著緋紅外套的獵人騎馬奔騰的場景，沒有煤炭火車，也不受工廠煙囪的汙染，充滿了舊時代的氣份。凱迪克讓約翰・吉爾平或《舊聖誕節》中的馬伕，在他的童謠中奔馳穿梭，並進入維多利亞時代晚期的英國書店，甚至漂洋過海抵達歐陸，他的圖畫書不僅讓英語世界的大小朋友趨之若鶩，更擄獲了法語世界讀者的心。

　　本章討論藍道夫・凱迪克、華特・克雷恩、與凱特・格林那威的生平活動情形，插畫創作的歷程，對圖畫書製作的想法，三者之間交流互動所穫得的童書成果，以及當代對這三位插畫家創作的回應與評價。

3.2 藍道夫・凱迪克
（Randolph Caldecott）

切斯特

藍道夫・凱迪克於1846年3月22日出生於切斯特（Chester）村莊中的切斯爾（Cheshire）。他的父親是一位會計師，年少就進入國王亨利七世學校（King Henry VII School）就讀，雖然他的父親不鼓勵他創作，凱迪克從小就喜歡在家鄉附近寫生素描，在他六歲時，便能夠以木雕描繪動物，並且經常繪畫。亞塞・洛克是倫敦《圖文報》（Graphic）的編籍，從1872年開始凱迪克結識他，提供他的插畫作品，在該雜誌作定期發表，亞塞・洛克提到凱迪克早年的藝術學習情形，表示：凱迪克很年青，便能夠以以筆墨素描描繪古羅馬詩人維吉爾（Vergil），並且展覽作品，雖然這些作品並不特別，但是凱迪克爾後很快的發現插畫是他的真正職業。[1]

曼徹斯特

1866年12月24日，凱迪克拜訪了威廉・蘭頓（William Langton）。當時的蘭頓是曼徹斯特與索爾福德銀行（Manchester and Salford Bank）的常務董事，這一家銀行則是之後的威廉姆斯格林銀行（Williams and Glyn's Bank）。凱迪克到此拜訪的目的大概是為了應徵銀行職員，結果順利錄取，且於1867年搬到曼徹斯特，最後在這一座大城市中實現了自己的藝術抱負。之前，這一個年輕小夥子在靜謐的什羅普郡村（Shropshire）居住了六年。儘管他先前可能曾經來過曼徹斯特，不過他在剛踏入大都會的繁華世界時，內心仍是感到興奮難耐。凱迪克的一生曾造訪許多新城市與歐陸國家，並將本身的旅遊經歷記錄在書籍與報章雜誌的插圖中。威廉・克拉夫（William Clough）曾描述這一位在銀行共事時結識，充滿好奇心的新朋友克拉夫：

> 凱迪克會在曼徹斯特熙來攘往的晦暗街道中閒晃，有時候會走到非常偏遠的街區，發現風格奇特、耐人尋味的古老建築。他也會在有機會時，前往鄰近國家進行短期旅行，且絕對不會從事漫無目的的長途跋涉……凱迪克很快就在曼徹斯

---

[1] Randolph Caldecot and Edmund Evans, *The Complete Collection of Randolph Caldecott,'s Contributions to the "Graphic"* (London, Glasgow, New York: George Routledge and Sons, 1888) 1。

特市發揮自己熱愛的藝術，並曾數度徹夜不休地作畫。[2]

在凱迪克抵達時，曼徹斯特是英國首屈一指的富庶城市，當地的報紙曾在1870年敘述道：「我們在蘭開夏郡享有他人做夢都無法想像的富有。」[3]除不斷增加的人口和土地面積外，這一座城市還擁有全英國最古老的兩間學校、一間歷史最悠久的公共圖書館、一個自然歷史協會、十二家地方報社（八家成立於1860年代，四家創設於1870年代），以及無數個資助藝術的商業團體。

當時凱迪克任職的曼徹斯特與索爾福德銀行頗具盛名。此銀行創建於1836年，並於1862年遷入莫斯里街38號，由愛德華‧沃特斯（Edward Walters）設計，採用文藝復興風格的全新雄偉大樓。凱迪克的雇主威廉‧蘭頓是一位知名的藝術贊助商，年輕的凱迪克應該也很欣賞蘭頓的友善個性，而在蘭頓的訃告中，則是將他形容為「藝術家、古物收藏家和語言學家」。[4]凱迪克在銀行服務期間，因為得宜有趣的笑話及和善的個性而受人稱道，凱迪克是坐在銀行大廳中，由金碧輝煌之圓柱支撐的灰泥雕飾屋頂下，數量眾多之暗色木桌其中一張木桌後辦公，並一邊看著客戶走進銀行的拱型大門，一邊在信封和零散的碎信紙上畫客戶的速寫。這些隨筆練習讓凱迪克養成記錄生活周遭事物的習慣，之後他在好幾家倫敦刊物擔任特別記者時，都曾使用到這些技能。威廉‧克拉夫編纂的凱迪克素描集目前是收藏在倫敦維多利亞與艾伯特博物館（Victoria and Albert Museum），書中的四十一幅素描顯示年輕時的凱迪克擁有廣泛的興趣：一位紳士頭戴高帽、身穿緊身褲與驢頭並列，還有畫在一張張信封邊緣的頭像記錄著各種不同的個性，以及一個長相尖酸的老先生旁邊畫著怪誕圖像、標示日期為1870年之惠特徹奇（Whitchurch）的城鎮風光、展現出日後旅遊素描風格之精巧蝕刻線條描繪的埃爾斯米爾（Ellesmere）景色、兩個標註為「隱士」和「花花公子」的卡通式人物、題為〈古代威爾斯吟遊詩人〉（Ancient Welsh Bard）的精緻筆墨畫作。[5]1885年，凱迪克在一位年邁的銀行友人過世後寫信給威廉‧克拉夫，向他坦承道：「依我之見，我一定曾讓這一位朋友感到不滿與焦慮，因為我很少對銀行工作展現嚴肅的敬意。」[6]

凱迪克曾在頗具影響力的曼徹斯特藝術學校（Manchester School of Art）修習夜間課程，而華特‧克雷恩亦曾在1893至1896年期間擔任此校的設計總監。克雷恩既是凱迪克的朋友，也是與他互相比較的插畫家同行。該校的校規是由阿佛‧達比雪（Alfred Derbyshire）頒定，達比雪是凱迪克的朋友，且在1850年代時，也是伯瑞森施俱樂部（Bransenose Club）會員與藝術學校的學生。

---

[2]　Obituary, Manchester Courier, February16, 1886。

[3]　The Sphinx, Vol. lll, April 23, 1870, 130。

[4]　Commemorative volume, William Deacon's 1771-1970, Manchester, 1971, 121。

[5]　Victoria and Albert Museum print room, E. 3656-3696-1927。

[6]　*Harvard letter*, August 18, 1885。

我回顧他（詹姆士・阿斯特伯利・漢默斯里）擔任校長的期間，認為曼徹斯特藝術學校似乎只是次等的學業與藝術進修場所，遠遠不如在十九世紀末全英國正在蓬勃發展的同類學校，當然這些學校的功能不是用於栽培畫家。當時的課程是以素描為基礎，較適用於設計，例如商業中心曼徹斯特的生產製造，而這些藝術學校最初就是稱為設計學校。凱迪克可能就是因為此課程，而學會靈巧的線條技法，儘管這一位藝術家的大部分技法都是無師自通，且僅曾在兩間藝術學校修過短期課程。[7]

凱迪克從1867到1872年的五年期間都是留在曼徹斯特，此時他認為自己已能以藝術為志業，所以不斷努力進行藝術創作，同時開始進入市內藝術家的社交圈，並與當地藝術家結為好友，包括肖像雕塑家馬修・諾布爾（Matthew Noble, 1818-1876），當時，諾布爾剛剛完成艾伯特廣場（Albert Square）上的親王（Prince Consort, 1867）紀念雕像。凱迪克更加入市內的商業團體伯瑞森施俱樂部（Brasenose Club），藉此減少銀行工作帶來的種種限制。俱樂部的其中一位成員曾挖苦地描述這一間俱樂部「既是天才之家，也是罪惡巢穴（the Abiding Place of Genius and the Home of Vice）」，並有一位歷史學家成員回憶道：「俱樂部在創設的最初幾年，藍道夫・凱迪克看起來很窮困瘦弱，不過他確實是一位超級的冷面笑匠。」[8]後來證實，凱迪克可能是因為加入此俱樂部，才能在藝術生涯中跨出重要的一大步。

伯瑞森施俱樂部成立於1869年，是曼徹斯特數一數二的藝術中心，其中心思想清楚表露於俱樂部的序言中：「促進文學、科學、藝術界的專家、同好或伯樂在此相互交流。」此俱樂部的草創成員，包括查爾斯・哈勒爵士（Sir Charles Hallé）、阿佛・華特豪斯（Alfred Waterhouse, RA）、艾德・溫威（Edwin Waugh）、演員查爾斯・卡佛（Charles Calvert），以及多位當地記者和藝術學校的行政人員。艾德・溫威為蘭卡夏郡的詩人，後來凱迪克也曾為他的詩集繪製插圖。凱迪克曾在俱樂部休息室的交談中得知記者生活的困難之處，而激發他早期從事插畫記者的興趣，當時的凱迪克才二十出頭，無家累、胸懷大志且正在尋找能成為繪畫素材的創作體驗，而此俱樂部正是他結識藝術與社會人士的場所。俱樂部的牆上掛滿藝術家成員的作品，桌上則放著成疊刊載了對演員成員之演出評論的報紙。俱樂部有一位成員在接受當地報社採訪時，興高采烈、自鳴得意地形容這一個俱樂部扮演的角色。

伯瑞森施俱樂部曾舉辦過多場藝術活動，包括1874年的雷諾茲（Samuel William Reynolds）銅版畫展、1877年的約翰・道森・華生（John Dawson Watson）作品展、1878年的喬瑟夫・奈特（Joseph Knight）作品展。伯瑞森施俱樂部也曾在凱迪克逝世兩年後的1888年，舉辦一場收藏出借展覽。[9]

凱迪克的藝術生涯從此開始發展，並在曼徹斯特出版作品，包括當地漫畫報《鬼火》（Will o' the Wisp）的插畫、在當地發行時間短暫的報紙《史芬克斯》（The

---

[7] Crane, *An Artist's Reminiscences*, 1907, 30。

[8] Ibid., 83。

[9] The Sphinx, Vol. lll, April 23, 1870, 130。

Sphinx）內的兩頁全開漫畫系列。這些筆墨素描十分粗糙，是利用陰影背景遮蔽不符合比例的人物，不過仍可從每一位人物臉龐的線條中，感受到他巧妙的幽默風格。我們可以從這些凱迪克的早期素描作品中，一窺凱迪克年輕時代的藝術潛力，並證明此雜誌確實信守承諾，因為他們曾表示將在本期號中收錄「由稱職藝術家繪製的插圖，包含肖像、風景、建築畫、藝術畫作與社會幽默素描。」[10]較令人遺憾的是後續的期號再也沒有收錄凱迪克的作品。凱迪克也曾展出在曼徹斯特的處女作，此作品的題目為《誤會一場》（At the Wrong End of the Wood），是一件白色狩獵飾帶狀雕刻品。在1869年，此幅作品於皇家曼徹斯特學院（Royal Manchester Institution）與喬治‧弗雷德里克‧沃茨（George Frederic Watts）、愛德華‧馬修‧瓦德（Edward Matthew Ward），以及約翰‧亞契（John Archer）等知名藝術家的作品並列展出。以這些藝術家為首的倫敦藝術界極具吸引力，讓年輕的凱迪克非常嚮往，因為唯有倫敦，能讓胸懷壯志的年輕插畫家完成真正的傑作，開創大好的未來。

倫敦

　　1870年代的倫敦是藝術家聖地。法國的成功藝術家阿爾馮斯‧勒果（Alphonse Legros）朱爾‧盧達（Jules Dalou，凱迪克後來的雕刻老師）在法國公社政府於1870年執政後逃離法國，到達倫敦尋求庇護，而倫敦亦為年輕藝術家提供了許多機會。當時的確有許多藝術家從曼徹斯特移居至倫敦，包括約翰‧道森‧華生和湯瑪斯‧阿姆斯壯（Thomas Armstrong），因此年輕的凱迪克隻身勇闖倫敦，在當時不是稀奇的事。他在1870年5月造訪倫敦時，帶著一封肖像畫家的兄弟威廉‧史雷格（William Slagg）寫給阿姆斯壯的封引薦信，讓凱迪克「決心找一位編輯試一試運氣。」[11]因此結識了待人親切、極具影響力的湯瑪斯‧阿姆斯壯。阿姆斯壯也是從年輕時就離開曼徹斯頓來到倫敦闖蕩，他可能是在凱迪克身上看見了自己的影子，所以將凱迪克引薦給《噴趣》（Punch）雜誌編輯馬克‧雷蒙（Mark Lemon）。雷蒙在審視凱迪克繪製，風格類似《史芬克斯》之插畫的小幅木版素描與素描集《婚禮奇想》（Fancies of a Wedding）後，同意刊載此幅木版素描，並留下那一本素描集。凱迪克在回憶此事時表示：「從那一天起，我再也沒有看過那一幅木版素描或那一本素描集，雖然他答應刊載那一張木頭素描，可是我一直沒有看到，他應該是將那一本素描遺失了。」[12]儘管如此，當時他已是倫敦刊物的插畫家，並開始展開他的職業生涯。他在1870至1871年間回到曼徹斯特工作時，仍會寄送大量的畫作至倫敦，有一位編輯曾表示：「在這一批畫作中，有部分作品僅是寥寥幾筆就能將幽默和內涵表達得恰到好處。」[13]

10　Advertisement, The Sphinx, Vol. ii, 25 December 1869, 315。

11　Paull Mall *Gazette, 4 January 1884*。

12　Ibid。

13　Henry Blackburn, *Randolph Caldecott* (London: Sampson Low, Marston, 1886) 13。

凱迪克在1870年11月3日的日記中描述了自我職涯的重要發展。「我將部分畫作留給A（阿姆斯壯），再由阿姆斯壯將畫作連同杜穆‧里埃（Du Maurier）的推薦信送交《倫敦社會》（London Society）的[亨利‧布萊克本（Henry Blackburn）。阿姆斯壯告訴我要忍耐等候，同時繼續增進畫技，且應特別鑽研畫馬的技巧。」[14]顯然凱迪克的作品令布萊克本感到印象深刻，因為不久後他為《倫敦社會》繪製的首幅畫作，就在1871年2月刊載出來。

《倫敦社會》是廣受歡迎、配有插圖的先令刊物（shilling periodical），由詹姆士‧豪格（James Hogg）在1862年創辦，「內容主要為反映時下的氛圍，旨於成為『機智犀利』、關切時事的雜誌」。[15]在這裡凱迪克的畫作絕不會感到寂寞，該雜誌的其他藝術家還包括約翰‧吉伯特（John Gilbert）、喬治‧杜‧穆里埃（George Du Maurier）、約翰‧埃弗里特‧米萊斯（John Everett Millais）、華特‧克雷恩、愛德華‧波音特（Edward Poynter）、約翰‧道森‧華生（J. D. Watson）和威廉‧史莫（William Small），卻僅是凱迪克的作品數度引發爭議。

他的素描總是以自我觀點出發，部分作品更是荒誕怪異，並嚴正抨擊特權階級，根本不適合刊登在時尚雜誌中！他有一幅名為〈勞役之子〉（Sons of Toil）的作品特別誇張，這是一幅描繪海德公園（Hyde Park）午後的作品，結果遭到編輯忍痛退回。[16]

除此之外，亦曾有人在1872年投書給編輯，抱怨凱迪克根本不會畫女性。此批評顯然已對這一位年輕藝術家造成影響，他模仿此言論描繪了一張自己高舉寫著「靈感」的高腳杯，面對畫架與女模在作畫的草圖，並將這一張草圖連同信件寄給朋友。[17]

亨利‧布萊克本在凱迪克的人生中扮演著舉足輕重的角色。首先，他身兼《倫敦社會》極具影響力的編輯、知名旅遊作家，以及《學院批註》（Academy Notes）的發行人（《學院批註》是畫展指南系列叢書，書中的素描是由參展畫家親自繪製），其次，布萊克本也是凱迪克的朋友，後來還為他作傳。布萊克本挑選這一位年輕人的大部分素描進行出版，並將凱迪克的首部著作（也是最受歡迎的著作）《辯論協會》（A Debating Society）交由木刻大師詹姆士‧庫柏（James D. Cooper）製作。五年後，凱迪克也與庫柏合作，完成首次成功的書籍委製案件。

凱迪克為《倫敦社會》繪製的附加插圖主要是用於填補空頁，通常與文本沒有具體的關聯，他為羅伯森（F. Robson）的著作《兩把長號》（The Two Trombones）繪製之素描，才是首度為特定故事繪製的插圖，這些早期作品都具有微妙的幽默感，或許是用於彌補其作品中的有限技法。由於凱迪克投稿至《倫敦社會》的畫作非常大量，導致布萊克在挑選時也傷透了腦筋，布萊克本回憶道：「我在1871年面臨的問題

---

[14]　Ibid., 61。

[15]　Gleeson White, *English Illustration*, 'The Sixties,' (Bath: Kingsmead, 1897. reprint 1970) 55。

[16]　Blackburn, *Randolph Caldecott*, 1886, 16-17。

[17]　Ibid., 61。

是『該如何處理他寄來的所有素材呢？』」[18]

在1872年年初，凱迪克的小幅油畫和水彩畫作開始熱賣，讓當時26歲的他信心倍增，於是在朋友的鼓舞與建議下，辭去了年薪一百英鎊的銀行職員工作，搬到倫敦展開前途莫測的插畫家生涯。「當時我的積蓄大概能生活一年，我希望自己能在那一段期間內大幅提升自己的技巧與風格，以便能接到很多的繪畫工作。」[19]

倫敦代表著凱迪克藝術生涯的重要里程。他在1872年7月21日年寫給曼徹斯特某一位不具名友人的信件中提到：

> 「倫敦非常適合年輕人，我在此見識到社會禮儀與習俗，且無須從事粗活就能維持生計。居住在此的感覺很像靜僻的鄉村或海邊，我非常喜歡那些『與世隔絕』的地方，當你遺世而獨立，世人也會遺忘你！」[20]

凱迪克在信中附上自己坐在浴缸中的素描。

凱迪克在倫敦的早期生活中，經常四處遊蕩找尋能畫滿素描本的素材。當他找到素材後，就會回到位於大羅素街46號（46 Great Russell Street）、大英博物館（British Museum）對面的小公寓工作室中。有一位記者曾如此描述凱迪克的日常生活：

> 他會散步到國會大廈（Houses of Parliament），然後開始素描國會議員與法院人群，從法官、律師到證人都是他的素描對象，且無論是上流社會舉辦的婚禮、埃克塞特大廳（Exeter Hall）進行的會議、盛大的公眾集會或劇院上演新劇，他都會共襄盛舉。他經常造訪公園以及在街道四處漫遊，如同在羅普郡村漫步於鄉間小巷一般，同時他的鉛筆和想像力亦從未停歇。[21]

在1872年的年初，凱迪克的生活異常忙碌，既要繪製《倫敦社會》插圖，且要在4月16日至6月29日前往斯萊德學校（Slade School）就讀，成為愛德華・波因特（Edward Poynter）的學生（後來波因特成為曼徹斯特伯瑞森施俱樂部的榮譽會員），此外，凱迪克亦忙著構思鳥類和動物的畫作。此時凱迪克在書信中的態度卻顯得樂觀中略帶寂寞，因為評論家鄙視酒精的影響，認為酒對藝術家有害，於是凱迪克便在一封信件中畫出自己坐在擺滿空酒瓶的桌前，以抨擊那些評論家，另外一封信則是寫於新年前夕，字跡顯得難以辨讀，顯然他當時已經喝醉了。[22]

隨著作品聲名大噪，他的朋友也越來越多。他一向樂於向人學習、發展才能，

---

[18] Ibid., 20。

[19] Paull Mall *Gazette, 7 January 1884*。

[20] Blackburn, *Randolph Caldecott*, 1886, 32。

[21] Paull Mall *Gazette, 7 January 1884*。

[22] 信件存於哈佛大學的巴克典藏處（Parker collection, Harvard University Library）。

讓他在藝術家之間大受歡迎，而他也很快就與這些人稱兄道弟。喬治·杜·穆里埃接任約翰·里奇（John Leech）的工作，成為《噴趣》的編輯後，由於穆里埃非常讚賞凱迪克的作品，而成為他職業生涯初期的有力推手，而漫畫插畫家查爾斯·基恩（Charles Keene）和新古典主義畫家阿爾伯特·摩爾（Albert Moore）對他也有極大的助益。在1873年的秋天，凱迪克與旅英法國雕刻家朱爾·盧達（Jules Dalou, 1838-1902）達成協議：達盧教導凱迪克學習黏土塑形，凱迪克則以教他學會英文做為回報。達盧是當時極具影響力的藝術家，結識的朋友包括愛德華·波因特、弗雷德里克·列頓（Frederick Leighton）以及勞倫斯·阿爾瑪-塔德瑪（Lawrence Alma-Tadema），且盧達曾為這些朋友製作過肖像紀念章。達盧對年輕的凱迪克影響深遠，凱迪克去達盧切爾西的工作室學習黏土塑形時，是從粘土模型開始做起，後來已能製作淺浮雕（bas-relief）和小雕像（statuette）。

凱迪克最重要的朋友是湯瑪斯·阿姆斯壯。他是凱迪克在倫敦時最親近的朋友，並經常為凱迪克提供藝術建言、工作室和案件。他如同這一位青年藝術家的兄長，凱迪克也很重視阿姆斯壯的忠告，凱迪克早期的日記中充滿了阿姆斯壯的教導，凱迪克甚至將其奉為圭臬：「（1872年6月8日）A [阿姆斯壯]督促我繪製名人諷刺漫畫（可能是刊物畫作的練習）、（1873年4月24日）A看過我的蠟模後十分讚賞，他表示我必須更上一層樓、（1874年4月10日）我在阿姆斯壯家一整天，我觀察大英博物館四周的鴿子，並開始將牠們畫在棉布畫板上。」[23]

凱迪克加入倫敦藝術界社交團體，此團體讓阿姆斯壯想起巴黎，且是喬治·杜·穆里埃小說《軟氈帽》（Trilby）的描繪對象。除杜·穆里埃和阿姆斯壯外，該團體成員還包括拉蒙特（L. M. Lamont）、愛德華·波因特以及華特·克雷恩，而阿姆斯壯也是克雷恩之子萊昂內爾（Lionel）的教父。拉蒙特曾經描述他們的聚會模式：

> 阿姆斯壯和凱迪克幾乎每天都會見面。我們大家會在牛津街（Oxford Street）和波蘭街（Poland Street）附近的葛蘭力潔餐廳（Greliche's）相聚享用晚餐，且除了拉蒙特、建築師約瑟夫·沃利斯先生（Joseph Wallis）、阿爾伯特·摩爾與[威廉]阿林厄姆（William Allingham）外，亨利·布萊克先生也會偶爾出席……[24]

阿姆斯壯將本身的室內裝潢委託案委任給凱迪克。阿姆斯壯曾二度前往義大利，與內斯福（W. E. Nesfield）合作進行亨利·倫肖銀行（Henry Renshaw's Bank）大廳的內部裝潢，當阿姆斯壯回國後（大約1873年），就展開與凱迪克的合作。兩人在德比郡（Derbyshire）查伯倫勒佛里斯（Chapel-en-le-Frith）附近進行飯廳裝潢，

---

[23] Blackburn, *Randolph Caldecott,* 1886, 30, 52, 60。
[24] Ibid, 34-39。

由凱迪克在六呎的大型牆板上繪製鳥類系列油畫，後來這些橡木飾框油畫曾在1875年於德斯強（Deschamp）畫廊展出。他們在完成德比郡委託案之後，繼續在1875年進行霍姆伍德（Holmewood）布羅姆廳（Broome Hall）的裝潢工作。

有一項推測極耐人尋味：凱迪克與阿姆斯壯合作之後，發展出對藝術史和文學的興趣，且特別傾心於十八世紀的藝術和文學。當然，喬治王時代也與他最著名的書籍插圖有密切關係，拉蒙特曾敘述阿姆斯壯對這個時代有強烈的興趣，此言論也很適合形容凱迪克的作品。

阿姆斯壯總是心醉於英國十八世紀的文化、音樂及服裝，且非常注重簡樸高雅、含蓄內斂。這些展現十八世紀生活的事物自然端莊、饒富創意，並洋溢著讓人無法抗拒的魅力，誰能不心醉神往呢？[25]

詩人亨利・奧斯丁・多布森在帶動復興十八世紀文學與藝術風尚方面，扮演了舉足輕重的角色。他曾為霍加斯（Hogarth, 1879）及高德史密斯（1888）寫傳，亦曾在《藍道夫・凱迪克畫作與詩歌全集》（The Complete Collection of Randolph Caldecott's Pictures and Songs, 1887）的序言中，詮釋凱迪克的作品。他極度熱愛凱迪克作品，也曾在1881年寫信給凱迪，請他「採用《布雷斯布里奇廳》的風格」為高德史密斯的《世界之民》（The Citizen of the World）插圖版本繪製插圖，並描繪書中的角色「博・迪比斯」（Beau Tibbs）（迪比斯是凱迪克最喜歡的角色）。凱迪克也曾為多布森版本的《維克菲爾德的牧師》（Vicar of Wakefield，1883）與《藝術雜誌》（Magazine of Art）的詩作〈沃克斯豪爾〉（Vauxhall）繪製插圖。[26]

儘管凱迪克的健康狀況不佳，仍在1873年中期至1875年接任「特別記者」的高壓職位，並持續提供畫稿給紐約《插圖日報》（Daily Graphic）、倫敦《世界畫報》（Pictorial World）以及倫敦《圖文報》（Graphic）。即使是健康狀況良好的藝術家，從事此忙碌的工作也會感到精疲力竭，但是凱迪克總是督促自己必須達到目標，且都能在截稿之前完成故事插圖。《倫敦新聞畫報》（Illustrated London News）的「特別記者」，且為凱迪克之同事的哈利・弗尼斯（Harry Furniss）曾在自傳中描述自己的工作：

> 我整晚坐著沒睡，在木版上畫好一頁插圖，並在準備就緒後，以晨間頭班火車將木版送去雕刻，當競爭同行的草圖尚未送出利物浦時，我的畫作已在印刷了。當時我住在老阿德菲（Old Adelphi）飯店，應該沒有人會想到我是利用靴子做為燭台，將蠟燭塞在靴子內。我相信未來的「特別記者」在作畫時已有電燈可用，或飯店會提供更好的臥房燭台。我又畫了一整天的素描，徹夜打拼、挑燈夜戰（我幾乎是在寫書了）……當我到家時，僅有不到一個小時可睡

[25] Ibid, 35。

[26] Rodney K. Engen, Randolph Caldecott, 'Lord of the Nursery' (London: Oresko Books Ltd., 1976) 22。

了。哦！「特別記者」的生活可真不快樂。[27]

　　凱迪克成為紐約《插圖日報》的「倫敦藝術記者」時，任務之一就是陪同亨利・布萊克本前往維也納參加1873年5月1日開幕的世界藝術與工業博覽會（Universal Exhibition of Arts and Industry）。這是凱迪克第二度造訪歐陸，不僅十分樂在其中，且在途中與參展期間寄回了許多旅遊素描。博覽會的舉辦場所是由鐵與玻璃搭建的華麗大廳，類似1851年的水晶宮，在中央圓形大廳展示著來自世界各地的製成品。凱迪克在旅行素描寫生中，描繪了美國遊客參與7月4日的國慶日慶典、一張維也納狗兒的素描，以及他最成功的電車畫作《前往展覽》（Off to the Exhibition）。

　　這些插圖的意義非凡，因為它們是首批採用照相平版印刷法（photo-lithography），直接由鋼筆畫轉印的畫作，此製程不僅能節省耗時的木刻階段，且能保留原圖揮灑自如的特性。圖文刊物在1880年代經歷了重大變革，開始以照相雕刻法為主流製程，於1873年創辦的《插圖日報》即因為在這一場轉變中首開先河，而贏得英國媒體的讚譽。亨利・布萊克本是這一場轉變中的重要人物，布萊克本曾在倫敦藝術協會（London Society of Art）發表演說，題目為〈熱門插圖藝術〉（The Art of Popular Illustration）（凱迪克特地繪製7'×5'的大型筆刷插圖，用於佐證此演講要點）。布萊克本以紐約《插圖日報》的成功為例，強調倫敦的圖文日報需要品質優越的複印技術，他在演講中描述了《插圖日報》的工作行程，讓大家能深入瞭解該報社之藝術家（包括凱迪克）的工作情況。

　　這些插圖是由六台蒸汽印刷機印製，印刷時間通常是在上午9點到12點，所以插畫家通常必須在深夜畫圖。當我在紐約時，擁有六位技術、耐力與想像力各有千秋的藝術家員工，我知道其中有一位仍在從事此工作，因為他今天也在現場。報紙通常是在下午兩點出版，從下午兩點到隔天早上六點間，全紐約市的插圖家都在進行最非凡的插圖創作行動，我也有幸見證過此盛況。[28]

　　儘管凱迪克的才華很適合從事新聞工作，但是一直無法習慣記者快速的生活節奏。他無法固定為《噴趣》、倫敦《圖文報》或新刊物《世界畫報》提供畫稿，卻願意不遺餘力地協助朋友，特別是亨利・布萊克本。布萊克本於1874年開始在《世界畫報：插圖週報》（The Pictorial World: An Illustrated Weekly Newspaper）擔任美術編輯（該報於1874年3月7日發行，至1892年7月9日結束，總計發行478期）。該報社在第一期便表明宗旨：「獻給英國偉大的中產階級及所有英語系國家的讀者，這一份紀錄時事的插圖週報，論調清晰、內容詼諧風趣、賞心悅目。」該報社曾提出一項有趣的建議：「作家和藝術家將會在《世界畫報》中攜手合作、互相激發靈感。」[29] 凱迪克為第一期《世界畫報》繪製的插畫，是當時最重要的社會事件：《蒂奇伯恩

---

[27]　Henry Furniss, *Confessions of a Caricaturist*, 2 volumes (London: T. Fisher & Unwin, 1901) 68。

[28]　Henry Blackburn, 'The Art of Popular Illustration,' *Journal of the Society of Arts* (March 12 1875) 166。

[29]　*The Pictorial World* (London, England, 1874) 2, 393-394。

案審判終結》（Tichborne Trial）以及《近期選舉速寫》（Sketches of the Recent Elections），而且是採用全新複印工法，例如道森新式蝕刻製程（Dawson's New Etching Process）。除此之外，他還提供自己的大型工作室複印之彩畫，例如《追獵》（Coursing）及《晨間漫步》（Morning Walk），儘管如此，他卻拒絕週薪10英鎊10先令的職位，未成為該報社的固定員工。

對於凱迪克的早期事業來說，1874年是非常關鍵的一年，因為他是在這一年發展出享譽盛名的個人風格。凱迪克在1874年1月23日的日記中寫道，雕刻家庫珀（J. Cooper）與他洽談生意時，建議他為華盛頓・歐文（Washington Irving）的《素描集》（Sketch Book）製作插圖，總計需要繪製七、八十幅素描。他向凱迪克說明此計畫後，希望凱迪克能仔細地考慮，凱迪克很喜歡這個構想，最後的成品就是1876年出版之《舊聖誕節》中集結的120幅插圖，這些作品都是在亨利・布萊克本位於白金漢郡法法姆羅亞爾（Farnham Royal, Buckinghamshire）的鄉間小屋中完工。他們使用小棚子將放飼廄與馬廄連通，改造成工作室，凱迪克即在此度過了1872年、1873年及1874年的夏季，且興致勃勃地描繪風景、當地園丁、新郎和教區執事，並將這些插圖全都收錄在《舊聖誕節》中。

在凱迪克29歲時，麥克米倫公司（Macmillan & Co.）出版了《舊聖誕節》，這是他第二度獲得麥克米倫委託（他在前一年曾為路易莎・摩根（Louisa Morgan）的《布魯諾男爵》（Baron Bruno）繪製8幅插圖）。《舊聖誕節》是從《喬佛里・克里昂寫生簿》（The Sketch Book of Geoffrey Crayon）中挑選集結而成的作品集，該寫生簿是華盛頓・歐文觀察英國的紀錄，時間橫跨1805年至1815年，並在1820年分成三冊圖文書籍出版。1875年出版的《舊聖誕節》是摘錄自舊版的五個章節，並在序言中陳述：「他們[凱迪克和庫珀（J. D. Cooper.）]的主要構想是實踐《寫生簿》結合插圖設計及文本的原則，且兩人從開始聯手合作至結束，在其中投注了無比的熱情。至於此書的成敗，則交給大眾決定。」

麥克米倫出版社在1875年10月出版此書時，獲得大眾如潮的一致佳評。此書在經過些微變動後，於1875年12月加印，然後在1877年三度加印。《世紀畫報》評論家表示：「這本書適合各種階層的讀者在爐邊盡情翻閱……書中的插圖設計令人喜愛，並成功重現了原作的一百多幅插圖。」[30]《世紀畫報》的美術編輯對此書亦盛讚有加：「插畫家的名聲與書本作家竟然不相上下，甚至可能凌駕其上，這種事情在歷史上實在罕見。」[31]

本書插圖千變萬化，從印在米色紙張的全頁木刻畫，到融入內文的小型角色素描《庫珀提議的構想》，且風格飄忽不定，經常隔一頁就發生變化，例如本書第96頁及

---

[30]　*The Pictorial World*, 1874, 275。

[31]　Blackburn, *Randolph Caldecott*, 1886, 105。

97頁的盤子插圖就是先後繪製，時間可能相隔數月，但是這些插圖的整體效果卻富有微妙的魅力，並重現了十八世紀的英國風情。凱迪克曾仔細研究華盛頓・歐文的觀察內容，並在畫作中保留這些內容，再運用自創的人物及動物，讓這些插圖躍然於紙上。出人意料的是，在麥克米倫決定出版《舊聖誕節》以前，此書曾被好幾家出版社拒於門外，甚至有人認為這些插圖「缺乏藝術性、草率隨便、低俗難耐，不配做為《舊聖誕節》一書的插圖」。[32]

　　《舊聖誕節》的續作《布雷斯布里奇廳》（Bracebridge Hall）在1877年出版，兩人事前承諾會以「相同的巧手繪製插圖，不過篇幅會濃縮，讓書本的尺寸與售價更平易近人。」凱迪克在1876年6月間完成這一批116幅黑白插畫，且同樣由庫柏雕刻，雖然此書的年份標註為1877年，事實上在1876年已完成印製。《布雷斯布里奇廳》亦在1877年加印，卻不如《舊聖誕節》炙手可熱，而《布雷斯布里奇廳》最有趣的部分可能是書本封皮，在同一規格的綠色皮面上印著與《舊聖誕節》類似的浮凸金色字體。兩本書的差異主要在於封面設計，《布雷斯布里奇廳》的封面上有一位小女孩坐在樹下，與凱特・格林那威的設計頗很雷同。格林那威是凱迪克同事，也是競爭對手，而且她在去年才出版了第一本日曆。

　　這兩本書的成功開始改變凱迪克的生活。他不再過著鄉村的逍遙生活，而是花好幾個小時勤奮不懈地鑽研下一個委託案的插圖，且不斷地精進自我風格。他在寫給曼徹斯特友人的信中說道：

> 我真希望自己曾經接受過嚴格的專業繪圖訓練，就能讓繪圖如同吃飯一般輕而易舉，我現在已經擁有自己的工作室，有時候卻希望自己仍是一位小畫工。藝術長遠，人生苦短。[33]

他又在另一封信中描述自己的工作熱忱。

> 我非常努力經營自己的事業，如同在曼徹斯特銀行大廳洋洋得意、昂首闊步的偉大執行長般，令人欽佩、全神貫注、歡欣喜悅又自信滿滿。是的，我沒有耽溺於尋歡作樂、過著無拘無束之生活的想法。我發現世事總是這麼討厭：如果想要成功，就必須先苦其心志，勞其筋骨。[34]

　　他在少年時期熱愛鄉村生活，這一份熱情也使讓無法全心投入工作，且經常導致他滿心愧疚。凱迪克在1875年春天寫信給惠特徹奇（Whitchurch）鄉村多丁頓

[32] Mary Gould Davis, *Randolph Caldecott An Appreciation* (Philadelphia and New York: J. P. Lippincott, 1946) 29。

[33] Blackburn, *Randolph Caldecott,* 1886, 97。

[34] Ibid., 118。

（Dodington）的朋友時表示：

> 當我在鄉村居住太久，就會心生愧疚，卻不知該向誰道歉，所以我應該再住兩、三天就該離開這裡，然後忍受「思鄉之苦」。每一次告別小羊、小豬、小馬、小鵝、小牛和小狗時，總是會讓我勇氣盡失，無法離去。[35]

　　1877年1月，凱迪克從倫敦搬到法國里維埃拉（Riviera），希望能藉此減緩健康惡化的情況。他與阿姆斯壯在芒通（Menton）的輝煌飯店（Hotel Splendid）花園中，投入許多時間繪製景物的素描和彩圖。除此之外，他亦假藉名為卡拉（Carra）的英國旅客（為虛構人物）寫下一系列信件，並在信中以圖文描述在蒙地卡羅（Monte Carlo）和摩納哥（Monaco）的經歷。亨利‧布萊克本宣稱從未收到過蒙地卡羅與其鄰國的畫稿，這些畫作是由優秀的特派記者提供。如果將凱迪克的作品與《倫敦新聞畫報》及《世界畫報》之其他特派記者不成氣候的素描相較，凱迪克的線條確實顯得較熟練、充滿自信，且他的報導詼諧幽默、侃侃而談，深受數千名英國度假民眾的喜愛。這些畫作與其他《圖文報》作品曾分為四冊各別重新發行。

　　凱迪克大約從1873年開始與《圖文報》合作。該報係創立於1869年，是藉由報導1870年的普法戰爭而崛起，最後取代當時最重要的圖文刊物《一週一報》（Once a Week），成為英國最具影響力的圖文週刊，並革新了英國的插畫工法。根據英國插畫界權威格里森‧懷特（Gleeson White）的說明，《圖文報》崛起代表「1860年代木刻插畫派」（Sixties School）終結，大家開始支持威廉‧史默（William Small）與其追隨者提倡的全新工法。總編輯威廉‧盧思康‧湯馬斯（William Luscon Thomas）複印菲爾德斯（Fildes）的作品《申請入住收容所》（Application for Admission to a Casual Ward），以及休伯特‧赫克馬（Hubert Herkomer）、弗蘭克‧霍爾（Frank Holl）與弗雷德里克‧沃克（Frederick Walker）的作品，企圖引起大眾注意維多利亞時代中期之英國社會的弊病、種種苦難及貧富懸殊。無論藝術家使用什麼媒材，湯馬斯都想要將他們的作品進行複印，以打破完全依賴木刻版的情況（但是凱迪克的畫作是刻在木版上，以深褐色（sepia）印出，最後由艾德蒙‧埃文斯上色。因為《圖文報》的成功，促使湯馬斯在20年後又創立了倫敦第一份圖文日報：《圖解日報》。

　　從1874年開始，至凱迪克於1886年過世後，幾乎每年的《圖文報》夏季期號和聖誕期號都會刊載他的畫作，因為他的目的十分明確，以及他的故事能讓所有的讀者深深著迷且樂趣無窮。他曾經向畫迷解釋自己的目的：「請讀者告訴我，在看過我的插畫之後，連憂鬱了好幾個月的瘋子都會開始微笑。」[36]

---

[35]　Ibid., 127。

[36]　Ibid., 152-153。

可惜的是，線素描（line-drawing）在1870年代逐漸式微，亨利・布萊克本也發現了這個問題，所以在1875年3月，於皇家藝術協會學會（Royal Society of Arts）的坎托講座中（Canto Lecture）呼籲大家在繪製繪本與圖解刊物時，線條要簡單、設計不要太繁複，並敦促同事教導學生僅使用筆墨（pen and ink）線條作畫。華特・克雷恩在曼徹斯特藝術學校演講時，也強調相同的論點，之後更在《線和形式》（Line and Form）發表他的看法。「為什麼沒有更多公立藝術學校教導僅使用筆墨線條作畫呢？」當時布萊克本問道，並表示：「筆墨的純熟技法用途很廣，且能為木版畫奠定基礎，可惜大部分學校在教學時，都預設學生想要成為畫家。」[37]

在1889年，美國插畫家約瑟夫・彭內爾（Joseph Pennel）發現英國的線繪藝術家（line artists）確實已寥寥無幾，因為英國藝術家重色彩、輕線條，僅有在為彩畫快速打稿時，才會使用到鋼筆素描。

儘管線條不受重視，木刻家的複印技法仍必須仰賴插畫家運用的線條，這一點實在很諷刺。插畫家在木版上作畫時會使用兩種技法，凱迪克與其他「六十年代派」藝術家會使用第一種技法：使用鉛筆（pencil）或筆墨（pen and ink）勾勒出簡單的輪廓，提供清楚的形狀與外型讓木刻家能依樣雕製。他們會各別加入線條或使用網目線作出陰影（cross-hatchings），藉此凸顯出顏色或色調，並將在他們認為不重要的部分留白，當作品印出後，這些部位就會變成讓人「發揮想像力」的空白。木刻家僅會雕刻插畫家的線條，不會增減原畫作的線條，因為已逾越他們的職責範圍。

第二種技法的代表藝術家是威廉・史莫（William Small）。他使用此技法在多種刊物中複印盧克・菲爾德斯（Luke Fildes）、休伯特・賀克默（Hubert Herkomer）以及巴特勒夫人（Lady Butler）的畫作。他的技法背離了「六十年代派」的風格，不再複印明暗度（values）或色調（tones），然後衍生出複印畫作的照相雕刻術或加工技法（process method）。在使用此技法時，必須先在木版上畫好黑白色調的淡水彩畫（washes），再將木版交給木刻家以線條詮釋。藝術家的作品和聲望幾乎都掌握在木刻家的手中，木刻家會依據自我偏好和技巧添加效果或減少區塊。

複印畫作的精確工作不能完全由木刻家掌控。由於照相雕刻術製程具備快速精準的優點，因此會嚴重打擊木刻產業，事實上木刻家已在運用照相技術，他們會使用敏感的化學物質將原畫作轉印至黃楊木的木版上，不過此製程直到1860年代才開始普及。這是將筆墨素描（pen and ink drawing）提升至藝術境界極重要的一大步，能讓原畫在經過照相複印後依然保持原樣，不會從木版上刻掉。此新技法對於重現畫作色調而言很重要，可惜產生的線條不如木刻家的線條銳利。

如同許多年輕藝術家，凱迪克也曾嘗試繪製加工複印（process reproduction）使用的畫作，並花費了大約一年的時間嘗試各種技法，包括在石蠟薄片上作畫的道森新式蝕刻製程（the Dawson typographic etching process）。除此之外，鄧肯・

達拉斯（Duncan C. Dallas）更發展出達拉斯印刷術（Dallastype）：使用膨脹明膠（swelled gelatine）將凱迪克的作品製作成照相版（photographic blocks）。達拉斯在1875年已將此印刷技術發展得至臻完美[38]，但是凱迪克直至1877年仍偏好使用木刻印刷，致使他放棄了此項加工技法。亨利‧布萊克本曾解釋道：

> 根據他本人的說法，他作畫時與其他許多插畫家一樣自由度極高，且都偏好以畫筆上色，再由技巧純熟的木刻家以線條進行詮釋。不過他也喜歡在素描中展現線條的力量，並曾研究「留白藝術的學問（the art of leaving out as a science）」，不會急著動筆，而是在深熟慮後落筆作圖。我記得他經常說：「線條越少，錯誤越少。」[39]

艾德蒙‧埃文斯

在1878年，凱迪克就已經與知名的彩色印刷師暨木刻家艾德蒙‧埃文斯展開商業合作，且成果豐碩。埃文斯在回憶錄中紀錄了自己與凱迪克的一次會晤，兩人是在凱迪克位於大羅素路的住處碰面，當時埃文斯提議由凱迪克繪製先令玩具書系列，而凱迪克亦同意每年繪製兩本，且在1878年的秋天開始執行這一項安排。最早由埃文斯進行雕刻與印刷完成的兩本圖畫書（最後總共完成十六本）為：《傑克蓋房子》與《約翰‧吉爾平騎馬》。[40]

埃文斯在製作圖畫書時，通常僅使用三種色版，不過在早期計畫中曾使用六至十六種不同的色版。他會非常謹慎仔細地進行核對工作，此工作又稱為「分色」，能製造出漸層色調，與手繪色彩或多色平版印刷板的效果（coloured chromolithographed plates）非常類似。埃文斯在1872年首度為《圖文報》製作彩色插圖，印製出彩色與金色的阿爾伯特紀念亭（Albert Memorial）跨頁插圖，之後凱迪克為《圖文報》繪製插圖時，也是由埃文斯雕刻與印製他的素描傑作。

凱特‧格林那威及克雷恩在為埃文斯畫插圖時，仍是默默無名的藝術家，但是凱迪克與他們不同，在32歲就開始與這一位印刷師往來。當時的凱迪克已是一位成功的插畫家，並因為《舊聖誕節》與《雷斯布里奇廳》而享譽盛名。埃文斯的確是因為凱迪克的作品成功大賣，才會發派圖畫書委託案給凱迪克，事實上，兩人在1873年即曾合作過，當時凱迪克在為《弗蘭克‧邁爾德梅》（Frank Mildmay）繪製六板插圖。

他們的商業合作關係是建立在互信上。凱特‧格林那威會在完成複印後，向埃文斯要回原畫作，並向他索取使用費，相反的，凱迪克願意承擔銷售不佳的風險，分攤自己首部圖畫書的投機風險。凱迪克亦同意由他繪製插圖的圖畫書，必須賣出後才支

---

[38] A. Brothers, *Photography: Its History, Processes, Apparatus, and Materials, Comprising Working Details of All the More Important Methods* (London: C. Griffin and Co., Philadelphia, Lippinicott, 1899)。

[39] Blackburn, *Randolph Caldecott*, 1886, 126。

[40] McLean, *The Reminiscences of Edmund Evans*, 1967, 25。

付他費用，如果圖畫書賣不出去，他就無法取得任何費用。埃文斯曾經說明兩人的合作方式。

> ……所以我同意承擔雕刻木頭主版畫作的所有風險。我會在他的樣張（proof）上色後，臨摹至繪圖紙上，準備進行印刷，然後會雕刻那些木版，並盡量使用最少的顏色印出來。完成此步驟後，會先印主版（key block）的深褐色，再印臉部與手部的膚色，而其他顏色則會盡量接近臨摹彩圖（painted copy）：紅色、藍色、黃色以及灰色。最後由我提供紙張印製一萬本，再交由喬治·勞特力奇父子公司出版。[41]

　　埃文斯清楚記錄了他們的做法。第一，埃文斯與凱迪克不使用黑色主版，而是選用深褐色主版（the key block），顯然非常適合凱迪克的主題與設計。第二，他們選用的六種效果絕佳的顏色，埃文斯採用灰色，創造出畫面上的漸層與質感。第三，他們決定進行雙面印刷，在當時是屬於罕見的彩色印刷作法，而凱迪克使用更多頁數來發展他的構想。埃文斯相信他擁有此技術，這一份信心有充分的事實依據，反面頁不會出現壓印。第四，凱迪克在紙上畫出設計，然後埃文斯再將畫作轉至木版上。直到1870年代，克雷恩都是直接在木頭上作畫，但是凱迪克不必如此。第五，埃文斯配合凱迪克採用當時罕見的玩具書尺寸與格式。他們在1878年至1881年期間，是使用大約23.2×20.5公分的肖像畫格式（portrait format）製作玩具書，而在1882年至1885年期間，則是使用大約20.5×23.8公分的風景畫格式（landscape format）製作玩具書，不過為何會選擇這些格式的原因不明。最後，埃文斯選擇與凱迪克合力製作先令系列，使兩人有更多自由發揮的空間，埃文斯與凱迪克在六便士系列中，沒有充分的頁數、空間及色彩可表達自我意圖，結果他們推出了玩具書嶄新的創新格式。他們合作長達八年，每年共同製作兩本書，最後完成勞特力奇公司的16本著作。[42]

　　值得注意的是，從1875年到1885年之間，凱迪克特別醉心於英國十八世紀的文化，當時正是十八世紀風潮盛行的時期。他與當代作家阿姆斯壯與道布森均廣泛閱讀十八世紀的文學，相互詆勵，凱迪克極力從十八世紀的文學汲取創作的題材，融入其圖畫書的文本，由此他與埃文斯協力製作了一系列以十八世紀的文化為主題的圖畫書，可以看出凱迪克的創作積極呼應了當代的十八世紀風潮，成為他一生圖畫書的經典之作，這一系有關於十八世紀主題的圖畫書包括：1875年出版的《舊聖誕節》是從《喬佛里·克里昂寫生簿》（The Sketch Book of Geoffrey Crayon）中挑選集結而成的作品集，該寫生簿或素描集是美國作家華盛頓·歐文觀察英國的紀錄與經驗，時間橫跨1805年至1815年，並在1820年分成三冊圖文書籍出版。1875年出版的《舊聖誕

---

[41] Ibid., 56。

[42] Masaki, *A History of Victorian Popular Picture Books, Volume I: Text*, 2006, 280-281。

節》是摘錄自舊版的五個章節，並且是凱迪克和庫珀（J. D. Cooper.）]的協力結合插圖設計及文本的書籍。《舊聖誕節》的續作《布雷斯布里奇廳》於1876年完成印製，於1877年出版。

1878年的《約翰·吉爾平騎馬》（The Diverting History of John Gilpin）是源自於十八世紀作家威廉·考伯（William Cowper 1731-1800）的詩作《約翰·吉爾平騎馬》。威廉·考伯是一位英國詩人及讚美詩作者。考伯的詩作以書寫英國的鄉間景色和平民的生活著名。《約翰·吉爾平騎馬》的故事描寫亞麻布商人吉爾平騎馬的旅程，反映了考伯對於吉爾平與馬兒之間互動充滿幽默樂趣的故事。有關故事的來源據說是考伯在五十歲時認識了奧斯登女士（Lady Austen），奧斯登女士幼小便熟捻吉爾平騎馬的故事，將該故事轉述給考伯，考伯深受感動，徹夜未眠急速將故事寫成民謠文稿。吉爾平騎馬的故事不但刺激許多不同形式的視覺創作，而且產生了龐大的插畫版本製作，在十九世紀形成一個強盛的插畫傳統。

1879年的《瘋狗輓歌》（Elegy on the Death of a Mad Dog）是源自於十八世紀作家奧立佛·高德史密斯（Oliver Goldsmith）的詩作。該詩發表於1766年，原詩是包含在高德史密斯的《維克菲爾德的牧師》（The Vicar of Wakefield）之中。《瘋狗輓歌》一方面與寵物狗的傳統詩有關，一方面也具有社會寫實的觀點，對十八世紀末葉寵物狗所帶來的社會災難，有嶄新的批評與解釋。凱迪克的插畫也因應強化了批判的觀點。

《維克菲爾德的牧師》是高德史密斯於1766年發表的小說。小說出版後，便獲得極高的評價，於十八世紀後期，延續至十九世紀，在十九世紀文學藝術領域中，非常的流行，被尊為英國的文學經典作品。由於這本小說在文藝市場受到重視與喜愛，不斷地再版，並且也不斷地繪製插畫，以吸引讀者的閱讀與興趣，可以說是十九世紀最常被插繪的一部作品。凱迪克於1883年為《維克菲爾德的牧師》畫了一張卷頭插畫。

1883年的《農夫少年》（The Farmer's Boy）圖畫書的文本源自於十八世紀的詩人羅博·布倫菲兒（Robert Bloomfield）的詩集《農夫少年》。布倫菲兒於1766年出生於克亨寧頓·蘇佛克（Honington, Suffolk）地方一個貧窮的家庭。一歲時父親死亡，而從擔任鄉村教師的母親，獲得基礎的教育。他於十一歲時接受舅舅的教導進入農場工作了三年，由於這些早年的農場工作經驗，爾後深深影響作者。在他的著作《農夫少年》的詩文中回敘書寫，傾述了他童年在農場工作的生活經驗。在倫敦從事補鞋工作的時期，由於閒暇時他繼續拓展對於詩文的喜愛，就在1796-1798年之間，布倫菲兒開始撰寫他的詩文著作，名稱為《農夫少年》。這本詩集成為布倫菲兒一生中文學創作的經典之作，在英國文學界嶄露頭角，並且奠定其在文學界的地位。在十八世紀的復興風潮中，《農夫少年》詩集不但在文學界嶄露頭角，而且由於豐富的插畫，在市場中多次再版，穫得讀者的喜愛。

維多利亞時期盛行十八世紀風潮，不僅反映著1870年代人們緬懷過去的年代，而且形成十八世紀風味的時尚與戲劇潮流。1870年代的中產階級可以接受上劇院看戲了，而十八世紀復興戲劇以及其他以十八世紀想像為題材的戲劇則在這波劇院的復

興中扮演重要的角色。改寫十八世紀的戲劇作品中，謝里登的《造謠學堂》與威爾斯的《奧利維亞》是典範的作品。凱迪克於1885年以十八世紀的著名劇作家山姆‧福德（Samuel Foote）的作品，製作其圖畫書，名稱為《偉大的潘展狀》（The Great Panjandrum Himself），描寫一位大學教授與兒童共同遊戲的故事，充滿詼諧童趣。[43]

　　凱迪克在1878年12月從坎城（Cannes）寄出的一封信中，描述了自己首批圖畫書的成功。

> 這一間飯店已經張貼兩、三則公告，所有旅客都已經看到，還有人問我與「那一位才華洋溢的藝術家」是否有任何關聯。加印的三萬本[與埃文斯的數字衝突]將在聖誕節送達，預計銷售量將會立即繼續往上衝，希望能如此，因為能我獲得一點版稅-真的只有一點喔。[44]

　　凱迪克的圖畫書設計得非常獨特。克雷恩的設計以華麗的裝飾及復古人物為主，但是凱迪克的設計與克雷恩不同，是以絕佳掌控的線條為基礎，在《約翰‧吉爾平》一書的所有28幅插畫中，僅有6幅為全頁彩板，其他則是散見於文字間的簡單素描插圖，且文字與插圖均以褐色墨水印製。埃文斯曾敘述凱迪克的表現技法。

> 當時之先令故事書的慣例是圖畫背面通常為空白頁。我當時提議圖畫書不需要留任何空白頁：雖然這些小插圖僅有輪廓，卻如此生動有趣、揮灑自如，因為凱迪克的作品總是能讓人滿意。從他筆下的貓和狗，就能看出他對於這些事物的構造瞭解得多麼透徹。如果素描的成果不錯，他就會將作品交出去，如果他對素描的成果不滿意，則會撕毀燒掉。這些插圖都是以鋼筆繪製在表面平滑的書寫紙上，尺寸為post 8vo，然後轉攝於木版上，再仔細刻成「摹寫」（fascimile）-此時加工技法仍發展得不夠完美，而無法印製這些插圖。[45]

　　凱迪克曾在接受記者訪問時，提到自己的表現技法：

> 當凱迪克先生在構思兒童圖畫書作品時，會先選擇自己的主題，再詳細考慮處理的技法，然後製作出指定尺寸的空白書本，並立刻逐頁畫出許多草圖（sketch），書本內容就會漸漸浮現，且會在實際製作圖畫書時參考這一本草圖。他有許多草圖完稿，都是使用一支筆與褐色墨在普通的平滑白紙上。[46]

---

43 請參考本書第十二章的討論。

44 *Harvard letter*, December 13, 1878。

45 McLean, *The Reminiscences of Edmund Evans*, 1967, 56。

46 *Pall Mall Gazette, 7 January 1884*。

他為《傑克蓋房子》繪製了30幅此類素描草圖，他也曾為《傑克與魔豆》繪製草圖，不過只是草圖，而不是完稿。在他過世之後，這些完稿或未完稿的插圖都出版了（1886）。

凱迪克的素描與草圖十分精緻，凱迪克也深知雕刻他的作品有多麼困難。他在1884年3月5日寫信給艾德蒙・埃文斯，描述他對埃文斯製作之圖畫書成品的感想。

> 我真是無法瞭解，我已經明確告訴你，這些圖畫書第2、3頁主版的眼睛顏色太黯淡，以及《跟我來》（Come Lasses and Lads）第3頁有一個女生的洋裝線條根本不及格。我在猜想，應該是因為企圖保留木刻中的淡色線條與點而造成的後果。在最後（sic）彩頁中的女孩及《跟我來》中一個女孩的眼睛顏色應該更深才對，同時我認為今年木刻中的臉部詮釋更勝以往，且能完全重現筆觸的精神。事實上，我覺得這些木刻有一點太過精細，使部分線條比原圖更突出。如果其他藝術家看過初期樣張，我認為他們也會對此成果感到很滿意。[47]

但是凱迪克在寫給埃文斯的同一封信中，亦表示不想再畫圖畫書系列的插圖。

> 我不想再畫這種作品，但是，如果你和勞特力奇堅持應該再出幾本，我也會欣然接受……我想要轉換自己的創作重心，現在我有其他構想，就是出版一本尺寸大約2/6尺寸的書籍，我認為可能會很成功。幾先令的小尺寸書籍在英國應該很難暢銷，而且美國適合出版更昂貴的書籍。[48]

這個國家最初為凱迪克提供《圖解日報》的首件委託案，協助他創造出成功的事業，諷刺的是，現在同樣是這個國家奪走了他的機會，讓他的事業無法更上一層樓。凱迪克的作品在美國依然備受尊崇，並贏得當代應有的肯定，更獲頒年度凱迪克獎章（Caldecott Medal），表揚他「前一年在美國完成最不同凡響的美國兒童繪本」。該獎項的得獎人選是由美國圖書館協會（American Library Association）兒童服務部（Children's Service Division）遴選。[49]

藍道夫・凱迪克賣掉英國住宅，於1885年10月搭船前往美國，聽從摯友菲德瑞克・洛克（Frederick Locker）建議搬到佛州，希望當地較溫暖的氣候能讓他迅速惡化的健康情況得以好轉。凱迪克受《圖文報》（Graphic）委託，將這趟旅程的美國生活點滴記錄在《美國現實與幻想第一集》、《美國現實與幻想第二集》（American Facts and Fancies, I and II）（請參閱附錄）。凱迪克在紐約登陸，他打算遊歷東岸，穿越南部，橫跨大陸前往加州並在回程穿越山區。旅程前期相當艱

---

47 Letter in Victoria and Albert Museum Library。

48 Ibid。

49 Engen, *Lord of the Nursery,* 1976。

辛，因為凱迪克在佛州感染急性胃炎，佛州當時也降至五十年最低溫。凱迪克摯友阿姆斯壯（Armstrong）還來不及趕來替他治療，這位藝術家便在1886年2月13日撒手人寰。凱迪克享年四十，藝術生涯只有短短十年。

有關凱迪克的評論

凱迪克交友廣泛、重情重義，足見其天性平易近人、詼諧幽默。這些朋友在他過世後成立委員會，為他在聖保羅教堂（St. Paul Cathedral）建造紀念碑，比鄰喬治‧庫克強的紀念碑。他給朋友的信中畫滿趣味素描，為人相當善解人意、幽默逗趣，而且還能記錄倏忽即逝的瞬間印象。他的終生好友威廉‧克拉夫（William Clough）曾如此稱頌他：

> 就算這位藝術家溫情寫實的畫作未達最高境界，他也已在作品中充分揮灑自我色彩，堪稱一大創舉。他一生無怨無悔、清清白白、坦坦蕩蕩、心靈純淨，正如同他熱愛的英國般生氣蓬勃。他是有容乃大、吃苦耐勞的男子漢。他從不疏遠任何朋友，內心不受忌妒、惡毒或苛刻念頭汙染，就算社會對他百般吹捧，就算功成名就，他也沒有忘記早年的朋友。

有人曾委託凱迪克為畫集繪製幾位同期藝術家的肖像，但他卻拒絕了這項任務，他擔心自己「諷刺畫般的尖刻風格會詆毀其中任何一人。」

即便皇家學院（Royal Academy）的可敬院長弗雷德里克‧列頓（Frederick Leighton）都曾在1886年5月1日的學院演講說道：

> ……今晚我非得提到這位藝術家的名字不可—他的作品在英國，人人收集、家家珍藏，賞心悅目、精緻優雅，實在無人能比。他的幽默奇趣創意無窮，歡笑聲充滿生氣、散播快樂；我們都痛失了一位宜人身心的藝術家摯友，在座有誰不為藍道夫‧凱迪克的亡故而哀痛？

凱迪克過世後，華麗頌辭說他名聲大噪，竄紅速度之快超越史上所有藝術家。他的影響力也確實遠播至法國，他為英文刊物繪製的插畫在1882年推出法文版並在1881年於巴黎文藝沙龍（Paris Salon）展覽作品。所以就算高更（Gauguin）和梵谷（Van Gogh）都很推崇他的作品，也不會讓人太意外。

梵谷寫信給弟弟時讚美凱迪克的早期插畫：

> 最近我看到藍道夫‧凱迪克的新版圖畫書，我買了華盛頓‧歐文（Washington Irving）《寫生簿》（Sketch Book）的兩冊插畫，售價總共是1先令。書中描述本世紀初某個小村落的聖誕節，書中的小幅素描都很簡練，彷彿雅克

（Jacque）或門采爾（Menzel）的畫作。等你來找我的時候，你一定要看看這些木刻畫，凱迪克這種藝術家極具原創精神，非常有意思。

高更大約在1886年於阿旺橋（Pont Aven）認識英國畫家雅契博‧史坦迪許‧哈崔克（A. S. Hartrick），他提到自己很讚賞凱迪克筆下的鵝群，此處高更指的應該是《約翰‧吉爾平騎馬》書中的插畫，他獻上高度讚譽，聲稱那幅畫「體現繪畫的真諦。」

雅碧翠絲‧波特（Beatrix Potter）從小就知道凱迪克的作品，而且對其相當崇拜。她的父親買過《一隻青蛙去求偶》（A Frog he would a-wooing go）的兩小幅鋼筆墨水素描以及《歡樂三獵人》（The Three Jovial Huntsman）的全套素描，這些作品當然也影響了波特的童書畫作。

藍道‧凱迪克能細膩描寫維多利時代晚期生活，其畫作又時常看似喬治王時代，巧工妙筆在英國插畫史占有重要地位。即便以今日標準估量，他的敏銳觀察和即興畫法依然使其作品獨樹一格。約瑟夫‧彭內爾（Joseph Pennen）在1889年宣稱：「英國沒有任何藝術家能在這方面與他並駕齊驅，我也非常懷疑世上有人能超越他。」他雖英年早逝，作品卻是驚人地多產，世人會永遠記得他那罕見的個人特色。艾德蒙‧埃文斯嘗試結合繪畫與雕刻，運用嫻熟技法將凱迪克畫作保存留在木刻彩印中，融入1870年代至1880年代的刊物與童書。大家常比較凱迪克與同行華特‧克蘭和凱特‧格林那威，試圖找出他們畫作中的關聯性。儘管如此，因為凱迪克不迎合大眾口味，他既不跟隨唯美主義運動（Aesthetic Movement）的忸怩風格，也不效法前拉斐爾派（Pre-Raphaelites）的異國情調和過度理性，所以更使其作品饒富個人特色。克蘭畫作中的學者盛裝打扮、舉止莊重，與凱迪克筆下的跳舞農夫或奔跑狗兒形成對比。凱特‧格林那威總是畫出傻笑的孩童，凱迪克的畫作則較為活靈活現，男孩女孩如小天使般可愛，他們的身體上下晃動、在塵土飛揚的舊路上騎著小馬奔馳。凱迪克還有更重要的一項特色，那就是他能輕鬆準確地畫出動物。凱特‧格林那威畫的貓像老鼠，沃爾特‧克蘭畫的貴賓犬像山羊，可謂相形見絀。插畫研究指出，凱迪克投注無數時間記錄自然，旅途中會從馬夾背心口袋拿出小素描本，以線條捕捉臉部表情或搖尾巴的動作，所以他的風格才能如此細膩、自由奔放。誠如奧斯丁‧多布森寫道，凱迪克能以線條捕捉大家渴慕的英國生活體驗。凱迪克畫作中處處可見英國清新涼爽、微風徐徐的戶外生活、迷人的田園風光以及如詩如畫的環境。他的藝術風格優雅卻不嬌柔，溫情卻不無病呻吟……不帶病態情感，也不傷感濫情。這些作品均以圖畫表現男兒豪情、歡樂天性與單純滿足。凱迪克天資過人，其畫作高雅優美，鮮少有英國藝術家能與他平起平坐。

凱迪克藝術生涯雖然短暫，卻留下豐富作品，而其插畫更佔有至關重要的地位。H.E.D以刊載於《圖文報》的紀念詩概述凱迪克的藝術生涯。

哀嘆，凱迪克早逝！我等希望破滅

世人竟痛失如此英才

論風格奇特，你乃空前絕代

雖已離世，卻永遠無法超越

筆觸洋溢情感、寫實細膩

展現人性種種百態

讀者既有收穫，又能歡笑開懷

讓人更加相愛相惜

老者會心一笑，彷彿再見

那昔日故人風俗

嬰孩緊盯畫冊，目不眨眼

凝視神往，飽覽如夢景物。[50]

　　英國藝術家對凱迪克的作品感到著迷。當凱特・格林那威看到凱迪克為《你好，蒂迪迪多，1882》繪製的插圖設計時，大嘆自己的想像力真是相形見絀。凱迪克曾數度被人誤會是凱特・格林那威的丈夫，不過，凱迪克對於這一段佳緣興趣缺缺，他在1880年與朋友通信時提到此事：「你之前問我格林那威的年紀，她應該是將近三十歲或可能更大，而且長得不漂亮。」當艾德蒙・埃文斯提議讓兩位藝術家合作進行馬佛（Mavor）《英文拼字書》（English Spelling Book, 1885）的委託案時，格林那威小姐可能覺得埃文斯太過分，而斷然拒絕兩人的合作。由於凱迪克已為這一本書繪製了草圖，因此獨自接下了此項委託案。

　　華特・克雷恩也非常肯定凱迪克的才華。克雷恩在凱迪克初至倫敦時曾經提供協助，並建議他如何與出版商談條件，後來兩個人也成為好朋友。在凱迪克標註為1883年7月8日的信件中，附有一張克雷恩的親筆簽名，凱迪克在信中向威廉・克拉夫解釋道：

　　　他真是一個好人，可惜沒有發揮自己的天賦，主要是受到早期及最聰慧之義大
　　　利畫家與製圖員的影響。

　　克雷恩也曾在自己的專書《論新舊書籍裝飾插圖》（Of the Decorative Illustration of Books Old and New，1896）中，表達對凱迪克作品的推崇。

---

[50] Ibid., 21-23。

3.3 華特・克雷恩（Walter Crane）

華特・克雷恩（Walter Crane, 1845-1915）的幼年教育是由他的父親托瑪斯・克雷恩（Thomas Crane）啟蒙，鼓勵他發展藝術的天份，在1857年十二歲時，克雷恩全家遷往倫敦，使他有機會前往博物館與皇家學院參觀學習，一年之後，他製作了一組彩色插畫作品《沙樂小姐》（the Lady of Shalott），獲得木雕家林頓（W.J.Linton）的認同，並開始克雷恩向林頓學習木雕的學徒生涯。[51]

克雷恩也同時喜愛兒童插畫，於1863年認識埃文斯。華特・克雷恩在《回憶錄》（*Reminiscences*, 1907）中描述了他與埃文斯開始合作的初期。

> 他[埃文斯]大量運用了印刷技術，其中一種是用於製作便宜的鐵路小說封面，因為這些小說通常是採用黃色封面，且故事駭人聽聞，所以我們有時候會稱其為「芥末醬」。此類設計是埃文斯先生初期的主要作品，後來（大約1865年）我開始為他設計喬治・勞特力奇父子公司的兒童圖畫書，使這些書變得廣受歡迎。[52]

據克雷恩表示，他首次為埃文斯製作的作品不是童書，而是黃皮書的封面，之後兩人即在1865年推出了玩具書。

從許多方面看來，華特・克雷恩都是一位幸運兒。他與其他同期的藝術家不同，沒有木版畫的職業限制。他在遇見艾德蒙・埃文斯之前，已接受過木版製圖員（a draughtsman on woodblocks）的訓練，所以知道這一項技術的優勢與限制，且能與埃文斯討論創造更佳成品的方法。他擁有冒險進取的精神，並渴望能實驗全新的技法與設計，同時很幸運地找到了志趣相投的埃文斯。當克雷恩首次開始與埃文斯合作時，這一位印刷師已完成彩色印刷的初步關鍵實驗，在克雷恩踏入玩具書事業中，此種書籍類型已整體獲得改善，而活力充沛、設計創意十足、色彩複印也經過改良。最重要的是克雷恩能接受玩具書設計的構想，並為玩具書開發出獨樹一格的全新設計。[53]在1987-88年，格里森・懷特（Gleeson White）寫下最早的童書專文：

---

[51] Spencer, *Walter Crane: His Work and Influence*, 1975, 12-23。

[52] Crane, *An Artist's Reminiscences*, 1907, 74-76。

[53] Masaki, *Victorian Popular Picture Books*, 2006, 277。

> 他是仙境中真正的藝術家，因為他認同圖書的務實可能性，卻又不失魅力。沒
> 有藝術家能創造出更具文化素養的仙境概念……沒有童書作者能和他一樣如
> 此快樂地完工，未來也無人能在此領域中超越他。[54]

同期讀者對克雷恩畫作的嶄新幽默、高度創意，應該有深刻的印象。克雷恩曾寫下對童書的論述。

> 設計童書有一項絕佳的優點：你可以天馬行空地想像，擺脫日常的種種限制，
> 發現屬於自己的世界，並能以嚴肅而不失輕鬆的精神詮釋，有時候甚至比最沉
> 重的目標及最慎重的推論更深入。[55]

他在創作此類作品時，一直持續努力地配合創作玩具書的重大需求、美學原則及敘事觀點，克雷恩是首位實現圖畫書之可能性，並以圖畫書做為藝術表達工具的藝術家。對克雷恩而言，玩具書設計極具吸引力，且最適合做為想像力的出口。

> 童書會吸引想像力豐富的設計師，童書也可能是在他們應該嚴肅冷靜、實事求
> 是的年齡時，讓現代插畫家能無拘無束，使想像力自由翔翔的唯一出口。[56]

他對圖畫書的概念是能讓藝術家練習自由無拘無束的童趣想像力，並能觸動今日讀者的心絃：克雷恩為今日的圖畫書藝術家奠定了基礎。

馬克・吉洛安於1977年的著作《甜美與光明——安妮女王運動1860-1900》中討論安妮女王運動與十八世紀文化復興的議題。該書第六章論圖畫書中提到安妮女王運動於1870年代開始對克雷恩的圖畫書產生影響。馬克・吉洛安提到安妮女王運動的影響，其中一個重要的議題便是日本的藝術。[57]克雷恩的圖畫書創作與維多利亞時期盛行之日本藝術潮流息息相關。

1862年倫敦舉辦的世界博覽會（International Exhibition）無疑是日本主義在英國發展最重要的里程碑。此活動展出當時之歐洲前所未見最大量的日本藝術作品：根據博覽會官方目錄之紀錄，當時總計展出623件作品，從日本版畫、書籍、青銅、瓷器、漆器作品到琺瑯器具。展覽品主要為英國首任駐日本領事阿禮國（Rutherfold Alcock）的收藏品，因此亦代表對西方觀眾較具吸引力的日本藝術品。1862年博覽會展示的日本作品對藝術家產生了重大影響，特別是1860年代的中古精神復興家（medieval revivalist），他們發現自己想要創造的中世紀社會與展出之當代日本藝

---

[54] Ibid。

[55] Walter Crane, *The Decorative Illustration of Books* (London: G. Bell & Sons, 1896, Studio Edition, 1994) 5。

[56] Ibid., 130。

[57] Girouard, *Sweetness and Light*, 1977, 139-145。

術非常相似。

從此時起，有大量維多利亞時期的藝術家開始蒐集日本藝術品，且從1870年代起，幾乎所有藝術家的住家或工作室都有日本藝術品，例如威廉‧莫里斯（William Morris）就擁有兩件日本畫作。在探討維多利亞時期之日本主義時，日本藝術品盛行是重要的美學脈絡。[58]

多數英國畫家都被日本主題與藝術品的裝飾特色吸引，並將其特色融入本身的作品中。詹姆斯‧麥克尼爾‧惠斯勒（James McNeill Whistler）是第一位引進日本構圖之元素的人，使日本藝術與當時英國繪畫運動連結。[59]

克雷恩於1907年《一位藝術家的回憶》（An Artist Reminiscences）一書中，提到日本版畫（Japanese prints）對他作品的影響。他表示：

> 我在羅德廳（Rode Hall）遇到剛從日本回來的一位海軍中尉，他展示給我看手中擁有的一些日本版畫。研讀這些彩色日本版畫，對我很有幫助，並且刺激我的創作。——這些作品皆是以黑色描繪其輪廓，精巧平面，色彩細緻，具有裝飾性，而且生動地傳達了戲劇感，深深打動我的心。我利用這些處理的方法，很用心的運用於我的童書新奇且幽默的主題之中，以及運用於木雕與印刷的技巧之中。[60]

日本版畫對於克雷恩的影響，可以由他的圖畫書中看出。克雷恩於1875年製作的《美女與野獸》圖畫書便是代表的作品。該圖畫書的文本係源自於1756年法國作家博蒙特夫人（Madame Le Prince de Beaumont）的《美女與野獸》版本。[61]博蒙特夫人是法國低階貴族的太太，在1745年移民至倫敦，擔任家庭教師，同時撰寫教育與道德養成方面的書籍，畢生累積了將近七十本著作。博蒙特夫人的文本激發出許多十九世紀插畫版本。

克雷恩、凱迪克與格林那威

克雷恩在童書插畫界領域的獨霸地位未維持太久，很快就遇到兩位旗鼓相當的勁敵：凱特‧格林那威及藍道夫‧凱迪克，這兩個人都曾與埃文斯合作推出彩色作品。此種三方鼎立的全新局勢，最早是出現在1877年的《雅典娜神廟》（Athenaeum）廣告中，勞特力奇公司宣布克雷恩最新的暢銷書籍《寶寶歌劇：新版傳統童謠》（The Baby's Opera: A Book of Old Rhymes with New Dresses），將由格林那威

---

[58] Tomoko Sato and Toshio Watanabe, *Japan and Britain: An Aethetic Dialogue*, 1850-1930 (London: Lund Humphries in Association with Barbican Art Gallery and the Setagaya Art Museum, 1991) 19。

[59] Ibid。

[60] Crane, *An Artist's Reminiscences*, 1907, 107。

[61] 有關克雷恩的圖畫書，請參考本書第九章的討論說明。

小姐接手繪製續集，並預計在1876年聖誕節發行。這一本小書的童謠是由露西‧克雷恩（Lucy Crane）使用鋼琴演奏，相較於克雷恩與埃文斯先前的合作計畫，顯得更野心勃勃。這一個迷你的四開本（quarto）格式，是源自於克雷恩為毛伍公司（Maw and Company）設計的六吋書系列，克雷恩同時在薩里威特利的埃文斯家完成了其他重要作品，並由埃文斯為克雷恩製作樣版書（dummy book）及規畫排版（layout）。從這一位藝術家的敘述中，就能清楚看出這一次冒險計畫的實驗性質與豐碩成果：

> 「起初『同行』在看到這本既沒有漂亮包裝，且顯得毫無利益的五先令書之前，幾乎從未聽過此類書籍，所以都不禁搖頭。他們將書放在手中掂量，發現根本沒有什麼重量，有些人說：『這絕對行不通！』-可是真的行得通。首刷1萬本很快就一掃而空，之後又加印、加印，再加印。現在此書的銷售量早已超過4萬本，而且《查理的姑媽》（Charley's Aunt）還在持續販售中。[62]

　　這一本小巧袖珍的書籍，是克雷恩最成功的早期裝飾書籍。此書的封面圖案非常生動，是以活潑愉快的內容介紹主題，且除了有裝飾的音樂頁面外，還有11頁全開彩圖。修伯特‧赫克莫（Hubert Herkomer）評論此書「親切幽默、設計精巧、畫作精美」，並聲稱「無論男女老少，有品味的人都會喜歡」，此話也暗指《寶寶歌劇》會在識貨的顧客圈中大受歡迎。

　　藍道夫‧凱迪克僅為勞特力奇公司先令童書繪製童書插圖，克雷恩則在1876年已拋棄此系列。從1876年至1885年，克雷恩會在每一年的聖誕節貢獻兩本先令圖畫書，一直到1886年年初在美國過世為止。托瑪斯‧阿姆斯壯在1878年春天介紹凱迪克認識克雷恩，凱迪克曾為華盛頓‧歐文《舊聖誕節》及《布雷斯布里奇廳》繪製插圖，此時他已因這兩部作品建立了聲望。凱迪克是切斯特人，克雷恩認為他是一位溫和風趣的好夥伴，這一位童書界的老前輩在兩人初次認識時，即很樂意地為此系列及凱迪克的合約提供建議，而促使凱迪克向勞特力奇公司爭取到版稅，之前克雷恩未能成功地為自己的玩具書爭取到版稅。《傑克蓋房子》及《約翰‧吉爾平騎馬》是凱迪克的首批先書，書本的色彩設計是採用結實的輪廓與大膽的裝飾造型，可能有一部分是歸功於以克雷恩做為榜樣，但是，這些作品依然保有凱迪克早期黑白作品輕鬆詼諧的風格。克雷恩認為凱迪克能激發出英國民眾的冒險本能，所以他的插圖才會大受歡迎，其實他的成功是在於精緻熟練的線條及讓人感同身受的諷刺漫畫。[63]

　　儘管現在大家都認同克雷恩與凱迪克具有優異的藝術天賦，事實上凱特‧格林那威這個名字，才是維多利亞時期出版界的奇蹟。根據分析結果顯示，凱特的成功似

---

[62] Spencer, *Walter Crane: His Work and Influence*, 1975, 96-97。
[63] Ibid., 97。

乎主要是建立在懷舊之情上，如果她筆下創造的世界能讓大家想起彼得潘的永無島（Never-Never Land），則其取得之商業成功即絕非偶然巧合。勞特力奇公司以此書做為《寶寶歌劇》與《窗下》的續作，並由艾德蒙・埃文斯協助籌備，但是，克雷恩卻認為這是一本厚顏無恥作品。初版就賣出2萬本，且很快就達到7萬本的銷售量，而克雷恩的暢銷書籍則相形失色。勞特力奇公司也許不應該在未取得設計師同意，就開始促銷《寶寶歌劇》續作，但是很早就開始要求克蘭製作續集，他卻因為忙於其他作品而再三延宕。克雷恩想要從這一間他在初學者階段時依賴的出版社中獨立出來，不過依克雷恩當時的財務狀況或知名度來說，都不應該對續作如此漫不在乎。他真正的長篇續作名為《寶寶頌歌》（Baby's Bouquet），原本準備在1878年推出，這一部作品不似前作般大受歡迎，可能是因為書中收錄法語歌謠、德語歌謠和較冷門的英語歌謠，而不是因為設計有任何重大差異。如果要挑出一項差異，就是克雷恩的畫風較偏限，而凱特・格林那威端靜的畫風則極為成功。如果考量到這一點，也許凱特・格林那威真的必須負一點責任。[64]

　　克雷恩曾在1878年之後與格林那威小姐見過一次面。克雷恩一定從學徒時期即已知道木刻家約翰・格林那威（凱克父親）的作品，但是兩人初次認識時，凱特內向又平凡，顯然克雷恩未曾想要深入認識她。克雷恩對於凱特的水彩肖像畫沒有留下深刻的印象，因為他在皇家藝術研究院與達德利畫廊中曾看過凱特的作品，克雷恩比較喜歡她書本設計中的簡單輪廓與雅緻色調。可是克雷恩依然認為她將這些作品中的兜帽畫得太誇張，導致「她筆下的小朋友快被衣服淹沒了」。魯斯金（Ruskin）卻很快就變成凱特作品的熱情讚賞者，並盛讚這些作品淡雅、有魅力，這一點讓克雷恩感到十分惱怒，因為他認為童書應該具有教育目的。他在1886年投書給帕馬公報（Pall Mall Gazette），批評魯斯金對於初等教育的看法，甚至宣稱眼睛才是「接收想法的主要器官」，他採取的立場有一點偏激，但是無疑是因為魯斯金過度盛讚克雷恩之競爭對手端莊美麗的作品，才激怒了他。[65]凱特・格林那威則對克雷恩讚譽有加，且迫不及待想要學習他的設計。她在1882年5月24日前往瑞奇克爾特拜訪埃文斯之後，就在寫給洛克（Locker）的信件中提到自己看到勞特力奇公司在1883年出版之《排笛》（Pan Pipes）的插圖。她寫道：

　　「現在我對自己的畫作感到很失望，因為我看到了克雷恩的全新原作，其中有一些作品實在美得如夢似幻……裡面有一個豐收之家（Harvest Home）的長幅低景設計。我認為自己應該嘗試學習這種設計，畫中實在有太多可愛的內容，很難決定哪一個才是最棒的。」[66]

---

[64] Ibid., 98。
[65] Ibid., 99-100。
[66] Ibid., 100。

這一份謙遜顯示出她認為克雷恩比她更厲害，但是，這僅是她個人私下的看法。在1880年的大眾觀點中，凱特・格林那威與藍道夫・凱迪克、克雷恩同樣名列為童書三巨頭。

3.4 凱特・格林那威（Kate Greenaway）

在1877年時，約翰・格林那威（John Greenaway）有時候會寫信給老同事艾德蒙・埃文斯，此時埃文斯已是一位成功的彩色印刷師，並已在佛利特街的瑞奇克爾特自行創業。格林那威先生相信，如果女兒凱特的畫作有商業價值，埃文斯可能會賞識她的作品，於是埃文斯主動提議，邀請格林那威和她女兒到薩里（Surrey）的威特利（Witley）造訪埃文斯一家人，他們鄰居則是鮑克特・佛斯特。

這一位嬌小的黑髮女子與父親從倫敦而來，完全打破了埃文斯的預料，雖然格林那威小姐在男性稱霸的藝術界中工作，卻是一位不具解放女性地位之氣勢的年輕女子，埃文斯反而在介紹兩人認識的時候，看到類似過時的主婦形象。凱特害羞時會口齒不清，如同小孩子一般，且迫切地想取悅他人。

凱特很畏懼艾德蒙・埃文斯，因為她對大多數男性都心懷畏懼。根據她蒐集的資訊，埃文斯是貴格會的嚴謹信徒，而使她更戰戰兢兢，當她一抵達埃文斯在利伯恩（Leybourne）建造的伊莉莎白時期風格別墅時，就已注意到前門廊上刻著聖經經文。凱特也知道埃文斯能讓她成為與克雷恩與藍道夫・凱迪克齊名的童書插畫家，因為這兩位藝術家的童書雕刻及印刷都是由埃文斯負責。

凱特在艾德蒙・埃文斯面前展示了五十幅畫作及詩歌作品集，她很擔心自己的作品會遭受他人批評，因為這些畫作主要是依據她在羅爾斯頓（Rolleston）最喜歡的風景及經驗繪製而成。她描繪鄉村社交生活中至關重要的下午茶會、在羅爾斯頓最喜歡的花園、井然有序的花床、植物造景圍籬，以及出現在好幾幅畫作中的礫石步道，還有切培爾家（the Chappells）的水泵、乾草堆與鵝群、切培爾太太置於起居室的舊瓷器……。凱特亦畫出回憶都市生活中折疊嬰兒推車的前身，一輛附有細繩的小推車，她以前必須使用此推車推動還是嬰兒的弟弟。另一幅畫則是經常出現的夢境，她夢見一座充滿閃亮耀眼橙黃色的祕密花園，而高地隱身在倫敦的屋頂與煙囪管帽之間，唯有飛越屋瓦才能盡收眼底。在這些畫作的前景中，有過往時代穿戴美麗印花洋裝與帽子的孩童。[67]

埃文斯未察覺凱特想像力的來源，但是凱特的水彩畫，卻讓所有的頂級時尚相形見絀，更讓埃文斯驚為天人。凱特筆下的少女身穿寬鬆洋裝，顏色是極具諷刺意

---

[67] Taylor, *The Art of Kate Greenaway*, 1991, 46, 50。

味的「黃綠色」，都是坐在威廉・莫里斯（William-Morris）款式之燈心草椅墊座椅（rush-bottomed chair）上。她們使用藍白瓷器喝茶（羅塞蒂帶動的風尚），並在種植向日葵與日式觀花樹木的庭院翩翩起舞，所有內容都能完美體現全新唯美主義運動的精神。

埃文斯知道凱特的畫作乾淨簡樸，色彩單純，沒有過度裝飾的線條，是一種非常適合木版複印技法的理想畫作，顯然深諳畫面配置：五十張畫作均有飾邊，且每一幅都附有一首詩作，插圖的擺置也極優雅。唯有凱特的詩作讓埃文斯有異議，他認為像小孩子的打油詩，雖然這些詩作沒有拼字或文法錯誤，可是會嚴重地以音害義，為了確保必要的雙韻對句，而導致語意完全不通。

最初，埃文斯嘗試說服凱特僅賣畫作，不賣詩作，可是埃文斯很快就發現這一位文靜的女子比想像中更勇敢，埃文斯在晚年寫下對凱特的描述：「我應該說她是一位斷然執著、意志堅定的女性。」凱特最初是與馬庫斯・沃德公司（Marcus Ward and Company）交易，對方以低價購買她的原作，然後以多種外觀複印，且都沒有額外付錢，讓她學會了一次教訓。她發現這一次自己掌握了王牌，儘管她自認詩才不足，依然不願意將詩作從畫作上刪除。馬庫斯・沃德公司曾經將她的詩作貶為「毫無詩意的垃圾」，最後艾德蒙・埃文斯與凱特・格林那威各自讓一步，亦即她的詩作可以刊出，但是必須由埃文斯的詩人朋友修正「少許古怪之處」。這一天凱特大獲全勝，但是埃文斯買下了她的所有原作。埃文斯為了買下畫作，同意支付凱特1/3的銷售利潤，而不是常見的一次買斷，因為埃文斯確信這一本書會成功，且雙方相言甚歡，覺得成功在望。艾德蒙・埃文斯隨後與友人喬治・勞特利力接洽，計畫出版《窗下》（Under the Window）。[68]

凱特在初次見面時，很怕艾德蒙・埃文斯，但是這一份恐懼感慢慢地漸漸消散，取而代之的是獲益良多的個人友誼與專業情誼。其實埃文斯不是嚴謹信徒，不僅善於交際，且幽默風趣，極具感染力，凱特同時發現埃文斯和她一樣喜愛鄉村，而且埃文斯喜歡帶水彩於大自然中寫生。他的太太波莉（Polly）是鮑克特・佛斯特的姪女，與凱特成為好姊妹。其實波莉比丈夫年輕許多，差不多與凱特同年，凱特很疼愛埃文斯家的五個孩子，他們也是她許多素描的靈感來源：連埃文斯家利伯恩的住宅也出現在畫作中，用於代替第一本書中的一棟房屋。[69]

凱特・格林那威的個性十分有趣，且酷愛鄉村，她最喜歡春天，因為此時農舍庭院的報春花會綻放，梨樹與蘋果樹也會開花。她天性溫柔，心腸很軟-看到昆蟲痛苦，她也會感到很難過，即使是看到蒼蠅落入陷阱也會受不了，且無法眼睜睜看著蜘蛛或甲蟲被殺死。如果看到老鼠落入陷阱中，也會忍不住想放掉牠，其實動物界的「殘忍天性」讓她感到十分困擾。有一次她和小女莉莉（Lily）一起散步，天真的莉

---

[68] Ibid., 50-51。
[69] Ibid., 51。

莉看到一隻青蛙蹲坐在小溪中的石頭上，就想要拿起石頭丟青蛙，此時凱特對她大喊：「喔！別這樣，莉莉，也許這個可憐的傢伙身體不舒服。」貓狗也發現她的這一項特質，所以牠們都很喜歡她，更激發出她的善良天性，即使貓狗出現任何冒犯行為，凱特也不會責備牠們。她就是如此仁慈親切-不代表生來軟弱，她顯然是一位意志堅定的女性。[70]

如同許多先前的藝術家，凱特亦深受薩里（Surrey）鄉村吸引。埃文斯家的盛情款待對凱特而言是一大鼓舞，她開始定期造訪此處，後來因為奧德布琪阿姨（Aunt Aldridge）搬離諾丁罕郡、切培爾家多位成員相繼過世，凱特在諾丁罕郡度假的時間開始逐漸減少。薩里就取而代之，滿足凱特對鄉村世外桃源的嚮往，且薩里擁有交通便捷的優點，僅需要搭一趟短程火車即可抵達，因此經常有人指出，她部分畫作背景中的農舍與農田是威特利的周邊地區。埃文斯也帶領凱特結交藝界的朋友與人脈，她在威特利認識藍道夫‧凱迪克，當時凱迪克正在拜訪出版商。她也與就讀藝術學校時的朋友海倫‧亞靈漢（Helen Allingham）重逢，且夏天會固定重遊故地，粉刷老舊的薩里農舍。[71]

格林那威家的住宅是建在一英畝的土地上，面對著佛格諾（Frognal）田野，那裡是漢普斯特德區（Hampstead）芬奇利（Finchley）的鄉村土地。凱特在會客室社交時，知道理查‧諾曼‧蕭爾（Richard Norman Shaw）是當時最熱門的建築師，以富有安妮女王十八世紀風格著名，所以委託他設計住家。這是蕭爾設計的最小建築之一，因為他通常負責規畫肯希頓（Kensington）的大型城鎮房屋、培林莊園（Preen Manor）的鄉村別墅或如同斯川吉威斯監獄（Strangways Prison）的公共建設。蕭爾住在漢普斯特德，且會為當地的其他藝術家設計住家，所以是理想人選，有一件事讓蕭爾感十分自豪，就是他會為客戶量身打造房屋：他為格林那威小姐設計的房屋如同洋娃娃的家一般，富有安妮女王的十八世紀文化風格。[72]

以下是1967年出版的《艾德蒙‧埃文斯的回憶木刻家與彩色印刷1826-1905》（The Reminiscences of Edmund Evans 1826-1905）中艾德蒙‧埃文斯對於格林那威的記憶，其中特別提到她的圖畫書《窗下》及其描繪的方法：

> 藍道夫‧凱迪克對格林那威小姐的成功作品非常有興趣。在我（艾德蒙‧埃文斯）學藝的七年間，她的父親約翰‧格林那威是艾本尼瑟‧蘭道爾斯的助理雕刻師，而我與約翰是交情很好的朋友。數年後他告訴我，他的女兒在為卡賽爾公司（Cassel & Co.）出版之書籍《小朋友》（*Little Folks*）的木刻作業。我也知道她將非常漂亮古樸的孩童畫作，賣給馬庫斯‧沃德公司（Marcus Ward & Co.），該公司非常聰明，使用平板印刷術複印她的畫作，製成聖誕節卡片

---

[70] McLean, *The Reminiscences of Edmund Evans*, 1967, 63-64。

[71] Taylor, *The Art of Kate Greenaway*, 1991, 51。

[72] Ibid。

販賣。約翰・格林那威將女兒帶到威特利（Witley），讓我看一看她為書籍繪製的作品：一些上面寫著五花八門之胡謅韻文的古怪圖畫。我立即買下這些作品，因為我認為這些作品將會成為生動的童書，我們將書名定為《窗下》，書名是取自詩歌的第一行。我建議由喬治・勞特力奇父子公司出版這一本書，他們父女則建議我將文字部分交由《倫敦歌謠》（London Lyrics）作者佛雷德里克・洛克（Frederick Locker）過目。不是讓他重寫過一遍，而是請他校正，他們當時不太瞭解，韻文的古樸特色非常符合插圖風格，而且絕對原創、古樸美麗。格林那威小姐習慣先畫衣服，再畫模特兒，她是使用針筆的專家，她經常在繪製古樸畫作時使用此畫法。她偶爾也會在皇家藝術研究院及達德利畫廊展出作品。我將這些原創畫作轉印至木頭上，並儘可能將它們刻得「唯妙唯肖」，再以濕壓印轉到空白木塊上──「轉印」後可刻出數種不同的色塊：紅色、膚色、藍色及黃色。此做法所費不貲，但是能充分重現原畫作的個性，而喬治・勞特力奇一直「嘲笑」我，因為我在初版就印製了兩萬本，且每一本的售價為6先令，可是我們很快就發現，當初印製的數量根本供不應求：我知道書店會溢價賣出書籍，因此他們每一本書可賺10先令。《窗下》缺貨了一段時間，因為印刷的速度趕不上賣出的速度。此新穎風格立刻遭到數位不具風範的藝術家模仿，有些人甚至抄襲了《窗下》的部分人物，例如盜用一個人物的頭，搭配其他角色的身體，並認為此做法天衣無縫。之後有一位北英格蘭的知名藝術家與我接洽，希望我能購買他的彩色圖書。我相信他寫的書名為《下午茶》（Afternoon Teas）的書籍，是抄襲凱特・格林那威的作品，我當然不會同意這種無恥的行為。這一本書很快就被其他出版公司買走，然後歸類為「凱特・格林那威作品」，之後數年各家書店皆充斥著此類書籍。有一天，凱特・格林那威在海斯廷斯的書店，有兩位女士走進來表示想要找「凱特・格林那威作品」，男店員拿出了好幾本小冊子放在她們前面。小姐們問道：「這些都是『凱特・格林那威的作品』嗎？」男店員回答：「沒錯」，可是凱特・格林那威說這些都不是她的作品。這些模仿者讓格林那威小姐不堪其擾，因為這些書籍阻斷了市場，搶奪了她的名聲，我記得當時還有一位「年輕女士」在社會上以原作者自居，因為她與許多人一樣，都以為「凱特・格林那威」只是一個筆名。喬治・艾略特（George Eliot）也曾因相同的骯髒手段而受損，當時她是因為某些因素而必須隱瞞真實姓名。亨利・伍德太太（Mrs. Henry Wood）及華特・司各特（Sir Walter Scott）爵士同樣曾飽受無賴之徒所苦，當這些「凡夫俗子」被揭穿時，我感到非常開心，他們一定覺得自己是「卑鄙小人」。[73]

---

[73] McLean, *The Reminiscences of Edmund Evans*, 1967, 59-62。

《窗下》在1879年的聖誕節正式上市。艾德蒙・埃文斯回憶道：「喬治・勞特力奇一直在「嘲笑」我，因為我的初版就印了兩萬本，且每本售價為6先令，可是我們很快就發現，當初印製的數量根本供不應求：我知道書店會溢價賣出書籍，因此他們每一本書可賺10先令。當然，《窗下》缺貨了一段時間，因為印刷的速度，趕不上賣出的速度。」後來《窗下》在英國印製，並銷售了7萬本，之後的數年又推出在美國與其他歐洲國家發行的版本，使凱特・格林那威在33歲時瞬間成為藝壇明星。[74]

　　凱特・格林那威不僅締造了商業成就，更獲得評論家的美譽。她首度收到書迷的大量來信，還收到維多利亞時代藝界翹楚約翰・魯斯金的來信，此事讓她最欣喜若狂。魯斯金在1880年1月寫下友善的長信，讚美凱特和她的「天賦」及「恩賜」。魯斯金說自己差一點睡不著，花了1/4個夜晚時間，思索該寫什麼內容，羅斯金還提及凱特技法中的一、兩個缺點，並建議她如何改正，提供了非常多的協助。這一封傑出評論家的來信最讓凱特意外，而且她也欣然接受。

> 但是，因為無數的模仿者和「諷刺漫畫家」（我一定要如此稱呼他們），使凱特・格林那威的書籍銷售量下跌，埃文斯對此深感遺憾。埃文斯製作這些書籍也同樣入不敷出，因為無論大圖或小圖，凱特・格林那威為埃文斯畫的一幅圖，埃文斯就必須付五英鎊的酬勞，事後還必須將原畫作還給她。埃文斯買下《窗下》的畫作當成收藏品，並將1/3的獲利給她，這是一筆很可觀的金額，所以我們協議在1880年出版童書《生日書》（*Birthday Book*）。埃文斯必須在事後將原畫作還給她，並答應支付半數的銷售獲利給她，這些書很快就一掃而空，我們也以法文凸版印刷印製法國發行的版本，而凱特在法國也同樣大受歡迎。格林那威作品《年曆》（*Almanack*）在1883年首度出版，埃文斯認為應該賣了10萬本，雖然我們在1896年之前，每一年都會製作全新的年曆，可是銷售量逐漸下滑，最後只能中止。

　　第二版的《窗下》印製後的墨水還沒完全乾，艾德蒙・埃文斯就敦促凱特構思下一本書，準備攻占1880年的聖誕節市場。在他們的討論時，出現了《凱特・格林那威兒童生日書》（*Kate Greenaway's Birthday Book For Children*）的構想，這一次凱特的名字登上了書籍封面，而且他們決定採用袖珍格式，讓小朋友能一手掌握。雖然書中有382幅畫作，卻僅有12幅彩色畫作，以便能減少印刷時間，以及確保此書能於秋天前在書店上架。埃文斯在安排此計畫後，巧妙地建議凱特全神灌注於繪製插圖，由熱門兒童作家莎爾・巴克太太（Mrs. Sale Barker）負責提供365篇詩作。[75]

---

[74] Taylor, *The Art of Kate Greenaway*, 1991, 58。

[75] Ibid。

3.5 小結

藍道夫・凱迪克年少就進入國王亨利七世學校，從小就喜歡在家鄉附近寫生素描，在他六歲時，便能夠以木雕描繪動物，並且經常繪畫。

從1867到1872年的五年期間，凱迪克都是留在曼徹斯特，任職於曼徹斯特與索爾福德銀行，此時他認為自己已能以藝術為志業，同時開始進入市內藝術家的社交圈，他在曼徹斯特藝術學校修習夜間課程，並加入市內的商業團體伯瑞森施俱樂部，凱迪克的藝術生涯從此開始發展，並在曼徹斯特出版作品，包括當地漫畫報《鬼火》的插畫、與報紙《史芬克斯》內的兩頁全開漫畫系列。這些筆墨素描可以一窺凱迪克年輕時代的藝術潛力。

在1872年初，凱迪克辭去了年薪一百英鎊的銀行職員工作，搬到倫敦展開插畫家生涯。凱迪克加入倫敦藝術界社交團體，此團體除杜・穆里埃和阿姆斯壯外，還包括拉蒙特、愛德華・波因特以及華特・克雷恩。凱迪克與阿姆斯壯合作之後，發展出對藝術史和文學的興趣，且特別傾心於十八世紀的藝術和文學。喬治王時代也與他最著名的書籍插圖有密切關係。

此外，詩人亨利・奧斯丁・多布森在帶動復興十八世紀文學與藝術風尚方面，扮演了舉足輕重的角色。他曾為霍加斯及高德史密斯寫傳，亦曾在《藍道夫・凱迪克畫作與詩歌全集》的序言中，詮釋凱迪克的作品。他極度熱愛凱迪克作品，也曾在1881年寫信給凱迪，請他「採用《布雷斯布里奇廳》的風格」為高德史密斯的《世界之民》插圖版本繪製插畫，並描繪書中的角色「博・迪比斯」。凱迪克也曾為多布森版本的《維克菲爾德的牧師》與《藝術雜誌》的詩作〈沃克斯豪爾〉繪製插圖。

1873年中期至1875年，凱迪克接任「特別記者」的職位，並持續提供畫稿給紐約《插圖日報》、倫敦《世界畫報》以及倫敦《圖文報》。由此可以看出插畫是他創作的重心。他無法固定為《噴趣》、倫敦《倫敦社會》、《圖文報》或新刊物《世界畫報》提供畫稿，卻願意不遺餘力地協助朋友，特別是亨利・布萊克本。

亨利・布萊克本在凱迪克的人生中扮演著舉足輕重的角色。首先，他身兼《倫敦社會》極具影響力的編輯、知名旅遊作家，以及《學院批註》（Academy Notes）的發行人（《學院批註》是畫展指南系列叢書，書中的素描是由參展畫家親自繪製），其次，布萊克本也是凱迪克的朋友，後來還為他作傳。布萊克本挑選這一位年輕人的大部分素描進行出版，並將凱迪克的首部著作（也是最受歡迎的著作）《辯論協會》

交由木刻大師詹姆士·庫柏製作。五年後，凱迪克也與庫柏合作，完成首次成功的書籍委製案件。

　　對於凱迪克的早期事業來說，1874年是非常關鍵的一年，因為他是在這一年發展出享譽盛名的個人風格。凱迪克在1874年1月23日的日記中寫道，雕刻家庫珀與他洽談生意時，建議他為華盛頓·歐文的《素描集》製作插圖，總計需要繪製七、八十幅素描。他向凱迪克說明此計畫後，希望凱迪克能仔細地考慮，凱迪克很喜歡這個構想，最後的成品就是1876年出版之《舊聖誕節》中集結的120幅插圖，這些作品都是在亨利·布萊克本位於白金漢郡法法姆羅亞爾的鄉間小屋中完工。

　　儘管線條不受重視，木刻家的複印技法仍必須仰賴插畫家運用的線條。插畫家在木版上作畫時會使用兩種技法，凱迪克與其他「六十年代派」藝術家會使用一種技法：使用鉛筆或筆墨勾勒出簡單的輪廓，提供清楚的形狀與外型讓木刻家能依樣雕製。他們會各別加入線條或使用網目線作出陰影，藉此凸顯出顏色或色調，並將在他們認為不重要的部分留白，當作品印出後，這些部位就會變成讓人「發揮想像力」的空白。木刻家僅會雕刻插畫家的線條，不會增減原畫作的線條，因為已逾越他們的職責範圍。

　　亨利·布萊克本曾解釋道：凱迪克作畫時與其他許多插畫家一樣自由度極高，且都偏好以畫筆上色，再由技巧純熟的木刻家以線條進行詮釋。不過他也喜歡在素描中展現線條的力量，並曾研究「留白藝術的學問，不會急著動筆，而是在深熟慮後落筆作圖。我記得他經常說：「線條越少，錯誤越少。」

　　1878年，凱迪克就已經與知名的彩色印刷師暨木刻家艾德蒙·埃文斯展開商業合作，且成果豐碩。最早由埃文斯進行雕刻與印刷完成的兩本圖畫書（最後總共完成十六本）為：《傑克蓋房子》與《約翰·吉爾平騎馬》。

　　埃文斯在製作圖畫書時，通常僅使用三種色版，不過在早期計畫中曾使用六至十六種不同的色版。他會非常謹慎仔細地進行核對工作，此工作又稱為「分色」，能製造出漸層色調，與手繪色彩或多色平版印刷板的效果非常類似。埃文斯在1872年首度為《圖文報》製作彩色插圖，印製出彩色與金色的阿爾伯特紀念亭跨頁插圖，之後凱迪克為《圖文報》繪製插圖時，也是由埃文斯雕刻與印製他的素描傑作。

　　埃文斯清楚記錄了他與凱迪克合作的方法。第一，埃文斯與凱迪克不使用黑色主版，而是選用深褐色主版，顯然非常適合凱迪克的主題與設計。第二，他們選用的六種效果絕佳的顏色，埃文斯採用灰色，創造出畫面上的漸層與質感。第三，他們決定進行雙面印刷，在當時是屬於罕見的彩色印刷作法，而凱迪克使用更多頁數來發展他的構想。埃文斯相信他擁有此技術，這一份信心有充分的事實依據，反面頁不會出現壓印。第四，凱迪克在紙上畫出設計，然後埃文斯再將畫作轉至木版上。直到1870年代，克雷恩都是直接在木頭上作畫，但是凱迪克不必如此。第五，埃文斯配合凱迪克採用當時罕見的玩具書尺寸與格式。他們在1878年至1881年期間，是使用大約23.2×20.5公分的肖像畫格式製作玩具書，而在1882年至1885年期間，則是使用大約

20.5×23.8公分的風景畫格式製作玩具書。最後，埃文斯選擇與凱迪克合力製作先令系列，使兩人有更多自由發揮的空間，埃文斯與凱迪克在六便士系列中，沒有充分的頁數、空間及色彩可表達自我意圖，結果他們推出了玩具書嶄新的創新格式。他們合作長達八年，每年共同製作兩本書，最後完成勞特力奇公司的16本著作。

值得注意的是，從1875年到1885年之間，凱迪克特別醉心於英國十八世紀的文化，當時正是十八世紀風潮盛行的時期。他與當代作家阿姆斯壯與道布森均廣泛閱讀十八世紀的文學，相互砥礪，凱迪克極力從十八世紀的文學汲取創作的題材，融入其圖畫書的文本，由此他與埃文斯協力製作了一系列以十八世紀的文化為主題的圖畫書，可以看出凱迪克的創作積極呼應了當代的十八世紀風潮，成為他一生圖畫書的經典之作，這一系有關於十八世紀主題的圖畫書包括：1875年出版的《舊聖誕節》是從《喬佛里‧克里昂寫生簿》中挑選集結而成的作品集，該寫生簿或素描集是美國作家華盛頓‧歐文觀察英國的紀錄與經驗，時間橫跨1805年至1815年，並在1820年分成三冊圖文書籍出版。1875年出版的《舊聖誕節》是摘錄自舊版的五個章節，並且是凱迪克和庫珀的協力結合插圖設計及文本的書籍。《舊聖誕節》的續作《布雷斯布里奇廳》於1876年完成印製，於1877年出版。

其他以十八世紀的文化為主題的圖畫書包括1878年的《約翰‧吉爾平騎馬》、1879年的《瘋狗輓歌》、1883年的《農夫少年》、以及1885年以十八世紀的著名劇作家山姆‧福德的作品，製作的《偉大的潘展狀》。上述圖畫書皆以十八世紀的文學作品為文本的基礎，進行融合具有其獨特風格的兒童圖畫書創作。

華特‧克雷恩的幼年教育是由他的父親托瑪斯‧克雷恩啟蒙，鼓勵他發展藝術的天份，在1857年十二歲時，克雷恩全家遷往倫敦，使他有機會前往博物館與皇家學院參觀學習，一年之後，他獲得木雕家林頓的認同，並開始克雷恩向林頓學習木雕的學徒生涯。

克雷恩也同時喜愛兒童插畫，於1863年認識埃文斯。華特‧克雷恩在《回憶錄》中描述了他與埃文斯開始合作的初期：他[埃文斯]大量運用了印刷技術，其中一種是用於製作便宜的鐵路小說封面，因為這些小說通常是採用黃色封面，且故事駭人聽聞，所以我們有時候會稱其為「芥末醬」。此類設計是埃文斯先生初期的主要作品，後來（大約1865年）開始為他設計喬治‧勞特力奇父子公司的兒童圖畫書，使這些書變得廣受歡迎。據克雷恩表示，他首次為埃文斯製作的作品不是童書，而是黃皮書的封面，之後兩人即在1865年推出了玩具書。最重要的是克雷恩能接受玩具書設計的構想，並為玩具書開發出獨樹一格的全新設計。

克雷恩的圖畫書創作與維多利亞時期盛行之日本藝術潮流息息相關。當時有大量維多利亞時期的藝術家開始蒐集日本藝術品，且從1870年代起，幾乎所有藝術家的住家或工作室都有日本藝術品。在探討維多利亞時期之日本主義時，日本藝術品盛行是重要的美學脈絡。多數英國畫家都被日本主題與藝術品的裝飾特色吸引，並將其特色融入本身的作品中。詹姆斯‧麥克尼爾‧惠斯勒是第一位引進日本構圖之元素的人，

使日本藝術與當時英國繪畫運動連結。

　　克雷恩於1907年《一位藝術家的回憶》一書中，提到日本版畫對他作品的影響。他表示：研讀這些彩色日本版畫，對他很有幫助，並且刺激他的創作。這些作品皆是以黑色描繪其輪廓，精巧平面，色彩細緻，具有裝飾性，而且生動地傳達了戲劇感，深深打動我的心。他利用這些處理的方法，很用心的運用於童書新奇且幽默的主題之中，以及運用於木雕與印刷的技巧之中。日本版畫對於克雷恩的影響，可以由他的圖畫書中看出。克雷恩於1875年製作的《美女與野獸》圖畫書便是代表的作品。

　　格林那威也熱愛十八世紀文化。格林那威家的住宅是建在一英畝的土地上，面對著佛格諾田野，那裡是漢普斯特德區芬奇利的鄉村土地。凱特在會客室社交時，認識道理查・諾曼・蕭爾是當時最熱門的建築師，以富有安妮女王十八世紀風格著名，所以委託他設計住家。這是蕭爾設計的最小建築之一，因為他通常負責規畫肯希頓的大型城鎮房屋、培林莊園的鄉村別墅或如同斯川吉威斯監獄的公共建設。蕭爾住在漢普斯特德，且會為當地的其他藝術家設計住家，所以是理想人選，他為格林那威小姐設計的房屋如同洋娃娃的家一般，富有安妮女王的十八世紀文化風格。

　　以下是1967年出版的《艾德蒙・埃文斯的回憶木刻家與彩色印刷1826-1905》中艾德蒙・埃文斯對於格林那威的記憶，其中特別提到她的圖畫書《窗下》及其描繪的方法：

> 約翰・格林那威將女兒帶到威特利，讓我看一看她為書籍繪製的作品：一些上面寫著五花八門之胡謅韻文的古怪圖畫。我立即買下這些作品，因為我認為這些作品將會成為生動的童書，我們將書名定為《窗下》，書名是取自詩歌的第一行。我建議由喬治・勞特力奇父子公司出版這一本書，他們父女則建議我將文字部分交由《倫敦歌謠》作者佛雷德里克・洛克過目。不是讓他重寫過一遍，而是請他校正，他們當時不太瞭解，韻文的古樸特色非常符合插圖風格，而且絕對原創、古樸美麗。格林那威小姐習慣先畫衣服，再畫模特兒，她是使用針筆的專家，她經常在繪製古樸畫作時使用此畫法。她偶爾也會在皇家藝術研究院及達德利畫廊展出作品。我將這些原創畫作轉印至木頭上，並儘可能將它們刻得「唯妙唯肖」，再以濕壓印轉到空白木塊上——「轉印」後可刻出數種不同的色塊：紅色、膚色、藍色及黃色。此做法所費不貲，但是能充分重現原畫作的個性。

　　《窗下》在英國印製，並銷售了7萬本，之後的數年又推出在美國與其他歐洲國家發行的版本，使凱特・格林那威在33歲時瞬間成為藝壇名星。凱特・格林那威不僅締造了商業成就，更獲得評論家的美譽。約翰・魯斯金讚美凱特和她的「天賦」及「恩賜」。

Chapter 4

舊聖誕節

（Old Christmas）

4.1 前言

　　本文討論藍道夫・凱迪克在十八世紀復甦風潮中的第一件書籍插畫作品，標題為
《舊聖誕節》（Old Christmas）。這件作品是美國作家華盛頓・歐文（Washington
Irving, 1783-1859）的著作。歐文是一位活躍於十九世紀早期的美國作家、歷史學
家、評論家。他於1815由於家庭事業，舉家遷往英國，並於1819-20年之間撰寫了
《寫生簿》（The Sketch Book of Geoffrey Crayon・Gent或稱The Sketch Book）。
這本書包含了三十四篇短文，包括《里凡嶺克》（Rip Van Winkle, 1819）、《沉
睡虛空的傳說》（The Legend of Sleepy Hollow, 1820）、以及《舊聖誕節》（Old
Christmas, 1820），於1819-1820年順利出版。歐文於1822年又發表其序篇《布雷斯
布里奇廳》（Bracebridge Hall）。[1]

　　《寫生簿》這本書的影響力主要原因之一是來自於書中有關於舊聖誕節的文章，
描寫了十九世紀的前十年或二十年英國老鄉紳在鄉村中慶賀聖誕節慶的風俗情形。
據說歐文先生曾經於十九世紀早期住在英國伯明翰（Birmingham）的愛斯頓邸第
（Aston Hall），居住期間他觀察、經驗了英國舊聖誕節的慶祝活動，而這些聖誕
節風俗，早已經遭到遺棄。愛斯頓邸第是由約翰・梭本（John Thorpe）設計，於
1618-1635年之間，由湯瑪士・何德（Sir Thomas Holte）建造。何德先生搬入該邸
第，直到1817年。在《舊聖誕節》中歐文利用愛斯頓邸第，作為《布雷斯布里奇廳》
（Bracebridge Hall）的模型、與主角老鄉紳的住宅，而布雷斯布里奇的名稱是來自
於亞伯拉罕・布雷斯布里奇（Abraham Bracebridge），他是何德家族最後一代。
在1795年《紳士雜誌》（The Gentleman's Magazine）記載著愛斯頓邸第的聖誕夜
風俗之一是屋主樂於提供僕人生活所需，僕人可以在邸第中自由的飲食、跳舞與歌
唱。[2]歐文所著的《舊聖誕節》代表著英國舊聖誕風俗節慶的復甦。查理斯・狄更斯
（Charles Dickens）曾經稱讚歐文先生的著作，並表示歐文的文學作品影響他後來

---

[1]　Washington Irving -Wikipedia. https://en.wikipedia.org/wiki/Washington_Irving. Chauncey Owen
　　Ridenour, *The Influence of Eighteenth Century English Writers on the Early Writings of Washington
　　Irving*, B.A. (The Pennsylvania State College, 1925)。

[2]　The Sketch Book of Geoffrey Crayon, Gent-Wikipedia, the free encyclopedia。https://en.wikipedia.org/wiki/
　　The_Sketch_Book_of_Geoffrey_Crayon,_Gent. Aston Hall-Wikipedia. https://en. wikipedia.org/wiki/
　　Aston_Hall.

舉世聞名的著作《聖誕歡樂之歌》（A Christmas Carol）。[3]

《寫生簿》出版後在美國與英國獲得良好的評價。華特・斯考特（Sir Walter Scott）以為該書確實非常美麗。喬治・高登・拜倫（George Gordon Byron）表示他衷心認識歐文。亨利・華茲華斯・朗費羅（Henry Wadsworth Longfellow）認為《寫生簿》是早期最能夠引發他熱愛文學興趣的一本書。由此可以一窺《寫生簿》在英國的評價，使歐文的聲名在英國文學界奠立，獲得讀者的喜愛。[4]

凱迪克於1874年接受麥克米倫公司（Macmillan and Co.）委託繪製《寫生簿》。起初他一共繪製了112幅作品，並且在1875年以《舊聖誕節》為名出版，並再版兩次。另一部市場反應較差的續集，《布雷斯布里奇廳》同樣由凱迪克繪製，並於1877年出版。凱迪克精湛的插圖，畫出了歐文著作裡復古的人物與服裝，讓這個典型鄉紳故事可以重現十八世紀的場景。凱迪克品設計此書封面、卷頭插畫、各章亦含卷頭插畫，一共繪製了112幅黑白插畫作品。凱迪克的設計是十九世紀唯一的插畫版本，風格簡潔典雅，顯露出其獨特的插畫風格。[5]

1876年聖誕節出版的《圖文報》例如「聖誕訪客」（Christmas Visitors）是選自凱迪克的《舊聖誕節》，且在各大雜誌設置聖誕節副刊，其中的插畫充滿了復古意象。[6]凱迪克繪製旅遊和獵狐題材的畫作，是好幾期的聖誕號期刊的題材。此外，在1881年12月「卡尼爾先生的聖誕節」（Mr. Carlyon's Christmas）中，凱迪克將他的主題又回到了歐文作品裡的場景。[7]

亨利・布萊克本（Henry Blackburn）於1886年出版《藍道夫・凱迪克早期藝術生涯的個人回憶》（Randolph Caldecott A Personal Memoir of His Early Art Career）。該書第七章論《舊聖誕節》中，表示了他對聖誕節一書的評論：

> 我們獲得《舊聖誕節》出版商的許可，重新印製了該書中一些有特色的素描作品，這些作品反應了凱迪克於1874年夏天展開了全新的轉變，並可由後續幾頁中獲得證明。

「麥克米倫（Messrs. Macmillan）在1876年出版此書。」凱迪克的好友威廉・克拉夫（William Clough）寫道：「書中的插圖代表了繪畫藝術的全新典型，且引起廣大的關注。這些畫作擁有截然不同的特質，能彰顯出文本的意義與重點。

---

[3] The Sketch Book of Geoffrey Crayon, Gent -Wikipedia. William Morrison Carry, *Appreciating the Unappreciated: Washington Irving's Influence on Charles Dickens*, PhD. (University of Southwestern Louisiana, 1996)。

[4] The Sketch Book of Geoffry Crayon, Gent -Wikipedia。https://www.gutenberg.org/files/2048/2048-h/2048-h.htm。

[5] Washington Irving and Randolph Caldecott, *Old Christmas and Bracebridge Hall* (London and New York: Macmillan and Co., 1886)。

[6] Engen, *Randolph Caldecott 'Lord of the Nursery'*, 1976, 100。

[7] Ibid。

這一位天才藝術家是透過典雅純粹的創作感染人心，即使是對藝術無感的人士，也會為之動容。」凱迪克對華盛頓・歐文的《舊聖誕節》提出嶄新詮釋，讓書中的內容躍然於眼前，書中的文字是描述上個世紀的英國生活，插圖則洋溢著典雅風格與精緻的創意才華。

《舊聖誕節》書中總計有112幅插圖，但是大家卻不知道這些畫作，都是在1874年完成，且在製作過程中，畫風曾發生顯著轉變，舉例來說，在初版的《舊聖誕節》中，分別印在96頁與97頁的插圖《鄉村合唱團》（The Village Choir, 1874年3月開始繪製）以及肖像畫《西蒙大人》（Master Simon），雖然僅有一頁之隔，畫風卻有顯著的差異。[8]

喬治・杜・穆里埃（George Du Maurier）於1890年在《藝術雜誌》（Magazine of Art）發表一篇文章，標題為《我對一系列藝術家的觀點，插畫者》（The Illustrator of Books from the Series Artist's Point of View）-I）。這一篇文章反應了他對凱迪克的插畫藝術的讚賞：

> 華盛頓・歐文的兩本書《布雷斯布里奇廳》與《舊聖誕節》，由於藍道夫・凱迪克的緣故，展現了強盛的生命，凱迪克是一位真實的插畫者，他的插畫強化了文本的魅力與幽默，他的藝術傑出無庸置疑，他僅使用幾筆便可以帶來許多驚異的效果。凱迪克的藝術是神奇、典雅、魅力、美麗、幽默、個性與悲傷，這些全屬於他。凱迪克擅長畫風景及動物，也擅長畫人物。他的系列圖畫書是永恆的，穫得年老、少年、壯年與兒童的喜愛。[9]

《舊聖誕節》的另一個版本是1900年由亨利・馬修・布洛克（Henry Mathew Brock, 1865-1960）繪製插畫。布洛克為維多利亞時期小說製作許多插畫，代表作為查理斯・狄更斯的《偉大的期盼》（Great Expectations）與四件1935年版《聖誕歡樂之歌》（Christmas Carol）的彩色插圖。《舊聖誕節》採用彩色插圖，色彩典雅優美、風格寫實，含封面、卷頭插畫、與15張插畫。[10]

---

[8] Henry Blackburn, *Randolph Caldecott: A Personal Memoir of His Early Art Career* (New York: Cambridge University Press, 2010) 100-101。

[9] George Du Maurier, "The illustration of Books from the Series Artist's Point of View-I," *Magazine of Art* (London: Cassell and Company, 1890) 349-353。

[10] Washington Irving, *The Old English Christmas,* with Illustrations by H. M. Brock (London: T.N. Foulis, 1900)。

4.2 十九世紀英國聖誕節與出版品變化

　　在十九世紀出版年刊與聖誕節的認同形成有關。出版商通常會將年刊的年分延後，雖然《紀念品》（*Keepsake*）是在1839年11月底出版，卻標示為1840年，以便能在後續的一整年中販售與介紹。編輯會避免標明日期，讓這些書一整年都能做為生日禮物或學校獎品（餽贈對象主要為女性）。儘管文藝年刊內有《聖誕節之花》（*Blossoms of Christmas, 1825*）以及《聖誕禮盒》（*Christmas Box, 1828-1829*）等標題，不過此類刊物幾乎從未在封面直接提到聖誕假期（midwinter holiday）。雖然這些年刊很少討論典型的聖誕節，卻奠定了12月書籍的銷售模式，幾乎有九成的年刊是在二月底賣出。卡羅琳・鮑爾斯（Caroline Bowles）在1828年寫信給羅伯特・邵西（Robert Southey）時，在信中目光短淺地預測年刊即將消失：「這一股年刊熱潮難以持久，這個市場很快就會供過於求。」結果年刊熱潮卻在1830年代達到高峰，直到1860年才逐漸消失，卡羅琳・鮑爾斯也可能很懊惱自己當初的誤判。年刊在徹底消失之前，已逐漸被其他仲冬流行出版物取代，並為選集式的聖誕期號鋪路，在歷經1840年代與1850年代初的短暫時期，最後12月市場變成出版大量與聖誕節無關的內容。[11]

　　《紀念品》編輯哈里遜（W. H. Harrison）在1832年出版的《歷史與國內聖誕故事》（*Christmas Tales, Historical and Domestic*）中預示，維多利亞出版界風尚即將來臨。此書飾有華特・史考特爵士（Sir Walter Scott）的醒目大獎章，史考特是當時的知名作家，他在詩作〈馬米昂〉（*Marmion*）中曾提到盎格魯薩克遜人的聖誕節，且大力推廣歷史小說，是哈里遜仿效的對象。哈里遜同時在這一部作品中闡述年刊如何「建立大眾品味、促使讀者追求精心製作與插圖雅致的書籍、在聖誕季追尋此類作品。」他追隨攝政時期年刊（Regency annual）之詩歌與短篇故事的風潮，經常提供作品給這些刊物。哈里遜曾以浪漫主義講述四篇故事，風格近似於拜倫（Byronic style），且這些故事均已避免通篇講述歡樂聖誕與時節背景。哈里遜以作品表明本身欲離開龐大的文學年刊，單槍匹馬開發聖誕節消費群眾的意圖，最後他順利達成目標，且未因聖誕假期購物季而讓步。爾後的聖誕書籍與聖誕期刊則更上一層樓，在小說中加入聖誕節場景、聖誕節脫胎換骨的意識形態。有一項簡單的案例研究

---

[11]　Tara Moore, *Victorian Christmas in Print* (New York: Palgrave Macmillan, 2009) 9-10。

曾分析早期的聖誕產品，可用於填補攝政時期出版界與維多利亞聖誕節現象之間的資料斷層，這一份研究也揭露了聖誕節的演進：從喧鬧的階級假期變成高雅的家庭慶典。[12]

《聖誕節之書》（*The Book of Christmas*，出版年延遲寫為1836年）是在聖誕節的停滯時期推出。由於聖誕假期缺乏一致的特性，且會因地而異，導致某些圈子開始減少聖誕節慶的活動。湯瑪士‧赫維（Thomas Hervey）與羅伯特‧西摩（Robert Seymour）各自發揮獨有的專長，一人寫文章、一人畫插圖地合力在聖誕節的框架下，製作出具有英國特色的版本。之後，兩人又以圖文交流方式展開競爭，看一看誰能在重要的維多利亞時期平安夜，獲准參加復興的英式聖誕節。[13]

在十九世紀初，聖誕節故事加入民間傳奇開始蔚為風潮，《聖誕節之書》亦躬逢其盛。約翰‧布蘭德（John Brand）在1813年推出的《熱門古物觀察》（*Observations on Popular Antiquities*）廣泛版本，不僅列載了許多地方的聖誕節傳統，同時「奠定民間傳奇的知識基礎」。連載刊物《每日叢書》（*Every-day Book*）編輯威廉‧霍恩（William Hone）號召讀者為1825年的季號提供聖誕頌歌作品，讓讀者參與蒐集民間傳奇。威廉‧桑迪斯（William Sandys）在《聖誕頌歌古今選》（*Christmas Carols Ancient and Modern*，1822及1833）中代表十九世紀的聖誕節與先前世紀的聖誕節對話，再次引起世人對民間傳奇的興趣。1819年至1820年，華盛頓‧歐文出版了《傑弗里‧克雷翁寫生簿》（*The Sketch Book of Geoffrey Crayon*），並在最後數章紀錄了著名的鄉間別墅聖誕儀式，1834年出版的《列‧杭特的倫敦日誌》（*Leigh Hunt's London Journal*），具有記者身分的作者在文章中呼應歐文敘述的聖誕節儀式，並指出這種習俗已經消亡。這一位記者回憶起「在英國某處住宅在舉行節日儀式時，由於當地保有傳統的善良風俗，所以不需要鎖門，而態度誠摯、重情重義的居民都非常樂於維持聖誕節傳統。」這兩本作品均將聖誕節習俗描寫成仕紳地主的特權，並認為應提醒讀者具備「英國特色」的聖誕節為何。[14]

安妮‧朗婷（Anne Lundin）指出：「在聖誕季密集出版童書，已帶動將書籍視為商品的概念。」但事實上，在童書稱霸市場二十年以前（甚至三十年前），書籍已是公認的聖誕節商品。除享用儀式食品外，重要的聖誕節描述也提到大家會期待收到禮物，且此類概念已根深蒂固，而自聖誕季與書籍市場擦出火花後，長久以來更將書籍比喻為不同類型的消費，如同特洛勒普（Trollope）的玩具明喻的建議。在幾十年前，薩克萊（Thackeray）將書本稱為「英式肉餡餅」（mince-pie），並在1847年的評論中持續使用此隱喻，形容其助手取得戈爾太太（Mrs. Gore）之作品中，喬治‧庫克強（George Cruikshank）的插圖如同「盤子」盛裝著一道「佳餚」。薩克萊也曾在其他文章中將書本比喻為葡萄乾布丁（plum pudding），薩克萊更將在聖誕節

---

[12] Ibid., 10。

[13] Ibid。

[14] Ibid., 11。

前數個月完成著作的聖誕節作者，比喻成會在午夜起床備料烹煮，讓大家能及時享用的廚師。[15]

　　無論是描繪聖誕節，或針對介紹版本進行的評論，皆代表一種轉變：從頌揚英國特色的節日，變成以孩童為中心的購物假期，例如，幾乎整個聖誕季都是以孩童為重點，《噴趣》（*Punch*）對此現象的感覺也越來越敏銳。在1880年代及1890年代，噴趣先生（Mr. Punch）經常在漫畫中與孩童嬉戲，《噴趣》在1885年刊載的兩幅漫畫也是如此，在其中的一幅漫畫中，噴趣先生原本正在評估聖誕書籍，後來卻將書拋給一群孩童。另一幅漫畫則是將孩童稱為「聖誕節時，家中真正的老大」（the only true Home-Rulers at Christmas time），描述小孩們將噴趣先生的外套掛起來，希望能誘使他送禮物。聖誕書籍市場開始將聖誕小說視為青少年讀物，而想要利用聖誕節賺取財物的作家也開始重新調整作品，以娛樂更年輕的讀者。[16]

　　彼得‧杭特（Peter Hunt）曾表示這是「第一個兒童文學的黃金時代」，聖誕書也是以兒童為主，這兩件事同時發生不是巧合，此黃金時代是從1860年代開始，延續至第一次世界大戰為止。維多利亞時期頌揚孩童的童書，原本是屬於兒童讀物，但是書中描繪的童年卻非常吸引成人消費者，後來的書評與行銷慣例亦顯示這是一場開始以兒童為買家與讀者的文化轉變。1874年，新出版之書籍《倫敦社會》（*London Society*）的評論中，將納屈伯爾‧胡格森（E. H. Knatchbull-Hugessen）的《仙境呢喃》（*Whispers from Fairy Land*）列為「年度聖誕節兒童朗讀範本」，而韋瑟比（F. E. Weatherby）的《愛絲的奇遇冒險》（*Elsie's Expedition,* 1875）卻獲得輕蔑的負評，因為此書剽竊卡洛爾（Carroll）之聖誕節童書《愛麗絲夢遊仙境》（*Alice's Adventures in Wonderland*）的內容。當時的書評家，桌上幾乎都堆滿了此類童書，在1907年，一幅《噴趣》漫畫針對兒童介紹版本做出有趣的評論，並讓讀者欣賞一篇兒童書評。這一位小小書評家在評論中表示希望能看到更多「《彼得潘》與《愛麗絲》類型的故事」，他毫不扭捏地說這種書看再多也不會膩：「這種書永遠不嫌多，我一天能讀完二十本。」以維多利亞時期的兒童文學為想像基礎持續推出的童話故事，已為兒童的聖誕節創造出消費熱潮。

　　不僅童書市場與時俱進，聖誕節購物熱潮同樣越演越烈，最後聖誕節變成童書的熱賣季，出版商為了擴展聖誕節市場，開始吸收大量的聖誕節書籍，導致評論開始經常抱怨量產導致品質下降。赫維的《聖誕節之書》（*The Book of Christmas*）在聖誕的隔天推出，續集卻至隔年的10月問世，而茱莉安娜‧尤文（Juliana Ewing）在11月中旬即寫道：「我推出的聖誕節新書，大約在三天內就賣完初版的2/3。」我們發現在1860年代之後的幾十年，書籍的性別與年齡已出現極大的差異，女童書籍主要用於塑造女性的社會角色，男童書籍則偏重冒險故事。

---

[15]　Ibid., 104-105。

[16]　Ibid., 106。

《勞特力奇聖誕年刊》（*Routledge's Christmas Annual*）背面的介紹目錄清單即有圖畫書與奇幻書籍的區分，這些書籍能迎合喜愛特定男童書籍的小忠實讀者。小眾市場童書亦因1880年代至1890年代興起的美學主義而受益，儘管自1860年代之後，評論已逐漸忽略童書插畫的品質，林利・桑伯恩（Linley Sambourne）仍在1881年的《噴趣》中繪出噴趣先生將凱特・格林那威之聖誕書籍《兒童生日書》（*Birthday Book for Children*, 1881）的某個版本交給坡提斯（Beatrice），而童書出版界的三巨頭——克雷恩、凱迪克與格林那威則如同聖誕節精靈般飄在背景中。雖然童書藝術家整年都很忙碌，但是聖誕節儼然已成為童書設計的年度流行盛會。[17]

17　Ibid., 106-107。

4.3 聖誕節與馬車

　　華盛頓·歐文在《舊聖誕節》中，描寫十九世紀的前二十年英國老鄉紳在鄉村中慶賀聖誕節慶的風俗情形，共有5章，含聖誕節、馬車、聖誕夜、聖誕日、與聖誕晚餐。藍道夫·凱迪克於1874年接受麥克米倫公司（Macmillan and Co.）委託繪製《舊聖誕節》插畫，並由詹姆士·古伯（James D.Cooper）擔任雕刻。[18]

　　這是凱迪克因應十八世紀復甦風潮中的第一件書籍插畫作品，也是十九世紀唯一的插畫版本。凱迪克為這一件作品設計封面，描寫老鄉紳與家族成員，共同慶賀聖誕節歡樂的景色（圖4-1），卷頭插畫描繪老鄉紳熱誠招待村民貧窮者，進入邸第的景色（圖4-2）。此外，各章亦含卷頭插畫，一共繪製了112幅黑白插畫作品。布洛克的封面則是一個聖誕節的裝飾設計（圖4-3）。

　　華盛頓·歐文在《舊聖誕節》的開始，表示了他對聖誕節的意義：

　　　　在所有的古老節日中，聖誕節最能喚醒強烈真誠的聯想。莊嚴聖潔的氣氛，結合眾人的歡樂情緒，能提升表示他對神聖崇高的愉悅精神。在聖誕季節中，教會的儀式特別體貼入微、啟發人心，讓信徒能專注於思索基督信仰起源的美麗故事，想像著救主降生時的鄉村場景。

　　　　在聖誕節的日子裡，大家會緬懷過往，遙想此宣揚和平與愛之宗教的誕生日，這是一種非常美妙的安排。親人們會因為世上的憂慮悲喜而疏離，聖誕季節卻能讓大家相聚，再一次拉近彼此的關係，並讓踏上人生道路、各奔東西的孩子們有機會回家，在火爐邊重逢。在充滿溫情的團圓中，身邊圍繞著充滿歡樂童年回憶的紀念品，讓人們再一次變得朝氣蓬勃、相親相愛。[19]

　　　　農夫與貴族們會一起歡慶此節日，讓喜悅與仁慈的暖流消弭階級間的隔閡，共同歡度佳節。古老城堡的大廳與莊園宅邸內，豎琴的樂音及聖誕節的頌歌繞樑不絕，主人以盛大的演奏與歌曲招待客人，將室內木板震得發出低微的聲響。[20]

---

[18] Washington Irving and Randolph Caldecott, *Old Christmas and Bracebridge Hall*, 1886。

[19] Ibid., 2。

[20] Ibid., 5。

| 4-1 | 4-2 | 4-3 |

4-1 《舊聖誕節》（Old Christmas）藍道夫・凱迪克（Randolph Caldecott）1874
封面。圖片來源：Irving Washington, *Old Christmas and Bracebridge Hall*。

4-2 《舊聖誕節》（Old Christmas）藍道夫・凱迪克1874卷頭插畫。圖片來源：
Irving Washington, *Old Christmas and Bracebridge Hall*。

4-3 《舊聖誕節》（Old Christmas）亨利・馬修・布洛克（Henry Mathew Brock）
1900封面。圖片來源：Irving Washington, *The Old English Christmas*。

歐文回憶了一段聖誕節前夕在約克郡搭上長途公共馬車的經驗：

> 我在12月出遊造訪約克郡（Yorkshire）時，於聖誕節前夕搭上長途公共馬車
> （the stage coach）（圖4-4）。這一輛馬車內外都擠滿了乘客，從大家的談
> 話內容研判，大部分乘客是前往親戚或友人的豪宅享用聖誕大餐。馬車上載著
> 許多以大籃盛裝的獵物、籃裝與箱裝美食，還有野兔的長耳朵掛在車廂上，身
> 體則隨著馬車不斷搖晃，這些都是遠方友人赴宴時攜帶的禮物。乘客中有三位
> 面色紅潤的少年，體型豐滿健康，且男子氣概十足，我發現鄉村青年幾乎都和
> 他們一樣。他們正興高采烈地回家度假，心中想著即將度過的愉快佳節。[21]

歐文特別捕捉了馬車夫的奇特造型，與他在鄉村中所執行的任務：

> 他有一張圓潤的寬臉，長相普通，特別的是臉上有著古怪的紅斑，彷彿將血液
> 灌入皮膚的每一條血管中。他不時喝著麥芽烈酒，情緒十分高昂，並穿著好
> 幾件大衣，使體型顯得更龐大，且由於身上裹著層層的大衣，因此外型猶如
> 一株花椰菜。他的最外層大衣長至腳跟，頭上戴著闊邊低頂帽（low-crowned
> hat），脖子上則纏著大型的有色圍巾，並刻意將圍巾打了一個結，塞進胸
> 口，在夏天時，他還會在扣眼別一大束花，可能是心儀的鄉下女孩送的。他通
> 常身穿色彩鮮豔的條紋背心（waistcoat），背心向下延伸過膝，直到觸及馬
> 靴；馬靴則是向上延伸，覆蓋一半腿部他的這些服裝全都恰到好處，採用絕佳

---

[21] Ibid., 13。

4-4 │ 4-5 │ 4-6   4-4 《公共馬車》（The Stage Coach）藍道夫・凱迪克1874。圖片來源：Irving
Washington, *Old Christmas and Bracebridge Hall*, 13。
4-5 《老英國馬車夫》（The Old English Stage Coachman）藍道夫・凱迪克
1874。圖片來源：Irving Washington, *Old Christmas and Bracebridge Hall*, 15。
4-6 《老英國馬車夫》（The Old English Stage Coachman）藍道夫・凱迪克
1874。圖片來源：Irving Washington, *Old Christmas and Bracebridge Hall*, 16。

材料，讓他深感自豪。儘管他外表看似粗壯，卻依然流露著出英國人幾乎與生
俱來的整齊得體。他沿路備受注目與關切，也常與鄉村主婦交談。這些主婦都
很敬重他，覺得他值得信賴與依靠。他似乎也很瞭解每位擁有明眸的鄉下女
孩。[22]

　　凱迪克與布洛克均生動描繪了馬車夫壯碩的外型與騎馬上自信英勇的姿態（圖
4-5、4-6）。

　　　　馬車夫的身邊經常圍滿一群仰慕他的馬伕、馬僮、擦鞋童，以及叫不出名
字的隨從。這一行人將客棧及旅店擠得水洩不通，還會從事跑腿和進行各種奇
怪的工作，以爭取廚房之烤肉汁及酒吧美酒的特權。這些人將他視為可敬的先
知，不僅會牢記他說過的話，並會附和他針對馬匹與騎師故事提出的意見，最
重要的是，他們都會努力地模仿他的氣質與神態。
　　　　除此之外，車伕還會執行各種委派任務，有時候運送野兔或野雞，有時會
將小包裹或報紙推進酒吧的門縫中，有時甚至會遞送鄉村仰慕者寄出形狀奇特
的情書，他會露出知情的眼光，油腔滑調地將情書交給愉快而臉紅的女佣。當
馬車噠噠行經村莊時，所有人都會跑到窗邊觀看，此時就能看見鄉村居民們活
力充沛的面容，以及青春洋溢、歡顏傻笑的少女。聚集在村莊角落的成群懶漢
與智者，此時同樣想看一看是否有同伴經過。[23]

────────────

[22] Ibid., 15-16。
[23] Ibid., 16, 18。

我們在晚上抵達一座村莊時，我決定在此過夜，當馬車駛進客棧寬闊的大門，我看見另一端的廚房窗戶透出溫暖的燈火，令人感到興奮不已。我走進廚房，打量著內部舒適整潔的景象，發現所有人都能毫無矯飾地坦率盡歡，這就是英國客棧的廚房，空間寬敞，到處掛著精磨的銅製與錫製容器，並以聖誕節的綠色植物做為裝飾。火腿、豬舌與培根條懸掛在天花板上，火爐旁的煙燻爐（smoke-jack）則不斷發出噹啷聲響，而角落的時鐘也在滴答作響。廚房一側橫放著精雕細琢的松木桌（deal table），桌上有冷切牛腿肉及其他豐盛食物，還有兩大杯冒著泡沫的麥芽啤酒，彷彿是鎮守食物的兩位衛兵。社會階級較低的旅人們虎視眈眈地望著這一桌豐盛大餐，其他人則坐在火爐旁的兩張高背橡木長椅上吞雲吐霧，說啤酒、聊是非。女主人精力充沛地四處奔忙，指揮穿著整齊的女僕忙進忙出，偶爾會說幾句話，引起火爐旁的眾人哄堂大笑。

凱迪克捕捉了英國客棧內廚房旅人們的歡樂景象（圖4-7）。[24]

4-7　《客棧廚房》（Inn Kitchen）藍道夫・凱迪克1874。圖片來源：
Irving Washington, *Old Christmas and Bracebridge Hall*, 23。

---

[24] Ibid., 22-33。

4.4 鄉紳與聖誕夜

　　鄉紳布雷斯布里奇（Squire Bracebeidge）在世襲領地中扮演著重要角色，他富涵學養、喜愛閱讀，住在自己的莊園內，管理土地、監督照顧佃農、以及治理小型父權社會，在十八世紀的社會與政治上具有影響力。

　　朗特（W. E. Lunt）在《英國史》（*History of England*）中評論上層階級時表示：

> 鄉紳是最具影響力的階級，通常會獲選為仕紳階級或鄉紳……在前半個世紀，他們都是住在自己的莊園內，平日的樂趣是翻修華美舒適的自家宅第、管理土地、監督佃農，以及治理小型父權社會……雖然鄉紳中也有粗野之人，但是大部分都富涵學養、擁有大量的藏書，且喜愛閱讀……鄉紳也是國內最具影響力的政治階級……在英王詹姆士一世（James I）統治期間，鄉紳不僅掌控下議院，更在英國內戰中扮演領導的角色。重新召開國會之後，國會議員、官員與君王顧問等重要成員大多是由鄉紳擔任，在歷經1688年的革命後，鄉紳已成為統治階級。[25]

華盛頓‧歐文對鄉紳的生活描述如下：

> 　　這一位老鄉紳其實是英國紳士的活標本，他幾乎足不出戶、隱居於鄉間，而且是一位幽默風趣的人。如果有機會自給自足，英國人都會選擇遠離塵囂，即使他對英國古禮與習俗有一種偏執的熱愛，我依然很欣賞他的離群索居。我對「祖國」古老的正宗特色充滿好奇、求知若渴，且非常喜歡這種生活。
> 　　老鄉紳的家族極具特色，而且我認為英國人都是如此。他的家族是英國古老的貴族世家，我相信那是英國獨有的特色，其他國家的人幾乎無法理解，換言之，雖然古老仕紳家族無任何頭銜階級，他們依然為自己的祖先感到驕傲。他們輕視近代的所有貴族，認為自己出身於尊貴家族，不應該紆尊降貴地與現代家族來往。[26]

---

[25] William E. Lunt, *History of England* (New York: Harper, 1928) 35。

[26] Washington Irving and Randolph Caldecott, *Old Christmas and Bracebridge Hall*, 1886, 30。

老鄉紳在世襲領地中扮演著重要角色，更使他們自視甚高。這一棟家族宅邸的歷史悠久，坐落於約克郡風光明媚的靜僻之地，當地居民頗受人敬重，附近鄉野更享有「人間之最」的美名。布雷斯布里奇廳附近小村莊的居民都很崇敬老鄉紳，幾乎將他視為封建領主。在現代，住在古老宅邸的名門世家已難得一見，此類英國家政的隱居範例及正統古風能保留至今，可能要歸功於老鄉紳的獨特性情。

現在，我們已能看到此古老家族宅邸的全貌。此宅邸部分籠罩在深邃的陰影中，部分浸浴在明亮的冷月寒光下，是一棟造型不規則的建築，且頗具規模，彷彿是混合不同時期風格的建築物。宅邸的一側顯然歷史悠久，設有向外突出、長滿常春藤且堅固的石箭弓形窗，月光則從長春藤的葉片間，將菱形玻璃小窗照得閃閃發光。宅邸的其他部分均為查理二世時期的法式風格，朋友說他的祖先曾參與修復與改建此建築，並贏得修復之王的美名。在宅邸周圍的土地上有人工花床、修剪過的灌木叢、浮雕平台及堅固的石製欄杆，且均依據復古的風格排列，其間則以水缸、鉛製雕像與一座噴水池點綴裝飾。我聽說這一位老仕紳非常小心地保持這些過時華麗裝飾的原貌，因為他十分欣賞此種氣勢恢弘、富有宮廷與貴族奢華風格的園藝風尚，並認為此風格很適合良好的古老家庭（圖4-8）。[27]

老鄉紳極力提倡恢復古老的鄉村遊戲及假期儀式，他已熟讀探討此主題的古今作品，尤其喜歡閱讀近兩百年聲名大噪的作家名著，並堅稱這些作家的作品與思維才真正具備英國本色，且勝過所有的後人，甚至懊悔自己未在幾個世紀前，英格蘭依然與世隔絕，擁有獨特禮儀與風俗的時代出生。他的住處與大馬路相隔了一段距離，在人煙較稀少的鄉村地區，附近沒有任何與他財力相當的仕紳，他擁有英國最令人稱羨的好福氣，可以盡情享受好心情，不會有任何人打擾。他是這一代最古老家族的代表人，土地上住著大量佃農，且備受尊敬，大家都稱他為「鄉紳」，自古以來，他的家族之長都會獲得此頭銜。[28]

平安夜有一項特色，就是富裕人家會放置聖誕長燭、掛萬年青花環，並將點燃的蠟燭與聖誕木共同放置於上層桌面或古董高台上。聖誕木及聖誕蠟是屬於同一種儀式，僅是以前者取代後者而已。對於拉丁禮教會（Latin church）的先人來說，聖誕節的正式名稱是「光之盛宴」，因此會在聖誕節時點燃燭光，其燭光與名稱都是代表宗教之光，可在此神聖時刻為世界帶來光明，當「萬光之光」降臨，即可驅散道德的黑夜。有人認為聖誕蠟燭的家庭儀式就是由此延續而來，擁有相同用途的聖誕木則是窮人的替代品。

---

[27] Ibid., 37。

[28] Ibid., 30。

4-8 《月光下的古老家族宅邸》（The Old Mansion
by Moonlight）藍道夫·凱迪克1874。圖片
來源：Irving Washington, *Old Christmas and
Bracebridge Hall*, 36。

聖誕木是一大塊木頭，有時候是樹根，在聖誕節前夕會舉辦盛大的儀式，將聖誕木迎入家中，將其放進壁爐內，然後使用去年聖誕木燒剩的焦木點燃。在聖誕木持續燃燒的期間，大家可盡情暢飲、唱歌與講故事，有時候除了聖誕木之外，還會搭配聖誕蠟燭，不過在一般民眾的鄉間小屋中，熊熊燃燒的紅色火焰就是唯一的光源。聖誕木必須徹夜燃燒，如果中途熄滅，將會被視為壞兆頭。[29]

下面是一段有關聖誕木的歌曲：

「來吧，帶來歡鬧氣氛
開心雀躍的年輕人，
讓聖誕木燃起不滅；
我家好夫人就會
請大家盡情歡享今夜，
痛快過癮，不醉不歸。」[30]

傳統中認為聖誕木能淨化屋頂梁柱（rooftree），是一種對抗邪靈的方式，因為邪靈會在這一個季節中橫行肆虐，所以此習俗是混合了各種迷信與相關儀式的產物。一般以為聖誕木必須由潔淨的雙手點燃，才能發揮功效。此項指示可能是教導後代的家訓，或具有更崇高的道德寓意：

「洗淨雙手，否則新木

---

[29] Ibid., 115。
[30] Ibid。

將無法如願點燃火爐；
各位少女皆知，未洗淨之手，
即使搧風，也只會熄火。」[31]

這一場家族聚會溫馨感人、情意真摯。雖然已是深夜時分，老鄉紳立即引領我們加入聚會。聚集在古老大廳為數眾多的人們，幾乎都是家族的親友，有年邁的伯父伯母、怡然自得的已婚婦女、年老體衰的女士、正值青春年華的遠房親戚、半大不小的年輕人、擁有水汪汪大眼睛的寄宿學校女同學。大家都在做著不同的事，有人打牌、有人在爐邊聊天，還有一群年輕人聚在大廳的一端，其中有些人幾乎已是成人、有些則較年幼，正在全神貫注地玩著歡樂的遊戲。大廳散落著許多木馬、玩具喇叭與破爛娃娃，這些都是「小小妖精」曾經造訪這裡的跡象，那些小朋友在開心嬉鬧一整天之後，此時已上床睡覺度過祥和的夜晚（圖4-9）。[32]

這是一幅令人賞心悅目的景象。

老鄉紳坐在代代相傳的扶手椅上，在當初祖先招待客人的火爐旁，環顧著四週，宛如星系中的太陽，為每一個人帶來溫暖與歡喜。躺在老鄉紳腳邊的狗兒，有時候懶洋洋地換位置或打呵欠，有時候會抬起頭，充滿感情望著主人的面容，有時候會搖搖尾巴拍打地面，伸完懶腰之後再次入睡，並深信主人會善待牠、保護牠。這是一種發自內心真誠的好客精神，讓人感到賓至如歸。

凱迪克與布洛克均生動描繪了老鄉紳坐在扶手椅上，光線反應在他的臉上，顯出怡然自得的模樣（圖4-10、4-11）。[33]
晚餐是在寬闊的橡木房間中舉行，房中打過蠟的鑲板閃閃發光，鑲板周圍掛著好幾幅以冬青與常春藤裝飾的家族成員肖像。除了調整過的燈光外，還有兩根上面有綠色螺旋紋飾，稱為「聖誕蠟燭」的大尺寸細蠟（great wax taper），蠟燭是放在經過高度磨光的廚具櫃（beaufet）上，且與家族裝飾盤（family plate）並列。桌上擺滿了豐盛的食物，但是鄉紳僅吃小麥粥以及使用牛奶煮過，搭配大量香料食用的麥餅，這些是聖誕節前夕的古老家常菜。[34]凱迪克捕捉了古老家族宅邸的大餐廳與參加的家族成員，互動交談的畫面，氣氛喧鬧活潑。
晚餐飯大家在一場舞會中跳得很開心，有一些老人家也會下場跳舞，老鄉紳更親

---

[31] Ibid。
[32] Ibid., 41。
[33] Ibid., 43。
[34] Ibid., 44。

4-9	4-10
4-11	4-12

4-9　《家族晚宴》（The Family Party）藍道夫・凱迪克1874。圖片來源：Irving Washington, *Old Christmas and Bracebridge Hall*, 40。

4-10　《老鄉紳坐在一個世襲椅上》（The Squire in His Hereditary Chair）藍道夫・凱迪克1874。圖片來源：Irving Washington, *Old Christmas and Bracebridge Hall*, 43。

4-11　《老鄉紳》（The Squire）亨利・馬修・布洛克1900。圖片來源：Irving Washington, *The Old English Christmas*, 48。

4-12　《西蒙跳舞》（Simon Dancing）藍道夫・凱迪克1874。圖片來源：Irving Washington, *Old Christmas and Bracebridge Hall*, 48。

自搭配了好幾對舞伴，他說自己在每一年的聖誕節都會與這些人跳舞，已有將近半世紀的時間。西蒙主人（Master Simon）如同連結過往與現今的橋樑，不過對本身舞技的鑑賞力似乎已過時，他顯然會在跳舞時生悶氣，並努力地使用踵趾交換步法（heel and toe）、里哥東舞步（rigadoon）及其他老式的優雅動作，想要獲得舞伴的認同，可惜這一次的舞伴是寄宿學校喜歡打鬧的小女生（圖4-12）。[35]凱迪克以簡潔流暢的線條，描繪出老鄉紳與舞伴跳舞的模樣。

35　Ibid., 47-48。

4.5 聖誕日

　　牧師在聖誕日（圖4-13）主持的儀式與典禮中，為我們帶來最博學的講道，並適當地說明不僅要在這一天心存感激，更要充滿喜樂，他還會提到教會的初期習俗，以及援用教界權威佐證自己的論點。這些權威人士包括凱撒利亞主教提阿非羅（Theophilus of Cesarea）、聖居普良（St. Cyprian）、聖屈梭多模（St. Chrysostom）、聖奧古斯丁（St. Augustine），以及更多的聖人與先輩，牧師也會大量引用這些先賢的名言（圖4-14）。[36]

　　我本來預期會看見一位穿著整齊、保養有方的牧師，如同在雅室客廳（snug living）中，經常出現在聖職推薦權人桌邊的那種牧師，結果我失望了。這一位牧師的身形矮小消瘦，外貌很像黑人，戴著一頂灰白相間的假髮，且假髮的尺寸太大，距離雙耳過遠，因此戴上假髮後，看起來好像頭部縮水，如同果殼中乾燥的榛子。他穿著鐵灰色大衣與長袍（great skirt），口袋中可能放著教會的聖經或禱告本，腳上穿著飾有巨型扣環的大鞋，使雙腿顯得更瘦小（圖4-15）。

　　法蘭克・布雷斯布里奇（Frank Bracebridge）告訴我，這一位牧師是他父親在牛津認識的好友，當他父親回到莊園後，牧師也隨後來此服務。他酷愛歌德字體（black-letter hunter），且幾乎不讀羅馬字體（Roman character）印製的書籍，尤其喜歡閱讀卡克斯頓（Caxton）及韋恩・金迪沃德（Wynkin de Worde）的版本。他孜孜不倦地研究這些過去的英國作家，卻忘了這些作品的價值不高，表現或許他是為了向布雷斯布里奇先生（Bracebridge）提出的概念致敬，才會如此努力研究過往的節日儀式與假期習俗。他非常熱衷於這一項研究，如同對待一位摯友，表現出一種埋頭苦幹的精神。[37]

　　在聖誕節的典禮中安排管弦樂隊在小型廊道上演奏。特別引起我注意的是村中的裁縫師，他的膚色蒼白，額頭與下巴凹陷，當用力吹奏單簧管時，會將自己的臉吹成尖錐狀。現場還有其他演奏人員，其中一位矮胖男子正彎腰努力地演奏低音大提琴，大家僅能看到他鴕鳥蛋般的渾圓禿頭。在女性歌者中有兩

---

[36] Ibid., 75。

[37] Ibid., 66-69。

4-13

4-14	4-15

4-13 《聖誕日》（Christmas Day）藍道
夫·凱迪克1874。圖片來源：Irving,
Washington, *Old Christmas and
Bracebridge Hall*, 57。

4-14 《牧師怖道》（The Sermon）藍道
夫·凱迪克1874。圖片來源：Irving
Washington, *Old Christmas and
Bracebridge Hall*, 75。

4-15 《牧師》（The Parson）藍道夫·
凱迪克1874。圖片來源：Irving
Washington, *Old Christmas and
Bracebridge Hall*, 66。

三位漂亮女孩，早晨冷冽刺骨的空氣在她們的臉頰揮灑出一抹紅暈，而唱詩班的男性成員顯然是經過詳細挑選，如同古董克雷莫納（Cremona）小提琴般，音色比外表更重要。由於許多歌者必須一起看同一冊歌本，所以可以看到許多古怪的表情聚在一塊，如同鄉間墓碑上的小天使雕像（圖4-16）。[38]

　　村民會在鄉紳經過時脫帽致敬，村民會表現出發自內心的誠懇，對鄉紳獻上聖誕祝福，鄉紳則會邀請他們進入大廳，讓他們吃一些東西袪寒。我曾經親耳聽見好幾位窮人祝福他，讓我確信這一位老鄉紳在享樂之餘，從未忘記聖誕節樂善好施的美德，他真是一位令人欽佩的老紳士。

　　凱迪克與布洛克均生動描繪了老鄉紳與村民戶動，熱誠招待村民的情形（圖4-17、4-18）。

> 「聖誕節！聖誕節！
> 三個布丁堆一疊
> 敲開核果，高呼聖誕節！」[39]

這些聖誕季遊戲與娛樂曾經在百姓之間盛行，並受到上層階級的支持，現在卻都已式微，讓老鄉紳感到十分惋惜。他會在白天開放城堡的古老大廳與宅邸，並在桌上放滿醃豬肉、牛肉及冒泡啤酒，室內則整天繚繞著豎琴與頌歌樂音。無論富人或窮人，他都一視同仁，歡迎他們入內同樂，老鄉紳說：「從前的聖誕遊戲與地方習俗影響深遠，能讓農夫喜歡自己的家園，仕紳也可藉此使佃農更喜歡他。這些遊戲和習俗能讓這些時光變得歡樂、親切及更加美好，如同古代詩人所云：

> 「我歡迎所有，可是那些人
> 古怪拘謹、故作嚴肅，
> 想要趕走這些無害的朋友，
> 即背棄了誠實的待人之道。」[40]

　　「這個國家，」他繼續說道：「已經變了，忠實的農民所剩無幾，上層階級已失去農民的一致支持，現在的農民認為主僕各有不同的利益。他們已經會閱讀報紙、在酒店聽政客談論改革，進而獲得許多知識。我認為在這些艱難時刻，貴族與仕紳必須花更多時間在自己的莊園中與更多鄉民交談，並再次進行

---

[38] Ibid., 75。
[39] Ibid., 76。
[40] Ibid., 79。

4-16 | 4-17 | 4-18 | 4-19

4-16　《老唱詩班歌手》（An Old Chorister）藍道夫・凱迪克1874。圖片來源：Irving Washington, *Old Christmas and Bracebridge Hall*, 74。

4-17　《教會的祝賀》（Churchyard Greeting）藍道夫・凱迪克1874。圖片來源：Irving Washington, *Old Christmas and Bracebridge Hall*, 77。

4-18　《村民向鄉紳致敬》（Greeting to the Squire）亨利・馬修・布洛克1900。圖片來源：Irving Washington, *The Old English Christmas*, 88。

4-19　《村民喝鄉紳的啤酒》（The Squire's Ale）藍道夫・凱迪克1874。圖片來源：Irving Washington, *Old Christmas and Bracebridge Hall*, 82。

歡樂的英國傳統遊戲，才能讓農民保持喜悅。」[41]

　　老鄉紳計畫利用此方式平撫眾人的不滿。他確實想要落實自己的信條，曾在數年前依據古風在假期開放莊園，但是鄉紳卻不了解賓客應有的本分，結果發生許多違反禮節的情況，導致宅邸內擠滿鄉間遊民，甚至有許多乞丐在一週內蜂而至，使人數超出行政教區官員一年之間能負荷的數量。從此之後，他僅邀請附近的善良農民在大廳共同慶祝聖誕節，就心滿意足了，此外，他還會發送牛肉、麵包、啤酒給窮人，讓他們在自己的家中歡度佳節。[42]

　　老鄉紳會常常與鄉民們互動交談，而鄉民則是彆扭地向他致敬。我注意到二、三位年輕農夫的舉動，他們會將酒杯舉到嘴邊敬酒，（圖4-19）卻在鄉紳轉身之後，做出嫌惡的鬼臉對著彼此眨眼。不過，當他們與我眼神交會時，卻露出嚴肅的表情，裝出一本正經的樣子，在面對西蒙大人時，也會表現出每一個人都有賓至如歸的感覺。西蒙大人會進行許多不同的活動與娛樂，因此在附近頗具名望，他會拜訪所有的農舍與鄉村小屋與農民夫婦聊聊八卦，並與他們的女兒嬉鬧。他如同一位四處漂泊的單身漢，也像是一隻採集鄉村女孩甜美笑容的熊蜂。[43]

---

[41] Ibid., 80。

[42] Ibid。

[43] Ibid., 82。

4.6 聖誕節晚餐

在聖誕節晚餐的宴會上（Christmas banquet）（圖4-20），司膳總管（bulter）有兩位僕從陪伴，他們的手上拿蠟燭，分別走在左右兩側。司膳總管的手中捧銀盤，盤中盛著以迷迭香裝飾的龐大豬首，豬嘴塞著檸檬，他以正式的方法將這一道菜放在桌主位置。當這一場隆重的遊行開始進行時，豎琴師立即開始演奏樂曲，遊行結束後，鄉紳暗中指示一位牛津大學的年輕學生獻唱。他以怡然自得且不失嚴肅的神態，演唱了一首古老頌歌，第一段歌詞如下：

> 我在此獻上野豬之顱
> 讚美上主
> 飾以鮮豔花冠與迷迭香
> 希望大家都能樂享
> 痛快盡興[44]

原來在聖誕節當天，會舉行野豬首的儀式，伴隨著吟遊詩人的演唱放在大桌上。「我喜歡古老的習俗。」鄉紳說道：「不僅是這些習俗莊重宜人，主要是因為當初我在牛津大學讀書時，就是這樣慶祝聖誕節，因此當我聽到有人吟唱古老歌曲，就會想起那一段年輕的快樂時光-想起大學那一座高雅古老的廳堂，身穿黑袍的同學會在那一座廳堂內悠哉閒晃，現在卻有許多同學都已入土為安了，真是令人感到悲傷！」[45]（圖4-21、4-22）

直至今日，牛津大學王后學院（Queen's College）仍會於每年的聖誕節，在大廳舉辦端出野豬之顱的儀式。牧師特別照顧我，送我一本現代頌歌抄本，若有讀者對這些嚴肅的內容有興趣，即使必須抄一整本送給他，我也願意。

> 「我捧著野豬之顱，

---

[44] Ibid., 93-94。

[45] Ibid., 93-94。

4-20　《聖誕晚餐的宴會》（The Christmas Dinner）藍道夫・凱迪克1874。圖片來源：Irving Washington, *Old Christmas and Bracebridge Hall*, 90。

4-21　《野豬之顱》（The Boar's Head）
藍道夫・凱迪克1874。圖片來源：
Irving Washington, *Old Christmas
and Bracebridge Hall*, 93。

4-22　《野豬之顱》（The Boar's Head）
亨利・馬修・布洛克1900。圖片
來源：Irving Washington, *The Old
English Christmas*, 96。

裝飾著月桂與迷迭香；
希望各位大人樂意享用，
宴會上的種種美食。
在此獻上野豬之顱，
讚美上主

「野豬之顱，如今我已明瞭
這是英國最珍稀的菜餚
必須以華麗的花環裝飾纏繞
讓我們高歌上菜
在此獻上野豬之顱。

「管家端出這一道料理出場
紀念喜樂之王，
在此日尊其為主上
就在王后學院的大廳。
獻上野豬之顱，
諸如此類，等等，等等。」[46]

　　鄉紳會在此項儀式結束後，駐足於家門前許久，以監督發送救濟品給老人及貧民的過程。他會在邀請友人前來歡慶佳節之前，開放做為宴會場地的大廳，贈送冬季佳禮給所有的佃農與家僕。「這一塊土地上曾經充滿好客的精神。」《圍繞煤火堆》（Round about Our Coal Fire）一書的作者曾說：「英國仕紳會在此偉大節日的破曉時分，邀請所有佃農與鄰居進入大廳，並命人開啟木桶與大家共享濃醇的啤酒，且已

---

[46] Ibid., 116-117。

備妥充分的酒杯數量。現場亦備有吐司、糖、肉豆蔻及美味的柴郡起司……雖然僕人不斷地忙進忙出，卻都顯得滿心歡喜、神情愉悅。僕人們忙著歡迎客人，盡力讓大家感到賓至如歸，而無憂無慮、體態豐盈、風韻如伊麗莎白一世時期之淑女的少女，則吃著烤牛腰脊肉做為早餐。[47]

凱迪克正確的描繪，捕捉古老時期在富麗大廳舉辦的豪華聖誕慶典中（圖4-20），眾人在野豬之顱隊伍前進的重要時刻，依據傳統儀式將此菜送上主桌的情形。

野豬之顱必須先淋上醬汁，然後莊嚴地送進大廳，並由宴會主持人在前面引領唱詩班及吟遊詩人獻唱及演奏樂曲，向此道菜致敬。達格代爾（Dugdale）敘述內殿律師學院（Inner Temple）聖誕節晚宴的第一道菜，就是「以銀盤盛裝碩大的野豬之顱，搭配吟詩表演」，獻唱的樂曲就是野豬之顱頌歌。這種歌曲的歌詞結構嚴謹，均有三個詩節，在我們讀過的手抄本中寫道：「端出野豬之顱時吟唱的頌歌，是在讚美神聖的三位一體。」之後出現的三幅插圖樣本，似乎能證實此見解-畫中的人物正在慶祝此項奇特的儀式。場景是1607年的牛津大學聖約翰學院，野豬之顱的端持者因為高大健壯而獲選，他頭戴綠色絲巾，腰際的空劍鞘不停地搖晃，在他的前面還有兩個人，一位是身穿騎師外套（horseman's coat）、手持獵豬長矛的跑者，一位是拿著出鞘血劍的綠衣獵人（與端持者的劍鞘為一對），而後續的兩頁內容則無法辨讀，因為上面「沾滿了芥末」。[48]眾人在此場合中唱了一首歌：

> 「野豬已死，
>
> 看啊，其頭顱在此，
>
> 如此壯舉，誰能匹敵？
>
> 斬下此頭顱，
>
> 是勇如英雄的麥萊亞戈，
>
> 一如往昔，誠心奉獻

> 「此豬生前養尊處優，
>
> 善良百姓卻辛勤勞作，
>
> 慈悲穀神亦感不捨；
>
> 今豬身已死，豬首已桌，
>
> 肉品質甚佳，
>
> 吾等獻上，以饗諸君。

> 「爾後修整豬圈，

---

48 Thomas K. Hervey, *The Book of Christmas*, with Illustrations by R. Seymour (Boston: Roberts Brothers, 1888) 295-296。

存酒亦將頓減，

讓酒神頌其隕亡；

讓此顱與芥末，

隨同豬鵝牲禽、雞蛋奶凍，

隆重歡迎各位。」[49]

牛津大學王后學院持續在傳唱這一首歌的現代版本。這一首歌名為〈獻野豬之顱頌歌〉（A Caroll bringyne in the Bores heed），內容如下：

「在此獻上野豬之顱

讚美上主，

我手捧野豬之顱，

以鮮豔花環與迷迭香裝飾，

希望各位歡唱，

盡享種種美食。

「如今我已明瞭，野豬之顱

乃英國最珍稀的菜餚，

須以華麗花環裝飾纏繞，

且讓我們高歌上菜。

「拋開尊卑，同樂盡歡，

管家有令，

讓聖誕賓客盡興而歸；

以芥末調味，獻上野豬之顱。」[50]

在古老儀式中，他們會使用氣味香甜的藥草嫩枝裝飾野豬之顱。比德克（Dekker）應該是最適合談論此主題的權威專家，他在描述當時擔憂染疫的民眾時，以十分挖苦的語氣說道：「他們貪生怕死，將全身上下緊緊裹住，以芸香（rue）和苦艾（wormwood）塞住耳朵與鼻孔，看起來如同準備在聖誕節上菜，一顆顆塞滿迷迭香枝的野豬之顱。」以下詩歌是敘述這一道名餚的上菜方式：

「若要端上豬頭肉，

---

49 Ibid., 296。

50 Ibid., 297。

必須在周圍撒迷迭香與月桂葉；

白沫獠牙體面地咬著大蘋果，

或以驚人長牙嚙著柳丁；

醬汁同樣讓人生畏，

辛辣芥末，氣味嗆鼻；

蒸餾酒、濃烈的香料藥酒、葡萄酒

酒宴、擁有精美環飾的復古酒碗，

李子麥片粥、火雞與脊骨。」[51]

　　有一個備受讚譽的銀碗是祝酒之碗（wassail bowl），也是聖誕節慶祝活動中最著名的器具。碗內的美酒是由鄉紳親手調配，因為他對自己的調酒功力感到十分自豪，他表示調酒技術過於深奧複雜，一般的僕從無法領會其中的奧祕。他的美酒確實能打動嗜酒之徒的心，此酒是採用最迷人豐淳的葡萄酒進行調味與甜化，上面還漂著幾片烤蘋果。

　　老紳士在攪拌這個非凡的銀碗時，表情安詳，並流露出心中喜悅。他將銀碗舉到嘴邊，熱情地祝福在場的眾人聖誕快樂，然後將整個碗倒滿酒，讓其他人學習遵循古風暢飲。老紳士認為酒是「古代的幸福泉源，能讓人誠心相對（圖4-23）。

　　大家齊聚一堂，歡笑連連地互相傳遞象徵聖誕節的銀碗，現場洋溢著歡樂氣氛，還有幾位女士羞赧地親吻銀碗。當銀碗傳回西蒙大人的手中時，他捧起銀碗，表情和善地唱起祝酒歌。

棕色酒碗

歡樂的棕色酒碗

眾人傳遞享用

倒滿

捧穩

任憑世人怎麼說

就是要喝過癮

深邃酒杯

歡樂的深邃酒杯

願君盡情暢飲

高歌

縱情

歡天喜地，宛如國王

4-23　《鄉紳的祝酒之碗》（The Squire's Toast）藍道夫・凱迪克1874。圖片來源：Irving Washington, *Old Christmas and Bracebridge Hall*, 98。

---

[51] Ibid., 298。

笑聲高亢宏亮[52]

不過，我的目光不禁被一個派吸引了。那個派的造型是模仿孔雀尾部，因此在派上裝飾著華麗的孔雀羽毛，而使桌上其他的料理都相形失色。鄉紳猶豫了一下，然後坦承這一道菜其實是野雞派，雖然僅有使用孔雀肉做的派才是最道地的孔雀派，但是這一季孔雀死了很多，所以他理智地決定不使用孔雀肉做派（圖4-24）[53]。

古時候，孔雀是宴客時的重要料理，需要量龐大，有時候會做成肉派。孔雀頭會放在一邊的派皮上，且依然留著所有的羽毛，鳥喙完全塗成金色，尾羽則會放在另一邊，此種肉派是屬於嚴肅騎士宴會的料理。遊俠騎士（knights-errant）會在宴會中起誓，說出古老的誓詞，接受執行危險任務的命令，治安法官夏洛（Justice Shallow）也曾引用誓詞的內容：「以孔雀與派起誓」（by cock and pie）。

孔雀肉也是聖誕宴會上的重要料理。馬辛吉（Massinger）在《都市小姐》（City Madam）提出奢華構想，當時的華麗宴會就是按照這些奢華構想，準備孔雀肉與其他菜色。

> 「大家可能會談論到鄉村的聖誕節，
> 他們會準備三十磅的奶油蛋、鯉魚舌派（pies of carps' tongues）：
> 浸泡龍涎香（ambergris）的野雞，是我們將三頭肥閹羊（wether）肉搗碎，熬煮肉汁，做為孔雀肉的醬汁！」[54]

4-24 《孔雀肉派》（Peacock Pie）藍道夫・凱迪克1874。圖片來源：Irving Washington, *Old Christmas and Bracebridge Hall*, 95。

---

[52] Washington Irving and Randolph Caldecott, *Old Christmas*, 1886, 97-98, 117-118。

[53] Ibid., 96。

[54] Ibid., 117。

4.7 聖誕節化裝舞會

　　每一年的這一個季節，啞劇演員（mummer）都會在英國四處演出，他們是面具演員（masker）的最後傳人。面具演員曾於慶祝季節中，在當地最高階級與最低階級的人群中演出，他們的演出有古代神蹟劇（Mysteries）及道德劇（Moralities）的影子，華麗盛大的宮廷遊行即是透過神蹟劇與道德劇進行。在詩作〈馬米昂〉（Marmion）的註解中，沃爾特・史考特爵士（Sir Walter Scott）似乎暗示這些啞劇演員，其實是古代神蹟劇的後世傳人與遺俗，但是正確的史實卻描述這些戲劇早在聖經劇（Scripture play）出現以前已存在，聖經劇與其他戲劇則是由異教節日慶典的各種活動形式直接沿襲而來。因此，布蘭德（Brand）曾針對啞劇做出以下分析：「活動中的男女互相反串，依據異性的習慣打扮穿著，然後挨家挨戶地拜訪鄰居、參與聖誕祝福，並以裝扮歡愉大家。」他認為這種活動可追溯至古羅馬的泥偶節（Sigillaria），在歐陸有許多地方都一樣（例如法國與德國），特定形式的啞劇已存在許久，似乎原本是來自於偶像崇拜的儀式：

> 往昔最受歡迎的聖誕節活動是化裝舞會或啞劇。大廳與宅邸的衣櫃經常塞滿裝飾服裝（furnish dresses）與絕佳的扮裝道具（disguising），西蒙主人的活動構似乎是來自班・強生（Ben Jonson）的〈聖誕化妝舞會〉（Masque of Christmas）。[55]

歐文生動的描寫化裝舞會的情形：

> 房門突然彈開，一群人魚貫走進房內，讓人幾乎將他們誤認為逃脫的妖精皇族。雖然西蒙主人已卸下皇家聖誕歡宴主持人（lord of misrule）的職責，卻依然樂此不疲，而萌生舉辦聖誕節啞劇表演或化妝舞會的想法。他獲得牛津大學的學生與年輕軍官協助舉辦活動，他們都是稱職的協辦人員，能立即應對任何嬉鬧歡樂的場合。他們已請教過老管家的意見，並從老舊高衣櫥（clothes-press）及衣櫃（wardrobe）的衣物中，翻出已好幾個世代不見天

---

[55] Ibid., 118。

日、碩果僅存的華麗服裝。在這一群人中的年輕人私自在接待室與大廳中聚集討論後，都做出非常誇張的打扮，滑稽地模仿古代的化粧舞會。

　　西蒙主人在前方領隊，他代表「古代古聖誕節」（Ancient Christmas），穿戴著古雅襞襟（ruff）、外觀類似老管家襯裙（petticoat）的短披風（short cloak）以及宛如村內尖塔的帽子，此類打扮必然曾出現在改革宗長老會（Covenanters）時代。他的鼻子在帽子下面顯得輪廓分明、向前彎曲，且鼻子因為凍傷而一片通紅，應該是十二月之寒冽狂風造成的傑作。老鄉紳的女伴是一位藍色眼睛的頑皮女孩，扮演的身分是「肉餡餅夫人」（Dame Mince Pie），身穿華貴的褪色金線織花錦緞（brocade）與三角長胸衣（long stomacher），頭戴尖帽（peaked hat），腳踩高跟鞋。年輕軍官則打扮成羅賓漢（Robin Hood），全身穿著肯達爾綠色粗呢（Kendal green）的運動服裝，戴著附有金色帽穗的軍便帽（foraging cap）。這一套服裝顯然無法做為深入研究時代的證明，僅能用於打造古雅的畫面，且情人就在身邊，這一位年輕勇士的盛裝打扮，似乎很合情合理。美麗的茉莉亞（Julia）身穿一襲簡樸的洋裝勾著軍官的手臂，扮演羅賓漢的情人「瑪莉安小姐」（Maid Marian）。其他人也以五花八門的方式徹底變身為其他人物，女性們穿著布雷斯布里奇的古代美女緊身華服，而年輕男性則打扮莊重，使用燒焦的軟木塞畫出絡腮鬍，穿著寬裙（broad skirts）、垂袖（hanging sleeves）以及戴著過肩假髮（full-bottomed wigs），各別代表著烤牛肉、葡萄乾布丁、其他古代扮裝舞會頌揚的可敬事物。整場活動均是由協助主人的牛津學生控管，他確實具備擔任皇家聖誕歡宴主持人（Misrule）的特質。我注意到他是以相當頑皮的方式，運用職權控管盛裝活動中比較年輕的參加者。凱迪克生動地描繪化裝舞會中舞者的各種意象（圖4-25、4-26、4-27）。

　　按照古老的習俗，此形形色色的隊伍會隨著鼓聲闖入，將騷動與歡樂推到最高點。西蒙主人全身散發出代表古代聖誕節的莊嚴榮光，他莊重地與肉餡餅夫人跳著小步舞曲，雖然夫人美貌絕倫，卻不停地傻笑，之後所有的角色開始跳舞，現場混合了各種古老的服裝，彷彿古老家族肖像畫中的人物紛紛跳出畫框，加入這一場活動中。不同世紀的服裝四處交錯，軸轉（pirouette）與亞哥東舞曲（rigadoon）代表黑暗世紀的特色，居中的伊麗莎白一世時代（Queen Bess）則擁有代代傳承的歡樂蹦舞。

　　那一位令人敬佩的鄉紳凝視著這些絕妙的活動，看到其他人再次穿起自己的舊衣服，讓他童心大起，開心地欣賞活動。他站著咯咯發笑，搓揉著雙手，儘管牧師正在講述最純正的古代莊嚴舞蹈帕逢（Pavon），並提到小步舞曲的靈感是來自於孔雀，可是老鄉紳似乎完全沒有聽進去，而我則因為各種奇思怪想、天真歡愉的畫面不斷出現在眼前，讓我從頭到尾都興奮不已。此時正是天寒地凍的冬季，此處卻瘋狂嬉鬧，洋溢著熱情好客的精神，實在讓人振奮，連

costume, to be sure, did not bear testimony to deep research, and there was an evident eye to the picturesque, natural to a young gallant in the presence of his mistress. The fair Julia hung on his arm in a pretty rustic dress, as " Maid Marian."

The rest of the train had been metamorphosed in various ways ; the girls trussed up in the finery of the ancient belles of the Bracebridge line, and the striplings bewhiskered with burnt cork, and gravely clad in broad skirts, hanging sleeves, and full-bottomed wigs, to represent the characters of Roast Beef, Plum

4-25 《聖誕節的化裝舞會》（Ancient Christmas and Dame Mince-pie）藍道夫・凱迪克1874。圖片來源：Irving Washington, *Old Christmas and Bracebridge Hall*, 108。

老年人也不再無動於衷，開始重溫精力充沛的年少歡愉。我對於此畫面極感興趣，且想到有些習俗正在快速消失，即將為世人遺忘，更想到全英國可能僅剩此家族仍一絲不苟地遵循這些習俗。這一場活動結合了種種狂歡的樂趣，復古風味十足，大家也異常熱情，真是天時、地利、人和。酒宴歡騰熱鬧，彷彿整棟古老宅邸也為之旋轉，重現久違的往昔快活歲月。[56]

　　每一年的聖誕佳節，劇院包廂總是座無虛席，所有的人都滿面笑容，室內則迴響著孩童悅耳的歡笑聲，所有事物都充滿驚喜，令人讚嘆。然而，倫敦最重要的活動是啞劇（pantomime），雖然幾天後才會開演，卻遠較其他活動更吸引人們，啞劇有華麗迷人的布景、不可思議的變化，以及難以言喻的趣味。李‧杭特（Leigh Hunt）曾說過：「包廂內的觀眾群情沸騰，頑皮小丑逗得大家不亦樂乎，而小丑總是愛管閒事，通常會討得一陣毒打，引起全場哄堂大笑。」小丑不知道熱水會讓人燙傷，不知道火藥會爆炸，所以大家都把他當成傻瓜，他總是歪著頭讓表演更新鮮有趣，換取小朋友以不絕的掌聲證明他們看得興高采烈。

　　冬季啞劇是在聖誕夜隔天推出，此項娛樂如同當季特色，似乎很符合聖誕節觀眾的胃口。當代最著名的啞劇，當然非《鵝媽媽》（Mother Goose）莫屬。我們不了解這一部劇作的製作時間與作者的身分，這一部劇作是在1808年捲土重來，登上乾草劇院（Haymarket Theatre）舞台，並以布景代表遭受火災的柯芬園劇院（Covent Garden Theatre）。最近三十年，啞劇仍無法徹底超越《哈樂根》（Harlequin）、《鵝媽媽》及《黃金蛋》（Golden Egg）等才華洋溢的劇作，當地亦將這些傑出劇作列入固定演出的清單中。[57]

4-26 ｜ 4-27

4-26　《聖誕節的化裝舞會》（Minuet）藍道夫‧凱迪克1874。圖片來源：Irving Washington, *Old Christmas and Bracebridge Hall*, 109。

4-27　《羅賓漢與瑪麗安》（Robin Hood and Maid Marian）亨利‧馬修‧布洛克1900。圖片來源：Irving Washington, *The Old English Christmas*, 120。

56　Ibid., 107-113。
57　Thomas K. Hervey, *The Book of Christmas*, 1888, 253。

4.8 小結

　　本章討論藍道夫・凱迪克在十八世紀復甦風潮中的第一件書籍插畫作品《舊聖誕節》。這件作品是美國作家華盛頓・歐文的著作。歐文是一位活躍於十九世紀早期的美國作家、歷史學家、評論家。他於1815由於家庭事業，舉家遷往英國，並於1819-20年之間撰寫了《寫生簿》，其中含《舊聖誕節》。

　　《寫生簿》這本書的影響力主要原因之一是來自於書中有關於舊聖誕節的文章，描寫了十九世紀的前十年或二十年英國老鄉紳在鄉村中慶賀聖誕節慶的風俗情形。據說歐文先生曾經於十九世紀早期住在英國伯明翰的愛斯頓邸第，居住期間他觀察、經驗了英國舊聖誕節的慶祝活動，而這些聖誕節風俗，早已經遭到遺棄。愛斯頓邸第是由約翰・梭本設計，於1618-1635年之間，由湯瑪士・何德建造。在《舊聖誕節》中歐文利用愛斯頓邸第，作為《布雷斯布里奇廳》的模型、與主角老鄉紳的住宅。

　　在十九世紀時期出版年刊與聖誕節的節慶認同形成有關。《紀念品》編輯哈里遜於1832年出版的《歷史與國內聖誕故事》、湯瑪士・赫維與羅伯特・西摩於1836年合作之《聖誕節之書》、約翰・布蘭德於1813年推出的《熱門古物觀察》，不僅紀載了許多地方的聖誕節傳統，同時奠定民間傳奇的知識基礎。1860年代開始是第一個兒童文學的黃金時代，聖誕書也是以兒童為主。1881年《噴趣》中繪出噴趣先生將凱特・格林那威之聖誕書籍《兒童生日書》的某個版本交給坡提斯，而童書出版界的三巨頭-克雷恩、凱迪克與格林那威則如同聖誕節精靈般飄在背景中，由此顯示聖誕節已經成為童書設計的年度流行盛會。《舊聖誕節》結合文字與插圖，反映了歐文對於英國舊聖誕節的認同。

　　歐文在《舊聖誕節》中，描寫十九世紀的前二十年英國老鄉紳在鄉村中慶賀聖誕節慶的風俗情形，共有5章，含聖誕節、馬車、聖誕夜、聖誕日、與聖誕晚餐。凱迪克於1874年接受麥克米倫公司委託繪製《寫生簿》。起初他一共繪製了112幅作品，並且在1875年以《舊聖誕節》為名出版，並再版兩次，由詹姆士・古伯擔任雕刻。另一部市場反應較差的續集，《布雷斯布里奇廳》同樣由凱迪克繪製，並於1877年出版。凱迪克精湛的插圖，畫出了歐文著作裡復古的人物與服裝，讓這個典型鄉紳故事可以重現十八世紀的場景。凱迪克品設計此書封面、卷頭插畫、各章亦含卷頭插畫，一共繪製了112幅黑白插畫作品。凱迪克的設計是十九世紀唯一的插畫版本，風格簡潔典雅，顯露出其獨特的插畫風格。

藍道夫・凱迪克為《舊聖誕節》繪製插畫，這是凱迪克因應十八世紀復甦風潮中的第一件書籍插畫作品，也是十九世紀唯一的插畫版本。凱迪克為這一件作品設計封面，描寫老鄉紳與家族成員，共同慶賀聖誕節歡樂的景色，卷頭插畫描繪老鄉紳熱誠招待村民貧窮者，進入邸第的景色。這種設計彰顯了老鄉紳在聖誕節中的角色與重要性。此外，各章亦含卷頭插畫，一共繪製了112幅黑白插畫作品。布洛克的封面則是一個聖誕節的裝飾設計。

　　鄉紳布雷斯布里奇在世襲領地中扮演著重要角色，他富涵學養、喜愛閱讀，住在自己的莊園內，管理土地、監督照顧佃農、以及治理小型父權社會，在十八世紀的社會與政治上具有影響力。華盛頓・歐文對鄉紳的生活描述如下：這一位老鄉紳其實是英國紳士的活標本，他幾乎足不出戶、隱居於鄉間，而且是一位幽默風趣的人。老鄉紳對英國古禮與習俗有一種偏執的熱愛。布雷斯布里奇廳附近小村莊的居民都很崇敬老鄉紳，幾乎將他視為封建領主。此類英國家政的隱居範例及正統古風能保留至今，可能要歸功於老鄉紳的獨特性情。

　　歐文描述了老鄉紳家族聚會溫馨感人、情意真摯。老鄉紳坐在代代相傳的扶手椅上，在當初祖先招待客人的火爐旁，環顧著四週，宛如星系中的太陽，為每一個人帶來溫暖與歡喜。凱迪克的插畫捕捉了古老家族宅邸的大餐廳與參加的家族成員，互動交談的畫面，氣份喧鬧活潑。

　　村民會在鄉紳經過時脫帽致敬，村民會表現出發自內心的誠懇，對鄉紳獻上聖誕祝福，鄉紳則會邀請他們進入大廳，讓他們吃一些東西祛寒。窮人祝福他，讓人確信這一位老鄉紳在享樂之餘，從未忘記聖誕節樂善好施的美德。凱迪克與布洛克均生動描繪了老鄉紳與村民戶動，熱誠招待村民的情形。

　　這些聖誕季遊戲與娛樂曾經在百姓之間盛行，並受到上層階級的支持，現在卻都已式微，讓老鄉紳感到十分惋惜。他會在白天開放城堡的古老大廳與宅邸，並在桌上放滿醃豬肉、牛肉及冒泡啤酒，室內則整天繚繞著豎琴與頌歌樂音。無論富人或窮人，他都一視同仁，歡迎他們入內同樂，老鄉紳說：「從前的聖誕遊戲與地方習俗影響深遠，能讓農夫喜歡自己的家園，仕紳也可藉此使佃農更喜歡他。這些遊戲和習俗能讓這些時光變得歡樂、親切及更加美好。」

　　原來在聖誕節當天，會舉行野豬首的儀式，伴隨著吟遊詩人的演唱放在大桌上。凱迪克生動地描繪，捕捉古老時期在富麗大廳舉辦的豪華聖誕慶典中，眾人在野豬之顱隊伍前進的重要時刻，依據傳統儀式將此菜送上主桌的情形。祝酒之碗，也是聖誕節慶祝活動中最著名的器具。碗內的美酒是由鄉紳親手調配。他將銀碗舉到嘴邊，熱情地祝福在場的眾人聖誕快樂，然後將整個碗倒滿酒，讓其他人學習遵循古風暢飲。老紳士認為酒是古代的幸福泉源，能讓人誠心相對。

　　十八世紀最受歡迎的聖誕節活動是化裝舞會或啞劇。西蒙主人的活動構似乎是來自班・強生的〈聖誕化妝舞會〉。歐文生動的描寫化裝舞會的情形：西蒙主人在前方領隊，他代表「古代古聖誕節」，老鄉紳的女伴是一位藍色眼睛的頑皮女孩，扮演的

身分是「肉餡餅夫人」。年輕軍官則打扮成羅賓漢。美麗的茱莉亞身穿一襲簡樸的洋裝勾著軍官的手臂，扮演羅賓漢的情人「瑪莉安小姐」。

　　亨利・布萊克本於1886年出版《藍道夫・凱迪克早期藝術生涯的個人回憶》。該書第七章論《舊聖誕節》中，表示了他對聖誕節一書的評論：凱迪克對華盛頓・歐文的《舊聖誕節》提出嶄新詮釋，讓書中的內容躍然於眼前，書中的文字是描述上個世紀的英國生活，插圖則洋溢著典雅風格與精緻的創意才華。喬治・杜・穆里埃於1890年在《藝術雜誌》發表一篇文章，標題為《我對一系列藝術家的觀點，插畫者》。此篇文章反應了他對凱迪克的插畫藝術的讚賞：華盛頓・歐文的兩本書《布雷斯布里奇廳》與《舊聖誕節》，由於藍道夫・凱迪克的緣故，展現了強盛的生命，凱迪克是一位真實的插畫者，他的插畫強化了文本的魅力與幽默，他的藝術傑出無庸置疑，他僅使用幾筆便可以帶來許多驚異的效果。

Chapter 5

約翰・吉爾平騎馬

（The Diverting History of John Gilpin）

5.1 前言

　　藍道夫・凱迪克於1878年繪製《約翰・吉爾平騎馬》（The Diverting History of John Gilpin）圖畫書。這一本圖畫書的文本，係源自於十八世紀的詩人作家威廉・考伯的詩作《約翰・吉爾平騎馬》。在十八世紀的復興風潮中，《約翰・吉爾平騎馬》的詩文不僅在十八世紀末迅速流傳，獲得讀者的喜愛，而且持續在十九世紀，刺激產生了豐富的插畫版本，形成了強勢的吉爾平故事的插畫傳統。本部分討論的議題，包括約翰・吉爾平騎馬的詩文，喬治王時期吉爾平故事的版本與插畫，維多利亞時期吉爾平故事的版本與插畫，以及凱迪克如何參考運用詩文與相關版本的插畫作品，來發展其獨特創新風格的吉爾平故事圖畫書。

　　威廉・考伯（William Cowper, 1731-1800）是一位英國詩人及讚美詩作者。考伯是十八世紀知名的詩人之一，他的詩作將十八世紀的自然詩，轉變成為書寫英國的鄉間景色和平民的生活。他被稱頌為浪漫派詩人的先驅之一，山姆・泰勒・庫力茲（Samuel Taylor Coleridge）稱許他是最優秀的近代詩人（Modern Poet），威廉・沃茲沃茲（William Wordsworth）也稱讚他的詩作《庭院的橡樹》（Yardley-Oak）。

　　考伯於1763-65年之間患有精神異常的疾病，遂而轉入崇尚福音傳教的基督教（evangelical Christianity），這種宗教信仰導引他撰寫許多讓人稱道的讚美詩。此外他的宗教信仰也讓他相信上帝愛世人也愛動物，讓他對於動物持有憐憫同情之心。考伯於1774年領養了一隻三個月大的野兔，這隻野兔成了他生活的伴侶，並成為他詩作靈感的來源。考伯在他的詩作《工作》（The Task）中的第三篇曾經為這隻野兔撰寫《野兔的墓誌銘》（Epitaph on a Hare），深深感動許多讀者，據說他的堂兄因此送給他一個鼻煙盒，盒上繪有美麗的風景畫，前景浮出三隻可愛的野兔的意象。[1]

　　《約翰・吉爾平騎馬》的故事描寫約翰・吉爾平騎馬的旅程，反映了考伯對於吉爾平與馬兒之間互動充滿幽默樂趣的故事。據說這篇詩作讓考伯免於精神異常之苦，

---

[1]　有關威威廉・考伯的重要研究文獻，請參見William Cowper-Wikipedia. https://en.wikipedia. org/wiki/ William Cowper. Thomas Wright, *The Life of William Cowper* (London: C.J. Farncombe &Sons, Ltd., 1921) 179-182。
Lodwick Charles Hatley, *William Cowper, Humanitarian,* Chapel (Hill: The University of North Carolina Press, 1938). Norma Russell, *A Bibliography of William Cowper to 1837* (Oxford: the Clarendon Press, 1963). Sehjae Chun, *At the Borders of Humanity: Sympathy and Animals in William Cowper's, William Wordsworth's and John Clare's Poems* (Ph. D, The State of University of New York at Buffalo, 2004)。

並時常因此而歡欣快樂。吉爾平故事書開啟於十八世紀末，在喬治王時期從1784年到1836年之間，迅速出版發展，共有42家出版商出版。

在這一段喬治王時期，吉爾平故事書的出版設計概念業已形成，並且以版畫印製成的插畫，暢銷故事書、童書、書寫紙張、和拼圖玩具等多樣形式呈現。英國畫家珊姆‧柯林首先於1784年7月發表吉爾平騎馬的插畫，這是《約翰‧吉爾平騎馬》的第一張插畫，不但具有歷史上的重要性，而且激發了爾後十九世紀對於吉爾平的想像與再現。重要出版商包括繼承約翰‧紐百瑞的童書事業的約翰‧海力斯、以發展童書與兒童教具著名的達藤出版公司、以及擁有獨特表現風格的喬治‧庫克強。

從1837年到1887年之間，吉爾平騎馬的故事在維多利亞時期持續盛行，並廣泛地受到出版商與讀者的喜愛，計有13家出版商出版，其中最著名的莫過於喬治‧勞特力奇公司。這些出版商分布在英國各大城市，而以倫敦為出版集中地。這兩段期間共120版本。以下為本時期四位著名插畫家：以書籍封面設計著名的約翰‧雷登、重視圖文關係配置的費茲庫克、精巧運用彩色插畫的斯基、以及展現獨特創新風格的藍道夫‧凱迪克。

5.2 《約翰・吉爾平騎馬》詩文

　　《約翰・吉爾平騎馬》的故事描寫吉爾平騎馬的旅程，反映了考伯對於吉爾平與馬兒之間互動充滿幽默樂趣的故事。有關故事的來源，據說是考伯在五十歲時認識了奧斯登女士（Lady Austen），奧斯登女士幼小便熟捻約翰吉爾平騎馬的故事，將該故事轉述給考伯，考伯深受感動，徹夜未眠急速將故事寫成民謠文稿。考伯表示當他撰寫吉爾平騎馬的故事時，他並沒有想到該詩作會有發表出版的機會，他寫這則故事，是因為喜愛它，據說這篇詩作讓考伯免於精神異常之苦，並時常因此而歡欣快樂。[2]

　　有關約翰・吉爾平人物的來源一直是學界的爭議。湯瑪斯・萊德（Thomas Wright）於1921年的著作《威廉・考伯的生平》（The Life of William Cowper）中指出：約翰・吉爾平的由來似乎是約翰・比葉先生（Mr. John Beyer），他是一位著名的亞麻布商人，住在百特能斯特路、切賽得3號。此外，在《紳士雜誌》（the Gentleman's Magazine）有一則比葉先生的訃聞為：比葉先生是一位住在切賽德的亞麻布商人，他於1791年5月11日死亡，98歲。他的太太是瑪莎・比葉（Martha Beyer）。簡言之，約翰・吉爾平先生的正確姓名為約翰・比葉先生。他出生於1693年，住在切賽得3號，是一位以販賣亞麻布為生意的商人。他身材肥胖、敦敦有禮、相當有名，死於1791年5月11日，享年98歲。比葉先生的布料生意而後由他的遺孀瑪莎・比葉接管。[3]

　　吉爾平騎馬的故事發生在愛德蒙頓（Edmonton）城市。根據哈姆斯沃德百科全書（Harmsworth Encyclopedia），考伯曾在該城鎮居住過，惟檢視有關考伯的生平文獻，並未有任何紀錄顯示考伯在該城市居住過，亦未有文獻顯示作者前往該城鎮。一般學界表示，吉爾平的故事純屬虛構，且故事中許多軼事亦純屬虛構[4]，故事內容係由奧斯登女士改編轉述，而考伯本人也可能將該故事再改編，以便使故事發展更有趣，更能夠吸引讀者閱讀。

　　約翰・吉爾平家居倫敦，有財產而且有名望，也是一位軍隊團練長。吉爾平的夫人對他表示，我們雖然結為夫妻，共同患難艱苦，度過了二十年，卻從未有一日休閒

---

[2]　Fred Fisk, *The History of Ancient Parish of Edmonton in the Country of Middlesex* (Tottenham: Printed by Fred Fisk, 1914)。114. Harvey Paul and Dorothy Eagle, The Oxford Companion to English Literature, 1967。

[3]　Wright, *The Life of William Cowper*, 1921, 179-181。

[4]　Fisk, *In the Country of Middlesex*, 1914, 115。

過；明日是我們的結婚紀念日，我們應當一起共同乘雙馬車，前往愛德蒙頓的鐘聲旅館。我和三個小孩，以及我的妹妹和她的小孩，應當一起乘馬車前往，你可以騎馬隨同。吉爾平回答，我們夫妻相敬如賓，應當一同前往遊覽。我是一位販布商，聲名遠播；我有一位好朋友，名叫凱勒德（Calender），願意借我他的千里馬。吉爾平夫人表示，願意帶酒前往，夫人等六人共同乘馬車前往。

吉爾平上馬前回首一顧，發現有三位顧客來買布，仕女秋香下樓表示美酒猶在，吉爾平驚異的表示請她將酒及配刀取來。夫人也尋找兩瓶玉壺含美酒。吉爾平既結帶，玉壺各有環，將帶穿環口，左右掛腰間。衣冠整齊、長袍加身、意氣飛揚。

吉爾平上馬後，石路多崎嶇，款款行石路，戰戰兢兢，行到康莊道，漸覺馬蹄忙，呼馬緩緩行，無奈馬不聽，韁轡勒不住，馬上坐不穩，腰折未敢直，兩手握長鬃，用盡平生力，任馬狂奔去，冠巾隨風飄，出門意氣高，到此竟憔悴，顯露出旅程的挫折。

吉爾平騎馬的旅程，大大驚動了愛德蒙頓城鎮的住民，他們觀賞喝采吉爾平騎馬的英勇姿態，如同詩節28、29描述：

> 犬吠雜童呼，窗牖家家開，同聲齊喝采，彷彿聽春雷。
> 吉爾平去如飛，四鄰盡傳謠，此人賽走馬，欲得千金標。

吉爾平的旅程，行經北市關與城郭外的清溪邊，如同詩節30、31、34、35描述：

> 行到北市關，守者望馬來，急急起歡迎，將門大張開。
> 低首伏馬上，汗流竟浹背，背後雙玉壺，一時盡破碎。
> 如此顛狂態，行遍城郭外，直到清溪邊，風景美如繪。
> 隨馬入清溪，左右拂溪水，如球滾水中，如禽戲水裏。

在愛德蒙頓的鐘聲旅館內，吉爾平夫人與其他婦人著急倚著闌干等待，卻未見吉爾平的到來，詩節36、37描寫夫人著急等待的心情：遙望眼欲穿，忽見狂馳馬，心中如火煎，齊聲呼停馬，午餐已過時，吉爾平遠回答，晚餐未有期。吉爾平轉往凱勒德家中，回敘友誼，話語詼諧，離去後，童僕跟隨其後，道旁六騎士，遙見吉爾平來，六人齊聲呼喊著，最後吉爾平安下馬，回到倫敦城。[5]

約翰·吉爾平騎馬的詩作於1782年首次發表於《公眾廣告報紙》（Public Advertiser），詩作並未署名。莫雷教授（Professor Morley）表示約翰·賀德生（John Henderson）是一位從貝城來的演員，於1777年前來倫敦扮演許多有關雪萊

---

[5] Ibid., 117-121. William Cowper, 華英合璧 癲漢騎馬歌（The Diverting History of John Gilpin done into Chinese），Ku, Hung Ming 辜鴻銘譯（Taipei: Committee for the Publication of Ku Hung Mingorks, 1956）。

和哈姆雷特的劇目。賀德生看到吉爾平故事出版的消息，覺得很有趣，在1785年決定在菲馬生廳（Freemason'Hall）大眾前大聲朗誦該故事，當時該故事尚未知名，也尚未受到大眾的注意，但是到了1785年的春季，情況改變了，吉爾平騎馬的故事不斷地在報紙出現，成為地區流行的故事。奧斯登女士曾經數度請求考伯為該詩作寫一篇續集，卻被考伯婉拒。[6]

　　諾馬‧魯賽爾（Norma Russel）於1963的著作《威廉考伯的書目一至1837年》（Bibliography of William Cowper to 1837）一書中對考伯的吉爾平騎馬的詩作，其出版概況有初步的調查紀錄。這份記錄期間是從該詩首次發表於1782年11月14日至1836年。在這一段期間，吉爾平故事總共出版47個版本。此外，約翰‧歐克曼（John Oakman）撰寫《約翰吉爾平續集》，（由於該詩作很受歡迎，考伯曾經接受勸說寫續集，卻被他拒絕。）1785年續集一篇，1793年（或1793年以後）續集一篇。這兩篇續篇均含插畫，由約翰‧海力斯（J.Harris）製作續篇彩色插畫（Mrs. Gilpin's Return from Edmonton; Being a Sequel to the Story of Johnny Gilpin, with Engravings, 1809）。另外，尚有模仿約翰‧吉爾平故事的諷刺詩作共8首（1785、1820、1820、1829、1830、1830、1831、1834）。吉爾平故事曾經被翻譯成拉丁文德文、瑞士文、波希文、以及歐克能最古老的地方方言。[7]

　　到底吉爾平故事版本目前收藏，保存情形如何呢？筆者曾經搜索歐美圖書館館藏多年，並曾經於2011年九月親自前往美國普林斯頓大學附屬之柯特桑兒童圖書館（Cotsen Children Library）參訪調查，該圖書館典藏有關約翰吉爾平的文獻非常豐富，彌足珍貴，可以舉為吉爾平故事版本研究的重鎮。其典藏紀錄可以概分為兩段時期：1.喬治王時期（1784年至1836年），共75件版本；2.維多利亞時期（1837年至1910年），總共45件版本。[8]本文將依據這些版本文獻資料進行調查討論，以期建構吉爾平故事版本的發展脈絡。柯特桑兒童圖書館有關吉爾平故事的文獻資料，請參見附錄2。

---

[6]　Wright, *The Life of William Cowper*, 1921, 182-183。

[7]　Russell, *A Bibliography of William Cowper to 1837*, 1963, 112-134。

[8]　筆者曾經於2018年9月前往美國普林斯頓大學附屬之柯特桑兒童圖書館蒐集有關《約翰‧吉爾平騎馬》版本文獻資料，筆者特別感謝該館館長安德依梅女士（Andrea Immel）的特別協助與支援，得以順利蒐集與拍攝所需之文獻資料。

5.3

喬治王時期（1784-1836）：
約翰・吉爾平騎馬的版本與插畫

　　童書的出版在英國十八世紀的後半葉已經成為一項重要的事業。童書的重要性在這一段時期，並不只是在於經濟的價值，而是在於社會大眾皆認為童書可以影響兒童的認知與心靈。約翰・洛克（John Locke）認為童書在社會的角色和價值，具有相當的影響力。洛克在其著作《教育隨想》（*Some Thoughts Concerning Education, 1693*）一書中，指出：教育可以塑造人的道德和經濟能力，而兒童的心靈具有道德與習性，必須在幼年開始接受教育的影響，而童書具有教育的功能，可以幫助兒童學習。因此，童書在十八世紀被視為具有社會和經濟的價值，而且也被認為是個人與國家的資產。

　　英國於1672年出現第一本童書。它是一本圖畫百科全書（picture encyclopedia），由約翰・艾摩斯・鞏米尼斯（John Amos Comenius）編纂，名稱為《歐彌斯・枀姆蘇里斯・匹克特斯》（Orbis Semsualism Pictus）。鞏米尼斯以為：圖書是兒童可以觀看的知性書籍，為兒童設計的插圖書，尤其能夠幫助兒童學習。

　　約翰・紐百瑞（John Newbery, 1713-1767）在十八世紀的童書出版領域，具有重要的地位，被稱為兒童文學之父。他於1744年出版第一本童書，名稱為《小可愛口袋書》（A Little Pretty Pocket Book），其中包含詩、諺語、字母歌、精心設計，充滿樂趣，讓兒童一方面能夠閱讀韻文，也一方面能夠玩遊戲。這一本童書也包含木雕插畫。紐百瑞的童書故事充滿道德教訓，在十八、十九世紀非常流行。[9]

　　約翰・海力斯（John Harris, 1756-1846）繼承紐百瑞的童書事業，於1801年購買下紐百瑞的童書出版公司。海力斯於1805年出版《老媽媽虎柏與狗兒滑稽的冒險》（The Comic Adventures of old Mother Hubb and Her Dog）。這一本圖畫書與紐百瑞的童書迥然不同，其目的在於娛樂兒童，而非道德教訓。紐百瑞使用木雕插畫頁數比較少，而且尺寸也比較小（4 inches by 5 inches），海力斯則使用比較昂貴的銅版印刷，來繪製精緻的插畫。1819年海力斯開始製作彩色版童書，並因此成名，受到良好的評價。到了十八世紀末葉，海力斯出版公司已經成為倫敦地區傑出的童書出版

---

[9]　Brian Alderson and Felix de Marez Oyens, *Be Merry and Wise: Origin of Children's Book Publishing in England, 1650-1850* (New York: Pierpont Morgan Library, Bibliographical Society of America, London: British Library, Oak Knoll Press, New Castle, 2006). Mary V. Jackson, *Engines of Instruction, Mischief, and Magic Children's Literature in England from Its Beginnings to 1839* (University of Nebraska Press, 1898)。

商。海力斯於1806、1808年製作約翰・吉爾平暢銷故事書。[10]

達藤出版公司（The Dartons）：威廉・達藤是一位雕刻師、文具商、印刷業者、以及童書的出版商，於1787年設立達藤出版公司。達藤公司創立初期，出版童書及拼圖玩具。威廉有三個兒子，參姆的公司（Samuel）設立在葛司雀爾雀街（Gracechurch Street），年輕威廉（William junior）設立另一個公司，名稱為和本溪（Holborn Hill）公司。由於教育市場提供良好的教育與經濟發展前景，達藤家族在上述兩個分公司積極發展出版事業，包括童書、兒童教具、遊戲用品、印刷品、及刊物等。達藤出版公司是十九世紀前半葉重要的童書出版公司，於1808、1825年製作吉爾平故事的兒童教具與拼圖玩具。[11]

約翰・吉爾平故事在十八世紀末期已經受到歡迎，故事迅速地帶動了童書的出版市場。而其相關的出版商究竟為何呢？根據柯特桑兒童圖書館典藏文獻顯示，在喬治王時期共有42家出版商出版的紀錄，其中有24家坐落在倫敦市區。這一段時期倫敦是童書出版事業的集中城市。吉爾平故事的主要童書出版商包括：約翰・海力斯、達藤、約翰・福丁（J.Fielding, 1785）、其他城市有考芬樹的陸克曼與蘇菲出版商（Coventry: Luckman & Suffield, 1798）、約克的派克出版商（York: E. Peck, 1800）、班伯瑞的羅社出版商（Banbury: J.G.Rusher, 1835）。此外，吉爾平故事也在美國出版，包括費城的羅伯愛肯（Philadelphia: Robert Aitken, 1786）與藍格力與伯利曼（Philadelphia: printed by Wrigley & Berriman, for Thomas Stephens, 1794）、紐約的魏力（New York: J. Wiley & Son, 18-?）與博秋平（New York: the Porcupine Office, 1808）。有關吉爾平故事在這一段期間的出版文獻紀錄，請參見附錄2。

值得注意的是，童書中的插畫在十八世紀的後半葉佔有重要的角色[12]，插畫的頁數也有逐漸增多的趨勢，約翰・洛克在《教育隨想》中提議使用圖畫教導兒童語言，並且指出《伊索寓言》若有插圖，兒童不但樂在其中，而且會因此獲得更多知識。《歐彌斯・祭姆蘇里斯・匹克特斯》（Orbis Semsualism Pictus）可以說是兒童插圖書（illustrated books）的先驅。它結合文字與圖像，讓兒童閱讀，是爾後百科全書及教科書的典範。在吉爾平故事的版本發展中，相關版本的設計特癥便是結合文字與圖像，插畫也佔有重要的地位。

---

[10] Marjorie Moon, *John Harris's Books for Youth 1801-1843 Being a Check-list of Books for Children and Young People Published for Their Amusement and Instruction by John Harris and His Son, Successors to Elizabeth Newbery; Including a List of Games and Teaching Toys* (Cambridge, Eng: M. Moon, Sold By A Spilman, 1976)。

[11] Jill Shefrin, *The Dartons, Publishers of Educational Aids Pastimes & Juvenile Ephemera 1787-1876, A Bibliographic Checklist, Together With A Descriptions of The Darton Archive As Held By The Cotsen Children's Library Princeton University & A Brief History of Printed Teaching Aids* (Los Angeles: Cotsen Occasional Press, 2009)。

[12] Penny Brown, "Capturing (and Captivating)Childhood: The Role of Illustrations in Eighteen-Century Children's Books in Britain and France," *Journal for Eighteenth-Century Studies,* vol. 31, no.3 (2008) 419-449。

下面筆者將要針對這一段喬治王時期，舉出幾個重要的出版商及插畫家，探討他們出版的吉爾平騎馬故事版本，包括珊姆・柯林、約翰・海力斯出版公司、達藤出版公司、與喬治・庫克強。

一、珊姆・柯林（Samuel Collings）

　　威廉・考伯的吉爾平騎馬詩文於1782年11月4日首次刊登於《公眾廣告》（The Public Advertiser）之後，獲得讀者廣泛的喜愛，並且在大眾報章雜誌副刊間流傳，成為十八世紀末期，廣受注目的流行詩文。[13]根據查理斯・里斯坎普（Charles Ryskamp）在其文章，《吉爾平的第一張插畫》（The First Illustration to John Gilpin）乙文中提到，與吉爾平詩文有關的六張插畫存世紀錄，這些插畫是由卡林童・包樂斯（Carington Bowles）所印製及銷售。其中有一張版畫所印製成的插畫，是描寫鐘聲景色，名稱為《吉爾平意外步入遙遠的叉路》（Gilping Going Farther Than He Intended），作者是珊姆・柯林（Samual Collings, 1784-1793），製作時間為1784年。[14]

　　該張版畫首次刊登於1784年7月《衛特雜誌（The Wit's Magazine）並於該年8月1日由哈里生公司（Harrison & Co）所發行。[15]作者珊姆・柯林是一位英國畫家，善長畫卡通（caricature），從1784到1789年之間，曾經在皇家藝術院（Royal Academy）作定期的展覽；展示作品含《樹林中的兒童》（Children in the Wood, 1784）、《天才的房間》（the Chamber of Genius, 1785）、《感性的勝利》（The Triumph of Sensibility, 1786）等。柯林與當代畫家湯瑪斯・羅蘭生（Thomas Rowlandson, 1756-1827）有深厚的友誼，曾經於1786年與羅蘭生合作繪製《珊姆・柯林為羅蘭生波絲衛的繪畫美的設計：慶祝約翰生博士貳百六十六歲生日》（Samuel Collings'Design for Rowlandson's Picturesque Beauties of Boswell: in Celebration of Dr. Johnson's Two Hundred and Sixty-sixth Birthday），該作品係由羅蘭生所雕刻。[16]

　　柯林的版畫《吉爾平意外步入遙遠的叉路》是考伯詩文的第一張插畫，它的繪製在吉爾平故事出版歷史的發展過程中，具有歷史上的重要性。它啟發了爾後十九世紀對吉爾平故事的想像與再現，也成為十九世紀創作熱潮重要的靈感來源。該作品引自於詩文第36節、37節（圖5-1）：

---

[13]　Fisk, *In the Country of Middlesex*, 1914, 114。

[14]　Charles Ryskamp, "The First Illustrations to John Gilpin," *Notes and Queries*, vol. 53, issue 2, (June 2006) 210-212。

[15]　Samuel Colling, *Gilpin Going Farther Than He Intended* (London: Harrison & Co., 1784). Edward W R. Pitcher, *The Wit's Magazine; or, Library of Momus [electronic resource]. Being a Complete Repository of Mirth, Humour, and Entertainment*, Eighteenth Century Collections Online (London: Printed for Harrison and Co., July 1784)。

[16]　Michael Heseltine, '*Collings, Samuel (d.1793?)*', *Oxford Dictionary of National Biography* (Oxford University Press, 2004). http://www.oxforddnb.com.proxy2.library.illinois.edu/view/article/5929]。

GILPIN GOING FARTHER THAN HE INTENDED.

5-1　《吉爾平意外步入遙遠的叉路》（Gilping Going Farther Than He Intended）珊姆·柯林
（Samual Collings）1784年7月。圖片來源：Edward W R. Pitcher, *The Wit's Magazine,* 271。

　　婦立倚欄杆，遙望眼欲穿，忽見狂馳馬，心中如火煎。

　　齊聲呼停馬，午餐已過時，吉爾平遠未答，晚餐未有期。

　　柯林表現吉爾平在愛德蒙頓市街上，英雄式的騎馬狂奔的模樣，他的長袍冠巾隨
風飄蕩，意氣高昂，結帶有玉壺，顯示他急迫前往鐘聲旅館喝酒晚餐。背景的建物是
鐘聲旅館（Bell Inn），吉爾平太太與其他女士，倚靠在旅館樓閣上的欄杆上，著急
呼叫著，期待他前來共享晚餐的模樣。樓閣前有五位地方居民端坐高興歡呼，另外還
有兩位兒童，兩隻小狗也在街道上一同歡呼助興著，畫面充滿愉悅的感情，似乎都在
熱烈盼望著吉爾平的到來。

　　鐘聲旅館具有歷史懷古的象徵，在吉爾平故事版本的再現中，佔有重要的角色。
賈利·布第爾（Gary Boudier）於2002年在他的著作《歐福著作第二部A至Z》（A to
Z of Enfield Pubs part 2）乙書中，對鐘聲旅館的歷史簡略記載如後：

　　　　鐘聲旅館：霍爾街，愛德蒙頓。最早的記錄是在1603年，旅館的第一
　　　　位雇主是約翰·克萊福特（John Calvevt 1701）。相關旅館名稱：魚（The
　　　　Fish）、遙遠的鐘聲（Furthest Bell）、北方的鐘聲（Bell from the North）、

舊鐘聲（Old Bell）、鐘聲旅館與馬車房（The Bell Inn and Coaching House）、鐘聲與約翰‧吉爾平騎馬（Bell and John Gilpin Ride）。

鐘聲旅館是一棟十七世紀紅磚的建築物，建築物的後方有一個可供娛樂的地面與一個茶園，圍牆的另一方是馬房。旅館的前方是一條通往倫敦的道路，道路的另一邊是草地及樹木。這棟鐘聲旅館在1620年時，曾經被描述著有一個快樂的旅館主人，顧客可以從河流獲得新鮮的魚，從農場獲得新鮮的蛋，從建物內堂中獲得烈啤酒。在1782年旅館的主人是詹姆士‧羅伯，羅伯接管旅館後，迅速地獲取旅館新執照，並刊登廣告，以便贏得忠實顧客。鐘聲旅館的名聲，由於詩人威廉‧考伯的緣故，在英國文學變成永垂不朽。[17]考伯的詩文於1782年發表，名稱為約翰‧吉爾平騎馬；它描寫了吉爾平由於騎馬失控，而被迫騎到威爾（Ware）城市。

從上面的描寫，讀者可以知道鐘聲旅館是愛德蒙頓街上的一棟十七世紀紅磚舊建築物，以及建物周邊的地理環境，旅館的名聲由於詩人考伯的緣故，在英國文學領域，為世人稱頌，且變成永垂不朽。

當我們閱讀上面一段有關鐘聲旅館的描述，再進一步檢視比較柯林的插畫後，我們可以推測柯林可能於1784年曾經親自前往旅館參訪過，因此相當熟悉建物附近的地理環境，包括建物後方的地面、圍牆另一方的馬房、旅館前方通往倫敦的道路、以及道路另一邊的草地及樹木。柯林擁有敏銳的觀察力，也了解地區住民的感情，他採用寫實的風格，忠實地呈現吉爾平騎馬的旅程；畫面背景中紅磚堅固的旅館建物、建物旁的低矮馬房與樹木、懸掛於2樓樓閣的鐘聲意象、以及清楚標示出詹姆士‧羅伯雇主的名字、均清楚地呈現在畫面上；讀者可以進一步比較旅館於1850年留存的照片（圖5-2），紅磚的建物與旁邊低矮的馬房與樹木，仍清晰顯現。[18]由此可以說明，柯林竭力以寫實的手法，來傳達表現吉爾平騎馬經過旅館的一段旅程經驗。

繼柯林之後，1785年是吉爾平故事的重要一年。考伯的詩文受到讀者喜愛，這一年吉爾平故事引人注目，刺激產生了創作的熱潮，出現許多的版本。值得注意的是，在這些本版本中，詩文通常僅有8頁或15頁；使用封面或卷頭插畫（frontispiece）的設計，來呈現詩文的視覺表現；而第36、37節詩文描寫吉爾平騎馬經過鐘聲旅館的意象，常常被舉為故事的焦點，成為插畫的主題，可以想見吸引讀者對於吉爾平故事的想像。

在1785年，考伯發表《約翰‧吉爾平的生平，取自家族的多種手稿》（The Life of John Gilpin Taken from Diverse Manuscripts in the Collection of the Family）。[19]這

---

[17] Gary Boudier, *"Bell Inn," A to Z of Enfield Pubs part2 (Edmonton*, Palmers Green, Southgate, Wincmore Hill and Part of New Southgate, 2002) 12-16。

[18] Ibid., 13。

[19] William Cowper, *The Life of John Gilpin, Taken From Divers Manuscripts in the Possession of the*

5-2 | 5-3 | 5-4

5-2 《鐘聲旅館》（Bell In）明信片1850。圖片來源：Gary Boudier, "Bell Inn," *A to Z of Enfield Pubs part2*, 13。

5-3 《約翰‧吉爾平騎馬》（John Gilpin Ride）1795 封面。圖片來源：William Cowper, *The Life of John Gilpin Taken from Diverse Manuscripts in the Collection of the Family*, 1。

5-4 《約翰‧吉爾平騎馬》（*The History of John Gilpin*, How He Went Farther than He Intended, and Came Home Safe at Last）威廉‧考伯（William Cowper）1785。圖片來源：William Cowper, *The History of John Gilpin*, How He Went Farther than He Intended, and Came Home Safe at Last, 1。

個版本含有卷頭插畫（圖5-3）前景左角凸出描寫馬兒跳躍的姿態，一隻小狗與一位男子歡呼著；背景旅館仍見鐘聲的意象，二樓平台浮現出吉爾平的太太與幾位女子，皆著急觀望著，一樓間有3位旅客也正在好奇觀望的模樣，唯獨吉爾平人物不見，這一點與柯林的版本不同。

同年福丁（J. Field）版本的封面（圖5-4），描寫雷同景色，吉爾平的冠巾在半空中飛揚，誇耀展現著英雄式騎馬的姿態，其後還有一位騎士追趕著。畫面中的左後方是旅館建物。[20]福丁版本運用封面的設計，來表現吉爾平騎馬的意象，是爾後吉爾平故事版本封面設計的雛形。

二、暢銷故事書（Chapbooks）：約翰‧海力斯（John Harris）

在喬治王時期至少有六個吉爾平暢銷故事書版本製作存世。這種暢銷故事書是由沿街叫賣生活的叫賣小販（chapman）所提供銷售的書籍。從中古時期到十八世紀末期，叫賣小販一直是偏遠地區的村莊、農舍與外面世界的重要聯繫人物。小販通常會攜帶著絲帶、拎線、縫針、以及許多家庭需要的資訊或文章。偏遠地區居民可以從小販身上獲取許多資訊、物品與民謠。小販手中銷售的商品中，最重要的物品莫過於

Family. To which is Added, by Way of Appendix, the Celebrated History of His Journey to Edmonton, as Read by Henderson, at Free-Mason's Hall (London: S. Bladon, Pater-Nofter-Row, 1785)。

[20] William Cowper, *The History of John Gilpin, How He Went Farther Than He Intended*, and Came Home Safe at Last, Read by Mr. Henderson at Free Mason's Tavern (London: J. Fielding., 1785)。

暢銷故事書。這些故事書涵蓋的主題很廣泛，包括鬼怪、天使、流氓、勇士、愛、恨、童話、宗教、寓言、船難、預言、以及算命等。故事書泰半會有木刻插畫，由於大量複製使用，以至於遭到磨損，而在十九世紀時期，其視覺品質相當低落。[21]

暢銷故事書在十八世紀是貧窮人民的主要閱讀來源。有兩件重要的歷史事件，影響著故事書的製作、傳播與閱讀。首先，1662年法令限制印刷的數量（restricting the number of master printers）於1693年廢止，因而促使地區的故事書大量地製作印刷；其二是基督教知識協會（The Society for Promoting Christian Knowledge）於1699年設立，積極鼓勵設立慈善學校，讓貧窮兒童能夠有更多機會接受閱讀與書寫能力的培養；故事書因而普遍地在貧窮地區流通，成為兒童閱讀的重要來源。至1724年，許多慈善學校在英國設立；而在蘇格蘭（Scotland），愛爾蘭（Ireland）及威爾斯（Wales）地區，也有許多相關慈善學校的設立。除此之外，1693年法令廢止後，對於暢銷故事書的市場也產生相當的影響。該法令施行之前，倫敦是書商的集中產銷中心，印刷者和書商在倫敦以外，鮮少活動，而在1693年以後，印刷及書籍銷售在英國各地區變得更為頻繁與活絡，自然也帶動了故事書的傳播與盛行。[22]

暢銷故事書由於在市場流通，銷售便宜，以不同形式產生，包括故事、民謠、傳說、歌謠、形成了強勁的故事書傳統。童書也有其獨立的傳統；惟兩者之間的差異，相當微小。在十八世紀，暢銷故事書，遠比童書，被一般兒童所喜愛閱讀，而且廣泛地傳播使用。惟至十九世紀末期，由於印刷技術發達，與教育普及，導致故事書衰落。[23]

倫敦是暢銷故事書製產的中心，唯在早期十八世紀之後，故事書也在許多其他地區城市製作。故事書泰半是以小冊子的樣式呈現，頁數泰半多為8、12、16及24頁；且多半會有粗糙的木雕插畫。[24]從十八世紀末期，到十九世紀前半葉，吉爾平故事以暢銷故事書形式出現，至少有6個版本存世。其中涵蓋2種不同類型；一種是故事書含木雕插畫；另一種是含手工彩色雕刻插畫。其中以前項黑白木雕插畫故事書居多。

含木雕插畫故事書的例子為約克的派克出版商版本（York: E.Peck）（圖5-5）。作品標題為《約翰‧吉爾平多彩的生平：顯示他如何走入意外的岔路又安全的回到起點》（The Diverting History of John Gilpin: Shewing How He Went Farther Than He Intended, and Came Home Safe at Last After all His Perils），1800，共24頁，含卷頭木雕插畫2張（frontispiece），內文含8張插畫，尺寸是9.2×6.3cm。[25]值得注意的是，吉爾平騎馬的意象仍是此版本封面（類似標題頁）及卷頭插畫的重要意象。但是故事書內頁插畫的張數在各版不一，描繪的事件也不固定。

---

[21] Chapbook-Wikipedia. http://en.wikipedia.org/wiki/Chapbook。

[22] Victor E Neuburg, *Chapbooks: A Guide to Reference Material on English, Scottish and American Chapbook Literature of The Eighteenth and Nineteenth Centuries* (London: Woburn Press, 1972) 1-3。

[23] Ibid., 5。

[24] Ibid., 47。

[25] William Cowper, *The Diverting History of John Gilpin: Shewing How He Went Farther Than He Intended, and Came Home Safe at Last, After All His Perils.* (York: E. Peck., 1800)。

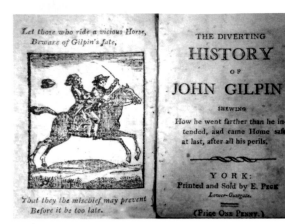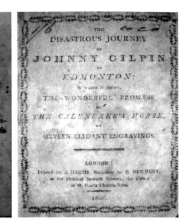

5-5 | 5-6

5-5 《約翰・吉爾平多彩的生平：顯示他如何走入意外的岔路又安全的回到起點》（The Diverting History of John Gilpin: Shewing How He Went Farther Than He Intended, and Came Home Safe at Last After all His Perils），威廉・考伯1800 封面。圖片來源：William Cowper, *The Diverting History of John Gilpin: Shewing How He Went Farther Than He Intended, and Came Home Safe at Last, After All His Perils*, (E. Peck)1。

5-6 《約翰・吉爾平到愛德蒙頓的闖禍之旅；16幅精緻的雕刻描繪主人勇武的馬匹》（The Disastrous Journey of Johnny Gilpin to Edmonton: in Which is Shewn, the Wonderful Prowess of the Calendrer's Horse, on Sixteen Elegant Engravings）威廉・考伯、約翰・海力斯（John Harris）1806 10×12.5cms 封面。圖片來源：William Cowper, *The Disastrous Iourney of Johnny Gilpin to Edmonton*, 1。

　　手繪彩色插畫是由約翰・海力斯（John Harris）出版（圖5-6）。作品標題為《約翰・吉爾平到愛德蒙頓的闖禍之旅；16幅精緻的雕刻描繪主人勇武的馬匹》（The Disastrous Journey of Johnny Gilpin to Edmonton: in Which is Shewn, the Wonderful Prowess of the Calendrer's Horse, on Sixteen Elegant Engravings）。1806，共16頁，16頁均含手工彩色雕刻插畫，尺寸是10×12.5cms。[26]

　　海力斯版本與派克版本比較，有幾項明顯的差異：1.海力斯版本的尺寸10.0×12.5cm，遠比派克版本9.0×6.3cm大。2.海力斯版的插畫在版面的設計，佔有重要的角色與地位；其插畫的重要性遠勝於詩文本；而派克版則相反，文本重於插畫。3.海力斯版每張插畫佔頁面四分之三，文本佔四分之一，而派克版則相反，泰半插畫佔頁面四分之一，文佔四分之三。4.海力斯版本的插畫形成敘事的結構；各張插畫之間產生連續性、結構性，讓讀者很容易進入故事的內容，並且了解故事的發展。派克版的插畫隨性，缺乏連續性的結構。

---

[26] William Cowper, *The Disastrous journey of Johnny Gilpin to Edmonton:in which is Shewn, the Wonderful Prowess of the Calendrer's Horse, on Sixteen Elegant Engravings* (London: Printed for J. Harris, Successor to E. Newbery, at the Original Juvenile Library, the Corner of St. Paul's Church-Yard, 1806)。

海力斯版本的敘事結構，是十九世紀早期的首創，凸顯出作者企圖結合文本與插畫，來增強敘事的內容。以下是海力斯版本的敘事模式中，各插畫詩節與內容：

1明日是良辰，城外好風景，願乘雙馬車，與君同遊覽（詩節3）。
2阿姨與其女，妾偕三小兒，一家盈車載，君當騎馬隨（詩節4）。
3富翁方上鞍，去心留不住，回首一顧盼，有客來買布（詩節13）。
4賢富善綢繆，特恐酒味走，尋有兩玉壺，玉壺在美酒（詩節17）。
5馬上坐不穩，腰折未敢直，兩手握長鬃，用盡平生力（詩節23）。
6任馬狂奔去，冠巾隨風飄，出門意氣高，到此竟憔悴（詩節25）。
7犬吠雜童呼，窗牖家家開，同聲齊喝采，彷彿聽春雷（詩節28）。
8低首伏馬上，汗流竟浹背，背後雙玉壺，一時盡破碎（詩節31）。
9婦立倚闌干，遙望眼欲穿，忽見狂馳馬，心中如火煎（詩節36）。
10吉爾平氣喘喘，狂奔不回顧，直到主人家，馬足始停駐（詩節40）。
11君馬懷主人，我故來相望，冠巾行不遠，已在道路上（詩節44）。
12侈口何容易，自來滿招損，正在言語間，有驢鳴近苑（詩節51）。
13任馬狂奔逸，冠巾又飄去，冠大頭顱小，飄去更忽遽（詩節53）。
14童僕去未遠，富翁來倉皇，為欲止馬住，伸手捉馬韁（詩節56）。
15捉賊復捉賊，六人齊聲呼，一時行路者，相率接履趨（詩節60）。
16吉爾平果賽馬，爭至倫敦城，適至上馬處，下馬氣始平（詩節62）。[27]

　　海力斯版的插畫具有表現的特質，其寫實的風格遠勝於派克版。首張插畫利用色塊清晰描繪吉爾平擁抱他的愛妻，表達夫妻的真摯感情。室內充滿光影的變化，散發出溫暖氛圍。（圖5-7）；一家乘馬車前往愛爾蒙頓市，運用遠近畫法，呈現市街的斜角構圖與宏偉商店與建物。與派克版平面化的描繪比較，海力斯更能夠刻劃市街空間的建物與光影的變化。

　　吉爾平騎馬的旅程是海力斯版本插畫的重要意象。由於石路崎嶇，吉爾平呼馬緩行，無奈馬不聽，轡彎勒不住，馬上坐不穩。任馬狂奔去，冠中隨風飄，出門意氣高，到此竟憔悴（圖5-8）。

　　鮮明的色彩是本版的特徵。吉爾平身著藍衣、黃褲、與紅色外套。畫面左方則是綠色樹叢，背景則是深咖啡色的民屋。光影變化反應在吉爾平的臉上，和馬的身上，黃色的地面留下深咖啡色拉長的陰影。鮮明的色彩，也同樣呈現在接續的插畫中；（圖5-9）吉爾平的太太與他的妹妹及兩位小孩，皆倚在欄杆上，著急地喊叫著；紅色、黃色、與藍色的衣著使畫面變得鮮明與亮麗；而光影的強烈對比帶給畫面戲劇的效果。這張插畫源自於詩節句36；婦立倚欄杆，遙望眼欲穿，忽見狂馳馬，心中如火煎。

---

[27] Ibid。

5-7 │ 5-8 │ 5-9

5-7　《約翰‧吉爾平與夫人》（John Gilpin and His Wife）威廉‧考伯、約翰‧海力斯1806。圖片來源：William Cowper, *The Disastrous Iourney of Johnny Gilpin to Edmonton, 2*。

5-8　《約翰‧吉爾平呼馬緩行》（John Gilpin Cried Fair and Softly）威廉‧考伯、約翰‧海力斯1806。圖片來源：William Cowper, *The Disastrous Iourney of Johnny Gilpin to Edmonton, 6*。

5-9　《吉爾平冠斤隨風飄》（Away Went Gilpin, Neck or Nought, Away Went Hat and Wig）威廉‧考伯、約翰‧海力斯1806。圖片來源：William Cowper, *The Disastrous Iourney of Johnny Gilpin to Edmonton, 7*。

馬喬立‧木能（Marjorie Moon）於1976年的著作《約翰‧海力斯給兒童的書》（John Harris's Book For Youth, 1801-1843）中，讚賞海力斯的精緻插畫：

> 海力斯能夠獲得成功的秘訣，是在於精緻插畫。他的文本通常是由一般通俗的作家所撰寫，但是他的木刻版畫，誠如大家所知，皆是彩色，而且通常是由一群兒童所上色；每一位兒童皆利用色筆，畫在黑白輪廓的物象上。雖然彩色童書在1830年代已經出現，所有海力斯的彩色童書皆是由手工上色，再列印輪廓時也使用上色的墨彩。[28]

三、達藤公司（The Dartons）

威廉‧達藤於1787年在倫敦設立一個書店，並迅速地發展童書與兒童教具（educational aids）。有關吉爾平騎馬的旅程故事，達騰公司製作了兩種不同形式的教具：一種是書寫紙張（writing sheets），另一種是拼圖玩具（dissected puzzles）。

書寫紙張意旨一系列版畫印製在（48×38cm）紙張上。一張書寫紙張的中間，為空白的空間，通常是由年青的書法家書寫，來展示他的技藝。紙張的四周由版畫的圖像所圍繞著。這些圖像有些是黑白，有些是手工彩色，泰半描寫一個主題，並且以敘述式的方式，來呈現主題的故事內容。紙張的最上面圖像揭示著故事主題的開始，

---

[28]　Moon, *John Harris's Books for Youth*, 1976, 4。

而最下面的部分則是空白的渦形裝飾，也是故事的終結。

　　書寫紙張有時候也稱聖誕節紙張（Christmax sheets）、紙張（sheet pieces）、或是學校紙張、學校作品（school pieces）。兒童可以利用這種紙張來書寫文字，並且可將紙張改寫給父母親或年長者。紙張底部右邊是空白，沒有渦形裝飾，兒童可以在上面簽名並記錄日期。兒童也可以抄寫聖經中的內容或上課的功課在這張紙張上面。

　　書寫紙張係源自於十七世紀後半葉，而這種紙張在十九世紀銷售情況特別好；其實在十八世紀末葉，或早期十九世紀已經出現許多範本。書寫紙張多半作為教育用品，因此與許多教育用品類似，比如複本書（copy books）、複本紙張（copy slips）等。從十七世紀到十八世紀早期，紙張通常是以插畫來表現，並且以插畫來圍繞紙張的四周。約翰‧史密斯（John Smish）是十七世紀後半葉耶穌醫院學校（Christ's Hospital School）的書寫大師（writing master）。他曾經設計製作現存最早的八件書寫紙張。在十八世紀中葉，泰半以版畫作為插畫的底本，沿著紙張四周來呈現一個主題或是故事內容。達藤公司製作的書寫紙張就是典型的實例。這些紙張在十八世紀可在書店或街上的攤販中購得。在1786年保樂與卡夫（Bowles及Carver）出版商曾經至少兩年一次出版相當優質的書寫紙張。在1795年洛力與惠特勒（Laurie and Whittle）出版商擁有約60件書寫紙張，內容涵蓋道德、娛樂以及宗教的主題。[29]

　　達騰公司於1808年6月25日製作《約翰‧吉爾平旅程》（John Gilpin Journey）書寫紙張2件，大小為48.5×38.5cm。[30]紙張各有關詩節排序與內容如後：

5-10　《約翰‧吉爾平的旅程》（John Gilpin's Journey）
威廉‧考伯、威廉‧達藤（William Darton）1808
書寫紙48.5×38.5cm。圖片來源：William Cowper,
John Gilpin's Journey。

---

[29] Shefrin, *The Dartons, 2009, 79-81*。

[30] William Cowper, *John Gilpin's Journey*, Illus. W. T. Darton (London: W. T. Darton, 1808)。

詩節12
富翁立馬旁，雙手握馬鬃
上馬不成騎，下馬復忽忽

詩節17
賢婦善綢修
持恐酒味走
尋有兩玉湖
玉湖戴美酒

詩節22
呼馬緩緩行
無奈馬不聽
鞭彎勒不住
長驅莫與競

詩節26
長袍隨風舞
飄飄落懸旌
鈕扣支不住
飛去更無情

詩節37
齊聲呼停馬
午餐已過時
富翁遠回答
晚餐未有期

詩節48
看面滿灰塵
取情為君摸
且住加餐飯
聊以妾飢腹

詩節55
持金謂童僕
若得且砧旋
旋歸且無恙
賞汝此金錢

詩節59
道旁六騎士
遙見富翁來
童子隨其後
情景真怪哉

　　達藤公司製作吉爾平故事書寫紙張，結合詩節文句與插畫。由圖5-10中可以看出，共有插畫8張，沿著紙張四周呈現故事的內容。插畫的角色在紙張上佔有重要的地位。這張吉爾平旅程書寫紙張利用蝕刻法銅版印刷，手工色彩，色彩鮮明。吉爾平身著紅衣、黑色外套、黃色裙子，意象凸出鮮明。橘紅色的地面，與綠色的窗戶和樹叢，對比色的運用，強化了色彩的表現。最上面的插圖運用遠近畫法描繪高樓豎立的商業城市，其中吉爾平的布料商店，繽紛的色彩和擁擠的顧客，呈現吉爾平擁有富翁的財富地位，正意氣風發地發展他的布料商事業。
　　拼圖玩具（dissected puzzles or the jigsaw puzzle）首次發明，據說是在1760年

5-11　《約翰・吉爾平的旅程》（John Gilpin）威廉・考伯、威廉・達藤1825 30×39cm。圖片來源：William Cowper, *John Gilpin Toy*。

早期，約翰・斯賓斯伯利（John Spilsbury, 1739-1769）在他位於凱方花園（covert garden）的印刷商店，首次發行他的拼圖地圖（dissected maps）。不過，亦有文獻顯示，早在1750年代波蒙特夫人（Mme le Primce de Beaumont）在她位於倫敦經營一所學校時，便已經使用拼圖，作為學校的教育支援用品。到了1780年代，教育仍是製作拼圖玩具的主要動機與用途，許多當時經營童書的出版商，都是製作教育用途的拼圖玩具，來發展兒童文化事業，比如達藤公司、約翰・威利斯（John Willis）、與約翰海力斯。[31]

　　威廉・達藤於1785年首次以吉爾平的故事製作其拼圖玩具，描寫吉爾平騎馬故事的窘情；他的外套失落，他的帽子與假髮飛落，馬兒顯出驚嚇的模樣。此外，達藤於1825年製作吉爾平的故事（圖5-11），其大小30×39cm，遠比上述作品19cm大很多。這個拼圖玩具作品是來自於詩節28：犬吠雜童呼，窗牖家家開，同聲齊喝采，彷彿聽雷聲。[32]

　　讀者可以比較1808年海力斯的版本，發現與上述作品雷同，均是取材於同一詩節，描寫吉爾平身穿藍色衣服，紅色外套，勇猛騎馬穿過街頭的景象。達藤的版本氣

---

[31]　Shefrin, *The Dartons, 2009, 46*。

[32]　William Cowper, *John Gilpin Toy* (London: William Darton, 1825)。

氛更加活潑生動，吉爾平騎馬的意象顯然引起在地住民的認同與歡呼；不僅在前景的右下角有兩位住民歡呼，而且在民宅前也有住民與兒童興奮觀望著。此外，在前景的地面上有五隻小狗，2隻鵝興奮地跳躍著，畫面充滿生氣與動感。這件作品是使用銅版印製，手工彩色描繪紅磚民房與綠色的樹叢，形成強烈的對比色彩，街景中的光影效果，更強化了畫面的生氣氛圍。達騰公司曾經在1829年與1859年，使用上面拼圖玩具作為兒童的教具，並且記錄如後：這件作品充分表現了有名的吉爾平的幽默旅程。

四、喬治・庫克強（George Cruikshank）

喬治・庫克強（George Cruikshank, 1792-1878），於1823年決定開始他的書籍插畫工作，當時他31歲，4年之後，於1827年他製作吉爾平騎馬的故事。威廉・貝特（William Bates）曾經討論庫克強的作品《幽默的論點》（Points of Humor, 1823）時，提到喬治・庫克強的插畫藝術，他表示：庫克強的蝕刻版畫，可以說是最優秀精緻之創作。[33]

庫克強的吉爾平故事，其大小為13×50，與前述暢銷故事書雷同，惟其利用蝕刻版畫製作的精緻優良插畫，遠勝於一般暢銷故事書呈現粗糙的製作技術，由此足以應證了上述的評價。庫克強的版本共6張插畫，運用了作家特有的漫畫風格，描寫吉爾平獨特的個性，獨樹一格。在騎馬的旅程中充滿了滑稽的動感，迥異於其他版本的造型。卷頭插畫描寫內容為婦立倚欄杆、搖望眼欲穿（詩節36）（圖5-12）。其他插畫為犬吠雜童呼，窗牖家家開（詩節28），主人聞克至，出門來相迎（詩節41），馬聞驢聲嘶，彷彿聞獅吼（詩節52），捉賊復捉賊，六人齊聲呼（詩節60）。[34]

羅伯・庫克強（Robert Cruikshank, 1789-1856），是喬治・庫克強的哥哥，於1834年製作吉爾平騎馬的故事，他企圖強化故事的視覺傳達效果，大量增加插畫的張數，作品高達30張。羅伯延續喬治的漫畫風格，描繪吉爾平滑稽可笑的特質，並大量使用木刻陰影線（hatching），來呈現吉爾平平面化的黑色形象；而其背景大量簡化、留白，僅使用簡單線條來暗示（圖5-13）。[35]

波西・庫克強（Percy Cruikshank）於1850年代也製作吉爾平騎馬的故事。這個版本共20張插畫，係手工彩色[36]，持續運用漫畫的手法，來表現吉爾平的造型。吉爾

33　有關喬治・庫克強的書籍插畫工作請參考Ruari McLean, *English Masters of Black-and-White George Cruikshank, His Life and Work as a Book Illustrator* (New York: Pellegrini & Cudahy, 1948). John Buchanan-Brown, *The Book Illustrations of George Cruikshank*, (Newton Abbot: David & Charles; Rutland, Vermont, Charles E Tuttle Company, 1980).

34　William Cowper, *The Diverting History of John Gilpin: Showing How He Went Farther than He Intended, and Came Safe Home Again, with Six Illustrations by George Cruikshank; Engraved on Wood by Thompson, Branston, Wright, Slader, and White* (London: Charles Tilt…, 1828)。

35　Robert Cruikshank, *Popular Poem*, from Goldsmith, Cowper and Bloomfield; Illustrated with Fifty Six Engravings, from Original Drawings (London: Allan Bell and Co, 1834)。

36　William Cowper, *Cowper's Diverting History of John Gilpin, with Twenty Illustrations* by Percy Cruikshank (London: Read & Co., Johnson's Court, Fleet Street, 185-?)。

平的造型，與前面版本不同，他身穿紅色的衣服，紅色冠巾，騎在一匹深黑色的馬上，與海力斯版本相比較，海力斯版的吉爾平意象，是身著藍色衣服，紅色冠巾，騎在白色的馬上。由此可以看出，波西企圖以鮮明的紅色，凸顯吉爾平鮮明的意象。

值得注意的是，波西特別製作封面，是吉爾平故事版本歷年創新的設計，而這種封面設計，是有別於卷頭插畫的設計。封面上吉爾平騎在馬上，驚慌失色、面色慘白、冠巾飛揚「誇張地」表現吉爾平悲劇失敗的形象，呼應了詩節22、23（圖5-14）：

> 呼馬緩緩行，無奈馬不聽，韁轡勒不住，長驅莫與競（詩節22）。
> 馬上坐不穩，腰折莫敢直，兩手推長鬃，用盡平生立（詩節23）。

波西誇張地表現吉爾平騎馬驚慌的模樣，也可以在插圖12中看出：

> 低首伏馬上，汗流竟浹背，背後雙玉壺，一時盡破碎（詩節31）。
> 酒流滿道路，美酒最可憐，馬身灌美酒，氣薰如出煙（詩節32）。

波西於故事的結尾，描繪吉爾平回到倫敦，疲累失意的模樣，呼應了封面中吉爾平失控的模樣，表現了主角失意落寞的形象，這是吉爾平歷年版本中少有的造型。

5-12 | 5-13 | 5-14

5-12 《約翰・吉爾平騎馬》（*The Diverting History of John Gilpin*: Showing How He Went Farther than He Intended, and Came Safe Home again）威廉・考伯、喬治・庫克強（George Cruikshank）1828 卷頭插畫 13×50cm。圖片來源：William Cowper, *The Diverting History of John Gilpin*。

5-13 《約翰・吉爾平騎馬》（*The Diverting History of John Gilpin*）威廉・考伯、羅伯・庫克強（Robert Cruikshank）1836。圖片來源：Poetical Effusions, from Celebrated Authors; Illustrated with Fifty-six Eengravings, from Original Drawings by Robert Cruikshank., 45。

5-14 《約翰・吉爾平騎馬》（*The Diverting History of John Gilpin*）威廉・考伯、波西・庫克強（Percy Cruikshank）1836。圖片來源：William Cowper, Cowper's diverting history of John Gilpin, 1。

5.4

維多利亞時期（1837-1878）：
約翰吉爾平騎馬的版本與插畫

　　1840、50年代正值維多利亞時期，是童書盛行的重要時代。許多有關兒童雜誌出刊發行，比如《男孩雜誌》（Boy's Own Magazine, 1855）及《安珠帝雜誌》（Aunt Judy's Magazine, 1866）。這些雜誌泰半廉價印刷，含有豐富有趣的插畫，吸引日益繁盛的中產階級民眾閱讀。宗教協會（The Religious Tract Society），設立於1799年，起初是屬於宗教雜誌的出版商，由於1840年開始，許多中產階級廣泛需求兒童讀物，所以該協會決定改變其出版方向，將兒童設定為重要讀者群，納入有關兒童方面作為出版的重要方向。宗教協會從1852年開始，出版《閒暇時間》雜誌（The Leisure Hours），每周出版一次，便是針對兒童與家庭的讀者。這一份雜誌，僅需兩便士，內容有故事、人物、詩歌，僅有少部分是關於宗教的題材，由於內容有趣、吸引讀者，銷售相當成功，因而在1850、60年代，常常被其他兒童雜誌複製，托馬斯・亨利・尼克生（Thomas Henry Nicholson）是當代美國的插畫家，曾經於1863年畫了一幅吉爾平的故事，這張作品便是由《閒暇時間》雜誌所印製發表。

　　吉爾平騎馬故事在維多利亞時期持續盛行，廣泛受到出版商與讀者的關注與喜愛。根據屬於普林斯頓大學的柯特桑兒童圖書館的典藏文獻資料顯示，有關這一段時期曾經出版吉爾平故事的出版公司約有13家，散佈在英國各大城市，包括倫敦（London）、德比（Derby）、里茲（Leeds）及愛丁堡（Edinboursh）。其中，倫敦持續為十九世紀英國童書出版集中城市，與前一段時期雷同。在倫敦的重要童書出版公司有：地恩與曼黛（Dean and Monday）、約瑟夫・肯德（Joseph Cundall）、雷德（Read& Co.）、古蘭特與古意福益特（Grant and Griffith）、喬治・勞特力奇與費德力・王（G.Routledge Frederick Warne & Co.）。此外，紐約城市也有三家出版公司，曾經出版吉爾平的故事，包括愛德華・德尼感（Edwoard Dunigan）、可展（P.J. Cojans）與威格力（J. Wrigley）。值得注意的是，上述出版公司中，喬治・勞特力奇公司特別熱衷十八世紀文化，曾經出版吉爾平騎馬故事3種不同的版本。上述出版文獻資料請參考附錄2。

　　吉爾平騎馬故事在維多利亞時期持續盛行，於1840年代曾經在愛斯里圓形劇場（Asley's Amphitheatre）演出。菲力・普愛斯里（Philip Astley）於1777年在倫敦開啟愛斯里圓形劇場。愛斯里是一位騎馬學校的教師，籌建該劇場成為一個融和劇場與馬戲團的表演娛樂場所，該劇場建築物於1794年因大火受損，被迫改建。威爾先生

5-15 │ 5-16

5-15 《吉爾平騎馬》（John Gilpin Ride）湯瑪斯・琶兒（Thomas Parr）1845 陶器品。圖片來源：The Cowper and Newton Museum。

5-16 《吉爾平騎馬》（John Gilpin Ride）1860 陶器品。圖片來源：The Cowper and Newton Museum。

於1844年在愛斯里圓形劇場表演吉爾平騎馬故事，受到熱烈的喝彩，表演的故事於1845、1860年，製成陶器藝術品，精巧生動（圖5-15、5-16）。[37]

　　吉爾平故事圖畫書在本時期的出版特徵為：圖畫書頁數增多、尺寸增大、注重封面設計及圖文的關係，而且插畫持續扮演重要的角色。此外，許多童書出版商注重兒童的教育功能，所以策畫製作許多兒童的教育用品和遊戲用品。喬治・勞特力奇公司於1850、60年代便製作了許多供兒童教學的用品，與出版刊物，包括《給男孩的遊戲與運動》（Games and Sports for Young Boys: Comprising Athletic Games, Country Games, Games with Balls with Illustrations）。[38]此書於1859年由戴吉爾兄弟（Dalziel Brothers）繪製90張插畫，內容有運動遊戲（athletic games）、鄉村遊戲（country games）、球的遊戲（games with balls）、彈珠的遊戲（games with marbles）、釦子的遊戲（games with buttons）、鐵環的遊戲（games with hoops）等。[39]勞特力公司於1864年也出版《男孩的書：室內、室外的玩具百科全書》（Every little Boy's Book：A Complete Cyclopedia of In and Outdoor Games with and Without Toys、Domestic、Pets、Comjuring、Shows、Riddles、etc：With Two Hundred and Fifty Illustrations, 1864），包括室內、室外的玩具與遊戲含255張插畫。[40]

　　下面筆者將要針對本時期吉爾平騎馬故事，探討4種不同版本，包含4位插畫家：

---

[37] The Cowper and Newton Museum https://www.tripadvisor.co.uk/LocationPhotoDirectLink -g1652482-d32。

[38] *Games and Sports For Young Boys* (London: Routledge, Warne, and Routledge, Farringdon Street, 1859)。

[39] *Games and Sports for Young Boys* (London: Routledge, Warne, 1859)。

[40] *Every Little Boy's Book: a Complete Cyclopaedia of In and Outdoor Games with and Without Toys, Domestic Pets, Conjuring, Shows, Riddles, etc.: With Two Hundred and Hundred and Fifty Illustrations, London* (New York: Routledge, Warne, and Routledge, Farringdon Street; New York: 56, Walder Street, 1864)。

約翰・雷登、費茲庫克、J.F・斯基、藍道夫・凱迪克。從第一段喬治王時期的概況調查，進入第二段維多利亞時期，檢視有關吉爾平故事圖畫書的出版概況，可以進一步了解吉爾平故事版本的歷史變遷及脈絡發展，由此，我們便可以再進一步聚焦於凱迪克的圖畫書，探討作家的圖畫書創作概念，以及其圖畫書在吉爾平故事書版本發展的歷史地位及意義。

一、約翰・雷登（John Leighton）

約翰・雷登（John Leighton, 1822-1912）是一位英國藝術家，以書籍插畫與書籍封面設計著名。雷登擅長於設計，將他的設計概念清楚的闡述在其著作《設計的建議——給藝術家與藝術工作者使用》（Suqqestions in Design——for the Use of Artists and Workmen, 1852）。在這件著作中，他詳細解釋設計的概念與歷史價值。雷登也擅長使用線條，來繪製歷史變遷中的裝飾性設計。該書中的設計成為他一生書籍封面設計與書籍插畫的主要創作來源。

1850、60年代雷登設計超過400個封面設計，有些是系列設計出版，但是大部分是為專題論文（monograph）設計。在這一段期間他主要為兩個出版商企劃設計製作，一個是吉福與發藍公司（Giffith and Farrank），他製作超過40個設計；另一個出版商則是喬治・勞特力公司，他製作超過80個設計。雷登也製作許多有關童書的設計，比如《貓與狗》（Cat and Dog or Memoirs of Puss and the Captain, 1858），採用鮮紅的色彩封面，由吉福與發藍公司出版。《兒童的快樂時光》（Happy Days of Childhood, or Stories of Country Life for Good Children, 1863），也是採用鮮紅的色彩封面，由勞特力公司出版。[41]

雷登於1845年設計吉爾平故事的封面，是由僑瑟夫・肯德（Joseph Cundall）出版[42]，其書籍封面呈現他一貫的特色，採用鮮紅色的封面設計，具有裝飾的特色，但無吉爾平的意象（圖5-17）。

該書共24頁，尺寸為2.15×29cm。雷登設計這本圖畫書的卷頭插畫（圖5-18），也獨樹一格，其文本係來自於詩文第2節：婦對富翁言，結髮同苦艱，悠悠二十載，未得一日閒。

雷登描繪吉爾平夫婦坐在畫面正中央，親密的互相依偎著，透露著夫婦結髮同苦難，悠悠二十載，彌久的恩愛情感。此外，夫婦的3個子女，圍繞在兩旁，呈現著吉爾平家庭和樂的景象。雷登將這一幅家庭和樂景色，放置在戶外的庭院，庭院左邊是一個個有歷史含意的裝飾紀念碑，似乎隱喻著吉爾平的家庭是具有歷史的含意。

雷登在另一幅插畫中，也同樣描繪吉爾平家庭和樂的景象，而此次景象放置在室內。作者善於運用線條描繪屋內精緻傢俱擺設的空間，顯示吉爾平家庭享受和樂，富

---

[41]　Michael Heseltine, 'Leighton, John', *Oxford Dictionary of National Biography* (Oxford University Press, 2004)。

[42]　William Cowper, *The Diverting History of John Gilpin* (London: Joseph Cundall, 12, Old Bond Street, 1845)。

5-17 | 5-18 | 5-19

5-17 《約翰‧吉爾平騎馬》（*The Diverting History of John Gilpin*）威廉‧考伯、約翰‧雷登
（John Leighton）1845 封面。圖片來源：William Cowper, *The Diverting History of John
Gilpin*。
5-18 《約翰‧吉爾平與夫人》（John Gilpin and His Wife）威廉‧考伯、約翰‧雷登1845 卷頭插
畫。圖片來源：William Cowper, *The Diverting History of John Gilpin*。
5-19 《約翰‧吉爾平在愛德蒙頓市》（John Gilpin in Edmonton）威廉‧考伯、約翰‧雷登1845。
圖片來源：William Cowper, *The Diverting History of John Gilpin*, 7。

裕的家庭空間與生活。雷登也運用線條描繪市區及城市景觀，並利用透視法將街道的
遠近距離清楚的描繪出來；街道兩旁的建物和排樓顯示出城市具有經濟的生活（圖
5-19）。從上述的插圖中，可以看出雷登善於運用線條和設計描繪物象，展現吉爾平
的家庭和城市生活的樣貌。

二、費茲庫克（H.Fitz-Cook）

本版本是由費茲庫克插畫，魏普（J.C Whymper）雕刻，1868年，由龍門‧古
安（Longmans Green and Co.）出版。共24頁，尺寸為22.86×28.58cm，其頁數與
尺寸與前一個版本雷同。[43]

本版封面描寫吉爾平身穿軍服，是一名氣勢宏偉勇敢的軍團長（圖5-20）。與前
一段時期版本著重吉爾平騎馬的形象迥然不同。本版卷頭插畫描寫吉爾平是一位富
翁，錢財、有名、以賣亞麻布商人維生（圖5-21）。畫面中，吉爾平傾著身子，耐心
地與3位來買布的客人詳細介紹，桌上、桌下堆滿亞麻布料，供客人觀賞挑選。桌前
有兩位美麗女性客人，身著豪華的衣著，顯示出於富貴家庭，前來挑選布料。這張插
畫凸顯出吉爾平蒸蒸日上的賣布事業，是歷年故事版本極少表現的題材，能以卷頭插
畫呈現，透露出此版本企圖凸顯吉爾平賣布事業的重要性。

本版本具有清楚的敘事模式，其中特別注重圖文之間富於變化的版面設計，是其
設計的特徵與優點；比如第3頁圖在上、文在下；第4頁文在上、圖在下；第5頁文字

---

[43] William Cowper, *The Diverting History of John Gilpin, Shewing How He Went Farther Than He
Intended And Came Safe Home Again* (London: Longmans, Green, 1868)。

5-20 | 5-21

5-20　《約翰・吉爾平騎馬》（*The Diverting History of John Gilpin*）威廉・考伯、亨利・費茲庫克（Henry Fitz- Cook）1868 封面。圖片來源：William Cowper, Henry Fitz- Cook, *The Diverting History of John Gilpin*。

5-21　《約翰・吉爾平賣亞麻布商人》（John Gilpin a Linen Draper）威廉・考伯、亨利・費茲庫克1868 卷頭插畫。圖片來源：William Cowper, Henry Fitz- Cook, *The Diverting History of John Gilpin*。

在上、而圖則放置在中間；第6頁文在右上方、圖在下面，以及在左邊與下面的圖連接起來；第7頁文在右上方、圖在右上、左方、連接下面的部分；第8頁沒有文字，只有插圖。第9頁文字在左上方、圖在右上方、連接下面的圖（圖5-22）；第10頁文在正下方、圖在上方連結右下方的圖；第11頁文在上、下方，而圖在文的中間；第12頁文在左上方、圖在右上方、連接下面的圖、第13頁無文字，只有插圖。

　　由上述圖文關係的配置方法，可以看出此版本注重圖文的互動關係，使圖文在版面上產生變化、流動，也同時使圖文關係產生融合。與雷同版本講求圖文分開處裡的方式迥然不同。

　　此外，本版本也特別加強插畫的表現能力。第8頁、13頁、16頁、20頁，只有插圖，沒有詩文，其相關主題是：

　　　　第8頁：阿姨與其女，妾偕三小兒，一家盈車載，君當騎馬隨（詩節4）。
　　　　第13頁：富翁去如飛，四鄰接傳搖，此人賽走馬，欲得千金標（詩節29）。
　　　　第16頁：婦立倚闌干，遙望眼欲穿，忽見狂馳馬，心中如火煎（詩節36）。（圖5-23）
　　　　第20頁：侈口何容易，自來滿招損，正在言語間，有驢鳴近苑（詩節51）。

5-22 | 5-23

5-22 《犬吠雜童呼　窗牖家家開》（The Dogs did Bark, the Children Screamed）威廉·考伯、亨利·費茲庫克1868。圖片來源：William Cowper, Henry Fitz- Cook, *The Diverting History of John Gilpin*, 13。

5-23 《婦立倚闌干，遙望眼欲穿》（At Edmonton His Loving Wife from the Balcony spied）威廉·考伯 亨利·費茲庫克1868。圖片來源：William Cowper, Henry Fitz- Cook, *The Diverting History of John Gilpin*, 17。

　　費茲庫克描繪吉爾平騎馬意象，粗曠有力、充滿感情。吉爾平的騎馬旅程，也充滿運動與戲劇的張力。畫面中有效運用光影的變化，凸顯出物象的實體與3度空間的塑造。

三、斯基（J.F. Skill）

　　本版本係由斯基（J.F. Skill）所設計的彩色插畫，共13頁，插畫6張，由費德力·王（Frederick Warne）於1881-85年出版，27×23cm。[44]此版本的封面描寫：

> 行到北市關，守者望馬來，急急起歡迎，將門大張開（詩節30）。
> 低首伏馬上，汗流竟浹背，背後雙玉壺，一時盡破碎（詩節31）。

　　波西·庫克強曾於1850年代描繪詩節30，畫面的中心是北市官守望，著急開門的模樣。斯基則在封面畫面中（圖5-24），以吉爾平低頭伏馬的意向為中心，再以斜角的構圖產生騎馬的動力。吉爾平身著綠色的衣服，搭配畫面紅色標題寫著約翰·吉爾平的文字，並採用色彩的對比使畫面產生鮮麗大膽的氣氛，並富有戲劇性的張力。

---

[44] William Cowper, *John Gilpin from Coloured Designs by J.F. Skill, Aunt Louisa's London Toy Books; 8* (London: Frederick Warne & Co., Between 1881 and 1885)。

此版本卷頭插畫引自於詩節2：婦對富翁言，結髮同苦艱，悠悠二十載，未得一日閒。前雷登也曾經描寫吉爾平夫婦家庭和樂的現象，但是此版本將這個家庭景象，放置在戶外的庭院中，並賦予庭院有歷史的價值。斯基則描寫吉爾平夫妻之恩情，坐在室內的餐桌前，小兒子坐在地上看書，女僕端茶在旁事候，餐廳內含有彩色富麗的裝飾，似乎隱喻著夫妻們間珍貴溫暖的情感，享受富裕的家庭生活（圖5-25）。

　　此版本的敘事模式，採用圖文分開的處理方式，與前費茲庫克版本注重融合圖文關係的方法，截然不同。共5張，各張又分為2、3小張描寫不同的事件：

　　頁5／圖2，含3小張，描繪3個不同的事件（圖 5-26）：
　　秋香忽來報，美酒猶在茲（詩節15）。
　　富翁後上馬，石路多崎嶇（詩節20）。
　　阿姨與其女，妾偕三小兒，一家盈車載，君當騎馬隨（詩節4）。

　　頁7／圖3，含2小張，描繪2個不同事件：
　　行到康莊道，漸覺馬蹄忙，馬既適所意，那顧人張皇（詩節21）。
　　呼馬緩緩行，無奈馬不聽，轡彎勒不住，長驅莫與競（詩節22）。

　　頁8／圖4，含2小張，描繪2個不同的事件：
　　低首伏馬上，汗流竟浹背，背後雙玉壺，一時盡破碎（詩節31）。
　　婦立倚闌干，遙望眼欲穿，忽見狂馳馬，心中如火煎（詩節36。

　　頁10／圖5，含4小張，描繪4個不同的事件：
　　吉爾平氣喘喘，狂奔不回顧，直到主人家，馬足始停駐（詩節40）。
　　主人聞客至，出門來相迎，見是吉爾平，心中喜且驚（詩節41）。
　　侈口何容易，自來滿招損，正在言語間，有驢鳴近苑（詩節51）。
　　持金謂童僕，若得槁砧旋，旋歸且無恙，賞汝此金錢（詩節55）。

　　頁12／圖6，含2小張，描繪2個不同的事件：
　　道旁六騎士，遙見吉爾平來，童子逐其後，情景真怪哉（詩節59）。
　　吉爾平果賽馬，爭至倫敦城，適至上馬處，下馬氣始平（詩節62）。

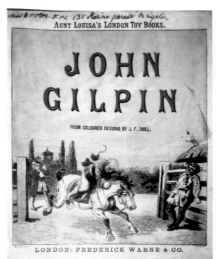

| 5-24 | 5-25 |
| | 5-26 |

5-24　《行到北市關,守者望馬來》(Joh Gilpin Drew Near, a Turnpike Men Came)威廉・考伯、
斯基(J.F. Skill)1865 封面。圖片來源:William Cowper, *John Gilpin*。
5-25　《約翰・吉爾平與夫人》(John Gilpin and His Wife)威廉・考伯、斯基1865 卷頭插畫。圖片
來源:William Cowper, *John Gilpin*。
5-26　《約翰・吉爾平的旅程》(John Gilpin's Journey)威廉・考伯、斯基1865。圖片來源:
William Cowper, *John Gilpin*, 5。

5.5

藍道夫・凱迪克
（Randolph Caldecott）

5-27 | 5-28 | 5-29

5-27 《狩獵的騎士》（A Rider in the Hunting Field）藍道夫・凱迪克。圖片來源：Henry Blackburn, *Randolph Caldecott's Sketches*, 77。
5-28 《狩獵的騎士》（A Rider in the Hunting Field）藍道夫・凱迪克。圖片來源：Henry Blackburn, *Randolph Caldecott's Sketches*, 77。
5-29 《約翰・吉爾平騎馬》（John Gilpin's Ride）藍道夫・凱迪克。圖片來源：Henry Blackburn, *Randolph Caldecott's Sketches*, 71。

　　凱迪克一向喜愛動物，描寫騎士騎馬的意象，更是他擅長的題材，他本人製作的素描中，留下許多騎士騎馬的意象，包括在《海德公園》（Hyde Park）騎馬的騎士》，與《狩獵的騎士》（圖5-27、5-28）。凱迪克自己也喜愛騎馬，也把自己騎馬的意象以素描記錄下來（圖5-29）。凱迪克運用快速的線條，捕捉了騎士英勇騎馬的運動與速度。這些騎士的意象在1850-1880年代，成為作家重要創作的紀錄，並且深深地影響他製作吉爾平騎馬圖畫書。上述騎士意象的素描，已由亨利・布萊克本收錄於1889年出版的《藍道夫・凱迪克的素描》（Randolph Caldecott's Sketches）。[45]

　　凱迪克曾經製作一件吉爾平騎馬的意象作品，這件作品是一件水彩作品，製作時間不詳（圖5-30），可能是在製作吉爾平騎馬故事圖畫書1878年以前，或者1878年以後。[46]這件吉爾平騎馬的作品，與上述討論的騎士的意象素描雷同，均在捕捉騎士英勇的意象，充滿了活力與運動，顯示了凱迪克自1850年代開始，便著力於騎士意象的塑造。

---

[45] Henry Blackburn, *Randolph Caldecott's Sketches* (London: Sampson Low, Marston & Company, Limited, 1890) 71, 77。

[46] Engen, *Lord of The Nursery*, 1976, 41。

5-30 《吉爾平騎馬》（John Gilpins Ride）藍道夫‧凱迪克1878 水彩。圖片來源：Rodney K Engen, Randolph Caldecott, *Lord of The Nursery*, 41。

　　凱迪克的吉爾平騎馬的意象，不僅是他個人創作騎士意象的長期經驗與記錄，更重要的是，上述作品可以追朔自吉爾平騎馬故事的插畫歷史脈絡之中，由此筆者可以檢視凱迪克的作品與吉爾平版本的插畫之間的關係，探討作家如何表現他對吉爾平騎馬意象的想法。

　　筆者已經在前面提到珊姆‧柯林曾經於1784年7月發表於《衛特雜誌》一張由蝕刻版畫所製成的插畫。它是考伯詩文的第一張插畫[47]，在吉爾平故事出版歷史的發展過程中，具有歷史上的重要性。這張插畫係源自於詩文36、37節（圖5-1）：

> 婦立倚欄杆，遙望眼欲穿，忽見狂馳馬，心中如火煎。
> 齊聲呼停馬，午餐已過時，葛平遠未答，晚餐未有期。

　　柯林以寫實風格，表現了吉爾平騎馬經過鐘聲旅館的意象，具有歷史上的重要性。它啟發了爾後十九世紀對吉爾平故事的想像與再現，也成為十九世紀作家尋求靈感的重要來源。繼柯林爾後，曾經描繪這個題材的版本包括海力斯、喬治‧庫克強、

---

[47] Colling, *Gilpin Going Farther*, 1784。

5-31 《婦立倚闌干，遙望眼欲穿》（At Edmonton His Loving Wife from the Balcony spied）威廉‧考伯、約翰‧海力斯1806。圖片來源：William Cowper, *The Disastrous Journey of Johnny Gilpin to Edmonton*, 10。

5-32 《吉爾平騎馬》（John Gilpin Ride）威廉‧考伯、約翰‧雷登1835。圖片來源：William Cowper, *The Diverting History of Johnny Gilpin*。

約翰‧雷登、費茲庫克。

　　海力斯善長精緻的彩色插畫，以紅、黃、藍色描寫吉爾平夫人與其他女士們在旅館樓閣平台上呼喊的模樣，與前景著藍衣的吉爾平，形成戲劇性的張力（圖5-31）。

　　喬治‧庫克強將柯林描寫在地住民愉悅的感情，轉變成騷動不安的情緒，顯現在樓閣上吉爾平夫人與其他女士們的表情上，木刻的線條不僅詳實描繪了旅館所在的城市景觀，而且細心刻畫了吉爾平夫人與住民的心裡狀態（圖5-12）。約翰‧雷登1835年的版本也同樣捕捉了吉爾平夫人與住民的不安的情緒，吉爾平騎馬的意象更為凸出，以超寫實的姿態在畫面中央飛躍著，與前景奔跑的動物，相互呼應（圖5-32）。費茲庫克版本企圖融合文字與插圖，詩節36、37顯示在頁面的左上方，吉爾平夫人呼喊的模樣則在右上方，畫面的重心是在前景兒童與動物高興歡呼的意象，卻不見吉爾平的意象（圖5-22）。

　　凱迪克的創作，可能源自於柯林的模式，或其他雷同的創作模式，惟凱迪克更專注於自我的詮釋與再現，吉爾平騎馬的意象，在畫面的中央跳躍起來，富有活潑的動力，展現了吉爾平英勇的姿態，他的雙眼遙望著對街的鐘聲旅館，作家以淺咖啡色描

繪了在背景中一棟十七世紀富有古樸風味的鐘聲旅館，黃色鐘聲的意象清楚地呈現在樓閣上，樓閣平台上有吉爾平夫人，三位女士與地區住民驚呼著吉爾平騎士的到來。三隻小豬與兩隻小狗在前景的地面上，跳躍跑步著，似乎也為吉爾平歡呼助興，充滿了振奮的精神。吉爾平身著藍色衣服與紅色的外袍，顯示了騎士的運動與活力。

吉爾平身著藍色衣服與紅色的外袍，顯示了騎士的運動與活力。凱迪克於1878年製作吉爾平騎馬圖畫書，該書由艾德蒙‧埃文斯雕刻與印刷，並由喬治‧勞特力奇出版公司出版。[48]凱迪克為吉爾平故事圖畫書所設計的模式如後：

頁碼	圖文	插畫	插畫內容	備註
1	封面	彩色	婦立倚欄杆，遙望眼欲穿 忽見狂馳馬，心中如火煎	
2	卷頭插畫	彩色	婦對富翁言，結髮同苦艱 悠悠二十載，未得一日閒	
3	圖 詩節1.2.3.4.	黑白	吉爾平介紹圖書中的作者及插畫者	
4	圖 詩節5.6.	黑白	我是販布客，聲名馳寰區 有友情更重，願借千里駒	
5	圖 詩節7.8.	黑白	婦言良可親，富翁喜不禁 雖懷行樂志，猶存節儉心	
6	圖（無文字）	彩色	阿姨與其女，妾偕三小兒 一家盈車載，君當騎馬隨	
7	詩節9.10.11.12.13.14 圖	黑白	相去兩三戶，車馬立踟躕 大小六家口，登車任馳驅	
8	圖 詩節15.16.17.18.19	黑白	客意實難合，相將又費時 秋香忽來報，美酒猶在茲	
9	詩節20 圖 詩節21	黑白	富翁復上馬，石路多崎嶇 款款行石路，兢兢防疏虞	
10	圖 詩節22.23.24.25.26	黑白	呼馬緩緩行，無奈馬不聽 韁轡勒不住，長驅莫與競	
11	圖 詩節27.28.29.30	黑白	犬吠雜童呼，窗牖家家開 同聲齊喝采，彷彿聽春雷	
12	圖 （跨頁，無文字）	彩色	犬吠雜童呼，窗牖家家開 同聲齊喝采，彷彿聽春雷	
13	圖 （跨頁，無文字）	彩色	犬吠雜童呼，窗牖家家開 同聲齊喝采，彷彿聽春雷	
14	圖 詩節31.32	黑白	低首伏馬上，汗流竟浹背 背後雙玉壺，一時盡破碎	
15	圖 詩節33	黑白	富翁仍負重，走馬興未闌 壺碎頸猶在，飄零繫腰間	
16	圖 詩節34	黑白	如此顛狂態，行偏城郭外 直到清溪邊，風景美如繪	

---

48 William Cowper, *The Diverting History of John Gilpin: Showing How He Went Farther than He Intended, and Came Home Safe Again., with Drawings by R. Caldecott* (London: G. Routledge & Sons, 1878). Randolph Caldecott, *Randolph Caldecott's Picture Books Reproduced from Nineteenth-century Copies in the Huntington Collection* (California: Huntington Library San Marino, 2008)。

頁碼	圖文	插畫	插畫內容	備註
17	詩節35 圖	黑白	隨馬入清溪，左右拂溪水 如球滾水中，如禽戲水裏	
18	詩節36.37 圖	黑白	齊聲呼停馬，午餐已過時 富翁遠回答，晚餐未有期	
19	詩節38.39 圖	彩色	婦立倚闌干，遙望眼欲穿 忽見狂馳馬，心中如火煎	
20	詩節40.41. 圖 詩節42.43.	黑白	富翁氣喘喘，狂奔不回顧 直到主人家，馬足始停駐	
21	詩節44.45. 圖 詩節46.47.	黑白	入室取冠巾，頭巾何連連 冠猶舊家樣，不新亦不鮮	
22	圖 詩節48.49.50.51.52	黑白	君面滿灰塵，敢請為君撲 且住加餐飯，聊以充枵腹	
23	圖	彩色	馬聞驢聲嘶，彷彿聞獅吼 又發狂逸性，往前直奔走	
24	詩節53 圖 詩節54.55	黑白	持金謂童僕，若得藁砧旋 旋歸且無恙，賞汝此金錢	
25	圖 詩節56.57	黑白	童僕去未遠，富翁來倉皇 為欲止馬住，伸手捉馬韁	
26	詩節58. 圖 詩節59.	黑白	道旁六騎士，遙見富翁來 童子逐其後，情景真怪哉	
27	詩節60 圖	黑白	捉賊復捉賊，六人齊聲呼 一時行路者，相率接履趨	
28	圖	彩色	道旁六騎士，遙見富翁來 童子逐其後，情景真怪哉	
29	圖	彩色	道旁六騎士，遙見富翁來 童子逐其後，情景真怪哉	
30	圖 詩節61.62	黑白	富翁果賽馬，爭至倫敦城 適至上馬處，下馬氣始平	
31	詩節63. 圖	黑白	天子萬萬年，富翁壽且康 他時騎馬出，我亦願觀光	

以上是凱迪克為吉爾平故事圖畫書所設計的模式，具有獨創性。筆者將檢視該模式中幾個相關的項目包括：尺寸、頁數、圖文關係配置、插畫的頁數、插畫的印刷、封面、卷頭插畫、與內文中的相關插畫。筆者將針對這些項目，討論比較凱迪克與其他版本，藉以探討凱迪克如何發展吉爾平騎馬圖畫書的創新概念。

尺寸

凱迪克版本為23.1/2×20.1/2cm，比海力斯版10.0×12.cm及庫克強14×10cm大，而與雷登版22.5×29cm似乎比較相仿。費茲庫克版本是28.86×28.58cm，是所有版本尺寸最大的。

頁數

　　凱迪克版本共31頁，是吉爾平故事歷屆版本中頁數最多的。比較其他版本，海力斯版16頁，庫克強版21頁，雷登版24頁，費茲庫克版24頁，斯基版13頁。由此可以看出，凱迪克企圖增加圖畫書頁數，來發展吉爾平的敘事內容。

圖文關係配置

　　凱迪克與其他版本比較如後，海力斯版共16頁，全部採用文字在頁面上方，佔1/3，而插畫在頁面下方，佔2/3，故其圖文版面設計趨於規格化（圖5-7）。庫克強版共21頁，採圖文分開的手法，插圖僅6頁；達藤版本是書寫紙張一頁，含8個插畫，插圖搭配文字環繞在該頁的四周（圖5-10）；雷登版本共24頁，與庫克強版本相似，採用圖文分開的手法，插圖共10頁。

　　費茲庫克版本共24頁，圖文配置關係講求變化，比如頁3文字在頁面下方，圖在上方；頁4文字在頁面上方，圖在下方；頁5文字在上、下方，而圖在中間。此外，此版本亦講求圖文融合的方法，如頁6文字在右上方，圖在左方，連接到下方（圖5-33）；頁7文字在中間，圖在上方、左方，連接到下方；頁9文字在左上方，圖在右上方及下方。此版本加強插畫，共有4頁，8、13、16、20、只有插圖，沒有文字。

　　斯基版本共13頁，採用圖文分開處理的方法，插圖在4、5、7、8、10頁，頁4含三個小插圖（圖5-26），頁5含兩個小插圖，頁7含2個小插圖，頁8含兩個小插圖，頁10含4個小插圖。

　　凱迪克版本共31頁，其圖文配置講求變化，以及融合的方法，封面、卷頭插畫、頁3圖上、文字下方；頁4圖上、文字下方；頁5文字上方、圖下方；頁6只有圖、無文字；頁7文字上方、圖下方；頁8圖上、文字下方；頁9文字上、下、圖中間；頁10圖上；文字下方；頁11圖上、文字下方；頁12、13跨頁插圖、無文字；頁14圖上、文字下方；頁15圖上、文字下方；頁16圖上、文字下方；頁17文字上方、圖下方；頁18文字上、下、圖中間；頁19只有圖、無文字；頁20文字上、下、圖中間；頁21文字上、下、圖中間；頁22圖上、文字下方；頁23只有圖、無文字；頁24文字上、下圖中間；頁25圖上、文字下方；頁26文字上、下、圖中間；頁27文字上方、圖下方；頁28、29跨

5-33　《約翰・吉爾平的旅程》（John Gilpin's Journey）威廉・考伯、亨利・費茲庫克1868。圖片來源：William Cowper, Henry Fitz-Cook, *The Diverting History of John Gilpin*, 18。

頁插圖、無文字；頁30圖上、文字下方；頁30圖上、文字下方；頁31文字上方、圖下方。

插畫

　　凱迪克是歷年版本頁數最多，共31頁，也是歷年版本插畫張數最多共31頁。可見凱迪克不但企圖增加頁數，來發展故事內容，而且企圖增加插畫張數，來增強插畫的視覺表現能力。與其他版本比較，海力斯版本共16頁、插畫16頁；喬治・庫克強版本共21頁、插畫6頁；雷登版本24頁、插畫10頁；費茲庫克版本共24頁、插畫22頁。

　　除此以外，凱迪克設計插畫，每頁平均占頁面一半或一半以上，而頁6、9、23只有插畫，沒有文字。最重要的是，凱迪克尚且為插畫設計跨頁，是歷年吉爾平故事版本的首創。其跨頁設計，含頁12、13、28、29，共兩個跨頁設計，這是凱德克的獨特創新。由此可見，插畫在凱迪克的吉爾平圖畫書扮演重要的角色。

插畫的印刷

　　喬治王時期吉爾平故事版本泰半是木雕黑白插畫，如珊姆・柯林、約克版暢銷故事書、及喬治庫克強版本。此時期亦有手工彩繪插畫，如海力斯版本、及達藤版本。維多利亞時期有木雕黑白插畫，如雷登及費茲庫克版本、亦有彩色插畫，如斯基版本。

　　凱迪克偕同埃文斯的插畫印刷，是其圖畫書創意設計的重要策略，埃文斯的印刷製作，包含兩種不同印刷技術，一種是黑白單色印刷，一種是彩色印刷。

　　吉爾平故事書凡31中，黑白佔22頁，而彩色佔9頁；彩色部分包含封面、卷頭插畫，及頁6、12、13、19、23、28、29。值得注意的是，頁12與13為跨頁設計彩色插畫，頁28與29也是跨頁設計彩色插畫，由此可以看出埃文斯企圖融合黑白與彩色這兩種不同的印刷技術，自然產生兩種不同的視覺效果，在版面上進行流動，相互呼應，因而形成了圖畫書的風格特徵。這種插畫風格，是吉爾平插畫歷史版本中唯一且獨特的，是埃文斯的獨創。

封面

　　吉爾平插畫版本，其設計模式中，封面佔有重要的地位，吉爾平封面的表現模式，可以概分為下面四種類型：

　　封面類似標題頁，含標題、出版地、出版商、以及插畫。例如：福丁版：The History of John Gilpin, How He Went Farther Than He Intended, and Came Home Safe at Last, Read by Mr. Henderson at Free Mason's Tavern. The Third Eedition, London: printed for J・Fieding, 1785。其插畫描繪吉爾平騎馬的意象（圖5-4）。

　　1.封面類似標題頁，含標題、出版地、出版商、但不含插畫。例如：海力斯版：
　　　The Disastrous Journey of Johnny Gilpin to Edmonton.: in which is Shewn, the Wonderful Prowess of the Calendrer's Horse, on Sixteen Elegant Engravings.

London: printed for J・Harris, Successor to E. Newbery, at the original juvenile library, the corner of st. Paul's Church—Yard, 1806.（圖5-6）喬治庫克強版本的封面亦屬於這一種類型。

2. 封面類似標題頁，含標題、出版地、出版商、含插畫。下一頁為一張卷頭插畫，及一張與封面雷同的標題頁。例如：班伯力（Banbury）版本。其插畫為吉爾平騎馬的意象（圖5-34）。

3. 封面類似標題頁含標題，但不含出版地、出版商，也不含插畫，下一頁為卷頭插畫及標題頁（含標題，出版地，出版商）。例如：雷登版本（圖5-17）。

4. 值得注意的是，第一種類型的封面形式，是吉爾平故事版本中使用最多的，在喬治王時期，第一種類型的封面泰半是黑白木雕插畫，且插畫尺寸很小，前福丁版本長10cm、寬7cm，其封面設計是表現吉爾平騎馬的意象。這一段時期版本亦有封面是彩色插畫，比如波西庫克強版本，其封面表現吉爾平騎在馬上，驚慌失色，面色慘白，冠巾飛揚「誇張地」表現吉爾平悲劇失敗的形象（圖5-14）。

維多利亞時期的故事版本中，費茲庫克版、斯基版、及凱迪克版均屬於第一種類型的封面形式。費茲庫克版封面，是黑白插畫，表現吉爾平團練長的形象（圖5-20）。斯基版是彩色封面，描寫吉爾平騎馬經過北市關的景象，採用對比色，色彩鮮明（圖5-24）。

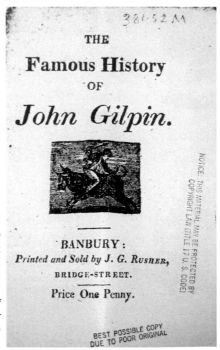

5-34 《約翰・吉爾平騎馬》（*The Diverting History of John Gilpin:* Shewing How he Went Farther than He Intended, and Came Safe Home again）威廉・考伯、約漢・葛比・魯塞（John Golby Rusher）1835 封面。圖片來源：William Cowper, *The Diverting History of John Gilpin: Shewing How he Went Farther than He Intended, and Came Safe Home again*, 1。

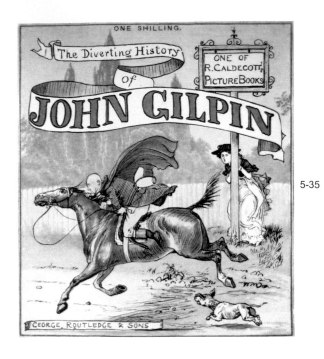

5-35 《約翰‧吉爾平騎馬》（*The Diverting History of John Gilpin: Showing How He Went Farther than He Intended, and Came Home Safe Again*）威廉‧考伯、藍道夫‧凱迪克1878 封面。圖片來源：William Cowper, *The Diverting History of John Gilpin: Showing How He Went Farther than He Intended, and Came Home Safe Again*, with Drawings by R. Caldecott, 1。

　　凱迪克的封面設計，亦屬於第一種類型的封面形式，而其封面設計有其獨特的風格。[49]它是源自於詩節36：婦立倚欄杆，遙望眼欲穿，忽見狂馳馬，心中如火煎（圖5-35）。在吉爾平故事的封面設計歷史中，雖然吉爾平騎馬的意象一直是作家及出版商持續捕捉的意象，但是凱迪克選擇詩節36，作為封面的主題，卻是歷年版本中僅有的。吉爾平在畫面的中央，以英勇的姿態騎馬的意象，中景右邊是他的太太，倚著欄杆，著急地望著，欄杆上寫著作品的標題：藍道夫‧凱迪克的一本圖畫書約翰‧吉爾平騎馬（One of R. Caldecott's Picture Books. The Diverting History of John Gilpin）。畫面左下方是出版商喬治‧勞特力奇（George Routledge & Sons）。吉爾平騎馬的姿態雖然與前面的水彩作品雷同，但是他身著的服裝色彩已經改變，他身穿咖啡色衣服，以及鮮紅色的外套，在風中飄揚，生動地呼應了鮮紅色彩的約翰吉爾平標題。凱迪克成功地結合文字與插圖，使整張封面產生鮮麗的動感。

　　凱迪克以獨特的風格，表現吉爾平狂馳馬，而其夫人心中如火煎，深情著急等待的心情，隱喻著夫妻深厚的感情。而此議題，銜接了卷頭插畫的內容，顯示了凱迪克認為吉爾平夫婦的恩愛感情，是故事中最重要的事件。

---

[49] Caldecott, *Randolph Caldecott's Picture Books Reproduced from Nineteenth-century Copies*, 2008, 1。

184　十八世紀的復甦——維多利亞時期的圖畫書與懷舊的年代

卷頭插畫

　　卷頭插畫意旨一本圖畫書標題頁前的一張插畫，在吉爾平的插畫版本中，卷頭插畫通常是出現在封面之後，標題頁之前，其先後順序，慣例為封面——卷頭插畫——標題頁。例如：班伯力版本的暢銷故事書，此版本的卷頭插畫呈現吉爾平騎士的模樣（圖5-5），與封面的插畫略有不同。但是，也有版本沒有卷頭插畫，如海力斯版本。

　　雷登版本也是採用這個慣例，採用鮮紅色的封面（圖5-17）、卷頭插畫、標題頁，而其卷頭插畫呈現吉爾平家庭和樂的形象（圖5-18）。費茲庫克版本封面，是呈現吉爾平團長的形象（圖5-20）。卷頭插畫是吉爾平作為麻布商，親切地向客人介紹麻布的形象（圖5-21）。斯基版本封面是吉爾平騎馬經過北市觀的模樣（圖5-24），其卷頭插畫是吉爾平夫婦情深坐在餐桌前，相互傾訴的模樣（圖5-25）。費茲庫克版及斯基版均不含標題頁。

　　凱迪克依慣例，設計封面與卷頭插畫，但無標題頁。前面已經提到，凱迪克意圖以吉爾平夫婦的深厚感情作為重要的主題，並企圖連結封面的主題內容與卷頭插畫的內容，封面描寫吉爾平夫人倚著欄杆，著急遙望先生騎馬的形象。卷頭插畫描寫夫人對吉爾平述說艱苦生活，從未有假日的辛苦（圖5-36）。[50]

　　在吉爾平的插畫歷史中，曾經利用詩節2表現的最早的例子是海力斯版本（圖5-7），吉爾平夫婦以藍色、黃色及紅色的色塊呈現，夫婦在畫面中央親密的擁抱，室內充滿強烈的光影效果。斯基版本描寫夫婦在餐桌前對談，另有女僕在旁伺候，孩子在地面翻書快樂的模樣（圖5-25）。凱迪克似乎比較接近斯基版本，將夫婦放置在餐廳內的空間，但是凱迪克更關切夫婦間親密的關係，吉爾平坐在椅子上，而夫人貼近他在旁站著，似乎向他訴說著生活的辛苦，一個兒童在餐桌上吃飯，淡黃色的背景，花飾的地毯，呈現家庭溫暖的氣氛。

內文插畫的分析與解釋

　　吉爾平的圖畫書，文本開始的第一張插畫，如何表現呢？回顧吉爾平故事的插畫歷史，表現詩節1-4節，泰半以表現第二節為開始：婦對富翁言，結髮同苦艱，悠悠二十載，未得一日閒。海力斯版，雷登版、費茲版、及斯基版均以表現詩節2作為圖畫書的開始。凱迪克已經在卷頭插畫表現詩節2，他因此力圖改變，企圖以創新的手法，描寫吉爾平彷如戲劇性的人物出現，開啟人生舞台，面對觀眾鞠躬，意圖介紹其圖畫書，他的右手寫著：本書是由考伯先生饋寫文本，左手寫著：藍道夫·凱迪克繪製插畫。流動的線條，在畫面清楚地顯現（圖5-37）。[51]

　　凱迪克在頁4表現詩節6：我是販布客，聲明馳寰區，有友情更重，願借千里駒。

---

[50]　Ibid., 2。

[51]　Ibid., 3。

5-36　5-37

5-36　《約翰‧吉爾平與夫人》（John Gilpin and His Wife）威廉‧考伯、藍道夫‧凱迪克1878 卷頭
插畫。圖片來源：William Cowper, *The Diverting History of John Gilpin: Showing How He Went
Farther than He Intended, and Came Home Safe Again.*, with Drawings by R. Caldecott, 1。
5-37　《藍道夫‧凱迪克介紹吉爾平圖畫書》（John Gilpin Introducing His Picture Book）威廉‧考
伯、藍道夫‧凱迪克1878。圖片來源：William Cowper, *The Diverting History of John Gilpin*, 3。

在喬治王時期1837年以前，表現詩節6的情節，似乎沒有版本處理過。而自1837年以
後，至少有四個版本出現。費茲庫克描繪吉爾平賣布蒸蒸日上的事業，他在桌上佈滿
了亞麻布匹，桌前是3位前來買布的客人（圖5-21）。雷登版同樣描寫吉爾平的麻布
商事業，強調賣布商店空間堆滿布匹，門前似乎有三位客人有意前來買布的模樣（圖
5-38）。相較之下，凱迪克的描述簡要許多，既沒有繁華的空間與麻布堆積，只有吉
爾平面對一位女客人，親切的講解布匹的樣子。由此可以一窺凱迪克善於運用留白的
空間，與線條來掌握簡潔的風格（圖5-39）。[52]

　　凱迪克在頁5表現詩節8：吉爾平親吻他的夫人，心中喜不自禁，雖懷行樂志，猶
存節會心。凱迪克是吉爾平歷年眾多作家中，最重視吉爾平夫婦情感的一位作家。他
在封面，卷頭插畫的設計中，皆是表現該主題。此外，他也因應第8詩節，再次以簡
潔的風格，流暢的線條，勾勒出夫妻相互擁抱親密的關係（圖5-40）。[53]與費茲庫克
精心刻劃夫妻居住的生活空間手法迥然不同。

　　凱迪克在頁6表現詩節4：阿姨與其女，妾偕三小兒，一家盈車載，君當騎馬隨。
在吉爾平的插畫歷史中，描寫此詩節的作家非常多，至少有5個版本。海力斯描寫輕
便馬車，進入宏偉的市區建築景觀，渺小的人物與宏偉的建築景觀，恰成強列對比
（圖5-41）。庫克強企圖融合行人馬車與建物，成為一個具有活力的市區景觀（圖
5-42）。費茲庫克則描寫馬車經過市街的動態。

---

[52] Ibid., 4。

[53] Ibid., 5。

5-38	5-39	5-40
5-41	5-42	5-43

5-38　《吉爾平的麻布商》威廉‧考伯約翰‧雷登（John Leighton）1845。圖片來源：William Cowper, *The Diverting History of John Gilpin*, 10。

5-39　《吉爾平的麻布商》（John Gilpin a Linen Draper）威廉‧考伯、藍道夫‧凱迪克1878。圖片來源：William Cowper, *The Diverting History of John Gilpin*, 4。

5-40　《約翰‧吉爾平與夫人》（John Gilpin and His Wife）威廉‧考伯、藍道夫‧凱迪克1878。圖片來源：William Cowper, *The Diverting History of John Gilpin*, 5。

5-41　《吉爾平家人坐輕便馬車》（Gilpin Family Fill the Chaise）約翰‧海力斯1806。圖片來源：William Cowper, *The Disastrous Iourney of Johnny Gilpin to Edmonton*, 3。

5-42　《吉爾平家人坐輕便馬車》（Gilpin Family Fill the Chaise）威廉‧考伯、喬治‧庫克強1828。圖片來源：William Cowper, *The Diverting History of John Gilpin: Showing How He Went Farther than He Intended, and Came Safe Home Again, with Six Illustrations by George Cruikshank; Engraved on Wood by Thompson, Branston, Wright, Slader, and White.*, 6。

5-43　《吉爾平家人坐輕便馬車》（Gilpin Family Fill the Chaise）威廉‧考伯、藍道夫‧凱迪克1878。圖片來源：William Cowper, *The Diverting History of John Gilpin*, 6。

　　凱迪克更進一步，以寫實的風格，展現愛德蒙頓市街上流社會的生活動態。他以聚焦的鏡頭，精心刻畫吉爾平夫人及其三個小孩一家正要踏進去馬車的景象，阿姨與兒童穿著豪華時髦的服裝，充分顯現出十八世紀末上流社會的服裝時尚。此外，畫面背景呈現出宏偉的建物景觀，作家使用暖色系，如黃色、橘紅色、綠、咖啡色，使畫面產生溫暖氣份（圖5-43）。頁6的彩色插畫，搭配頁7的黑白插畫，描寫市區遊街的三位婦女（圖5-44），畫面產生流動的延續性，是凱迪克的創新表現手法。[54]

---

[54] Ibid., 6-7。

5-44 | 5-45

5-44 《市區遊街的三位婦女》（Three Women Roam about）威廉‧考伯、藍道夫‧凱迪克1878。
圖片來源：William Cowper, *The Diverting History of John Gilpin*, 7。

5-45 《犬吠雜童呼　窗牖家家開》（The Dogs did Bark, the Children Screamed）威廉‧考伯、喬治‧庫克強 1828。圖片來源：William Cowper, *The Diverting History of John Gilpin: Showing How He Went Farther than He Intended, and Came Safe Home Again, with Six Illustrations by George Cruikshank; Engraved on Wood by Thompson, Branston, Wright, Slader, and White.*, 10。

　　凱迪克在頁9以流暢的線條，描繪詩節20：吉爾平：富翁復上馬，石路多崎嶇，款款行石路，兢兢防疏虞。作家繼續描繪吉爾平騎馬旅程所遇到的困境，如詩節22：呼馬緩緩型行，無奈馬不聽，轡彎勒不住，長驅莫與競。凱迪克特別以在地行人在旁觀看的觀點，描寫關吉爾平騎馬所遭遇的困境，由頁11可以看見路旁的行人充滿驚愕的表情觀看著，強調在地住民觀看的經驗。

　　凱迪克在頁12描繪詩節28：犬吠雜童呼，窗牖家家開，同聲聲喝采，彷彿聽雷聲。[55]此詩節引人入勝，啟發許多作家的靈感，海力斯似乎首次描繪吉爾平騎馬經過街景。達藤版本以寫實的手法描寫吉爾平騎士，並進一步描繪街景的行人住戶與動物，參與助興與歡呼騎士到來的景象（圖5-11）。庫克強似乎也模仿達騰的版本，捕捉了騎士帶動市區住民歡呼的景象，市區變得很熱鬧（圖5-45）。費茲庫版本描寫重點不再是吉爾平，而是加強描繪畫面前景中動物與兒童高興歡呼快樂的情緒（圖5-22）。

　　凱迪克雖然曾接承襲詩節28表現的歷史傳統，但是凱迪克不再止於模仿過去的版本，他企圖追求創新的表現，並且可以由下面幾點看出（圖5-46）：

1. 以彩色跨頁的版面呈現，取代了過去版本泰半僅以單頁黑白的表現方式。
2. 畫面的構圖承接過去版本，包含前景、中景、與背景的構圖模式，惟凱迪克描繪重點在於位於前、中景的街道，並以斜角的視野貫穿畫面，由左下角逐漸往右上角的方向進行，呈現街道的景象，由此觀者可以觀看街景所帶來的景象。
3. 吉爾平騎馬的意象，佔據在畫面的中央，具有騎士英勇的動感與姿態。這種意象，雖然承接過去版本的造型，但凱迪克仍然力求改變。原海力斯描繪吉爾平

---

[55] Ibid., 12-13。

5-46　《犬吠雜童呼　窗牖家家開》（The Dogs did Bark, the Children Screamed）威廉‧考伯、藍道夫‧凱迪克1878。圖片來源：William Cowper, *The Diverting History of John Gilpin*, 12-13。

身穿藍色衣服、黃色褲子、及紅色袍子，騎在白色的馬上。達藤描寫吉爾平穿著服裝雷同，而馬的顏色改變為咖啡色。凱迪克則描繪吉爾平身穿深咖啡色衣服、黃色褲子、並無紅色的外袍，深咖啡色的馬兒則類似於達騰的版本。

4. 凱迪克雖然可能參考過去的版本，描繪街景中的動物，行人及兒童，以呼應詩節的內容，但他更講求吉爾平騎士所帶來的動感與歡樂，加添了前景中跳躍奔跑的6隻鵝、6隻狗、以及在畫面左上角觀賞歡笑的地區住民。右下角也有兩位婦女與三位兒童在旁觀看著，由此帶動在地住民的參與與關注，使畫面充滿動感，增添快樂活潑的氣份。

5. 在背景中深咖啡色的民房，傳達出歷史古樸的風味，使畫面呈現出十八世紀舊時代民居的氣份。畫面以咖啡色為主要色彩，涵蓋了吉爾平騎馬的意象，街道與背景的民房，傳達了古樸的風味，讓觀者懷想舊時代的景象與情感，凱迪克以咖啡色為主要色彩，貫穿了整個畫面，是過去版本所沒有的。

6. 畫面講求光影的變化，惟其陰影的表現，不若海力斯及達藤版本，該二版本均使用深咖啡色，來描寫陰影，並強化光線與陰影的對比；反之，凱迪克是使用淺灰色作為陰影的色彩，畫面氣份比較溫和。

費茲庫克，雷登及波西版本均極力描繪吉爾平在騎馬旅程中所遭遇的困境，如詩節35中所寫：隨馬入清溪，左右拂溪水，如球滾水中，如禽戲水裏。凱迪克也描繪吉爾平騎馬入水的困境，但是他更關注在地住民的參與觀看的經驗，如頁11，有六位住民圍繞在街道旁觀看的模樣；頁13、14描繪住民婦女兒童在街道旁觀看的景象；頁15、17也同樣描繪三位住民由於受到吉爾平的波及，而表現出困窘的模樣（圖5-47）。由此可以看出，凱迪克喜愛描繪在地住民在旁觀看的觀點，顯示出十八世紀

5-47 | 5-48

5-47　《愛德蒙頓市住民》（Residents at Edmonton）威廉・考伯、藍道夫・凱迪克1878。圖片來
　　　源：William Cowper, *The Diverting History of John Gilpin*, 17。
5-48　《鐘聲旅館餐廳內的侍從，正在準備午餐》（A Waiter Preparing Food in Bell Inn）威廉・考伯、
　　　藍道夫・凱迪克1878。圖片來源：William Cowper, *The Diverting History of John Gilpin*, 18。

住民對於吉爾平騎馬旅程受到關切與重視，而這種利用住民參與觀察的觀點與經驗，
是凱迪克的創新手法。[56]

　　凱迪克在頁18、19描繪詩節36、37：婦立倚欄杆，遙望眼欲穿，忽見狂馳馬，心
中如火煎；齊聲乎停馬，午餐已過時，富翁遠回答，晚餐未有期。筆者已經在前面提
到，凱迪克曾經以水彩品描繪詩節36，作家雖然可能參考柯林或其他版本模式創作，
但是他更企圖尋求自我詮釋與表現。凱迪克進一步以創新的手法，另外繪製了兩張插
畫，回應了上述詩節36、37。頁18為黑白插畫，描繪鐘聲旅館餐廳內的侍從，正在
準備午餐的餐宴（圖5-48）。頁19是彩色插畫，描繪吉爾平夫人在鐘聲閣樓外倚著欄
杆，遙望呼喊著，期待吉爾平的到來，一齊共享晚餐的模樣（圖5-49），由此兩頁形
成黑白與彩色的呼應，旅館內與外面空間的流動，形成了視覺的延續性，這是凱迪克
運用的新手法。[57]

　　值得注意的是，頁18在餐廳內準備餐宴，是凱迪克的想像創新，過去版本從未出
現過；頁19的彩色插畫，在概念上，則承襲了吉爾平插畫的傳統，沿用了吉爾平夫人
與婦女兒童在閣樓上呼喊的景象，而描繪這些人物題材泰半放置在畫面背景中的閣樓
平台上，典型的範例是柯林、海力斯與費茲庫克。

　　凱迪克則企圖改變上述題材在吉爾平插畫的傳統表現的模式，他採用了斜角的
構圖，將婦女兒童在閣樓平台上呼喊的意象，放置在畫面的右角，而吉爾平騎馬的
意象，則放置在左下角。這種斜角的構圖似乎源自於斯基版本，讀者可以看到斯基

---

[56] Ibid., 15-17。

[57] Ibid., 18-19。

5-49　《婦立倚闌干，遙望眼欲穿》（At Edmonton His Loving Wife from the Balcony spied）威廉‧考伯、藍道夫‧凱迪克1878。圖片來源：William Cowper, *The Diverting History of John Gilpin*, 19。

5-50　《婦立倚闌干，遙望眼欲穿》（At Edmonton His Loving Wife from the Balcony spied）威廉‧考伯、斯基1865。圖片來源：William Cowper, *John Gilpin*, 8。

在1870年代已經採用這種斜角構圖，來表現婦女兒童在閣樓平台上呼喊的意象（圖5-50）。

　　凱迪克採用上述新的斜角構圖，很明顯地讓吉爾平夫人，婦女與兒童進入了一個新的俯角視野，佔據在畫面的右上方，而閣樓的平台建物，以垂直的樣式支持著這個新的表現視野，平台建物下是藍色的鐘聲意象，取代了斯基版本的黃色鐘聲。吉爾平則在左下的街上騎著馬，雙眼仰望著婦女們。此外，凱迪克刻意建構了蜿蜒的街道，讓畫面產生景深的空間，如此街景旁的民房，營造出愛德蒙頓市區古樸的民房景觀。街道景深之處仍然可以看到數位住民高興地追趕模樣。吉爾平身穿咖啡色服裝，騎在咖啡色的馬上，與斯基版本中吉爾平穿著綠色服裝，騎在白馬上的意象迥然不同。此外，凱迪克以橘紅色，黃色，咖啡色來描繪婦女兒童們，平台建物上有攀延的綠樹，使畫面充滿溫暖的朝氣，取代了斯基版本使用鮮紅色和綠色的對比色。由以上的討論，可以看出，凱迪克因應詩節36、37繪製的兩張插畫，所展現的創新表現手法。

　　凱迪克慣於利用黑白與彩色插畫的互動，來達到創新的設計與表現，頁21以流暢的線條描繪吉爾平與借他的千里馬凱勒德（Calender）的友誼，頁22則是彩色插畫，

5-51 │ 5-52 │ 5-53

5-51　《凱勒德騎千里馬》（Mr.Calender Riding His Horse）威廉·考伯、藍道夫·凱迪克1878。圖
　　　片來源：William Cowper, *The Diverting History of John Gilpin*, 23。
5-52　《六位騎士追趕吉爾平》（Six Gentlemen Join in the Pursuit）威廉·考伯、藍道夫·凱迪克
　　　1878。圖片來源：William Cowper, *The Diverting History of John Gilpin*, 26。
5-53　《捉賊! 復捉賊》（Stop Thief! Stop Thief! A Highwayman!）威廉·考伯、藍道夫·凱迪克
　　　1878。圖片來源：William Cowper, *The Diverting History of John Gilpin*, 27。

描繪詩節51、52：[58]

　　　　侈口何容易，自來滿招損，正在言語間，有驢鳴近苑。
　　　　馬聞驢聲嘶，彷彿聞獅吼，又發狂逸性，往前直奔走。

　　　凱迪克的描繪雖然似乎參考海力斯及庫克強版本，但是他的表現更具有戲謔感，
吉爾平戴帽騎馬，因自我誇耀遭到驢聲嘶吼，以至於無法掌控發狂的馬兒，藉此意圖
戲謔吉爾平英雄的味道（圖5-51）。[59]詩節59、60為：

　　　　道旁六騎士，遙見富翁來，童子逐其後，情景真怪哉。
　　　　捉賊復捉賊，六人齊聲呼，一時行路者，相率些履趑。

　　　因應上述兩個詩節，庫克強與雷登均以愛德蒙頓市區為背景，描寫吉爾平被六騎
士追趕，呼喊捉賊的景象。凱迪克則意圖加強表現詩節的內容，改變原庫克強與雷同
僅使用黑白單頁，增加為4頁，由頁7、26、27、28、29建構了一個連續性的敘事表現
模式，使用26、27兩頁黑白，加上28、29跨頁的彩色插畫，形成黑白與彩色插畫的連
續性流動與呼應。[60]

---

[58]　Ibid., 21-22。

[59]　Ibid., 23。

[60]　Ibid., 25-29。

5-54 《六位騎士追趕吉爾平》（Six Gentlemen Join in the Pursuit）威廉‧考伯、藍道夫‧凱迪克
1878。圖片來源：William Cowper, *The Diverting History of John Gilpin*, 28-29。

　　頁26呈現俯角的視野，進入愛德蒙頓市寬廣的郊區空間，描寫六位騎士正在追趕
吉爾平，而畫面的右下角呈現一對夫婦正在觀望這個追趕的景象動（圖5-52）。頁27
呈現3位郊區市民在地觀望的景象（圖5-53）。頁28、29凱迪克改變手法，以驚人寫
實的技巧與風格，描寫6位騎士追趕與呼喊的景象，這6位騎士各身穿橘紅色、綠色、
深咖啡色的衣服，騎著馬兒往前衝刺的模樣，使畫面產生強烈的動感與戲劇張力（圖
5-54）。頁26、27採用黑白的簡潔風格，搭配頁28、29的彩色寫實風格，形成插畫的
對應與流動，展現了凱迪克的創新表現手法。

　　詩節62：富翁果賽馬，爭至倫敦城，適至上馬處，下馬氣此平。吉爾平故事書作
家，如何看待吉爾平騎馬旅程的結尾？作家如何表現文本的最後一個詩節62呢？作
家泰半以呈現吉爾平在經歷騎馬旅程的波濤困頓後，順利回到倫敦，比如海力斯描寫
吉爾平以優雅的姿態，順利下馬回到倫敦，在旁的童子歡喜地迎接他。海力斯特別
善於利用手工彩色，運用藍色黃色與紅色的色彩，點綴著畫面 透露出吉爾平快樂的
心情（圖5-55）。斯基版描寫馬兒在長途跋涉後，口吐白沫力不從心，呈現疲勞的模
樣，為此吉爾平下馬向他鞠躬示好（圖5-56）。凱迪克的詮釋則迥然不同，他描寫吉
爾平疲累回家後，在旁有女僕細心的照顧，並且獲得妻兒女的熱烈歡呼與擁抱，畫
面上因此展現出，夫婦間溫暖的感情與家庭的團圓和樂（圖5-57）。[61]凱迪克運用了
這個主題，作為圖畫書的結尾，意圖呼應在封面與卷頭插畫的主題意象，就是吉爾平
騎馬安全回家，重享家庭的溫暖與和樂，藉此來彰顯故事書中的意涵。

---

[61] Ibid., 31。

But vain their speed. John won the race,
    For he got firft to town,
Nor flopp'd till where he had got up,
    He did again get down.

Now let us sing, Long live the King,
    And Gilpin, long live he,
And when he next doth ride abroad,
    May I be there to see.

5-55	5-56
5-57	

5-55　《吉爾平下馬》（John Gilpin Get Down）威廉‧考伯、約翰‧海力斯1806。圖片來源：William Cowper, *The Disastrous Iourney of Johnny Gilpin to Edmonton*, 17。

5-56　《吉爾平下馬》（John Gilpin Get Down）威廉‧考伯、斯基1865。圖片來源：William Cowper, *John Gilpin*, 12。

5-57　《吉爾平家庭的團圓和樂》（Gilpin Family Happy Reunion）威廉‧考伯、藍道夫‧凱迪克1878。圖片來源：William Cowper, *The Diverting History of John Gilpin*, 31。

5.6 小結

　　《約翰‧吉爾平騎馬》係源自於十八世紀的詩人作家威廉‧考伯的詩作。其故事描寫吉爾平騎馬的旅程，反映了考伯對於吉爾平與馬兒之間互動充滿幽默樂趣的故事。有關故事的來源，據說是考伯在五十歲時認識了奧斯登女士，奧斯登女士幼小便熟捻約翰吉爾平騎馬的故事，將該故事轉述給考伯，考伯深受感動，徹夜未眠急速將故事寫成民謠文稿。

　　在十八世紀的復興風潮中，《約翰‧吉爾平騎馬》的詩文不僅在十八世紀末迅速流傳，獲得讀者的喜愛，而且持續在十九世紀，刺激產生了豐富的插畫版本，形成了強勢的吉爾平故事的插畫傳統。吉爾平故事書開啟於十八世紀末，在喬治王時期從1784年到1836年之間，迅速出版發展，共有42家出版商出版。在這一段喬治王時期，吉爾平故事書的出版設計概念業已形成，並且以版畫印製成的插畫，暢銷故事書、童書、書寫紙張、和拼圖玩具等多樣形式呈現。英國畫家珊姆‧柯林首先於1784年7月發表吉爾平騎馬的插畫，這是《約翰‧吉爾平騎馬》的第一張插畫，不但具有歷史上的重要性，而且激發了爾後十九世紀對於吉爾平的想像與再現。重要出版商包括繼承約翰‧紐百瑞的童書事業的約‧海力斯、以發展童書與兒童教具著名的達藤出版公司、以及擁有獨特表現風格的喬治‧庫克強。在這一段時期吉爾平故事的版本設計特藏便是結合文字與圖像，插畫佔有重要的地位。

　　珊姆‧柯林的版畫《吉爾平意外步入遙遠的叉路》是考伯詩文的第一張插畫，它的繪製在吉爾平故事出版歷史的發展過程中，具有歷史上的重要性。它成為十九世紀創作熱潮重要的靈感來源，受啟發的作家包括海力斯、庫克強、雷登、費茲庫克與凱迪克。該作品引自於詩文第36節、37節：婦立倚欄杆，遙望眼欲穿，忽見狂馳馬，心中如火煎。齊聲呼停馬，午餐已過時，吉爾平遠未答，晚餐未有期。柯林擁有敏銳的觀察力，也了解地區住民的感情，他採用寫實的風格，忠實地呈現吉爾平在愛德蒙頓市街上，英雄式的騎馬狂奔的模樣，顯示他急迫前往鐘聲旅館喝酒晚餐。

　　繼柯林之後，1785年產生了許多的版本。在這些版本中，泰半使用封面或卷頭插畫的設計，來呈現詩文的視覺表現；而第36、37節詩文描寫吉爾平騎馬經過鐘聲旅館的意象，常常被舉為故事的焦點，成為插畫的主題。福丁版本運用封面的設計，來表現吉爾平騎馬的意象，是爾後吉爾平故事版本封面設計的雛形。

　　從十八世紀末期，到十九世紀前半葉，吉爾平故事以暢銷故事書形式出現，至少

有6個版本存世。暢銷故事書在十八世紀是貧窮人民的主要閱讀來源。其製產中心在倫敦。故事書泰半是以小冊子的樣式呈現，頁數泰半多為8、12、16及24頁；且多半會有粗糙的木雕插畫。其中涵蓋兩種不同類型；一種是故事書含木雕插畫；另一種是含手工彩色雕刻插畫。前項黑白木雕插畫故事書居多，重要的範例為約克的派克出版商版本。

　　手繪彩色插畫的重要版本是1806年由約翰・海力斯所製作。海力斯版本與派克版本比較，最明顯的差異在於海力斯版的插畫在版面的設計，佔有重要的角色與地位；其插畫的重要性遠勝於詩文本；而派克版則相反，文本重於插畫。海力斯版本的插畫形成敘事的結構；各張插畫之間產生連續性、結構性，讓讀者很容易進入故事的內容，並且了解故事的發展。海力斯版本的敘事結構，是十九世紀早期的首創，凸顯出作者企圖結合文本與插畫，來增強敘事的內容。鮮明的色彩是該版的特徵。

　　威廉・達藤於1787年在倫敦設立一個發展童書與兒童教具的書店。有關吉爾平騎馬的故事，達騰公司製作了兩種不同形式的教具：一種是書寫紙張，另一種是拼圖玩具。達騰公司於1808年6月25日製作《約翰・吉爾平旅程》書寫紙張2件，於1825年製作吉爾平的故事拼圖玩具。這個拼圖玩具作品是來自於詩節28：犬吠雜童呼，窗牖家家開，同聲齊喝采，彷彿聽雷聲。此外，庫克強的吉爾平故事，雖然與前述暢銷故事書雷同，惟其利用蝕刻版畫製作的精緻優良插畫，遠勝於一般暢銷故事書呈現粗糙的製作技術，庫克強的版本共6張插畫，運用了作家特有的漫畫風格，描寫吉爾平獨特的個性，獨樹一格，在騎馬的旅程中充滿了滑稽的動感，迥異於其他版本的造型。

　　吉爾平騎馬故事在維多利亞時期持續盛行，廣泛受到出版商與讀者的關注與喜愛。這一段時期曾經出版吉爾平故事的出版公司約有13家，散佈在英國各大城市，倫敦持續為十九世紀英國童書出版集中城市。此外，紐約城市也有三家出版公司，曾經出版吉爾平的故事。喬治・勞特力奇公司特別熱衷十八世紀文化，曾經出版吉爾平故事3種不同的版本。吉爾平故事圖畫書在本時期的出版特徵為圖畫書頁數增多、尺寸增大、注重封面設計及圖文的關係，而且插畫持續扮演重要的角色。以下為本時期四位著名插畫家：以書籍封面設計著名的約翰・雷登、重視圖文關係配置的費茲庫克、精巧運用彩色插畫的斯基、以及展現獨特創新風格的藍道夫・凱迪克。

　　凱迪克於1878年製作吉爾平騎馬圖畫書，該書由艾德蒙・埃文斯雕刻與印刷，並由喬治・勞特力奇出版公司出版。凱迪克為吉爾平故事圖畫書所設計的模式，在十九世紀的插畫版本中，具有獨創性，可以由其設計的模式中看出，包括：尺寸、頁數、圖文關係配置、插畫的頁數、插畫的印刷、封面、卷頭插畫、與內文中的相關插畫。

　　凱迪克版本為23.1/2×20.1/2cm，是十八、十九世紀吉爾平故事版本中尺寸最大的。凱迪克版本共31頁，也是故事歷屆版本中頁數最多的。此版本圖文配置講求變化，以及融合的方法，使版面富有變化與統一。此外，凱迪克版本不但企圖增加頁數，來發展故事內容，而且企圖增加插畫張數，共31頁，來增強插畫的視覺表現能力。凱迪克設計插畫，每頁平均占頁面一半或一半以上，而頁6、9、23只有插畫，沒

有文字。最重要的是，凱迪克尚且為插畫設計跨頁，是歷年吉爾平故事版本的首創。其跨頁設計，含頁12、13、28、29，共兩個跨頁設計，這是凱德克的獨特創新。由此可見，插畫在凱迪克的吉爾平圖畫書扮演重要的角色。

回顧喬治王時期吉爾平故事版本泰半是木雕黑白插畫，如珊姆‧柯林、約克版暢銷故事書、及喬治庫克強版本。此時期亦有手工彩繪插畫，如海力斯版本、及達藤版本。進入維多利亞時期有木雕黑白插畫，如雷登及費茲庫克版本、亦有彩色插畫，如斯基版本。凱迪克偕同埃文斯的插畫印刷，是其圖畫書創意設計的重要策略，埃文斯的印刷製作，包含兩種不同印刷技術，一種是黑白單色印刷，一種是彩色印刷。吉爾平故事書凡31中，黑白佔22頁，而彩色佔9頁；彩色部分包含封面、卷頭插畫，及頁6、12、13、19、23、28、29。值得注意的是，頁12與13為跨頁設計彩色插畫，頁28與29也是跨頁設計彩色插畫，由此可以看出埃文斯企圖融合黑白與彩色這兩種不同的印刷技術，自然產生兩種不同的視覺效果，在版面上進行流動，相互呼應，因而形成了圖畫書的風格特徵。這種插畫風格，是吉爾平插畫歷史版本中唯一且獨特的，是埃文斯的獨創。

凱迪克的封面設計，是屬於第一種類型的封面形式，而其封面設計具有獨特的風格。它是源自於詩節36：婦立倚欄杆，遙望眼欲穿，忽見狂馳馬，心中如火煎。凱迪克選擇詩節36，作為封面的主題，是歷年版本中獨有的。凱迪克描繪此詩文以獨特的風格，表現吉爾平狂馳馬，而其夫人心中如火煎，深情著急等待的心情，隱喻著夫妻深厚的感情。而此議題，銜接了卷頭插畫的內容，顯示了凱迪克認為吉爾平夫婦的恩愛感情，是故事中最重要的事件。

凱迪克在頁6表現詩節4：阿姨與其女，妾偕三小兒，一家盈車載，君當騎馬隨。在吉爾平的插畫版本中，描寫此詩節的作家至少有5個版本。凱迪克以寫實的風格，進一步展現愛德蒙頓市街上流社會的生活動態。他以聚焦的鏡頭，精心刻畫吉爾平夫人及其三個小孩一家正要踏進去馬車的景象，阿姨與兒童穿著豪華時髦的服裝，充分顯現出十八世紀末上流社會的服裝時尚。頁6的彩色插畫，搭配延續的頁7黑白插畫，描寫市區遊街的三位婦女，使畫面產生流動的延續性，是凱迪克的創新表現手法。

凱迪克雖然在頁12、13曾接承襲詩節28表現的插畫傳統，但是凱迪克不再止於模仿過去的版本，他企圖追求創新的表現，並且可以由下面幾點看出：以彩色跨頁的版面呈現，取代了過去版本泰半僅以單頁黑白的表現方式。畫面採用新的斜角構圖，由左下角逐漸往右上角的方向進行，呈現街道的景象。改變吉爾平騎馬的意象，身穿深咖啡色衣服、黃色褲子、並無紅色的外袍，佔據在畫面的中央，具有騎士英勇的動感與姿態。強化吉爾平騎馬帶來市街的歡樂與動感，加添了前景中跳耀奔跑的6隻鵝、6隻狗、以及在畫面左上角觀賞歡笑的地區住民。透過這種手法，也增強了在地住民的參與與關注。注重故事古樸與懷舊的氣份，在背景中描寫深咖啡色的民房，使畫面呈現出十八世紀舊時代民居的氣份。

凱迪克在頁18、19描繪詩節36、37：婦立倚欄杆，遙望眼欲穿，忽見狂馳馬，心

中如火煎；齊聲乎停馬，午餐已過時，富翁遠回答，晚餐未有期。凱迪克以創新的手法，繪製了兩張插畫，回應了上述詩節。頁18為黑白插畫，描繪鐘聲旅館餐廳內的侍從，正在準備午餐的餐宴。頁19是彩色插畫，描繪吉爾平夫人在鐘聲閣樓外倚著欄杆，遙望呼喊著，期待吉爾平的到來，一齊共享晚餐的模樣，由此兩頁形成黑白與彩色的呼應，旅館內與外面空間的流動，形成了視覺的延續性，這是凱迪克運用的新手法。值得注意的是，頁18在餐廳內準備餐宴，是凱迪克的想像創新，過去版本從未出現過；頁19的彩色插畫，在概念上，則承襲了吉爾平插畫的傳統，沿用了吉爾平夫人與婦女兒童在閣樓上呼喊的景象，惟凱迪克企圖改變上述題材在吉爾平插畫的傳統表現的模式，他採用了斜角的構圖，將婦女兒童在閣樓平台上呼喊的意象，放置在畫面的右角，而吉爾平騎馬的意象，則放置在左下角。

因應詩節59、60，庫克強與雷登均以愛德蒙頓市區為背景，描寫吉爾平被六騎士追趕，呼喊捉賊的景象。凱迪克則意圖加強表現詩節的內容，改變原過去版本僅使用黑白單頁，增加為4頁，由頁25、26、27、28、建構了一個連續性的敘事表現模式，使用25、26兩頁黑白，加上27、28跨頁的彩色插畫，形成黑白與彩色插畫的連續性流動與呼應。頁25呈現俯角的視野，進入愛德蒙頓市寬廣的郊區空間，描寫六位騎士正在追趕吉爾平，而畫面的右下角呈現一對夫婦正在觀望這個追趕的景象動。頁26呈現3位郊區市民在地觀望的景象。頁27、28凱迪克改變手法，以驚人寫實的技巧與風格，描寫6位騎士追趕與呼喊的景象，畫面產生強烈的動感與戲劇張力。頁25、26採用黑白的簡潔風格，搭配頁27、28的彩色寫實風格，形成插畫的對應與流動，展現了凱迪克的創新表現手法。

由上述討論可以結論：凱迪克與埃文斯合作的圖畫書，在吉爾平故事形成的插化傳統表現中，展現獨創的風格，具有重要的歷史地位，而其呈現吉爾平騎馬的意象，不僅在插畫的傳統中，佔有創新的角色，而且在二十世紀設立的凱迪克獎中，成為該獎獎章的代表意象，由此足以證明凱迪克繪製的吉爾平圖畫書在世界兒童插畫領域，具有歷史的地位與意義。

Chapter 6

維克菲爾德的牧師

（The Vicar of Wakefield）

6.1 前言

　　奧利佛・高德史密斯（Oliver Goldsmith）是一位愛爾蘭小說家、劇作家、詩人。他一生最著名的的小說，於1766年發表，名稱為《維克菲爾德的牧師》。這部小說出版後，獲得極高的評價，於十八世紀後期，延續至十九世紀，非常流行，可以說在十九世紀文學藝術領域，被尊為英國的經典之作。[1]

　　《維克菲爾德的牧師》小說在文藝界的評價，值得重視。1766年5月，小說的第一個評論者不具名，對作品雖提出正負兩極的評價，但該評論表示，小說包含美麗豐富的內容、作品有許多理性的娛樂。1766年，另外一位匿名評論者讚賞作品，稱讚作品的模式觸及真實的自然及幽默，以及對於家庭生活中柔和快樂與悲傷的感情，認為作品中的人物溫情、真實、難以忘懷，特別鍾愛牧師具有真實、熱情，以及他具有神聖的特質，也就是能夠寬恕，並且與現實作適度的妥協。當然也有一些批評，認為作品雖然有一些缺失，但是作品非常有力量。

　　《牧師》吸引視覺藝術創作，成為十九世紀最常被插繪的一部小說。《牧師》的視覺藝術表現在十八世紀後期的發展，持續至十九世紀，形成一個有關小說主題表現的傳統與發展。本部份將撿視這部小說在視覺藝術（繪畫及插畫）市場的評估，討論早期插畫版小說中的作品，包括起始於德國的柏林版作者丹尼爾・查多維奇，及英國作家丹尼爾・道得，與湯瑪斯・史東薩。進入維多利亞時代，相關《牧師》的主題積極成長，小說的表現題材變成多樣化，將討論的三位傑出藝術家，包括丹尼爾・麥克里斯、威廉・穆雷迪、與藍道夫・凱迪克。

---

[1]　Ricardo Quintana, *Oliver Goldsmith: A Georgian Study* (New York: The Macmillan Company, London: Collier-Macmillan Limited, 1967). Robert H. Hopkins, *The True Genius of Oliver Goldsmith* (Baltimore: The John Hopkins Press, 1969)。

《維克菲爾德的牧師》（The Vicar of Wakefield）及其視覺藝術（繪畫及插畫）市場評估

　　牧師查理斯・普利羅斯（Rev.Charles Primrose）和他的太太黛博拉（Deorah）及六個孩子在鄉間過著田園的生活。牧師很富有，他是從他一個過世的親戚繼承一筆遺產，他每年贊助34磅給當地的孤兒與退伍軍人。有一天晚上，他的兒子喬治（George）與艾巴拉（Arablla Wilmot）的婚禮中，牧師失去了他所有的財產，因此婚禮就被艾巴拉的父親取消，她的父親對金錢非常的謹慎。喬治是在奧斯佛接受教育也已成人，所以被迫離開城市，整個家庭也搬到了比較簡樸的地方居住。他們新居住的地方是一個鄉紳的土地，而這位鄉紳卻是以玩女人出名，另外還有一位，則是鄉紳的舅舅威廉・松西（William Thornhill），他非常慷慨，並以此知名。

　　另外有一位布奇爾（Burchell）先生，他比較貧窮，因為救了蘇菲亞（Sopsia），而深深吸引她，但是她的母親卻不喜歡。之後牧師家族度過了一段快樂的家庭生活。牧師的女兒奧利維亞（Olivia）被松西所吸引，最後逃離家，但被牧師找到。而事實上，奧利維亞被松西所欺騙，松西說要娶奧利維亞最後卻離開她。當奧利維亞與父親回到家之後，發現他們的家失火，雖然失去所有的財產，松西堅持要他們付錢還債。由於牧師無法付錢，而被迫進入監獄，也因此度過了一段悲慘的歲月，她的女兒奧利維亞也因此誤傳死亡。蘇菲亞被誘拐，喬治也被送入監獄，最後是布奇爾先生解決了所有的問題，他拯救了蘇菲亞、奧利維亞也獲救。最後，有兩個婚禮舉行。喬治娶艾巴拉，布奇爾娶蘇菲亞，而牧師的財產也被恢復。[2]

　　奧利佛・高德史密斯於1766年發表小說《維克菲爾德的牧師》。這部小說出版後獲得極高的評價，於十八世紀後期，延續至十九世紀，非常著名流行，可以說是十九世紀文學藝術領域中，被尊為英國的經典之作。《牧師》於1766年於倫敦出版三個版本，同一年，有兩個都柏林的版本。隔年，1767年，有另外兩個版本再版。這些再版的出現反映了這部小說在公家版本的順利成功。學界指出，這幾個早期的出版使作者至少賺取100英磅，可說是相當可觀的經濟獲利。第五版出現時，顯示了這部小說在文藝市場的重要性，也是一般大眾對於作品的一種肯定與喜愛。第五版再版，其實是在1774年的4月，當時作者已經過世。高德史密斯於1774年過世之後，直至十八世紀，總計至少有23個倫敦版本、21個非英語再版的記錄，這些都顯示了這部小說在市

---

[2]　Ronald Paulson, *Satire and the Novel in the Eighteenth Century* (New Haven: Yale University Press, 1967)。

場的流行，而且更重要的是持續到十九世紀，這本小說在十九世紀每年平均有兩個版本出版的記錄。[3]

約漢・哈普基（Robert Hopkins）在其著作《奧利佛・高德史密斯的真實天才》（The True Genius of Oliver Goldsmith）中指出，小說中的情節是一個成功的寫作方法，使作品具有詼諧特質，如同打油詩，相當具有喜劇的效果，使作品在十八世紀非常受人喜愛。他並指出，《牧師》具有一個獨特的特質，使他成為這部小說諷刺的中心人物；也就是說，《牧師》傳達了一個真實、具有人性，也同時高傲，是一位相當優秀的基督徒。哈普基認為《牧師》是一個具有充滿豐富內容的諷刺小說，具有打油詩的特質。[4]

在以上論述可以看出，《牧師》小說再版的次數，及其在文藝市場受到重視喜愛的評價。由於小說在文藝市場流行，作品不斷再版，也不斷包含插畫以吸引讀者的閱讀，可以說從1766年持續至十九世紀，是藝術市場創作表現的重要來源，成為十九世紀最常被插繪的一部小說。這部小說在維多利亞時代，稱之為維克菲爾德牧師主義。

以下筆者將針對《牧師》作品的視覺藝術表現，作初步的出版市場評估，相信可以使讀者對作品在十九世紀視覺藝術的表現，有一個概括性的評估與瞭解。我們可以發現《牧師》視覺藝術表現在十八世紀後期的發展，持續至十九世紀，形成一個有關小說主題表現的傳統與發展。筆者也將這個傳統與發展，概要地分為幾個發展時期。

《牧師》於1766年出版之後，到底有多少繪畫受其啟發、製作呢？理查・阿爾提克（Richard Altick）在其著作《書中的繪畫：藝術與文學1760-1900》（Paintings From Books: Art and Literature in Britain, 1760-1900）中指出，共有一百件作品依據這部小說創作。[5]《牧師》創作的第一件繪畫作品於1784年展出，從1784年到十九世紀初期，也就是1800年，總共有十件繪畫作品出現並展出。進入維多利亞時代，也就是從1837年開始，有關《牧師》主題積極成長。在1838-1849年之間，共有27件。1850-1860年之間，總共有15件。在這一段維多利亞期間，總共有30個不同的故事被描繪。阿爾提克在他的書中也指出，並沒有一個特定的景色或事故，或是少數的景色在《牧師》作品的視覺表現中獨佔或重複，也就是小說的表現題材變成多樣化。[6]值得注意的是，這段期間有三位重要的英國作家，以這部小說作為創作題材，具有優異的表現。這三位作家包括丹尼爾・麥克里斯（Daniel Maclise）、威廉・穆雷迪（William Mulready）、與藍道夫・凱迪克。這一段期間，維多利亞的藝術特別風行具有敘述內容的文學性繪畫。

---

[3] Montgomery, *Paintings and Illustrations from Oliver Goldsmith's Vicar of Wakefield*, 1988, 20-21。

[4] Ibid., 23-24。

[5] Ibid., 9。

[6] Ibid., 9-17。

1860年代的早期，這部小說仍舊非常流行，而文學插畫也是文化市場的重要潮流，但是依據這部小說創作的繪畫卻相形減少。從1861年到十九世紀截止，只有11件作品出現。上述是有關於《牧師》視覺藝術表現發展初步的概括性評估。[7]

7　Ibid., 15-17。

6.3 《維克菲爾德的牧師》早期插畫版小說中的作品

在檢視有關《牧師》的繪畫和插畫的年代資料時，即可注意到一個重要的事實。最早以該書為題材所創作的數幅插畫作品，出現在最早的繪畫作品之前。第一幅知名的繪畫作品於1784年展出，但最早的插畫版小說，卻在八年前的1776年就已出版。該版本小說只有一張版畫，但在1776至1784年間出版的另外四個版本中，卻有另外18幅新的插畫，這些插畫作品的年份都早於第一幅繪畫作品。

第一版的《牧師》於1766年3月27日出版，是兩冊小開本的形式，以生硬的字體印刷在灰色紙張上，沒有任何裝飾或美化設計[8]。其他早期版本的尺寸和品質都略有不同，也有印刷字體極小的口袋書。但最早期的版本都有一個共通點，就是書中沒有任何插畫。

插畫版的小說製作成本較高，出版商通常只會在一本書熱銷後、或他們確定書中插畫能夠吸引更多買家時，才會考慮出版有插畫的版本。有時出版商會詢問作者意見，選出最適合搭配插畫的場景。在高德史密斯生前並沒有出版任何插畫版的《牧師》，也沒有資料記載曾經有出版商接洽高德史密斯詢問他的意見。雖然《牧師》甫出版就相當受歡迎，但顯然還未熱銷到有任何出版商願意冒險投資額外的經費印製插畫版本。

《牧師》的第一本插畫版小說於1776年發行，是在該書出版的十年後。值得注意的是，第一本插畫版小說是在德國而非英國印刷。這本柏林版小說是倫敦二版的英文再刷，內有一幅由丹尼爾‧查多維奇（Daniel Chodowiecki, 1726-1801）──有時也被稱為「柏林的霍加斯」（Hogarth）[9]──所製作的小型開頭插畫。該幅版畫的標題為《波雪先生惡行敗露》（Mr. Burchell's Villainy Detected）（圖6-1），來自高德史密斯原著第十五章。普利羅斯家族（The Primroses）發現波雪先生的筆記本中有封寫給城裡姑娘的曖昧信件，家人誤以為信中貶損的句子

6-1 《波雪先生惡行敗露》（Mr. Burchell's Villainy Detected）丹尼爾‧查多維奇（Daniel Chodowiecki）1776。圖片來源：Montgomery David, *Paintings and Illustrations from Oliver Goldsmith's Vicar of Wakefield*, 49。

---

8 Austin Dobson, "The Vicar of Wakefield and Its Illustrators," *The English Illustrated Magazine*, (Oct.8 1890), 19。

9 Ibid., 26。

是在描寫他們的女兒，於是密謀先熱情款待這位賓客，接著如插畫中呈現的，冷不防地指出波雪的惡行。

　　隔年，也就是1777年，查多維奇為高德史密斯的小說設計了12幅新的蝕刻版畫作品，發表於法文版的《家族曆書》（The Almanac Genealogique）中。版畫的尺寸都很小，只有2到3英吋，法文標題刻於插畫下方的矩形邊框內。[10]版畫作品包括《普利羅斯家族素描》（The Primrose Family Portrait）（原書第16章）、《喬治扮演霍雷蕭》（George on Stage as Horatio）（第19章）、《牧師安撫群眾》（The Vicar Calming the Crowd）（第25章）、《獄中的普利羅斯和他的兒子喬治》（Rev.Primrose and His Son George in Prison）（第29章）、《蘇菲亞回到家人身邊》（Sophia Returned to the Family）（第30章）、及《喬治被波雪先生責難》（George Rebuked by Mr. Burchell）（第30章）。這些場景中有許多於日後被插畫家一再選用。

　　第一版在英格蘭印刷出版的插畫版小說，是1779年的第六版倫敦授權版。這本小說印刷成兩小冊。根據奧斯汀‧多布森的說法，兩小冊各有一幅「由微型藝術家丹尼爾‧道得（Daniel Dodd, 1726-1801）所製作、品質低劣的書本開頭插圖……設計絲毫沒有特色，就像是廉價書籍的低俗裝飾[11]。」兩個被選作插畫的場景為〈牧師向喬治告別〉（The Vicar Taking Leave of George）（第3章）、和〈奧利維亞與房東太太〉（Olivia and the Landlady）（第21章）。這兩個場景都受到後來的插畫家和畫家所喜愛。〈牧師向他的兒子喬治告別〉（The Vicar's Farewell to His Son George）成為J. W.海斯（J. W. Hayes）1844年繪畫作品的主題。〈牧師與奧利維亞在旅社相遇〉（Vicar Finding Olivia in the Inn）（可能有或沒有房東太太）則於1841年成為理查‧瑞德葛雷夫（Richard Redgrave）的創作題材，1841年還有位未署名的畫家、及1892年的威廉‧布雷克斯比亞（William Breakspeare）也都以此題材進行創作。

　　十八世紀晚期至十九世紀間，小說普遍以章節連載的形式在熱門雜誌上發表。《牧師》刊登於1781年哈里遜出版的《小說家雜誌》（Novelist's Magazine）倫敦期刊。當中有兩幅插畫，一幅是丹尼爾‧道得所繪製的1779年版本，以及另一幅由沃克先生（Walker）所繪製的插畫。道得的插畫（圖6-2）特別有意思，因為與查多維奇的第一幅插畫描繪同樣的情節。

6-2　《波雪先生與袖珍本》（Mr. Burchell and the Pocket-Book）丹尼爾‧道得（Daniel Dodd）1781。圖片來源：Montgomery David, *Paintings and Illustrations from Oliver Goldsmith's Vicar of Wakefield*, 49。

---

[10]　Ibid., 23, 27。
[11]　Ibid., 19。

如前所述，《牧師》在出版的隔年就被翻譯成德文，並且立即獲得廣大的迴響。這本小說很快成為德國人最喜愛的英文教科書，用來教導德國的學生閱讀英文。1770年，當歌德（Goethe）20歲時，就曾聽過這本書被大聲朗讀。他後來表示，高德史密斯的小說在他心智發展的關鍵期有深遠的影響。我們只能猜想德國的學生或歌德本人，是否跟查多維奇作畫時一樣，具象化了高德筆下的故事人物。

第一眼看去，查多維奇的牧師像是刻板印象中的德國人。身材矮壯，有著厚實的肩膀、豐厚的臉頰和雙下巴。牧師的假髮小得誇張，戴在頭上像是壓扁的帽子。假髮的邊緣緊密纏繞的捲髮勾勒出牧師的臉型並突顯出他渾圓的身材。霍加斯的「S」型曲線看起來非常優雅。普利羅斯醫生穿著圍有素面工作裙的笨重長袍，站姿看起來很不自然。所有家族成員都有著相似的渾圓身材，都穿著簡樸的服裝。牧師的妻子眼神空洞地看著前方。奧利維亞（Olivia）的坐姿一點淑女的樣子也沒有，她的兩隻手臂伸長，把裙子揉成一團拉到膝上，就像是擠奶的侍女，而且嘴巴還愚蠢地張著。蘇菲亞（Sophia）站在簡樸的木椅後，兩眼放空地盯著她的弟弟摩斯（Moses）——一個圓臉、頑皮的孩子，看起來只有實際年齡的一半大。兩個年輕的弟弟迪克（Dick）和比爾（Bill），則站在波雪（Burchell）先生和他們的大姊中間，其中一個男孩不知為何邊哭邊揉著眼睛，另一個則傲慢又好奇地打量著波雪先生這個闖入者。說得婉轉些，普利羅斯家族看起來沒什麼教養和智慧。

波雪先生看起來比較機靈，他的身材高瘦，相貌稍顯清癯。他直挺挺地站著，一隻腳優雅地擺在另一腳前，呈現出充滿說服力且自信的姿態。他的帽子、成套雙排扣背心長大衣以及靴子雖然有些破舊，但顯然還是比普利羅斯家族成員的衣著時髦得多，任何人都可以清楚辨別其中的階級差異。

查多維奇從研究霍格斯中習得了幽默感，他的人物描繪也因此帶有濃厚的霍格斯風格，他是唯一捕捉高德小說中嘲諷暗示意味的十八世紀插畫家。多數現代評論家認為，嘲諷是高德小說中最重要的特色。對於嘲諷意味的強調，在相關的《牧師》繪畫作品中往往被刻意忽略。除了查多維奇以外，同樣在《牧師》插畫中表現出幽默與嘲諷意味的其他插畫家，只有湯瑪斯‧羅蘭森（Thomas Rowlandson, 1817）、喬治‧庫克強（George Cruikshank, 1832）、和處理手法較為低調的路易斯‧理查特（Louis Richter, 1857）。

查多維奇似乎很享受描繪這個英倫家族的單純樣貌。高德原本對他筆下角色的描寫是中立的，但在德文版的插畫中，愛國情操被突顯，德國讀者想必為了書中愚蠢的英國人而捧腹大笑。

丹尼爾‧道得的英文版插畫則以完全不同的角度詮釋。人物的動作與表情少了許多，因此讀者很難推測出書中的角色，正在進行一場激烈的辯論。他的版畫作品，也很少對人物當下的動作作出解釋。如同十八世紀多數的插畫作品，他的版畫主要是為了裝飾書本的目的所設計。插畫以法式小品裝飾主義的洛可可式邊框所圍繞。時髦的邊框獲得了幾乎和插畫本身同樣的注意，用意在於取悅並且啟發讀者，而非忠實再現

書中的場景。

　　道得不願意把與他相近的同時代英國同胞描繪成查多維奇畫中容易受騙的單純人物。他的作品顯示了十八世紀晚期，英國文化在態度上的重要轉折。這個時期對十八世紀初期那種似乎可被接受的粗鄙淫穢的生活方式有著強烈的反彈，這個觀點在如湯姆・瓊斯（Tom Jones）的小說，和藝術作品如霍加斯《道德的進程》（Moral Progresses）中都一再被強調。當道得為《牧師》一書繪製插畫時，他有意識的試圖在態度和藝術表現上傳達教養與尊重。

　　因此，道得讓普利羅斯家族的女士們穿上裝飾有蕾絲與摺邊的時髦巴黎時裝。男士則身穿質料良好的大衣、馬褲、長襪、和有扣環的鞋子。他們的假髮蓬鬆，女士戴著高級帽子，奧利維亞的髮型尤其高雅。兩位紳士莊重地坐在時尚沙發座椅上，普利羅斯先生有禮貌地提出他的證據，波雪先生則一手俐落地插在背心裡、有尊嚴地接受挑戰。彬彬有禮的女士們是唯一的觀眾，刻意不安排活潑吵鬧的男孩們在場。道得在此呈現出上層社會的服裝和高尚的態度，他最關注的部分就是服裝的描繪，因此很難從他的畫作中想像得到原著中高德筆下角色未經世故的一面以及詼諧的情境。

　　在高德史密斯小說的第一幅繪畫作品出現之前，僅有另一本知名的插畫版小說。〈牧師追捕奧利維亞和綁架她的人〉（The Vicar in Pursuit of Olivia and Her Abductor）（第18章）於1782年出版，當中有一幅由未署名的畫家所繪製的書本開頭插畫。普利羅斯先生位於插畫的前景，站在路邊與一位男士討論事情，遠方有部馬車從一棟城堡般的房舍離開。比起以往的作品，這幅插畫更仔細地描繪地理景觀，但成品表現不佳、出版物的品質也相當低劣，這幅插畫對未來的畫家是否帶來深刻地影響是備受質疑的。

　　儘管在第一幅繪畫作品出現前，除了上述插畫之外就沒有其他的插畫作品了，但早期的插畫作品中，當以湯瑪斯・史東薩（Thomas Stothard, 1752-1780）的作品最為重要。史東薩是一位相當受到敬重的畫家和雕刻家，於1785年獲選為皇家學院的準會員，並於1794年成為正式成員。他的作品數量眾多且非常受到歡迎，一般推估他可能創作五千多幅插畫，被稱為「當代最成功且最優秀的插畫家」。1787至1789年間，史東薩根據《牧師》一書繪製了四幅淡水彩畫，各自以全尺寸版畫的形式出版[12]。1792年，他以六種構圖設計為《牧師》繪製插畫。稍後於1792年的版本中，則加入或替換了兩幅不同的版畫。1805年，史東薩為一年中的所有月份繪製了24幅有標題的小型畫作（採用《牧師》書中的主題），由《隨身地圖》（The Pocket Atlas）出版。蘇拓比（Suttaby）「微型繪畫圖書館」（miniature library）館藏的1808年版的《牧師》，則收錄了兩幅史東薩曾描繪過的場景的新版創作[13]。

　　評論家對史東薩《牧師》插畫作品的評價迥異。大衛・布蘭德（David Bland）

---

[12] Simon Houfe, *The Dictionary of British Book Illustrators and Caricaturists 1800-1914* (Suffolk: Baron Publishing, 1978) 468。

[13] A. C. Coxhead, *Thomas Stothard, R.A.: An Illustrated Monograph* (London: A. H. Bulln, 1906) 116-7。

認為那是二流作品。曾專文評論史東薩的A.C.克斯海德（A.C. Coxhead）則提出以下看法：

> 「史東薩與高德的作品有許多相似之處——對美和純真的喜愛——可惜史東薩沒有更常表現出詩意的溫柔想像……這些畫作就算不是最上乘的佳作，但就單一角色的美感、人物之間的準確安排，或角色敘事的說服力來說，這些創作已是史東薩作品中的佳作[14]。」

　　無論是否認同布蘭德或克斯海德的評論，我們都知道史東薩是十八世紀晚期至十九世紀間，《牧師》一書最多產的插畫家，他的作品廣為當代及後輩藝術家所熟知。許多後來的插畫家和繪畫家，都挑選和史東薩同樣的場景進行詮釋。

　　《牧師向他的兒子喬治告別》（The Vicar's Farewell to His Son George）（圖6-3）是史東薩的典型作品。史東薩早期的作品很吸引約翰・法蘭克曼（John Flaxman）的注意，而史東薩似乎也深受法蘭克曼流暢延伸的線條所影響。但對二十世紀的讀者來說，史東薩創作中最特別之處，是他毫不掩飾地強調感傷和親密的情感。在他的插畫中，普利羅斯先生輕拍大兒子的肩膀；其中一個年紀較小的男孩緊黏著姐姐、回頭望向父親和兄弟，無邪的臉龐有著單純的疑惑；兩個姐姐和她們的母親相擁在一起互相安慰，其中一個女孩（可能是奧利維亞，她總是比「理性」的姐姐更情緒化）把頭別開，背對這傷心的離別場景，把臉埋進圍裙擦乾淚水。

6-3 《牧師向他的兒子喬治告別》（The Vicar's Farewell to His Son George）湯瑪斯・史東薩（Thomas Stothard）1792。圖片來源：Montgomery David, *Paintings and Illustrations from Oliver Goldsmith's Vicar of Wakefield*, 53。

　　在十八世紀晚期的作品中，展現豐富的情感相當尋常。事實上，這是非常流行的風格。這個時期有時被稱為感性時代（age of sensibility），是對原先理性時代（age of reason）冷漠思維的反彈。在E.D.H強生（E.D.H Johnson）探討英式繪畫派別的書中，他以一整個章節的篇幅探討感性時代。以下的說法適切地形容了這種情感豐沛的觀點：

> 「在菲爾汀（Fielding）的作品《湯瓊斯》（Tom Jones）中，當女主角蘇菲亞・偉氏頓（Sophia Western）被阿姨問道她是否喜歡哭泣，她回答：『我喜歡溫柔的感性，也時常以眼淚表現這樣的情緒。』」

---

[14] Bland, *A History of Book Illustration*, 1958, 220。

「斯特恩（Sterne）（1768年）是《感傷的旅程》（A Sentimental Journey）的作者，他曾寫道，『親愛的感性啊！你是我們情感永恆的基石！⋯⋯也是一切的源頭[15]！』」

　　這樣的描述，讓人想起1768年芬尼・柏妮（Fanny Burney）在日記中的評論，引述內容如下，當閱讀《牧師》時，她「意外地流下眼淚」，並在閱讀第二冊時「啜泣不止」，認為「沒人能讀完這本書而不掉淚」。如同強生在書中的記述：「感性開始被視為是良善道德的一個元素；教育理論也強調培養情緒表達的重要性[16]。」

　　如此一來，為何如史東薩這樣的插畫作品會強調情緒和感性就不令人意外了。值得注意的是，同樣的內容在這個時期會以完全不同的樣貌被詮釋。僅僅十六年間，就出現了查多維奇的諷刺性敘述版本、道得精湛的人物描繪、和史東薩以情感見長的場景。如此多變的風格，是十八世紀晚期及十九世紀初期的藝術典型。

　　洛可可風格也是史東薩作品的一貫特色，特別在描繪喬治（George）這個人物比例纖細的長腿上可看出。但史東薩未在服飾上採用洛可可風，這點很有意思。他筆下的女性衣著時尚是較為簡約的晚期帝政風格，而非道得那種有著長裙擺、衣著式樣花俏的十八世紀中期風格。或許史東薩認為，彎曲延長的線條更符合感性的表現，繁複的摺邊和蝴蝶結會帶來干擾，優雅的弧線才能突顯傷感的情緒。[17]

---

[15] Houfe, *The Dictionary of British Book Illustrators and Caricaturists*, 1978, 468。

[16] E. D. H. Johnson, *Paintings of the British Social Scene from Hogarth to Sickert* (New York: Rizzoli, 1986) 87。

[17] Montgomery, *Paintings and Illustrations from Oliver Goldsmith's Vicar of Wakefield,* 1988, 43-60。

6.4 丹尼爾・麥克里斯（Daniel Maclise）

　　在1800年到維多利亞時代開始的1837年間，只有六幅《牧師》主題的繪畫創作，其中五幅都在1823年以後。相較於十九世紀初的前二十年，維多利亞加冕前約十五年左右，興起了一股以《牧師》為主題的創作興趣。接著在維多利亞時代早期，以高德小說為題材的畫作數量大幅增加。維多利亞時代的前十三年間就有27幅以《牧師》內容為主題的繪畫，接下來的十一年間還有16幅。

　　開啟維多利亞時代早期這股以《牧師》為主題創作風潮的畫作，是丹尼爾・麥克里斯（Daniel Maclise, 1806-1870）1838年的作品《奧莉薇亞和蘇菲亞為摩斯打扮以參加聚會》（Olivia and Sophia Fitting Out Moses for the Fair）。麥克里斯接著又展示另兩幅以高德小說為場景的創作。三幅麥克里斯的作品都來取材自書中詼諧的情節，而插圖所描繪的都是相同的場景。[18]三位插畫家，查多維奇、湯瑪斯・羅蘭森（Thomas Rowlandson）和喬治・庫克強都著重於動作、幽默和諷刺性。然而，雖然題材與麥克里斯的繪畫作品相同，但所強調的重點卻大不相同。或許麥克里斯的《牧師》主題作品有些趣味，但其作品與其他的插畫比起來，卻缺乏幽默感。麥克里斯著重鮮明的色彩、清晰的輪廓、注意細節、與傾向自然表現的手法，是典型的維多利亞風格。再者，他的《牧師》主題創作，缺乏幽默感、將低格調的市井主題正統化，為維多利亞式觀點做了最好的示範。

　　喬治・庫克強（George Cruikshank, 1792-1878）是倫敦一位多產的人氣插畫家。他只比麥克里斯年長八歲，這兩位藝術家都曾在1830年代於皇家學院展出作品。因此，麥克里斯極有可能看過庫克強的作品。庫克強於1830年在皇家學院展出《幫摩斯整裝以前往市集》（Fitting Out Moses for the Fair），並於1832年為高德史密斯插畫版的小說創作兩幅作品。他以《牧師》主題所創作的知名作品僅有這三幅。有趣的是，麥克里斯僅有的三幅以小說為題材的創作，正好與庫克強所選擇的三段情節完全相符。

　　除了庫克強以外，在麥克里斯之前，沒有其他的畫家或插畫家曾以〈幫摩斯整裝以前往市集〉（Fitting Out Moses for the Fair）這段場景創作。遺憾的是，庫克強的作品並沒有被保留下來；因此難以判斷除了題材的選擇外，麥克里斯是否受到庫克強其他方面的影響。

18　Ibid., 133。

在麥克里斯的畫作中，摩斯（Moses）坐在中間偏右處，他的一位姐姐站在他右邊，幫他調整頭上的帽子與打理衣著。另一位姐姐坐在摩斯左邊的地板上，正在為他擦鞋。背景是牧師把他最年幼的兒子抱在膝上，邊看著另一個兒子寫作業，孩子們的母親則和藹的笑著清理桌面。

當觀賞者辨認出畫中的角色、縱覽全景後，可能會忘了這幅畫所描繪的高德史密斯小說的情節，而著迷於畫作本身精緻的細節。觀賞者的視線被以下細節所吸引：站立的女孩洋裝上繁複的皺摺、布料細緻的紋樣設計、圍裙的皺摺、另外一位女孩肩上垂下的黑色蕾絲披肩。觀賞者會讚嘆於畫中刻工精細的木椅、玻璃瓶上的倒影、瓷盤與白蠟水壺，以及穿透窗戶灑落於牆上的光線（投射出窗櫺複雜精細的影子）。觀賞者的視線跟著畫作移動尋找更多的細節：放在右手邊的吉他、門廊上的鳥籠、牆上的畫、有木刻花紋的松木匣、各式各樣樣的盤子、和銅製的爐火鏟等。

如果要求觀賞者用一、兩句話來形容這幅畫，可能是「讓人著迷的」（enchanting）、「迷人的」（charming）、「富裝飾性的」（decorative），或「和樂的居家生活情景」（pleasantly domestic）、「細膩的」（extremely detailed）、「寫實的」（very realistic）。不太可能用幽默、諷刺，或嘲諷這樣的形容詞。雖然這幅畫所描繪的是寫實的小說場景，但著重點卻是一絲不苟的細節，而非人物的姿態或表情。在這幅畫作中，自然主義（naturalism）的展現比傳遞幽默感更重要。

如同之前所討論的畫作，人物的位置安排類似於舞台上的演員，而整個空間就像是個舞台。雖然畫作可能受到劇場畫像（theatrical portraits）的影響，但有趣的是，繪畫也對劇場產生影響。1850年，湯姆‧泰勒（Tom Taylor）根據《牧師》一書製作出第一齣完整的戲劇。當第二幕戲的幕簾升起時，舞台上演員的位置與姿勢就跟麥克里斯畫中的人物一模一樣。[19]

這幅畫的靈感來自於高德史密斯小說的第十二章。牧師的家族決定賣掉他們年邁的老馬、換匹新馬，好讓他們能「在社會上抬頭挺胸」。由於牧師感冒了，而摩斯應該有能力談到好價錢，所以大家決定由摩斯把馬牽到市集進行交易。牧師描述摩斯出發前的最後準備：

> 隔日清晨，我看到摩斯的姐姐們忙碌地為他整理儀容好出發到市集進行交易——修剪頭髮、把飾扣刷亮、用別針調整帽子。梳洗工作告一段落後，我們滿意地看著他騎上馬，前面放著購物盒以採買些雜貨回家。他穿上顏色鮮豔的布料製成的大衣，雖然套在長高許多的摩斯身上顯得太短，但把這樣好質料的衣服丟掉卻又十分可惜。他的馬甲背心是鵝綠色的，姐姐們為他的頭髮繫上寬邊的黑色飾帶。[20]

[19] Richard D. Altick, *Paintings From Books Paintings: Art and Literature in Britain, 1760-1900* (Columbus: Ohio State University Press, 1985) 218。

[20] *The Vicar of Wakefield, Stephen Coote Edition, Chapter 12*, 81-2。

高德史密斯小說中鮮少有其他場景有如此豐富，針對顏色、圖樣、甚至是某個人物為了特定場合衣著打扮的細節描述。大部分的插畫家選擇同樣事件稍後的場景，也就是摩斯騎在馬上出發前往市集的情節進行描繪。這樣的插畫作品有以下幾位作者：柯布得（Corbould, 1800）、威廉斯（Williams）或索斯頓（Thurston, 1815年由湯普森Thompson雕刻製成）、哈維（Harvey, 1834）、瓊拿特（Johannot, 1838）、穆雷迪（Mulready, 1843）、湯瑪斯（Thomas, 1855）、懷特（Wright, 1840到1860年間的作品）。

　　雖然麥克里斯畫作的彩色複製品沒有保存下來，但從高德史密斯的小說內容中可以找到該畫的可能用色線索（如果麥克里斯根據小說內容作畫的話－這是當時評論家普遍的要求）。查克雷（Thackeray）的評論為該畫的用色提供額外的資料，他提到「穿著紅衣的矮小男人踮著腳，困難地寫著筆記。」[21]

　　查克雷的評論進一步描述了麥克里斯1838年的繪畫風格，他的評論可代表大眾對麥克里斯早期畫作的見解。他評析麥克里斯於1838年展出的另一幅作品《男爵家的聖誕節》（Merry Christmas in the Baron's Hall），（圖6-4、6-5、6-6），指出：

　　　「這幅作品的用色讓人驚豔……一個人無法在各方面都表現傑出。麥克里斯先生擁有其他人所沒有的繪畫天分；從阿爾布・杜勒（Albert Durer）以後，就沒有人擁有這樣的繪畫才能。他所描繪的《牧師》故事場景也同樣動人。」[22]

　　另一位評論家則認為麥克里斯的《牧師》繪畫作品，與他1838年的其他作品同樣「讓人驚艷」。《雅典娜神殿》（The Athenaeum）的評論家根據麥克里斯的聖誕節作品做出如下的論述：

　　　「……我們該如何形容如此奔放的色彩呢？所有最耀眼、最明亮的色調都被發揮到極致，所有色彩以不合邏輯，也毫無協調感的方式混合在一起，就像是黑、紅、黃的人頭紙牌、或是丑角大衣上的雜色補丁。石膏製的兒童玩偶肌理也是同樣的用色法則。總而言之，我們很少看到在同一幅作品中洋溢著如此的天賦才華，卻又同時混合著低劣的品味和矯揉造作的風格。我們對麥克里斯先生的用色評論也完全適用於他的《奧莉薇亞和蘇菲亞為摩斯整裝以前往市集》（Olivia and Sophia Fitting Out Moses for the Fair）」[23]

---

[21] William Makepeace Thackeray, "Strictures on Pictures: A Letter from Michael Angelo Titmarch, Esq. to Monsieur Anatole Victor Isidor Hyacinthe Achille Hercule de Bricabrac, Peintre d'histoire, Rue Mouffetard, a Paris," Fraser's Magazine, 17 (June 1838) 763。

[22] Ibid., 762。

[23] "Fine Arts-Royal Academy," Athenaeum, No. 550 (12 May 1838) 346-7。

6-4 | 6-5 | 6-6

6-4 《男爵家的聖誕節》（Merry Christmas in the Baron's Hall）丹尼爾‧麥克里斯（Daniel Maclise）1838 油畫 班哲明吉朋收藏（Collection of Benjamin Gibbons, Birmingham）。圖片來源：Ormond Richard, *Daniel Maclise 1806-1870*, 65。

6-5 《男爵家的聖誕節》（Merry Christmas in the Baron's Hall）丹尼爾‧麥克里斯1838 油畫細部。圖片來源：Ormond Richard, *Daniel Maclise 1806-1870*, 65。

6-6 《男爵家的聖誕節》（Merry Christmas in the Baron's Hall）丹尼爾‧麥克里斯1838油畫細部。圖片來源：Ormond Richard, *Daniel Maclise 1806-1870*, 65。

前拉斐爾畫派誕生的十年前，評論家們對麥克里斯鮮明的用色和明顯的並置（juxtapositioning）手法運用就多所抱怨，就如同他們日後批評前拉斐爾畫派的用色一樣。但查克雷卻讚揚麥克里斯的繪畫，並將他與杜勒比較，杜勒的風格普遍被認為手法俐落，重視線條感，並且注意細節的描繪。同樣的，前拉斐爾畫派的畫家日後也以他們對細節一絲不苟的呈現、和對線條感的重視（例如威廉‧荷馬‧杭特（William Holman Hunt）1851年的繪畫作品《牧羊人》（The Hireling Shepherd）而聞名。雖然麥克里斯的繪畫主題與前拉斐爾畫派的畫家大不相同，但是他1838年作品所呈現的繪畫風格，卻已經預示了該派的許多特色。

1880年版本的《牧師》小說採用麥克里斯畫作中的一個局部，左右對調後作為書本的封面設計。該封面是知名畫作的局部成為商業性裝飾的例子，不只是書本封面，也可在口袋書封面、鼻煙盒、菸盒、和瓷器上看到同樣的例子。

麥克里斯以《牧師》一書為主題的第二幅作品《在鄰居法蘭巴洛家玩找鞋子的遊戲》（Hunt the Slipper at Neighbour Flamborough's）於1841年展出。同樣的場景湯瑪斯‧羅蘭森（Thomas Rowlandson）在1817年，喬治‧庫克強在1832年均曾經以插畫的形式創作。兩位插畫家都著重場景的詼諧氣氛。

在羅蘭森的彩色版插圖中，奧莉維亞位在擠成一團互相打鬧的人群中央。她以上半身前傾的姿勢站著，誇張渾圓的臀部高高翹起，頭像蛇一樣的往旁邊轉，想找出是誰用鞋跟偷打她的屁股。所有人物的表情都簡化成瞇著眼、開口笑著的模樣。洛可可風格慣常以水彩表現柔和的色澤，更加強了該場景輕鬆愉快的氣氛。

庫克強的版本強調正走進門來的「時髦女子」（Fine Ladies）布蕾妮女士（Lady Blarney）和卡洛琳・薇蓮米娜・阿美麗雅・史蓋吉小姐（Miss Carolina Wilemina Amelia Skeggs）。她們趾氣高昂地走進來，頭上頂著高聳的假髮，華麗的打扮就像臉上得意的表情一樣引人注目。圍成一圈正在嬉鬧的人們都睜大了眼睛瞧著……[24]

　　評論家稱讚麥克里斯以《牧師》一書為主題的作品精於細節，刻畫人物平實，成功的寫實表現，但色彩俗麗，低調的幽默感，可以說是麥克里斯對於高德史密斯諷刺小說的回應。

---

[24] Montgomery, *Paintings and Illustrations from Oliver Goldsmith's Vicar of Wakefield*, 1988, 133-146。

6.5 威廉・穆雷迪（William Mulready）

　　衍生自《牧師》一書的眾多繪畫作品，在1840年代這十年間非常盛行。當時至少有25幅來自該書的繪畫被展出。到了1840年代中期，評論家開始對以該書情節為主題的創作，感到厭煩。1844年，藝術協會（the Art Union）的評論家批評以《牧師》一書為創作來源是「平庸老調的題材[25]」。他抱怨：「何時才可以不再看到《牧師》的相關作品？」《弗雷澤雜誌》（Fraser's Magazine）的評論家威廉・馬蒂斯・查克雷（William Makepeace Thackeray）甚至拒絕完整引述《吉爾・布拉斯》（Gil Blas）或《維克菲爾德的牧師》的完整書名。當他必須評論以高德史密斯小說為題材的畫作時，他將該書稱為《某牧師書》（The V__r of W____d）。威廉・保威爾・弗里斯（William Powell Frith）表示，查克雷警告以文學作品為題材的畫家們，如果他們「繼續這種低下的創作方式，他將拒絕觀賞任何一位知名畫家的作品，更別說評論這些作品[26]。」

　　儘管如此，由高德史密斯小說所延伸而出的龐大繪畫作品，其數量之多使所有嚴肅的藝術評論家都無法輕易忽視，查克雷對自己曾提出的警告也不斷讓步。評論家們有時會抱怨《維克菲爾德的牧師》相關畫作的細節與書中描述不符，或是顏色過分流於裝飾性；但幾乎所有的評論家都一致同意：穆雷迪以《維克菲爾德的牧師》進行的創作是傑出的作品。

　　威廉・穆雷迪（William Mulready, 1786-1863）跟高德史密斯一樣為愛爾蘭人，曾為1843年的《牧師》小說版本設計了32幅章節標題插畫（chapter headings），由約翰・湯普森（John Thompson）製作素描，在當時非常受到歡迎。原出版商再版了兩次（1848及1855年），而倫敦、波士頓、紐約等地的其他出版商也多次再版。也曾單獨出版插畫的合集。[27]

　　1844至1847年間，穆雷迪根據自己的插畫作品繪製三幅油畫及一幅諷刺畫，並於皇家藝術學院展出。他同時也為書中至少其他兩段情節繪製素描和油畫素描草稿，但顯然未曾將作品完成。

　　為鮑岱爾（Boydell）出版社所繪製的九齣莎士比亞戲劇插畫，與十八世紀為高德史密斯《隱者》（Hermit）一書所繪製的插畫一樣，最初是以繪畫的形式呈現。

---

[25]　Art Union, 1844, 166-8。

[26]　William Powell Frith, *My Autobiography and Reminiscences* (London: Richard Benthy and Sons, 1888) 96。

[27]　Kathryn Moore Heleniak, *William Mulready* (New Haven and London: Yale Univeristy Press, 1980) 136。

當時的插畫家必須將畫作的構圖縮小成書本的尺寸，再試著將畫作上的細節縮影於版畫上。小尺寸的版畫設計常被批評畫面表現不佳或震撼力不夠。穆雷迪則反轉這個過程。他先為較簡單的插畫設計構圖，再把這些構圖當作繪畫的基礎。他為自己的畫作進行額外的素描草稿，調整人物的姿勢與表情、添加背景、新增細節甚至是其他角色。如此一來，插畫就不會被過多的細節填滿，即使尺寸較小也容易欣賞。繪畫作品則豐富許多，與作為底稿的插畫大不相同。

　　如同麥克里斯的《牧師》畫作，穆雷迪的作品完成度高、細節精緻且色調明亮。他在1830年代後期至1840年代間所完成的作品，現今普遍被視為前拉斐爾畫派的先驅。但在1840年代當時，他的作品則常被拿來跟荷蘭暨法蘭德斯的大畫家奧斯塔德（Ostade）、狄・荷郝（De Hooch）、和特尼爾斯（Teniers）比較，也和文藝復興時期的畫家，像是馬薩其歐（Masaccio）、杜勒（Durer）、范艾克（Van Eyck）、維洛尼斯（Vernoese）、和米開朗基羅（Michelangelo）等人比較。[28]

　　穆雷迪仔細研究前輩大師的作品，對威尼斯畫派（Venetian）極為推崇。他希望能「將威尼斯畫派的用色，應用在類似荷蘭風格的主題上[29]」。在1820年代，他實驗性地為畫作的咖啡色底色上光，到了1830年中期，他開始以白色打底[30]，並且持續為底色上光，創作明亮、色調鮮明的作品。這種為底色上光的做法，類似以往北方文藝復興藝術家的手法，也與他創作生涯後期同時並存的前拉斐爾畫派的藝術風格相似。他完成了個人在畫布上的創作表現，繼續往下一個里程碑邁進。這樣的技法也類似壁畫的繪製方式；此種技法在1840年代廣被討論，新的西敏寺壁畫也計劃以此技法繪製。

　　穆雷迪取材自《牧師》的第一幅繪畫作品《惠斯頓爭議》（The Whistonian Controversy）於1844年展出（圖6-7）。該圖描繪了小說的第二章情節，牧師正在跟兒子喬治未來的岳父雷維廉・威默特（Reverend Wilmot）爭執。普利羅斯先生通常不會讓信仰影響到生活樂趣或社交關係，但他堅持一夫一妻制的倫理原則。他研讀了威廉・惠斯頓（William Whiston）的文章，惠斯頓是非正統教派的教士，也是劍橋教授，曾撰文探討1700年代早期的一夫一妻制。牧師信守惠斯頓的觀點，認為男人（尤其是英國國教的主教、執事及教士）不應在妻子過世後再娶。模仿惠斯頓為妻子刻墓誌銘的行為，牧師進一步表達對自己妻子的忠誠。於妻子還在世時，就驕傲的在自己的披風別上名牌、獻給他「唯一的妻子」。他還進行多場佈道、撰寫短文宣導一夫一妻制。雖然短文並未被廣泛接受，且對大多數人來說這個議題早已過時，但普利羅斯先生仍堅守信念並持續

6-7　《惠斯頓爭議》（The Whistonian Controversy）威廉・穆雷迪（William Mulready）1843-4 油畫。圖片來源：Heleniak Karthryn Moore, *William Mulready*, 140。

[28] Heleniak, *William Mulready*, 1980, 1。
[29] Ibid., 134。
[30] Ibid., 134-5。

宣揚此教義，這是他在知識和信仰認同上唯一作過的努力。

在穆雷迪的畫作中，普利羅斯牧師出現在畫面右側，正在為桌子另一頭的威默特先生解釋他新撰寫的短文。牧師表現出權威性的姿態，右腳在後、左膝往前跪在身前的椅子上。他身體前傾懸在桌子上方，或者說擺出講道（pulpit）的姿勢述說他的論點。雖然牧師和威默特先生是熟識的老友，但他並不知道威默特先生正準備娶第四個妻子。面對牧師老友無意的人身攻擊，威默特憤怒地以手撐住身體。

在一本1880年版的《牧師》小說中，刊登了一張與上述作品有些許不同的翻拍畫作（photograph）。這幅作品僅註明《惠斯頓爭議》，是作者穆雷迪。這幅被翻拍的畫很可能是由穆雷迪自己或其他畫家所製作的複製畫，但更有可能的是，該幅作品是為了最後成品所製作的草圖。穆雷迪常常會在著手繪製成品前盡力研究每一個構圖的細節。他通常會進行多張素描或水彩草圖的繪製。《挑選結婚禮服》（Choosing the Wedding Gown）（圖6-9）是他接下來的《牧師》畫作，於正式創作成品前，他著手繪製了一張細節完整的粉筆和鉛筆諷刺畫，以及一幅油畫素描[31]。因此可以合理推測，那張1880年的翻拍畫作應該是創作草圖，而非最終展出畫作的複製品。

成品和草圖在構圖上大致相同，但草圖的筆觸較輕，使衣服的細節及織品的皺摺更清晰可見。但兩幅作品中人物的表情則相當不同，特別是站在門邊的喬治。兩幅作品都根據插圖（圖6-8）所繪，插圖中只有位於畫面中央的兩個人物、沒有室內裝飾，也沒有可以顯示喬治和更遠處波雪先生的門口。

插畫和兩幅畫作的另一個相異處，是人物手部的位置。於插畫中，牧師的右手看起來相當放鬆，伸出的食指和大拇指指向下、放在左手上。而在這兩幅畫作中，牧師則用力的伸出三根手指頭指向威默特先生。看來正在用手指列舉他「佈道」內容的重點。插畫中，威默特先生的左手握拳放在桌上；而在這兩幅畫作中他的手掌則攤平，雖然這個姿勢仍保有力道，卻比插畫中的表現更為自然。

在穆雷迪的創作生涯中，研究手部動作相當重要。當穆雷迪73歲時，他向一位畫家暨藝術家傳記作者理查・瑞格夫（Richard Redgrave）表示：「……我以前可以在一小時內畫出六隻描繪細緻的手。現在我做不到了。我要重新找回那種能力……」[32]

很明顯地，穆雷迪對手部的仔細研究、對繪圖的準備工作，和他事先製作的草圖，所有的努力都獲得了回報。評論家們對他的作品讚譽有佳。《倫敦新聞畫

6-8　《惠斯頓爭議》（The Whistonian Controversy）威廉・穆雷迪 1843。圖片來源：*The Vicar*, 1843 edition。

---

[31] Ibid., 143-4。

[32] Ibid., 256。

報》稱穆雷迪的作品是「有史以來最傑出的臥室裝飾畫之一」。並指出：「他的作品擁有特尼爾斯（Teniers）的優雅潤飾、充滿特色，細節的描繪與整體畫面處理都非常傑出[33]。」《雅典娜神殿》（The Athenaeum）的評論家將穆雷迪的繪畫譽為「寶石」，讚揚其色彩表現、潤飾、細節、低調的幽默感與敘事性的畫風；評論家也認為穆雷迪的畫作比當時盛行的法蘭德斯（Flemish）畫派更有價值。[34]

查克雷也讚許穆雷迪的作品，並與其他大師的作品相提並論。查克雷的評論可提供讀者對穆雷迪畫作中色彩的使用有更多了解。查克雷曾表示：

> 「在法國……沒有任何畫家像穆雷迪一樣……我會給他桂冠般的讚譽……我相信這幅作品《惠斯頓爭議》是世上最傑出的臥室裝飾畫之一……繪圖令人讚賞、表現力超群、潤飾精緻、構圖優美，在幽默感和美感的表達上讓人激賞……完美地運用鮮明的紅、棕與紫色……范艾克（Van Eyck）的畫都不及這幅作品傑出……。」[35]

有關穆雷迪的畫作唯一的一篇負面評論出現於《雅典娜神殿》（The Athenaeum），認為「色調比大眾所喜愛的要濃烈許多[36]」。這些充滿讚美言辭的評論，必定也引起其他藝術家的注意。佛瑞德瑞爾・史達普爾（Frederick Stacpoole）創作類似場景的作品《維克菲爾德牧師正在閱讀他最喜愛的惠斯頓宣言》（The Vicar of Wakefield Reading his Favourite Whiston, 1845）於隔年在英國畫廊（The British Institution）展出時，似乎就是從穆雷迪的作品中尋找靈感。

穆雷迪以《牧師》為題材進行的第二幅創作，標題為《挑選結婚禮服》，比起第一幅作品受到更多的喜愛。他是唯一一位以此場景為題材的畫家或插畫家，該主題取材自小說第一段的其中一個句子。牧師在出場介紹中說「……我……選擇了我的太太，就像她挑選結婚禮服一樣，都不是因為華麗的外表，而是為了長久的品質。」這個段落在原著小說中並未多加著墨，只是牧師為了解釋自己的背景而講述以前所發生的事件。但穆雷迪看到這個情節的創作潛力，利用想像力將場景擴展成一個完整的構圖。

在穆雷迪1843年的插畫中，他畫了櫃台後的布商正在向牧師和他的未婚妻展示商品。未來的普利羅斯太太拿起一些布料仔細地研究材質。她的身後還有另一位只勾勒大致輪廓的女人。

如同創作《惠斯頓爭議》作品的過程，穆雷迪先將自己插畫的構圖擴展以更適合繪畫作品。在此，他同樣在作畫前先仔細研究。1844年他以紅色粉筆和鉛筆為這個主

---

[33] "The Exhibition of Royal Academy," Illustrated London News, 4 (May11, 1855) 306。

[34] The Athenaeum, No. 864 (May18, 1844) 459。

[35] William Makepeace Thackeray, "May Gambols: or, Titmarsh in the Picture-Galleries," *Fraser's Magazine*, 29 (June 1844) 706。

[36] The Athenaeum, No. 864 (May18, 1844) 459。

6-9　《挑選結婚禮服》（Choosing the Wedding Gown）威廉‧穆雷迪1846 油畫 維多利亞與亞伯特美術館（Victoria and Albert Museum, London）。圖片來源：Heleniak Karthryn Moore, *William Mulready*, 174。

題展出一幅諷刺畫（cartoon），並且以白色突顯其畫面。1845年，他還畫了一幅現已佚失的小幅油彩素描。[37]諷刺畫中主要角色的姿勢與插畫相同，但多加入了一些其他細節。穆雷迪並未畫出未來的普利羅斯太太身後的女人，而是新加入另一個角色，一個年輕男孩正在跟商人的妻子交談。櫃台外，穆雷迪還加入堆滿布料的長椅和睡在地板上的狗。

　　最終成品（於1846年展出，圖6-9）的細節經過進一步的修飾。穆雷迪在後牆加了一扇打開的門，商人的背後有個塞滿盒子或罐子的櫃子，櫃台尾端掛著一個錢袋，狗的右邊有一支通往地窖的門板把手，長椅左側的地板上有條圍巾或是一塊布料，商人妻子的頭上有盞蓋著玻璃燈罩的壁燈。牆面有繁複的藤蔓圖樣，前方長椅上堆疊的布料營造出更多裝飾性的效果。穆雷迪試著在構圖中加入更多新鮮有趣的細節，使簡單的插畫發展成複雜的繪畫作品。

　　如同對穆雷迪早期作品的讚賞，評論家們也很喜歡《挑選結婚禮服》，並同樣將穆雷迪與其他大師的作品相比較。《雅典娜神殿》的評論家提出以下看法：

> 「若要從所有的創作當中挑選出一幅最完美的典範……我們一定會選擇穆雷迪的《挑選結婚禮服》……準人妻相當美麗動人……體面的店主人角色……透過人物的姿態傳遞出個性……色調的運用表現出對美感和幽默感的講究，作品精緻迷人……我們認為穆雷迪不只在一個面向與以前的荷蘭畫派相匹敵，更在所有的表現上全面超越，他的繪圖和用色與頂尖的義大利藝術家不相上下……」[38]

　　日後推廣前拉斐爾畫派的約翰‧魯斯金（John Ruskin），對穆雷迪畫中前景的小狗評論道：「杜勒可能是唯一能與他匹敵的畫家……且杜勒的色調還沒有他來得寫實與細膩[39]。」

---

[37] Heleniak, *William Mulready*, 1980, 143。

[38] The Athenaeum, No. 968 (May16, 1846)。

[39] Heleniak, *William Mulready*, 1980, 256。

在1846年五月號的《倫敦新聞畫報》中，評論家也對穆雷迪的作品表達類似的讚許：

「《挑選結婚禮服》……應被視為一幅有傑出潤飾技巧、色彩豐富和諧，自然呈現日常生活場景的作品，就像特博格（Terburg）或葛羅·德奧（Gerard Douw）的創作一樣。由此評析，這幅畫作應該被列為最優秀的作品等級，值得所有臥室裝飾畫派的敬重[40]。」

1846年10月，同一份報紙刊出了一篇關於穆雷迪畫作的專文，闡述了維多利亞風格對細節的熱愛。評論內容如下：

「作品中沒有任何結構鬆散或不真實的地方……色彩豐富的錦緞……透過細膩的筆觸完成潤飾……地板上小狗的微細毛髮刻畫精緻，甚至連蘭德斯（Landseer）（一位擅長描繪動物的當代英國藝術家）都『可從其精確逼真的潤飾中獲益』。[41]」

　　《倫敦新聞畫報》，如同其創辦名稱刊登許多插畫作品，並且從每次皇家學會的展覽中挑選出最頂尖的作品，將這些作品的版畫刊登於畫報上，同時附帶作品的評論。這些版畫通常是頂尖畫作所留下的唯一視覺紀錄。畫報的編輯對穆雷迪的作品印象深刻，因此將作品的版畫從五月號一直刊登至十月號，以「公平對待穆雷迪先生的天分[42]」。

　　幸運地，穆雷迪的作品被保存下來。比對原作與版畫，可看出純粹根據版畫複製品去評論是很冒險的，特別是為這幅插畫製作版畫比起為大部分的畫作製作版畫應該更辛苦。雖然複刻的版畫的確展現了穆雷迪作品的基礎構圖，但人物的表情卻與原作大不相同且遠不及原作的水準。在印刷版畫中，牧師未婚妻的前額較圓、鼻子較長且表情簡單。牧師的眼睛在版畫中變大許多，看起來也較為孩子氣。另一幅刊登在1880年版本的《牧師》小說中的版畫（圖6-9）則較接近穆雷迪原作的神韻，但表情仍不盡相同。例如，印刷版畫中牧師的未婚妻鼻頭較尖、下巴圓潤、雙頰豐滿而笑容僵硬。綜合以上所述，我們在依據作品的版畫去分析畫家的創作表現時必須格外謹慎小心。

　　1847年，也就是穆雷迪完成第二幅《牧師》作品的隔年，他展出了第三幅，也是最後一幅以高德史密斯小說為題材的創作。作品名為《波雪先生和蘇菲亞》（Bruchell and Sophia）或《備製乾草》（Haymaking）（圖6-10），獲得了一些讚譽[43]，但並未像之前的兩幅作品一樣受到重視。這幅作品取材自小說的第六章節，波雪先生與普利羅斯家

[40] " The Royal Academy Exhibition," The Illustrated London News, 8 (May23, 1846) 337。

[41] "Choosing the Wedding Gown," The Illustrated London News, 9 (Oct.10, 1846) 233。

[42] Ibid。

[43] "Exhibition of the Royal Academy," The Illustrated London News, 10 (May5, 1847) 297。

族在乾草堆工作的場景。波雪先生完成他的工作後，就去幫忙蘇菲亞並且跟她「展開親密的對話」。

以收穫和備製乾草為題材的繪畫作品，在18世紀晚期至19世紀相當盛行。男女談情的情節也很常見，穆雷迪也以這個題材創作過多幅作品[44]。在1800年代早期，穆雷迪是風景畫的畫家，後來才專注於風俗題材和文學創作。小說第六章的場景讓穆雷迪得以結合他的風景畫技巧與時下流行的乾草備製和男女談情的題材。

如同穆雷迪其他以《牧師》為題材的作品，只有畫中的主要人物是依照他自己1843年為同樣情節所繪製的插畫而設定。他同樣為構圖增加新的細節和為其他人物繪製草圖。在圖6-10中可以看到他描繪的奧莉維亞背影以及兩名弟弟在地上扭打的情景。他還加入了兩隻互相追逐的小狗；如同赫倫尼亞克（Heleniak）的暗示，愉悅的小狗是性行為的象徵，用來跟年輕情侶壓抑的情感作對比[45]。

《挑選結婚禮服》中，熟睡的小狗可能婚姻忠誠的象徵，就像1842年英國畫廊取得的范艾克《阿諾菲尼夫婦的婚禮》（Arnolfini Wedding）畫作中的狗一樣。或許穆雷迪是受到范艾克的影響[46]。這種象徵手法常見於北方文藝復興畫派及霍加斯等人的洛可可繪畫作品中。與後來融入前拉斐爾畫派的象徵手法比較，穆雷迪的象徵主義更加直接自然。

6-10　《備製乾草》（Haymaking）威廉‧穆雷迪
1847 油畫。圖片來源：Heleniak Karthryn
Moore, *William Mulready*, 145。

---

[44] Kathryn Moore Heleniak, Chapter 4, "Courtship and Literary Themes," 123-131。

[45] Ibid., 129, 147。

[46] Ibid., 143。

6.6 藍道夫·凱迪克 (Randolph Caldecott)

　　本部份討論奧立佛·高德史密斯的一首短詩《瘋狗之死輓歌》（Elegy on the Death of a Mad Dog）。該詩發表於1766年，原詩是包含在高德史密斯的《維克菲爾德的牧師》之中。這首有關寵物狗的詩文，表現人與寵物狗之間的關係，於1879年由藍道夫·凱迪克結合詩文繪製插圖，成為《瘋狗之死輓歌》（Elegy on the Death of a Mad Dog）圖畫書[47]，詩文如後：

> 各式各樣的好人，
> 用耳朵傾聽，
> 用嘴巴唱歌，
> 倘若覺得良好，卻無法讓人持久。

> 在英國宜思林頓（Islington）有一位神眷顧的男人，
> 不論他前往何處禱告，
> 神都會與他同行。
> 這位牧師擁有一顆慈祥溫良的心，
> 總是喜愛安慰照顧朋友，
> 每日他都穿上衣服。

> 在他居住的城鎮，
> 有許多流浪狗，
> 包括蒙古種狗、小狗、幼犬、獵狗，
> 與低種野狗，
> 到處在街上流竄。

> 其中有一隻狗與牧師開始是朋友，

---

[47] Oliver Goldsmith, *An Elegy on the Death of a Mad Dog* (London: George Routledge and Sons, 1885-1892)。
凱迪克曾經於1885年為高德史密斯繪製另一本圖畫書，書名為《讚美瑪琍·布萊則女士之輓歌》（An Elegy on the Glory of Her Sex, Mrs.Mary Blaize），將在未來再作分析討論。

但是貓來了以後，
這隻狗為了得到它的私人目的，
它變瘋了，而且咬了主人。

縈繞這個地區的所有市街，
充滿了驚慌逃跑的人們，
因為這隻狗失去了理智，
咬了這位溫良和善的牧師。

對基督徒的眼光來說，
牧師被咬的傷口卻實令人哀傷，
他們相信是因為狗失去了理智，
而導致牧師受傷可能死亡，

很快的一個奇蹟出現，牧師的傷口痊癒，
而那隻狗很快地就死去了。

　　《瘋狗輓歌》描寫在英國宜思林頓，有一位神眷顧的牧師，這位牧師擁有一顆慈祥溫良的心，不但喜愛安慰照顧朋友，而且也會照顧街上流竄的流浪狗，由此可以一窺高德史密斯所展現對於狗的尊重與愛心，而這種對於動物善心的態度與概念，可以說是英國十八世紀有關寵物狗傳統詩的表現。

　　事實上，自希臘時代開始，狗的意象便提供了詩文的創作與視覺藝術表現的題材，特別是在十八世紀狗的意象成為膜拜表現的巔峰時期，並且持續發展直到十九世紀。英國著名文學家亞力山大・波普（Alexander Pope）於1709年10月19日曾經寫一封信給他的朋友克蘭威爾（Cromwell），提到了對於狗的論述，他表示狗代表了忠誠與良知的象徵，而這種想法可以追溯遠至古希臘時代對於狗的尊重。古希臘人尊重狗，狗去世時會祭祀以表示崇敬，他也指出希臘的歷史家普魯特斯（Plutarch）曾經提到一隻狗因為遭到雅典人的遺棄而哀傷哭叫不已，後來這隻狗也有墳墓埋葬紀念。從這一段希臘歷史的事件可以看出，有禮教的人們都知道敬重狗，羅馬人也有類似的紀錄，皇帝海德里安（Emperor Hadrian）曾經為他的狗與馬建立墓碑，以資紀念。[48]

　　此外，在中世紀時期墓碑上的雕刻常有描繪狗的意象出現，顯示中世紀已經知道建立墓碑，以表示對於狗的悼念與尊重。一個顯著的例子便是在一世紀或二世紀早期一個刻有碑文的墓碑石柱（Grave stele of Pomperia Margaris，一或二世紀早期），石柱上雕刻一隻狗悲傷地看著女主人，想把死去的女主人叫醒的模樣（圖6-11）。

---

[48] N.B. Penny, "Dead Dogs and Englishmen," *The Connoisseur,* 192 (1976) 298。

6-11 | 6-12

6-11 《墓碑石柱》（Grave Stele of Pompeia Margaris, Luna Marble）一世紀或二世紀早期 費茲威廉美術館（The Fitzwilliam Museum, Cambridge）。圖片來源：Penny N.B., "Dead Dogs and Englishmen," 298。

6-12 《狗墓碑》（Design for a Monument to a Dog）朱里歐‧羅馬諾（Giulio Romano）1525 科伯威特裝飾藝術與設計美術館（The Copper-Hewitt Museum of Decorative Arts and Design）。圖片來源：Penny N.B., "Dead Dogs and Englishmen," 299。

這個墓碑目前是由英國劍橋費茲威廉博物館（Fitzwilliam Museum）收藏。另外一個例子是在文藝復興時期，座落在北意大利的墓碑所留存著一件素描作品，這件作品於1525年由朱里歐‧羅馬諾（Giulio Romano）所繪製，描寫一隻狗斜靠著的姿態（圖6-12）圖像。這件作品目前由柯普喜衛博物館（Copper-Hewitt Museum of Decorative arts and Design）所收藏。此外，十八世紀末作家約漢‧葛特斐德‧葛瑪（Johann Gottfried Grohmann）也曾經為一隻馬設計一個墓園（Design of a tomb for a horse, 1796）的記載。[49]

　　十八世紀哀悼寵物的輓歌流行（Elegies for pets）。亞力山大‧波普擁有兩隻愛狗，在他的詩作中（Bounce to Fop: An Heroic Epistle from a Dog at Twickenham to a Dog at Court 1736），讚美並神格化他所鍾愛的狗。約漢‧吉（John Gay）也曾經於1720年發表寵物狗輓歌（An Elegy on a Lap-dog, 1720）如後：

> 它已死亡，讓它在地底下安靜的躺著，
> 這首詩文紀念它的墓碑將聲名遠播，
> 另人震驚的是它的高傲將被埋藏，
> 像人類一樣具有聲名？[50]

　　拜倫有也有一隻鍾愛的狗死於1808年秋天，他為此寫了一首哀悼的墓誌銘（epitaph）紀念：

49 Ibid., 298-299。

50 Christine Kenyon-Jones, *Kindred Bruteds: Animals In Romantic Period Writing* (Aldershort, England: Ashgate, 2001) 21。

當人類高尚之子返回土地，

雖然無需讚頌，也要高舉它的誕生，

雕刻家使用他華麗的藝術讚頌它的悲痛，

儲存骨灰的墓安躺著，

所有都在墓中顯示著。[51]

　　十八世紀英國仍有幾處著名的狗墓碑，一處是魏爾頓墓碑（Wilton's monument to Elizabeth Bacon），座落在劍橋郡的林頓教堂（Linton Chunrch, Cambridgeshire）內。這個墓碑上狗的意象象徵忠誠，於1782年建立，墓碑是由一位業餘的雕刻家沙摩·戴米爾女士（Mrs. Seymour Damer）所製作，她擅長以大理石雕刻狗的肖像，活躍於十八世紀後期，於1828年過世，死亡後留下遺囑特別記錄她一生中最鍾愛的狗，應該與她的墳墓同放在一處。她創作一些狗的雕刻品，相當精緻，具有紀念價值。其中，值得注意的是，以紅陶製作的雕像，名稱為《陵墓》（Mausoleum of Ninette by Clodion），製作於1780年代，座落在羅蘭美術館（Muse'e Lorrain）（圖6-13）。這個雕像也是一個悼念忠誠狗伴侶的紀念墓碑，由此可以看出，這些狗墓碑在英國文化史上，具有相當的歷史涵義，它們讓讀者回想起人類歷史中具有忠誠象徵含意的狗意象，代表著古典文化傳統中的一個典範。[52]

　　威廉·霍加斯（William Hogarth）是十八世紀重要的英國畫家，他的代表著作《四種殘酷的階段》（The Four Stages of Cruelty），是他一系列的版畫作品，共四張，製作於1751年2月。製作當時霍加斯已經是英國一位鼎鼎有名的畫家，他以酷愛動物為名，他養了一隻狗（Pug）在自畫像裡面出現了他與狗的合影，在他的家鄉其為克（Chiswick）也為他的狗與鳥製作墓碑。

　　《四種殘酷的階段》是一系列的四個版畫，每一幅版畫刻劃小說中湯姆尼祿（Tom Nero）生活上不同的時期。第一張作品名稱為《第一種殘酷的階段》，描寫內洛殘暴動物，他用一隻箭插入狗的腸子，這是一個魔鬼在處罰一個罪人的殘酷暴行（圖6-14）。第二張為《第二種殘酷的階段》，內洛進一步鞭打他的馬，第三張《完美的殘酷》，內洛進行諸多的惡行，包括搶劫、謀害、以及性的誘惑。最後是《殘暴的回報》，描寫了內洛不可避免的悲慘命運。這系列版畫隱含了道德的教訓，吐露了霍加斯所親眼經驗倫敦世界的殘酷行為。這四種階段是一種對人類的警告，代表了霍加斯對於動物的權利與生命的護衛者，他曾經解釋創作這系列作品的意圖，主要是為了要防禦可憐的動物被殘酷的對待，並藉由描繪這個主題，來撼動人類的良知與心靈。[53]

---

[51] Ibid., 11。

[52] Penny, "Dead Dogs and Englishmen," 1976, 301-303。

[53] Diana Donald, *Picturing Animals in Britain 1750 -1850* (London, New York: The Paul Mellon Centre for Studies in British Art, Yale University Press, 2007) 15-16。

6-13 │ 6-14

6-13 《陵墓》（Mausoleum of Ninette, Clodion）1785 羅蘭美術館（Musee Lorrain）。圖片來源：
Penny N.B., "Dead Dogs and Englishmen, " 303。

6-14 《第一種殘酷的階段》（The First Stage of Cruelty）威廉・霍加斯（William Hogarth）1751
蝕刻版畫 魏倭特藝術畫廊（The Whitworth Art Gallery The University of Manchester）。圖片
來源：Donald Diana, *Picturing Animals in Britain 1750-1850*, 14。

從上面討論中可以看出，英國十八世紀有關寵物狗傳統詩的表現，狗的意象提供
了詩文的創作與視覺藝術表現的題材，特別是在十八世紀狗的意象成為膜拜表現的巔
峰時期，並且持續發展直到十九世紀，寵物狗輓歌與狗墓碑便是英國古典文化傳統中
的典範表現。

藍道夫・凱迪克與《瘋狗之死輓歌》圖畫書

值得注意的是，《瘋狗之死輓歌》一方面與英國十八世紀有關寵物狗輓歌的傳統
詩有關，另一方面這首詩有別於傳統的寵物狗詩，它實際上具有社會寫實的觀點，記
錄了十八世紀末葉寵物狗所帶來的社會災難。奧立佛・高德史密斯於詩文中在表達對
於狗的善心與尊重後，繼續於第5、6、7節中寫著：

其中有一隻狗與牧師開始是朋友，
但是貓來了以後，
這隻狗為了得到它的私人目的，
它變瘋了，而且咬了主人。

縈繞這個地區的所有市街，
充滿了驚慌逃跑的人們，
因為這隻狗失去了理智，
咬了這位溫良和善的牧師。

對基督徒的眼光來說，

牧師被咬的傷口卻實令人哀傷，

他們相信是因為狗失去了理智，

他們相信是因為狗失去了理智，

而倒致牧師受傷可能死亡，

他們宣誓狗已瘋了，

他們宣誓牧師會死亡。

由上面的詩節可以看出，高德史密斯不再歌頌狗的忠誠，相反地作者指出了狗的自私，表示它因私人目的而變瘋了，而且咬了主人，並且帶來社會災難，讓地區所有市街，充滿了驚慌逃跑的人們。事實上，高德史密斯的社會寫實論述，在十八世紀末葉有許多史料證據可尋，且足以說明當時社會因為狗所帶來的嚴重問題。

喬治・巴樂（George L. Barnett）在其文章《兩件高德史密斯未受承認的作品》（Two Unacknowledged Adaptations from Goldsmith）中指出：瑞斯・瓦波樂（Horace Walpole）於1760年九月四號寫了一封信，提到了當時瘋狗所帶來的驚駭。[54] 當代許多的雜誌記錄了許多讀者其因為瘋狗所帶來的困擾傷害與祈求救助的事情。1760年八月26號《倫敦縣長》（the Magistrates of London）曾經提出告示，命令所有的官員在爾後兩個月內，要殺掉所有在倫敦市街或高速公路流竄的野狗，這種驚駭的事件延續到該年冬季，這個告示發出之後，倫敦市街上的狗很快就消失無蹤了。

高德史密斯的《瘋狗之死輓歌》顯然紀錄了當代瘋狗所帶來的驚駭。值得注意的是，高德史密斯本人於1760年曾經發表一篇文章，名稱為《害怕瘋狗》（The Fear of Mad Dog），文章發表於《公眾分類帳》（Newbury's Public Ledgers）。此外，這篇文章於1760年八月也發表於《紳士雜誌》（Gentleman's Magazine）中。文章篇名已更改為《殺狗的激憤》（On the Prevailing Rage of Dog-killing），惟此篇文章並無具名：

目前害怕瘋狗可以說是可怕的傳染病，實際上為此整個國家受到影響，正在痛苦的呻吟……。簡而言之，人們也很勇敢的為自己辯護，並且用最高的勇氣去解決問題，我們可以看到這種瘋狗所帶來國家的傷害與驚駭。一開始是微小的，起因是一隻小狗，最後漸漸侵入區域的鄉里；最後另外一則新聞又來了，內容是一隻狗跑到一個鄉鎮，咬傷了五隻小狗，最後那五隻小狗很快地就都瘋掉了，在痛苦中死亡。另一則新聞則是一個小男孩的故事。一個家庭有五個小孩，都被家裡瘋了的哈巴狗咬傷，最後可憐的爸爸只好吃藥。有一隻瘋狗咬傷了一個農夫，農夫很快的就瘋了，跑進了他自己的田園，然後也咬傷了一隻

---

54 George L. Barnett, " Two Unacknowledged Adaptations from Goldsmith," *Modern Language Quarterly*, vol. 6, issue 1 (March 1st 1945) 29-30。

牛，這隻牛很快的也跟農夫一樣發瘋了，也開始呻吟。英國詩人總是說狗是一個非常忠實的動物，而我就是狗的朋友，可憐現在已經被毀傷了，也無法保護人們，這就是一則我們回到動物的世界可以看到的景象。[55]

　　由以上的論述，可以得知《瘋狗之死輓歌》一方面延續十八世紀寵物狗詩文的傳統，如同詩文一開始描述牧師善心收留流浪狗；惟進入第四節詩文，內容轉折，狗不再是人類忠實的伴侶，反而帶來社會驚駭，最後也導致死亡，如同高德史密斯在《害怕瘋狗》已文中所陳述，瘋狗是可怕的傳染病，會侵入區域鄉里，並傷害國家。所以《瘋狗之死輓歌》也是一首反傳統詩，不再一昧歌誦狗的忠誠與永恒，它是一首富有批判省思，且具有當代寫實觀點的小詩。

　　前面提到，高德史密斯的《牧師》受到重視，作品吸引許多繪畫與插畫的創作，成為十九世紀最常被繪製的一部小說。《瘋狗之死輓歌》雖然多次再版被複製閱讀，但是繪製的插圖卻非常少，依據筆者調查所知，十九世紀版再版中，只有三個版本擁有該詩文的插圖。

　　第一個版本為《奧立佛・高德史密斯詩集》（The Poems of Oliver Goldsmith），於1859年出版，由羅伯・愛李斯・衛樂默（Robert Aris Willmott）編，插畫繪者為鮑克特・佛斯特（Birket Foster）與亨力・諾埃・亨富雷（H.N.Humphreys, 1810-1879），雕刻與彩色印刷者為艾德蒙・埃文斯，出版商為喬治・勞特力奇公司。[56]鮑克特・佛斯特曾經於1854年為高德史密斯的著作繪製插畫，該書名為《高德史密斯詩作品集》（The Poetical Works of Oliver Goldsmith），共有30張插圖。《瘋狗之死輓歌》詩文在該書之中，但並無插畫。1859年版本由佛斯特繪製的插畫有四篇，含《旅遊者》（The Traveller）、《廢棄的村莊》（The Deserted Village）、《隱居者》（The Hermit）、與《瘋狗之死輓歌》。《瘋狗之死輓歌》已篇僅有一張插圖，描寫詩文第四節：在他居住的城鎮，有許多流浪狗，包括蒙古狗、小狗、幼犬、獵狗、與低種的野狗，到處在街上流竄。佛斯特以寫實的風格，描寫在城市街道中俳迴停滯的一群流浪狗，畫面以淺咖啡色的色彩描繪，聚焦於前景的流浪狗，並且同時暗示景深之處的令一群流浪狗，前景的強光與陰影，形成強烈的對比（圖6-15）。[57]

　　第二個版本是1865年出版《戴斯樂插繪高德史密斯、包含《維克菲爾德的牧師》、《旅遊者》、《廢棄的村莊》、與《奧立佛・高德史密斯生平簡述》（Dalziel's Illustrated Goldsmith, Comprising The Vicar of Wakefield, the Traveller, the Deserted Village...... and a Sketch of the Life of Oliver Goldsmith）。繪者為喬治・約漢・平威爾（George John Pinwell, 1842-1875），印刷者為喬治・戴斯樂（George Dalziel）。[58]

55　Ibid., 29。

56　Robert Aris Willmott, *The Poems of Oliver Goldsmith* (London, New York: G. Routledge, 1859)。

57　Ibid., 111。

58　H. W. Dulcken, *Dalziel's Illustrated Goldsmith: Commprising The Vicar of Wakefield and A Sketch of the*

約漢・平威爾曾經於聖馬丁學院（St. Martin's Lane Academy）與西特雷學院（Heatherley's Academy）習藝，他善長於插畫，富有詩意的想像，而且喜愛使用純淨的色彩創作。在這一本詩集中，《瘋狗之死輓歌》詩文插畫只有一張，描繪在

6-15　《瘋狗之死輓歌》（Elegy on the Death of a Mad Dog）鮑克特・佛斯特（Birket Foster）1859。圖片來源：Willmott Robert Aris, ed. The Poems of Oliver Goldsmith, 111。

市街中，充滿了驚慌的人們，以及瘋狗失去了理智咬了牧師的景象。畫面焦點集中在正中央一位被狗咬傷，彎腰擦拭傷口的行人，瘋狗在街角正急於逃去。與前一張佛斯特描寫的觀點不一樣，在這一本詩集，繪者也描寫高德史密斯在其作品《城市夜景》（City Night Piece）中冷淨沉著，關懷跟隨在旁的一隻流浪狗，它似乎在寒冷的時光中，訴說著生命中的困頓與寒冷。

藍道夫・凱迪克《瘋狗之死輓歌》圖畫書的設計模式如後[59]：

頁碼	圖文	插畫	插畫內容	備註
1	封面	彩色	兩位男人協力抬著一隻死亡的瘋狗經過一個市街	
2	卷頭插畫	彩色	一位婦女手彈著樂器旁邊有一個小男孩站著在家中客廳，兩隻小貓在旁觀看	
3	標題頁	黑白	一對夫婦憂心地坐在桌前，其前有五隻小狗坐在地上觀看著，背景有一個小男孩與圖畫書的標題《瘋狗之死輓歌》	
4	圖 詩節1	黑白	各式各樣的好人 用耳朵傾聽 用嘴巴唱歌	
5	圖 詩節1	黑白	倘若覺得良好，卻無法讓人持久。	
6	圖	彩色	（無詩文）	
7	圖 詩節2	彩色	在英國宜思林（Islington）有一位神眷顧的男人	
8	圖 詩節2	黑白	不論他前往何處	
9	圖 詩節2	黑白	禱告 神都會與他同行	
10	圖 詩節2	彩色	（無詩文）	

　　Life of Oliver Goldsmith (London: Warwick House, Salisbury Square E.C. New York: 10 Bond Street., 1865)。

[59] Goldsmith, *An Elegy on the Death of a Mad Dog*, 1885-1892。

頁碼	圖文	插畫	插畫內容	備註
11	圖 詩節2	黑白	這位牧師擁有一顆慈祥溫良的心，總是喜愛安慰照顧朋友	
12	圖 詩節2	黑白	每日他都穿上	
13	圖 詩節2	黑白	衣服	
14	圖 詩節3	彩色	（無詩文）	
15	圖 詩節3	黑白	在他居住的城鎮，有許多流浪狗，包括蒙古種狗、小狗、幼犬、獵狗，與低種野狗，到處在街上流竄。	
16	圖 詩節4	黑白	其中有一隻狗與牧師開始是朋友	
17	圖 詩節4	黑白	但是貓來了以後	
18	圖 詩節4	黑白	這隻狗為了得到它的私人目的，它變瘋了，而且咬了主人。	
19	圖 詩節4	彩色	（無詩文）	
20	圖 詩節5	黑白	環繞	
21	圖 詩節5	黑白	這個地區的所有市街	
22	圖 詩節5	黑白	充滿了驚慌逃跑的人們	
23	圖 詩節5	彩色	（無詩文）	
24	圖 詩節5	黑白	因為這隻狗失去了理智	
25	圖 詩節5	黑白	咬了這位溫良和善的牧師	
26	圖 詩節6	黑白	對基督徒的眼光來說，牧師被咬的傷口確實令人哀傷	
27	圖 詩節6	彩色	（無詩文）	
28	圖 詩節6	黑白	他們相信是因為狗失去了理智	
29	圖 詩節6	黑白	而導致牧師受傷可能死亡	
30	圖 詩節7	黑白	很快的一個奇蹟出現， 牧師的傷口痊癒， 而那隻狗很快地就死去了。	
31	圖 詩節7	彩色	（無詩文）	

第三個版本是藍道夫於1875年繪製的《瘋狗之死輓歌》圖畫書，含封面、卷頭插畫、與標題頁，藍道夫為這個圖畫書設計的模式與約漢吉爾平騎馬雷同。封面描寫兩位男人協力抬著一隻死亡的瘋狗，在市街經過，沿著街道有五隻深咖啡色的流浪狗，挨餓沮喪低頭走著，似乎正在進行一個沉重的葬禮。街頭是一面紅磚牆，其前有一位婦女牽著一隻小狗好奇觀望著，另一位婦女抱著一個小孩也驚駭地觀望著。深咖啡色的流浪狗與紅磚牆，以及與橘紅色的瘋狗標題（The Mad Dog）形成強烈的對比，畫面吐露著沉重的哀傷。此外，著深咖啡色的男子與深咖啡色的流浪狗，象徵悲哀與死亡，顯示色彩不但在畫面有重要性，而且具有象徵的內涵（圖6-16）。[60]

6-16　《瘋狗之死輓歌》（Elegy on the Death of a Mad Dog）藍道夫・凱迪克（Randolph Caldecott）1875 封面。圖片來源：Goldsmith Oliver, *An Elegy on the Death of a Mad Dog*。

卷頭插畫描寫一位婦女彈著樂器，旁邊有一個小男孩站著在家中客廳，其前有兩隻小貓耐心地坐著。[61]標題頁描寫一對夫婦坐在餐桌前似乎憂慮著，其前有五隻小狗坐在地上，背景呈現圖畫書標題《瘋狗之死輓歌》，簡單流暢的線條清楚描繪出主題（圖6-17）。[62]

這本圖畫書以高德史密斯的詩文為結構，進行主題情節的發展。首段引入宜思林頓的社區，人們和諧的生活，這個社區擁有十八世紀歷史的地方基督教堂，牧師壯年謙誠穩健，舉步走向教堂的街道。藍道夫注重圖像的連續性，以斜角式的街景為主軸，來連接兩個不同頁面，並同時暗示兩個圖像在社區的延伸與景深的空間（圖6-18、6-19）。接著是牧師以食物餵養兩位饑貧交迫的鄉友，表現牧師的仁慈濟世之心（圖6-20）。[63]

第二段描寫流浪狗的圖像，頁14不但描寫流浪狗的饑餓落魄悲哀的形像，而且精心刻意描寫其所處的生活空間，以及這些空間事物隱涵的情境與象徵含意。腐蝕脫落的古老牆面、雜草叢生的前景、以及破碎的盤子，皆隱喻著這隻流浪狗的可憐情境與悲傷心情。頁15則是描寫在街道遊走的一群流浪狗。藍道夫以流暢的線條、精心刻畫

---

[60] Ibid。

[61] Ibid., 2。

[62] Ibid., 3。

[63] Ibid., 6-11。

流浪狗的種類與形態（圖6-21、6-22），令人回想上述鮑克特·佛斯特所描寫的的流浪狗。頁14是彩色插圖以綠色與淺咖啡色描繪，頁15是黑白的線條描繪，這兩頁含彩色與黑白，形成呼應流動的連續性畫面，是藍道夫的創新表現，顯然與佛斯特與喬治·約漢平威爾的表現手法迥然不同。[64]

繪者接著描寫流浪狗的命運改變，由牧師收容餵養，未料失寵後躲入牆腳，呈現失落感，再轉入發瘋的狀態，顯示了藍道夫精心描寫流浪狗在情境的改變。頁18呈現寵物狗的發瘋模樣，藍道夫以慣有簡潔的線條與筆觸，描寫狗發瘋的動態，寵物狗在畫面中央懸蕩，背景空白，刻畫了狗精神失控的情緒。接著頁19呈現瘋狗咬傷牧師主人，畫面形成斜角式的構圖，產生了動勢。頁18是黑白的線條描繪，頁19是彩色插圖，牧師身穿深綠色外套與背景橘紅色的建物，這兩頁也形成呼應流動的連續性畫面，也是藍道夫的創新表現（圖6-23、6-24）。[65]

從頁20到25進入瘋狗侵入市街的主題，描繪瘋狗帶來社區的不安與群眾的害怕與搔動，繪者為了強化瘋狗侵入市街所帶來的搔動，以長達五頁的畫面描繪，顯現繪者認為瘋狗帶來社會的嚴重災害，這個主題包含頁20、21、22、24、25，均以黑白的線條，描繪慌亂奔跑的群眾，產生畫面的不安與動感，頁23則是淺橘紅色彩色插圖（圖6-25、6-26）。[66]

最後一段頁30包含上下兩個插圖，均以以黑白的線條描繪，上圖奇蹟出現，牧師傷口復原，隱喻上帝祝福慈悲為懷的人類，下圖瘋狗所帶來社會的災害，倒地死亡，顯示寵物狗不再被歌頌與神格化，也不再賦予永恆的生命，具有道德的教訓。頁31彩色插圖描繪牧師與一群流浪狗皆站在山坡上，注視著死亡的寵物狗，強化了瘋狗之死的道德教訓，此兩頁也形成呼應流動，也是藍道夫的創新表現手法（圖6-27、6-28）。[67]

艾德蒙·埃文斯為《瘋狗之死輓歌》雕刻與印刷，依其製作風格，使用兩種不同的技術與風格，一種是黑白印刷，另一種是彩色印刷，讓兩種不同的技術與風格並存，並產生互動與發展。《瘋狗之死輓歌》全書共31頁，以黑白印刷為主軸，共24頁，彩色印刷為輔，共9頁。彩色部份包含封面、卷頭插畫、與內文中的插畫7頁。但這本圖畫書並無如約翰吉爾平騎馬圖畫書所設計的跨頁插畫。原則上《瘋狗之死輓歌》每一段詩文僅含一張彩色插圖，使用原則在於凸顯詩文的主題，並且強化主題的視覺表現。《瘋狗之死輓歌》結合文字與插畫，雖然是繪者設計的重要要素，彩色插圖均不出現文字，完全讓視覺表現成為唯一的表現媒介，全部畫面使用色彩以淺咖啡色為主要底色，其他色彩包含橘紅色、綠色、與深咖啡色，而橘紅色與綠色的使用，產生強列的對比，強化了視覺的對比效果。

---

[64] Ibid., 14-15。

[65] Ibid., 18-19。

[66] Ibid., 20-25。

[67] Ibid., 30-31。

6-17 | 6-18 | 6-19 | 6-20
6-21 | 6-22

6-17 《瘋狗之死輓歌》（Elegy on the Death of a Mad Dog）藍道夫・凱迪克1875 標題頁。圖片來源：Goldsmith Oliver, *An Elegy on the Death of a Mad Dog*, 2。

6-18 《牧師舉步走向教堂》（A Pastor Walking toward a Church）藍道夫・凱迪克1875。圖片來源：Goldsmith Oliver, *An Elegy on the Death of a Mad Dog*, 6。

6-19 《牧師舉步走向教堂》（A Pastor Walking toward a Church）藍道夫・凱迪克1875。圖片來源：Goldsmith Oliver, *An Elegy on the Death of a Mad Dog*, 7。

6-20 《牧師以食物餵養兩位饑貧的鄉友》（A Pastor Comfort Friends and Foes）藍道夫・凱迪克1875。圖片來源：Goldsmith Oliver, *An Elegy on the Death of a Mad Dog*, 11。

6-21 《饑餓的流浪狗》（A Hungry Dog）藍道夫・凱迪克1875。圖片來源：Goldsmith Oliver, *An Elegy on the Death of a Mad Dog*, 14。

6-22 《一群流浪狗》（Dogs Wandering about）藍道夫・凱迪克1875。圖片來源：Goldsmith Oliver, *An Elegy on the Death of a Mad Dog*, 15。

6-23 | 6-24 | 6-25

6-23　《發瘋的流浪狗》（A Mad Dog）藍道夫・凱迪克1875。圖片來源：Goldsmith Oliver, *An Elegy on the Death of a Mad Dog*, 18。

6-24　《瘋狗咬傷牧師主人》（The Dog Bite the Man）藍道夫・凱迪克1875。圖片來源：Goldsmith Oliver, *An Elegy on the Death of a Mad Dog*, 19。

6-25　《慌亂奔跑的群眾》（The Wandering Neighbours Ran）藍道夫・凱迪克1875。圖片來源：Goldsmith Oliver, *An Elegy on the Death of a Mad Dog*, 22。

　　《瘋狗之死輓歌》彩色插畫頁面，在於凸顯圖畫書的主題，試舉幾張插圖為例討論，頁14描寫瘋狗處於悲哀的情境，深咖啡的古老破舊牆面、與綠色的雜草，呈現了瘋狗所生活的廢棄環境，橘紅色僅點餟在瘋狗的雙耳，與前景的木磚上，光影的表現反應在瘋狗的白色身軀、與背後深咖啡色的陰影，產生強列的對比（圖6-21）。頁19瘋狗咬傷牧師主人的畫面，以紅磚的建物、與綠色的草地與草叢，形成對比色，著深綠色的牧師與與帶有橘紅雙耳的瘋狗，成為另一個色彩的對比（圖6-24），顯示色彩在畫面具有相當表現的能力。

6-26 | 6-27 | 6-28

6-26 《發瘋的流浪狗》（A Mad Dog）藍道夫・凱迪克1875。圖片來源：Goldsmith Oliver, *An Elegy on the Death of a Mad Dog*, 18。

6-27 《瘋狗咬傷牧師主人》（The Dog Bite the Man）藍道夫・凱迪克1875。圖片來源：Goldsmith Oliver, *An Elegy on the Death of a Mad Dog*, 19。

6-28 《慌亂奔跑的群衆》（The Wandering Neighbours Ran）藍道夫・凱迪克1875。圖片來源：Goldsmith Oliver, *An Elegy on the Death of a Mad Dog*, 22。

6.7 小結

　　奧利佛・高德史密斯是一位愛爾蘭小說家、劇作家、詩人。他一生最著名的的小說，於1766年發表，名稱為《維克菲爾德的牧師》。這部小說出版後，獲得極高的評價，於十八世紀後期，延續至十九世紀，非常流行，可以說在十九世紀文學藝術領域，被尊為英國的經典之作。《牧師》創作的第一件繪畫作品於1784年展出，從1784年到十九世紀初期，也就是1800年，總共有十件繪畫作品出現並展出。進入維多利亞時代，也就是從1837年開始，有關《牧師》主題積極成長。在1838-1860年之間，共有42件，有30個不同的故事被描繪。這段期間有三位重要的英國作家，以這部小說作為創作題材，具有優異的表現。這三位作家包括丹尼爾・麥克里斯、威廉・穆雷迪、與藍道夫・凱迪克。這一段期間，維多利亞的藝術特別風行具有敘述內容的文學性繪畫。

　　《牧師》的第一本插畫版小說於1776年發行，是在該書出版的十年後。第一本插畫版小說是在德國而非英國印刷。這本柏林版小說是倫敦二版的英文再刷，內有一幅由丹尼爾・查多維奇─有時也被稱為「柏林的霍加斯」──所製作的小型開頭插畫。該幅版畫的標題為《波雪先生惡行敗露》，來自高德史密斯原著第十五章。

　　第一版在英格蘭印刷出版的插畫版小說，是1779年的第六版倫敦授權版。這本小說印刷成兩小冊。根據奧斯汀・多布森的說法，兩小冊各有一幅「由微型藝術家丹尼爾・道得，所製作品質低劣的書本開頭插圖……設計絲毫沒有特色，就像是廉價書籍的低俗裝飾。」兩個被選作插畫的場景為〈牧師向喬治告別〉和〈奧利維亞與房東太太〉。

　　查多維奇從研究霍加斯中習得了幽默感，他的人物描繪也因此帶有濃厚的霍加斯風格，他是唯一捕捉高德小說中嘲諷暗示意味的十八世紀插畫家。丹尼爾・道得的英文版插畫則以完全不同的角度詮釋。他的版畫主要是為了裝飾書本的目的所設計。人物的動作與表情少。道得的《牧師》插畫作品顯示了他試圖在藝術表現上傳達英國文化的教養與尊重。

　　史東薩是十八世紀晚期至十九世紀間，《牧師》一書最多產的插畫家，1787至1789年間，史東薩根據《牧師》一書繪製了四幅淡水彩畫，以全尺寸版畫的形式出版。1792年，他以六種構圖設計為《牧師》繪製插畫。稍後於1792的版本中，則加入或替換了兩幅不同的版畫。曾專文評論史東薩的A.C.克斯海德表示：「史東薩與高德的作品有許多相似之處──對美和純真的喜愛──就單一角色的美感、人物之間的

準確安排，或角色敘事的說服力來說，這些創作已是史東薩作品中的佳作。」查多維奇的諷刺性敘述版本、道得精湛的人物描繪、和史東薩以情感見長的場景。這種多變的風格，是十八世紀晚期及十九世紀初期的藝術典型。

開啟維多利亞時代早期這股以《牧師》為主題創作風潮的畫作，是丹尼爾・麥克里斯1838年的作品《奧莉薇亞和蘇菲亞為摩斯打扮以參加聚會》。麥克里斯接著又創作另兩幅以高德小說為場景的創作。三幅為麥克里斯的作品都來取材自書中詼諧的情節，而插圖所描繪的都是相同的場景。麥克里斯的《牧師》主題作品缺乏幽默感、著重鮮明的色彩、清晰的輪廓、注重細節、與傾向自然表現的手法，是典型的維多利亞風格。

穆雷迪以《牧師》為題材進行的第一幅繪畫作品《惠斯頓爭議》，第二幅作品為《挑選結婚禮服》，在穆雷迪1843年的插畫中，他畫了櫃台種後的布商正在向牧師和他的未婚妻展示商品。未來的普利羅斯太太拿起一些布料仔細地研究材質。她的身後還有另一位只勾勒大致輪廓的女人。如同創作《惠斯頓爭議》作品的過程，穆雷迪先將自己插畫的構圖擴展以更適合繪畫作品。在此，他同樣在作畫前先仔細研究。最終成品於1846年展出的細節也是經過進一步的修飾再完成。穆雷迪試圖在構圖中加入更多新鮮有趣的細節，使簡單的插畫發展成複雜的繪畫作品。評論家們讚賞《挑選結婚禮服》，並同樣將穆雷迪與其他大師的作品相比較，因該作品玩富有鮮明的色彩和精緻的細節。

1847年，穆雷迪第三幅為《波雪先生和蘇菲亞》或《備製乾草》，也獲得讚譽。這幅作品取材自小說的第六章節，波雪先生完成他的工作後，就去幫忙蘇菲亞並且跟她「展開親密的對話」。小說第六章的場景讓穆雷迪得以結合他的風景畫技巧與時下流行的乾草備製和男女談情的題材。

高德史密斯的《瘋狗之死輓歌》詩文屬於英國十八世紀有關寵物狗傳統詩的表現，狗的意象提供了詩文的創作與視覺藝術表現的題材，特別是在十八世紀狗的意象成為膜拜表現的巔峰時期，並且持續發展直到十九世紀。亞力山大・波普與約漢・吉均曾經於十八世紀初期發表寵物狗輓歌，讚美並神格化詩人所鐘愛的狗。十八世紀英國有幾處著名的狗墓碑，其中一處是1780年的《陵墓》，此墓碑是由一位業餘的雕刻家沙摩・戴米爾女士所製作，墓碑上狗的意象象徵忠誠。寵物狗輓歌與狗墓碑是英國古典文化傳統中的典範表現。

《瘋狗之死輓歌》一方面與英國十八世紀有關寵物狗輓歌的傳統詩有關，另一方面這首詩有別於傳統的寵物狗詩，它實際上具有社會寫實的觀點，記錄了十八世紀末葉寵物狗所帶來的社會災難。喬治・巴樂在其文章《兩件高德史密斯未受承認的作品》中指出：當時瘋狗在倫敦市街上所帶來的驚駭。高德史密斯本人於1760年也曾經發表一篇文章，名稱為《害怕瘋狗》或《殺狗的激憤》。如同詩文一開始描述牧師善心收留流浪狗；惟進入第四節詩文，內容轉折，狗不再是人類忠實的伴侶，反而帶來社會驚駭，最後也導致死亡，如同高德史密斯在《害怕瘋狗》已文中所陳述，瘋狗是

可怕的傳染病，會侵入區域鄉里，並傷害國家。所以《瘋狗之死輓歌》也是一首反傳統詩，不再一昧歌誦狗的忠誠與永恆，它是一首富有批判省思，且具有當代寫實觀點的小詩。

　　凱迪克於1875年繪製的《瘋狗之死輓歌》圖畫書，含封面、卷頭插畫、與標題頁，他為這個圖畫書設計的模式與吉爾平騎馬雷同。封面描寫兩位男人協力抬著一隻死亡的瘋狗，在市街經過，沿著街道有五隻深咖啡色的流浪狗，挨餓沮喪低頭走著，似乎正在進行一個沉重的葬禮。畫面吐露著沉重的哀傷。著深咖啡色的男子與深咖啡色的流浪狗，象徵悲哀與死亡，顯示主題與色彩不但在畫面有重要性，而且具有象徵的內涵。

　　這本圖畫書以高德史密斯的詩文為結構，進行主題情節的發展。從頁20到25進入瘋狗侵入市街的主題，描繪瘋狗帶來社區的不安與群眾的害怕與搔動，凱迪克為了強化瘋狗侵入市街所帶來的搔動，以長達五頁的畫面描繪，顯現繪者認為瘋狗帶來社會的嚴重災害，這個主題包含頁20、21、22、24、25，均以黑白的線條，描繪慌亂奔跑的群眾，產生畫面的不安與動感，頁23則是淺橘紅色彩色插圖，是凱迪克的創新表現手法。

　　最後一段頁30包含上下兩個插圖，均以以黑白的線條描繪，上圖奇蹟出現，牧師傷口復原，隱喻上帝祝福慈悲為懷的人類，下圖瘋狗所帶來社會的災害，倒地死亡，顯示寵物狗不再被歌頌與神格化，也不再賦予永恆的生命，具有道德的教訓。頁31彩色插圖描繪牧師與一群流浪狗皆站在山坡上，注視著死亡的寵物狗，強化了瘋狗之死的道德教訓，此兩頁含黑白與彩色插圖也形成呼應流動，也是凱迪克的創新表現手法。

　　艾德蒙‧埃文斯為《瘋狗之死輓歌》雕刻與印刷，依其製作風格，使用兩種不同的技術與風格，一種是黑白印刷，另一種是彩色印刷，讓兩種不同的技術與風格並存，並產生互動與發展，是創新的設計。《瘋狗之死輓歌》全書共31頁，以黑白印刷為主軸，共24頁，彩色印刷為輔，共9頁。彩色部份包含封面、卷頭插畫、與內文中的插畫7頁。但這本圖畫書並無如約翰吉爾平騎馬圖畫書所設計的跨頁插畫。原則上，《瘋狗之死輓歌》每一段詩文僅含一張彩色插圖，使用原則在於凸顯詩文的主題，並且強化主題的視覺表現。《瘋狗之死輓歌》結合文字與插畫，雖然是繪者設計的重要要素，彩色插圖均不出現文字，完全讓視覺表現成為唯一的表現媒介，全部畫面使用色彩以淺咖啡色為主要底色，其他色彩包含橘紅色、綠色、與深咖啡色，而橘紅色與綠色的使用，產生強列的對比，強化了視覺的對比效果，是這本圖畫書的重要特徵。

Chapter 7

農夫少年

（Farmer's Boy）

7.1 前言

藍道夫・凱迪克於1881年繪製《農夫少年》圖畫書。這本圖畫書的文本源自於十八世紀的詩人羅博・布倫菲兒（Robert Bloomfield）的詩集《農夫少年》（The Farmer's Boy）。在十八世紀的復興風潮中，《農夫少年》詩集不但在文學界嶄露頭角，而且由於豐富的插畫，在市場中多次再版，獲得讀者的喜愛。本部分討論的議題包括《農夫少年》詩集文本的內容、插畫版本、相關主題的繪畫作品、以及凱迪克如何參考運用詩集文本與插畫作品，來發展出他獨具風格的圖畫書。

羅博・布倫菲兒於1766年出生於蘇佛克的克亨寧頓（Honington, Suffolk）地方一個貧窮的家庭。布倫菲兒一歲時父親死亡，而從擔任鄉村教師的母親，獲得基礎的教育。他於十一歲時接受舅舅的教導進入牧場勞動工作，並在四年後被送往倫敦協助其哥哥喬治・布倫菲兒從事修鞋工作。除此以外，由於他對於詩文具有高度的興趣，也開始廣泛閱讀「倫敦雜誌」的詩文專欄。羅博開始嘗試撰寫詩文，其第一首詩文作品名稱為「鄉村女孩」，曾經於1786年發表。

上述已經提及，布倫菲兒曾經在他舅舅的農場工作了三年，而這些早年的農場工作經驗，爾後深深影響作者。在他的著作《農夫少年》的詩文中回敘書寫，傾訴了他童年在農場工作的生活經驗。在倫敦從事補鞋工作的時期，由於閒暇時他繼續拓展對於詩文的喜愛，值得注意的是，就在1796-1798年之間，布倫菲兒開始撰寫他的詩文著作，《農夫少年》。這本詩集成為他一生中文學創作的經典之作，在英國文學界嶄露頭角，並且奠定其在文學界的地位。[1]

惟《農夫少年》詩作文稿在尋求出版階段，曾經被數位出版家婉拒，最後經由他哥哥喬治的協助，獲得蘇佛克的一位文學鄉紳揩本・洛夫特（Capel Lofft），大力襄助並協助該書於1800年出版，其出版商為福諾與福德出版公司（The firm of Vernor and Houd）。《農夫少年》出版後，迅速獲得肯定的迴響，並於出版後兩年出售

---

[1] 有關羅博・布倫菲兒的重要研究文獻，請參考下列資料：Gerhand H. Magnus, *Robert Bloomfield and The Farmer's Boy A Biographical and Critical Study* (New Haven: Yale University, Ph.D. 1947). Jonathan Nevin Lawson, *Robert Bloomfield and the Meaning of Rural Poetry* (Ph.D. Texas Christian University, 1970). Simon J White, John Goodridge, Bridget Keegan, *Robert Bloomfield: Lyric, Class and the Romantic Canon* (Lewisburg: Bucknell Universitiy Press, 2006). Simon J. White, *Robert Bloomfield, Romanticism and the Poetry of Community* (Ashgate Publishing Limited, 2007)。

26000 複本，詩集出版不僅在英國，而且也在其他國家，包括兩個版本於紐約，其他在費城、萊不奇（1801）、都柏林（1802）、紐約、及巴提摩兒（1803）、巴黎（1804）、阿爾巴尼及紐約（1814）。在英國有拉丁文的翻譯，以及許多的文學模仿作品出現在十九世紀早期，詩集出版順利成功，在文學界形成風尚。[2]

揩本・洛夫特曾經為該書撰寫序言，並且為了引起讀者廣泛的注意，也撰寫廣告。當代的《月刊》（Monthly Magazine）於1799年9月29日，曾經針對《農夫少年》詩文提出下列的評介：

> 「目前有一首詩文名稱為《農夫少年》，正在印製出版階段，該詩是有關於農業及鄉村生活，描寫蘇佛克的地方特質。作者來自於蘇佛克，也就是書名本身所描寫的一位農夫的少年。書中的思想描寫以及特質均來自於作者在他生活中的感想與觀察。作者的名字為羅博・布倫菲兒。他在父親去世之後離開家鄉，並且在倫敦從事製鞋工作。
>
> 《農夫少年》詩文每一部分的名稱皆依據『四季』，由此來看這件作品與湯姆生的作品『四季』雷同，但是《農夫少年》絕不僅是模仿湯姆生作品，《農夫少年》具有不同的個性。它擁有簡單清楚的風格，描寫的主題以及感情皆來自於作者所處的環境，以及作者本身的特質。這些都使《農夫少年》詩作散發出他本身的風格，具有性靈的描寫，也確實不是泛泛之作。《農夫少年》也不僅止於模仿『四季』，雖然兩件作品在主題的雷同，《農夫少年》代表了英國喬治王風格的文學作品（English Georgic）。」[3]

雖然當代評介評價不一，《農夫少年》獲得英國十九世紀文學界的注目，重要文學家及評論家包括：庫力茲（Coleridge）、倭茲倭茲（Wordsworth）、海茲力特（Hazlitt）。庫力茲曾經寫了一封信給詹姆斯・衛本・托本（James Webbe Tobin），指出：「倭茲倭茲與我均閱讀了《農夫少年》，我們都感到非常的歡喜。」海茲力特在他的著作《英國詩人的講義》（Lectures on the English Poets）中，也指出該詩擁有許多的優點。喬治・戴爾（George Dyer）由揩本・洛夫特手中獲得該詩的一份複製本，閱讀後很快的回應：

> 「是的，我已經閱讀了《農夫少年》，也想不斷的重複閱讀它。《農夫少年》

---

[2] B.C. Bloomfield, "The Publication of The Farmer's Boy by Robert Bloomfield," The Library, sixth series, v. 15, no.2 (June 1993) 75-94. B.C. Bloomfield, "Robert Bloomfield: A Provisional Checklist of His Published Work, with Some Bibliographical Notes and a Record of Later Editions," Simon White, John Goodridge, and Bridget Keegan edited, Robert Bloomfield: Lyric Class and the Romantic Canon (Lewisburg: Bucknell University Press, 2006) 288-301。

[3] Magnus, Robert Bloomfield, 1947, 53-54。

是一個具有原創美麗的詩文，它讓我回想起作者生長的年代，從那個年代也產生出一些早期蘇格蘭的氣息（Scotch breathe），這些都讓我感到歡喜，因為他們都透露出自然的語言，並且能深深打動人心。……」[4]

　　以上是對《農夫少年》的當代評論，顯示該作品具有原創、反映了作者生長的時代。

---

[4]　Ibid., 56。

7.2 《農夫少年》詩文

　　《農夫少年》出版後，可以迅速穫得評論與讀者肯定的回應，其主要原因有二：一、布倫菲兒是一位未接受正式教育的作者，符合了當代讀者尋求未經文明洗禮，而具有原創力的天才作家。詩集出版時，揩本‧洛夫特與布倫菲兒均在該書出版前言時，提到作者未經文明洗禮的創作特質。二、《農夫少年》屬於英國喬治王文學傳統（*English Georgic*）的一部份，並深受傑姆‧湯姆生（James Thomson）的經典作品《四季》的影響。詩集出版當時，正是喬治王文學傳統盛行之時。布倫菲兒在這本詩文中，一方面運用與發展了喬治王文學傳統描寫的模式與主題，二方面將個人童年在蘇佛克農場生活的經驗，回憶書寫建構融合成為一個擁有喬治王文學傳統與地區農業勞動的生活經驗作品。[5]

　　《農夫少年》運用了田園文學傳統的敘事手法，描寫了田園中農事耕作情形的觀察與反省，同時也反映了自然的結構，讓田園詩作的描寫包含在一年四季的連續性結構。《農夫少年》共分為四個部分，每一個部分描寫一個季節，由春天開始，冬天終止。四個部份中，春天與秋天篇幅較短，自然四季有機的更迭變換也持續運作進行，形成了本詩主題與結構的統一性。

　　《農夫少年》的中心主角是一位溫和勤勉，十一、二歲男童。他是作者布倫菲兒的代言人，也是本詩中的第三人稱，名字叫吉力（Giles）。吉力的農村耕作一方面呼應了自然的四季發展，另一方面與農村耕作相關的動物，產生息息相關的互動關係，形成了詩文中對於農事耕作與動物互動生活，在道德與美學上的觀點。

　　《農夫少年》的第一部分為春天，由邀請繆司女神開始描寫吉力的勤勉、溫和的個性，進入詩文中田園的主要自然景觀，就是坐落在蘇佛克地區的宜斯頓（Euston）的田園景觀。春季是播種插秧與耕作的季節，詩文呼應春天，描寫了農田耕地的自然景色，以及關乎春天農事中最重要的擠牛奶的農業時間。這個部份終止於擬人化的春季，以及描寫在田園中的綿羊的生氣。第二部分進入夏季，描寫了善心溫和的農場主人，由於夏季的來臨、自然的變化，雨季降臨也帶來綠油油的田園景象。吉力耕作後，也因此享受了春天的茂盛，特別是收割豐厚的景象，讓吉力緬懷，並沉思自然及造物主的偉大。這是一個農耕的季節，描寫了收割和拾穗。除此以外，

---

[5]　Ibid., 161-162。

夏季的來臨觸動生活、生長與生機，描寫了田園中許多動物的生活情形。最後以收穫的家園為主題，讚頌了夏季的豐收成果。

第三部分秋季描寫了樹林的景觀、在樹林中生活的豬群，以及野鴨在田園中追逐的景象。本部分也描寫了村落中的宗教生活、教堂以及星期日崇拜、以及吉力在春季繼續他的農事、耕作穀物麥田，以及秋天的獵狐活動。

第四部分是冬季，描寫了聖誕夜來臨，農夫們團聚圍坐一起，聆聽農場主人的告誡。除此以外，也描寫了農夫在夜間餵養馬的情形，最後在月光中回到田園中綿羊的生活。這個部分可以說與春天季節中描寫綿羊的情形相互呼應，形成了綿羊在季節中生活的情形，最後由吉力照顧綿羊的活動，顯示了農夫少年在田園生活中具有道德與人文的重要涵義。

十八世紀蘇佛克的居民已經相當熟悉福吉兒（Vergil）著名的詩作《農事詩》或《田園詩》（Georgics）。他們欽佩讚賞《農事詩》中所描寫鄉間田園的生活。約翰‧專德（John Dryden）曾經於1697年將該詩翻譯成英文，對於詩中農業及田園的生活作詳細的描寫，因而使得《農事詩》在十八世紀英國被尊崇為經典作品。許多英國作家仰慕福吉兒，嚮往《農事詩》與田園生活，撰寫富有福吉兒風格的田園主題作品，描繪居住在鄉間田園的世外桃源生活。英國的農夫也學習運用福吉兒的農業技術與知識。在1724年威廉‧班生（William Benson）詩人曾經撰寫許多類似福吉兒的農業生活的作品，並指出在英國遠比在義大利擁有更多的福吉兒的農事。富有福吉兒風格的農業手稿迅速在英國傳播流行，以致於帶來農業的改革，對英國的農業產生相當的影響。[6]

由此可見十八世紀蘇佛克的住民熟悉福吉兒的農業知識，包括農事詩的四本書籍。《農事詩》的第一本書描寫了預備土壤、土壤的施肥與改良、利用不同土壤種植不同穀物的輪種。第二本書描寫了如何培植摘種樹及葡萄、以及培植多用途的土壤。第三本書描寫動物的培養、照顧馬、牛、狗等。第四本書描寫預備蜂巢、照顧蜂蜜。這四本書中有關於農業耕作，以及動物的培養、是蘇佛克地區農民所熟知的農業知識，影響著蘇佛克地區農業的發展。也是說福吉兒書中所討論的重要主題，包括穀物的輪作、動物的培育、土壤的文化、以及土壤的栽培管理，對於蘇佛克地區的農業發展都是重要的農事知識，也形成了該地區農業發展中重要的一環。[7]

《農夫少年》詩中清楚的描寫了地區農業的生活，以及農民如何使用農業的技術，也描寫了吉力在田中耕作的情形，以及吉力如何飼養綿羊：

> 他輕輕策馬趕羊，不讓牠們遊蕩走遠，
> 鮮豔圍欄環繞著羊群家園。

6　Ibid., 163。
7　Ibid., 163-164。

不論是刺金雀花，或是強韌棘刺，
荒野粗獷產物割不壞羊群毛皮；
〈春〉，285-288[8]

　　《農夫少年》對於農作物有清楚的描寫，包括有燕麥、大麥、小麥、乾草、苜蓿以及蕪菁。這是因為諾夫克（Norfolk）農作物輪作可以讓蕪菁製作栽培大麥，苜蓿製作小麥，也就是說這種農作物輪作的次序為蕪菁、大麥、苜蓿、以及小麥、燕麥，由此顯示著吉力的農場主人威廉·奧斯登（William Austin）熟悉並使用了諾夫克的農業制度，並且將此制度應用實施在該地區的農作物栽培之中。[9]

　　《農夫少年》對於蕪菁植物與蕪菁文化有清楚的描寫。作者描寫吉力入冬後，在農場辛苦的將結凍的蕪菁除霜的工作，就是蕪菁文化的重要工作。因為諾夫克的農業制度仰賴蕪菁文化，認為蕪菁文化為根的文化（root culture），是地區農業文化的重要一環，可以帶來農業生產，並且也帶來英國農業的改革成果。其主要原因是蕪菁植物是綿羊與牛等動物，冬天食物的主要營養來源，倘若沒有蕪菁，農場的動物將遭致飢餓，而只要栽培幾英畝的蕪菁在耕地上，就可以飼養大群的牛馬與羊群，對於地區的農業文化發展有相當幫助。[10]

　　此外，《農夫少年》也描寫出農場主人從牛棚施肥的情形，與描寫在十月、十一月栽種小麥的情形：

做好施肥播種準備，潔白石灰灑入田地，
應對害蟲、嚴寒與季節交替；
〈秋〉，57-58[11]

　　上述文中描寫提到使用石灰，是因為石灰可以掃除病菌，這是當地農業最常使用的方法。作者也提到地區的農業施行情形，區別了蘇佛克的農業與其他地區在農業施作的不同，特別讚揚蘇佛克的耕作情形：

沒有輪子支撐破土的尖銳犁頭；
沒有公牛在此沉鳴耕作；
無人教導這匹溫馴良駒該往哪走；

---

[8]　Robert Bloomfield, 1766-1823, *The Farmer's Boy [electronic resource]; a Rural Poem, in Four books. By Robert Bloomfield. With Ornaments Engraved in Wood by Anderson. Eighteenth Century Collection Online* (London; printed by T. Bensley; for Venor and Hood; T.C. Rickman; Ingram, Bury; and Booth, Norwich, 1800) 19。

[9]　Magnus, *Robert Bloomfield,* 1947, *168*。

[10]　Ibid., 168-169。

[11]　Bloomfield, *The Farmer's Boy*, 1800, 56。

（農家少年與刺棒，牠也從沒見過；）

可牠依然日日苦耕，獨自辛勞，

農家少年將田犁好，眉開眼笑，

〈春〉，67-72 [12]

　　作者描寫蘇佛克地區典型的農業耕作犁田的情形，值得注意的是，當時的農業耕作使用輕便的犁田工具，只需要一位農夫操作及兩匹馬共同耕作，另一種犁田耕作需要四匹馬操作。此種犁田的農耕方法，在十八、十九世紀蘇佛克地區非常流行，也是最有效、最輕便的農耕方法，可以提高該地區勞動生產力。此外，蘇佛克地區屬於兩年期的農耕輪作制度，也就是春季耕作、秋季施肥、冬季播種的輪替制度。作者清楚描寫乳酪的經濟利益：

吉力啊吉力，你家的鄉村乳酪無與倫比，

提到你的名字，大家都面帶笑意；

聲名遠播，人人都在討論你，

如同許多笑話中的知名主角，

彷彿在國內流傳的硬幣；

〈春〉，231-235 [13]

　　上面這段詩文清楚描寫了蘇佛克地區酪農場製作乳酪的活動。乳酪是該地區重要的農業生產品，不僅在該地區生產消費製作，而且也輸出提供了倫敦的消費市場，由此顯示乳酪的農業活動，是活絡地區農業生產的重要因素，對於地區農業生活非常重要。[14]

　　《農夫少年》的創作主要來源是湯姆生的《四季》，而湯姆生作品題材的主要來源則是來自於福吉兒的《農事詩》包含了耕作、播種、牧羊、照顧羊群、以及田園中的收穫及狩獵、以及鄉間悠閒的生活。此外，湯姆生也利用相關農事詩的題材進一步發展有關於動物的生活，並歌頌自然歷史中植物的世界，這些都呈現了湯姆生喜歡田園生活，並利用福吉兒的題材，來發展田園與動物的文學作品。[15]

　　值得注意的是，湯姆生可以說是蕭福特斯伯利（Anthony Ashley Cooper, the Third Earl of Shaftesbury, 1671-1713）的忠實信徒。在他的《四季》作品中，清楚表示了上帝是愛，有完美的智慧，而人類被創造成為富有同情心，所以知道如何在生活中善心對待動物。《四季》的詩文中描寫了在農場許多不同的動物，包括綿羊、狗、

---

[12]　Ibid., 7。

[13]　Ibid., 16。

[14]　Magnus, *Robert Bloomfield*, 1947, 173-174。

[15]　Ibid., 181-183。

以及鳥類等，這些都顯示詩人了解人性、具有人道主義的思想，充分反映了蕭福特斯伯利的道德哲學思想。[16]

布倫菲兒也是繼承了湯姆生的思想，肯定人類具有同情的善心。在詩文中進入冬季時，吉力與農場主及與農民在聖誕夜的晚上一起團聚。圍爐生火的時刻，農場主人發表了一席具有道德涵義的談話，表示在農場工作與生活，是一種人生的體驗與學習，由於人類具有善心與同情的本性，所以在生活中，人類與動物應當保持良性的互動關係。農場主人的談話，是一種生活道德的感言與勸誡，透露了布倫菲兒深受蕭福特斯伯利、及湯姆生的的哲學思維的影響，以為人類具有同情的善心（universsl benevolence），表示對於動物具有人道主義的態度：

> 耕田時懷抱相同樂趣與煩憂，
> 與我們一齊疲倦與憩休；
> 牠是每日的工作夥伴，
> 共度驟雨寒霜，酷熱嚴寒。
> 耕種出我們美味的食物，
> 既與我們同渴，也與我們共苦；
> 這般親密往來足以證明
> 兩者之間的和睦友情。
> 這種溫情不僅限於人類，
> 也常見於農夫與耕馬；
> 心中充滿體貼關切，
> 憐憫之心超越理智：
> 少年聽過許多悲天憫人的故事，
> 飛奔前去幫助無助年幼之人。
> 〈冬〉，1-14 [17]

《農夫少年》屬於英國喬治王（a genuine English Georgic）的作品，不僅擁有喬治王的內容與題材，而且作品自然流露出布倫菲兒獨創的個人特徵，代表著布倫菲兒認同蘇佛克的生活環境，觀察反省記錄地區的農業與動物的生活。[18]下面是一段當代評論家胡德生（W.H Hudson）的評價：

> 我們可以從布倫菲兒的作品中，發現他具有相當特殊、單純、及忠實於地區生活，描寫地區在偏遠農業地區的勞動生活。從他的作品中，我們可以熱烈的尋

---

[16] Ibid., 185-186。

[17] Bloomfield, *The Farmer's Boy*, 1800, 77。

[18] Magnus, *Robert Bloomfield*, 1947, 163-175。

求關於英國地區的景色與生活，這也是我們所熱烈期盼的土地。《農夫少年》
充分表達了人類與動物在自然中的生活情況。[19]

---

[19]　Ibid., 204。

7.3 十九世紀《農夫少年》的版本與插畫

布倫菲兒曾經於1798年寫信給他的哥哥，關心《農夫少年》詩集插畫的製作情形：

> 他們將廣告插入在年代及相關的裝飾的版畫之中。我從月刊送了以下的東西……。以前版畫的藝術僅是佔有書籍裝飾的部分，而如今已經被紐開鎖的托馬斯·比威克（Bewick s of Newcastle）復興起來了。也因此為了這本書帶來這種效果。他們其中之一已經過世，但是版畫的藝術不會死亡，我們可以了解約翰·安德生（John Anderson）的兒子與其他的年輕人已經將這種藝術，達到完美的境界……。[20]

由上文可以看出，作者肯定插畫的製作，對於詩集的重要。

《農夫少年》於1800年3月第一次出版，不僅是一本詩集，而且是一本插畫詩集。這本插畫詩集一方面呈現蘇佛克地區農業生活、及吉力在該地農場生活的個人經驗，二方面也透露了作者布倫菲兒的立意與思想，也就是說，《農夫少年》的插畫，不但能夠傳達詩文中的主題與內涵，而且也能夠幫助讀者建構布倫菲兒的想法。福諾與福德出版公司也懂得有效利用插畫的視覺語言，獲得讀者的喜愛及市場的銷售。

《農夫少年》於1800年3月第一次出版後，含有插畫，直至1827年第15版，都包含插畫。第一版是由亞歷山大·安德生（Alexander Anderson）製作，第二版則改變，製作了一個新的卷頭插畫，是由約翰·特斯動（John Thurston）所描繪，而由查爾騰·內斯比（Charlton Nesbit）印刷。值得注意的是，早期詩集所製作的插畫，持續雷同的內容（有些版本插畫作品會調換位置），一直到1805年第八版才有新的改變。第八版採用了一個新的卷頭插畫，並且也引入了幾張新的插畫作品，為詩集的插畫設計，帶來新的概念。如此以來這些插畫持續使用，直到第十（1808）及第十一版本（1810）。有關《農夫少年》歷年出版紀錄，請參考附錄資料。

1800年第一版插畫配製，呼應了詩集的結構，春夏秋冬四季，依各季節各兩張，加上卷頭插畫共九張。[21] 約翰·特斯動（John Thurston, 1774-1822）是該版的插畫

---

[20] Robert Bloomfield, *The Publication of The Farmer's Boy,* 1993, 79。
[21] Bloomfield, *The Farmer's Boy*, 1800。

家，於1774年生於斯卡部落（Scarborough）開始學習銅版印刷，師事詹姆士·海斯（James Heath），而後他全心致力木刻設計及書籍插畫，也因此在藝術界獲得相當的成功。其出版泰半是詩集或是小說，重要的插畫著作包括《傑姆·湯姆生的四季》（James Thomson's Seasons），及威廉·蘇摩威勒的鄉村運動（William Somervile's Rural Sports）。[22]本版是木雕版畫，由亞歷山大·安德生（Alexander Anderson, 1775-1870）製作，他是美國的第一位雕刻師，曾經於1818年獲得美國藝術協會獎。[23]

詩集的開始春天，透露作者對於謬司女神的祈求（圖7-1）。第一版的卷頭插畫描寫吉力在農場上中祈求女詩神，賜予創作的泉源與精神。在此吉力代表一位農夫詩人，他跪在農場上向具有象徵含意的女詩神，祈求詩的創作。詩人後方是一棵強固有力的樹，象徵在地的自然生命，遠方是一個教堂暗示農場含有宗教的意義。

吉力在春季的重要工作就是耕作，春天的插畫描寫吉力在耕作完之後，手執著手杖，在農場樹下休息。左邊的樹蔭隱喻著自然的安逸，前景是正在休息的兩隻馬兒，農具暫且擱置一旁，遙望背景則是空曠的農場，吉力與馬兒在午後享受短暫的休閒，氣份充滿了安詳與和諧的氣氛（圖2）。春天的文末插畫則是一幅優美的風景，幾頭牛兒在農場上漫步，逍遙安逸，享受農場的自然環境。

約翰·特斯動與托馬斯·比威克（Thomas Bewick, 1753-1828）曾於1805年合作製作傑姆·湯姆生的《四季》。特斯動與安德生均熟悉比裕的版畫技術，第一版便採用了比裕的白線技術（white-line techniques），這種技術是去除白色部份，讓黑線自然浮出在表面上，使畫面產生質感與調性的視覺效果。此外，此技法不採用以網目線作出陰影的方法（cross hatching），而是使用平形線，並加寬線條的作法，使得畫面的意象，能夠融合調性與質感。春天的插畫（圖7-2）中可以看到應用這個技法，樹蔭與石頭表現質感，而遠方背景浮出農場的意象，也富有詩意朦朧的效果。

1801年第四版插畫，除源自於第一版的八張以外，另增加春夏秋冬各季節一張，共12張。[24]此版本不使用木版印刷，而改採用彩色銅版印刷，比較精緻昂貴，插畫的意象持續聚焦於吉力在農場的生活情形，卷頭插畫描寫了吉力在農場上聚精會神打鳥的情形。春天插畫吉力的意象不再是害羞的男童，他茁狀成為一位成年工作者，棲息於樹蔭下，兩隻馬兒躲在樹蔭下窺看主人，透露了吉力與馬兒間維繫著親密的伙伴關係（圖7-3）。夏季描寫吉力斜躺於農場一角，觀看豐盛的農田收割的景象，中景的農田如海浪般波動著，顯示農田具有良好的收穫與生產力。秋季描寫吉力忙於播種，在畫面正中央如英雄般在農田中播種，渙發出豐收愉悅的心情（圖7-4）。

冬季插畫描寫吉力與農場主人與農民，在聖誕夜的晚上一起團聚圍爐生火。在這

22　John Thurston (artist) - From Wikipedia, the free encyclopedia。http://en.wikipedia.org/wiki/John_Thurston_(artist)。

23　Alexander Anderson (illustrator) - From Wikipedia, the free encyclopedia。http://en.wikipedia.org/wiki/Alexander_Anderson_(illustrator)。

24　Bloomfield, *The Farmer's Boy,* the fourth edition (Leipzig: Gerhard Fleischer the Younger, 1801)。

一時刻，農場主人發表了一席具有教導的道德談話，表示了在農場工作與生活是一種人性的體驗與學習，以為同情善心可以說是人與動物之間最重要最可貴的人性特質。

第四版冬季插畫係來自於第一版冬季插畫的構想。讀者可以回敘閱讀第一版冬季插畫：農場主人坐在左方，對面是端坐的吉力虛心聆聽，中間背坐兩位是農場工作的朋友，畫面中央則是泛白的爐火。第四版冬季插畫（圖7-5）仍然以農場主人為中心，吉力和兩位農場朋友在旁團聚圍爐，惟農場主人已改變坐在正右方，面容端正，中央泛白的爐火產生的強光，照射在農場主人的面容，象徵著道德與善心，畫面產生

7-1	7-2
7-3	7-4	7-5

7-1　《吉力向謬司女神祈求》（Giles Asking for Muse）約翰・特斯動（John Thurston）1800。圖片來源：Robert Bloomfield, *The Farmer's Boy; a Rural Poem, the Fist edition*。

7-2　《吉力在農場樹下休息》（Giles Resting Under the Tree）約翰・特斯動1800。圖片來源：Robert Bloomfield, *The Farmer's Boy; a Rural Poem, the First edition*, 3。

7-3　《吉力棲息於樹蔭下》（Giles Resting under the Tree）羅得思（Rhodes）1801。圖片來源：Robert Bloomfield, *The Farmer's Boy,* the Fourth edition, 10。

7-4　《吉力忙於播種》（Giles is Busy in Sowing Seed）福爾得（Filter）1801。圖片來源：Robert Bloomfield, *The Farmer's Boy,* the Fourth edition, 16。

7-5　《農場主人與農民的談話》（William Austin Lecturing Farmers）阿姆斯特矣（Armstroy）1801。圖片來源：Robert Bloomfield, *The Farmer's Boy,* the Fourth edition, 35。

的光線與陰影的強烈對比，透露著插畫家巧妙運用光影的效果，來傳達農場工作隱含的道德價值。

值得注意的是，1800年第二版採用了卷頭插畫[25]，描寫吉力在樹下吹笛的模樣，吐露著阿卡迪亞（Acadian）的意念（圖7-6）。此卷頭插畫也在第五版採用。吉力吹笛的意象似乎源自於維吉爾的喬治王插畫傳統。

維吉爾的喬治王插畫擁有優久的歷史文化傳統，它起緣於遠古時期，於第六、七世紀時置留於意大利，保存完善、且廣為留傳，為世人閱讀。十五世紀文藝復興時期，有關維吉爾的喬治王，至少有十三件插畫在意大利、法國、及比利時製作，而在德國與奧大利，也有一些製成，這些插畫作品泰半描寫鄉間景色，與農業生活的環境。進入十六及十七世紀，有關維吉爾的喬治王的插畫，持續在歐洲國家流傳製作。維吉爾的喬治王插畫也影響英國，首次於1654年出現於倫敦，製作者為約翰・歐幾比（John Ogiby, 1600-1676），共103件插畫。歐幾比版本融合了喬治王插畫的歐洲文化傳統、與十七世紀英國的藝術特色，在十七世紀時期穫得相當高的評價，被稱為歐幾比的偉大版本。[26]

牧羊者是喬治王插畫的重要意象之一，出現於《羅馬維吉爾》（the Roman Vergil）版本中。牧羊者吹笛照顧羊群的意象（圖7-7），代表牧羊者致力於農事耕作，象徵牧羊者耽溺於阿卡笛亞的田園生活。此外，該牧羊者提提魯斯（Tityrus）坐在樹下吹笛的意象，亦出現在《意可羅葛斯》（the first Eclogues），樹後有三隻小牛探頭向外觀看，瑪麗寶爾斯（Meliboeus）帶一隻山羊，站在一旁觀看。在約翰歐幾比版本，牧羊者吹笛的意象持續描繪，捕捉了田園的生活環境。[27]

讀者可以發現《農夫少年》第二版插畫中吉力在樹下吹笛的意象，與牧羊者提提魯斯坐在樹下吹笛的意象雷同，足以證明吉力致力於農事耕作，象徵耽溺於阿卡笛亞的田園生活，很可能源自於維吉爾的喬治王插畫傳統。

1805年第八版插畫增加一張新的卷頭插畫，這些插畫除了來自於第一版插畫以外，尚且增加九張插畫，總共18張。[28]第八版係由威廉・瑪莎・克恩（William Marshall Craig, 1765-1834）設計插畫[29]，他曾於1788至1827於皇家博物館展覽作品，精通水彩與木雕插畫，並於1821年出版《素描繪畫與版畫講義》（Lectures on Drawing Painting, and Engraving）。本版插畫的雕刻師是艾倫・羅伯・布朗斯東（Allen Robert Branston, 1778-1827），於1778年出生於諾夫克（Norfolk），1799

---

[25] Bloomfield, The Farmer's Boy: a Rural Poem, second edition (London:Vernor and Hood, 1800)。

[26] Kristi Anne Eastin, Virgil and the Visual Imagination: Illustrative Programs from Antiquity to John Ogilby (1654) (Ph.D. Brown University, 2009)。

[27] David H. Wright, The Roman Vergil and the Origins of Medieval Book Design (The British Library, 2001)14-15. Roman Vergil—Wikimedia Commons。

[28] Bloomfield, 1766-1823, The Farmer's Boy; a Rural Poem/ by Robert Bloomfield. The Eighth ed (London: Printed for Vernor and Hood,... and Longman, Hurst, Rees, and Orme,... by J. Swan, Printer..., 1805)。

[29] William Marshall Craig-Wikipedia, the free encyclopedia。http://en.wikipedia.org/wiki/William_Marshall_Craig。

7-6 | 7-7

7-6 《吉力在樹下吹笛》（Giles Playing Flute under the Tree）約翰・特斯動1801。圖片來源：
The Farmer's Boy: a Rural poem. The Fifth edition, 2。

7-7 《牧羊者吹笛照顧羊群》（Meliboeus Salutes Tityrus）羅馬維吉爾（the Roman Vergil）《意
可羅葛斯》（Fist Eclogue, fol.1r）5TH century。圖片來源：David H. Wright, *The Roman Vergil and the Origins of Medieval Book Design*, 15。

年搬到倫敦後，致力發展木刻印刷，以及書籍插畫，重要著作包括《英國歷史中的大
衛修莫》（David Hume in the History of England）及《羅博・布倫菲兒的野花》
（Robert Bloomfield in Wild Flowers, 1806）。

　　第八版含有新增卷頭插畫，顯示插畫家瑪莎・克恩意圖呈現新的面貌與新的概
念。下面是瑪莎・克恩寫給出版商的一封信，吐露了他意圖改變卷頭插畫的想法。這
一封信目前收藏於哈佛大學的宏騰圖書館（the Houghton Library）：

> 布朗斯東先生（Mr. Branston）已經與我接觸，希望對於《農夫少年》進行插
> 畫設計，我猜想他一定徵得你的同意想進行設計的工作，而我也已經開始提供
> 一件與他進行合作的作品。我寫這一封信有特別的原因，我希望建議您不要再
> 採用目前的卷頭插畫，也就是說原卷頭插畫應該換掉，我想製作一個新的版本
> 來取代它，因為這一首詩完全是單純與忠實地描寫英國風景與英國的性格。
> 《農夫少年》的人物描寫也應該是英國少年，而不是阿卡笛亞式吹笛子的牧羊
> 童，由於這個緣故，我觀察到目前的卷頭插畫，雖然雕刻技術良好，但不能夠
> 配合這首詩的內容，來表現英國的特質，我期望在這一點能夠得到您的回覆。[30]

---

[30] Bruce Graver, "Illustrating The Farmer's Boy," Simon White, John Goodridge, and Bridget Keegan edited, *Robert Bloomfield: Lyric Class and the Romantic Canon* (Lewisburg: Bucknell University Press, 2006) 62。

7-8 | 7-9 | 7-10

7-8 《手持手杖的吉力》（Giles Holding a Walking Stick）威廉‧瑪莎‧克恩（William Marshall Craig）1805。圖片來源：Robert Bloomfield, *The Farmer's Boy; a Rural Poem, The Eighth edition,* 1。

7-9 《三位農場女性忙於擠牛奶》（Three Farmer Womem Milking Cowes）威廉‧瑪莎‧克恩 1805。圖片來源：Robert Bloomfield, *The Farmer's Boy; a Rural Poem, The Eighth edition,* 14。

7-10 《吉力在農場餵三隻小豬》（Giles is Feeding Three Pigs）威廉‧瑪莎‧克恩1805。圖片來源：Robert Bloomfield, *The Farmer's Boy; a Rural Poem, The Eighth edition,* 16。

　　由以上的陳述，可以看出瑪莎‧克恩向出版商提出的建議。他希望第八版必須改變卷頭插畫，因為《農夫少年》詩作描寫英國風景、呈現英國特色，故新的卷頭插畫必須呼應新的詩集內容，來表現具有英國特色的農夫少年。

　　讀著可以看到第八版的卷頭插畫（圖7-8），吉力不再以吹笛的意象出現，他戴著帽子右手持手杖、左手倚著石頭，很有自信地站在畫面的正中央。吉力往右觀看，似乎與隨旁的小狗相望，顯出親密的互動關係。濃密的樹木在男童的後方形成了綠蔭，透露著鄉間的自然景色，畫面的遠方是一群嬉戲的綿羊。此外，第八版也增加一幅春天的插畫，描寫吉力年幼害羞的模樣，他右手拿著手杖，左手拿著籃子，正從一堆草叢中走出，濃密的樹蔭，傳達農場豐盛的自然景觀。

　　第八版的插畫也持續著力描寫蘇佛克地區的農業生產。筆者已於詩集分析中指出，蘇佛克地區酪農場製作乳酪，是該地區重要的農業生產品。乳酪的製作不僅可以在該地區生產消費，而且產品也可以輸出，提供倫敦的消費市場，顯示擠牛奶製作乳酪的農業生產活動，對於地區農業生活是非常重要的。本版的春季插畫以寫實的風格，描寫三位農場女性忙於擠牛奶的活動，呼應了作著肯定乳酪具有經濟的生產活力（圖7-9）。此外，另有一張春季插畫描寫吉力在農場餵三隻小豬，旁邊則是一窩孵出的小雞，快樂喧鬧看著小豬吃東西的模樣（圖7-10）。夏季插畫描寫兩位農場工人使用大鎌刀收割拾落穗的模樣。冬季描寫田園中綿羊的生活，畫面中呈現吉力細心照顧綿羊（圖7-11），顯示插畫者吉力照顧動物，具有人文道德的涵義。

　　1827年《農夫少年》第15版本插畫家是里查‧衛斯道（Richard Westall, 1765-1836）。[31]此版本卷頭插畫煥然一新，畫面不再聚焦於吉力，而是描寫秋季在田園漫

---

[31] Bloomfield, 1766-1823, *The Farmer's Boy; a Rural Poem. The fifteenth edition, illustrated by Richard*

7-11 | 7-12

7-11　《吉力照顧綿羊》（Giles Taking Care of Lambs）威廉・瑪莎・克恩 1805。 圖片來源：Robert Bloomfield, *The Farmer's Boy; a Rural Poem, The Eighth edition*, 99。

7-12　《農村的美麗少女》（A Beautiful Farmer's Girl）里查・衛斯道（Richard Westall）1827。圖片來源：Robert Bloomfield, *The Farmer's Boy; a Rural Poem. The Fifteenth edition*, 35。

步的甜美害羞的農村少女，樹下有四位農場工人在旁休息，驚異的觀看著農村的美麗少女（圖7-12）。衛斯道捕捉了農場中鮮少的情愛，以及濃密樹林所散發出的秋意。

　　鮑克特・佛斯特（Birket Foster, 1825-1899）於1857的版本含兩張插畫[32]，於1869年再次結合了兩位插畫家，為布倫菲兒詩集製作插畫，共有30件插畫作品[33]，是詩集自1800年首次出版以來，插畫張數最多的版本，由此也可以看出詩集在十九世紀中葉出版銷售良好，而插畫能夠持續獲得讀著的喜愛。

　　1869年版本主要插畫家為鮑克特・佛斯特。他是一位活躍於維多利亞時期的英國水彩、插畫及雕刻師，早年師事於木雕師藹伯乃則・蘭德爾斯（Ebenezer Landells），曾經為《噴趣》（Punch）及《倫敦畫報》（the Illustrated London News）製作插畫，同時也製作書籍插畫。1850年代他開始畫水彩，而且迅速地以畫水彩而聞名，於1860年成為舊水彩協會（Old Watercolor Society Later the Royal Watercolor Society）的會員，並且曾經在皇家學院（Royal Academy）展示大約400件作品。福斯特重要的插畫作品包括《奧利佛・高德史密斯詩作》（The Poetical Works of Oliver Goldsmith, 1851）、《傑姆・湯姆生詩作》（Poetical Works of James Thomson, 1853）、《旅遊者》（The Traveller by Oliver Goldsmith, 1856）等。[34]在

Westall (London: Printed for Longman, Rees, Orme, and Brown, and Green; Baldwin, Cradock, and Joy; Harvey and Darton; J. Rooker; G. Cowie & Co.; Hamilton and Adams; printed by Thomas Davison, 1827)。

[32] Robert Bloomfield, 1766-1823, *The Poetical Works of Robert Bloomfield,* A Complete Edition (London: George Routledge, 1857)。

[33] Bloomfield, 1766-1823, *The Farmer's boy / by Robert Bloomfield; Illustrated with Thirty Engravings, from Drawings by Birket Foster, Harrison Weir, and G.E. Hicks* (New York: D. Appleton, 1869)。

[34] Myles Birket Foster-Wikipedia, the free encyclopedia。http://en.wikipedia.org/wiki/Myles_Birket_Foster。

1869年《農夫少年》版本中，佛斯特與數位雕刻師合作，包括艾德蒙・埃文斯、托馬斯・柏桐（Thomas Bolton, 1851-1893）、與詹姆斯・古柏（James Cooper, 1823-1904）。

哈理生・衛爾（Harrison Weir, 1824-1906）於1837年開始受教於喬治・拜克斯特（George Baxer），學習木雕，喜愛繪畫，1842年為《倫敦新聞畫報》製作插畫，以製作書籍插畫著名，包括《繪畫畫報》（Pictorial Times）及《繪畫世界》（the Pictorial World）。他的重要著作有《自然詩》（The Poetry of Nature, 1867）、《鄉間的時日》（Every Day in the Country, 1833）、《新舊的動物習作》（Animal Studies, Old and New, 1885）等。[35]《農夫少年》1869年版本衛爾與雕刻師艾德蒙・埃文斯、詹姆斯・古柏合作。另一位插畫家為喬治・愛加・溪克斯（George Elgar Hicks, 1824-1914）與詹姆斯・古柏合作。

1857年版的春季插畫，佛斯特描寫吉力站在麥田中，手持手杖快樂地舉手歡呼，豐盛麥田、律動的樹葉在光影中相互輝映著。冬季插畫描寫吉力入冬後，在農場辛苦地將蕪菁除霜的工作。1827年版冬季插畫，衛斯道首次描繪吉力在農場辛苦的將結凍的蕪菁除霜的情形，左邊有四隻牛飢餓的等待吃蕪菁，右角則是枯樹與農場（圖7-13）。1845年版冬季插畫亦有描寫綿羊在農場上吃蕪菁雷同的景色，由此看出作家與插畫家均認為蕪菁文化對該地區農業文化有相當重要性。

佛斯特於1869年版本製作五張春季插畫，他特別擅長描寫農場的地理景觀及其宏偉茂盛的樹林。綿密的樹叢空間，光線在樹叢間穿梭，帶動了光影的變化，使得農場充滿了詩意，好似世外桃源，不受世俗的汙染。吉力持著手杖，在農場已經不再苦力勞動，他好像隱士一般，沉思觀看著樹林與自然，綿羊與牛群在樹林河床間優游漫步（圖7-14），佛斯特精心朔造了一個好似人間天堂的農場，讓吉力與動物和諧的融合在一起。

溪克斯描寫了女性擠牛奶製造乳酪的景色，畫面中農村女性充滿了古典與優雅的形象，背景則是諾大的倉庫，象徵著農業豐收。佛斯特也呼應關照了農場製造乳酪的經濟價值，他偏愛農場自然的景觀，描寫了牛群在被擠牛奶之後，漫遊於河邊的模樣，歌頌著牛群生活在樹林間悠閒的景色。

夏季插畫共八張，其中夏季收割的景象描寫鄉村女性忙於收割的模樣，餘兩張描寫農場工人勤勞收割的情形（圖7-15）。這些作品描寫地區的農場工人共同協力合作的勞動形象，不像前面的版本聚焦於吉力的角色，說農業勞動者在地區形成互動合作的生產概念。此外，這個版本也添加了一張描寫農場主人邀請客人、僕人間舉行家庭慶祝的飲酒作樂場面，顯然是慶賀農場收穫的歡樂插圖。（圖7-16）

秋季插畫是一描寫星期日農民上教堂的情形，福斯特以一貫的手法描繪以樹林搭配雄偉的教堂，並且利用樹蔭描繪成一個花環的裝飾模樣，賦予宗教的教堂浪漫的意

---

[35] Harrison Weir-Wikipedia, the free encyclopedia。http://en.wikipedia.org/wiki/Harrison_Weir。

味。冬季插畫的主題在於照顧農場的動物，首頁插畫描寫冬季牛群受到照顧與在牛棚中歇息的景象，另一張插畫描寫工人在冬天晚上，進入馬棚中照顧馬兒之景，夜晚的燈光照亮了馬兒，也點出農場中高貴的人性價值。此外，本版本共有三張描寫綿羊的意象，春季時吉力在農場照顧綿羊，進入冬季後成群的綿羊好似小山丘在農場中走動著，畫面充滿了溫暖的生氣。這些景象都反應了插畫家對於農場動物善心的態度。

7-13	7-14
7-15	7-16

7-13 《吉力在農場將結凍的蕪菁除霜》（Giles Taking Care of Turnips）里查・衛斯道 1827。圖片來源：Robert Bloomfield, *The Farmer's Boy; a Rural Poem. The Ffteenth edition,* 45。

7-14 《吉力沉思觀看著樹林》（Giles Observing the Forest）鮑克特・佛斯特（Birket Foster）1869。圖片來源：Robert Bloomfield, *The Farmer's Boy,* 35。

7-15 《農場工人勤勞收割》（Farmers Harvest）鮑克特・佛斯特1869。圖片來源：Robert Bloomfield, *The Farmer's Boy,* 45。

7-16 《農場主人慶賀農場收穫》（William Austin is Celebrating the Harvest）鮑克特・佛斯特1869。圖片來源：Robert Bloomfield, *The Farmer's Boy,* 55。

7.4 約翰・康斯坦堡（John Constable）的繪畫作品：

《蘇佛克的犁田景色》、《麥田》、《雲的習作》

　　約翰・康斯坦堡（John Constable, 1776-1837）是出生於蘇佛克的克亨寧頓的一位英國畫家，喜愛同是生長於蘇佛克的布倫菲兒的詩文，受其詩作《農夫少年》的啟發，創作了三件作品：《蘇佛克的犁田景色》或《夏日土地》（A Ploughing Scene in Suffolk）（A Summerland, 1814）；另一件作品為《麥田》（The Wheatfield）或《豐收、收割者、拾穗者》（A Harvest Field, Reapers, Gleaners, 1816）；第三件作品製作於1830年代，名稱為《雲的習作含布倫菲兒的詩句》（Cloud Study with Verses from Bloomfield）。

　　《蘇佛克的犁田景色》的創作是來自於《農夫少年》春天的詩句：

> 可牠依然日日苦耕，獨自辛勞
> 農家少年將田犁好，眉開眼笑，
> 犁出平行新溝，不斷加大寬度，
> 不是攀爬丘陵，就是踏過難行山谷：
> 他忙碌的馬匹玩得正起勁，
> 蠕動的蚯蚓這天可真不幸；
> 直到土地徹底改變，丘陵為之夷平。[36]

　　上面詩句描寫蘇佛克地區典型的農耕犁田的情形。筆者已經在分析詩文中指出，當時的農業耕作使用輕便的犁田工具，只需要一位農夫操作及兩匹馬共同耕作，另一種梨田耕作需要四匹馬操作。此種犁田的農耕方法，可以提高該地區勞動生產力，在十八、十九世紀蘇佛克地區非常流行，也是最有效、最輕便的農耕方法。此外，蘇佛克地區屬於兩年期的農耕輪作制度，也就是春季耕作、秋季施肥、冬季播種的輪替制度。

　　康斯坦堡創作這件農耕犁田的作品（圖7-17），顯然受到《農夫少年》詩作的啟發。此外作家也配合了實景，前往蘇佛克地區，作實地考察該地區的地理景觀：包括區域外圍的山谷、位於東柏荀（East Bergholt）的一棟老建物的土地、以及位於遠方

---

[36] Bloomfield, *The Farmer's Boy*, 1800, 7。

7-17 | 7-18

7-17 《蘇佛克的犁田景色》（A Ploughing Scene in Suffolk, A Summerland）約翰·康斯坦
堡（John Constable）1814 油畫 50.5×76.5cm 澳大利亞國家畫廊（National Gallery of
Australia）。圖片來源：National Gallery of Australia, National Gallery of Australia website。
http://nga.gov.au/Exhibition/CONSTABLE/Detail.cfm?IRN=143235。

7-18 《麥田》（The Wheatfield）約翰·康斯坦堡1816 油畫 53.7×77.2cm澳大利亞國家畫廊。圖
片來源：National Gallery of Australia, National Gallery of Australia website. http://nga.gov.au/
exhibition/constable/Detail.cfm?IRN=145041。

的教堂與聖瑪莉村民聚所（St. Mary Villagers）。犁田景色忠實記錄了康斯坦堡個人
親身的觀察與經驗，與作者寫實地描寫蘇佛克地區農耕的地理景觀。這件作品曾經於
1814年在皇家學院展示，並於1815年展示於英國學院（British Institution），作品於
1815年由約翰·歐訥（John Allnutt）所收購。[37]

此外，佛斯特於1869年版本中描寫農場夏季景觀時，也同樣地描寫類似的農耕
景：一位農夫利用兩匹馬，並使用輕便搖動型的犁田工具，正在農地犁田。不同的
是，1869年版本的作品將農耕景象放置於前景，並且利用前景右角的樹木，帶領觀者
進入農田的景色，使畫面增加抒情的氣氛。

康斯坦堡於1816年製作《麥田》（圖7-18），意圖呈現十九世紀早期英國在前工
業時期於該地區農業生活所帶來的富裕，並讚賞地區農業工作者勤勉工作的精神。這
件金色風景作品中德航山谷（Dedham Vale）與斯圖河流（River Stour）融合了整幅
作品，其中含有河流與麥田，河流象徵生命與成長，是英國國家運輸食物的力量，也
是該地區地理景觀的中樞與力量。其中在畫面前景的幾位農業工作者，有兩位女性工
作者，正在農業收穫期拾落穗，其中一位帶著一位小孩，另外一位則是穿著時尚戴帽
的男士，穿著外套正在往山丘走去，作品正中央的右邊是一位年幼者坐在地上，與一
隻狗玩著。這些人物都在金色的麥田之中，由綠油油的灌木林環繞著。在金色的麥田
與樹林之間，有五位穿短衫的收割者正在忙著工作著，畫面的最左邊是一位犁田的工
作者，正在利用他的馬犁田。在他的上方及河流的另一方座落著一間多層的紅屋子，

---

[37] John Constable, *Ploughing Scene in Suffolk (A Summerland)*, National Gallery of Australia, National
Gallery of Australia website。http://nga.gov.au/Exhibition/CONSTABLE/Detail.cfm?IRN=143235。

畫面的中間是一條河流,由左方流向右方,在麥田中則座落幾間房子。畫面中景則有一個小村莊與周圍的風景相接連著,小村莊的上方則是一所教堂,座落在山丘上面,畫面的背景則是寬廣的天空充滿著雲彩。

在這件作品中,有一位收割的主人戴著帽子與他的住屋。這位主人擔任農夫的角色與責任,農田中有割麥的工作者,可能都是一家人一起工作。收割的穀物可以製作麵包,是這個地區主要的食糧。作品的中央有一間小教堂,是這些收割工人精神的寄託所在,農業工作者必須一方面為了現實的食糧努力工作,一方面也要祈求精神的生活。

康斯坦堡曾住在德航山谷與斯圖河流的附近,相信他非常著迷於這個地區的農業與自然景觀。他曾於1815年親自前往該地區,觀察該地區秋收時的景色,為此他寫了一封信給他的妻子表示:我完全活在這個麥田之中,我所看到的都是在麥田收割的工作者。由此可以看出,康斯坦堡在該地區的親身體驗觀察與紀錄,這些都啟發了他對於該地區麥田工作者的工作、以及地區農業景觀的創作。[38]

作品《麥田》曾經於1816年展示於皇家學院與英國學院,隔年康斯坦堡為該展覽製展覽目錄撰寫文章,由於康斯坦堡在創作這件作品深深受到《農夫少年》詩作的感動,因而採用其中詩句創作他的作品。作者引用詩集夏季部分的詩文,並且將這些詩文列入作為展覽目錄的文章發表:

> 大自然歡迎收割者的到來;
> 面對沉睡十二個月的鋒利鐮刀,
> 讓大家的內心激昂鼓譟。
> 當第一綑麥束的穗端豎起,
> 不論老少,一概激情洋溢。[39]

由此可以看出,從《農夫少年》的夏季詩文啟發康斯坦堡的創作,而實際作品的製作也反映了作者在該地區親身的經驗與觀察;也就是說,《麥田》一方面含有《農夫少年》詩句的影響,另一方面融合了康斯坦堡親身的體驗與該地區寫實的農業景觀。由此康斯坦堡深信拾落穗的工作者,雖然是鄉村貧窮者,但是值得被關注與歌頌的。

康斯坦堡喜歡觀察自然,更善於捕捉天空、雲彩與光線,而天空與雲彩是蘇佛克地區的自然景觀的特色之一。作家對於雲彩和光的表現已經很清楚地從上面兩張作品中看出:《犁田景色》與《麥田》。

此外,康斯坦堡也從布倫菲兒取得創作靈感,下面的詩句來自於詩集冬季詩文,其主題為月光與紅色的雲彩(Moon-light and Red Clouds):

---

[38] John Constable, *The Wheatfield*, National Gallery of Australia, National Gallery of Australia website。http://nga.gov.au/exhibition/constable/Detail.cfm?IRN=145041。

[39] Bloomfield, *The Farmer's Boy*, 1800, 34。

他悠閒攀上遠方的圍籬梯磴，
面帶祥和安寧的微笑；
觀賞成群白雲被風驅趕
壯觀天景，一覽無遺。
在視線最遠處較低的邊界，
氤氳緩緩上升，遮住銀色日暉
美麗雲海便由此紛飛，
雲影會先映入眼簾
更耀眼的本尊接著現身，
拂過光源，遠走高飛。

看到飄盪天邊的雲朵
（天空更顯遙遠晴朗）
有些雲朵離開空中牧場，
潔白若雪，蔚為大觀；
由東至西，散佈天際，
貌似休憩中的美麗羊群。
此景令人心醉，不禁高聲頌讚
天上至高牧者不朽之名。[40]
〈冬〉，245-262

7-19　《雲的習作含布倫菲兒的詩句》
（Cloud Study with Verses from
Bloomfield）約翰‧康斯坦堡1830s
ink on paper 337×213mm 泰德畫
廊（Tate Gallery）。圖片來源：
Tate Gallery, Tate Gallery website。
http://www.tate.org.uk/art/artworks/
constable-cloud-study-with-verses-
from-bloonfield-t01940。

　　《雲的習作》（圖7-19）同樣捕捉天空的雲彩與光線，呼應了上述詩文中所說的
「在那兒可以看到成群的白色雲彩、與天空中壯觀的盛會」。[41]

---

[40] Ibid., 91。

[41] John Constable, *Cloud Study with Verses from Bloomfield*, Tate Gallery, Tate Gallery website。http://
www.tate.org.uk/art/artworks/constable-cloud-study-with-verses-from-bloonfield-t01940。

7.5 藍道夫・凱迪克的《農夫少年》圖畫書

1881年費德利・沃恩出版公司（Frederick Warne and Co.）邀請藍道夫・凱迪克製作《農夫少年》圖畫書，艾德蒙・埃文斯擔任雕刻印刷，喬治・勞特力奇出版公司是費德利・沃恩出版公司前身。[42]筆者已於前面提到，該出版商於1857年曾經出版《羅博・布倫菲兒詩集》（The Poetical Works of Robert Bloomfield），由鮑克特・佛斯特製作兩張插畫。此外，1869年版本的《農夫少年》，其中艾德蒙・埃文斯亦擔任雕刻師，他與鮑克特・佛斯特與威爾合作，製作插畫共5張。

凱迪克製作兒童插畫，具有創意設計的概念，可由他1870及1880年代以十八世紀英國文化為中心主題系列的圖畫書看出。本部份將針對凱迪克的《農夫少年》圖畫書討論下面三個主要議題：一、凱迪克的圖畫書創作設計的概念為何？二、凱迪克如何利用布倫菲兒的詩作《農夫少年》，製作其圖畫書文本？三、凱迪克製作插畫，與上述《農夫少年》出版歷史中的插畫，其淵源與關係為何？

筆者已於前面討論中指出，《農夫少年》主要在描寫吉力在田園生活中，從事農業耕作的活動觀察與反省。吉力的農村耕作活動，一方面呼應了自然的四季發展，讓田園詩作包含在一年四季的連續性結構之中；另一方面吉力從事農村耕作與動物產生互動的關係，形成了吉力進行農村工作在道德與美學上的觀點。

凱迪克製作《農夫少年》圖畫書，採用了布倫菲兒的中心思想，描寫吉力從事農村工作與照顧動物的主題，但是他省略了原詩文中一年四季發展的連續性結構。值得注意的是，由於原文詩集相當冗長，分為春夏秋冬四個部分，採用全部詩文來製作其圖畫書，實際上在製作上是不可能的，因此凱迪克勢必要簡化原文，讓圖畫書中的文本，能夠適合於兒童閱讀。凱迪克於1870年代開始便採用十八世紀的傳統詩文，來製作其圖畫書，包括《瘋狗之死輓歌》及《約翰吉平騎馬》。由於這兩首詩文均為短詩，故依賴全詩文，來製作圖畫書，原則上比較沒有問題。反觀《農夫少年》圖畫書，凱迪克改變方法，大力簡化詩文，以吉力照顧動物的主題，切入描寫主角從事農村的活動，部短文共有八段，下面五段供參：

以下是圖畫書的首段，主題為「照顧我主人的馬」：

---

[42] Randolph Caldecott, *The Farmer's Boy* (London; New York: Frederick Warne & Co, Ltd, n.d. 1881)。

當我是一位農夫、農夫少年，

我常常照顧我主人的馬，

這兒幾窩（Gee-wo）、哪兒幾窩，

這兒幾（Gee）、哪兒幾，

到處幾，

我美麗的女郎，妳將會來到愛爾河畔嗎？

第二段主題為「照顧我主人的綿羊」：

當我是一位農夫、農夫少年，

我常常照顧我主人的綿羊，

這兒巴巴（Baa-baa）、哪兒巴巴（Baa-baa），

這兒巴、哪兒巴，

到處巴，

這兒幾窩、哪兒幾窩，

這兒幾、哪兒幾，

到處幾，

我美麗的女郎，妳將會來到愛爾河畔嗎？

第三段主題為「照顧我主人的母雞」：

當我是一位農夫、農夫少年，

我常常照顧我主人的母雞，

這兒卻喀卻喀（Chuck-chuck）、哪兒卻喀卻喀（Chuck-chuck），

這兒卻喀、哪兒卻喀，

到處卻喀，

這兒巴巴、哪兒巴巴，

這兒巴、哪兒巴，

到處巴，

這兒幾窩、哪兒幾窩，

我美麗的女郎，妳將會來到愛爾河畔嗎？

第四段主題為「照顧我主人的豬」：

當我是一位農夫、農夫少年，

我常常照顧我主人的豬，

這兒滾通－滾通（Grunt-Grunt）、哪兒滾通－滾通（Grunt-Grunt），

這兒滾通、哪兒滾通，

到處滾通，

這兒卻喀卻喀、哪兒卻喀卻喀，

這兒卻喀、哪兒卻喀，

到處卻喀，

這兒巴巴、哪兒巴巴

這兒幾舞（Gee-wo）、哪兒幾舞（Gee-wo）

我美麗的女郎，妳將會來到愛爾河畔嗎？

第五段主題為「照顧我主人的野鴨」：

當我是一位農夫、農夫少年，

我常常照顧我主人的野鴨，

這兒誇可誇可（Quack-Quack）、哪兒誇可誇可（Quack-Quack），

這兒誇可、哪兒誇可，

到處誇可，

這兒滾通-滾通、哪兒滾通-滾通，

這兒卻喀卻喀，

這兒巴巴，

這兒幾舞，

我美麗的女郎，妳將會來到愛爾河畔嗎？[43]

《農夫少年》圖畫書的設計模式如後[44]：

頁數	主題	插畫	詩文頁碼	頁數	備註
第1頁封面	照顧主人的綿羊	彩色插畫		共1頁	
第2-5頁	照顧主人的馬	第2頁為彩色插畫 第3-5頁為黑白插畫	第3頁含短詩文	共4頁	
第6-9頁	照顧主人的綿羊	第6頁為彩色插畫 第7-9頁為黑白插畫	第7頁含短詩文	共4頁	
第10-13頁	照顧主人的母雞	第10頁為彩色插畫 第11-13頁為黑白插畫	第11頁含短詩文	共4頁	
第14-17頁	照顧主人的豬	第14頁為彩色插畫 第15-17頁為黑白插畫	第15頁含短詩文	共4頁	
第18-21頁	照顧主人的野鴨	第19頁為彩色插畫 第18、20、21頁為黑白插畫	第18頁含短詩文	共4頁	
第22-25頁	照顧主人的狗	第23頁為彩色插畫 22、24、25為黑白插畫	第22頁含短詩文	共4頁	
第26-29頁	照顧主人的兒童	第27頁為彩色插畫 26、28為黑白插畫	第26頁含短詩文	共4頁	

---

43 Ibid., 3, 7, 11, 15, 18。

44 Ibid。

頁數	主題	插畫	詩文頁碼	頁數	備註
第30頁	照顧主人的土雞	29、30黑白插畫	第30頁含短詩文	共1頁	
第31頁	吉利的愛情	31彩色插畫		共1頁	

凱迪克為《農夫少年》圖畫書建構了一個設計模式，是其創作設計的中心概念。依據上面模式顯示：其中心主題為「照顧主人的動物」，首先是封面，其主題是「照顧主人的綿羊」，爾後主題依次為「照顧主人的馬」、「照顧主人的綿羊」、「照顧主人的母雞」、「照顧主人的豬」、「照顧主人的野鴨」、「照顧主人的狗」、「照顧主人的兒童」、「照顧主人的土雞」以及「吉力的愛情」。上面各主題每四頁形成一個單元，最後「照顧主人的土雞」、以及「吉力的愛情」僅有一頁。

在上面詩文與插畫討論中已經指出，湯姆生可以說是蕭福特斯伯利的忠實信徒。在他的《四季》作品中，清楚表示了上帝是愛，有完美的智慧，而人類被創造成為富有同情心，所以知道如何在生活中善待動物。《四季》的詩文中描寫了在農場許多不同的動物，包括綿羊、狗以及鳥類等，這些都顯示詩人了解人性、人道主義的思想，充分反映了蕭福特斯伯利的道德哲學思想。

凱迪克繼承了布倫菲兒與蕭福特斯伯利的思想，肯定人類具有同情的善心，以為在農場工作與生活，是一種人生的體驗與學習。由於人類具有善心與同情的本性，所以在農場工作中，人類與動物應當保持良性的互動關係，由此展現出對於動物的人道主義的態度。所以凱迪克採用了布倫菲兒的思想，描寫吉力從事農村工作與照顧動物的主題，來發展圖畫書的主題。由封面照顧主人的綿羊開始，進入照顧主人的馬、母雞、豬、野鴨、狗，形成故事的敘事內容。

值得注意的是，凱迪克著重創意設計的概念，其改編主題，雖然保留了吉力照顧動物，以便從事農業的活動，但是原詩文中具有蘇佛克地區農業價值的幾項題材均被省略：包括擠牛奶製作乳酪農產品、蕪菁植物提供牛羊在冬日的營養來源、以及農業工人拾落穗的活動等。雖然如此，凱迪克喜愛創意發想，除了動物主題以外，他增加了個人所鍾愛的兒童題材、以及吉力的愛情故事，後兩種主題讓田園農事生活，增添兒童的趣味與感情的生活。

回顧《農夫少年》的插畫歷史，各版本均以詩文為主、插畫為輔，而凱迪克改編詩文成為精簡有趣的短詩。其圖畫書31頁中含短詩的頁數僅有8頁，餘23頁均為插畫，而短詩每頁凡6行、9行、10行、11行、12行、13行，各頁短詩均不超過頁面一半，或至多佔頁面2/3。由此可以看出，凱迪克在改編《農夫少年》詩集的主要策略之一，在於提高插畫的價值與重要性，也就是說插畫遠比文本重要，插畫在凱迪克敘事模式中，扮演非常重要的角色。

回顧《農夫少年》的插畫歷史，各版本的插畫主要以木雕的黑白插畫為主，只有1881年版本使用彩色的銅板印刷。凱迪克的《農夫少年》係與艾德蒙・埃文斯合作，負責插畫印刷部份，是其創意設計的另一重要策略。埃文斯的印刷製作包含兩種不同

印刷技術，一種是黑白單色印刷，另一種是彩色印刷。《農夫少年》圖畫書凡31頁中，黑白占22頁，而彩色占9頁，埃文斯融合這兩種不同的印刷技術，自然產生了兩種不同的視覺效果，在插畫版面上進行流動，相互呼應，因而形成了圖畫書的重要風格特徵。

此外，埃文斯製作的黑白與彩色印刷，在版面上具有結構性的安排，其呈現方式是：在主題「照顧主人的馬」、「照顧主人的綿羊」、「照顧主人的母雞」、「照顧主人的豬」的部份，是每四頁形成一個單元，各單元採用彩色、黑白、黑白、黑白的印刷；而在「照顧主人的野鴨」、「照顧主人的狗」、「照顧主人的兒童」、也是每四頁形成一個單元，而此單元係採用黑白、彩色、黑白、黑白的印刷，與前面不同。末尾兩個單元，含「照顧主人的土雞」，僅一頁黑白，「吉力的愛情」僅一頁彩色。由此可以看出，埃文斯製作的黑白與彩色印刷，在圖畫書中意圖呈現出畫面黑白與彩色相互流動的效果，相信採用這種新的版面設計與印刷技術，可以避免傳統木雕的黑白插畫所產生的刻板印象與單調效果。

由以上討論可看出，凱迪克的《農夫少年》圖畫書，意圖將原布倫菲兒冗長的詩作，改寫為短詩，描寫吉力在田園的生活經驗，並且以吉力照顧動物為主軸，發展成為一系列關於吉力從事農村的活動，這個主題顯然持續了十八世紀以來田園文學的敘事傳統，具有美學與道德上的觀點。

凱迪克注重圖文關係，而為了提高插畫的價值及其表現的力量，大量增加插畫的張數，強化圖畫書中圖文關係中視覺表現的力量。此外，插畫的技術捨棄了原一貫採用的木雕技術，揉合了黑白單色與彩色的印刷技術，使其圖畫書風格獨樹一格、且富有原創性。

以下筆者將要討論凱迪克的插畫構想、與插畫表現手法、以及其與《農夫少年》歷年插畫版本的淵源與關係。如此一來，可以窺探凱迪克如何參考運用這些插畫，來建構其插畫的意象與內容。

凱迪克的《農夫少年》圖畫書封面，描寫吉力坐在樹蔭下照顧著綿羊、享受著田園生活，其氣氛安詳和諧（圖7-20）。[45]這張封面的設計可以追朔1800年第二版本卷頭插畫（圖7-6），讀者可以看到吉力坐在樹下遙望著田園的景觀，這兩張圖像同樣描寫吉力代表牧羊者的意象，持著富有象徵性的手杖，與腳邊忠實的狗相互倚慰的模樣。此外，1805年第八版的插圖（圖8）描寫吉力同樣戴著帽子，持杖與旁邊的小狗，形成一個親密的互動夥伴

7-20　《吉力照顧主人的綿羊》（Giles Keeps the Master's Lambs）藍道夫・凱迪克（Randolph Caldecott）1881封面。圖片來源：Caldecott, Randolph, *The Farmer's Boy*, 1。

[45] Ibid., 1。

7-21 《吉力照顧主人的綿羊》（Giles Keeps the Master's Lambs）藍道夫·凱迪克 1881。圖片來源：Randolph Caldecott, *The Farmer's Boy*, 6。

關係。由此可看出，凱迪克的封面設計，很可能參用了上述兩張插畫的設計構想，描寫吉力的牧羊者意象，坐在樹蔭下照顧著綿羊、享受著田園生活，其畫面充滿了阿卡迪亞氣氛。

雖然如此，凱迪克塑造吉力，不僅是一位牧羊者，也是一位愛情追求者。他凝視遠方，遙望對街上的一位小姐，渴望著愛情，是原詩文及插畫中所沒有的。由此也點出圖畫書中將要進行的愛情故事，這是凱迪克的創意發想。

凱迪克採用彩色封面，以米黃色與綠色描寫草地與背景，使畫面倍增溫暖與安詳的氣息，是原兩張黑白插畫所缺少的。此外，凱迪克也特別使用農夫少年（The Farmer's Boy）的紅色標題，佔據著畫面的上方、右下方寫著凱迪克的一本圖畫書（One of R. Caldecott's Picture Books）以及左下方的喬治·勞特力奇出版公司（Geo Routledge & Sons）。這些紅色標題非常醒目，為畫面增添溫暖的氣息。而草地的兩隻綿羊含有凱迪克的紅色署名RC，標示出這張封面是出自於凱迪克的親手設計。

筆者已於前面討論到，維吉爾的喬治王插畫傳統影響英國，以及1800年第二版採用的卷頭插畫（圖7-6），描寫吉力在樹下吹笛的模樣，反映著阿卡迪亞的意念，顯然受到維吉爾喬治王插畫傳統的影響。凱迪克也不例外，他也承襲了喬治王插畫傳統，描繪吉力扮演牧羊者吹笛的意象，讓田園的生活充滿阿卡迪亞的意味。讀者可以進入凱迪克圖畫書的第六頁（圖7-21），窺看田園中茂盛的樹林，牧羊者吉力坐在樹下吹笛的模樣。一群綿羊在前景的綠色草地上快樂地慢跑與嬉戲著，另兩隻綿羊蹲坐在牧羊者旁邊觀看著，畫面充滿安逸溫暖的氣息。[46]

---

[46] Ibid., 6。

7-22 | 7-23

7-22　《綿羊》（Lambs）藍道夫・凱迪克1881。圖片來源：Randolph Caldecott, *The Farmer's Boy*, 9。

7-23　《吉力照顧綿羊》（Giles Keeps Lambs）鮑克特・佛斯特1869。圖片來源：Robert Bloomfield, 1766-1823, *The Farmer's boy*, 65。

　　凱迪克善於應用簡潔的筆法與風格來描繪物象，來形塑其獨特的插畫風格。進入圖畫書中的第7、8、9頁，讀者可以看到吉力與綿羊遊戲的模樣，以及兩三隻綿羊在空曠的空間中走動的模樣（圖7-22）。[47]鮑克特・佛斯特於1869年的插畫中描繪了三張吉力在農場照顧綿羊的景象，他特別著力描寫農場的樹林景觀，使得吉力與綿羊的互動關係變的很渺小。冬日的插畫中，成群的綿羊在山丘的爬坡中擁塞地走動著，使畫面看起來很擁擠（圖7-23）。相反的，凱迪克的插畫風格簡潔有力，捕捉吉力照顧綿羊自然悠遊自在的模樣。畫面以中景為主軸，而前景與背景呈現空曠的景象，似乎帶領讀者進入綿延無盡的想像空間。

　　讀者進入頁2「照顧主人的馬」的主題，可以看見吉力騎在馬上自在的模樣，色彩柔和自然（圖7-24）。[48]凱迪克運用戲劇性的手法，讓吉力從前頁鄉間田園的景色，轉而進入市區公園的場景，描寫吉力熱烈追逐他的愛情，畫面上同時呈現兩種景象：[49]一個是吉力與他所熱愛女性的交談著，另一個是描寫愛爾河邊的景色（圖7-25），充滿浪漫的情懷。而這個河邊的景色，顯然是一種預示的手法，是吉力進入圖畫書30頁時的場景。由此可以看出凱迪克並非固守成規，限於模仿過去插畫的模式，相反的，他是一位善於發揮想像力、並懂得運用戲劇性的手法，來發展出他的主題構想。

　　凱迪克也運用簡潔的風格，來描寫吉力照顧馬群的意象。吉力農耕完後進入農場照顧馬群，坐在樹下的模樣（圖7-26）[50]，已於《農夫少年》歷年的插畫版本中出現過：包括1800年第一版春天插畫（圖2）、1801年第四版春天插畫、以及1869年春天插畫（圖7-27）。與上述三個版本比較，凱迪克更善於利用線條，來描繪吉力與馬群

---

[47]　Ibid., 7, 8, 9。

[48]　Ibid., 2。

[49]　Ibid., 3。

[50]　Ibid., 5。

THE FARMER'S BOY.

WHEN I was a farmer, a Farmer's Boy,
I used to keep my master's HORSES,
With a GEE-wo here, and a GEE-wo there,
And here a GEE, and there a GEE,
And everywhere a GEE;
Says I, My pretty lass, will you come to the banks
of the Aire oh?

	7-25
7-24	7-26
7-27	

7-24 《照顧主人的馬》（Giles Keeps the Master's Horses）藍道夫・凱迪克1881。圖片來源：
Randolph Caldecott, The Farmer's Boy, 2。

7-25 《吉力與美麗的女郎》（Giles with a Beautiful Girl）藍道夫・凱迪克1881。圖片來源：
Randolph Caldecott, The Farmer's Boy, 3。

7-26 《吉力在農場樹下休息》（Giles Resting Under the Tree）藍道夫・凱迪克1881。圖片來源：
Randolph Caldecott, The Farmer's Boy, 5。

7-27 《吉力在農場樹下休息》（Giles Resting Under the Tree）鮑克特・佛斯特1869。圖片來源：
Robert Bloomfield, 1766-1823, The Farmer's boy, 5。

7-28 | 7-29

7-28 《農村少女照顧雞群》（A Farmer's Girl Taking Care of Hens）鮑克特‧佛斯特1869。圖片來源：Robert Bloomfield, 1766-1823, *The Farmer's boy*, 7。

7-29 《吉力照顧主人的母雞》（Giles Taking Care of Hens）藍道夫‧凱迪克1881。圖片來源：Randolph Caldecott, *The Farmer's Boy*, 10。

的輪廓。前景的草地樹叢均以線條描繪，而位於背景的農場，也以線條來描寫暗示，整張畫面以中景構圖為中心，使得吉力與羊群的意象，在簡潔而略帶空蕩的空間進行，氣氛蘊含著和諧與安寧。

讀者進入主題「照顧主人的母雞」，可以回顧1800版本中一位女僕在農場養母雞的模樣（圖7-28），雖然題材雷同，凱迪克在表現的手法，仍有獨特之處。畫面中吉力倚著紅色的磚牆，一隻手快樂抱著一個小男童，圍牆的另一端是一位小女孩協力伸出兩手餵養母雞，雞群描繪栩栩如生，快樂的在前景地面上尋找食物（圖7-29）。[51]

凱迪克的敘事模式發展出一項具有創意表現的方法，每一主題單元一共四頁，各頁之間為了讓頁面之間，產生延續的流動與視覺的平衡感。例如頁10至頁13[52]，讀者進入吉力「照顧主人的母雞」主題時，頁10以聚焦的鏡頭，將吉力與母雞的意象放置在前景、中景的空間之中；而頁11則以景深的空間將吉力與母雞放置在背景之中（圖7-30），如此一方面可以搭配該頁面的詩文，另一方面主題意象在頁10進入頁11時，讀者可以產生空間在視覺的延續感。

---

[51] Ibid., 10。

[52] Ibid., 10-13。

When I was a farmer, a Farmer's Boy,
    I used to keep my master's HENS,
With a CHUCK-CHUCK here, and a CHUCK-CHUCK there,
    And here a CHUCK, and there a CHUCK,
    And everywhere a CHUCK ;
With a BAA-BAA here, and a BAA-BAA there,
    And here a BAA, and there a BAA,
    And everywhere a BAA ;
With a GEE-wo here, and a GEE-wo there,
    &c.,   &c.,   &c.
Says I,   My pretty lass, will you come to the banks
            of the Aire oh ?

7-30	7-31
	7-32

7-30　《吉力照顧主人的雞群》（Giles Keep the Master's Hens）藍道夫・凱迪克1881。圖片來源：Randolph Caldecott, *The Farmer's Boy*, 11。
7-31　《吉力兩手捧著雞蛋，獻給一位老奶奶》（Giles Giving Eggs to an Old Woman）藍道夫・凱迪克1881。圖片來源：Randolph Caldecott, *The Farmer's Boy*, 12。
7-32　《農場主人將蛋分享給來訪的兩位客》（William Austin Sharing Eggs with His Guests）藍道夫・凱迪克1881。圖片來源：Randolph Caldecott, *The Farmer's Boy*, 13。

　　此外，凱迪克也進一步發展吉力照顧母雞的主題，他讓母雞生蛋的想法，產生農場擁有生產力的意涵，並且同時傳達農場社區共享的生活概念。頁12呈現吉力兩手捧著雞蛋，奉獻給一位老奶奶，而一隻母雞站在牆上，似乎高興的看著這一個富有愛心的景象（圖7-31）。頁13描寫農場主人也將蛋分享給來訪的兩位客人共同享用，意味著農場生產共享的涵意（圖7-32）。[53]這個創新的意念是原詩文與插圖所沒有的。

　　吉力照顧豬群的意象，也充滿了簡潔的田園氣息。吉力餵豬的意象已於1805年第八版插畫、及1845年的插畫（圖7-33）中出現過。相較之下，凱迪克的插畫（圖7-34）[54]與1845年的插畫雷同，兩張插圖同樣描寫吉力戴著帽子，手持桶子正忙於餵豬的模樣。惟1845插畫面中右邊的豬舍與柵欄形成的前景空間，使得畫面變的很擁擠，而反觀凱迪克描寫的場景，呈現寬廣的空間，畫面和諧、富有田園景色。此外，凱迪克善於使用線條，如畫龍點睛般的點出豬群的意象栩栩如生，表達了動物的自然外貌，與律動的生態，且以隱喻的手法；畫出前景草地上幾朵綻放的紅花朵，富有象徵意味，似乎吐露著農場養豬的生產力。

53　Ibid., 10-13。
54　Ibid., 14。

7-33 | 7-34

7-33 《吉力餵豬》（Giles Feeding Pigs）希德尼・庫柏（T. Sidney Cooper）1845。圖片來源：
Poems by Robert Bloomfield, The Farmer's Boy, 45。

7-34 《吉力餵豬》（Giles Feeding Pigs）藍道夫・凱迪克1881。圖片來源：Randolph Caldecott,
The Farmer's Boy, 14。

　　凱迪克繼續採用他的敘事模式，來表達這一個主題視覺的延續感。頁14吉力餵豬
的意象，聚焦於前景的草地。而進入頁15吉力帶領著豬群，似乎逐漸在背景中消失，
表示著空間的轉換（圖7-35）。頁16、17再轉入中景的構圖空間，表達出穩定的豬
舍空間（圖7-36）。此外，凱迪克不但善於描繪動物的自然，而且能夠以擬人化的手
法，讓一隻佬豬戴著眼鏡，在地上努力念著瑪莉，似乎想要對在旁照顧豬群的瑪莉，
表達尊敬之意（圖7-37）。[55]由此可看出，凱迪克刻意以幽默與詼諧的趣味，來表現
出人與動物的親密關係。

　　之前筆者已經討論到布倫菲兒繼承了湯姆生與蕭福特斯伯利的道德思想，肯定人
類以善心對待動物的重要，特別在農場主人與吉力和農民在聖誕夜晚團聚時，表達的
一席道德談話，反應出這個想法。1800第一版的冬季插畫，與1801年第四版的冬季插
畫，皆表現這個想法。

　　凱迪克不是援用上面的插圖表現手法，他是以照顧主人的狗主題來展現這個想
法。讀者進入頁23時，可以看到農場主人坐在椅子上，與一群小狗歡笑逗趣著，而吉
力帶著一群狗兒歡欣向農場主人求見的模樣，透露了吉力具有善心與忠誠對待動物的
道德思想（圖7-38）。[56]

---

[55] Ibid., 14-17。

[56] Ibid., 23。

7-35	7-36	7-37
7-38	7-39	7-40	7-41

7-35　《吉力照顧豬群》（Giles Taking Care of Pigs）藍道夫‧凱迪克1881。圖片來源：Randolph Caldecott, *The Farmer's Boy*, 15。

7-36　《豬群》（Pigs）藍道夫‧凱迪克1881。圖片來源：Randolph Caldecott, *The Farmer's Boy*, 16。

7-37　《豬群向瑪莉致敬》（Pigs Pay Respects to Mary）藍道夫‧凱迪克1881。圖片來源：Randolph Caldecott, *The Farmer's Boy*, 17。

7-38　《照顧主人的狗》（Giles Keeping the Master's Dogs）藍道夫‧凱迪克1881。圖片來源：Randolph Caldecott, *The Farmer's Boy*, 23。

7-39　《照顧主人的兒童》（Giles Keeping the Master's Children）藍道夫‧凱迪克1881。圖片來源：Randolph Caldecott, *The Farmer's Boy*, 26。

7-40　《美麗的女郎來到愛爾河岸》（A Pretty Lass Come to the Banks of the Aire）藍道夫‧凱迪克）1881。圖片來源：Randolph Caldecott, *The Farmer's Boy*, 30。

7-41　《吉力的愛情》（Giles's Love）藍道夫‧凱迪克1881。圖片來源：Randolph Caldecott, *The Farmer's Boy*, 31。

　　除了動物主題以外，他增加了個人所鍾愛的兒童題材，吉力帶著天真無邪的兒童與動物，在田園間快樂底遊戲著（圖7-39）。[57]最後的主題描寫吉力苗長成人，手牽著他的女友在愛爾河岸漫步的模樣，呼應了詩句「我美麗的女郎，請問你會來到愛爾河岸嗎？」（圖7-40）吉力的愛情故事在圖畫書的末尾頁31，重現了十八世紀的盛宴的主題。他將吉力塑造為一位求偶的少年，對象就是位坐在花園裡的美麗的女郎，畫面充滿愛情的溫暖（圖7-41）。[58]

---

[57]　Ibid., 26, 28。

[58]　Ibid., 30-31。

7.6 小結

　　羅博・布倫菲兒於1796-1798年之間，開始撰寫他的詩文著作《農夫少年》。這本詩集成為他一生中文學創作的經典之作，在英國文學界嶄露頭角，並且奠定其在文學界的地位。《農夫少年》出版後，可以迅速穫得評論與讀者肯定的回應，其主要原因有二：一、布倫菲兒是一位未接受正式教育的作者，符合了當代讀者尋求未經文明洗禮，而具有原創力的天才作家。詩集出版時，揩本・洛夫特與布倫菲兒均在該書出版前言時，提到作者未經文明洗禮的創作特質。二、《農夫少年》屬於英國喬治王文學傳統的一部份，並深受傑姆・湯姆生的經典作品《四季》的影響。詩集出版當時，正是喬治王文學傳統盛行之時。布倫菲兒在這本詩文中，一方面運用與發展了喬治王文學傳統描寫的模式與主題，二方面將個人童年在蘇佛克農場生活的經驗，回憶書寫建構融合成為一個擁有喬治王文學傳統與地區農業勞動的生活經驗作品。

　　《農夫少年》運用了田園文學傳統的敘事手法，描寫了田園中農事耕作情形的觀察與反省，同時也反映了自然的結構，讓田園詩作的描寫包含在一年四季的連續性結構。《農夫少年》共分為四個部分，每一個部分描寫一個季節，由春天開始，冬天終止。四個部份中，春天與秋天篇幅較短，自然四季有機的更迭變換也持續運作進行，形成了本詩主題與結構的統一性。

　　《農夫少年》的中心主角是一位溫和勤勉，十一、二歲男童。他是作者布倫菲兒的代言人，也是本詩中的第三人稱，名字叫吉力。吉力的農村耕作一方面呼應了自然的四季發展，另一方面與農村耕作相關的動物，產生息息相關的互動關係，形成了詩文中對於農事耕作與動物互動生活，在道德與美學上的觀點。

　　《農夫少年》於1800年3月第一次出版，不僅是一本詩集，而且是一本插畫詩集。《農夫少年》含有插畫，直至1827年第15版，都包含插畫。第一版是由亞歷山大・安德生製作，第二版則改變，製作了一個新的卷頭插畫，是由約翰・特斯動所描繪，而由查爾騰・內斯比印刷。值得注意的是，早期詩集所製作的插畫，持續雷同的內容（有些版本插畫作品會調換位置），一直到1805年第八版才有新的改變。第八版採用了一個新的卷頭插畫，並且也引入了幾張新的插畫作品，為詩集的插畫設計，帶來新的概念。如此以來這些插畫持續使用，直到第十（1808）及第十一版本（1810）。1869年《農夫少年》版本含有三位插畫家、三位雕刻家，共有30件插畫作品，是詩集自1800年首次出版以來，插畫張數相當多的版本，由此也可以窺見詩集在

19世紀中葉出版銷售情況良好，而插畫能夠持續獲得讀著的喜愛。凱迪克1881年的《農夫少年》圖畫書是在十八世紀復興風潮中，依據布倫菲兒詩集所發展出來，具有創意設計概念的圖畫書。

　　《農夫少年》插畫詩集一方面呈現蘇佛克地區農業生活，及吉力在該地農場生活的個人經驗；二方面也透露了作者布倫菲兒的立意與思想，也就是說，《農夫少年》的插畫，不但能夠傳達詩文中的主題與內涵，而且也能夠幫助讀者，建構布倫菲兒的想法，其商福諾與福德出版公司，也懂得有效利用插畫的視覺語言 獲得讀者的喜愛及市場的銷售。

　　此外，約翰‧康斯坦堡是出生於蘇佛克的克亨寧頓的一位英國畫家，喜愛同是生長於蘇佛克的布倫菲兒的詩文，受其詩作《農夫少年》的啟發，創作了三件作品：1814年《蘇佛克的犁田景色》或《夏日土地》）；1816年《麥田》或《豐收、收割者、拾穗者》；第三件作品製作於1830年代的《雲的習作含布倫菲兒的詩句》。除了受《農夫少年》詩文啟發以外，康斯坦堡的創作也反映了作者在該地區親身的經驗與觀察；也就是說，《蘇佛克的犁田景色》與《麥田》一方面含有《農夫少年》詩句的影響，另一方面融合了康斯坦堡親身的體驗與對該地區寫實的農業景觀的想法。由此康斯坦堡深信農夫與拾落穗的工作者，雖然是鄉村貧窮者，但是值得被關注與歌頌的。

　　凱迪克的《農夫少年》圖畫書的製作與內容，與布倫菲兒詩集息息相關，他意圖將原布倫菲兒冗長的詩作，改寫為短詩，描寫吉力在田園的生活經驗，並且以吉力照顧動物為主軸，發展成為一系列關於吉力從事農村的活動，這個主題顯然持續了十八世紀以來田園文學的敘事傳統，具有美學與道德上的觀點。

　　凱迪克繼承了布倫菲兒與蕭福特斯伯利的思想，肯定人類具有同情的善心，以為在農場工作與生活，是一種人生的體驗與學習，由於人類具有善心與同情的本性，所以在農場工作中，人類與動物應當保持良性的互動關係，由此展現出對於動物的人道主義的態度，所以凱迪克採用了布倫菲兒的思想，描寫吉力從事農村工作與照顧動物的主題，來發展圖畫書的主題。

　　受布倫菲兒的思想的影響，凱迪克為《農夫少年》圖畫書建構了一個設計模式，是其創作設計的中心概念。這個設計模式的中心主題為照顧主人的動物，首先是封面，其主題是照顧主人的綿羊，爾後主題依次為照顧主人的馬、綿羊、母雞、豬、野鴨、狗、兒童、土雞以及吉力的愛情。上面各主題每四頁形成一個單元，最後照顧主人的土雞，以及吉力的愛情僅有一頁。

　　凱迪克著重創意設計的概念，其改編主題，雖然保留了吉力照顧動物，以便從事農業的活動，但是原詩文中含有蘇佛克地區農業價值的幾項題材均被省略；包括擠牛奶製作乳酪農產品、蕪菁植物提供牛羊在冬日的營養來源，以及農業工人拾落穗的活動等。雖然如此，凱迪克喜愛創意發想，除了動物主題以外，他增加了個人所鐘愛的兒童題材，以及吉力的愛情故事，後兩種主題讓吉力的田園農事生活，增添兒童的趣味與感情的生活。

凱迪克在改編《農夫少年》詩集的主要策略之一，在於提高插畫的價值與重要性，也就是說插畫遠比文本重要，插畫在凱迪克設計模式中，扮演非常重要的角色。回顧《農夫少年》的插畫歷史，各版本均以詩文為主、插畫為輔，而凱迪克改編詩文成為精簡有趣的短詩。其圖畫書31頁中含短詩的頁數僅有8頁，餘23頁均為插畫，而短詩每頁凡6行、9行、10行、11行、12行、13行，各頁短詩均不超過頁面一半，或至多佔頁面2/3。由此可以看出，凱迪克在改編《農夫少年》詩集的主要策略之一，在於提高插畫的價值與重要性，也就是說插畫遠比文本重要，插畫在凱迪克設計模式中，扮演非常重要的角色。

　　回顧《農夫少年》的插畫歷史，各版本的插畫主要以木雕的黑白插畫為主，只有1881年版本使用彩色的銅版印刷。凱迪克的《農夫少年》係與艾德蒙・埃文斯合作，負責插畫雕刻與印刷部份，是其創意設計的另一重要策略。埃文斯的印刷製作包含兩種不同印刷技術，一種是黑白單色印刷，另一種是彩色印刷。《農夫少年》圖畫書凡31頁中，黑白占22頁，而彩色占9頁，埃文斯融合這兩種不同的印刷技術，在插畫版面上進行流動，相互呼應，使其圖畫書風格獨樹一格，且富有原創性。

　　凱迪克的插畫製作與內容，與布倫菲兒詩集歷年插畫的版本有關，其圖畫書中的許多插畫，與歷年插畫的版本，有一些雷同之處。但是，凱迪克不僅只止於參考歷年的插畫版本，更重要的是他注入個人創意思想，發揮想像力，使其插畫具有簡潔自然的風格，且富有原創性。凱迪克的《農夫少年》圖畫書封面，描寫吉力坐在樹蔭下照顧著綿羊、享受著田園生活，其氣氛安詳和諧。這張封面的設計可以追朔1800年第二版本卷頭插畫，讀者可以看到吉力坐在樹下遙望著田園的景觀，這兩張圖像同樣描寫吉力代表牧羊者的意象，持著富有象徵性的手杖，與腳邊忠實的狗相互倚慰的模樣。此外，1805年第八版的插圖描寫吉力同樣戴著帽子，持杖與旁邊的小狗，形成一個親密的互動夥伴關係。由此可看出，凱迪克的封面設計，很可能參用了上述兩張插畫的設計構想，描寫吉力的牧羊者意象，坐在樹蔭下照顧著綿羊、享受著田園生活，其畫面充滿了阿卡迪亞氣氛。

　　雖然如此，凱迪克朔造吉力，不僅是一位牧羊者，也是一位愛情追求者。他凝視遠方，遙望對街上的一位小姐，渴望著愛情，是原詩文及插畫中所沒有的。由此也點出圖畫書中將要進行的愛情故事，這是凱迪克的創意發想。此外，凱迪克採用彩色封面，以米黃色與綠色描寫草地與背景，使畫面倍增溫暖與安詳的氣息，是原兩張黑白插畫所缺少的。

　　讀者進入頁2「照顧主人的馬」的主題，可以看見吉力騎在馬上自在的模樣。凱迪克運用戲劇性的手法，讓吉力從前頁鄉間田園的景色，轉而進入市區公園的場景，描寫吉力熱烈追逐他的愛情，畫面上同時呈現兩種景象：一個是吉力與他所熱愛女性的交談著，另一個是描寫愛爾河邊的景色，充滿浪漫的情懷。由此可以看出凱迪克並非固守成規，限於模仿過去插畫的模式，相反的，他是一位善於發揮想像力、並懂得運用戲劇性的手法，來發展他的主題構想。

凱迪克善於利用線條，展現其簡潔的風格，來描寫吉力照顧馬群的意象。吉力農耕完後進入農場照顧馬群，坐在樹下的模樣，雖然已於《農夫少年》歷年的插畫版本中出現過，包括1800年第一版春天插畫、1801年第四版春天插畫、以及1869年春天插畫。與上述三個版本比較，凱迪克更善於利用線條，來描繪吉力與馬群的輪廓。

　　此外，凱迪克也進一步發展吉力照顧母雞的主題，他讓母雞生蛋的想法，產生農場擁有生產力的意涵，並且同時傳達農場社區共享的生活概念，頁12呈現吉力兩手捧著雞蛋，奉獻給一位老奶奶，而一隻母雞站在牆上，似乎高興的看著這一個富有愛心的景象。頁13描寫農場主人也將蛋分享給來訪的兩位客人共同享用，意味著農場生產共享的涵意。這個創新的意念是原詩文與插圖忽略缺少的。

　　由以上的討論可以結論：凱迪克於1881年《農夫少年》圖畫書是《農夫少年》這本詩集在十九世紀中，因應十八世紀復興風潮系列出版機制中，具有創意設計概念成功的圖畫書，也是詩集出版歷史的脈絡中，具有歷史地位與涵意的圖畫書。

第二部份

接續三位插畫家的生平活動與凱迪克十八世紀主題的圖畫書探討，第二部份希望討論十八世紀相關主題的視覺藝術表現、克雷恩的《美女與野獸》、格林那威的《窗下》與約翰、埃弗里特米萊斯兒童肖像畫、十八、十九世紀兒童教育與遊戲用品、與維多利亞時代因應十八世紀復興運動的繪畫、時尚與戲劇議題。

Chapter 8

十八世紀的再現：風俗畫

8.1 前言

　　本文旨在討論英國維多利亞時期盛行十八世紀復甦風潮，說明這股風潮不僅反映著1870年代人們緬懷過去的年代，而且形成十八世紀復古的繪畫潮流。這些繪畫作品，描寫四種不同的風俗主題，包括服裝畫、快活的鄉紳、仕女帽少女、以及快樂純真的兒童。

8.2

十八世紀的復甦（1870-1900）：
風俗畫

一、服裝主題

　　維多利亞時期，人們對於當代各領域的設計品質普遍感到不滿意，導致他們偏愛復古風格。事實上，對維多利亞的人來說，十九世紀服裝象徵品味低俗，並且嚴重影響了時代的美術和應用藝術。查爾斯・樂克・易斯萊特（Charles Lock Eastlake），是當時戮力提升設計品味的先鋒，他曾說：

> 造成本世紀藝術品味與藝術創作低落的因素，醜陋的現代服飾是罪魁禍首。其對於畫家和雕塑家的影響是相當可悲的，迫使他們……若不是完全放棄所有當時的時代意義……就是要進行吃力不討好的工作。[1]

　　隨著各方對現代服飾異口同聲的批評，藝術家與戲劇工作者常常求助於十八世紀的服飾與配件。對於英國十八世紀的服飾的研究與探討，也因之而興起。詹姆斯・魯賓遜・布蘭社（James Robinson Planche）於1834年發表其著作《從早期至十八世紀英國服飾的歷史》[2]（History of British Costume from the Earliest Period to Close of the Eighteenth Century）。繼之，菲德瑞克・威廉・非荷特（Frederick William Fairholt）於1846年發表《英國的服飾從早期至十八世紀》[3]（Costume in England, from the Earliest Period to the Year 1800）。非荷特於1845年開始於雜誌《藝術聯合》（Art-Union）發表一系列有關於十八世紀服飾的主題，該書收錄了這些文章，並且包含超過600張木刻版畫，對於十八世紀英國服飾有相當詳細的紀錄與解釋。

　　畫家馬庫斯・斯通（Marcus Stone, 1840-1921）的傳記中表明了他對於十八世紀服飾的喜愛：

---

[1] Charles Eastlake, *Hints on Household Taste, in Hugh Guthrie, ed., Late Victorian Décor* (N.Y.: American Life Foundation., 1968) 105。

[2] James Robinson Planche, *History of British Costume* (London: Charles Knight, 1834)。

[3] Frederick William Fairholt, *Costume in England: History of Dress from the Earliest Period Till the Close of the Eighteenth Century* (London: Chapman and Hall, 1846)。

十八世紀的服裝不但保存了復古裝扮的別致典雅，同時也結合了現代的流行時尚，所以當代的觀察家不僅可以接受這種風格，甚至覺得別具魅力。法國大革命時期流行的打褶與荷葉邊、三角帽和長大衣，對於今日的我們似乎有點陌生，若要讓這些服裝出現在現實生活中，需要有極大的想像力。然而，十八世紀的服裝優雅美麗，比起日常的服飾還更適合穿戴，也更能提供浪漫的時刻與溫柔的想像。[4]

　　馬庫斯·斯通於1878年投入了英國的十八世紀狂熱，並且透過畫作為繪畫界與戲劇界的服裝設計提供了不錯的參考典範。斯通將他的想法呈現在一幅名為「奧利維亞」的小型作品中，裡頭所蘊含的概念具體代表了1870年代英國人對十八世紀女性服飾的一般觀念。這位女子穿著一套簡單的高腰連衣裙，七分袖的袖口部份有寬鬆的褶襉造型，斯通在臀部的位置，加了有當代華托式茶會服風味的工字褶襉，並在肩膀上綁了條打褶的三角形白色領巾。在奧利維亞的頭飾部份，可以看到他在一頂精緻的仕女帽上面，再搭配另一頂戶外用的淺帽冠草帽。

　　因應「奧利維亞」在1878年所帶動的戲劇熱潮，斯通在1880年的皇家藝術學院夏季畫展發表了另一幅更大的奧利維亞畫像。在這幅畫中，她穿著同樣的衣服，身邊是她的弟弟迪克·普瑞羅斯（Dick Primrose）。若是把埃倫·特里的劇照與畫作中的服裝相較，服裝線條的差異清晰易見。舞台服裝緊身且修長的「公主」身形與窄裙造型，並不是真正的十八世紀時尚。儘管斯通受到特里的影響而想要準確重現古代的服裝設計，不過他在作畫時，還是本能地為畫中人物添加了當代的優雅元素。

　　針對保存在倫敦博物館的另一套特里演出《奧利維亞》時所穿的戲服（圖8-1），馬丁·瑞芬藤·何摩斯（Martin Rivington Holmes）清楚地列舉出戲服與原本服裝的差異。他說：

8-1　《埃倫·特里在《奧利維亞》劇中的服飾》（Ellen Terry's Costume for Olivia）倫敦美術館（London Museum）。圖片來源：M.R. Holmes, *Stage Costume and Costume ccessories in the London Museum*, 42。

「斯通作品中的服裝對於十八世紀服裝的考究只有做到表面功夫，其實他所模

4　Alfred Lys Baldry, *The Life and Work of Marcus Stone, R.A.* (London: Art Journal Office, 1896) 20-21。

擬的服裝並非純正的十八世紀風格，因為傳統服飾背後飾有工字褶襉的裙袋（sack-back）應該是禮服的一部分，但是在斯通的畫中，裙袋變成了獨立的配件……而裙子本身的材料、設計和穿著方式，都非常接近這位女演員當代的流行時尚，她幾乎都可穿這件衣服去喝下午茶了。」[5]

這件保存在倫敦博物館的戲服，在印花的部分非常類似1870年代初期的朵莉・瓦登式服飾；另一方面，高腰線的服裝常見於斯通繪製的1800年代場景，而在1878年的仕女服裝中，這種設計則不那麼常見。亞登・霍爾特（Ardern Holt）在他的華麗宴會服飾指南《華麗服飾》（Fancy Dress）中，非常激賞斯通對這位十八世紀女主角的服裝概念。[6]

在1870年代初，英國最流行的打扮也許是「朵莉・瓦登印花服飾」（Dolly Varden），這種裝扮同時也被譽為「最道地的英式風格。」[7]這個名稱源自於文學作品，是在普法戰爭期間，法國無暇顧及國際時裝流行時，所出現的一種裝扮方式。朵莉・瓦登是狄更斯（Charles Dickens）小說《巴納比・拉奇》（Barnaby Rudge）裡的人物，這本小說以1780年代為背景，而朵莉・瓦登則是故事中一位質樸天真的少女。

威廉・鮑威爾・福利思（William Powell Frith, 1819-1909）在1842至1849年期間以朵莉・瓦登少女為題材，創作了一系列的作品，在此同時，他似乎也因此帶動了這股以朵莉・瓦登為名的流行風尚。與後來的服裝設計師一樣，福利思在當代裝扮的基本輪廓上結合了十八世紀的特色，例如搭配草帽以及在內襯裙外面再搭上一件在腰間收合的外罩裙。外罩裙後擺膨鬆的樣子讓人想起十八世紀的波蘭式連衫裙。這種通常以印花棉布或絨布製成的服飾在當時非常流行，是非正式的日間衣著。朵莉・瓦登式的帽子是一種麥桿編織而成的草帽，通常帽冠很淺，帽緣鬆軟。當時的人穿戴這種帽子時會把它調成向前傾斜的角度，1871年出版的《胖趣》雜誌的藝術家覺得這種帽子的戴法是個非常奇特的現象（圖8-2）。

凱特・格林那威的作品所勾勒出的「少年天堂」意象讓許多年輕人和老年人都非常嚮往。凱特的兒童圖畫書《窗下》（圖8-3），於1878年完成。這件作品體現了作者親手設計兒童服飾，並且將兒童服飾的概念應用於插畫的創作上。凱特所畫的連身長裙是根據十八世紀後期的風格與帝國式高腰裙的設計為藍本，再巧妙地搭配上草帽與踝帶式拖鞋；格林那威本人親自設計製作這類衣服（圖8-4），由此重現了她畫中的衣服模樣，為兩個世代的小女孩提供這種風格的服裝。[8]

格林那威的兒童服飾也被應用於倫敦的自由商店（Liberty）。這是家專門製作

---

[5] M.R. Holmes, *Stage Costume and Accessories in the London Museum* (London: H.M.S.O., 1968) 9。

[6] Ardern Holt, *Fancy Dresses* (London: Debenham & Freebody, 1896) 275-76。

[7] Cunnington, C.Willett & Phillis, *Handbook of English Costume in the Eighteenth Century* (London: Faber & Fable, 1906, 1959) 493。

[8] Rebecca Perry, "*Girlies and Grannies":Kate Greenaway and Children's Dress in Late Nineteenth—Century Britain* (M.A. Thesis, Bard Graduate Center, 2010) 2。

8-2 | 8-3 | 8-4

8-2 《朵莉‧瓦登再見之吻》（The Dolly Varden Farewell Kiss）圖片來源：*Punch,* Oct.14,1871。
8-3 《窗下》（Under the Window）凱特‧格林那威（Kate Greenaway）1880。圖片來源：Kate Greenaway, Under the Window, cover。
8-4 《凱特‧格林那威設計的服裝》（The Dress designed by Kate Greenaway）凱特‧格林那威 1887。圖片來源：Ina Taylor, *The Art of Kate Greenaway a Nostalgic Portrait of Childhood*, 120。

與銷售兒童服裝的商店，在十九世紀後半葉非常著名。自由商店為了發展具有藝術品味的兒童服裝，模擬引用了格林納威的插畫，成為該商店製作兒童服裝設計的重要來源。

　　格林那威對成人服飾和童裝的影響力一直持續到二十世紀；一個女裝裁縫師曾經針對1913年德比賽馬會（Derby Day）的訂單發表意見，她說最受歡迎的樣式就是「仿凱特‧格林那威的風格；圓桶邊的裙子和三角領巾。」[9]（圖8-5）許多要參加婚禮派對的年輕女性還是會選擇「格林納威式」的服裝。

二、快活的鄉紳

　　新一代喜愛十八世紀主題的畫家對於喬治王時代的描繪似乎偏愛「安逸（Leisure）」的想法，而這個想法也在探討十八世紀主題中扮演著核心的角色。早在1860年，《布萊克伍德雜誌》（*Blackwood's Magazine*）就已經注意到這個趨勢：「現今的繪畫主要是一種『讓事情變得令人愉悅』的藝術……禮儀與大眾……取悅於社

8-5 《仿凱特‧格林那威風格的玩偶》（A Kate Greenaway Doll）1890s。圖片來源：Ina Taylor, *The Art of Kate Greenaway a Nostalgic Portrait of Childhood*, 117。

---

[9] Ibid。

會，通常是最成功的畫作風格」。[10]

1880年代的兩幅畫作說明了維多利亞人眼中十八世紀的鄉紳生活樣貌。馬克斯（H.S.Marks）在《來自村莊的消息》（*News from the Village,* 1889）中，描寫一些「過時」的男人聚在一起，讀著最新的週報。盧卡斯（J.S. Lucas）在《此話當真？》（*You Don't Say So*）中描寫一位穿著馬褲的紳士，敞開四肢躺在壁爐前，抽著菸，對著一個畫中沒有出現的聊天夥伴打著盹。這些熱情男爵呈現的樣貌顯然就是聊八卦、抽菸、看報紙。

上述作品充滿了詼諧感與男性氣息，讓人聯想到聖約翰伍德畫派（St. John's Wood Clique），該畫派以惡作劇和穿著議題著稱。[11]除了馬克斯以外，華爾特・丹帝・塞德勒（Walter Dendy Sadler）將他的創作延伸到十八世紀之前，試圖找尋相似的歡樂男性主題。塞德勒的《星期四》（*Thursday,* 1880）所描繪的便是中古世紀快活的修道士，他們平日的活動就是釣魚、吃東西、打瞌睡、或是在惡作劇。約翰・菲利浦（John Philip）描繪1850及60年代以西班牙理髮店為背景的男性人物作品，亦屬於此類畫作。

這些作品均以修道士、理髮師、以及鄉紳等年紀稍長的好男人為主題的畫作，其描繪的場景通常侷限在男人出入的場所，像是撞球間、吸菸室、酒館、和男人專屬的俱樂部。[12]評論家讚賞這些男性人物擁有幽默和樸實的特質。

值得注意的是，舊式的英國鄉紳主題，對於維多利亞時代的觀眾來說，不但吸引人，而且較具有內涵。喬治・艾略特（George Eliot）於 1859年出版的《亞當・比德》（Adam Bede）一書中，談論英國鄉紳的生活樣貌，以及「安逸的美好時代」：

> 睿智的哲學家告訴你，也許蒸汽機會帶給人類安逸的生活。但不要相信他們的話，蒸汽機其實只會讓熱切的心靈變得空洞。即使無所事事是個風尚的行為……老式的「安逸」就像是一個與眾不同的人物；他只閱讀一份報紙，領導人物對他來說天高皇帝遠，而且不受送信時間的影響。他是個喜歡沉思，相當堅定的紳士，他的理解能力很強……具有穩重的洞察力，不受假設事物的影響，他對於無法探究事情的原因感到快樂，因為他們寧願喜歡事物本身。鄉紳大多居住在鄉下，那裡有舒適的座椅和家園，他喜歡漫步於果樹林裡，在早晨溫暖的陽光溫熱著杏子時，品味著果香……美好的老式安逸！不要以現代的嚴格標準看待他；他從不去埃克特堂（Exeter Hall）或聆聽受歡迎的傳道士佈道，也不會閱讀《時論冊集》（Tracts for the Times）或《衣裳哲學》（Sartor Resartus）。[13]

---

[10] *Blackwood's Magazine* (July 1860), 67。

[11] Bevis Hillier, "*The St. John's Wood Clique*", Apollo, 79 (June 1964) 490-95。

[12] Nicholas Cooper, *The Opulent Eye: Late Victorian and Edwardian Taste in Interior Design* (London: Architect Press, 1976) plate 24。

[13] Raymond Williams, *The Country and the City* (New York: Oxford University Press, 1973) 177。

這個綽號叫「老逸士」的舊時紳士，反覆出現在無數繪畫、詩歌和短篇小說裡。奧斯汀·多布森（Austin Dobson）在1888年創作的詩作，「復古紳士」（A Gentleman of the Old School）裡呼應了艾略特的鄉紳形象。多布森把他的詩歌獻給一位來自「昔日喬治王時期」的「安逸」紳士：

> 輕輕地躺下，「安逸」！別懷疑，就是你
> 隨著極度的寧靜氣份，良知帶著你
> 輕輕地吸口氣，在沉睡中忘卻惱人的問題；
> 但我們，我們的時代只給了我們
> 狹小的空間，來消除吾輩雙眉的疲憊，
> 瞧不起你的狹小房子，
> 老朋友，想念你！[14]

鄉紳布雷斯布里奇（Squire Bracebridge）是「老式安逸」典型中最為人喜愛的人物。華盛頓·歐文在1819年發表的《寫生簿》與1822年的《布雷斯布里奇廳》將英式莊園別墅描寫得十分生動，使得這兩部著作在十九世紀後期受到極大的歡迎，特別在作者與世長辭之後，邀請藍道夫·凱迪克這位傑出的插畫家將其作品呈現於插畫中。[15]

凱迪克於1874年受到麥克米倫公司委託繪製《寫生簿》。起初他一共繪製了120幅作品，並且在1875年以《舊聖誕節》為名出版，並再版兩次。另一部市場反應較差的續集，《布雷斯布里奇廳》同樣由凱迪克繪製，並於1877年出版。[16]凱迪克精湛的插圖，畫出了歐文著作裡幽默但絕不粗俗喧鬧的角色人物；這些舊時人物的刻畫進一步加強了英國吸引人的民族特色。歐文以觀光客好奇的眼光，描寫十九世紀的前十年與二十年英國的景色。在這位美國人的眼中，最迷人的地方在於鄉紳過著稍顯不合時宜的生活方式。在插畫中，女性的服裝呈現出英國復古的帝國式高腰長裙，以及簡單及腰洋裝搭配披肩式衣領；凱迪克透描繪復古的服裝讓這個典型鄉紳故事可以重現18世紀的場景（圖4-9~4-12）。

1876年聖誕節出版的《圖文報》（例如「聖誕訪客」（Christmas Visitors）是選自凱迪克的《舊聖誕節》，且在各大雜誌設置聖誕節副刊，其中的插畫充滿了復古意象。凱迪克繪製旅遊和獵狐題材的畫作，是好幾期的聖誕號期刊的題材。除此以外，在1881年12月「卡尼爾先生的聖誕節」（Mr. Carlyon's Christmas）中，凱迪克將他的主題又回到了歐文作品裡的場景。

再往後看二十年的《皮爾斯畫刊》（Pears Pictorial）所出版的聖誕副刊，讀者

---

[14] Austin Dobson, *A Gentleman of the Old School* (Chicago: Aldrbrink Press, 19)。

[15] Washington Irving, Old Christmas and Bracebridge Hall, Illustrated by Randolph Caldecott (London: Macmillan And Co. and New York, 1886)。

[16] Rodney K. Engen and Randolph Caldecott, Lord of the Nursery (London: Bloomsbury Books, 1976)。

可以發現十八世紀畫作中對於節慶的描繪在維多利亞時代晚期仍深具吸引力。1896年出版的特別刊中,幾乎所有的插畫與故事都是復古風,就連皮爾肥皂的廣告也是如此。[17]「一年一度的聖誕到來」(Christmas Comes but Once a Year)是由插畫家查爾斯‧格林(Charles Green)詮釋的畫作,畫中人物置身於一場聚會中,背景是掛有庚斯博羅(Gainsborough)肖像的亞當式風格飯廳。還有另一本由約瑟夫‧桂葛(Joseph Grego)編輯的特刊包含「真正的復古聖誕」(A Real Old-fashioned Christmas)和「昔日的聖誕節」(Once Upon a Christmas Time),這些雜誌描繪了常見的鄉紳飲酒場景、打牌、狩獵,以及在「藍堡宮廷」(Langbourne Court)親吻的作品。以效仿凱迪克風格著稱的休‧湯姆森(Hugh Thomson)繪製了彩色折頁,也描繪了十八世紀復古色彩的插圖。

透過這些插畫,凱迪克把讀者帶回到十八世紀地主階級統治的時代。[18]這裡引述歐文在《布雷斯布里奇廳》的段落:

> 事實上,鄉紳保有舊英國鄉村紳士風範,他們幾乎都定居於出生地的鄉村,且頗富有幽默氣質。當英國人有機會照自己的方式過生活,他們很容易就變成環境所塑造的樣子。他們的愛好能夠好好地流傳至今,這點我很欣賞,但是,英國人對於古老英式舉止與風俗的投注,其實是一種偏執。

對於那些看似傲慢的鄉紳和他們的家庭,歐文解釋:

> 由於他們享有世襲領土的重要地位,促使他們變得如此傲慢。周邊地區的居民一直以來都把他們奉為「地球最崇高的貴族」;附近小村莊也對鄉紳抱持著面對封建地主的敬意……[19]。

歐文著作中描繪莊園成為巨賈富商投入的目標,顯現莊園具有特殊意義。維多利亞時期的莊園有象徵性的組成要素,也就是領地、「小村莊」與「周邊鄉村」。「世襲領土」是創造收入的農場,然而十九世紀後期的讀者普遍忽略世襲領土。當農村代表著休閒場所和著名的投資標的時,農村風景的價值就提升了。

選擇古老鄉紳的生活方式也具有重要的象徵意義,因為它代表著晉升成為安逸上層階級的一員。英國社會允許工業富庶的發展[20],但也給予阻力。當社會對世襲鄉紳

---

[17] London, Royal Academy, *Lord Leverhulme: A Great Edwardian Collector and Builder* (London: The Academy, 1980)。

[18] Engen, *Lord of the Nursey*, 1976, 17-19。

[19] Irving, *Old Christmas*, 1886, 136。

[20] Walter L. Arnstein, "The Survival of the Victorian Aristocracy," *The Rich, the Well-Born and the Powerful*, ed. F. C. Jaher (Urbana: University of Illinois Press, Il., 1973) 203-257。

表達遺憾，暗示著他們嚮往擁有更穩定的社會秩序。1877的《新共和國》（The New Republic）是一部奚落知識份子和流行趨勢的諷刺小說，小說中的鄉間別墅裡進出的人物或是具有審美能力的人物，或是知識份子、政治人物、或是有錢人；當赫伯特先生（Mr. Herbert）讚揚喬治・安伯羅斯爵士（Sir George Ambrose）時，幾乎所有客人都點頭表示贊同：

> 他的確是個英國鄉紳的完美典型。因為他生活在自己的土地上，與自己鄉村的人們生活在一起；對於生活簡樸的同鄉來說，他是個完美且親切的典範，……但以最高的標準看來，他也是尊貴、高尚且有條不紊的。

在繪畫界，以描繪鄉下莊園題材知名的有阿特金森・格里姆蕭（Atkinson Grimshaw, 1836-1893）與山姆・沃勒（Samuel E. Waller, 1850-1903）。格里姆蕭是來自利茲（Leeds）的畫家，擅長描繪鄉下莊園別墅和月光下港口的場景。他在1870年代的英國中部地區頗受歡迎，擁有許多實業家客戶，這些人多半是「祖傳」豪宅主人。[21]他描繪莊園的建物風格（圖8-6）遍及都鐸王朝到喬治王時期，他別具特色的秋日景色和月光下的場景，強調著時光的推移，彷彿昔日的輝煌已漸漸消逝。他也時常描繪穿著古老服飾的人物，來呈現懷舊的感情。1883年的《11月的早晨》（November Morning）中的帝國式高腰禮服和仕女帽（圖8-7），是他經典的代表作品；由此可以看出格里姆蕭期望表達出十八世紀復古的價值觀。

沃勒的作品中表現的手法甚至比格里姆蕭還直接。沃勒的手法通常是以一棟莊園建築為藍本，進而畫出鄉村別墅、動物和一些穿著十八世紀服裝的迷人角色。他的目的顯然是希望藉由鄉間別墅的描繪，來營造出那個以鄉紳為領土中心的時代。在1891年的《二十一》（one and twenty）畫作中，鄉紳頭銜繼承人的朋友向他敬酒，場景就位於莊園別墅裡的豪華樓梯間。在1899年的《亨斯邁的求愛》（Huntsman's Courtship）中，描繪感人的場景是狩獵活動，是住在鄉間別墅喜愛騎馬活動的畫作。

沃勒從1871年開始在皇家學院參展，並且成為1881年《藝術期刊》（Art Journal）報導文章的主題。沃勒的作品，《成功！》（Success!）於1881年由錢特裡遺贈基金（Chantrey Eequest）收購並致贈國家典藏，沃勒因此很快地獲得了成功。他還因為出售版權得到額外收入和知名度；他有多幅繪畫付印，並成為大型藝術複製品在市場上銷售。如果努力和金錢花費可以解釋人氣的話，那麼沃勒的成功算是理所當然的。他每幅畫的初步開支經常得花到將近100英鎊。以《二十一》的模型費用來說，就動用了七匹馬和14個人，花費分別是35和25英鎊。另外，15英鎊支付服裝，還有額外的花費用於比例模型，以及為了速寫莊園公園，而必須來往威爾斯所衍生的旅行費用。[22]

---

[21] David Bromfield, Atkinson Grimshaw 1836-1893 (London: Scolar Press, 1979)。

[22] Mary Clive, The Day of Reckoning (London: Macmillan, 1964) 9-10。

8-6 │ 8-7

8-6 《秋日餘暉：老磨坊》（*Autumn Glory: The Old Mill*）阿特金森・格里姆蕭（Atkinson Grimshaw），Oil on board, 62.3×87.5cm. 1869. 里茲藝術畫廊（Leeds Art Gallery），Leeds。圖片來源：Jane Sellars ed., *Atkinson Grimshaw: Painter of Moonlight*. 138。

8-7 《11月的早晨》（*November Morning*）阿特金森・格里姆蕭 Oil on canvas, 50.8×76.2cm. 1883. 斯畢列藝術畫廊（Shipley Art Gallery），Gateshead。圖片來源：Jane Sellars ed., *Atkinson Grimshaw: Painter of Moonlight*. 128。

　　鄉紳的故事特色不僅是擁有快活的「舊式安逸」類型的人物，同時還有年輕且相當頑皮的對手，這種角色安排相當普遍，而且情節公式化。奧查森（W.Q.Orchardson）1876的《買賣契約》發表時，《倫敦新聞畫報》的評論指出奧查森是想嘗試在畫作中加入兩名代表性人物。他在畫作中描繪「年輕敗家子在轉讓所有財產給老奸巨猾的高利貸放款人之前，他頹喪地站在爐邊」，評論家對此畫作給予相當高的評價。

　　鄉紳意象在十九世紀後期會擴散得如此迅速，泰半歸因於珍・路易士・爾斯特・梅索尼埃（Jean-Louis-Ernest Meissonier）在英國產生的影響。這位法國藝術家擅長大規模的軍事題材，喜歡描寫閒散的士兵、邊抽菸邊玩牌的紳士，或是一群鑑賞家在研究和討論藝術作品。梅索尼埃的畫作呈現出十六、十七或十八世紀早期的服裝與背景。梅索尼埃於1841年在皇家學院展出，並且由於拿破崙三世送給阿爾伯特王子的禮物，就是梅索尼埃1855年繪製的《爭吵》（La Rixe）（皇家收藏）。因為這個原故，這位畫風細緻入微的大師於是聲名大噪，並且使他在1867年取得榮譽皇家院士頭銜。他的作品從1854年起就定期在根巴特（Gambart）的年度法國展覽中展出。根巴特是出生於比利時的藝術買賣家，從1860年起，他讓梅索尼埃的複製畫進入藝術市場銷售。根巴特在1871年退休，同時也轉移興趣到皮爾傑蘭・利菲弗身上（Messrs. Pilgeram and Lefevre）。其他倫敦買賣家會定期展出其他歐洲畫家的作品，在這些畫中泰半承襲了梅索尼埃的風格。除此以外，藝術期刊也時常刊登梅索尼埃畫作的複製品。理查・華萊士先生（Sir Richard Wallace）手中收藏有梅索尼埃的大型油畫作品；從1872年到1875年之間，他的收藏品在倫敦的貝斯納爾・格林（Bethnal Green）公開展出。從1880年代後期到1890年代，一些關於梅索尼埃的重要著作問世；突司畫廊（Tooth's Gallery）也在1893年舉辦了梅索尼埃回顧展。[23]

---

[23] Rosemary Treble, *Great Victorian Pictures: Their Path to Fame* (London: Arts Council of Great Britain,

「梅索尼埃」儼然成為形容詞，當時的戲劇傳記裡提供了兩個例句解釋。在1885年「奧利維亞」一劇中，演員亨利・歐文（Henry Irving）所飾演的皮萊摩斯醫生（Dr. Primrose）的角色特色中寫到：「他的手感有種梅索尼埃的敏銳。」[24]飾演該劇主角奧利維亞的愛倫・泰瑞（Ellen Terry），記得舞台經理哈瑞先生（Mr. Hare）曾說：「在確保演出完美無缺方面，沒人可以與他相比，他是劇場藝術家裡的梅索尼埃。」[25]

從1860年代開始，許多畫作中出現仿效梅索尼埃穿著復古的男子。例如約瑟夫・佩頓（Joseph Payton）1867年的《檢查》（Check），畫中明顯與梅索尼埃1836年的作品《棋手》（The Chess Players）（圖8-8）有相似之處。身為「詮釋」梅索尼埃畫風的第一把交椅，約翰・西摩・盧卡斯（John

8-8　《棋手》（Chess Players）珍・路易士・爾斯特・梅索尼埃（Meissonier, Ernest）Panel, 24.1×31.7cm. 1853. Edward Wilson Fund for Fine Arts, Maryland。圖片來源：Constance Cain Hungerford, Ernest Meissonier: Master in His Genre, Plate II。

Seymour Lucas）曾經利用梅索尼埃模式創作，並且轉換成具有英式的風格。在1883年發表的一幅小型作品《此話當真？》（You don't Say So）中，盧卡斯和佩頓一樣，以家常、英式氛圍的格子外套與樸素暗色布料背心，取代梅索尼埃畫作中常見的錦緞華麗服裝。盧卡斯的畫作中常常描繪十七、十八世紀的服裝[26]。他的藝術家朋友，約翰・派帝（John Pettie）和安德魯・卡里兄・果（Andrew Garrick Gow），也關注英國從克倫威爾（Cromwell）時期到1778年這段期間的歷史，他們都受惠於盧卡斯的專長。

歐洲各地包括西班牙、義大利、德國和比利時以及法國本地都有仿效梅索尼埃的作品。英國出國留學，專攻服裝畫的藝術家多半都會接觸梅索尼埃畫風。例如這兩位藝術家，一位是在慕尼黑與杜塞爾多夫留學，師從卡爾・弗雷德里克・遜（Karl Frederick Sohn）的羅伯特・艾倫・希林弗特（Robert Allen Hillingford），另外一位是在斯圖加特和慕尼黑學習的約翰・阿瑟・洛馬克斯（John Arthur Lomax）。希林弗特擅長十七、十八世紀男子流行「戴假髮」的時期，這個時代同樣也是梅索尼埃的最愛。但是他取材自丘吉爾（Churchill）的第一代馬爾博羅公爵戰役和拿破崙戰爭的畫作，都是以戰爭為內容。與其將這些畫歸類為法式藝術家的人物畫，它們更接

　　　1995) 54, 67。

[24]　Percy Fitzgerald, Henry Irving, A Record of Twenty Years at the Lyceum (London: Chapman and Hall, 1893) 210。

[25]　Ellen Terry, Memoirs (London: V. Gollancz, 1933)110。

[26]　London Museum, Costume (London: The Museum, 1934)。

近梅索尼埃的戰爭作品。洛馬克斯更是明顯倚附於梅索尼埃的畫風。在他的作品中，大約有1700套服裝，以及許多玩牌的人和鑑賞家的畫像。

梅索尼埃畫中玩牌的人通常都不太活潑，當代德國評論家表示：「這種人物很好畫」。洛馬克斯企圖尋求在構圖中加強戲劇性的動作，以及欺騙和受騙者所傳達的情緒，就如同1894發表的作品，《受騙》（Rooked）一樣。法國畫家與他的英國效仿者都喜歡透過一些細節，例如散落一地的撲克牌或堆疊成山的圖紙和文件，來展示他們作畫的能力。洛馬克斯在處理鑑賞家人物時，特別接近梅索尼埃處理該主題的畫風。比較梅索尼埃的《鑑賞家》（Connoisseurs）和洛馬克斯的《鑑賞家》（Connoisseurs），兩幅畫中的人物皆穿著考究，戴著假髮的紳士彎腰審視著一件藝術品，具有典型英國人的文學意識，洛馬克斯闡釋出迷人的油畫風格與主題，在《戴安娜與阿克特翁》（Diana and Acteon）中，畫家把婀娜多姿的裸體以19世紀後期的洛可可復興畫風呈現。

關於維多利亞時代晚期藝術家描繪十八世紀紳士的畫作，還有另一個作家影響不可遺漏。洛馬克斯在1897年發表的《鄉紳之歌》（The Squire's Song）中的人物群像是以喬許華‧雷翁茲爵士（Sir Joshua Reynolds）在1777-79年所畫的《慕雅會團體肖象之一》（Dilettanti Society Group Portrait I）作為參考。這兩幅畫作中都有擺著不同姿勢的一群男子圍在桌子前；他們皆一起舉杯敬酒。雷翁茲的畫是英國十八世紀和十九世紀的經典。當這幅畫在1886年到1893年之間在國家肖像畫廊借展時，洛馬克斯似乎有機會前往欣賞與學習。[27]

三、溫順的仕女帽少女

與舊時代鄉紳相呼應的女性角色正是舊時代的少女。如同鄉紳的形象，當代評論將這些女孩稱為「傳統派」。但一般而言，從她們的服裝打扮上，我們可以得知她們所處的年代為1750至和1810年之間。維多利亞時代早期的十八世紀文學專家查爾斯‧羅伯特（Charles Robert）的兒子，也就是喬治‧鄧祿普‧萊斯利（George Dunlop Leslie, 1835-1921），被稱為「英國少女畫家」（Painter of English Girlhood）。[28]透過萊斯利1867年的《鄉巴佬》（Country Cousins）和1875年的《重遊校園》（School Revisited），可以窺見該作品所激起的維多利亞時代的記憶。

在《鄉巴佬》這幅畫作中，萊斯利描繪一位驕傲、優雅、於城市中長大的仕女造訪她的鄉下表親。這幅畫作是他在「仕女帽」時期（mobcap period）最早的系列作品之一，他在該畫中遵循早期維多利亞時代的繪畫傳統，藉以傳達與文學相關的教化主題。

十九世紀時期，城市與鄉村的對立是奧利佛‧高德史密斯創作《荒村》（Deserted Village）的靈感來源；這首詩的內容旨在讚頌農村簡樸的生活方式，其中道德淪喪的大

---

[27] 這件作品曾經於1846，1868，1883年展覽過。

[28] Wilfred Meynell, "A Painter of English Girlhood: George Dunlop Leslie," Windsor Magazine and M.H. Spielman, Kate Greenaway: In Memoriam: Magazine of Art, 1902, 121。

都市則和道德崇高、名為「甜蜜奧本」（Sweet Auburn）的村莊形成對比。戈德史密斯筆下的都市人盧榮浮華、自私自利，而鄉下人則謙卑且心地純潔，理查德‧雷德格雷夫（Richard Redgrave）在他的畫作《鄉巴佬》中也重現了這種精神。這幅1847年的油畫描繪生長在鄉間、穿著簡單、但卻充滿了愛的家庭成員，受到了勢利親戚冷漠的對待的情景。而萊斯利在處理相同主題時，畫中不帶悲情，他把雙方尷尬的碰面，轉化為彼此冷漠的眼神交會，其中的一方是兩個頭戴仕女帽、穿著披肩領洋裝的女性，與她們兩位對望的女人在服飾上則較為華麗、頭上戴著精緻的帽子。萊斯利的創作顯然已經遠離雷德格雷夫作品中帶著娛樂性質的道德教化，轉向著重亮麗的外表、漂亮的色彩、以及服裝和背景的裝飾特質。

十九世紀時期的繪畫作品常常藉由城市和鄉村女孩，來展現道德的主題。《圖文報》評論米萊斯（J.E. Millais）1873年兩件具有道德含意的作品：「關於描寫英國少女純潔、朝氣蓬勃的魅力，米萊斯先生在《新產卵》（New-laid Eggs）中的表現是討喜的，這幅作品鄉村風格濃厚，而《畢思科夫雪曼夫人》（Madame Bischoffsheim）》則充滿了城鎮的氛圍[29]。」

1875年，萊斯利發表了另一幅鄉村聚會的畫作，畫中同時呈現了優雅與質樸的美。《雅典娜神殿》（Atheneum）的評論對於該畫作推敲出一段有趣的故事：

> 一名年輕的淑女回到老房子，古老紅磚豪宅的門窗簡陋卻賞心悅目，就在前庭花園裡佈滿玫瑰與小巧、古典的花叢中，她遇見了她的繼任者⋯⋯。

這位評論家注意到展示在那些年輕女孩面前的婚戒，這枚戒指讓她們開始認真思考自己未來的歸宿。畫中左側那位年紀稍長的女孩心中充滿了這樣的想法，因為「下一個將輪到她進入偉大的婚姻世界裡」。[30]

對約翰‧魯斯金（John Ruskin）而言，上述作品是1875年皇家藝術學院唯一「具有實質價值」的畫作。他的評論著重畫作的意義，甚於其背後迷人的故事。魯斯金不接受一幅缺少教化主題的畫作，他認為一幅有價值的藝術創作，必須擁有一個適當的主題。在1875年的展覽中，魯斯金認為只有《重遊校園》和托馬斯‧卡萊爾（Thomas Carlyle）的半身塑像是「值得以藝術呈現」的作品。顯然，「英國畫家筆下的英國女孩，無論您稱呼她們為聖母或聖女」，對於羅斯金而言，她們不應該只具有裝飾的作用，更重要的是她們有助於提升道德。[31]

在十九世紀時期，英國女孩被視為珍貴的國家資源之一。大眾媒體、社會改革者

29 Graphic, May 3, 1873, 12。

30 Atheneum, May 1, 1875, 592-93。

31 John Ruskin, "Notes on Some of the Principal Pictures Exhibited in the Rooms of the Royal Academy: 1875, " Works, ed. E.T. Cook and Alexander Wedderburn (London, 1903-12, XIV) 290。

的短文，甚至是藝術評論中[32]，一直不斷地讚頌她們的美德，且一致認為英國女孩是全世界最出類拔萃的人。然而，在十九世紀的後半葉，許多人開始擔心這群「認真持家、喜歡戶外活動、健康、天真、舉止高尚優雅的女子，是否還可倖存下去。」由於工業化時代的來臨，迫使農家女孩前往城市工作，再加上「新女性）」（New Woman）[33]反抗傳統的美德，使得傳統英國女性的存在受到威脅。

反女權主義作家伊麗莎白・林恩・林頓（Elizabeth Lynn Linton）的文章《過去的圖像》（A Picture of the Past）裡討論英國女性的形象。此篇文章發表在1892年的《十九世紀》（Nineteenth Century）[34]中。就像萊斯利1874年的《乾燥花》（Potpourri），林頓認為傳統女性就像細心呵護的環境中，才會盛開的花朵。林頓感嘆昔日將女孩留在自家庭院的教養方式已經成為歷史，她認為「如今，心靈以及日常的生活與習慣都徹底改變了，昔日的特色已蕩然無存。」商業入侵了家庭，家事交待給傭人。由於女紅工作（white work）逐漸減少，「成群對政治有興趣、不受傳統羈絆的女人」崛起了。林頓下了一個結論：「相對於德比（Derby）地區那些抽煙的女孩，我們比較偏愛那些花園裡的少女，因為她們顯得更加秀麗、甜美、漂亮，而且優雅。」萊斯利與其他畫家描繪的甜美少女與田園情景為什麼會受到如此廣大的歡迎，似乎是隱涵著:是希望向那些在生活上要求更多主控權的新婦女提出抗議。[35]

值得注意的是，維多利亞時期的繪畫中以求愛為主題的作品數量龐大，而該類畫中有相當多作品將場景設定在十八世紀，描寫的女孩形象甜美，而她們的求愛者也都是「傑出、健壯、誠實的紳士。」蘇珊・莫蘭・卡斯塔拉斯（Susan Paulette Castaras）的博士論文《沿著花園小徑：維多利亞時代繪畫中的求偶文化與意象》（Dawn the Garden Path: Courtship Culture and Its Imagery in Victorian Painting），對於維多利亞時代以求愛為題材的畫作有詳盡的研究。[36]本篇文章側重在維多利亞時代晚期的十八世紀再現，相信可以幫助讀者了解這個主題。

1870年代初，皇家藝術學院展覽的兩位新人，詹姆斯・帝索（James Jacques Joseph Tissot, 1836-1902）和盧克・菲爾德斯（Luke Filds）在畫中成功地呈現了十八世紀的浪漫風格，使他們在倫敦獲得了廣大的回響。1872年，巴黎公社（Commune）垮台後，迫使帝索從巴黎來到英國，他在皇家藝術學院展示了兩件以新喬治王時期為主題的系列作品，包括《再會》（Les Adieux）和《一則有趣的故事》（An Interesting Story）。這兩幅畫和其他幾幅是以身著十八世紀服飾的女性為主題的作品，成功地讓這位畫家在英國展開10年之久的輝煌藝術生涯[37]，並且為新崛

[32] Graphic, December 4, 1869, 10-11。

[33] Gail Cunningham, The New Woman and the Victorian Novel (London: Macmillan Press, 1978)。

[34] E.L. Linton, "A Picture of the Past", Nieteenth Century (1892) 791-803。

[35] Susan Paulette Castaras, Down the Garden Path: Courtship Culture and its Imagery in Victorian Painting, Ph.D (New Haven:Yale University, 1977)。

[36] Ibid。

[37] Willard E. Misfelt, James Jacques Joseph Tissot: A Bio-Critical Study, Ph.D (Washington University,

起的維多利亞十八世紀復興運動注入了新的動力。

在帝索的另件作品1870年的《四人聚會》（Partie Carree），可以看出他在法國進行十八世紀時裝畫的創作。來到英國之後，為了適應不同的觀眾，帝索修改了他的畫風。他在《四人聚會》以及相關作品中減少了性暗示，畫中人物的裝扮也從法國執政內閣時代的風格轉變為英國雷諾時期的服裝；一些遺留下來的草圖（圖8-9），模仿雷諾時期風格的《威廉斯・霍普太太》（Mrs. Williams Hope）顯示帝索從喬治王時期的大師作品中學習到服裝的細節。帝索學習十八世紀時裝畫也可以由他的另件作品《仕女帽的少女習作》看出（圖8-10）。

泰晤士報（Times）的評論審視《一則有趣的故事》，觀察畫中的喬治王時期裝束與泰晤士河畔的場景，讚賞了帝索的才氣。雖然《再會》這幅作品的場景設定較不明確，但是畫作的主題滿足了這位評論者對於英國風格的要求。比較《再會》與《一則有趣的故事》兩幅作品，他發現前者「是道地、經典的英國作品，作品精彩的程度超越其研究範圍內所有的法國作品，絕非泛泛之作〔當時正值亞眠和約（Peace of Amiens）簽定前後〕」。畫中的女孩「魅力十足」，有如天真無邪的貝基・夏普（Becky Sharp）（譯註：貝基・夏普為《浮華世界》（Vanity Fair）裡的一個角色）。此評論以一貫的厭法語氣（francophobic tone）總結：這兩幅畫在「優雅和細膩度上都相當傑出，值得稱讚的是，一些較不受人喜愛的法國特色都沒有出現在畫作之中。」[38]

馬庫斯・斯通與其他畫家作品中描繪花園裡的白紗少女，其實是維多利亞時代未婚女子的典型形象。若畫作中「主要人物為年輕少女，穿著的服裝時代界定不明」，一般就稱之為「桃樂絲畫作」，而且這些少女的名字都很復古，例如桃樂絲（Dorothy）。

> 桃樂絲就是一個坐在花園裡、對愛情充滿憧憬的漂亮女孩，等待著光榮的求婚從天而降，這種求婚對想要安定下來的父母和男子而言，是個完美的安排，而對女孩而言，至少這是離家自立的一種方法。[39]

根據中世紀流傳下來的愛之花園（Garden of Love）意象，畫家在描繪情侶時，常以田園式的花園[40]為背景。十八世紀的盛宴（fetes galantes）重現了這個主題。馬庫斯・斯通創作許多作品以愛之花園為主題，並採取十八世紀法國畫風，他於1879年創作的《陰涼處》（In the Shade）（圖8-11）可以明顯看出這個特點。在畫中背景的愛神雕像對談情說愛的情侶施了魔法，讓他們彼此相愛。他的表現手法讓人聯想到法國畫家弗拉戈納爾（Jean-Honde Fragoard）的作品《鞦韆》（The Swing）（倫

1971）。

[38] Times of London, May 21, 1872, 7。

[39] Clive, The Day of Reckoning, 1964, 9-10。

[40] Castaras, Dawn the Garden, 1977。

8-9 《威廉斯‧霍普太太》（*Study after Reynolds' Portrait of Mrs Williams Hope*）詹姆斯‧帝索（James Tissot）Pencil on paper, 12×6.5cm. 1872. 泰德畫廊（Tate Gallery）, London。圖片來源：Ronald Alley, *Catalogue of the Tate Gallery's Collection of Modern Art Other than Works by British Artists*, 718。

8-10 《仕女帽的少女習作》（*Study of a Girl in a Mob Cap*）詹姆斯‧帝索Pencil on paper, 31×20.5cm. 1872. Tate Gallery, London。圖片來源：Ronald Alley, *Catalogue of the Tate Gallery's Collection of Modern Art Other than Works by British Artists*, 719。

敦華萊士收藏館典藏）[41]。這幅傑作是理查德‧華萊士爵士（Sir Richard Wallace）的收藏，在倫敦享有很高的知名度。斯通很可能對18世紀的法國藝術有廣泛的認識。在維多利亞1880年代，弗拉戈納爾、布歇（Boucher）在畫作中所呈現的感官美已漸漸受到欣賞，並且有關於法國繪畫的圖畫書與複製畫已大量出現。斯通受過歷史畫的研究訓練，想必為了尋找創作的圖畫來源而常常光顧倫敦的印刷工作室。除此以外，斯通描寫的場景與菲利勃特‧路易‧狄布寇特（Philibert Louis Debucourt）的雕刻作品《春天》（Le Printemps, 1808），有許多相近之處，包括利用雕像和服裝的描繪，來傳達田園浪漫的概念，都清楚看出斯通喜歡這位以帝國服飾呈現精緻浪漫主題的繪畫大師。

凱迪克於1881年的圖畫書《農夫少年》（Farmer's Boy）中也重現了十八世紀的盛宴的主題。文本源自於十八世紀詩人作家羅博‧布倫菲兒（Robert Bloomfield）於1800年經典代表作品《農夫少年》。作品的中心主角是一位溫和勤勉，年紀十一、二歲的男童，名字叫吉力，描寫了吉力在田園耕作的生活情形，以及對於農事耕作的觀察與反省。凱迪克不僅取材於布倫菲兒的詩文，而且運用想像力，改編文本。他於圖畫書的末尾，將吉力朔造為一位求偶的少年，對象就是位坐在花園裡的桃樂絲（圖7-41），畫面充滿愛情的溫暖。

「桃樂絲畫作」在某種意義上重現了1830和40年代紀念品上的美女圖。早期美女肖象的共同特點就是具有異國風情或懷舊味道的華麗服飾，這些美女擺著懶洋洋的姿勢，有著迷人的雙眸。這些特色營造出「童貞、浪漫的、被拋棄的愛」的氛圍。[42]這種對於美女裝飾圖片的喜好，在年度禮物書《紀念品》（The Keepsake）停刊後仍歷久不衰。

---

[41] Treble, Great Victorian Pictures, 1978, 77-78。

[42] Graham Reynolds, Victorian Painting (London: Studio Vista, 1966) 20。

8-11 | 8-12

8-11 《陰涼處》（In the Shade）馬庫斯・斯通（Marcus Stone）1879, 16×24。圖片來源：A.L. Baldry, *The Life and Works of Marcus Stone, R.A.* 4。

8-12 《一杯茶》（A Cup of Tea）查理・裴魯基尼（Charles Perugini）。圖片來源：*Graphic*, Feb. 20, 1874。

查爾斯・貝魯基尼（Charles Perugini）的《一杯茶》（A Cup of Tea）（圖 8-12）就是美麗、舊時代的女孩被選中成為畫報雜誌模擬的一個好例子。這件作品於1874年在皇家藝術學院展出，並在1875年2月20日的《圖文報副刊》（Graphic Supplement）再次出現。畫中少女典型的活動就是飲茶、演奏鋼琴、插花、照鏡子和書信交流；換句話說，她們會做這些可以提升魅力的活動，讓他們在真愛降臨前，消磨等待的時光。

四、快樂純真的兒童

維多利亞時代對於兒童的歌頌更甚於美少女。浪漫主義早已把兒童理想化，認為他們是純真與自然的化身。在維多利亞期間，對童年的狂熱持續蓬勃發展。文學直接反映了兒童在維多利亞時代價值觀中居於核心地位。正如喬治・博厄斯（George Boas）在「童年狂熱」（The Cult of Childhood）的論文中所提出的：「光是要把所有與兒童相關的英文著作名稱列出，就要一本書的篇幅才夠。」[43]值得注意的是，在這段期間有數位以「成人」為讀者群的大作家也著有童書，包括奧斯卡・王爾德（Oscar Wilde）、約翰・魯斯金和喬治・梅瑞狄斯（George Meredith）。事實上，喬治・麥克唐納（George Macdonald）和陸易斯・卡羅爾（Lewis Carroll）幾乎只著作夢幻風格的兒童文學，也不妨礙他們獲得小說作家的名聲。

大衛・威爾基（David Wilkie）在1813年創作的《捉迷藏》（Blind Man's Buff），和一些迎合主流大眾的畫家們讓「童年」這個主題在十九世紀初受到歡迎。接下來有數位鄉村風格大師，例如威廉・柯林斯（William Collins）、托馬斯・韋伯斯特（Thomas Webster）和喬治・伯納德・奧尼爾（George Bernard O'Neill），在創作鄉村田園畫作中，時常運用孩童的角色，來營造出作品中無憂無慮的氣份。前拉

---

[43] George Boas, The Cult of Childhood (London: Warburg Institute, 1966) 60。

斐爾派的畫家們以同情的手法處理兒童的角色，這代表他們認同德國浪漫主義作家席勒（Schiller）的論點「我們應該再次成為兒童。我們擁有質樸的天性，我們的文化也必須透過理性與自由讓我們反璞歸真。[44]」即使在浪漫理想主義漸漸式微之後，童年仍是繪畫和文學中最受歡迎的感性主題（sentimental theme）。

在十九世紀最後的幾十年中，米萊斯、弗雷德理克‧摩根（Frederick Morgan）、詹姆斯‧桑特（James Sant）和其他畫家都發表過以奇幻場景和嬰孩為主角的作品。奇幻畫作、和兒童肖像畫，都獲得好評。由此可以看出，維多利亞時代把童年視為一生中最快樂的時光，難怪當代文化圈的人物，例如，斯溫伯恩（Swinburne）、格林那威和巴里（J.M. Barrie）等人，都希望自己永遠不要長大，或至少像沃爾特‧佩特（Walter Pater）一樣，珍惜童年回憶遠甚於人生的其他階段。

兒童代表著無憂無慮、自然質樸與道德純淨的人生階段。馬克‧吉洛安指出，就像快活的鄉紳和桃樂絲少女一樣，在1870和1880年代，兒童被認為是可愛「昔日」的象徵。[45]顯然，現代兒童仍符合舊時的標準，因為他們尚未受到汙染；即使成人社會受到唯物主義，男孩與女孩們還是生活在一個不受時間影響、存在著永恆價值的世界裡。就像有著紅潤雙頰、天真無邪的舊時代英國少女一樣，兒童被視為重要的國家資源。就連外國人都承認，英國的嬰孩很特別。例如，伊波利特‧丹納（Hippolyte Taine）在他的《英格蘭筆記》（Notes on England）中就讚嘆英國兒童，「還離不開『嬰兒房』的小孩子……他們就像活生生的花朵，含苞待放。」

在凱迪克、格林那威、克雷恩的童書中，可以清楚地看到童年被比擬成工業化之前的田園浪漫時代。隨著先進的彩色印刷技術發展，圖畫書在1870年代迅速蓬勃發展。[46]在1870和1880年代，凱迪克、格林那威與克雷恩先後與艾德蒙‧埃文斯合作製作圖畫書，為十八世紀文化復甦運動，注入了新的動力。因此之故，插畫家在英國藝術史的發展中不再被視為一般的畫匠，插畫的創作形式成為維多利亞晚期文化中最富有想像力的表現形式。

如前面所討論，凱迪克於1874年受到麥克米倫公司委託繪製《寫生簿》。起初他一共繪製了120幅作品，並且在1875年以《舊聖誕節》為名出版，並再版兩次。另一部續集，《布雷斯布里奇廳》同樣由凱迪克繪製，並於1877年出版。凱迪克精湛的插畫，畫出了歐文著作裡鄉紳的生活方式，讓這個鄉紳故事重現十八世紀的場景。

凱迪克於1878 到1885年之間，製作了數本重要的兒童圖畫書，反應了凱迪克對於英國十八世紀文化的認知。這些圖畫書包括：1878年《約翰吉爾平騎馬》、1879年《瘋狗輓歌》、1881年《農夫少年》（圖7-20）、以及1885年《偉大的潘展狀》。[47]

44　Hugh Honour, Romanticism (N.Y.: Harper & Row, 1979) 311。

45　Girouard, Sweetness and Light, 1977, 146。

46　Forrest Reid, Illustrators of the Sixties (London: Faber and Gwyer, 1928)。

47　Randolph Caldecott, Randolph Caldecott's Picture Books Reproduced from Nineteenth-Century Copies in the Huntington Collection (California: Huntington Library San Marino, 2008)。

凱迪克利用十八世紀的古典文學詩作，插畫製作這些兒童圖畫書，可以說是持續了十八世紀以來詩與繪畫的美學傳統，結合文字的敘述與視覺插畫的美學關係，他以十八世紀的古典詩作做為文本的兒童圖畫書，便是維多利亞時代的文學與視覺傳統結合的美學產物。

格林那威是維多利亞時代兒童插畫的靈魂人物，1878年開始出現凱特‧格林那威現象，法國人把這個現象稱為格林那威主義「Greenawism」。格林那威的代表作品《窗下》（Under the Window）在喬治‧勞特力利奇和艾德蒙‧埃文斯的協助之下出版後，使得格林那威一舉成名。《窗下》驚人地賣出了10萬份。1880年她的第二件圖畫書《生日書》（Birthday Book）（圖8-13），首刷就達到了15萬份。[48]爾後的十年，格林那威深深地影響了時裝與繪畫界。原本人們對於她畫中迷人的翠綠山丘、小屋與可愛的兒童世界感到激賞，但是模仿她的人比比皆是，使得觀眾對她不再那麼欣賞，於是到了1890年代，觀眾對她的作品變得興致缺缺。但即便她的全盛時期短暫，卻也已相當精采了。[49]

此時漸漸老邁的評論家約翰‧魯斯金，愛上格林那威的世界。他的文章《仙境》（Faeryland），可以幫助大眾瞭解，為何他會對當時的兒童圖畫書如此瘋狂。[50]《仙境》主要討論格林那威與《康希爾雜誌》（Cornhill Magazine）編輯的夫人，海倫‧阿林厄姆（Helen Allingham）的作品；在她們如詩如畫的水彩畫中，經常出現嬉戲的兒童。若要對醜陋的現代城市提供一帖解毒良藥，魯斯金認為格林那威和阿林厄姆畫中具有「嬰兒神性（infant divinities）」，是最有力量的。依照魯斯金的看法，她們的作品描繪出「綠地和清新空氣呈現真正的童年景色」，而這種童年景色進而對「大城市裡貧窮孩子忍受的悲慘提出抗議。」由此可以看出，格林納威的圖畫書的世界是永恆的，且能撫慰人心，在她的作品裡：

> 沒有出現孩童的鐵路……也沒有會吞食孩童的隧道或井口……只有蜿蜒的小溪、木製的天橋，和綠草如茵的小山丘，山丘上看不到山洞。[51]

在這個格林那威所描繪的天堂裡，營造出樸實的親切感，自然提高了她畫作的魅力。「她為你創造的仙境，不在天上或海底，就在你身邊，甚至只是一門之隔而已。」[52]最終，她的藝術再次向魯斯金保證：「或許我們的現實世界並不如您想像中的飄忽不定。」在魯斯金的稱讚裡隱含的概念是，格林那威認為真正能夠傳承英國文化是

---

[48] Girouard, Sweetness and Light, 1977, 146。

[49] Ina Taylor, The Art of Kate Greenaway A Nostalgic Portrait of Childhood (Gretna: Pelican Pub. Co., 1991)。

[50] John Ruskin, "Faeryland," The Art of England, 1888 in Works, ed. Cook and Wedderburn, 1903-12, XXXIII, 347。

[51] Ibid., 348。

[52] Ibid., 347。

8-13　《生日書》（Birthday Book for Children）凱特・格林那威1880。圖片來源：Kate Greenaway, Birthday Book for Children, cover。

兒童。評論者也如此稱頌阿林厄姆，認為她表現出「英國生活和風景最美的一面。」[53]

　　格林那威與約翰・魯斯金在1880年成為摯友。她活動的藝術圈裡還有艾比（E.A.Abbey）、奧斯汀・多布森、米萊斯、盧克菲・爾德斯、萊斯利；這些畫家和詩人的作品也流露出一種嚮往平靜時代的渴望。同時代的人指出萊斯利和格林那威的作品有許多相似之處；甚至有人發表了文章，爭論到底是誰在模仿誰！[54]萊斯利的《鄉巴佬》和《重返校園》以及格林那威《窗下》的茶會場景把觀眾帶到一個鄉村仙境，那裡有古樸的小屋、迷人的老舊花園，女性衣著的風格也是簡單的帝國高腰禮服，這些景色都引人進入十八世紀的舊時代。

　　格林那威的藝術創作，是造成維多利亞時代喜愛以天真孩童為畫作主題的原因之一，而她的作品也是這個現象的一種展現。1880年代左右，她的人氣達到高峰，每天到皇家學院夏日展覽的成千大眾，經常將她多幅充滿懷舊之美的孩童畫作視為「年度最佳作品。」

　　克雷恩在1870年代初發表的書籍中，就已出現了類似格林那威的美學詞彙。[55]克雷恩的創作也由勞特力奇與埃文斯合營公司出版，他在作品中加入極為精緻的設計，並且結合各種元素，包括英國新古典主義、本土的建築與設計、日本版畫，是典型「安妮女王」混搭式風格。他於1875年的圖畫書《美女與野獸》是代表作品（圖8-14）。如同凱迪克在1878年至1886年創作的圖畫書一樣，格林那威也採用這個源自十八世紀的風格。相較於克雷恩的創作，她的設計比較童真。

　　米萊斯於1879到1895年間發表一系列以可愛兒童的畫作。他的作品所製成60萬幅複製畫以聖誕節彩色折疊的型式出現，例如1879年的《熟櫻桃》（Cherry Ripe）或是1885-6年皮爾肥皂的廣告《泡泡》（Bubbles），在大英帝國的各個角落流通，成

[53] Marcus B. Huish, Happy England as Painted by Helen Allingham, R.W.S., (London: Adam and Charles Black, 1903) 203。

[54] Meynell, Painter of English Girlhood, 1902, 121。

[55] Isobel Spenser, Walter Crane (N.Y.: Macmillan, 1975) 39-63。

8-14 《美女與野獸》（Beauty and the Beast）華特·克雷恩（Walter Crane）1875。圖片來源：
Morna O'Neil, *Walter Crane: The Arts and Crafts, Painting and Politics* 1875-1890, 38。

為當代市場喜愛的畫作。1889年的《下午茶》（Afternoon Tea）似乎是直接取材於
格林那威的作品，這個主題不僅受到和米萊斯與格林那威當代人士的激賞（例如阿林
厄姆於1882年創作的《兒童茶飲》（Children's Tea）以及 鮑頓（G.H. Boughton）
1881年的《下午茶》（Afternoon Tea），以及維多利亞早期的托馬斯·韋伯斯特，
也很欣賞這個主題，他在1863年創作的《茶會》（A Tea Party）就是一個例子。

米萊斯從1870年代晚期一直到1896年過世之間，以兒童的主題製作了系列作品，
而這些畫作反映了維多利亞晚期十八世紀復甦運動中藝術創作的源頭。《熟櫻桃》和
《喫茶時光》（Teatime）作品便是他的代表作品。[56]

在維多利亞時代的繪畫中，童年是一個重要的主題。維多利亞人藉由理想的十八
世紀來描繪這群可愛、有舊時風味的孩童。理查·幕德（Richard Muther）總結了
這個時代田園主題的核心要素：

> 一切都充滿了田園風格、饒富詩意、溫柔憂鬱的氣息……而且這種虛無飄渺的
> 特質、無邪的優雅與溫柔，只能在描繪孩童的畫作中看到，而且也只有英國的
> 繪畫才有這種特質。[57]

---

[56] Laurel Bradley, *"From Eden to Empire: John Everett Millais Cherry Ripe,"* Victorian Studies, 34 (1991)
179-203。

[57] Richard Muther, *The History of Modern Painting* (London: Henry and Co., 1895-96, III) 137。有關維
多利亞時期興起的十八世紀文化研究，請參考B.W.Young, *The Victorian Eighteenth Century* (Oxford:
Oxford University Press, 2007)。Frank O'Gorman, Katherine Turner, and Aldershot Hampshire, *The
Victorians and the Eighteenth Century; Reassessing the Tradition* (England, Burlington, VT: Ashgate,
2004)。Laurel Ellen Bradley, *Evocations of the Eighteenth Century in Victorian Art*, Ph.D. (New York:
New York University, 1986)。

8.3 小結

　　本文旨在討論英國維多利亞時期所盛行的十八世紀風潮，以及因應這股風潮所產生的四種不同類型的風俗畫。十八世紀服飾的流行可以由布蘭社於1834年的著作《從早期至18世紀英國服飾的歷史》及非荷特於1846年發表《英國的服飾從早期至十八世紀》看出。斯通於1878年繪製一幅《奧利維亞》的作品，具體代表了1870年代英國人對十八世紀女性服飾的觀念。福利思以朵莉・瓦登少女為題材，創作了一系列結合了十八世紀的特色的作品，由此呼應了當代英國最流行的「朵莉・瓦登印花服飾」。格林那威親手設計十八世紀兒童服裝，同時將這種兒童服飾的概念，應用於插畫的創作上，並且啟發了當代倫敦的自由商店，製作銷售兒童服裝。

　　第二種主題是舊式英國鄉紳，鄉紳布雷斯布里奇是「老式安逸」的典型人物。歐文在1819年發表的《寫生簿》與1822年的《布雷斯布里奇廳》，描寫英國鄉紳過著安逸的生活。凱迪克於1874年受到麥克米倫公司委託繪製《寫生簿》，他一共繪製了112幅插畫作品，並且在1875年以《舊聖誕節》為名出版。歐文以觀光客好奇的眼光，描寫十九世紀的前十年與二十年英國的景色，以及鄉紳過著稍顯不合時宜的生活方式。凱迪克描繪復古的服裝讓這個典型鄉紳故事回到十八世紀的場景。

　　鄉紳意象在十九世紀後期會擴散如此迅速，泰半歸因於梅索尼埃在英國產生的影響。盧卡斯曾經利用梅索尼埃模式創作，並且轉換成具有英式的風格。此外，維多利亞時代晚期藝術家描繪十八世紀紳士的畫作，雷翁茲先生也具有影響。雷翁茲的畫是英國十八世紀和十九世紀的經典。

　　與舊時代鄉紳相呼應的女性角色正是舊時代的少女，是第三種主題，仕女帽便是她的裝扮特徵。萊斯利描繪這一位驕傲、優雅的女性，藉以傳達與文學相關的教化主題。坐在花園裡的白紗少女，名為桃樂絲，也是舊時代的典型的少女。斯通以愛之花園為主題，描寫這一位桃樂絲少女，重現了十八世紀女性對於愛情的想像，他於1879年創作的《陰涼處》，便是代表作品。凱迪克於1881年的圖畫書《農夫少年》中，也重現了十八世紀的盛宴的主題。他將吉力朔造為一位求偶的少年，對象就是位坐在花園裡的桃樂絲，充滿愛情的溫暖。桃樂絲畫作也出現在1830和40年代紀念品上的美女圖。

　　在1870和1880年代，兒童就像快活的鄉紳和桃樂絲少女一樣，被認為是可愛「昔日」的象徵。在凱迪克、格林那威、克雷恩的童書中，可以清楚地看到童年被比擬成

工業化之前的田園浪漫時代。凱迪克利用十八世紀的古典文學詩作，插畫製作一系列兒童圖畫書，可以說是持續了十八世紀以來詩與繪畫的美學傳統。格林那威的代表作品《窗下》描繪十八世紀兒童服裝，使得格林那威一舉成名，深深地影響了時裝與繪畫界。克雷恩的圖畫書創作充滿精緻的設計，並且結合各種元素，是典型「安妮女王」混搭式風格。由此足以證明在1870和1880年代，凱迪克、格林那威與克雷恩製作的圖畫書，為十八世紀復甦風潮，注入了新的創造與動力。

Chapter 9

美女與野獸

（Beauty and the Beast）

9.1 前言

　　本文討論《美女與野獸》（Beauty and the Beast）的故事，首先是故事的文本，開啟於十八世紀的口述傳統與文學傳統，進而論十九世紀《美女與野獸》的版本與插畫，其中之一的版本是由華特・克雷恩製作，是十八世紀的復興風潮中，優良的兒童圖畫書。它不但承襲了《美女與野獸》的文本傳統，而且吸收了維多利亞時期盛行的日本藝術，富有設計與裝飾的特徵。

　　《美女與野獸》的故事中，有一位富裕的商人，家中有三位美麗動人的女兒，小女兒貝兒更是心地善良的傾城美人。商人因為貨船不幸遭遇海難，而失去所有財富，後來，商人聽說有一艘貨船平安歸來，於是他決定立刻出發前往貨船取貨，準備東山再起，此時姊姊們吵著要父親帶回昂貴的禮物，貝兒則僅要求獲得一朵玫瑰。商人經過長途跋涉後卻一無所獲，且在返家的途中遇到了暴風雨，而迷失方向，偶然間發現了一座魔法皇宮，於是從皇宮花園內摘了一朵玫瑰。恐怖野獸因為商人偷花而勃然大怒，要求商人以死謝罪或獻上一位女兒。貝兒堅持犧牲自己，並獨自前往皇宮，卻意料之外地成為皇宮女主人，之後更慢慢發現野獸很值得敬重。雖然她與野獸的感情日益深篤，但是她十分思念病弱的父親，於是請求野獸讓她回家照顧父親。當她回家後，兩個姐姐想盡辦法阻礙貝兒準時趕回皇宮。她非常思念野獸，當她竭盡所能回到皇宮時，卻發現傷心欲絕的野獸已奄奄一息，她在野獸面前傾訴愛意，野獸也因此變回王子，最後娶貝兒為新娘。

　　如同灰姑娘主題的故事，古今中外都有各種與動物結婚的故事，在印度、中亞、歐洲及非洲都有與《美女與野獸》相似的傳說故事。〈邱比特與賽姬〉（Cupid and Psyche）為《美女與野獸》最早紀錄的前身故事，法國作家在十七世紀中葉即已讀過這個故事的出版物。1756年，博蒙特夫人（Madame Le Prince de Beaumont）發表了家喻戶曉的《美女與野獸》版本，這一篇故事原本是刊載於法文雜誌，數年之後翻譯成英文，刊登在《少女雜誌：家教與優秀學生對話園地》（*The Young Misses Magazine, Containing Dialogues between a Governess and Several Young Ladies of Quality, Her Scholars*）上。博蒙夫人是法國低階貴族的太太，在1745年移民至倫敦，擔任家庭教師，同時撰寫教育與道德養成方面的書籍，畢生累積了將近七十本著作。博蒙特夫人曾寫過大量枯燥的說教內容，例如和藹太太（Mrs. Affable）與風趣女士（Lady Witty）的對話，因而埋沒了《美女與野獸》的故事。在她系列的文章

中，僅有《美女與野獸》（La Belle and la Bête）引發後續的創作熱潮。

博蒙特夫人是使用《美女與野獸》最早的文獻版本進行改寫，此份文獻是加布里埃爾・蘇珊巴爾・博特德・卡儂德・薇蘭納芙夫人（Gabrielle Susanne Barbot de Gallon de Villeneuve）撰寫之362頁的傳奇故事《美洲年輕水手故事集》（*La jeune américaine et les contes marins*），但是她在1740年撰寫這一篇故事時，不是為了寫兒童讀物，而是想要取悅宮廷與藝文界的朋友。其他女作家也曾在宮庭中演出類似的劇作，其中一齣是奧爾努瓦夫人（Madame D'Aulnoy）的《綿羊》（Le Mouton）。

在十八世紀版本開啟先河之後，激發出十九世紀創作以《美女與野獸》為主題之暢銷故事書的熱潮，進而將此故事深植於法國、英國、美洲與各地的文化潛意識中。此故事對不同年齡層具有不同的含義，讀者有孩童、也有成人，孩童能透過字面意思理解象徵意義，而品味獨到的成人讀者則能藉由字面與象徵層面進行闡述。此故事的部分版本顯然是專為兒童撰寫，部分版本僅供成人閱讀，所以故事能吸引廣泛年齡層的讀者，是其大受歡迎的重大關鍵。樂於挑戰的作家與藝術家更相繼投入創作，讓這個故事歷久不衰、推陳出新。

瑪莉・伊斯特曼（Mary Eastman）的《童話索引》（*Index to Fairy Tales*）列出68種《美女與野獸》已出版的版本，涵蓋範圍自單版書籍，到罕見的古籍藏書。1984年線上電腦圖資中心（OCLC）的資料顯示，以《美女與野獸》為名的印刷出版物、影片與錄音資料達257筆。此故事至少有20種不同的單版書籍，時間可追溯至1804年到1900年，分別收藏於大英博物館、維多利亞與艾伯特博物館、摩根圖書館與紐伯利圖書館。館藏書籍從最普通的圖文樣本，到許多名家作品，這些名家包括作家查爾斯・蘭姆（Charles Lamb, 1811）、安德魯・朗格（Andrew Lang, 1889）與兒童插畫家華特・克雷恩（Water Crane, 1875），以及埃莉諾・維爾・博伊爾（Eleanor Vere Boyle, 1875）。其中有一件圖文並茂的精彩傑作，作者匿名、年代不詳，屬於馬佛阿姨（Aunt Mavor）玩具書系列作品，此書是由喬治・勞特力奇出版，在1860年代的倫敦以六便士出售。

如同實體版本的外觀一般，十九世紀的故事形式也經歷了重大改變。所有十九世紀版本都忠於敘述故事的表層，但許多二十世紀版本卻為了強調內部主題而捨棄敘述表層，前者例如查爾斯・蘭姆在1811年以抑揚四步格寫成《美女與野獸》的編年劇、後者則有約翰・希思・斯圖布（John Heath-Stubb）在1943年發行一首〈美女與野獸〉的抒情詩，僅汲取故事的氛圍與意象，以存在主義詮釋男女主角。詹姆斯・羅賓遜・普朗什（J.R. Planché）在1841年推出的《宏偉幽默浪漫歌劇、情節劇、誇張童話之兩幕劇》（*Grand, Comic, Romantic, Operatic, Melo-dramatic, Fairy Extravaganza in Two Acts*）中，穿插點綴著機智的對話，卻不如費爾・南諾席爾（Fernand Nozière）的隨興發揮。諾席爾在1909年的劇作《幻想曲兩幕劇》（Fantasy in Two Acts）中，登場的角色為商人的父親、他的愛人、兩位姊妹、姊妹的追求者、貝兒與野獸，並將原本單純的情慾主題變成一場機智的情慾遊戲。尚考

克多（Jean Cocteau）在1946年的電影中，將天性與魔法的二元性投射於超現實影像上，相較於安德魯朗格的鏡房，更深入探索內心世界。在安德魯・朗格筆下，貝兒在鏡房內看到自己的重重倒影。

　　十八世紀版本受到民間敘事與新文學傳統交融的影響，十九世紀版本是受到創新的製書與印刷技術影響，而二十世紀版本則是受到心理學詮釋、新媒體技術及大眾市場分配的影響。但是有一個事實依舊不變，《美女與野獸》的故事不斷改變、彈性十足，且成功地適應了時代變遷，這個故事的中心思想禁得起考驗，能橫跨不同的世紀、媒材、文化及藝術家，以及此故事內容呈現出某種程度的反抗形式，雖然形式千變萬化，卻依然能保留基本的故事內容。

9.2 十八世紀的口述傳統與文學傳統

在英國到俄國的歐洲口述傳統中，出現了各種版本的《美女與野獸》。在全世界流傳的各種動物新郎變體故事中，《美女與野獸》是歸類為425C型，主要是因為楊諾文‧斯旺（Jan-Öjvind Swahn）在針對《邱比特與賽姬》（Cupid and Psyche，425A型）進行比較研究時，認為《美女與野獸》類型的故事「與文學影響關係密切」，而將其歸類為425C型。[1]雖然《美女與野獸》最早是受到口述傳統的影響，後來卻成為全新的文學故事，再以全新的變體故事重返口述傳統。斯旺分析保留或刪減口述傳統之薇蘭納芙（Villeneuve）及博蒙（Beaumont）版本的主題[2]，並歸結《美女與野獸》是一種從文學作品進入民間故事傳統的次要類型，且證據顯示此故事之口述與印刷版本的地理分布重疊。他表示薇蘭納芙是在受到奧爾努瓦夫人（Madame d'Aulnoy）的《綿羊》（Le Mouton, 1721）影響後，於1740年寫下《美女與野獸》。《綿羊》中有「部分主題與民間傳統緊密連結，部分主題則純屬文學性質。[3]」，故事內容為女主角的情人被魔法變成一頭綿羊，最後因為女主角來不及救他而心碎死去。另一個極類似的同期文學童話為佩羅（Perrault）的《李凱的簇絨》（Riquet à la Houppe），此故事的男主角醜陋，女主角愚昧，兩人互補缺陷，相互扶持。[4]

425C 型故事已成為最多人研究的印歐民間故事類別。《民間故事文學主題索引》（*The Motif-Index of Folk Literature*）將《美女與野獸》歸類為以親吻解除動物魔咒的故事（D735.1），相關故事類別還有402型（老鼠、貓及青蛙動物新娘）、425型（尋找失蹤的丈夫）、433A型（大蛇將公主擄至城堡）、440型（青蛙王子或

---

[1] Jan-Öjvind Swahn, *The Tale of Cupid and Psyche* (Lund: Gleerup, 1955) 311。

[2] Ibid., 309。

[3] Ibid., 297-298。

[4] 有關美女與野獸的重要研究文獻，請參考下列資料：Jacques Barchilon, "Beauty and the Beast," *Psychoanalysis and the Psychoanalytic Review* 46, no. 4, (Winter 1959) 19-29. Jack Zipes, *Fairy Tales and the Art of Subversion*: *The Classical Genre for Children and the Process of Civilization* (New York: Wildman Press, 1983) 31-41. Jack Zipes, "The Dark Side of Beauty and the Beast: The Origins of the Literary Fairy Tale for Children," *Proceedings of the Eighth Annual Conference of the Children's Literature Association*, ed. Priscilla P. Ord, University of Minnesota, March 1981 (Boston: Children's Literature Association, 1982) 119-125。

鐵胸亨利）。[5]阿爾奈・湯普森（Aarne-Thompson）的《故事種類索引》（*Index of Tale Type*）是將《美女與野獸》列入 400-459章節（超自然或遭施魔法的丈夫[太太]或其他親人），屬於425C型故事：

《美女與野獸》。父親在神祕的皇宮中過夜後，摘走了一株玫瑰，因此被迫將女兒許配給動物（或女兒自願前往）。塔布（Tabu）表示：女兒後來返家，過了約定時間還沒有回到皇宮，回去後發現動物丈夫已瀕臨死亡，她擁抱了丈夫，結果解除了魔咒（沒有進行搜尋或任務）。分析 1b、c、d、II、III C、Vb.。[6]

425C型的分析如下：

I野獸是丈夫
b.他在晚間是一個男人
c.一位女孩向野獸保證她是新娘
d.或她父親向她保證
II. 野獸從夢境中清醒
III.失去丈夫
在家中待太久
V.丈夫恢復健康
b. 透過感情的交流從夢境中喚醒他 [7]

下文將檢視十八世紀的兩種《美女與野獸》版本，原文皆為法文，之後均以英譯本出版，且與過去的民間故事及文學作品有些許區別。這兩種版本皆各別預示了未來的故事版本，但是部分後輩作家卻完全不知道這兩種版本，也許就如同諾思洛普・弗萊（Northrop Frye）的主張：

藝術未進化或改善：藝術孕育出經典或模範作品。你依然買得到敘述石器時代到畢卡索之繪畫「發展」的書籍，可是這些書籍無法展現繪畫發展，僅能讓你看到一系列繪畫技巧的變異，而畢卡索與老祖先舊石器時代馬格達連文化（Magdalenian）的程度相同。有時候，藝術會讓我們體驗到耳目一新的感覺。[8]

---

[5]　Stith Thompson, *Motif-Index of Folk-Literature: A Classification of Narrative Elements in Folktale, Ballads, Myths, Fables, Mediaeval Romances, Exempla, Fabliaux, Jest-books, and Local Legends*, 6 vols. (Bloomington: Indiana University Press, 1956) 2:85。

[6]　Antti Aarne, *The Types of the Folktale: A Classification and Bibliography*, trans. and rev. by Stith Thompson, Folklore Fellows Communications no. 184 (Helsinki: Academia Scientiarum Fennica, 1961) 143。

[7]　Ibid。

[8]　Northrop Frye, *Anatomy of Criticism* (Princeton: Princeton University Press, 1957) 344。

雖然最早出現的是卡儂德‧薇蘭納芙夫人（Madame Gallon de Villeneuve）1740年的《美女與野獸》版本，不過，勒普琳絲‧博蒙特夫人（Madame Le Prince de Beaumont）1756年的版本才是爾後大多數作品的經典模範，包括鍾利（Genlis）在1785年創作的劇本，以及馬蒙泰爾（Marmontel）與格雷特里（Grétry）推出名聲遠播的歌劇《薩米兒與亞索》（*Zémire et Azor*）。

這一部歌劇甚至在馬賽釀成一場悲劇。1788年，大眾堅持歌劇的每日表演應有兩種方式，而非一種，結果發生類似英國舊票價暴動的事件，於是軍方派兵進入當時正在演出《美女與野獸》二重唱的劇場中。正廳後座的觀眾因為討厭軍隊闖入，而開始辱罵軍方，軍方則以齊射開火回應，不僅槍殺了數位觀眾，更打傷了許多人。第二天，這一齣歌劇就遭到禁演。[9]

卡儂德‧薇蘭納芙夫人的版本是出現在《美洲年輕水手故事集》（La jeune amériquaine, et les contes marins）內，並於《櫥櫃、仙女與其他童話》（Le cabinet des fées, et autres contes merveilleux, 1786）的第二十六冊中重新印製，《美女與野獸》在這一本沒有插圖的書籍中佔了187頁。在現存少數的未刪節英譯版中，恩尼斯特到森（Ernest Dowson）1908年的著作《美女與野獸的故事》（Story of Beauty and the Beast），就是其中之一，本文將使用此譯本進行分析。

薇蘭納芙在187頁中，運用了75頁解釋野獸遭到施魔法的始末與貝兒的家系，使故事角色的人數與關係變得錯綜複雜。故事中的龐大角色陣容，包括商人養父、十二位子女（六男六女，但是僅提到貝兒的名字）、貝兒本人、野獸／夢境王子、夢境女士／仙女、皇后（王子母后）、歡喜群島國王（貝兒美女生父）、歡喜群島皇后（貝兒生母／夢境仙女的姊妹）、壞仙女、四季之母（滿腹牢騷的老仙女）、仙女皇后，以及賢者亞馬達巴（Amadabat）的年輕女兒。雖然這一群角色沒有發展成龐大的劇情，卻有鉅細靡遺的描述，例如王子高傲的母后認為貝兒的出生低微且震驚不已。即使貝兒以真愛拯救了王子，皇后仍高喊著：「豈有此理！你只是一位商人的女兒而已！」夢境仙女聽到後訓斥皇后：

> 皇后陛下，美德不需要頭銜裝飾，可惜您不重視美德，只在乎空虛的頭銜，所以即使我嚴厲地指責您也是合情合理之事，但是我願意原諒您的過錯，因為是位高權重使您心生傲慢……。[10]

夢境仙女在強調貝兒個性善良，應有資格嫁入皇室的堅持中，傳達出五味雜陳的訊息，真相將在下一頁揭曉。

---

[9] W.R.S. Ralston, "Beauty and the Beast," *The Nineteenth Century* (December 1878) 991。

[10] Ernest Dowson, *The Story of Beauty and the Beast: The Complete Fairy Story* (London: John Lane, The Bodley Head, 1908) 68。

……貝兒就是陛下的姪女，且應該更具有價值，因為她也是我的姪女，我姊妹的孩子，我的姊妹不像你崇尚無美德的位階，此仙女瞭解真相有多寶貴，對於嫁給歡喜群島國王、您的兄弟感到很榮幸。我保留了結合另一位仙女之憤怒的果實，她想成為孩子的後母，[然後成為情人]」。（69頁）

　　讀者可能覺得這個故事複雜無比，事實上，這只是複雜劇中劇的概要版本，如同下列劇情綱要：

1.父親失去財富。

2.貝兒要求玫瑰。

3.父親出發取回財富。

4.進入野獸的城堡躲避風暴。

5.父親摘取玫瑰，野獸要求他接受懲罰。

6.貝兒啟程前往城堡，父親安全離開。

7.貝兒首次夢到反覆出現的夢境。

8.貝兒過著皇宮生活，野獸每晚向她求婚。

9.貝兒離開皇宮，回家住了兩個月。

10.貝兒返回宮殿，並讓野獸重生。

11.王子的母后駕到。

12.夢境仙女訴說王子的故事。

　　a.王子的父王逝世。

　　b.母后抵禦他國侵犯多年。

　　c.欽點為王子守護者的壞仙女已離去數年。

　　d.壞仙女回來，引誘成年的王子。

　　e.王子回到母后身邊，拒絕壞仙女的求歡。

　　f.壞仙女施法將王子變成野獸，必須完成特定條件才能解開魔咒。

13.歡喜群島國王駕到（貝兒生父）。

14.夢境仙女述說貝兒的身世。

　　a.國王迎娶仙女化身的牧羊女（夢境仙女的姊妹），生下一位女嬰。

　　b.仙女皇后因為嫁給凡人，而遭到仙界驅逐，且無法回到丈夫身邊，女嬰（貝兒）也受到懲罰，必須嫁給怪獸。

　　c.壞仙女假扮鄰國的寡婦皇后，企圖引誘痛失愛妻的國王，控制貝兒的教育。

　　d.壞仙女密謀殺害貝兒，嫁給國王。

　　e.夢境仙女化身為熊，先擊殺欲行兇的刺客，再擄走貝兒，然後將她與商人在鄉下家中死亡的嬰兒交換。

　　f.夢境仙女喬裝成吉普賽人，向商人預言貝兒的命運。

g.壞仙女再次出現，企圖引誘王子（12d）。

　　h.壞仙女遭到羞辱。

　　i.貝兒拯救野獸（10）。

15.貝兒的仙女母后出現述說本身的經歷

　　a.她被眾仙監禁多年。

　　b.她同意代替自己與賢者亞馬達巴生下的年幼女兒承受「毒蛇磨難」。

　　c.她獲得釋放，與家人團圓。

16.貝兒非親生的姊姊與姊夫結束打獵後抵達。

17.貝兒的商人養父抵達。

18.貝兒與王子成婚，分配多項治理職責。

19.收養貝兒的家庭在宮廷獲得職位。

　　薇蘭納芙的劇情巧妙無比，想必付出極大的心力，才能將所有劇情安排得如此完整。以上大綱無法充分展現作者在細節方面的講究與關注，父親的軟弱歸因於一則古老預言：他將利用女兒拯救自己與挽回財富，而王子的野獸魔咒僅會在「有一位年輕貌美的少女在完全相信自己會被野獸吃掉的情況下，仍自願來找[他]」（79頁），且必須對他產生感情並想嫁給他，而他絕對不能透露自己的身分，都巧妙地呼應了仙界對貝兒的懲罰「[仙女皇后]心志不堅，受到壽命有限的俊美凡人迷惑，陷入可恥的禁忌戀情，還生下了貝兒，現在就讓她的女兒成為野獸的新娘，補償母親的愚行。」（97頁）

　　雖然這些陰謀可能會讓現代讀者感到無趣，卻具有一種拼湊線索、破解謎題的迷人魅力。除此之外，還有大量幽默暗藏著刻意的諷刺意味，或許最有趣的行動細節是實際的拯救順序，當然此順序不僅是親一下與變身而已。貝兒在返回皇宮後發現野獸已奄奄一息，她努力地讓野獸重生，並於入睡後在夢境中與王子情人相逢後，第二天晚上就接受了野獸的求婚，回應野獸經常提出的問題：「我今晚是否能與你同床共眠？」（35頁），他們發誓對彼此堅貞不移，然後共賞三個小時的璀璨煙火，故事高潮從此展開。

　　儘管貝兒絲毫不想要睡在這一位奇特丈夫的身邊，她依然上床了，燈火在轉瞬間通通熄滅，她原本擔心野獸的沉重身軀會把床壓壞，可是卻意外發現在她跳進被窩時，野獸已輕巧靈敏地在她身邊躺下，且立即呼呼大睡。貝兒在聽到他的打呼聲之後感到十分驚奇，不過野獸不發一語，貝兒相信他已經沉睡去了（60頁）。

　　當貝兒起床時，發現野獸已變成她夢中的王子愛人，可是王子睡得實在太香甜，無論她怎麼吵，王子都毫無反應。她搖一搖王子，然後將沉睡的枕邊人與王子情人的肖像對照後，確定他就是那一位王子陛下。貝兒親了王子三次，可是王子依舊沉睡不起，直到他的母后駕到，王子才終於醒來。「母后與仙女前來，吵醒了王子，相較於貝兒的百般努力，他們發出的聲響更能有效地吵醒王子。」（65頁）。

雖然此故事是由全知的第三者述說，讀者依然能透過敘事者的風格、細節、基調及主旨，強烈感受到作者特色。作者詳盡描寫了劇院、歌劇、藝廊、圖書館以及能映照出「世間萬物」的鏡子（39頁），並以長春花與「兩側排列著橙樹的通道」、猴子隨從以及會與人交談的鸚鵡，投射出特定的幻想世界，都是比較適合浪漫小說，而非童話故事的方式。其以畫面暗示光陰流逝，而不是直接點明經過多久的時間，是以繁複分層的虛構敵人、魔法、幻想、夢境與劇中劇（更準確的說法是童話故事中的童話故事）表現出真實性的等級。

　　雖然沒有給讀者的旁白，夢境仙女不斷重複述說她對角色的論點，由此可知薇蘭納芙對於角色的定位十分明確，且在此長篇中不斷表明外表假象及心存感激的重要性，以明確呼應角色的作為。貝兒的核心衝突為愛與責任的妥協，當王子表示要除掉讓她不安的野獸時，她害怕地遠離了深愛的王子情人，證明她確實值得他人敬重，另一個典型教訓就是王子被變成野獸。

> 我的母親決定拿刀自我了斷，而我計畫跳入鄰近的運河中自盡……可是在我們前往運河的路上，有一位體態尊貴、行禮如儀，且令人由衷感到可敬的女士攔下我們，告訴切莫忘記向悲慘命運低頭是懦弱的行為，而且世上沒有時間與勇氣無法克服的劫難（80頁）。

　　這一位未來君王甚至萌生退意，他想要與貝兒一起遜位，留在魔法城堡中享受人生，由仙女挑選新的君王。

　　可是他們聰明又有智慧，知道自己肩負重責大任，必須實現上天託付的治國宿命，也因為他們對國家盡心負責，才能獲得永遠的愛戴敬重（117頁）。

　　然而，儘管他們肩負崇高責任，貝兒與王子還是會在治理國家數百年的歲月中，駕駛由十二頭金白角雄鹿拉行的雙輪馬車，定期回到城堡休息，這一點令人感到寬慰。

　　故事中多種奇幻細節的效果，反而使實際的魔法變得模糊，舉例來說，那一枚戒指不再舉足輕重，玫瑰在橙樹與長春花陰影中也顯得相形失色，魔法寶箱亦不如詳細刻畫描述的內容物重要。展現出貝兒的各種面向及顯現世界萬物的鏡子則變成與迷宮般的宮殿一樣有許多面，結果使鏡子顯現出她父親生病的最重要部分，變成眾多奇觀中的一個次要景象。

　　勒普琳絲·博蒙特夫人刊登在《兒童雜誌》（Le magazin des enfans）十七頁的版本卻明顯相反。此版本是在1756年問世，譯文則是在1759年刊登於《少女雜誌》（*The Young Misses Magazine*）上。博蒙特於此版本中刪除了薇蘭納芙《美女與野獸》的三個重要部分，因為這些部分僅會拉長故事的篇幅，而無法增加故事效果。第一個部分是鉅細靡遺地描繪貝兒在宮殿中的種種娛樂，第二個部分是王子與仙女接連在夢境中向貝兒現身，鼓勵她不要被外表蒙蔽，第三個部分是貝兒與野獸各自背景的劇中劇。博蒙特版本經過刪減後在文學界廣為人知僅保留了與基本劇情有關的重要角

色：商人父親、商人子女（三男三女，僅提及貝兒的名字）、貝兒（么女）、野獸／王子、兩位姊夫、一位幫手（夢境仙女）。

博蒙特版本塑造之角色幾乎已成為經典原型。貝兒是標準的女孩主角，外表甜美，內心善良。

貝兒兩度表達害怕被野獸吃掉，因為她不瞭解這一隻野獸的本性，而使得野獸顯得更加恐怖。[11]貝兒有兩位壞心貪婪、驕傲善妒的姊姊，最後都遭受罪有應得的懲罰：變成雕像，眼睜睜地看著貝兒成功。貝兒的父親無所作為，母親過世。

然而，兩位主要角色呈現之某些經典原型的探索，從象徵探索轉變成心理探索。原本讓人反感的野獸，在變身之前已經變得魅力無法擋，最初他是裝成反派角色，後來流露出脆弱的內心，甚至如同披著野獸外皮的英雄。普羅普（Propp）表示，反派身分「格外重要，因為可藉此創造出民間故事的實際進展」[12]。但是，博蒙特的《美女與野獸》最初是以欠缺英雄為主軸。的確，可能應從「尋找失蹤的丈夫」（425型故事）改稱為「尋找欠缺的丈夫」（425C型故事）。以好的方面來說，傳統中英雄是不太可能出現的角色，野獸的任務是耐心等待，而貝兒的任務則是察覺及體會。最初貝兒似乎魅力無窮，後來卻開始出現渴望，且從一個最忠誠的女兒，變成對真心好友毀誓背信的人。讀者在貝兒做出最終選擇之前，已開始受到野獸吸引，並對貝兒感到不耐煩，此情形與民間故事或薇蘭納芙版本的經典發展大異其趣。在這兩個先前版本中，夢境王子與仙女會不斷出現為貝兒消除疑慮，引導她做出選擇，而貝兒與野獸都受制於矛盾心理與發展，則比較像典型的真實生活，而非童話故事。

博蒙特改善後的劇情為：父親失去財富，全家搬到鄉下，之後，他啟程前往取回一艘貨船，三姊妹則要求帶回禮物。父親在風暴中迷失了方向，無意間發現了這一座魔法宮殿，他在此為貝兒摘了一朵玫瑰，被野獸發現並要求他以死謝罪。貝兒知道後願意代替父親獻出生命，而前往宮殿並住了三個月。她在宮殿中與野獸晚餐時，拒絕了野獸的求婚，然後要求離開一週返家照顧生病的父親。當貝兒回到家，因為姊姊們欺騙她，導致她超過約定的返回時間，並在第十個夜晚夢到野獸死亡，她匆忙趕回去，且向野獸傾訴愛意，於是野獸變回王子，最後兩人結為連理，貝兒的姊姊則遭受天怒神罰。

此敘事結構為簡單的因果事件順序。博蒙特的故事公式是敘述一號事件及對角色的影響，然後導致產生二號事件及對角色的影響。先前經過的各項事件-失去財富、發現商船的消息、父親摘取城堡的玫瑰，以及對角色的影響皆環環相扣，最終必然會達到故事的高潮。根據路易斯（C. S. Lewis）的理想敘事結構，此處的主旨即為這些事件或劇情，或依據羅傑・沙爾（Roger Sale）的說法：「讀者幾乎能藉由敘述故事

---

[11]　民間版本（Folk versions）通常將野獸列為一隻動物。

[12]　Vladimir Propp, "Morphology of the Folktale," *International Journal of American Linguistics* 24, no.4 (October 1958 [part 3]) (Bloomington: Indiana University Research Center in Anthropology, Folklore, and Linguistics, no. 10) 29。

中發生的事情，說出故事的涵義。」[13]

　　本故事的發生、驚喜，非常貼近「驚奇」（surprisingness）的特質，所以再三閱讀都不會令人感到失望。[14]野獸的求婚內容重複，甚至勉強加入韻腳，卻沒有韻律模式，最後博蒙特完成她的工作，如同奧爾努瓦在悲劇「公羊」中未竟之事，也如同托爾金的「救贖時刻」（eucatastrophe），選擇「以歡樂做為真正童話故事的標記（或中世紀騎士故事），或做為畫龍點睛的一筆」。[15]

　　第三人稱全知觀點是以節約、正式的風格完成，雖然提到了「獎勵美德，懲戒善妒」的主旨，卻未過度強調，將細節限制於少數發自內心的修飾。儘管此故事是以法國宮廷／藝廊浪漫愛情故事為基調，卻僅以民間故事之主題及發自內心的文字，呈現出極簡樸的內容，且未如同之後的藝術童話般受到特定之在地化影響，這些童話通常會提到有名的地點、時間與角色。貝兒的父親是遇到風暴，迷失方向而到以荒郊野林為背景的野獸城堡，此類博蒙特的特徵元素，協助啟發了托爾金之「超越時空的門扉」（door on other time），且允許個人想像闡述，且「更具普遍性與鮮明特性」。[16]她同時身處於托爾金「簡單或基本的事物，不受奇幻文學影響」[17]的疆界中，儘管需要更嚴格的訓練，才能讓故事達到一致性與符合邏輯的發展。博蒙特在潤飾字句時，確實做到了簡潔有力，以緊密呼應劇情，例如貝兒姐姐的虛偽：「那些邪惡女人以洋蔥摩擦眼睛，才能在與妹妹離別時擠出眼淚」……。[18]

　　每一項魔法物品在故事中都扮演著有限卻重要的角色。玫瑰激發貝兒的適度要求、父親的行動以及野獸的反應、寶箱傳遞了野獸送給貝兒家庭的財富、鏡子呈現出貝兒父親的寂寞，而促使貝兒回家，以及戒指讓貝兒回到野獸身邊。這四樣物品皆蘊含了複雜的象徵主義，無論博蒙特為傳統民間故事添加了什麼文學或社會創舉，她的版本皆具指標性、重要，且能讓此故事在現代民間故事與流行文化增生時依然歷久不衰。

　　薇蘭納芙、博蒙特的共通點在於高雅禮俗的基調、肯定理想的宮廷愛情，並強調女主角有選擇的權利。兩個都是刻意以「文化代表」傳遞一個訊息，卻僅有博蒙特未使故事失焦，雖然薇蘭納芙的《美女與野獸》對於當時學生來說非常有趣，但是此版本主要是在扮演傳遞前身故事的基因，傳承一組基因碼，造就出更重要的創作。沒有

---

[13]　Roger Sale, *Fairy Tales and After: From Snow White to E.B. White* (Cambridge: Harvard University Press, 1978) 59。

[14]　C. S. Lewis, *Of Other Worlds: Essays and Stories*, ed. Walter Hooper (New York: Harcourt Brace Jovanovich, 1966) 17。

[15]　J. R. R. Tolkien, "Three and Leaf," in *The Tolkien Reader* (New York: Ballantine, 1966) 87。

[16]　Ibid., 56, 95。

[17]　Ibid., 78。

[18]　Madame Le Prince de Beaumont, "Beauty and the Beast," in Iona and Peter Opie, *The Classic Fairy Tales*, *The Classic Fairy Tales* (London: Oxford University Press, 1974) 143.本篇文章的引用文與頁碼係來自the Opies' book。

博蒙特，《美女與野獸》就不會對未來數世紀的創作造成顯著影響，可是沒有薇蘭納芙，《美女與野獸》也不會對博蒙特造成顯著影響，因此，即使薇蘭納芙的版本有細節繁瑣過多的缺點，依然具有重要的地位。

博蒙特保持並傳遞此故事之深層意義的基本要素，無論有何教育目的，都能轉變為有意義的現代傳統。《美女與野獸》不僅反映了架構與意義的轉變，也代表觀眾的轉變，且是對全新創造的「童年」表示敬意，因為此故事是專為孩童而寫，卻包含了對成年生活的憂慮，例如被童年新定義排除在外的性愛與婚姻。口述與書寫形式開始重疊，是過去前所未見的方式，博蒙特採用上述兩種元素，融合創作出歷久不衰的重要故事，並在民間故事與文學傳統之間形成重要的連結。

然而，相較於其本身之藝術影響力，更重要的是這兩種十八世紀文學版本中的故事元素模式：中心角色、簡單卻具有象徵性的敘事，以及特定意象（起初看似次要細節，但是在反覆出現後，開始成為重要的隱喻——風暴、玫瑰、花園、鏡子與戒指）。[19]

---

[19] Betsy Hearne, *Beauty and the Beast: Vision and Revisions of An Old Tale* (Chicago and London: The University of Chicago Press, 1989) 32。

9.3 十九世紀《美女與野獸》的版本與插畫

　　早在1804年，《美女與野獸》文獻開始以暢銷故事書、玩具書系列與童謠手冊的形式大量出現，大多數版本都是短篇的童話形式，[20]採用博蒙特的版本，且含有為孩童繪製的插圖，即使真正的買家是成人，依然成為強勁的書籍新市場。這些書是區分為具教育與娛樂目的，顯然是為了呼應成人買家的內心衝突，而不是孩童消費者的內心衝突。從《美女與野獸》故事出現初期到整個十九世紀，這種二分法對《美女與野獸》文獻造成的影響，同樣也會影響現今的童書。在1843年的暢銷故事書中，菲立克斯‧桑莫利（Felix Summerly）曾對此影響提出評論：

> 每一個時代都會改善前一個時代留下的傳統，再將改變後的傳統傳承給下一個時代，但是這些改變通常無益於傳統本身。《美女與野獸》的現代英文版是採用「當代手法」改編，充滿教育、婚姻等主題的道德說教，徒勞無功地想要將所有教誨塞進枯燥的邏輯概率中，導致貝兒姊姊與姊夫的無聊細節喧賓奪主，蓋過故事的主軸。我認為即使刪掉這些內容也不為過，且不應使用和藹太太（Mrs. Affable）的旁白，應嘗試將故事改得更童話，而不是說教文章。[21]

　　選擇娛樂用的故事版本，總是最有趣、又具有重大的藝術價值，而且就是這些文獻版本將《美女與野獸》的悠久傳統延續到20世紀。作家越執著於說教訓誨，寫出來的作品就越了無新意，唯有搭配藝術插圖的故事，才能在未來傳達出大異其趣的詮釋或教訓。

　　筆者將在下面討論4個十九世紀《美女與野獸》的版本包括：《美女與面惡心善的野獸：古典故事詩歌版》（*Beauty and the Beast: or a Rough Outside with a Gentle Heart, A poetical Version of an Ancient Tale*）。據說此書是查爾斯‧蘭姆（Charles Lamb）於1811年的著作。詹姆斯‧羅賓遜‧普朗什（J. R. Planché）於1841年的《美女與野獸：宏偉幽默浪漫歌劇、情節劇、誇張童話之兩幕劇》（Beauty and the Beast；A Grand, Comic, Romantic, Operatic, Melo-dramatic,

---

[20] 有關十九世紀《美女與野獸》的版本，請參考附錄資料5。

[21] Felix Summerly, *Beauty and the Beast* (London: Joseph Cundall, 1843) iii-iv。

9-1 《美女與面惡心善的野獸：古典故事詩歌版》（Beauty and the Beast or a Routh Outside with a Gentle Heart, a Poetical Version of an Ancient Tale）查爾斯·蘭姆（Charles Lamb）封面1811。圖片來源：Charles Lamb, *Beauty and the Beast: or A Rough Outside with Gentle Heart, A Poetical Version of an Ancient Tale*。

Fairy Extravaganza in Two Acts）。華特·克雷恩（Walter Crane）1875年《美女與野獸》圖畫書，以及1889年刊登於《藍色童話》（*Blue Fairy Book*）之安德魯·朗格（Andrew Lang）的《美女與野獸》版本。

第一個版本是《美女與面惡心善的野獸：古典故事詩歌版》。據說此書是查爾斯·蘭姆的著作（圖9-1）[22]，安德魯·朗格（Andrew Lang）曾在1887年重新印製1811年版本的序言中，詳盡討論蘭姆是否為此版故事的真正作者。但是此版本確實已充分展現出查爾斯在其他童書作品中呈現的經典特色，所以序言中的討論也顯得無關緊要。筆者認為〈查爾斯·蘭姆風格評論〉（In the Style of Charles Lamb）一文的說明已非常充足。本書之插圖能媲美十九世紀的其他眾多版本，大小為5"×6"，版畫為3"×3"，全書共42頁（每頁約12至15行文字）。不過，此書與其他多數版本不同，是以抑揚四步格寫成的押韻對句，為了達到詩歌的簡練性，而大幅刪減了故事角色：僅有一位商人、三個兒子、三個女兒（除貝兒外，都沒提到名字）以及野獸（最後證實為波斯的歐萊斯明王子）。

此外，故事中有一股「神奇力量」，或「從天而降的聲音」（非仙子的角色），負責在最後解釋劇情並引導讀者，其中的許多劇情都是透過貝兒與野獸的交談而發展。

> 「你是否覺得我醜陋無比？」
> 她溫柔地回答：「你的性情體貼溫柔，」
> 「沒錯，但是我很醜，不通人情：」—
> 「依舊遠勝虛情假意」—
> 「開心一點，不要有壓力，」
> 野獸嘆道：「我會努力取悅你。」—

---

[22] *Beauty and the Beast: or a Rough Outside with a Gentile Heart, A Poetical Version of an Ancient Tale* (London: M. J. Godwin, 1811) 29。

「你的外貌確實古怪

　　「自從我來之後，你總是以禮相待。」

　　這一段是貝兒與野獸首次用餐時的交談內容，而兩人的感情是在未來三個月內逐漸升溫，然後「時光匆匆，又過了一季」（第29頁）。

　　她為了救父親一命
　　接受無比沉重的命運。
　　她看著野獸，心懷懼畏，
　　野獸散發著良知的光輝。
　　這是一大慰藉，
　　雖然非常令人不解。
　　野獸的仁慈舉動，－
　　消除了她最初的所有恐懼，
　　她發現野獸溫和害羞，
　　宛若幼獅一般。
　　友好的習慣和行為，使貝兒不再憂心；
　　總想要與野獸更親近。（第30頁）

　　雖然博蒙特筆下的這些角色都保持著天真客觀，但是詩中經常出現兩人日益親密的微妙暗示。如果野獸在約定的九點沒有出現，「此時貝兒就會開始嘆氣」（第31頁），貝兒經常在嘆氣：

　　此夜何其美，貝兒卻在獨自喟嘆－
　　我悲嘆身邊沒野獸陪伴，
　　過去的他讓人恐懼，如今的他令人期盼。（第36頁）

　　相較之下，野獸卻展現出溫和耐心：

　　或坐或站，謙遜順從，
　　佳人良言，我心甚悅，
　　我不賣弄，也不戲謔，
　　如癡如醉，洗耳恭聽，
　　倩影迷人，目不轉睛。（第31頁）

　　兩人的互動也許很枯燥，但是貝兒最後發現他們十分適合：

「溫柔專情的野獸啊！」她哀哭悲語，
「豈是我背信棄義，害你死去？」

「我悲痛欲絕！求你原諒！」
「失去你，我也無法獨活。」

看啊！那王子無比優雅
服飾容貌，全身上下，
無不散發天生的魅力，
此刻正跪在貝兒的腳邊。（第37-38頁）

　　整部作品嚴正禁止有任何冒犯舉動（包括幽默的挖苦），且提倡逆來順受的理想個性。貝兒又名為「溫順女子」（The Child of Duty），從她的歌曲中即可發現：

「切莫虛擲韶華時光
天性時時笑顏，即使命運不濟：
且聽我一曲，即心滿意足，
一切勞苦，均應順服。」（第8頁）

　　此處首次提到十九世紀所有版本的共同重大主題，且是前後世紀忽略或欠缺的主題：宿命與命運女神屢屢出現，以她們的奇想左右凡人的一生，而凡人也必須努力適應命運的改變。

命運依然如故，
刻薄吝嗇，詭變無常；（第12頁）

但是當十一點鐘聲
響徹耳際，他靜坐消沉
彷彿聽聞命運的喪鐘。（第14頁）

「偷花，決定了你的命運。」（第17頁）

沒有人能掌握自己的命運。（第21頁）

　　這個主題（以及擬人化的性質）的力量無所不在，在十九世紀的版本中處處可見，而民間傳說或藝術童話背景中原本不具有這種力量，由此可見新舊元素水乳交融

的情形，確實值得注意。《美女與野獸》能在首波印刷品的商業擴展時期流行的原因之一，就是能將敘事及角色與時下的流行思潮融合，且不會犧牲故事的基本完整性。

在1811年，心悅服從就是美德，不僅善良的貝兒彰顯了此種美德，連野獸也身體力行。除經過磨難與忠誠證明外，「無私之愛」（fair work，又稱宮廷愛情）根本不是真正的愛情。

> 「讓她自願與野獸會晤
> 代父受罪，我就放你生路。」（第18頁）

> 「縱死千回，亦不足惜
> 若為老父，願竭己之力！」（第20頁）

> 「你違背了許下的承諾！」
> 她內心的良知說（第35頁）

雖然主題十分清楚，旁白卻未特別著重於這些主題，而是奉行某種不帶感情的評論風格，使敘事不會過於沉重。本詩是延用博蒙的劇情，將細節去蕪存菁，刪除了安撫人心的夢境，將警示的夢境變得更緊湊-「悲傷的情景使她驚醒！」（第35頁）。皇宮的敘述也變得簡明扼要，貝兒走訪皇宮的情節僅一語帶過，「庭園長青，草木鮮美，／還有玻璃明鏡與吊燈」（第25頁）。

即使仍具有說教的言外之意，故事卻變得步調輕快、敘事簡潔、相得益彰。貝兒的姐姐圖謀不軌，故意拖延不讓她回去，想要害她被盛怒的野獸殺害，不過她們很快就遭到報應，「你們將會變成雕像石化／接受天神處罰」（第41頁）。

故事中沒有提到魔法，鏡子是用於提供資訊，戒指則是貝兒的交通工具。當姐姐們要求父親帶回大量禮物時，貝兒的單純在敘事風格中表露無遺：「她選擇了適合的禮物／一朵玫瑰就能滿足」（第11頁）。這一位詩人僅有一兩次天馬行空地延伸了幾個意象-他可能想要將整個故事點綴成古雅高尚的風格，宛若拉丁文學的史詩明喻。

> 何其幸福！可惜災變降臨！
> 狂風驟起，呼嘯橫掃
> 深海怒浪，波濤驚天，
> 海運船貨，價值不斐，
> 全數沉沒，一去不回。
> 商人損失慘重，
> 兒女挨餓受凍。（第5頁）

下述這八幅精緻版畫能準確地平衡文本的形式限制與敘事內容。精細的線條，著重於主要角色的構圖，以及具有建築結構的背景，且每一張版畫均會以精細的筆跡標示出標題。

　　「貝兒的富貴時光」（Beauty in her Prosperous State）展現出身穿帝式洋裝的貝兒，彈琴彈累了，正在看書休息，兩位姐姐趾高氣揚地從她身後走過（圖9-2）。

　　「貝兒的艱苦時光」（Beauty in a State of Adversity）描繪貝兒坐在紡車前，頭戴居家女帽，背景為鄉村風光（圖9-3）。

　　「摘取玫瑰」（The Rose Gather'd）描繪纏繞頭巾的父親，在身形似熊，大聲咆哮的野獸面前，害怕地緊抓玫瑰（圖9-4）。

　　「貝兒蒞臨魔法皇宮」（Beauty in the Enchanted Palace），圖中的父女顯示出害怕的誇張姿勢，友善古怪的野獸則在膳房門廊上窺視，彷彿想要看一看真命天女的樣貌（圖9-5）。

　　「貝兒造訪圖書館」（Beauty Visits her Library）描繪女主角走近書櫃時引人注目的希臘女性側臉（圖9-6）。

　　「貝兒被無形音樂逗笑」（Beauty Entertained with Invisible Music）發揮想像力，有三個天使在貝兒的午餐桌上方盤旋（圖9-7）。

　　「貝兒離去，令人哀傷」（The Absence of Beauty Lamented）顯示悲傷的貝兒撲倒在垂死的野獸懷中，後方有典型的庭園圓柱（卷頭插畫）（圖9-8）。

　　「魔法解除」（The Enchanted Dissolved）出現身穿怪異荷葉邊、斗篷、緊身上衣、襪子、靴子、羽毛頭巾的王子，跪在身穿希臘長袍，站在大水缸旁邊顯得有點驚慌的貝兒面前（圖9-9）。

　　上述插圖的特徵是謙恭有禮，連野獸也僅保留最低限度的野性，不會讓人感到有威脅感，舉例來說，野獸的身形比人類小，或站在較低的位置。圖中的藝術反映與詩作一樣適當，且讓人放心-彷彿蘭姆筆下的貝兒與野獸原本就是天造地設的一對。

　　蘭姆先生與同期作家的暢銷故事書一樣，涵意皆十分嚴肅，即使在三十年後閱讀詹姆斯・羅賓遜・普朗什（J. R. Planché）幽默詼諧的作品，仍會感到大吃一驚。詹姆斯・羅賓遜・普朗什的《美女與野獸：宏偉幽默浪漫歌劇、情節劇、誇張童話之兩幕劇》書本大小為6 1/2"×4"，總共22頁，沒有插圖，全劇以抑揚五步格的押韻對句撰寫，並精心融入雙關語、文字遊戲、流行歌曲、嘲諷、笑話或圈內笑話，希望能讓成人觀眾開懷大笑（演出地點為科芬園劇院，演出時間為1841年4月12日的復活節，星期一）。[23]

　　大部分角色與改編的劇情都能緊扣時事，且超越了與故事本身的關係，但是，當觀眾習慣技巧高超的男高音與意外離題的劇情之後，就會發現這是一部娛樂觀眾的好戲。出場人物列於首頁。

---

[23] J. R. Planché, *Beauty and the Beast: A Grand, Comic, Romantic, Operatic, Melodramatic, Fairy Extravaganza in Two Acts* (London: G. Berger, 1841) 6。

9-2	9-3	9-4	9-5
9-6	9-7	9-8	9-9

9-2　《貝兒的富貴時光》（Beauty in her Prosperous State）查爾斯‧蘭姆1811。圖片來源：Charles Lamb, *Beauty and the Beast: or A Rough Outside with Gentle Heart, A Poetical Version of an Ancient Tale*, 6。

9-3　《貝兒的艱苦時光》（Beauty in a State of Adversity）查爾斯‧蘭姆1811。圖片來源：Charles Lamb, *Beauty and the Beast: or A Rough Outside with Gentle Heart, A Poetical Version of an Ancient Tale*, 7。

9-4　《摘取玫瑰》（The Rose Gather'd）查爾斯‧蘭姆 1811。圖片來源：Charles Lamb, *Beauty and the Beast: or A Rough Outside with Gentle Heart, A Poetical Version of an Ancient Tale*, 8。

9-5　《貝兒蒞臨魔法皇宮》（Beauty in the Enchanted Palace）查爾斯‧蘭姆1811。圖片來源：Charles Lamb, *Beauty and the Beast: or A Rough Outside with Gentle Heart, A Poetical Version of an Ancient Tale*, 8。

9-6　《貝兒造訪圖書館》（Beauty Visits her Library）查爾斯‧蘭姆1811。圖片來源：Charles Lamb, *Beauty and the Beast: or A Rough Outside with Gentle Heart, A Poetical Version of an Ancient Tale*, 10。

9-7　《貝兒被無形音樂逗笑》（Beauty Entertained with Invisible Music）查爾斯‧蘭姆1811。圖片來源：Charles Lamb, *Beauty and the Beast: or A Rough Outside with Gentle Heart, A Poetical Version of an Ancient Tale*, 12。

9-8　《貝兒離去，令人哀傷》（The Absence of Beauty Lamented）查爾斯‧蘭姆1811。圖片來源：Charles Lamb, *Beauty and the Beast: or A Rough Outside with Gentle Heart, A Poetical Version of an Ancient Tale*, 13。

9-9　《魔法解除》（The Enchanted Dissolved）查爾斯‧蘭姆1811。圖片來源：Charles Lamb, *Beauty and the Beast: or A Rough Outside with Gentle Heart, A Poetical Version of an Ancient Tale*, 14。

貝兒－維斯崔女士（Madam Vestris）

野獸，別名亞述爾王子（Prince Azor）－哈里森先生（Mr. W. Harrison）

阿爾格特旁普爵士（Aldgate Pump貝兒父親）－布蘭德先生（Mr. J. Bland）

約翰吉爾（John Quill）－哈雷先生（Mr. Harley）

德瑞莎琳達（Dressalinda）－林佛斯小姐（Miss Rainforth）

瑪莉果妲（Marrygolda）－葛蘭特小姐（Miss Grant）

玫瑰皇后（Queen of Roses）－李小姐（Miss Lee）

和風－吉爾伯特先生與馬歇爾少爺（Mr. Gilbert and Master Marshall）

玫瑰精靈－巴林、馬歇爾與費巴特小姐（Misses Ballin, Marshall, and Fairbrother）

玫瑰議會成員、和風（分飾）、亞述爾王子宮廷男女貴族等人

　　所有角色都在大肆諷刺批評本身與他人的劇情功能。早期的貝兒過於至善至美，讓人覺得很疲憊，在本劇中，貝兒的姊姊即是代表旁白回應過往美德的主要範例：

「貝兒妹妹一開口，簡直人神共憤

總是說女人應心滿意足地善盡本分，

乖乖順從等等廢話－」

「她美得像洋娃娃－只適合說廢話。」（第7頁）

　　當兩人發覺商人父親可能會有意外之財時，她們開始設法引誘父親問自己想要什麼禮物：

德瑞莎琳達：「噢，隨意帶一些在路上見到的飾品給我──

　　　　　　例如，一百條披巾」

瑪莉果妲：「父親大人，我不想要勞煩您

　　　　　　買披巾給我──行程太急了──

　　　　　　父親，女兒只要一千幾尼金幣就好。」

阿爾格特爵士：「一個只要現金，一個只要披巾。」（第8頁）

　　當貝兒回家探望父親時，姐姐們表現出厭惡態度：

德瑞莎琳達：「野獸為何不把妳吃掉？

　　　　　　他想退貨？想反悔？

　　　　　　還是妳太難以下嚥？－或是他太柔弱？

　　　　　　父親，請不要這麼可悲，

這種東西只會讓我反胃。」（第23頁）

野獸登場親自獻唱，風格介於民謠、四行詩、吉爾伯特（Gilbert）與蘇利文（Sullivan）前的合唱之間：

「顫抖吧，顫抖吧！
你竟敢偷摘我的玫瑰，
我要將你分屍解體
用骨頭裝飾教堂庭院
顫抖吧，顫抖吧！
將你煮成烏龜湯、調飲料
將你當午餐，飽食一頓
現在我要當午餐吃了你，當午餐吃了你
當午餐吃了你。」（第12頁）

爾後，野獸提到如果貝兒能解除咒語，他就能歡天喜地恢復人形，高唱〈我的愛人像紅紅的玫瑰〉（My love is like a red, red rose）。他先向阿爾格特爵士保證：「除了得到本人同意外，我不會吃貝兒」，然後他又建議貝兒：「妳可以僅用眼睛陪我喝酒／如果妳反對喝酒」（第19頁）。貝兒也變得活潑、伶牙俐齒，以流行歌曲（Jim along Josey）的曲調向野獸唱歌示愛，並在好幾幕中與野獸鬥嘴。貝兒在最嚴肅的時候，確實也宣達了某些特定的主題：「我與野獸，一心二體！」（第28頁），但是她主要都在與他人說東道西地拌嘴：

阿爾格特爵士：「野獸真是了不起！一看得懂你看的書？我根本看不懂呢……」
貝兒：「因為有時候連作者自己都看不懂！」（第8頁）

劇情本身發揮消遣娛樂的趣味。玫瑰皇后先與和風及玫瑰交談，然後登場召開「玫瑰議會」，提出「復活節問題」，概述劇情中的事實，這一幕的最後是僅剩兩位姐姐在討論貝兒。她們的父親登場時，帶來了失聯船隻登陸的好消息，他命令「可靠的勞力工」約翰吉爾駕駛馬車，與他共同前往取貨。之後，他們在看過賠錢的貨船後啟程回家，阿爾格特爵士與約翰吉爾無意間闖入野獸的城堡，他們看到佳餚美酒後喝得醉醺醺。然後野獸登場，阿爾格特爵士將貝兒帶到城堡，讓貝兒應付野獸。玫瑰精靈、和風與玫瑰皇后共同登場、跳舞，以及為貝兒帶來一個好夢。當貝兒與野獸的感情日益深篤時，貝兒卻在鏡中看到父親生病，於是她要求野獸讓她離開一天，並承諾在日落時分回來。當她回家後，姊姊們讓她喝下「罌粟汁」，使貝兒直到日落之後仍無法醒來，野獸哀痛自己遭到背棄，阿爾格特與約翰吉爾則再次喝得醉醺醺。貝兒醒

來後趕回城堡，發現野獸已奄奄一息。當她希望野獸活下來並娶她為妻時，玫瑰皇后現身了，於一再確認貝兒的意願之後，讓王子與宮廷貴族一起復活。

劇中劇可為政治諷刺劇添增許多發揮的空間，比如「外國花朵」及「與康乃馨國王簽訂條約」就能達到諷刺效果。事實上，開場演說就在抨擊皇室：

> 玫瑰皇后，我們會留意
> 在尊貴的議院中提出審議：
> 如果我們能通過兩條法案，且無人不悅，
> 野獸就會洗心革面，復活節的問題將迎刃而解；
> 大肆吹擂玫瑰絕對無膽，
> 否決陛下提議的方案。（第6頁）

這一幕是發生在合唱歌曲〈煤黑玫瑰〉（Coal Black Rose）之後，可能是在影射問題重重的煤礦改革案。4個月之後，此案在上議院反對的情況下，於1842年8月強行通過。

這個故事背景是設定在倫敦，探討的主題是「改變」。雖然皇宮僅是驚鴻一瞥（「住在這裡真舒適」，第17頁），卻鮮明地描繪「非河畔玫瑰小窩」以及稱為「旁普蠢蛋」的房屋（這一家人原本是住在阿爾格特爵士的市長邸豪宅中，後來「從針線街搬到布里克斯頓」，第6頁）。在19世紀，無所不在的命運女神卻變得惡毒輕浮，和風則駕駛魔法公車（「音符飛揚，永不止息」），在貝兒轉動戒指後，開半小時的車載貝兒回皇宮（「我發誓搭火車不如搭巴士／這就是締造改變的方式！」，第22頁）。跑龍套的約翰吉爾，經常導致阿爾格特旁普爵士笑話百出，主僕兩人的腦袋似乎都少了一根筋。

玫瑰皇后在貝兒失去野獸而哀痛不已時安慰她：

> 你何必如此訝異？
> 因為愛情，他在你的眼中已更勝以往！
> 他的心地純正，品格高尚，
> 縱有缺陷，又何妨（第28頁）

如果這一段話的本意是補充道德教訓，在這一部逗趣橫生的劇中，卻完全喪失了說教的效果。

喬治·勞特力奇出版社曾發行華特·克雷恩之玩具書的先令系列（a shilling series），克雷恩自認此系列作品「是副業消遣，基本上是屬於年輕時期的著作」[24]，

---

[24] Walter Crane, *Beauty and the Beast and Other Tales* (London: Thames and Hudson, 1982)。

此系列都是他在30歲之前完成的著作，包括《美女與野獸》，其他故事，例如《美星公主》（Princess Belle Etoile）、《黃色小矮人》（The Yellow Dwarf）以及《睡美人》（The Sleeping Beauty），都是以相同的12頁形式處理，大小為10"×8 1/2"，附有整頁插圖與大圖印刷。

9-10 《美女與野獸》華特‧克雷恩（Walter Crane）1875封面。圖片來源：Walter Crane, *Beauty and the Beast*。

克雷恩在1875年出版《美女與野獸》（圖9-10），圖文都具有驚人的鮮明色彩，且敘事風格與設計獨樹一格，可能是因為他曾是木雕學徒，所以會在木頭上打稿。即使拍攝技術已可簡化將設計轉換為印刷頁的過程，他依然繼續在木頭上打稿。他都是先在木板或紙板上完成初稿，再為黑白校樣上色，然後使用印刷機為個別區塊上色。

這個版本故事角色則縮減為不可或缺的商人／父親、三位女兒（兩位沒有名字，一位是貝兒）與野獸，在劇情發展中出現了數量不明的兒子，願意代替貝兒去找野獸，但是沒有仙子、評論或合唱，也沒有安撫人心或指引方向的夢境。敘事縮減成現代風格，以一言蔽之，快速帶過，訊息密集的第一段就是最佳範例。

> 從前有一個商人因財務損失慘重，而被迫與三個女兒搬到小農舍中居住，小女兒貝兒與兩位抱怨連連的姊姊不同，會不斷安慰父親，為家中帶來歡笑。有一次商人要出遠門取回船貨，在與女兒們道別時，兩位姊姊一直要求父親帶精美的禮物回來，唯有貝兒僅請求父親帶一朵玫瑰。商人在回程看到嬌美的玫瑰時，想起了貝兒，於是立即摘下眼前最美的玫瑰。當他摘下玫瑰時，醜陋的野獸現身了。
>
> 野獸的外表凶狠，並帶著致命的武器，質問商人為何大膽地偷他的花，要商人以死謝罪。（未標頁數）

此版本沒有貨船、沒有禮物的細節、沒有離別的場景、沒有森林或暴風雨，而且商人沒有找到皇宮，也沒有在宮中過夜。當貝兒到來時，僅出現「門扉自動敞開，甜美的音樂入耳，他們走進膳房時，晚餐已經備妥」的魔法，且在貝兒留在皇宮的期

間，則皆僅以一個句子帶過各種奇景：有鳥類、猴子和藝術品。即使是常見的韻腳也都已不具詩歌形式：「貝兒是這裡的皇后，只要她下令，大家就會遵守。」既不是詳細闡述的藝術童話模式，也不是鮮明的民間故事傳統，而是比傳統更冰冷的陳腔濫調。戒指與玫瑰縮減到僅具實質用途，結尾甚至沒有主旨或道德教訓。

> 當她說出〔承諾〕時，四周出現眩目的柔光，皇宮的窗戶內燈光閃爍，樂音四起。最令她感到驚奇的是面前站著一位年輕的王子，而且王子說她的承諾解除了魔法師的詛咒。如果沒有美麗的女子不嫌他醜而愛上他，這個詛咒將永遠無法解除，他也將無法恢復人形，感激萬分的王子於是向貝兒求婚。商人很快就得知女兒的喜事，而王子在第二天便與貝兒成婚了。

　　這個版本的特徵在於書籍裝飾，在12頁的內容中半數有插圖，並有4幅整頁插圖與跨頁展圖。這些插圖描繪商人遭遇野獸（圖9-11）、商人帶著玫瑰和家人重逢（圖9-12）、貝兒與野獸坐在沙發上聊天（圖9-13）、服裝優雅的猿猴跟隨著貝兒（圖9-14）、貝兒照顧瀕死的野獸（圖9-15）。插圖中常見之顏色為歡樂的紅色，並以扎實的黑線劃分出幾何平衡的形狀，在克雷恩的所有插圖中一律看不見白色，僅有繽紛詳盡的色彩、圖樣及質感設計。主要之通則是非寫實的姿勢與表情，其背景如同凡爾賽宮的庭院，且無論背景或野獸都沒有絲毫的野性。野獸是戴單眼鏡片的分趾蹄公豬，服裝是十八世紀的法國宮廷服裝，貝兒的側臉則少了羽毛帽，顯露出希臘陶器上的人物線條。圖中的角色仍帶有感情，但是受到設計要素、構圖及裝飾的影響，都侷限在非寫實界線中。

　　克雷恩有時候也會遭到批評，因為他是「依照腦中的構想」畫圖，而非使用真正的模特兒，此作法會導致畫出的人物不夠寫實。他與藍道夫凱迪克為同期畫家，但是現代繪本卻偏向凱迪克的人物特徵描繪，僅投射出人物動作，而非嚴謹遵守形式設計與裝飾的作法。克雷恩的藝術與故事具有大膽的表象，深度卻十分有限，這些插圖不一定會扼殺想像力，但是在首次為這些插圖感到驚奇之後，就會感覺圖文藝術不如先前版本的微妙細節-例如蘭姆的作品-那些微妙細節中蘊含了更多言外之意，能讓讀者發揮無限想像力。

　　1889年刊登於《藍色童話》（*Blue Fairy Book*）之安德魯・朗格的《美女與野獸》版本，是十九世紀末之十年間最廣為流傳的版本。事實上，安德魯・朗格僅是受委託潤飾某一位無名作家的改編作品。當時朗格擔任十一種各類彩繪童話選集（1889-1910年）的責任編輯，並僱用了一批女作家負責撰文，尤其特別倚重朗格太太。在《美女與野獸》的版本中，「米妮・懷特小姐（Minnie Wright）將《仙女書屋》（Cabinets des Fees）的原著小說，減縮成童謠故事的篇幅」。[25]她費盡心思將

---

[25] Andrew Lang, "Introduction to the Large Paper Edition of the *Blue Fairy Book* (1889)," in Brian

9-11	9-12
9-13	
9-14	9-15

9-11　《商人遭遇野獸》華特・克雷恩1875。圖片來源：Walter Crane, *Beauty and the Beast*, 1。

9-12　《商人帶著玫瑰與家人重逢》華特・克雷恩1875。圖片來源：Walter Crane, *Beauty and the Beast*, 2。

9-13　《貝兒與野獸坐在沙發上聊天》華特・克雷恩1875。圖片來源：Walter Crane, *Beauty and the Beast*, 3,4。

9-14　《服裝優雅的猿猴跟隨著貝兒》華特・克雷恩1875。圖片來源：Walter Crane, *Beauty and the Beast*, 5。

9-15　《貝兒照顧瀕死的野獸》華特・克雷恩1875。圖片來源：Walter Crane, *Beauty and the Beast*, 6。

薇蘭納芙夫人（Madame Villeneuve）的數百頁小說濃縮成二十頁，並在完成此項任務時冠上朗格的名稱與聲望。

諷刺的是，安德魯朗格認為此著名的童話故事系列可能會大放異彩，而使他在民間故事學會（Folk-Lore Society）的學術著作相形見絀，於是寫下「溫文儒雅，有時自認高人一等的序言」，似乎有「略微輕蔑整個業界」的意思。[26]然而，無論他對此主題有何感受，當時的主流仍為「孩童的真實人生故事」，而這個重要的系列卻再次掀起唸童話給兒童聽的風潮。[27]當代出版雜誌《暢銷書籍》（*Bookseller*）宣稱，《藍色童話》是「這個時代最受歡迎的青少年禮物之一」，大家也預期書中的故事會出現在校用版本或朗文的《補助讀者》（Supplementary Readers）中，並催生出許多效仿的故事選集。[28]這一本書大獲成功，使朗格陸續推出紅色、綠色、黃色、粉色與紫色童話。

雖然這本書普遍流行，仍然無法避免批評朗格的編輯風格，托爾金（Tolkien）曾經說我不想竊笑朗格，但是他常對自己含[29]笑，也常將自己的眼睛對著聰明人的臉上，以及兒童觀眾的臉上。

此系列出現了數個動物新郎的民間故事變體，包括《藍色童話》中的〈諾羅威的黑公牛〉（The Black Bull of Norroway, 425A）、〈太陽東邊，月亮西邊（East of the Sun and West of the Moon, 425A）、〈白雪公主與紅玫瑰〉（Snow White and Rose Red, 426），以及《紅色童話》中的〈受魔法詛咒的豬〉（The Enchanted Pig, 425A）（圖9-5）。朗格在1887年重印蘭姆（Lamb）的1811年版本時，撰寫了大量評論故事之可能起源與地理分布的長篇介紹，他討論了一般創作（創造）與傳播（散播），反映出當時之民俗學家中最主要的衝突之一。其實他本身是收藏家，將許多民間故事與童話故事縮減為相似風格，似乎不會令同期作家感到驚慌。他的同期作家包括約瑟夫・雅各（Joseph Jacobs）與哈特蘭（E. S. Hartland）。[30]

雖然故事是由米妮・懷特撰寫，可是故事卻具有朗格的風格，並由他負責故事的最終形式，且此文本調查之下列文獻均歸屬於他的名下，亦可反映出此事實。他將薇蘭納芙詳盡的角色陣容，減縮為主食商人、六個兒子與六個女兒（僅提及貝兒的名字）、野獸、夢境王子、夢境女士，以及王子的母后。商人以軟弱的形象出場：在看似空無一人的城堡中，「四下悄然無聲，生性膽小的他，開始心生恐懼。」[31]當野

Alderson's edition (New York: Viking, 1975) 354。

[26] Ibid., 360。

[27] Mrs. E. M. Field, *The Child and His Book* (1892), quoted by Brian Alderson, "Postscript to the 1975 edition," in the *Blue Fairy Book* by Andrew Lang, 359。

[28] Ibid。

[29] Tolkien, "Tree and Leaf," 1966, 65。

[30] Andrew Lang, "Beauty and the Beast," in the *Blue Fairy Book*, Revised and edited by Brian Alderson from the 1890 edition, 359。

[31] Ibid., 111.文章中的引用文與頁碼係來自the 1975 Alderson edition of Lang's 1889 Book。

獸要求他交出一位女兒，他竟然不是斷然拒絕，而是「『啊！』商人呼喊道：『就算我殘忍無情，願意犧牲女兒換取自己的生命，但是能捏造什麼藉口將她騙來呢？』」（113頁）。表面上是鋪陳野獸要求的自願犧牲條件，實質上卻指出父親個性有缺陷，才會將貝兒交給野獸。先前的任何正式版本，都未曾出現此種微妙的心理探索。

主要是由貝兒接受勇氣大考驗。野獸說：「要看你的女兒勇不勇敢，愛不愛你，是否願意救你的命。」（113頁）她一再證明了自己的勇氣，承擔所有的懲罰「這一次是因為我的刁蠻要求而釀禍，所以應該由我受罰」（115頁），並面對野獸。她鎮定地應對野獸，甚至安撫顫抖的父親，多次以幽默或理性使他心安，「野獸一定餓壞了。」貝兒說，並企圖擠出笑聲：「獵物送上門了，他應該會很開心。」（116頁）。

軟弱與勇敢的二分法與薇蘭納芙之道德的主旨不同，雖然感激、榮譽、認知的說詞，都是濃縮自她的長篇言論。夢境王子說：「你的外表美麗動人，內心也應該忠實誠意，除此之外，我們對你別無所求。」（118頁）王子都是在夜晚，與一位女士一起出現在她夢中，這一位女士警告：「絕對不要被外表蒙蔽。」（119頁）其他縮減的內容，還包括夢境仙女與皇后的交談。在工業掛帥的時代，皇后不會挑剔貝兒的商家背景：

「是的，皇后陛下，這一位是貝兒，勇敢無比，拯救公子擺脫恐怖的魔咒，而且他們彼此相愛，如果您能同意他們的婚事，將會使他們幸福快樂。」

「我發自內心完全同意，」皇后表示：「你協助我的孩子恢復原貌，我對你真的很感激不盡。」（128頁）。

薇蘭納芙的劇情經過精簡後，刪除了永無止盡之貝兒與野獸家族背景的解釋，雖然仍存有夢境等次要劇情，但是部分宮殿活動亦以簡短的敘述帶過。其實此版本既有博蒙的精簡敘事，且有薇蘭納芙對細節的熱忱，可謂兼容並蓄。

1. 商人因為房屋焚毀、商船在海上失蹤、員工背信等種種原因，而導致傾家產。
2. 他們舉家搬到荒涼的地區（一座「黑森林」）。
3. 傳來發現商船的消息，貝兒要求能取得玫瑰，商人啟程。
4. 商人經歷了六個月路程，卻一無所獲，返家時正值冬季。
5. 商人到達城堡，在此寄宿過夜。
6. 他摘下「那一朵致命的玫瑰」（12頁）。
7. 野獸出現，責難商人（商人則怪罪貝兒）。
8. 野獸給商人一個月的期限，然後命令他吃完晚餐後離去。他騎著野獸的馬，「看見陽光，聽到金色鈴鐺響起之後」啟程出發（114頁）。
9. 商人回到家中，述說事情經過後，大家互相指責，最後貝兒決定前往。

10.父親與貝兒騎馬到達宮殿（她騎乘野獸的馬）。

11.在接受野獸的邀請後，帶了兩皮箱的寶藏回家。

12.夢境王子安慰貝兒，並懇求貝兒將他找出來。

13.貝兒探索宮殿，發現有王子肖像的手鐲。

14.她與野獸共進晚餐，野獸向她求婚。

15.貝兒發現夢境王子出現的背景中有小溪與長春花樹，貝兒猜想王子是否為野獸的囚犯。

16.貝兒只是在心裡想著她喜歡縫紉室與鳥舍，鳥舍就很離奇地移動至她的房間附近。她也喜歡其他七個「娛樂窗戶」。

17.經過「長時間相處」後，貝兒發現野獸的個性其實很溫柔，於是她請求野獸讓她回家探望父親，夜晚即夢到王子憂傷不已。

18.貝兒與家人團圓，並在家中醒來，父親建議她遵照野獸的願望，或許這個願望正是夢境王子的請求。

19.貝兒在家住了兩個月，開始感到無聊，也不再夢到王子，可是她為了父親與兄弟而一直沒有回去。

20.貝兒夢到野獸命在旦夕，莊嚴女士則在其身旁（「若有人未信守承諾，就會造成此下場」，126頁）。

22.貝兒返回皇宮，在等待晚餐時，四處尋找沒有出現的野獸，最後在洞穴中發現他（「我已經奄奄一息，我以為你忘記了自己的承諾。」127頁）。

23.野獸於充分休息後，在晚餐時刻向貝兒求婚，貝兒答應嫁給他，於是兩人共賞煙火。

24.王子現身。

25.馬車載著兩位女士抵達，她們分別是夢境仙女與皇后。

26.兩人舉行婚禮（第二天，他們以輝煌豪華的方式慶祝這一段佳緣，貝兒與王子從此過著幸福快樂的生活，129頁）。

　　如同薇蘭納芙的版本，此版本已大幅增添敘事的內容，包括兩旁有橙樹的道路、瑪瑙台階、非當季花卉、螢火蟲在夜空下寫下文字（「願王子與新娘長命百歲」）、鏡子、畫廊、樂器、圖書館的書籍，以及不可思議的冬季玫瑰。速度飛快的神駒「彷彿是在飛翔，而不是奔馳」（115頁）、內部無限寬敞的兩個皮箱，還有沉重無比卻能自行移動的四個箱子、只要將戒指戴在手指上，再轉一轉，便能實現願望。

　　根據托爾金（Tolkien）的觀察，朗格以幽默的旁白，減輕商人寵溺子女的基調，舉例來說：「可是商人有六子、六女，且都習慣過著沒有匱乏的生活，他發現自己的財產可能無法滿足他們的所有渴望。」他的哲學觀察經常與故事本身及孩童讀者無關。他會提出輕微的詆毀，不同於童話故事直截了當的表現方式：「她進入的第一個房間排滿了鏡子，貝兒在看到自己各面的倒影時，心中想著自己從未看過這麼迷人

的房間。」（119頁）事實上，這些發自內心的評論是敘事者的嘲諷式距離（ironic distance），雖然不是此版之《美女與野獸》特有，可是因為朗格與傳奇故事及童話的淵源極深，而顯得更非比尋常，且會影響大眾的認知，他們本來以為這是著作豐富之作者呈現的「真實形式」。

朗格的版本大小為5"×7 1/2"，共有二十二頁，由亨利・福特（H. J. Ford）繪製插圖，均為平凡無奇的黑白鉛筆繪圖，僅有一張全頁插圖與四張半頁插圖。插圖的內容如下：。

1. 蓄鬍的父親與穿著牧羊女連衣裙的貝兒在離別之前相擁，她的姊姊躲在小屋門廊的陰影中。
2. 臉上毛髮茂密，長著象鼻、象牙與騾耳，手上長著長爪且十分憤怒的野獸，正在威脅身穿長袍的商人。
3. 貝兒於夢境與王子在花園中交談。
4. 貝兒身穿維多利亞時期的長袍，身邊圍繞著鸚鵡、大嘴鳥等生物，牠們喊著貝兒的名字，並向她問候。
5. 貝兒在洞穴中利用水讓野獸恢復生氣。

文本與插圖通常具有東方背景，代表當時流行波斯藝術與哲學風潮的摩爾服裝（Moorish costume），這一股風潮也催生出1859年大受歡迎之奧瑪珈音（Omar Khayyám）的《魯拜集》（Rubáiyát）譯本，以及摩尼教與祆教的爭論。東方的神祕、奇異及浪漫，使東方比維多利亞時期工業化的英國更適合做為魔法故事的背景。插畫顯然是此世紀中的重大創新，在1800年代時，插圖變得更精緻，有時候插畫更成為推出新版本的唯一理由，因此魯斯金表示其「相信繪畫，而不相信詩歌，因為圖畫更能表達並打動現代人的心」。[32]

十九世紀的版本在敘事聲音方面出現重大分歧，其語調廣泛，從嚴肅到滑稽，從詳盡細節到毫無細節（nonexistent），且風格從詩意變成唐突。也含有道德教訓，而諷刺與藝術亦十分精妙，但是角色及敘事結構與博蒙的版本差異極小。上述版本或以細的視覺插圖呈現、或以生動刻劃的文字描寫，都在企圖展現《美女與野獸》的內容與精神。[33]

---

[32] Elizabeth K. Helsinger, *Ruskin and the Art of the Beholder* (Cambridge: Harvard University Press, 1982) 53。
[33] Hearne, *Beauty and the Beast*, 1989, 56。

9.4 華特・克雷恩的《美女與野獸》與日本藝術

本部分討論華特・克雷恩於1875年製作的《美女與野獸》圖畫書，以及影響這個版本與相關作品的日本藝術課題。馬克・吉洛安於1977年的著作《甜美與光明——安妮女王運動1860-1900》中討論安妮女王運動與十八世紀文化復興的議題。該書第六章論圖畫書中提到安妮女王運動於1870年代開始對克雷恩的圖畫書產生影響。馬克・吉洛安提到安妮女王運動的影響，其中一個重要的議題便是日本的藝術。[34]筆者將針對這個議題，討論維多利亞時期盛行之日本藝術潮流，以及日本藝術潮流，如何反映在當代藝術家及克雷恩的圖畫書之中。

1862年倫敦舉辦的世界博覽會（International Exhibition）無疑是日本主義在英國發展最重要的里程碑。此活動展出當時之歐洲前所未見最大量的日本藝術作品：根據博覽會官方目錄之紀錄，當時總計展出623件作品，從日本版畫、書籍、青銅、瓷器、漆器作品到琺瑯器具。展覽品主要為英國首任駐日本領事阿禮國（Rutherfold Alcock）的收藏品，因此亦代表對西方觀眾較具吸引力的日本藝術品。

1862年博覽會展示的日本作品對藝術家產生了重大影響，特別是1860年代的中古精神復興家（medieval revivalist），他們發現自己想要創造的中世紀社會與展出之當代日本藝術非常相似。

從此時起，有大量維多利亞時期的藝術家開始蒐集日本藝術品，且從1870年代起，幾乎所有藝術家的住家或工作室都有日本藝術品，即使是對日本藝術有微詞的藝術家也不例外，例如威廉・莫里斯（William Morris）就擁有兩件日本畫作。在探討維多利亞時期之日本主義時，日本藝術品盛行是重要的美學脈絡。[35]

多數英國畫家都被日本主題與藝術品的裝飾特色吸引，並將其特色融入本身的作品中。然而，詹姆斯・麥克尼爾・惠斯勒（James McNeill Whistler, 1834-1903）是第一位引進日本構圖之元素的人，使日本藝術與當時英國繪畫運動連結。[36]

惠斯勒的日本主義是源自於巴黎與倫敦的藝術社會環境，他在1860年代初期曾在兩地生活。大約在1860年，他與巴黎的一群前衛藝術家成為朋友，包括方丹・拉圖爾（Fantin-Latour）、布拉克蒙（Bracquemond）與馬奈（Manet），而且他們都很

---

[34] Girouard, *Sweetness and Light,* 1977, 139-145。

[35] Sato, and Watanabe, *Japan and Britain: An Aesthetic Dialogue 1850-1930,* 1991, 14-19。

[36] Ibid., 19-20。

仰慕日本藝術。惠斯勒當時的作品風格是受到法國寫實主義之影響，特別是庫爾貝（Courbet）的影響，他的主題是以都會生活為靈感，例如中產階級的居家生活與泰晤士河碼頭。惠斯勒在努力大幅改造圖像空間時，於歌川廣重的作品中發現了相似的精神，這一位日本大師的版畫是以驚人的形式語言描繪江戶城生活，為當時西方世界獨一無二的作品。舉例來說，將前景物品與遠方物品並置，讓人眼睛一亮，以及從畫作邊緣將構圖的重要主題切除，以極端對稱結合誇張的直線透視法，他就是運用這些手法描繪出熱鬧城市的生活，尤其是河畔生活。惠斯勒在1861年繪製的泰晤士河蝕刻版畫，即可視為首批明顯呼應日本藝術的作品。惠斯勒未刻意創造異國風格，這些蝕刻版畫中沒有扇子或和服，而是以日本構圖手法做為繪畫的實驗基礎，並採取寫實主義畫家的主題。

最後，惠斯勒於1863年定居於倫敦，並與住在卻爾西的羅塞蒂（Rossetti）成為鄰居。他加入羅塞蒂的朋友圈，認識了西蒙‧所羅門（Simeon Solomon）、雷貝卡‧所羅門（Rebecca Solomon）、弗雷德里克‧桑迪斯（Frederick Sandys）、艾瑪‧桑迪斯（Emma Sandys）、伯恩‧瓊斯（Burne-Jones）與斯溫伯恩（Swinburne）。這一群人在惠斯勒的影響下，掀起了一股日本流行風尚，例如惠斯勒，羅塞蒂熱衷於蒐集藍白瓷器，此類對日本藝術的偏好亦影響了羅塞蒂，促使他對東方藝術的興趣日益增加，其中又以羅塞蒂的弟弟兼藝術評論家威廉‧邁克爾‧羅塞蒂（William Michael Rossetti）為最死忠的日本藝術愛好者。他記錄道：「惠斯勒先生首先引起我哥哥對日本藝術的注意：他擁有兩、三本木刻畫冊、幾幅彩色版畫與一、兩幅絲網版畫。」

惠斯勒同樣受到新朋友羅塞蒂的大幅影響，尤其在1863年至1865年的「東方風格」畫作中特別明顯。在這些畫作中，他的模特兒不再是碼頭工人或水手，而是前拉斐爾派口中置身於異國背景的「絕艷佳人」（stunner）。此時使用的日本藝術品，不僅具有藝術價值，且能帶來異國魅力。1864年，惠斯勒在皇家學院展出此系列中最早期的畫作：《紫和玫瑰紅：手拿六紋瓷器的高挑女子》（*Purple and Rose: The Lange Leizen of the Six Marks*）（圖9-16），威廉‧邁克爾‧羅塞蒂稱其為「東方主義的一時之選」。

雖然惠斯勒與羅塞蒂兩者都是從異國主題汲取靈感，做法卻不盡相同。羅塞蒂是以想像描繪異國世界，惠斯勒則是展現對東方的深切渴望。最令羅塞蒂感興趣的是日本藝術品的色彩與裝飾特色，在《摯愛》（*The Beloved*）畫作中即可看出，雖然畫作中央的女性角色是以完全非傳統的方式穿著日本和服，卻依然能造成裝飾效果。另一方面，惠斯勒為東方美學背景深深著迷，所以在畫面描寫了令人聯想到中國或日本的藝術品，可是也不隱瞞真正的繪圖場景是倫敦。[37]

克雷恩於1907年《一位藝術家的回憶》（An Artist Reminiscences）一書中，提

---

[37] Ibid., 47-49。

9-16 | 9-17

9-16 　《紫和玫瑰紅：手拿六紋瓷器的高挑女子》（*Purple and Rose; The Lange Leizen of the Six Marks*）詹姆斯・麥克尼爾・惠斯勒（James McNeill Whistler）1864 油畫 93.3×61.3cm。圖片來源：Jay Brennan, *The World of Whistler*, 93。

9-17 　《安妮與傑克在倫敦》（Annie and Jack in London），華特・克雷恩1869 封面。圖片來源：Walter Crane, *Annie and Jack in London*。

到日本版畫（Japanese prints）對他作品的影響。他表示：

> 我在羅德廳（Rode Hall）遇到剛從日本回來的一位海軍中尉，他展示給我看手中擁有的一些日本版畫。研讀這些彩色日本版畫，對我很有幫助，並且刺激我的創作。——這些作品皆是以黑色描繪其輪廓，精巧平面，色彩細緻，具有裝飾性，而且生動地傳達了戲劇感，深深打動我的心。我利用這些處理的方法，很用心的運用於我的童書新奇且幽默的主題之中，以及運用於木雕與印刷的技巧之中。[38]

　　日本版畫對於克雷恩的影響，可以由他的圖畫書中看出。克雷恩與埃文斯於1869年至1876年之間，合作製作的六便士系列（the Sixpenny series），埃文斯紀錄了這一系列作品克雷恩製作的過程如後：

　　這些作品起初是由克雷恩在木頭上繪圖，僅用黑色繪圖。每個主題都是原創的，而黑色大量且自由的使用，如此當樣張（the proofs）上色作為色彩刷的指引時，此時便清楚可見製作的意圖：清晰的色調，紅色帶微少的棕色，深紅色加上棕色，黃色帶著黃褐色，這些色彩都是印刷時所需要的，而且能夠獲得相當優良的藝術效果。[39]

　　《安妮與傑克在倫敦》（Annie and Jack in London），製作於1869年（圖9-17）[40]，清楚呈現克雷恩接受日本設計的概念，使用平板的色彩（flat color）於畫

---

[38] Crane, *An Artist's Reminiscences*, 1907, 107。

[39] McLean, *The Reminiscences of Edmund Evans*, 1967, 34。

[40] Walter Crane, *Annie and Jack in London* (London: Routledge & & Sons, 1869)。

9-18 | 9-19

9-18 《柏克萊我的鞋子》（Buckle My Shoe）華特‧克雷恩1869。圖片來源：Walter Crane, *Buckle My Shoe Book*, 6。

9-19 《11、12、鐘聲響》（Eleven, Twelve, Ring the Bell）華特‧克雷恩1869。圖片來源：Walter Crane, *Buckle My Shoe Book*, 9。

面中主要人物的衣著上：父親穿著紅色的夾克，母親穿著黑色的冬衣，兩人的色彩剛好形成對比。克雷恩有效地運用黑色，使畫面產生戲劇性的視覺效果；比如母親的黑色冬衣、頭帽、父親、傑克、與安妮的黑色頭帽，以及動物園中的大黑熊。

　　《柏克萊我的鞋子》（Buckle My Shoe）製作於同年（圖9-18）[41]，同樣清楚出反映克雷恩採用日本的設計概念。頁一呈現母親肩膀揹著小嬰兒，站在畫面的左方，藍白的地板由左下方延伸到右上方，形成斜角的構圖，引領讀者的視線而至右角的女孩及男孩。這個斜角的構圖繼續延伸到下一頁，呈現一個寬廣的草地空間。頁一畫面是由平面的色彩連續性的出現；小嬰兒紅色的披肩、男孩的黑色帽子、外套與鞋子、女孩的黑色帽子、披肩與腰帶，以及小男孩的黑色外套。與前面作品雷同的是，黑色是畫面重要的色彩。

　　頁四的標題是11、12、鐘聲響（圖9-19）。此頁構圖是由兩個強勁的斜角線所組成：第一條斜角線是由畫面右下方的男孩開始，到左上方的莎士比亞胸像；第二條斜角線是由母親所坐的搖椅開始，一直到右上方壁爐架上的黑色鐘。這兩條斜角線相交處正好是畫面的正中央，懸掛著一幅日本版畫，非常醒目。由此可以看出，這一幅作品描繪英國中產階級家庭和樂的景象。一位母親手中拿著一個日本扇子，帶著小女孩，坐在安樂椅上，旁邊則是一位男孩在旁觀看著，他的視線似乎引領至對牆的日本版畫。這張作品充分反映著維多利亞時期英國中產階級家庭喜愛日本藝術的情況，同時也反映了當時日本藝術是社會的流行時尚。1871年克雷恩的《小豬走到市

---

[41]　Walter Crane, *Buckle My Shoe* (London: G. Routledge & & Sons, 1869)。

9-20 | 9-21

9-20　《貝兒與野獸坐在沙發上聊天》華特・克雷恩1875 局部。圖片來源：Walter Crane, *Beauty and the Beast*, 3。

9-21　《白色交響樂二號：小白色少女》（Symphony in White NO.2: The Little White Girl）詹姆斯・麥克尼爾・惠斯勒1864 油畫 76×51 cm 泰德畫廊（Tate Gallery）。圖片來源：Jay Brennan, *The World of Whistler*, 89。

場》（This Little Pig Went to Market）頁一描寫一位母親觸摸著她的小孩，坐在客廳中，背景的壁爐架上是一個日本扇子，再次顯現了日本藝術在維多利亞時期的流行風尚。

　　1875年《美女與野獸》的封面也採用日本的元素。這件作品是克雷恩與埃文斯合作的先令系列作品，八件其中的一件作品。此一系列作品，均圖文分開，使用多彩顏色印刷。作品封面受日本藝術的啟發，採用許多日本的題材：包括一隻鶴（a crane）站立著，背景為竹子與太陽，波浪裝飾著封面的四周（圖9-10）。[42]鶴是克雷恩名字的雙關語，克雷恩常常使用牠，作為他的署名，如同惠斯勒也使用蝴蝶作為他的署名。此外，克雷恩刻意將鶴與他的名字放置在畫面的中間，並且以平行線描繪，這樣的處理方式是日本版畫家常常處理的方式。

　　《美女與野獸》三與四頁是跨頁插圖，具有裝飾性，成功地展現了東方藝術的特質：貝兒美女手中拿著一個日本扇子，中間的小桌上是中國的青花瓷（圖9-20），右方則是野獸（圖9-13）。這件作品令人憶起惠斯勒於1864年的東方風格的畫作：包括《紫和玫瑰紅：手拿六枚瓷器的高挑女子》（Purple and Rose, The Lange Leizen of The Six Marks）和《白色交響樂二號：小白色少女》（Symphony in White NO.2: The Little White Girl）（圖9-21）。由此可見克雷恩與惠斯勒一樣，極力從日本與中國的題材汲取靈感，融入他的兒童圖畫書。

---

[42]　Walter Crane, *Beauty and the Beast* (London & New York: George Routledge & Sons, 1875)。

9.5 小結

在英國到俄國的歐洲口述傳統中，出現了各種版本的《美女與野獸》。而在全世界流傳的各種動物新郎變體故事中，《美女與野獸》是歸類為425C型，主要是因為楊諾文・斯旺在針對《邱比特與賽姬》（425A型）進行比較研究時，認為《美女與野獸》類型的故事「與文學影響關係密切」，而將其歸類為425C型。

《美女與野獸》是緣自於十八世紀兩個重要的文學版本。卡儂德・薇蘭納芙夫人於1740年的《美女與野獸》是最早出現的版本，不過，勒普琳絲・博蒙特夫人1756年的版本才是爾後大多數作品的經典模範。卡儂德・薇蘭納芙夫人的版本是出現在《美洲年輕水手故事集》內，並於1786年《櫥櫃、仙女與其他童話》的第二十六冊中重新印製，《美女與野獸》在這一本沒有插圖的書籍中佔了187頁。在現存少數的未刪節英譯版中，恩尼斯特到森1908年的著作《美女與野獸的故事》，就是其中之一。薇蘭納芙在187頁中，運用了75頁解釋野獸遭到施魔法的始末與貝兒的家系，使故事角色的人數與關係變得錯綜複雜。

勒普琳絲・博蒙特夫人刊登在《兒童雜誌》十七頁的版本卻明顯相反。此版本是在1756年問世，譯文則是在1759年刊登於《少女雜誌》上。博蒙特於此版本中刪除了薇蘭納芙《美女與野獸》的三個重要部分，因為這些部分僅會拉長故事的篇幅，而無法增加故事效果。博蒙特版本經過刪減後在文學界廣為人知，僅保留了與基本劇情有關的重要角色：商人父親、商人子女（三男三女，僅提及貝兒的名字）、貝兒（么女）、野獸／王子、兩位姊夫、一位幫手（夢境仙女）。

薇蘭納芙、博蒙特的共通點在於高雅禮俗的基調、肯定理想的宮廷愛情，並強調女主角有選擇的權利。沒有博蒙特，《美女與野獸》就不會對未來數世紀的創作造成顯著影響，可是沒有薇蘭納芙，《美女與野獸》也不會對博蒙特造成顯著影響，因此，即使薇蘭納芙的版本有細節繁瑣過多的缺點，依然具有重要的地位。這兩種十八世紀文學版本中的故事元素模式：中心角色、簡單卻具有象徵性的敘事，以及特定意象與隱喻-風暴、玫瑰、花園、鏡子與戒指。

本章討論4個十九世紀《美女與野獸》的版本包括：《美女與面惡心善的野獸：古典故事詩歌版》。據說此書是查爾斯・蘭姆於1811年的著作。詹姆斯・羅賓遜・普朗什於1841年的《美女與野獸：宏偉幽默浪漫歌劇、情節劇、誇張童話之兩幕劇》。華特・克雷恩 1875年《美女與野獸》圖畫書，以及1889年刊登於《藍色童話》之安

德魯·朗格的《美女與野獸》版本。

第一個版本是《美女與面惡心善的野獸：古典故事詩歌版》。據說此書是查爾斯·蘭姆的著作。安德魯·朗格曾在1887年重新印製1811年版本的序言中，詳細討論蘭姆是否為此版故事的真正作者。筆者認為〈查爾斯·蘭姆風格評論〉一文的說明已非常充足。本書之插圖能媲美十九世紀的其他眾多版本，大小為5"×6"，版畫為3"×3"，全書共42頁。不過，此書與其他多數版本不同之處，在於以抑揚四步格寫成的押韻對句，為了達到詩歌的簡練性，而大幅刪減了故事角色：僅有一位商人、三個兒子、三個女兒（除貝兒外，都沒提到名字）以及野獸（最後證實為波斯的歐萊斯明王子）。本書插圖的主題包括貝兒的富貴時光、貝兒的艱苦時光、摘取玫瑰、貝兒蒞臨魔法、皇宮貝兒造訪圖書館、貝兒被無形音樂逗笑貝兒離去、令人哀傷魔法解除。插圖使用精細的線條，著重於主要角色的構圖，以及具有建築結構的背景。

1889年刊登於《藍色童話》之安德魯·朗格的《美女與野獸》版本，是十九世紀末之十年間最廣為流傳的版本。安德魯·朗格僅是受委託潤飾某一位無名作家的改編作品。當時朗格擔任十一種彩繪童話選集（1889-1910年）的責任編輯，並僱用了一批女作家負責撰文，尤其特別倚重朗格太太。在《美女與野獸》的版本中，米妮·懷特小姐 將《仙女書屋》的原著小說，減縮成童謠故事的篇幅。她費盡心思將薇蘭納芙夫人的數百頁小說濃縮成二十頁，並在完成此項任務時冠上朗格的名稱與聲望。

朗格的版本大小為5"×7 1/2"，共有二十二頁，由亨利·福特繪製插圖，均為黑白鉛筆繪圖，僅有一張全頁插圖與四張半頁插圖。插圖的內容包括：蓄鬍的父親與在離別之前相擁、野獸正在威脅身穿長袍的商人、貝兒於夢境與王子在花園中交談、貝兒身邊圍繞著鸚鵡、大嘴鳥等生物貝兒在洞穴中利用水讓野獸恢復生氣。

克雷恩在1875年出版《美女與野獸》，這個版本故事角色則縮減為不可或缺的商人／父親、三位女兒（兩位沒有名字，一位是貝兒）與野獸，在故事劇情發展中出現了數量不明的兒子，願意代替貝兒去找野獸，但是沒有仙子、評論或合唱，也沒有安撫人心或指引方向的夢境。故事敘事縮減成現代風格，以一言蔽之，快速帶過，訊息密集的第一段就是最佳範例。

克雷恩版本圖文具有驚人的鮮明色彩，且敘事風格與設計獨樹一格。這個版本的特徵在於書籍裝飾，在12頁的內容中半數有插圖，並有4幅整頁插圖與跨頁展圖。這些插圖描繪商人遭遇野獸、商人帶著玫瑰與家人重逢、貝兒與野獸坐在沙發上聊天、服裝優雅的猿猴跟隨著貝兒、貝兒照顧瀕死的野獸。插圖中常使用之顏色為歡樂的紅色，並以扎實的黑線劃分出幾何平衡的形狀，克雷恩在所有插圖中使用繽紛的色彩、圖樣與質感設計。背景如同凡爾賽宮的庭院，且無論背景或野獸都沒有絲毫的野性。野獸是戴單眼鏡片的分趾蹄公豬，服裝是十八世紀的法國宮庭服裝，貝兒的側臉則少了羽毛帽，顯露出希臘陶器上的人物線條。插圖中的角色受到設計要素、構圖及裝飾的影響。

克雷恩的圖畫書與維多利亞時期盛行之日本藝術潮流息息相關。1875年《美女與

野獸》的封面採用日本的元素。這件作品是克雷恩與埃文斯合作的先令系列作品，八件其中的一件作品。此一系列作品，均圖文分開，使用多彩顏色印刷。作品封面受日本藝術的啟發，採用許多日本的題材：包括一隻鶴站立著，背景為竹子與太陽，波浪裝飾著封面的四周。鶴是克雷恩名字的雙關語，克雷恩常常使用牠，作為他的署名，如同惠斯勒也使用蝴蝶作為他的署名。

《美女與野獸》三與四頁是跨頁插圖，具有裝飾性，成功地展現了東方藝術的特質：貝兒美女手中拿著一個日本扇子，中間的小桌上是中國的青花瓷，右方則是野獸。這件作品令人憶起惠斯勒於1864年的東方風格的畫作:包括《紫和玫瑰紅：手拿六枚瓷器的高挑女子》和《白色交響樂二號：小白色少女》。由此可見克雷恩與惠斯勒一樣，極力從日本與中國的題材汲取靈感，融入他的兒童圖畫書。此外，克雷恩的圖畫書《安妮與傑克在倫敦》與《柏克萊我的鞋子》也採用日本的元素。

Chapter 10

兒童肖像畫

10.1 前言

　　十八世紀喬治王肖像畫廣受歡迎，在藝術界爭相描繪捕捉，成為維多利亞時代重要的表現類型，對維多利亞時代具有歷史的文化涵意，代表著英國十八世紀的文化「象徵」。其中，兒童肖像畫特別重要、引人注目。

　　本文希望針對英國維多利時代，討論該時代崛起的十八世紀兒童肖像畫，以及維多利時代畫家如何利用兒童肖像畫，抒發對於十八世紀文化的嚮往，並描繪十八世紀文化與生活。本文討論以下三個主要議題：1.維多利亞時代的藝術展覽會與藝術評論：十八世紀英國肖像畫，2.約翰・埃弗里特・米萊斯的兒童肖像畫，3.凱特・格林那威的兒童肖像畫。

維多利亞時代的藝術展覽與藝術評論：
十八世紀英國肖像畫

　　英國維多利亞時代於1855年至1900之間，正值國家崇尚歷史的文化價值時代，藝術界企圖回顧英國的藝術發展歷程，重新評價英國的藝術成就。英國藝術寶藏展覽（Art Treasures of Great Britain）於1857年在曼徹斯特舉辦，其主要的目的，便是在於回顧英國的藝術發展，並且總結評價英國的藝術成就。

　　英國藝術寶藏展覽共分兩部分，一為英國的歷史肖像，二為以十八世紀為首的英國藝術家作品，此外尚有一部分展示古英國的繪畫。展覽作品由英國私人收藏出借展出，優選了十八世紀具有代表性的繪畫巨匠: 喬舒亞・雷諾茲（Sir Joshua Reynolds, 1714-1792）及 托馬斯・庚斯博羅（Thomas Gainsborough, 1727-1788）。

　　英國藝術寶藏展覽的評論讚賞十八世紀的英國肖像畫，傳達了十八世紀英國的特質，與英國人的生活面貌，並且肯定雷諾茲及庚斯博羅之兒童肖像畫與風景畫的傑出表現。當代藝評家理查・雷德格夫（Richard Redgrave）評論大展作品，呼應了上述的觀察，他指出：雷諾茲及庚斯博羅具有原創力，忠實描寫了英國的優美的特質。[1]

　　事實上，在英國寶藏大展前的1856年，國家肖像畫廊（National Portrait Gallery）於倫敦設立，設立目的在於保存與展示英國重要的肖像畫，認為十八世紀的肖像畫具有很高價值，與古繪畫同等級。畫廊為了紀念雷諾茲的好友塞謬爾・羅傑斯（Samuel Rogers）的死亡，便有十張雷諾茲作品出售的紀錄。傑拉・雷特林格（Gerald Reitlinger）指出：塞謬爾・羅傑斯拍賣（Samuel Rogers Sale）顯示了藝術界對於十八世紀英國繪畫的熱愛，及其所引發的文化復興潮流。此外，國家肖像畫廊同時也收購了數件庚斯博羅的重要傑作。由此可看出，當時藝術市場業已顯示維多利亞文化鍾愛雷諾茲與庚斯博羅的傑作。[2]

　　從1883年到1884年，格羅夫納畫廊（Grosvenor Gallery）展出雷諾茲作品。柯蜜・卡爾（Comyns Carr）評論為「十八世紀的社會文化如魔術般突然間被重新評價，以原創的面貌呈現」。此外，當代評論家雷格・飛（Roger Fry）也認為雷諾茲的肖像畫是十八世紀肖像畫的代表與象徵。他指出：

---

[1] Bradley, *Evocations of the Eighteenth Century in Victorian Art*, 1986, 232。

[2] Ibid., 234-235。

> 當我們想到十八世紀社會時，擁有安逸單純的態度、毫不矯揉造作、自然的尊
> 嚴、就浮現眼前。這些特質與想像，都可以在雷諾茲的肖像畫中結晶與展現。[3]

喬舒亞·雷諾茲是十八世紀皇家藝術院的首任院長，其重要著作《藝術論文》
（Seven Discourse on Art）對於英國文化藝術領域具有相當的影響力。英國藝術界
於1860年代曾經評估英國畫派對於西洋美術的重要與價值，具體確立了雷諾茲對於英
國藝術的價值與地位。雷諾茲於1820年過世後，其聲譽持續不墜，作品持續受到推崇
與喜愛，作品畫價也持續提高。

值得注意的是，雷諾茲作品題材呈現多樣化，其中最為人喜愛稱道的莫過於肖像
畫。其中又以兒童肖像畫最為人喜愛，並且持續在十八世紀的文化復興風潮中成為懷
舊的表徵。當代藝評家愛麗斯·華特豪斯（Ellis Waterhouse）指出：

> 雷諾茲的兒童肖像，表現兒童純真的氣質，反應了兒童遠離世俗的靈氣與單純
> 的田園景象，畫面充滿了詩意的田園風味。[4]

當代評論家傑拉·雷特林格（Gerald Reitlinger）指出：維多利亞時代作品在市
場的價格，以雷諾茲的兒童肖像畫《純真年代》（Age of Innocence）最為突出。

威廉·海茲利特（William Hazlitt）與其他當代浪漫時代的評論家並不稱許雷諾
茲的藝術學院的背景，相反地，他們稱讚雷諾茲的兒童肖像，因為其兒童肖像傳達了
純真的氣質，反應了英國人單純自然的生活態度。海茲利特總結雷諾茲的作品如後：

> 自然不造作，且具有多面向的風格與成就，其肖像畫充滿了優雅的氣質，而這
> 種表現顯示其創作自然天生、毫無造作。[5]

弗雷德里克·喬治·斯蒂芬（Frederick George Stephens）是前拉斐爾派的一
位成員，也是一位評論家。他於1867年的論文〈雷諾茲所描繪的英國兒童〉中，讚
賞雷諾茲是第一位，也是最偉大的英國學院主義者。這篇論文指出：在所有藝術家
中，雷諾茲描繪的兒童形象最為傑出，其他畫家包括拉威爾（Raphael），慕里洛
（Murillo），魯本斯（Rubens），皆遜色了許多。斯蒂芬認為雷諾茲在英國藝術史上
擁有不可抹滅的地位與價值，特別是其兒童肖像畫所傳達的純真氣質。斯蒂芬指出：

> 雷諾茲了解兒童、描繪兒童形象，富有真實快樂的情緒，同時也富有變化的精
> 神狀態；有時候溫柔富有同情心、有時候喜愛遊戲、有時候煥發出哀傷的心

3　Ibid., 242。

4　Ibid., 226。

5　Ibid., 227。

情，可以說是獨具表現能力，駕馭了兒童各種情緒與記憶。[6]

　　除此以外，斯蒂芬以為雷諾茲描繪男性肖像遠比女性肖像出色許多，因為女性肖像缺少個人色彩，他認為雷諾茲不但能夠描繪外型輪廓，更能深入其個人的精神靈魂。他也指出雷諾茲肖像畫成功描繪的方法之一，在於利用背景襯托出中心人物的形象，也營造出人物的特質，這就是肖像畫以風景作為背景的描繪方法。

　　庚斯博羅也致力於肖像畫的製作，但不若雷諾茲，十九世紀對於庚斯博羅繪畫天賦、才能卻不以肖像畫著稱。海茲利特指出庚斯博羅個人並不喜歡地位的崇拜與諂媚，反對藝術作品的販賣。庚斯博羅的作品在藝術市場出品出售的情況並不好，《晨間散步》（The Morning Walk, 1786）是庚斯博羅在倫敦國家畫廊的傑作之一，唯於1834年出售時，卻無買主的紀錄。

　　庚斯博羅的人物肖像雖然不受重視，卻以風景畫著稱，特別是描繪農村兒童及牧童的作品廣受歡迎、買主頻求。無庸置疑的是，庚斯博羅的兒童畫價值遠高於其他人物肖像畫，此一不爭的事實持續至十九世紀。

　　理查‧雷特林格（Richard Redgraves）於1860年代在其著作 《英國畫家一世紀》（A Century of British Painters）也肯定了庚斯博羅所描繪的農村兒童。他指出：

> 庚斯博羅擅於描繪在土地中成長的兒童，尤其是貧窮中成長的兒童，他描繪出兒童真實的一面、卻不帶多餘的傷感與絢麗，這些兒童散發出單純與真實，吸引著我們。[7]

　　從以上維多利亞時代英國展覽及當代評論家的論述中可以看出，1855年至1900年之間，顯示了十八世紀英國肖像畫的復甦現象，以及雷諾茲與庚斯博羅肖像畫代表了十八世紀英國社會及文化的縮影。[8]

---

[6]　Ibid., 228。

[7]　Ibid., 230。

[8]　Ibid., 223-236。

10.3
約翰・埃弗里特・米萊斯的兒童肖像畫

　　約翰・埃弗里特・米萊斯（Sir John Everett Millais, 1829-1896）在十九世紀被認為是十八世紀雷諾茲的傳承代表人物，其作品反應了作者對於十八世紀文化的崇尚與實踐。米萊斯藝術創作於1860年產生巨大的轉變：1860年以前，他附庸於前拉菲爾主義（Pre-Raphaelites），主張前拉菲爾主義的文藝宣言；1860年以後，他轉向十八世紀的生活與文化價值。

　　十九世紀的藝術評論者一致認為米萊斯的轉變，與十八世紀英國藝術息息相關。克勞兒（J. A. Crowe）於1890年四月在其著作《十九世紀藝術中》中指出：米萊斯已經從他早期的拉菲爾主義中走出，如今他的作品散發出雷諾茲的風貌。胡德生（J. E. Hodgson）也曾於1887年讚揚米萊斯的肖像畫作品，是當今創作者中佼佼者，其作品擁有庚斯博羅的風格。萊思利（G. D. Leslie）則進一步指出，米萊斯的作品不下於雷諾茲及庚斯博羅，獨具英國的特色。[9]

　　《櫻桃熟了》（Cherry Ripe）（圖10-1）是米萊斯首件以雷諾茲的作品所開發製作的兒童肖像畫，製作於1879年。作品中的小女孩愛迪・拉馬茲（Edie Ramage）打扮著裝，模仿雷諾茲的作品《佩內洛普・布斯比》（Penelope Boothby）（圖10-2）中兒童的模樣。《櫻桃熟了》的童裝相當突出，蘑菇帽（mobcap）尤其顯眼著名，可以說是十八世紀少女的象徵。這個作品名稱來自於英國古老的名歌。[10]

　　《櫻桃熟了》被複製於1880年《圖文報》，吸引許多讀者的注目。隨著《圖文報》的暢銷與傳播，《櫻桃熟了》廣泛地流傳，引起讀者的注目與喜愛。[11]這件作品可以說是米萊斯畢生諸多作品中，流傳最為廣泛、最為人熟知的一件作品。

　　除此以外，《櫻桃熟了》也被複製在《漂亮童裝》（Ardern Holt's Fancy Dresses Described）。這是一本十九世紀中葉介紹當代兒童服裝的書籍，複製了《櫻桃熟了》的圖像[12]，利用了愛迪・拉馬茲的服裝，介紹當代童裝，讓兒童去學習模仿，也因此使得愛迪・拉馬茲及佩內洛普・布斯比，在當代的兒童市場變得更為流行、更為人熟悉與喜愛。

---

[9]　Ibid., 253。

[10]　Ibid., 272。

[11]　Ibid。

[12]　Ibid。

10-1 | 10-2

10-1 《櫻桃熟了》（Cherry Ripe）埃弗里特・米萊斯（Sir John Everett Millais）1879 油畫。圖片
來源：https://en.wikipedia.org/wiki/Cherry_Ripe_（song）。

10-2 《佩內洛普・布斯比》（Penelope Boothby）喬舒亞・雷諾茲（Sir Joshua Reynolds）
1788。圖片來源：http://en.wikipedia.org/wiki/Cherry Ripe。

　　為了響應十八世紀的文化復甦風潮，維多利亞時代雜誌及印刷業者積極開發市場、制定市場策略，以因應當代生活文化的趣味與需求。直至1850年代，由於印刷科技的發展與普及，維多利亞時代的雜誌，有效的利用印刷技術，複製藝術作品；亦即一方面複製介紹具有懷舊風味與童趣的藝術作品，另一方面也聘請當代藝術家利用這些作品來模仿創作，以達到文化創新的美學概念。著名的雜誌，包括《圖文報》及《倫敦新聞畫報》都是很好的例子。不可否認地，由於雜誌有效利用印刷技術，積極響應十八世紀藝術，使得具有懷舊古風童趣的藝術作品，在藝術市場風行，讓創作者得到經濟的利益。

　　上面提到的《櫻桃熟了》，於1880年代被複製在《圖文報》，即是一個成功的例子。該雜誌於1881年複製了另外一幅雷諾茲的作品《小惡作劇》（Little Mischief, 1788），也是一件以兒童形象令人討喜的作品。詹姆斯・桑（James Sant）於1853年製作《山姆兒童》（Infant Samuel），也是模仿雷諾茲的相同作品。這兩件同樣名稱的作品，在維多利亞時代非常流行，引起廣泛的注目。

　　米萊斯於1879年創作一系列以兒童為主題的作品，包括《櫻桃熟了》，《泡沫》，《小斯皮德偉爾的藍寵兒》（Little Speedwell's Darling Blue）。這些作品均是以雷諾茲的作品作為典範模擬製作，反映了米萊斯於1879年以後，對於十八世紀的文化所傳達純真與浪漫的遐想與實踐。[13]

　　上述三件作品均是以大尺寸描寫兒童的肖像畫，不僅描寫兒童的形象，而且傳達

---

[13] Ibid., 283。

10-3 | 10-4

10-3　《泡沫》（Bubbles）埃弗里特‧米萊斯1886 油畫 109.2×78.7cm 賴福藝術畫廊（the Lady Lever Art Gallery）。圖片來源：Russell Ash, *Sir John Everett Millais*, plate 39。

10-4　《山姆兒童》（Infant Samuel）喬舒亞‧雷諾茲 1776 油畫 91.4×71.4 cm 英國倫敦泰德畫廊（Tate Gallery, London）。圖片來源：*www.tate.org.uk/art/artworks/reynolds-the-infant-samuel*。

兒童所隱喻的純真意念。維多利亞文化嚮往十八世紀文化，十八世紀肖像畫在藝術市場普遍流行，其中兒童肖像畫被稱為漂亮圖像（fancy picture），最受歡迎；而米萊斯的上述系列作品以雷諾茲為典範作品，不但迎合了維多利亞時代懷舊的美學品味，尤其使得兒童肖像畫，在當代藝術市場中流傳暢銷，讓中產階級讀者與觀者更容易接近與喜愛。

　　米萊斯的另一件作品《泡沫》（Bubbles, 1886）（圖10-3），同樣在當代藝術市場暢銷流行。這件作品由當代皮爾公司（T. J. Barratt of A and F Pears Company）收購後，做為該公司肥皂促銷廣告。作品被商業開發利用，促銷相當成功，其主要原因有二：作品中兒童的純真甜美形象，二是作品引用了十八世紀大師雷諾茲的作品，名稱為《山姆兒童》（Infant Samuel, 1776）（圖10-4），含有文化懷舊的意念與價值，迎合了維多利亞時代，懷舊美學的潮流，符合了當代藝術市場的需求。米萊斯的泡沫兒童的形象服裝及棕褐色的背景，毫無疑問的均與雷諾茲的作品雷同。[14]

　　雷諾茲的兒童肖像代表作品為《純真年代》（The Age of Innocence, 1788）以及《草莓女孩》（The Strawberry Girl, 1773）。兩件作品在十八世紀文化復興的潮流中，被奉為典範。米萊斯的《小布飛》（Little Miss Muffet, 1883-84），描寫一位側坐於石頭的女童，其坐姿令人想起《草莓女孩》。米萊斯的另一件作品《小佩姬》（Little Peggy Primorse, 1884），兒童的坐姿也與《草莓女孩》雷同。

---

[14]　Ibid., 284。

除了雷諾茲以外，庚斯博羅也影響米萊斯，其代表作《籃色男孩》（Blue Boy）在十九世紀贏得大眾的喜愛。米萊斯的《安東尼肖像畫》（Portrait of Anthony de Rothschild, 1891），可以說是其仿作。[15]

從上面的論述中，我們可以看出十八世紀英國肖像畫的復甦，代表著維多利亞時代對於十八世紀文化復興的重要表現類型，其中兒童肖像畫隱喻著英國懷舊的純真意念，尤其受到大眾喜愛。雷諾茲的兒童肖像畫便是這股復古風潮的神話創造者。米萊斯模擬雷諾茲的兒童肖像，不僅吸收傳承雷諾茲的兒童美學，在維多利亞文化中持續發展，而且進一步讓兒童肖像在藝術市場中傳播流行，使兒童肖像趨於商業化，米萊斯的作品《櫻桃熟了》及《泡沫》便是顯著的例子。此外，維多利亞時代酷愛戴蘑菇帽女童的意象，在藝術市場形成了大量的需求，也因此使得當代藝術家爭相模仿創作。關於這個論點，將在下一個部分繼續討論。

---

[15] Ibid., 275。

10.4 凱特・格林那威的兒童肖像畫

凱特・格林那威是維多利亞時代著名的兒童插畫家，文獻紀錄顯示：格林那威喜愛十八世紀的文化，特別欽佩雷諾茲及庚斯博羅。據說她常常前往倫敦的國家肖像畫廊，學習模仿雷諾茲及庚斯博羅的作品。格林那威喜歡描寫穿著童裝十八世紀的少女形象，使兒童插畫富有歷史的意義。

《藍衣少女》（Girl With a Blue Sash）（圖10-5）及《白衣少女》（Little Girl in a White Dress）（圖10-6）便是典型的創作，作品顯然受了雷諾茲的影響。[16]《白衣少女》讓人想起十八世紀純淨的古風，描繪在浪漫田野中持花玩耍的少女。[17]《花園中》（In The Garden）同樣描寫少女持花的意象，宛如置身在田野與花園之中。格林那威富有思古幽情，其兒童插畫的創作經驗，當然也與十八世紀的文化懷舊潮流息息相關。著以白色童裝的少女，是她常常描繪的對象，讓人回憶起十八世紀的生活經驗，田野花園的景象，遠離塵囂，藉此描繪表現懷舊的感情。

在十九世紀晚期的英國，具審美觀的母親在兒童文學的啟發下，以復古樣式裝扮她們的女兒，因為她們相信這些復古的衣服能恰當地反映出自己女兒天真無邪的外表。格林那威展現的復古風範，揉合多種時期的特色，形成其書中虛構之「少女」的穿著，包括十八世紀的蘑菇帽、十九世紀早期的特大號草帽、以及帝式高腰棉款洋裝。然而，格林那威不僅展現出理想的孩童美學，她的故事書更讓大家紛紛效法，以祖母時代風格打扮自家女兒。許多服裝史學家指出格林那威的插畫就是復古風格的靈感泉源，只是至今少有相關深入研究，因為該風潮僅是十九世紀晚期曇花一現的流行。乍看之下，會令人感覺這些復古流行僅是媽媽們的突發奇想，想讓孩子成為故事書中的角色。筆者認為，格林那威復古風格與倫敦利伯提百貨公司服裝銷售文化[18]，無不透露出父母的想法：要好好打扮小女兒，讓她長大後成為穿著美麗得體的女性。

格林那威在1878年出版處女作《窗下》（Under the Window）（圖10-7）。該圖畫書描繪英國鄉村的理想童年生活，格林那威獨力完成書中所有服裝設計與詩文。格林那威非常重視少女的穿著打扮，她以歷史服裝為靈感進行設計，再邀請鎮上的孩

---

16. Taylor, *The Art of Kate Greenaway*, 1991, 22。

17. Ibid., 103。

18. Perry, *"Girlies and Grannies": Kate Greenaway and Children's Dress in Late Nineteenth-Century Britain*, 2010。

10-5 | 10-6 | 10-7

10-5　《藍衣少女》（Girl With a Blue Sash）凱特·格林那威（Kate Greenaway）。圖片來源：Ina Taylor, *The Art of Kate Greenaway: a Nostalgic Portrait of Childhood*, 22。

10-6　《白衣少女》（Little Girl in a White Dress）凱特·格林那威。圖片來源：Ina Taylor, *The Art of Kate Greenaway: a Nostalgic Portrait of Childhood*, 103。

10-7　《窗下》（Under the Window）凱特·格林那威1878 封面。圖片來源：Kate Greenaway, *Under the Window*。

童擔任模特兒，如果沒有孩童擔任模特兒，她就會使用人體模型呈現作品。全書的插圖皆是由格林那威親自繪製，首先以鉛筆仔細素描後，再上墨線，接著進行上色，且顯然是習慣先畫人物服裝，再畫四肢。格林那威採用此特殊畫法，即可看出她主要是著重於繪製角色的服裝，而非鉅細靡遺地準確描繪出人物的表情。

　　格林那威的故事書中的孩童，皆身穿混合眾多時期風格的奇特服裝：她將書中的女孩稱為「少女」，每一位少女皆頭戴蘑菇帽、大草帽或兜帽，並搭配十九世紀的帝式高腰棉款洋裝，或十八世紀的寬鬆襯裙與裙子（圖10-8）。她筆下的兒童是以1790年代至1820年代風格為主，但是，格林那威未曾親身經歷此風格的流行巔峰期，因為她出生於1846年。簡言之，格林那威主要是模仿「祖母」在大英帝國時期的洋裝，塑造出筆下維多利亞時代的理想「少女」，而女孩們的招牌打扮就是戴著超大帽緣的帽子，完全遮掉長相。格林那威在《窗下》之詩作〈三頂兜帽〉（*Three Bonnets*）中，描述一個媽媽買兜帽給三位女兒（圖10-9）：

> 媽媽幫女兒買兜帽回來／可以遮陽又防曬／無論飄雨或下雪，女兒都天天戴／只是覺得很好玩／偶爾會有調皮的男生／嘲笑捉弄這些女生／男生沒禮貌，說什麼「快看，快看！」／「三個老奶奶跑出來玩了！」[19]

　　根據〈三頂兜帽〉的詩作，格林那威知道此種女孩裝扮會引起聯想，且幽默地承認她的童裝落伍又脫離當代潮流。

　　有一位現代評論家描述格林那威的服裝作品：「結合所有『服裝的』多樣元素，

---

[19]　K. Greenaway, *Under the Window: Pictures and Rhymes for Children* (New York: Frederick Warne, 1880) 35。

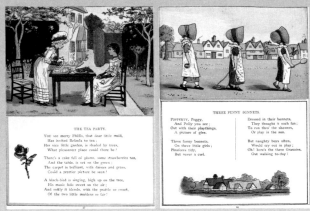

10-8 | 10-9

10-8　《茶會》（The Tea Party）凱特‧格林那威1878。圖片來源：Kate Greenaway, *Under the Window*, 17。

10-9　《三頂兜帽》（Three Bonnets）凱特‧格林那威1878。圖片來源：Kate Greenaway, *Under the Window*, 41。

可是未能達到時代正確性。」[20]筆者以為雖然格林那威忽視歷史的正確性，但是不能視為錯誤，甚至能讓她的作品更添魅力。當《窗下》在1878年出版之後，文學評論家奧斯丁‧多布森（Austin Dobson）表示：「格林那威通常為角色選擇舊式的服裝，與孩童天真的舉止形成有趣對比……她的所有插圖都洋溢著新鮮芬芳，如同剛摘下的新鮮花束。」[21]評論家沉醉於格林那威的圖畫書作品，因此使用古雅華麗的詞藻大肆盛讚。

　　《窗下》在英國成為暢銷讀物，至1880年時，這件首部著作已賣出將近七萬本。雖然她的童書是為兒童撰寫，然而父母也會購買，並且在閱讀後深受書中的插畫風格影響，評論家與家長一致認為，格林那威喚醒了大家對於過去簡樸時代的回憶，很適合做為無憂無慮的童年讀物。馬克‧吉洛安認為維多利亞時期的父母對格林那威之作品『愛不釋手』，因為她能準確描繪出父母想要的孩子。這些父母開始著手製作這些衣服，不久之後，托兒所與遊樂場處處可見身穿凱特‧格林那威式服裝的小孩。」[22]

　　倫敦利伯提百貨公司（Liberty's of London）開始「著手製作」凱特‧格林那威的傑作，以協助父母們圓夢。倫敦利伯提推出的全系列藝術美學風格童裝中，其中部分服裝是直接以格林那威的插圖為雛形。利伯提以美麗服裝與織品聞名，而且在1880年代至90年代保留完整的藝術童裝生產線，甚至一直保留到二十世紀。而利伯提百貨公

---

[20]　Girouard, *Sweetness and Light*, 1977, 148。

[21]　Ibid., 146。

[22]　Ibid., 148。

10-10 | 10-11

10-10 《金盞花園》（Marigold Garden）凱特・格林那威1846-1901 封面。圖片來源：Kate Greenaway, *Marigold Garden*。

10-11 《金盞花園》（Marigold Garden）凱特・格林那威1846-1901 卷頭插畫。圖片來源：Kate Greenaway, *Marigold Garden*, 5。

司則從十九世紀最末季到二十世紀初期，一直在提倡「藝術童裝」，並在1884年，就以格林那威與亞瑟蘇利文的戲劇《耐心》（*Patience*）為雛形，推出「古雅精緻的連身衣裙」，但是這些歷史時裝風格，似乎早在十八世紀中期與末期即已達到巔峰。[23]

　　雖然利伯提服裝目錄已明確標示出「凱特・格林那威」的服裝較少，不過這一家百貨公司的所有童裝廣告，卻幾乎都是以她的風格為主軸。以1899年「漂亮童裝」（Fancy Dress for Children）目錄為例，利伯提當時的主要宣傳內容，為適合四到七歲女童穿著的「芙芮姐」（Freda）外套，並在目錄中敘述：「此款外套採用利伯提絲綢，領子則以手工絲線刺繡。」此類「芙芮姐」（Freda）外套是以荷葉鏽領，搭配特大蝴蝶結飾邊的大帽子：整套配搭酷似格林那威在1884年為《金盞花園》（*Marigold Garden*）繪製的卷頭插畫（圖10-10、10-11）。此外，就像格林那威筆下絕大多數的「少女」服裝，芙芮姐外套擁有相同的帝式高腰輪廓與精緻荷葉領。在同一本「漂亮童裝」（Fancy Dress）目錄中，利伯提也拍攝其他幾款格林那威風格服裝，包含為三至六歲女孩設計的「藍鈴鐺」（Blue Bell）晚禮服連身裙。藍鈴鐺禮服是以純絲縐紗製成，具體呈現出格林那威的經典服裝輪廓，並為晚禮服設計添增較寬鬆的袖子。

　　利伯提目錄的「漂亮童裝與戲服區」（Fancy Dress and Costume），有少數童裝已明確標出以格林那威的插圖為雛形，而1899年目錄中有女童身穿「凱特・格林

---

[23] "Fancy Dress for Children (1899)" from *Liberty's Catalogues, 1881-1949: Fashion, Design, Furnishings* (Mindata Limited, Bath, England, 1985) 58。

No. 20   No. 20   No. 21   No. 21

KATE GREENAWAY (A.)

SUIT (Boy's), in blue (or green) material; Pinafore in striped cotton; and white Frill at neck.

HEAD-DRESS, Felt (or straw) Hat, with ribbon round crown.

FROCK (Girl's), in flowered cotton (or muslin).

HEAD-DRESS, Straw Bonnet with coloured ribbon.

KATE GREENAWAY (B.)

SUIT (Boy's), in pink, and blue Socks.

HEAD-DRESS, White beaver Hat with band of green.

FROCK (Girl's), in muslin with silk Sash.

HEAD-DRESS, Muslin Cap.

KATE GREENAWAY (A)

KATE GREENAWAY (A)

10-12 | 10-13

10-12 《凱特格林那威風格》（Fancy Dress for Children in the Style of Kate Greenaway）凱特・格林那威1889。圖片來源：Fancy Dress and Costume, *Liberty's Catalogues, 1881-1949: Fashion, Design, Furnishings, no.20*。

10-13 《凱特格林那威風格》（Fancy Dress for Children in the Style of Kate Greenaway）凱特・格林那威1889。圖片來源：Fancy Dress and Costume, *Liberty's Catalogues, 1881-1949: Fashion, Design, Furnishings, no.21*。

那威風格」的帝式高腰棉款洋裝裝與蘑菇帽，小男伴則是穿著相稱的連身衣。女童洋裝之文字敘述為「薄紗連身裙搭配絲綢腰帶」與「薄紗帽」，男孩是身穿粉紅連身衣搭配藍襪，頭戴「綠帶白色海狸帽」（圖10-12、10-13），這兩套童裝都是出現在格林那威之著作：《金盞花園》（*Marigold Garden*）之詩作〈希望〉（Wishes）的插圖中（圖10-14）。詩中的男童和女童討論是否要反串一天，讓女童穿戴藍色連身衣與相稱的帽子，讓男童穿戴腰帶、蘑菇帽與粉紅洋裝。這些服裝皆已清楚標示為「凱特・格林那威風格」服裝，並歸類於「漂亮童裝與戲服區」（Fancy Dress and Costume），代表利伯提是將直接演繹凱特・格林那威設計的服裝作品視為戲服，僅適合出現在扮裝派對與奇幻戲劇中。利伯提在1898年

10-14 《希望》（Wishes）凱特・格林那威1846-1901。圖片來源：Kate Greenaway, *Marigold Garden*, 15。

的目錄中敘述：「製作處理漂亮童裝時，必須精心打造和諧的適當樣式與色彩，為世界上最美麗的禮物錦上添花——精心打扮快樂的孩子。」[24]這些服裝不僅想要以創意表現激發出孩童想像力，更想要改造歷史服裝以凸顯兒童的自然美感。

---

[24] Ibid., 34, 35。

但格林那威在利伯提創造童裝風格時扮演什麼角色，目前尚無定論。格林那威在1905年的傳記中提到她曾與利伯提合作，親手設計多款時裝：

> 當時整體社會皆流行將孩子打扮得很時髦，但是不符合自然快樂童年的概念，凱特‧格林那威也很排斥此作法，所以她著手設計1800年的連衣裙與圍裙、帽子與馬褲，美觀端莊且趣味十足，為自然優雅添增美感與舒適度。[25]

相較於格林那威傳記提及的「時髦服裝」，利伯提賦予的美學風格即顯得特別重要。當時之女性時裝的特色為鮮艷絲綢、絲絨，蕾絲、大蝴蝶結，以及普遍過度裝飾的風潮。在十九世紀最末季，人們認為孩童應該穿著「極不舒適的精緻風格服裝」，才能配合父母的穿著，於是成人們開始使用此方式裝扮孩子，以張揚自己的財力與社會地位，同時想要以成人標準灌輸正確的禮儀與舉止。詹姆斯拉沃（James Laver）認為此做法深植於聖經原罪教義：

> 因為原罪教義，似乎連孩童也出現缺憾。父母……假設都已克服了與生俱來的本惡天性，所以總是耳提面命地提醒子女，世界上只有一種合理的行為，就是盡可能地仿效長輩。[26]

除些微的調整外，女童時裝都是依據成人女性的時裝輪廓設計，拉沃（James Laver）還提到：「1870年代的女裝已徹底悖離常理。」因為當時流行繁複的裙撐風格，結果因「妨礙四肢的靈活動作」，而導致女童幾乎無法動彈。格林那威的少女「標準服裝」則是以帝式高腰棉款洋裝，搭配白薄紗與彩色腰帶，因此，此時期除了絲絨裙撐與蕾絲鑲邊的流行女童裝之外，還有格林威的服裝可為時尚提供實用的替代風格。但是，利伯提不僅關注女性童裝，更想要培養少女正確的服裝品味，讓她們能終生受用。

利伯提服裝目錄不僅持續宣揚其產品的精美裁縫工藝，同時亦宣稱這些服裝能讓女童在成長過程中潛移默化為打扮得體的審美家。從1880年代到90年代的利伯提目錄均會刊載服裝史的專文，藉此教育顧客瞭解利伯提復古服裝風格的起源，同時亦會刊載討論孩童適合之服裝的文章。利伯提1896年目錄曾提到，這些服裝都是「服裝史上最佳典範的精選設計作品，結合了高雅的風格與時裝常見之特色」。在利伯提購買服裝的父母將孩子當成小大人一樣打扮，而且他們認為這是最適合小朋友的打扮，才會選擇這些永遠不退流行的服裝。利伯提也在目錄中主張這些服裝能塑造出未來的時尚女性：「透過高雅服裝的薰陶。」[孩童]能在無形之教育中養成良好的品味，

---

25 M H Spielmann and G S Layard, Kate Greenaway (London: Adamand Charles Black, 1905) 4。*Liberty's Catalogues, 1881-1949: Fashion, Design, Furnishings*, 26, 58。

26 J. Laver, *Children's Fashion in the Nineteenth Century* (B.T.Batsford, New York, 1951) 1。

成為衣著典範，而今日打扮具有藝術美感的「少女」，未來就是打扮得體的女性。根據利伯提的說法，以過去幾世紀的復古服裝打扮女兒就是最佳的育成方式，可訓練她們自主判斷「時尚」的選擇：這些步驟能確保她們不會終生盲目追尋轉瞬即逝的風潮。[27]

約翰·魯斯金在利伯提1894年目錄中表示，「選擇合宜服裝的要點」在於自主判斷與辨別的能力，因此打扮得體的女性必須能「提出個人在流行方面的獨立意見」，並認同「能偶爾忽略熱門的潮流是一項優點，可採用替代的裝扮選擇，選擇一種經過時間淬鍊，漸趨完美的流行樣式」。根據魯斯金的說法，歷史服裝（例如格林那威插畫中的帝國時期風格）經過許多時間的淬鍊，終於「臻至完美」，所以更勝現代的輕佻時裝。

魯斯金除了在利伯提目錄中刊載專文外，同時著有女性教育書籍，此書在1879年首度出版，書名為《年輕女性服裝、教育、婚姻、地位、影響、工作與權利建議書信集》（*Letters and Advice to Young Girls and Yong Ladies on Dress, Education, Marrige, Their Sphere, Influence, Women's Work and Women's Rights*）。魯斯金是使用非正式的書信集傳達他對年輕女性應有之行為與穿著的想法，並敦促女孩在打扮自我與他人時辨別美感與優雅。

> 總是將自己裝扮得漂漂亮亮──如果不是重要場合，無須裝扮得特別優雅，若是重要的場合，則絕對應裝扮得優雅動人。此外，還要盡可能地多為他人裝扮，並教導不會裝扮的人如何穿著，且應在看到任何裝扮不得體的女性或孩童時，當成自己很丟臉，然後設法接觸他們，直到將大家都裝扮得漂漂亮亮，如同一隻隻繽紛的小鳥。[28]

無論為了襯托身形或加強天生魅力，魯斯金都認為簡樸的服裝最適合女童穿著，若追溯此論點將可發現是受到格林威的影響。格林那威的圖畫書中經常出現一種主題，就是傲慢的孩子在難堪中學到教訓，來改正傲慢心態。舉例來說，在《小安妮詩歌集》（*Little Ann and Other Poems*, 1883）中的詩作〈華服〉（Finery）（圖10-15），是描寫

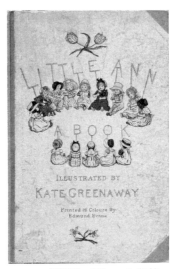

10-15　《華服》（Finery）凱特·格林那威1883 封面。圖片來源：J. Taylor and A, *Little Ann and Other Poems*。

---

[27] *Liberty's Catalogues, 1881-1949: Fashion, Design, Furnishings*, 26, 58。

[28] J. Ruskin, *Letters and Advice to Young Girls and Young Ladies on Dress, Education, Marriage, Their Sphere, Influence, Women's Work and Women's Rights* (John Wiley and Sons, New York, 1888) 23。

一位愛慕虛榮的小女孩芬妮，穿上蕾絲鑲邊洋裝，加上一頭剛燙好的捲髮，期望能贏得其他派對賓客的讚賞。芬妮的陪襯角色露西則「僅身穿白衣」，可是因為「個性善良，逗人開心」，反而成為其他女孩的注意焦點。〈華服〉更在最後一節清楚表達出女孩應有的行為與服裝：

> 臉上的甜美微笑，
> 更勝優雅的蕾絲衣裙。
> 大家最喜歡善良的女孩，
> 沒有華服，穿著簡樸，卻依然可愛。[29]

　　露西體現出所有格林威的理想少女特質：大方無私、對人親切友善，而且不會如同芬妮般僅在乎外表。在這一首詩中，正直孩子的服裝是毫無鑲邊、蕾絲或珠寶的白衣：她的樸素服裝，讓人想起利伯提的復古風格童裝，父母購買利伯提童裝打扮女兒，即是希望能藉此讓女兒變成與露西一樣迷人無私的好女孩。

　　格林那威的兒童插畫表現傑出，在十九世紀兒童插畫的黃金時代，占有一席之地，魯斯金稱讚她的插畫作品及成就表示：格林那威的兒童插畫擁有英國的插畫傳統特色。她的兒童插畫創作，一方面緬懷了十八世紀的文化歷史價值，將兒童插畫注入歷史涵義；另一方面也批判維多利亞時代工業化的污染，強調必須返回自然的重要性，喚起自然的空間，讓兒童在自然中成長的概念。格林那威的作品《窗下》（圖10-8），描寫兒童在古風中的花園，與朋友一同喝茶的景象，便是具體的說明。

　　最後總結，十九世紀末期的英國，凱特・格林那威時裝的生產及需求，皆透露出父母想要以簡樸復古的風格裝扮孩子，以強調孩童的天真裝扮。父母認為使用格林那威的少女風格裝扮女兒，孩子就不會在長大成人後變得愛慕虛榮、自私自利，且不會僅在乎自己、盲從最新的流行。簡單純樸、不經假飾的復古風格讓女孩們能模仿格林那威故事書中的角色，並且在長大後成為具有審美觀的女性。同時期兒童插畫家-華特・克雷恩曾經評論格林那威如後：

> 她筆下的孩童與女童優雅迷人，且迅速獲得社會認同。她能妥善處理十九世紀早期之古雅服裝與整齊的庭院風光，以純真的設計塑造出復古氛圍，雖然是屬於刻意的現代「唯美主義」，卻依然獲得大眾熱烈的迴響。

　　格林那威成功創造出奇想世界，可讓過往沉迷於理想田園的孩童與父母們在獲得喘息空間的同時，仍可敏銳地察覺出現代審美家關切的事物。格林那威的風格不僅存在於她的圖畫書上，甚至已滲透到利伯提的服裝目錄與全英國的童裝中，雖然流行的

---

[29]　J. Taylor and A, *Little Ann and Other Poems* (F. Warne, New York, 1883) 55。

時間不長，格林威的插畫能提供靈感，催生並留下童裝作品的情形，很值得深入研究。[30]

---

[30] Perry, *"Girlies and Grannies,":Kate Greenaway and Children's Dress in Late Nineteenth-Century Britain*, 2010, 7-8。

10.5 小結

　　從以上維多利亞時代的英國展覽及當代評論家的論述中可以看出，1850年至1900年之間，顯示了十八世紀英國肖像畫的復甦現象，以及十八世紀喬治王肖像畫成為維多利亞時代重要的視覺表現類型，對該時代具有歷史的文化涵意，代表著英國十八世紀的文化「象徵」。而雷諾茲與庚斯博羅肖像畫代表了十八世紀英國社會及文化的縮影。

　　維多利亞文化歌頌兒童肖像畫，兒童圖像隱喻著英國十八世紀懷舊風潮中的純真意念。雷諾茲的兒童肖像畫便是這股文化懷舊風潮的神話創造者。米萊斯模擬雷諾茲的兒童圖像，不僅吸收傳承雷諾茲的兒童美學，在維多利亞文化中持續發展，而且進一步讓兒童肖像在藝術市場中傳播流行，使兒童肖像趨於商業化。米萊斯的作品《櫻桃熟了》及《泡沫》便是顯著的例子。

　　雷諾茲的兒童形象充滿了感情、甜美親切，並富有單純意念，使兒童肖像畫更趨於獨立，代表了一個甜美獨立的個體。米萊斯本人傳承了這個概念，使兒童肖像畫，在維多利亞社會更容易接近。事實上，維多利亞社會注重兒童的角色與家庭的價值，兒童肖像也因此更容易融入當代社會的價值概念與市場需求。而這個現象，與十七世紀的文化迥然不同。其家庭肖像中的兒童形象與十九世紀的相比較，兒童形象僵硬，缺少個體的價值及其所傳達甜美與感情。

　　格林那威的兒童插畫表現傑出，在十九世紀兒童插畫的黃金時代，占有一席之地，魯斯金稱讚她的插畫作品及成就表示：格林那威的兒童插畫擁有英國的插畫傳統特色。她的兒童插畫創作，一方面緬懷了十八世紀的文化歷史價值，將兒童插畫注入歷史涵義；另一方面也批判維多利亞時代工業化的污染，強調必須返回自然的重要性，喚起自然的空間，讓兒童在自然中成長的概念。格林那威的作品《窗下》，描寫兒童在古風中的花園，與朋友一同喝茶的景象，便是具體的說明。

　　格林那威圖畫書中展現的「少女」復古風格，揉合多種時期的特色，包括十八世紀的蘑菇帽、十八世紀的寬鬆襯裙與裙子 十九世紀早期的特大號草帽、以及帝式高腰棉款洋裝。倫敦利伯提百貨公司服裝目錄的「漂亮童裝與戲服區」，有少數童裝已明確標出以格林那威的插圖為雛形，而1899年目錄中有女童身穿「凱特·格林那威風格」的帝式高腰棉款洋裝裝與蘑菇帽，小男伴則是穿著相稱的連身衣。女童洋裝之文字敘述為「薄紗連身裙搭配絲綢腰帶」與「薄紗帽」，男孩是身穿粉紅連身衣搭配藍

襪，頭戴「綠帶白色海狸帽」，這兩套童裝都是出現在格林那威之著作：《金盞花園》之詩作〈希望〉的插圖中。此外，利伯提服裝目錄以1899年「漂亮童裝」目錄為例，為適合四到七歲女童穿著的「芙芮妲」外套，以荷葉鏽領，搭配特大蝴蝶結飾邊的大帽子，整套配搭酷似格林那威在1884年為《金盞花園》繪製的卷頭插畫。

約翰・魯斯金在利伯提1894年目錄中表示，「選擇合宜服裝的要點」在於自主判斷與辨別的能力，因此打扮得體的女性必須能「提出個人在流行方面的獨立意見」，並認同「能偶爾忽略熱門的潮流是一項優點，可採用替代的裝扮選擇，選擇一種經過時間淬鍊，漸趨完美的流行樣式」。根據魯斯金的說法，歷史服裝例如格林那威插畫中的帝國時期風格，經過許多時間的淬鍊，終於「臻至完美」，所以更勝現代的輕佻時裝。

Chapter 11

兒童教具與遊戲用品

11.1 前言

　　本文討論自十八世紀以降，因應童書市場激烈發展的趨勢，重要的思想家、教育學者提出圖畫的教育理論，鼓勵以圖畫或其他輔助的教具，來教導兒童，並以威廉‧達頓出版公司的童書產品為範例，敘述相關教具與遊戲用品的種類、及其歷史的發展，與使用的圖像。

　　由於童書出版業與印刷業在十八、十九世紀出現前所未見的擴展，以兒童中心教學倡導兒童在遊戲中學習的理念，蔚為時代的風尚。約翰‧阿摩司‧康米紐斯（Johann Amos Comenius）以為圖畫可以幫助兒童學習，他於1657年出版的《可見世界圖解》被視為圖畫書的前身，利用圖文的內容，吸引兒童學習。約翰‧洛克（John Locke）於1693年的著作《教育隨想》也提議使用圖畫教導兒童語言，他於1703年的《伊索寓言》便附有版畫插圖。大衛‧赫特利（David Hartley）在其1749年著作《人類觀察》認為聯想會影響兒童發展，鼓勵運用教育輔助之遊戲用品。本文即為剖析教具與遊戲用品的種類，與教具歷史，包括字母玩具、卡片、拚幅地圖、切割拼圖、圖頁、與書寫紙等，其中切割拼圖大量採用約翰‧吉爾平騎馬的故事，在十九世紀中葉，非常流行。

11 2 兒童中心教學的歷史背景

　　印刷業與童書出版業在十八世紀出現前所未見的擴展，當時的市場趨勢追求創新、競爭激烈。在伍德福德（Woodforde）寫下日記前的四十多年，也就是老威廉‧達頓（William Darton senior）在1787年於恩典堂街（Gracechurch Street）開設書店之後，約翰‧紐伯瑞（John Newbery）成功地將童書打造為書籍交易的專門領域。到了達頓的時代，童書已是不斷成長的龐大市場。創造這個市場的眾多書商不僅販賣書籍，也會販賣紙本娛樂用品，例如書寫紙、喜劇劇本（harlequinades）、桌遊、拼幅地圖（dissected map）等（後來還新增了其他拼幅拼圖），最有趣迷人、寓教於樂的娛樂用品與教具的生產競爭越來越激烈。教育（及非教育）印刷新品在1740年至1840的一百年間內激增，原本穩定成長的教科書、新品與教具的小型市場，變成高度競爭的學校教科書、其他書籍與教具的大型市場。私立托兒所使用的壽命短暫、價格昂貴的娛樂用品，全都具有書商所賦予的創意與熱情。想當然爾，有些商品是全新發明，而有些原本是家庭作品，然後再作為商品全新推出，至於其他商品則是已經販售多年。首款知名英國教育桌遊似乎可追溯到1750年代晚期，但是相似的遊戲在1630年即已在法國上市，這表示當時能在英國玩到法語原版或英語仿作。十六世紀時，歐洲大部分地區均有販售教育遊戲卡，休‧布拉特爵士（Sir Hugh Plat）在1594年描述現在稱為「閃卡」（flash cards）的教具：「那是一對卡片，上面印著大部分的文法規則，老師發現閃卡很適合用來讓學生玩遊戲。」[1]這種卡片當時究竟是作為商品販售，或是各別老師教學的心血傑作？這些我們都不得而知。十六世紀也有印製角帖書（hornbook）用紙，十七世紀晚期的熱門印刷商會販售書法教學的書寫紙（或學校用紙）與其他雕刻紙（engraved sheets），全新證據顯示，英國此時也有販售兒童插圖印刷品。可是字母、娛樂用品與圖畫顯然不是源自十六或十七世紀，而是能追溯到更久遠的時期。[2]在孩童接受教育的期間，究竟有多少人受益於把玩、觀看或碰觸視覺教具（visual aid）與娛樂用品，我們並無法得知。然而若干存留至今的紀錄顯示，無論在任何時期，都有父母與教師如此教育為數可觀的孩童，即使他們的本意並不在娛樂學生，但至少也會藉此達到吸睛的愉悅學習經驗。

---

[1] Hugh Plat Sir, *The Jewell House of Art and Nature* (Peter Short, 1594) 45。

[2] Stanley F. Bonner, *Education in Ancient Rome from the Elder Cato to the Younger Pliny* (Methuen, 1977) 166。

兒童中心教學（Child-centered teaching）最常運用在遊戲學習，有些人認為這是從十九世紀幼稚園運動（kindergarten movement）展開的風尚。當時約翰・洛克發表著名聲明：「我一直有個念頭，希望能以遊戲與孩童反應來進行教學」。他是在附和古典作家著作的觀點，因為文藝復興時期的人本主義者（humanist）也有相同的主張。而那些人本主義者也是援引過往的例子，主張在兒童教學中運用圖畫及其他視覺教具。[3] 歐邁尼斯（Eumenius）曾在西元2世紀描述高盧（Gaul）奧古斯托杜努姆（Augusto-dunum）的學校（現今地名為歐坦，Autun），那裡有面畫著地圖的牆壁，具體呈現教師口中的羅馬帝國，讓學生一目瞭然。數棋（*Rithmo-machia*，或稱為*Ludus Philosophorum*）就是在十世紀開發的教學用算數遊戲，即使到了十七世紀初，數棋在全歐仍有眾多成人玩家，而且還是托馬斯・莫爾（Thomas More）筆下烏托邦居民（Utopian）喜愛的休閒娛樂。[4] 即使在中世紀也是如此，有些小社區的教會會充當教室，「字母牆磚（alphabet wall tiles）具有浮凸字體、各別上色……大小約3至4平方吋，至今仍然保存於這些中世紀教堂的牆面，就像牆裙（dado）或是簷壁飾帶（frieze）」。尼古拉斯・奧瑪（Nicholas Orme）在《中世紀兒童》（*Medieval Children*）中，就探究桑莫塞郡（Somerset）北吉百利（North Cadbury）教堂聖器室壁面保存至今的三個都鐸時期ABC字母。後來，1790年代的法國流亡牧師（émigré priest）與教育家亞貝・高提耶（Abbé Gaultier）在倫敦推廣寓教於樂的信念，他指出這種方法不僅出現在約翰・洛克的作品，更出現在柏拉圖（Plato）及蒙田（Montaigne）的著作中。[5]

伊拉斯謨（Erasmus）在1529年主張現在所謂的獎式互動學習，伊拉斯謨宣揚兩位古羅馬教育家的建議並寫道：「在……教育初期階段，實用性……與歡樂性缺一不可」。第一位教育家是昆體良（Quintilian），他建議使用象牙字母（ivory letters），主張要讓幼童學習趣味橫生，並且作出如下聲明：

> 我還頗為贊同……設計用以激發兒童的教法。讓小朋友把玩象牙字母及任何能取悅他們的東西，讓閱讀、觸摸或唸出字母都變得充滿樂趣。[6]

伊拉斯謨也建議大家按照「羅馬學校教學法」教導閱讀，賀拉斯（Horace），曾經描述過這種教法：「把字母做成餅乾形狀，讓學生吃到、就能學到」。這個在古代邊吃邊學的學習方式後來演變為商業形式，所以早期英國孩童可以跟街頭小販買到

---

3 John Locke, *Some Thoughts Concerning Education*, John W. and Jean S. Yolton eds, (Oxford: Clarendon Press, 1989) Sec.148。

4 Ann E. Moyer, *The Philosophers' Game Rithmomachia in Medieval and Renaissance Europe* (University of Michigan Press, 2001) 1。

5 Jill Shefrin, " Make it a Pleasure and Not a Task ": Educational Games for Children in Georgian England, *Princeton University Library Chronicle 50* (Winter 1999) 251-275。

6 Quintilian, *Institutio Oratoria* (Harvard University Press, 1996, BK.I.Sec.1) 26。

薑餅字母（或整個角帖書）

　　一個珍貴的範例是十八世紀角帖書烘焙模具的陶土版（clay block）（10.5×6.5×2公分）。字母表下寫著「路卡斯馬克·布里斯托爾（Bristol, Lucas Maker」。這個字母表十分清晰，烘焙薑餅角帖書的金屬模具可能就像這樣。由於版上有署名（也許是烘焙者），代表這類角帖書可能兼具廣告與教育功能（圖11-1）。

　　十五世紀發明活版印刷後，使得民眾識字率提升，而新教宗教改革（Reformation）也帶來注重聖經文本的全新趨勢。即使圖畫一直是記憶輔助工具（*aides-mémorie*），印刷書籍也越來越普及。綜觀整個文藝復興與宗教改革時期，視覺與口語溝通依然比文字更為常見，這種圖畫不只代替印刷品，也成為重要的溝通形式。雖然宗教改革時期奉行破壞偶像主義（iconoclasm），但卻不是所有新教徒都反對運用圖畫教學[7]，馬丁·路德（Martin Luther）本人就宣揚圖畫教學，提議「免費為整本聖經……裡外繪製插圖，讓大家都看到。」[8]英國宗教改革者塗抹掉教堂牆面的畫作，可是直到英國爆發內戰以前（Civil War），彩色玻璃、石雕與天主教聖像（images）大多仍保持原貌，即使在十六世紀末葉與十七世紀也是會印製聖經插圖。諸如教堂內的宗教聖像，民眾居家、酒館與其他建築牆面也都有圖印（pictorial print）與「彩繪畫布」（painted cloths）。

　　熱門印刷品是大多數兒童都能取得的印刷畫作。英國此時的單面紙張（broadsides）沿襲宗教改革時期風尚，內容依然是重文輕圖，然而出版商查爾斯·泰厄斯（Charles Tias）卻在1664年的歌謠本與暢銷故事書（chapbook）存貨清單紀錄了「令人難以想像的紙張數量（reams）……價值高達2.10先令，也就是至少賣出1000幅畫作，每幅最高價值為6便士」[9]。在1685年的聖經拍賣會還包括「供孩童使用閱讀的八開規格（octavo）新舊約（testament）」，因此，有多位早期現代教育家

11-1　《十八世紀角帖書烘焙模具的陶土版》（Clay Block）10.5×6.5×2cm 路卡斯馬克·布里斯托爾（Bristol, Lucas Maker）普林斯頓大學科特桑兒童圖書館（Cotsen Children's Library, Princeton University）。圖片來源：Jill Shefrin, The Dartons, Publishers of Educational Aids Pastimes & Juvenile Ephemera 1787-1876, 9。

---

[7]　Tessa Watt, *Cheap Print and Popular Piety* (Cambridge University Press, 1991) Chap.4。

[8]　Ibid., 185。

[9]　Ibid., 140。

倡導以圖畫教導兒童並不足為奇。

在研究過十七世紀荷蘭畫作與十八世紀英國印刷品後，就能知道印刷品在教學上的運用（其實當時印刷品更常作為裝飾品）。安德森（Alderson）與德·馬拉茲·歐言斯（de Marez Oynes）曾敘述一張十七世紀的英式兒童桌，上面附有「大幅的彩色木版畫」。那是喬治·明金（George Minnkin）所印製的作品《顛倒世界》（The World Turned Upside Down），「就存放在桌蓋裡面」。這個主題不但能娛樂兒童，也大受民眾歡迎，可是部分早期印刷品標題會寫出特定兒童或少年觀眾。科隆亨德里克·尼克拉斯（Hendrik Niclas of Cologne）（1575）出版過一本書，書中描繪了教室內孩子的木版畫，他也提出以下忠告：

> 噢，小朋友，請仔細詳讀這些句子，迅速且有效地記住講課內容。不要冒進急躁，要自動自發地學習，多多閱讀好書。只要充分練習字母，你就能正確拼出所有的單字，寫出適切的句子。[10]

另一張1560年的單面印刷插圖名為《新年禮物精美手套，教導年輕人分辨善惡》（*Some Fyne Gloves Devised for NewyeresGyftes to Teaqch Yonge People to Knowe Good from Evyll*），圖中有兩隻手套，左手列出罪衍，右手列出善行。[11]

在教授眾多科目時，圖畫及地圖都能補充或取代文字。這類教材可能最常用於教導字母，或在信奉基督教的歐洲教授聖經。最常用於教學的印刷品是具有宗教主題、適合大眾市場的最熱門圖畫印刷品；眾多新教家庭也欣然接受聖經的圖像。康布雷（Cambrai）大主教弗朗索瓦·芬乃倫（François de Salignac de la Mothe-Fénelon, 1651-1715），是十七世紀另一位著名教育家（法國羅馬天主教徒），他提供了針對幼童的聖經教學法。

> 除了講課，最好要讓學生親身體驗，使兒童與年輕學子牢記在心，以賞心悅目的圖畫或印刷品呈現神聖教史。印刷品應該足以達成這項任務，至少在日常上絕對夠用。我覺得不該放過任何能讓孩子見識好畫的機會，這樣能加深學生對所見事物的印象；並且讓他們在往後更能好好地學習經文。一旦學生記住我等神聖宗教的大量史實，我們就更能輕鬆地灌輸待人處事的準則。[12]

---

[10] Ibid., 235。

[11] Ibid., 249。

[12] François de Salignac de La Mothe Fénelon, *Instructions for the Education of a Daughter: To Which is Added, a Small Tract of Instructions for the Conduct of Young Ladies of the Highest Rank. With Suitable Devotions Annexed. Done into English, and revised by Dr.George Hickes* (London: Printed for Jonah Bowyer, 1721)。

11-2 | 11-3

11-2 《學院青年圖畫集》（Bilder-Akademiefür die Jugend）約翰・西格蒙・斯托依（Johann Sigmound Stoy）丹尼爾・查多維奇（Daniel Chodowiecki）繪製插圖（J. Story, 1784）普林斯頓大學科特桑兒童圖書館。圖片來源：Jill Shefrin, The Dartons, Publishers of Educational Aids Pastimes & Juvenile Ephemera 1787-1876, 11。

11-3 《行傳、教義與其他信息》（The Actions, Doctrine and other Passages）小吉丁（Little Gidding）1635普林斯頓大學科特桑兒童圖書館。圖片來源：Jill Shefrin, The Dartons, Publishers of Educational Aids Pastimes & Juvenile Ephemera 1787-1876, 12。

　　有一個以圖畫教育兒童的例子是十八世紀德國出版商約翰・西格蒙・斯托依（Johann Sigmound Stoy）於1784年的著作《學院青年圖畫集》（*Bilder-Akademiefür die Jugend*）（*The World in a Box: the Story of an Eighteenth-century Picture Encyclopedia*）。這是有關於一個包含全世界圖像的盒子，由丹尼爾・查多維奇繪製插圖，附圖中可以看到畫中男孩正在端詳牆上的畫作，這些畫作就是盒子中世界的圖像（圖11-2）。另外一個以圖畫教育兒童的例子保存至今，那就是精美的小吉丁和聲（Little Gidding Harmonies）印刷本。尼可拉斯・菲洛（Nicholas Ferrar）在1625年與家人於亨廷登郡（Huntingdonshire）小吉丁（Little Gidding）建立聖公會社區，社區內青年在尼可拉斯的指示下，集結四部福音書與其他聖典的和聲樂，附上福音書段落、並剪貼圖雕（pictorial engraving），最後收編成冊。第一本和聲集在1630年大功完成。在十七世紀初，有圖聖經很罕見，也有人反對使用這種聖經，所以很難得知菲洛以圖畫教導孩童在當時是否為一大創舉。[13]

　　上述印刷本為《行傳、教義與其他信息》（*The Actions, Doctrine and other Passages*）談論到救主耶穌基督（*JHS XRS*），四部福音講述耶穌生平，濃縮成一段完整歷史，具有融會貫通的共同或個別敘述，以集體講述的方式構成明確的語境。任一語境中若有遺漏，都會在另一部福音書補足，所以四部福音書都值得從頭到尾研讀。小吉丁和聲集是十七世紀圖畫教學碩果僅存的手抄本例證，這個手抄本是1635年「在小吉丁製作」，將聖經印刷品、經文段落以及手抄本文本貼在一起（圖11-3）。

---

[13] J.E.Acland, *Little Gidding and Its Inmates in the Time of King Charles I* (Society for Promoting Christian Knowledge, 1903) 17。

德國的教育家約翰‧伯恩哈德‧巴塞（Johann Bernhard Basedow）的《初級課程》（*Das Basedowishe Elementarwherk,*萊比錫: *Siegfried Lebrecht Crusius, 1785*年）也是一本以圖畫教育兒童的書籍，共四冊，由丹尼爾‧查多維奇製作插圖，附圖是丹尼爾‧查多維奇描繪在教室使用圖畫教學的情況。讀者可以看到桌上的地圖與量角器。《初級課程》在1770至1774年間首度發行。另外此書與約翰‧齊格蒙德‧斯托伊（Johann Siegmund Stoy）的《教育學院青年》（*Bilderakademie für die Jugen, 1784*年）一書中的插圖相似（圖11-4）。

摩拉維亞教派（Moravian）的約翰‧阿摩司‧康米紐斯（Johann Amos Comenius）發現兒童能靠圖畫輕鬆記住聖經故事與非宗教故事。他努力教導兒童語言，透過連結文字與實物，以視覺方式呈現實物，以圖授課。康米紐斯針對教育的所有面向大抒己見，他當時也與宗教改革家共同推動通用語言（universal language），並提出以下主張：

> 語言學習（尤其是在年幼時期），應該要與實物學習並行，加入我們對客觀世界與語言的瞭解。換言之，我們對事實的認知與表達能力可能會同時進步。[14]

這位舉足輕重的思想家最有影響力的作品《可見世界圖解》（Nuremberg, 1657），直到十九世紀初期都還在出版。有人推崇此作為圖畫書的前身，擁有相輔相成的圖文內容。康米紐斯在這本書中提供「圖畫……用以代表所有可見事物」，附上實物名稱與敘述。每幅圖畫中的每個品項都有編號，對照印在下方欄位的物品名稱欄。他想用這本書「吸引聰明的孩子……雖然他們可能並未[察覺]……但是除了美味的食物，待在學校根本就像是折磨，」。附圖是約翰‧阿摩司‧康米紐斯（Johann Amos Comenius）《可見世界圖解》（*Orbis Sensualium Pictus*）（J. Kirton, 1659）的英語初版教室插圖。每個物品都編號並列在對頁。根據註解內容，黑板上寫著：「在學生面前以粉筆在桌上寫東西」（圖11-5）。[15]

在十七世紀，科學發現的全新趨勢也帶動了教學上的圖畫與實物運用。雖然康米紐斯的大多課程改革仍不脫人本主義學習傳統範疇，但他也迫切想適應全新的科學思潮。法蘭西斯‧培根爵士（Sir Francis Bacon）是英國最有影響力的倡導者，他反對中世紀經院哲學（scholasticism）的學術研究法，主張改用資料觀察、收集與詮釋。這種經驗主義研究法背離中世紀古典研究法，首度強調實際的實驗與感官印象，實為革命性的轉變。教育理論家大加利用感官印象，追求改革的英國教育家主張學習

---

[14] Johann Amos Comenius, *Didactica Manga in the abridged translation of The Great Didactic by M.W.Keating* (McGraw-Hill Education Classics, 1931) 171-172, quoted by James Knowlson in Universal Language Schemes in England and France, 1600-1800 (University of Toronto Press, 1975) 31。

[15] Johann Amos Comenius, *Orbis Sensualium Pictus* (J.Kirton, 1659) v。

11-4 | 11-5

11-4 《初級課程》（Das Basedowishe Elementarwherk, Leipzig: Siegfried Lebrecht Crusius, 1785）約翰‧伯恩哈德‧巴塞（Johann Bernhard Basedow）丹尼爾‧查多維奇普林斯頓大學科特桑兒童圖書館。圖片來源：Jill Shefrin, The Dartons, Publishers of Educational Aids Pastimes & Juvenile Ephemera 1787-1876, 13。

11-5 《可見世界圖解》（Orbis Sensualium Pictus）約翰‧阿摩司‧康米紐斯（Johann Amos Comenius）（J. Kirton, 1659）英語初版教室插圖 普林斯頓大學科特桑兒童圖書館。圖片來源：Jill Shefrin, The Dartons, Publishers of Educational Aids Pastimes & Juvenile Ephemera 1787-1876, 10。

過程應該運用孩子所有的感官。皇家學會早期幹事托馬斯‧斯普拉特主教（Thomas Sprat）聲稱，大家可以藉由讓「孩子確實以雙眼雙手……去觀察與碰觸所有可體察的事物」，藉此「精通這種井然有序的學習法」。

康米紐斯與塞繆爾‧哈特利布（Samuel Hartlib）的見解相同，並且透過他影響英國重要的新教思想家團體（其作品影響全歐洲漸進式教育思維）。查爾斯‧胡厄（Charles Hoole）在1659年將《可見世界圖解》翻譯成英文版。布沙‧瑪金（Bathsua Makin）是哈特利布的友人，她也是一位受感官學習（sensory learning）主張影響的教師，曾指導過查理一世之女伊莉莎白公主。她教導女學生使用雛型實物教學箱，運用「儲物箱（Repositories）進行教學……可見之物……[有些只有八到九歲的]小女生光是用看的，可能就學會實物名稱、本質、價值、灌木、樹木、礦物標本、金屬及石材的運用。在她的文章〈論重振古代紳士宗教、禮儀、藝術及語言〉（*Essay to Revive the Ancient Education of Gentlewomen in Religion, Manner, Arts & Tongues, 1673*），瑪金推薦康米紐斯的《可見世界圖解》以及《解開語言大門》（*Janua Linguarum Reserata*）。此文刊出時，她正在托登罕十字（Tottenham High Cross）擔任女校的校長，馬克‧路易斯（Mark Lewis）則擔任同村男校的校長。馬克代表瑪金在倫敦會見家長，而他也贊同感官教學，並在〈化文法原理為視覺感，以促進青年教育〉（*Essay to Facilitate the Education of Youth by Bringing Down the Rudiments of Grammar to the Sense of Seeing*，1670？）一文中發表以下論點：

用文字認識新事物是可行的。如果事物本身難以理解，就借助儲物箱裡的實物，運用地圖、地球儀與圖畫；……這樣學習就會變得很愉快。[16]

雖然康米紐斯及追隨者認為圖畫能代替實物，但他們還是偏好使用文字。即使如此，這種教法在當時並非全新創舉，早在培根或康米紐斯以前近一世紀，伊拉斯謨就建議「教授自然實物……尤其是……孩童若對所描述的生物完全不熟……那就以圖畫說明」。

康米紐斯對英國教育思維別具影響力，也對洛克的思維影響深遠。雖然他的影響力很容易被人低估，但是短短幾年之後，洛克就在《教育隨想》（*Some Thoughts Concerning Education, 1693*）中提議使用圖畫教導兒童語言，這也讓人想起康米紐斯的主張：

> [孩子閱讀的]《伊索寓言》若有插圖，他就更會樂在其中。插圖會鼓勵他繼續看下去，獲得更多知識：對於這種看得見的實物，孩子以前也只是聽過他人說過……可是卻毫無頭緒。孩子無法從語音認識這些實物，而是要透過實物本身或圖片學習。因此……只要孩子開始學拼字，就應該盡量多看動物圖片。因為圖片上印有名稱，所以也能鼓勵孩子閱讀，並能提供他能發問與學習的題材。[17]

約翰・洛克親自寫了《英文與拉丁文伊索寓言對照》（*Aesop's Fables, in English & Latin, Interlinery*，「造福想學習這兩種語言卻苦無老師的學生」。此書在1703年出版，本書附有版畫插圖（圖11-6）。

洛克的《伊索寓言》並非最早呈現康米紐斯影響的英國書籍。艾莉莎・蔻兒絲（Elisha Coles）編撰的兒童圖文字典《願不願意》（*Nolens Volens, 1675*）才是首開先河之作。如同洛克的書籍，此書也提供詳實記錄。更加不為人知、更加攸關兒童圖畫教學史的，其實是兩部合訂本的部分內容，但充其量只能稱作原型圖畫書（proto-picture book）。這兩本書的時間可追溯至1670年代。因為早期只有極少數的兒童印刷教材，所以很難知道這兩本書在當時是否屬於異數，也不知道它們是否代表童書出版史上的失落環節。《全新角帖書：開心教學一小時，讓小朋友學會認字母》（*The New Horn-Booke, Or a Pleasant Way to teach young Children that can but Speak in one hour to know these Letters*，約於1675年宣傳），此書是約翰・嘉勒特（John Garrett）發售的25版合訂圖畫字母表（abcedarium）。除了昆斯（Quince）、薛西

---

[16] Mark Lewis, *An Essay to Facilitate the Education of Youth, by Bringing Down the Rudiments of Grammar to the Scene of Seeing* (London, 1670), quoted in Douglas Chambers, The Reinvention of the World: English Writing 1650-1750 (Arnold, 1996) 152。

[17] John Locke, *Some Thoughts Concerning Education*, 1989。

11-6 | 11-7

11-6 《伊索寓言英文拉丁文對照版》（Aesop's Fables, in English & Latin, Interlineary）約翰·洛克（John Locke）（A. and J. Churchill, 1703）。《奧斯本早期童書選集》（Osborne collection of Early Children's Books）多倫多公共圖書館（Toronto Public Library）。圖片來源：Jill Shefrin, The Dartons, Publishers of Educational Aids Pastimes & Juvenile Ephemera 1787-1876, 14。

11-7 《萬獸新集》（A New Book of All Sorts of Beast）彼得·史坦特（Peter Stent）約翰·奧弗頓（John Overton）1673。圖片來源：Jill Shefrin, The Dartons, Publishers of Educational Aids Pastimes & Juvenile Ephemera 1787-1876, 15。

斯（Xerxes）及扎卡里（Zachary）之外，每張插圖頁都有一隻野獸或鳥類、以及具有多種書寫體（script）的字母表。

亦即英文體、羅馬體、義文體及大小書寫字體（Secretary Great and Small），另外還有卡達斯文（Calde）、西里克文（Syrick）、阿拉伯文（Arabeck）、希伯來文及希臘文字母。他們也按照這個順序學習上述每種印版字體，孩童只要全部看過之後，就可以擺脫限制、盡情學習。

約翰·奧弗頓（John Overton）在1670年代初期發行第二部著作，書名為《萬獸新集》（A New Book of all Sorts of Beasts）。彼得·史坦特（Peter Stent）曾經推廣此書，表示「這本25印版的角帖書能教導孩子閱讀與書寫」（圖11-7）。

這就如同托馬斯·詹納（Thomas Jenner）在1662年推出的教具，是作為「全新種類的卡片，能教導孩童拼字與閱讀，[可]搭配說明小冊進行遊戲」，這兩本書彰顯出一個事實：吸引與娛樂學童的概念不再只是理論主張。這對印刷教史別具意義，嘉勒特、史坦特及詹納在1660與1670年代販售圖片與卡片時，可能都走在時代尖端。儘管如此，他們的產品能否代表一種教學模式，依然有待其他證據的發現。稍微研究一下1740年前的報紙，就會知道這並非獨立個案。在此舉個最有意思的例子，在約翰·紐伯瑞與班哲明·柯林斯（Benjamin Collins）出版《方塊組》（Set of Squares）的十年多前，《每日郵報》（Daily Post）在1760年3月刊登了一則廣告：

烏龜	螃蟹	駱駝	熊
老虎	豹	魚	甲蟲
貓頭鷹	海豚	蜘蛛	鷹
杜鵑	牛犢	天鵝	馬車

刻在彈珠上的24個字母

ABCD abcd

有助於教孩子認識字母。適合任何有孩子的家庭⋯能讓孩子更加熟悉字母，也可以作為他們的消遣。只要加以引導，當這些孩子學會講話時，就會認字母。把這個盒子放在大腿上或方便取用處。答應孩子，只要他們完成小任務，就讓他們看彈珠⋯⋯

「希利亞德先生（Mr. Hilliard）在主教街（Bishopsgate Street）跨斯奇斯（Crosskeys）販售這些彈珠⋯⋯大多數的倫敦玩具店也販賣」，其商品敘述是「適合男女教師的教具」。

然而，雖然有這些商品的例證，但隨著十八世紀的時間向前推進，才有越來越多書商發現兒童需求確有其市場，甚至有更多父母及教育家接受教育娛樂用品與教具的用途。所以這些教材愈加普及，能讓有需要的人都買得起。如果現存的印刷教具在古代（例如在1740年之前）極為稀有；那麼，這類教具的稀有度於後即迅速下降。現存十八世紀中期的教具上有瑪麗‧庫珀（Mary Cooper）、班哲明‧柯林斯（Benjamin Collins）、約翰‧紐伯瑞及他人姓名的壓印。國內出版的大量休閒書籍就彰顯出這個市場的情況。

教具的商業市場不斷成長，而大眾也接受使用教具的理念主張。於此同時，各別家長、教師與教育家都自行製作教具，用來教育特定孩子。如同伊拉斯謨、胡厄及洛克提到的父親，家庭教育或小型私校也都會應用這些視覺輔助工具與娛樂用品，其中也有受到啟發的創意教學典範。然而，十八世紀的財富增長不只讓消費者更願意花錢，也讓富裕家庭的婦女擁有更多時間，母親似乎比父親更常參與教育遊戲。大家相信，不應該把孩子都交給傭人照料，所以有大量文獻鼓勵母親要寓教於樂。芬恩女士（Lady Fenn）在《運動教育的藝術》（Art of Teaching in Sport, 1785）中試圖鼓勵母親與孩子遊戲，運用讓親子都能發揮創意的教育玩具。她表示「年輕媽媽會很高興得到指點，學會以遊戲訓練孩子的方式」。可是現存的紀錄顯示，有些父母即使未經他人鼓勵，也會主動參與創意教育遊戲。在十九世紀中期，有位母親名為珍‧強森（Jane Johnson），她住在白金漢郡（Buckinghamshire），為孩子製作書籍與字母娛樂用品。這些作品現在收藏在莉莉圖書館（Lily Library）及博德利圖書館（Bodleian）。珍‧強森創造這些小書與卡片來教孩子，而且喬治三世子女的家庭教師也會自製卡片教小公主歷史。根據皇室家庭教師夏綠蒂‧芬奇女士

（Lady Charlotte Finch）在1762年的日記，她製作了兩塊板子，「一個用來說明法文文法……一個用來說明拉丁文」。

康米紐斯影響十七世紀的教育思維，洛克對十八世紀的兒童養育及教育也是影響深遠。孩子的教養與教育（尤其小孩子為「白板」的概念）開始在十八世紀社會占有舉足輕重的地位，小說、哲學作品與教育作品都引述洛克的著作與思想。《教育隨想》探討兒童照顧種種面向，其他教育作家與兒童照顧研究也大量引用此書。大衛・赫特利（David Hartley）主張環境扮演著關鍵角色，並在其著作《人類觀察》（*Observations on Man, 1749*）中闡述洛克的思想。

赫特利擴展洛克的「白板」（*tabula rasa*）概念，並延伸湯瑪仕・霍布斯（Thomas Hobbes）「所有知識源於外物引起的官能感覺」的主張。他連結這些學說與大腦運作，確信特定聯想會影響兒童發展。赫特利的「聯想主義」（associationism）以孩子為中心，鼓勵要創造兒童友善環境，讓學習變成愉快的活動，並鼓勵運用教育輔助工具（以娛樂包裝知識）。「聯想主義」是英國啟蒙運動（Enlightenment Britain）的熱門兒童心理模式。父母及教育家強烈意識到孩子畢生的所有經驗，所有他們經手的物品都具有教育功能，赫特利著作促使教育成為一門學問。[18]

這些幼心年智運作的學說相輔相成，強化了一個日益增長的信念：「教育也應該教導孩子如何思考」。早在應用心理學全新概念之前，就已經存在互動、視覺與感官學習法，可是心理學概念創造出更接近現代幼兒教育的方法。珍・雅克・盧梭（Jean-Jacques Rousseau）在《愛彌兒》（*Emile, 1762*）中的教育理論強調純天真童年的重要性，也是極具影響力。雖然盧梭的觀點與洛克迥異，但是他的理論也鼓勵富裕家庭父母要以多種活動及藝品刺激孩子感官，並直接參與他們的教育。

到了十八世紀末期，英國已經出版超過20版的《教育隨想》（*Some Thoughts Concerning Education*），此書也有五種語言的譯本。洛克推廣娛樂學習，這種概念遍及全市場、隨處可見，所以就連評論家都能接受。《英國書評》（*British Critic*）在1795年以振奮人心的書評讚譽高緹耶（Gaultier）的著作《地理全課程啟發遊戲》（*A Complete Course of Geography, By Means of Instructive Games*）。該篇書評內容如下：

> 這是本充滿智慧的書籍，作者博學多聞，提供古今智者公認的教育體制需求：一種能結合娛樂與有效學習的方式。根據洛克的觀察，或許這樣就能循循善誘孩子學習知識。以更直接的方式（例如情緒）激發興趣，善加運用並適時讓孩子感到慚愧，以激發有助益的模仿精神，藉由計分、獎勵及處罰等精心設計的

---

[18] Brian Simon, *The Two Nations and the Educational Structure, 1780-1870* (Lawrence and Wishart, 1974) 38。

方式，讓孩童保持專注，刺激他們努力學習。我們不得不這麼說：對父母與兒童教育人員而言，如此佳作實為珍貴至寶。[19]

由於這種態度極為常見，教育遊戲也大受歡迎，所以評論家也開始反思。伊麗莎白・漢彌爾頓（Elizabeth Hamilton）就諷刺視覺輔助工具的濫用，她描寫托兒所室內「牆面佈滿科學知識與表格，讓孩子坐著邊看邊學。也許就連基德明斯特（Kidderminster）的巧手織工，也能用過古雅地毯教導無人使用的滅跡語言（dead languages）」。

洛克及查理・胡厄等十七世紀作家提倡以字母娛樂用品進行教學，康米紐斯及芬乃倫同樣也提倡運用圖畫。博蒙特夫人（Mme LePrince de Beaumont）在十八世紀推廣拼幅地圖，珍・強森為孩子製作兒童字母卡與閱讀卡，她也參考了現已失傳的著作。有鑒於此，我們似乎可以合理假定，在博蒙特夫之前，父母與老師就已經會製作地圖拼圖讓孩子拼湊（無論底部是否以木板或紙板強化）。事實上，若說康米紐斯之前的父母與教師從未運用圖片或其他視覺與觸覺教具，反倒讓人難以信服，更遑論早在紐伯瑞之前的十七世紀，托馬斯・詹納、彼得・史坦特及約翰・嘉勒特等書商並不認同這個市場，後來的幼稚園教師也不支持這個豐富兒童教育的機會。隨著證據不斷累積，兒童中心教學實務及童書史學家應該重新審視十七、十八 世紀，將其視為童書史的一部分，而非視為「童書的史前時代」，他們也能以青少年教育的教材文化例證，比對研究十九世紀的教育。[20]

因應這股在十八、十九世紀出現以兒童中心教學，倡導兒童在遊戲中學習理念的時代風尚，喬治・勞特力奇公司於1850、60年代也製作了許多供兒童教學的用品，與出版刊物，包括《給男孩的遊戲與運動》（Games and Sports for Young Boys:Comprising Athletic Games,Country Games,Games with Balls…………with Illustrations）。此書於1859年由戴吉爾兄弟（Dalziel Brothers）繪製90張插畫，內容有運動遊戲（Boys Games and Sports）（圖11-8）、鄉村遊戲（Country games）（圖11-9）、球的遊戲（Games with balls）（圖11-10）、彈珠的遊戲（Games with marbles）、釦子的遊戲（Games with buttons）、鐵環的遊戲（Games with hoops）等。[21]勞特力公司於1864年也出版《男孩的書：室內、室外的玩具百科全書》（Every little Boy's Book : A Complete Cyclopedia of In and Outdoor Games with and Without Toys、Domestic、Pets、Comjuring、Shows、Riddles、etc：

[19] Gaultier abbeì; Jehoshephat Aspin; John Harris and Son.; David Rumsey Collection.; Cartography Associates, *A Complete Course of Geography, By Means of Instructive Games* (London: Printed for Harris and Son, 1821)。

[20] Shefrin, The Dartons, Publishers of Educational Aids Pastimes & Juvenile Ephemera 1787-1876, 2009, 22。

[21] *Games and Sports for Young Boys* (London: Routledge, Warne, 1859)。

With Two Hundred and Fifty Illustrations, 1864），包括室內、室外的玩具與遊戲，
含255張插畫。[22]

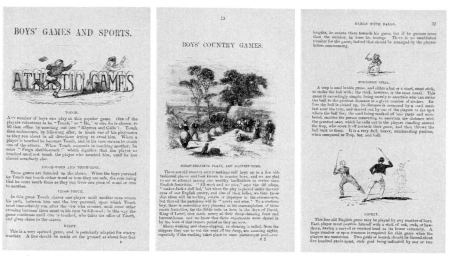

11-8 | 11-9 | 11-10

11-8　《男孩的運動遊戲》（Boys Games and Sports）勞特力奇與沃恩（Routledge Warne）戴吉
　　　爾兄弟（Dalziel Brothers）1859。圖片來源：Routledge Warne, Games and Sports for Young
　　　Boys, 1。

11-9　《男孩的鄉村遊戲》（Boys'Country Games）勞特力奇與沃恩 戴吉爾兄弟1859。圖片來源：
　　　Routledge Warne, Games and Sports for Young Boys, 19。

11-10　《球的遊戲》（Games with Balls）勞特力奇與沃恩 戴吉爾兄弟1859。圖片來源：Routledge
　　　Warne, Games and Sports for Young Boys, 37。

---

[22] *Every Little Boy's Book: A Complete Cyclopaedia of In and Outdoor Games With and Without Toys,
Domestic Pets, Conjuring, Shows, Riddles, etc.: With Two Hundred and Fifty Illustrations* (London,
New York: Routledge, Warne, and Routledge, Farrington Street; New York: 56, Walker Street., 1864)。

11 3 兒童教具與遊戲用品：
輔助教具

　　本部分將介紹教具種類、教具歷史、實物敘述、代表性圖像、達頓（William Darton）出版實務說明。另外也會敘述教具用品的術語定義、縮寫及相關專業與歷史術語。教具種類包括字母玩具、卡片、拼幅地圖、切割拼圖、圖頁、書寫紙。

字母玩具（Alphabet toys）（與字母教學Alphebet teaching）：

　　盒中字母磚是喬治王時代與維多利亞時期豪華托兒所的熱門玩具。字母磚體積很小，通常不到1平方英吋，裝在附有滑蓋的木盒內（常用桃花心木）。多半會在單面或雙面刻上大寫及小寫字母。最豪華的樣本就是以象牙或獸骨刻成的字母磚，但現存的達頓字母磚組是以木頭刻成，貼著鉛字印刷（letterpress）字體，這種設計在當時應該較為普遍。

　　《全新大小寫拼字組》（*New Spelling Alphabets Containing Several Setts* [sic] *of Large & Small Letters*），就是一個實例，該拼字組在實心桃花心木上貼字母紙磚（alphabet tiles of paper），收藏在花心木盒（1810至1819年間）。目前收藏在希欽英國學院博物館（*British Schools Museum*，Hitchin）（圖11-11）。

　　在19世紀初期也流行圓卡組（round card），一面印著字母，一面印著插圖，收在圓筒木盒內。同時代字母遊戲用品收藏：桃心花木盒匣藏字母象牙磚，盒蓋鑲著刻有「ABC」的象牙標籤（約1800年）。一面是字母、一面是圖案的字母象牙盤（約1800年）。《圖解字母》（The Picture Alphabet，伯明罕：肯德爾父子出版，約1840年，以圓筒盛裝字母教具樣本，採用20年前風行的復古風格）。由普林斯頓大學考森兒童圖書館（*Cotsen Children's Library,*

11-11　《全新大小寫拼字組》（New Spelling Alphabets Containing Several Setts [sic] of Large & Small Letters）1810至1819希欽英國學院博物館（British Schools Museum, Hitchin）。圖片來源：Jill Shefrin, The Dartons, Publishers of Educational Aids Pastimes & Juvenile Ephemera 1787-1876, 24。

11-12　《十九世紀字母遊戲用品收藏：桃心花木盒匣藏字母象牙磚，盒蓋鑲著刻有「ABC」的象牙標籤。一面是字母、一面是圖案的字母象牙盤》，約1800。《圖解字母》（The Picture Alphabet，伯明罕：肯德爾父子出版，約1840，以圓筒盛裝字母教具樣本）普林斯頓大學科特桑兒童圖書館。圖片來源：Jill Shefrin, The Dartons, Publishers of Educational Aids Pastimes & Juvenile Ephemera 1787-1876, 24。

Princeton University）收藏（圖11-12）。

　　兒童把玩字母磚或卡片的景象也經常出現在同期的童書插圖中。《實用遊戲》（The Useful Play）故事木刻插畫，小女孩用剪貼字母拼出單字。這本書是芬恩女士（Lady Fenn）《捕蠅蜘蛛網》（Cobwebs to Catch Flies）（約翰·馬歇爾出版，1783）的第二冊。由普林斯頓大學科特桑兒童圖書館收藏（圖11-13）。

　　伊拉斯謨的文章最早提及英國字母教學的教育遊戲用品。伊拉斯謨曾於1529年寫道：「我聽說有位英國父親先在箭靶寫希臘與羅馬字母，再讓兒子練習射箭，每射中一個字母，就能吃一顆櫻桃。」休·布拉特爵士（Sir Hugh Plat）、查爾斯·胡厄（Charles Hoole）以及約翰·洛克也曾記錄過個別父母的創意教法。布拉特的《藝術與自然珠寶屋》（Jewell House of Art and Nature, 1594）內也有幅插圖描繪「兒童學習ABC的速成法」：

　　　　原則4. 以獸骨或木頭製作大骰子，把一個字母刻在每一個面上，字體較大，孩子常拿來玩。只要隨便說個字母，孩子很快就能找到那個字母，就像在玩遊戲一般。[23]

　　在《教育隨想》，洛克描述一位「地位顯赫的父親」（洛克比較推崇其教育方式

---

[23] Shefrin, The Dartons, Publishers of Educational Aids Pastimes & Juvenile Ephemera 1787-1876, 2009, 25。

與德行，而不是他的權位）：

> 他在骰子的6個面貼上6個母音（英文中的Y也是母音），剩下的18個子音就貼
> 在其他3個骰子的18個面上，然後讓孩子用骰子玩遊戲。一次用4個骰子擲出
> 最多單字的就是贏家。他的長子尚且年幼，卻在遊戲中學會如何拼字。[24]

　　洛克也建議使用骰子的替代品：「只要是上面有字母、能以遊戲教導字母的玩
具」，這也包括作為原型的皇家橡樹樂透（Royal Oak Lottery）。他可能是在1670
年代發明了字母遊戲，或是在他負責指導年幼的安東尼・亞胥利・柯柏安（Anthony
Ashley Cooper）的時候發明了這種遊戲。這位學生就是後來的第三代沙夫茨伯里伯
爵（Earl of Shaftesbury）。在洛克逝世幾年後，洛克的親戚托馬斯・米克斯威特
（Thomas Micklethwayte）在1712年寫信給安東尼・亞胥利・柯柏安伯爵，他在信
中討論伯爵公子：「亞胥利大人是個活潑健壯的男孩，他對洛克先生的字母玩具極感
興趣……並在遊戲中開始學習字母。」
　　法國蒙彼利埃（Montpelier）的路易・杜馬（Louis Dumas）發明了「印刷局」
（Bureau Typographique）。杜馬在著作《兒童文庫：初級字母》（*La bibliothèque
des enfants, ou les premiers éléments des lettres*，1732-1733）（圖11-14）中解
釋，這個系統原本是為了蒙卡勒侯爵（Marquis de Montcalm）的公子而發明。法
國教育家查爾斯・羅林（Charles Rollin）及諾耶爾・安東・布魯緒（Noël Antoine

11-13 ｜ 11-14

11-13　《實用遊戲》（The Useful Play）芬恩女士（Lady Fenn）《捕蠅蜘蛛網》（Cobwebs to Catch
　　　　Flies）（約翰・馬歇爾出版，1783）的第二冊普林斯頓大學科兒童圖書館。圖片來源：Jill Shefrin,
　　　　The Dartons, Publishers of Educational Aids Pastimes & Juvenile Ephemera 1787-1876, 26。
11-14　《兒童文庫：初級字母》1733 卷頭版畫 出自古姆瓊（Gumuchain et Cie）出版的《15世紀至
　　　　19世紀童書》（Les livres de l'enfance du XVe au XIXe siècle, 1930）目錄中的第25號印版 普
　　　　林斯頓大學科特桑兒童圖書館。圖片來源：Jill Shefrin, The Dartons, Publishers of Educational
　　　　Aids Pastimes & Juvenile Ephemera 1787-1876, 27。

---

[24]　Ibid., 26。

Pluche）也都推廣這種精美教具。在《自然景象》（*Spectacle de la nature: or, Nature Display'd*）中的文章〈教育續論〉（Sequel on Education），布魯緒對這種教具作出如下敘述：

> 那是長方形的虛擬印刷機，上面有四到五排小櫃子，井然有序地放置了許多卡片組。於卡片背面寫上字母、音節、教學所需的所有簡單複合語音。每個櫃子都附有內部卡片的標籤。櫃門蓋住印刷機前半部，以雙鉸接（turning-joint）固定。只要向下打開櫃門，放下支撐架，櫃門就會變成一張兒童桌。他會站在桌前分類，宛若印刷廠的排版工人。小朋友會向他索取任何語音的字母，他會把字母拿給他們，然後看他們拼字。[25]

布魯緒堅信「印刷局」在閱讀教學上勝過其他任何系統，因為「這種教具能為孩子帶來絕大樂趣，讓他們徹底精通閱讀，而且屢試不爽。」

十八世紀的小說也出現父母與教師製作的字母玩具樣本。在《善良的雙鞋小女孩》*The History of Little Goody Two-shoes*（1765）中，主角小瑪格麗（Little Margery）：

> 她的學習速度超越其他玩伴，而且還能教導不懂的玩伴。她也想出教導玩伴的方法。她發現，若要拼出世上所有單字，只需要下列這些字母，可是裡面還有分大寫和小寫。所以她用刀刻出10組小寫字母：
>
> abcdefghijklmnopqrstuvwxyz.
>
> 另外還有6組大寫字母：
>
> ABCDEFGHIJKLMNOPQRSTUVWXYZ.[26]

約漢‧紐百瑞於1766年製作的《小可愛兩雙鞋的歷史》（The History of Little Goody Two-shoes）中記載著：她得到舊拼字書，讓玩伴說出所有想拼的單字，然後教導他們造句……他們常用的拼字方式（亦即遊戲方式）如下：「例如，想要拼的字是葡萄乾蛋糕（plumb pudding）（這例子舉得太好了），就讓孩子圍成圓圈，第一人拿字母p，第二人拿字母l，第三人拿字母u，第四人拿字母m，以此類推繼續下去，直到拼完整個單字。拿錯字母的人必須付罰金，而且就不能再玩了。這就是他們的遊戲方式。如圖所示，她每天早上會拿著籃子四處去教小孩。」[27]（圖11-15）

25　Ibid。
26　Ibid., 27。
27　Ibid., 28。

11-15 | 11-16

11-15　《小可愛兩雙鞋的歷史》（The History of Little Goody Two-shoes）約漢‧紐百瑞（John Newbery）1766 普林斯頓大學科特桑兒童圖書館。圖片來源：Jill Shefrin, The Dartons, Publishers of Educational Aids Pastimes & Juvenile Ephemera 1787-1876, 28。

11-16　《學生遊戲》（Ludus Studentum Friburgensium）（Frankfurt, 1511）湯瑪士‧默能（Thomas Murner）貝雅圖斯‧默能（Beatus Murner）普林斯頓大學科特桑兒童圖書館。圖片來源：Jill Shefrin, The Dartons, Publishers of Educational Aids Pastimes & Juvenile Ephemera 1787-1876, 36。

卡片（Cards）：

　　兒童用教育卡片，包括加入教學資訊的標準遊戲卡片組，資訊通常印在卡片正面；閃示卡；對話卡；謎語卡（rebus cards）；獎勵卡以及卡片遊戲四重奏（quartettes）。

　　方濟會僧侶湯瑪士‧默能（Thomas Murner）曾先後在克拉科夫（Cracow）及佛萊堡（Freiburg）授課，而後，他製作了歷史紀錄最早的教育遊戲卡片。這些卡片是設計用來教授邏輯，他的《邏輯記憶》（Logica Memorativa）（史崔斯堡出版，1509）以印刷書籍流傳至今，但是此書當初在1507年是以卡片的形式發行。湯瑪士‧默能發明改良版轉盤，用來教授聲韻學（prosody）。默能的著作《學生遊戲》（Ludus Studentum Friburgensium）（Frankfurt, 1511）就有插圖描繪教學情況（含可移動部分）。作者兄弟貝雅圖斯‧默能（Beatus Murner）是本書的插畫家與出版商（圖11-16）。

　　其他在十六及十七世紀的卡片組是用來教導哲學、地理、歷史、禮儀技術（例如切肉）、書法等其他諸多科目。查爾斯‧胡厄在1659年寫道：「在一組卡片背面……印出圖案與字母的方式。這些卡片是用來鼓勵孩童，讓他們自然而然地迷上遊戲，愛上學習」。亨利‧皮臣姆（Henry Peacham）為阿倫德爾及薩里伯爵（Earl of Arundel and Surrey）的十歲公子威廉‧霍華德（William Howard）撰寫《道地紳士、當代真理、倫敦生活藝術》（The Complete Gentleman, the Truth of Our times, and the Art of Living in London, 1622）。他建議使用法文地理遊戲卡。相較於讓‧德馬雷‧聖索林院士（Academician Jean Desmarets de Saint-Sorlin）為年輕的路易

十四所設計的卡片，皮臣姆書中所描述的卡片組年代更為久遠，其中包括：

> 呈現世界四地數世紀地圖的四組卡片，按照編號確切上色，於卡片人物頭上標
> 有1、2、3、9、10等數字。卡片上有國王、皇后及傑克（按照數百年慣例繪
> 製的國王及皇后肖像）；傑克與其佃農及奴隸。對孩童來說，這些卡片實在是
> 精美無比。[28]

　　並不是所有的教學遊戲卡片都會針對特定的青少年族群銷售。威廉·波斯
（William Bowes）在1590年推出的卡片彷彿是首款英國地理遊戲卡片，展現出英
格蘭與威爾斯郡縣。可是亨利·溫史坦利（Henry Winstanely）在約1675年設計
的卡片才是最早的兒童地理卡片組。這組卡片是「獻給韓柏·詹姆斯·赫伯特先生
（Honble James HerbertEsq.）。「不是因為他改良這組卡片，而是因這組卡片屬於
他的研究，而他在製作期間也對我多所指導……」這些卡片展現了「世界各國的風俗
（或是服裝流行），描繪首都景色，附有省份地理敘述……這些卡片如同所有的歷史
紀錄，都必須在極有限的篇幅中傳遞訊息。」

　　印刷業者約翰·蘭索（John Lenthall）在1708至1737年間販售文具、地圖以及
圖表。他在1713年刊登報紙廣告，販售「兒童閱讀教學卡片」，然後又推出「兒童拼
字與閱讀速成卡片」。在這52張卡片內，有12張是人頭牌。這組卡片印有黑色的大寫
及小寫羅馬字母與斜體字母，內含24張字母卡、4張音節卡、12張簡短例句卡，上面
的句子就例如「奢華珠寶無倫比，文字光耀更瑰奇」。

　　約翰·蘭索發行字母遊戲卡。根據現存的廣告內容，《培育紳士及淑女》（For
the Improvement of Gentlemen, Ladies, and others,在1729年前），蘭索販售「40組
娛樂卡片，以銅版印製稀奇插圖，可用於教導紋章學、天文學、地理、數學、烹飪、
雕刻、文法、諺語、自然歷史、道德學及其他多種科目，有法文與荷蘭文版。在這篇
廣告中，只有將閱讀與拼字卡片設計為「兒童教學卡片」。蘭索發行字母遊戲卡目前
收藏在普林斯頓大學考森兒童圖書館（圖11-17）。

　　地圖與印刷業者托馬斯·詹納（Thomas Jenner）在1662年（可能還更早）就
已經出版《全新卡片：兒童拼字、閱讀與遊戲教學；附說明小手冊》（A New Sort
of Cards, Teaching Children to Spell and Read and Play with ; a Small Book of
Direction to It）。這似乎也是組字母卡，雖然這是當時的常見產品，但卻沒有證據
顯示這些字母卡也能用來玩遊戲。詹納在1673年過世後之後，他的存貨受到遺產管
理估價，這批存貨就包括「角帖書卡片」，而這可能指的就是《全新卡片》（New
Sort of Cards），或者詹納已經發行了好幾組類似的卡片。[29]

---

[28] Ibid., 36。
[29] Ibid., 37。

11-17 | 11-18

11-17 《培育紳士及淑女》（For the Improvement of Gentlemen, Ladies, and others）約翰・蘭索（John Lenthall）「兒童教學卡片」銅版插圖1729 普林斯頓大學科特桑兒童圖書館。圖片來源：Jill Shefrin, The Dartons, Publishers of Educational Aids Pastimes & Juvenile Ephemera 1787-1876, 37。

11-18 第七版《方卡組創新兒童教具：洛克先生設計教具句》（A Set of Squares, Newly Invented for the Use of Children…upon the plan of Mr. Locke）（約翰・紐伯瑞及班哲明・柯林斯出版1743），普林斯頓大學科特桑兒童圖書館。圖片來源：Jill Shefrin, The Dartons, Publishers of Educational Aids Pastimes & Juvenile Ephemera 1787-1876, 38。

　　普朗布（J. H. Plumb）在〈英國18世紀新童年世界〉（New World of Childhood in Eighteenth-Century England）中提到一則1725年的卡片廣告。這組卡片是由倫敦堡座堂（Bow Church Yard）的格魯及克瑞克（Cluer and Creek）出版，用以教導孩童音樂。

　　索爾茲伯里（Salisbury）的班哲明・柯林斯（Benjamin Collins）在1743年（可能還更早）發行的卡片是現存最古老的卡片。可是這組卡片絕對不是遊戲卡片，其標題為《方卡組・創新兒童教具》（A Set of Squares, Newly Invented for the Use of Children）。

> 兒童在達到學齡前，光是憑藉這組卡片，只需要極少的幫助，就能學會拼字、讀及書寫、寫數字、進行常見運算，而且是透過愉快的娛樂方式。整組卡片乃是按照洛克先生的設計而製作，其娛樂性足以媲美任何遊戲。[30]

　　這些「方卡」是56張小卡片，上面描繪著詩歌化的字母。第二組卡片（現已失傳）是斜體字母的「道德警句」。這些卡片配有一本說明小冊，內容多為洛克的引言。後來的版本是由約翰・紐伯瑞共同發行。紐伯瑞直到1760年代都還在出版這些卡片。以紅、黑色墨水印製的卡片，來自第七版的《方卡組創新兒童教具：洛克先生設計教具句》（A Set of Squares, Newly Invented for the Use of Children……upon

---

[30] Ibid., 37-38。

the plan of Mr. Locke）附有一本規則手冊（約翰・紐伯瑞及班哲明・柯林斯出版，1743）。目前收藏在普林斯頓大學考森兒童圖書館（圖11-18）。[31]

教育遊戲卡片不斷發行，伊拉斯謨・達爾文（Erasmus Darwin）甚至在《女性教育課程規劃》（Plan for the Conduct of Female Education, 1796）中建議，使用標準遊戲卡片教導兒童數字：

> 由此可見，大多兒童上學前都接觸過卡片遊戲。讓他們對數字1到10有清楚概念，似乎非常有助於他們學習算數。父母可以管制這種熱門娛樂，讓孩子在玩這種卡片時不會過於躁進、自負得意。好處是能夠啟發他們的心智，讓他們接觸這些學科。可是卡片卻不適合在學校使用。因為學童只是玩得起勁，老師卻無法逐一好好看照，學習效果適得其反。達爾文也推廣使用「地理摘要系統卡片。這是紐伯瑞先生在聖保羅聖座堂（St. Paul's church yard）發行的卡片，是教導兒童的一種非常方便的方法。」[32]

到了十八世紀末期，純粹提供資訊的卡片越來越受歡迎。這些卡片可能會做成對話卡或閃示卡。有些卡片上會有插圖，但通常就只是卡片，以鉛字印刷印製題目與答案。卡片通常會放在書套（slipcases）內販售，有些教學卡與閃示卡的大小近似於標準遊戲卡片，而有些的尺寸則較小。這些圖片卡常以刻版印製，有時會印在薄卡片上，但通常都印在紙張上，再貼在薄卡片上，裁切為固定大小，最後裝進書套。有時會附上一紙規則說明，或是等同卡片大小的薄規則手冊。[33]

拼幅地圖（Dissected maps）是第一款地理教學拼圖，在1820年代初期以前是由銅版印製，後來則較常採用鋼版或印版石（lithographic stone），通常會以手工上色，用四種顏色區分國家邊界。印好的地圖會先貼在薄桃花心板上，再沿著國家邊界裁切（將這些國家逐一裁出）。透過組合拼幅地圖，兒童就能學習地理區域的排列位置。

拼幅地圖通常裝在具有滑蓋的木盒販售，常會附上第二張地圖。這張地圖在清單中稱為解答圖（key sheet），讓你能照著完成拼圖。拼幅地圖背面通常會貼上素面紙，偶爾使用白紙，偶爾使用有色紙，背面貼紙才能防止木頭變形。如果只有一面貼紙，木頭就會變形。拼幅地圖往往會有多種價格，通常是相同區域的兩種（或三種）不同的地圖，使用不同大小的紙張（或印版石）。地圖售價會隨著尺寸、表現風格等因素而提高。在威廉與湯瑪士・達頓（William and Thomas Darton）1812年刊登的廣告中，「刀工俐落的英格蘭與威爾斯拼幅地圖，大型地圖售價為10先令6便士，中型地圖售價為7先令6便士，小型地圖售價為3先令6便士。」價格若是有所差異，往往

---

[31] Ibid., 38。
[32] Ibid., 38-39。
[33] Ibid., 39。

11-19　《歐洲國家圖》（Europe, Divided into Its Kindom Ex.）約翰・史皮斯貝瑞（John Spilsbury）1766 六張拼幅地圖之一 裝在桃花心木櫃內 普林斯頓大學科特桑兒童圖書館。圖片來源：Jill Shefrin, The Dartons, Publishers of Educational Aids Pastimes & Juvenile Ephemera 1787-1876, 43。

代表較優質的木材或較牢固的木盒。根據1822年一則廣告的內容，威廉・達頓的所有拼幅地圖都是「上色整齊，桃花心木作底，以清漆木盒（varnished）盛裝」。一直到大約1859年，達頓公司都依然發行拼幅地圖。「教育拼幅地圖」（Educational dissected maps）的介紹為「上色整齊，桃花心木作底，使用時髦木盒」。18世紀的業者有時會販售「沒有海洋」的拼幅地圖，藉此降低成本。在這種情況下，拼幅地圖（例如英格蘭及威爾斯）會依照國家邊界切割，只是沒有海洋及蘇格蘭作為邊框。雖然這種拼圖的成本較低，但實際上卻較難組合。

　　拼幅地圖似乎是源自於英國。這種地圖的起源尚有爭論。在1760年代初期，雕刻師及地圖商約翰・史皮斯貝瑞（John Spilsbury）首次將拼幅地圖作為商品在英國發售。雖然在拼幅地圖銷售的歷史紀錄之前，早就有各別家長與老師會裁切地圖讓兒童去拼湊。《歐洲國家圖》（Europe, Divided into Its KindomEx.）（約翰・史皮斯貝瑞，1766）是史皮斯貝瑞發行的六張拼幅地圖之一，裝在同期的桃花心木櫃內。目前收藏在普林斯頓大學考森兒童圖書館（圖11-19）。

　　最早的現存拼幅地圖絕對早於史皮斯貝瑞，是以讓・巴勒萊（Jean Palairet）《工整地圖》（Atlas méthodique, 1755）的部分印版製作。拼幅地圖是喬治三世時代的兒童玩具。博蒙特夫人是1750年代在倫敦任教的法國教師，也是史上首位販售拼幅地圖的人—她在倫敦學校的地理課的學生都必須購買，而當時史皮斯貝瑞只是一位學徒。[34]

　　史皮斯貝瑞在1769年過世之後（或之前），例如托馬斯・杰弗里（Thomas Jefferys）、羅伯特・薩耶爾（Robert Sayer）、凱靈頓・鮑爾斯（Carington Bowles）等地圖商都有販售拼幅地圖。可是童書業者似乎直到1780年代才終於瞭解

---

[34]　Ibid., 42。

拼幅地圖的重要性。老威廉‧達頓及約翰‧威利斯（John Wallis）這兩家童書業者率先將拼幅地圖納入旗下產品，他們都有販售地圖與童書。雖然伊麗莎白‧紐伯瑞（Elizabeth Newbery）不是地圖商，但她也在80年代販售拼幅地圖。她推廣的拼幅地圖大約於1785年出版，名為《英國拼幅地圖：地理教學最佳準則》（England Dissected on the Best Principles for Teaching Geography）。不久之後，童書商開始將拼幅地圖作為非地圖商品（non-cartographical image）販售。

拼幅地圖迅速成為托兒所的遊戲用品。對許多富裕家庭的孩子而言，他們讀地理，也必須玩拼幅地圖。有好幾項紀錄顯示，十八世紀的學校與家庭皆會使用拼幅地圖。同期文獻與教科書中提及也提到拼幅地圖。《地理與歷史選集：家庭教育材料》（Geography and History Selected by a Lady, for the Use of Her Own Children，1790）導言作者教導父母如何使用拼幅地圖教地理：

> 我先將英國地圖純粹作為玩具。你在閒暇時陪小孩玩遊戲，先把孩子所居住的國家給他，然後再給他一些鄰國。指出他居住的城鎮，解釋因為地圖小、地名多，所以城鎮只剩一顆小點。然後讓孩子看他熟悉的城鎮，那些他感到熟悉的地方。當他能輕易地拼湊這些地方，把地名都背起來時，然後再多背更多的郡縣，如此不斷重複，直到他對全英國瞭若指掌。[35]

切割拼圖（Dissected（Jigsaw）puzzle）：

最早期的「切割拼圖」類別屬於地圖（cartographical），由倫敦地圖商販售。這些拼圖能教導國家、大陸或世界邊界。時至1780年代，業者也推出其他科目的切割拼圖（主要是童書業者）。切割拼圖的製作如同拼幅地圖，將版畫圖紙貼上薄桃花心木板，然後再進行裁切。切幅地圖是按照國界切割，可是切割地圖卻是隨意裁切。許多拼圖並未咬合，而有些邊界卻有咬合。就像拼幅地圖，這種拼圖會放在同樣的木盒中出售，有些會附上解答圖，有些則沒附。圖畫頁以圖文呈現國土區域（ruled sections），會畫出例如統治者肖像，下方有傳記敘述。為了讓學生核對圖片與相符的文字敘述，所以有時會切割圖畫。十九世紀前半葉的拼圖會隨機裁切，可是人或動物（或建築）會

11-20　《五種感官》（The Five Senses，約1825）拼圖 普林斯頓大學科特桑兒童圖書館。圖片來源：Jill Shefrin, The Dartons, Publishers of Educational Aids Pastimes & Juvenile Ephemera 1787-1876, 47。

---

[35] Ibid., 43。

按形狀完整裁切。《五種感官》（The Five Senses, 約1825）中的形狀拼圖，收藏在普林斯頓大學考森兒童圖書館就是一個例子（圖11-20）。《摩西畢生重大事蹟》（The Most Remarkable Events in the Life of Moses）蓋底標籤末端寫著：「應該先教孩子怎麼組合邊框。」

首款歷史拼圖與字母切割拼圖似乎是由威廉‧達頓出版。首款歷史拼圖於1787年出版，那是約翰‧休利特（John Hewlett）的《英國歷史與編年史教學，按拼幅地圖地理教學法》（Engravings for Teaching the Elements of English History and Chronology, After the Manner of Dissected Maps for Teaching Geography）。首款字母切割拼圖於1789年出版，名為《教師手冊：學習基本準則》（The School Mistress, for Teaching the First Rudiments of Learning）「使用切割字母娛樂並教育孩子」。[36]

多年來，霍厄本‧希爾（Holborn Hill）曾發行了數百幅切割拼圖。到了1850年代，拼圖大多來自於較早期的存貨，價格也已經下降。可是在達頓公司1849年的貿易目錄中，他們依然對買家做出以下建議：「凡是低於2先令6便士的切割拼圖，我們不建議作為教學使用。」這個目錄中最昂貴的切割拼圖就是南北半球地圖，售價為12先令。該公司最昂貴的圖解切割拼圖則是自然歷史拼圖組，每組售價為10先令6便士。」

在1850年代，基督教文獻學會（Christian Book Society）出版約瑟‧馬修大人（Rev. Joseph Matthews）的著作《哈利‧克勞佛製作拼幅地圖與拼圖》（Harry Crawford. How He Learned to Make His Own Dissected Maps and Picture Puzzles）。書中男孩名叫哈利，他母親用半克朗在巴克先生（Mr. Buck）倫敦托特納姆宮路（Tottenham Court Road）的商店買下深框鋸（buhl-saw），這把鋸子後來由他父親使用，人家鼓勵他用父親的「深框鋸」製作切割拼圖。哈利的父親告訴他：

> 倘若你真的夠在行，既能幫兄弟與親戚製作地圖，也能為醫院病童製作拼圖，參與傳教與吉他慈善義賣，我會非常高興的。我常希望與你同年的男孩能學習做些有用的事，如果他們假日願意找事做，他們將會收穫良多，既能讓自己開心，又能夠練習技藝。[37]

圖頁（Pictorial sheets）：

在探討十八及十九世紀的流行版畫時，雖然偶爾會提到兒童版畫，可是版畫業文獻大多受到忽略。儘管如此，刻印與鉛字版畫都是銷售給兒童讀者，有些更是專為兒童製作。筆著已在前面提到，早在十六世紀，漸進式教育家就提倡以圖教學，

---

36 Ibid., 46。
37 Ibid., 47。

而專供兒童閱讀的單面大頁（broadside）也保存至今。整個印刷市場在十八世紀不斷擴展，而兒童版畫也不例外。在倫敦書籍、版畫及地圖商中，羅伯特・薩耶爾（Robert Sayer）及鮑爾斯家族（Bowles family）是十八世紀市場不斷成長的最大推手。這兩家公司也販售遊戲與拼幅地圖。版畫業者迫切想迎合全新市場，提供歪像版畫（anamorphic print）及透視圖（vue d'optique）。青少年市場熱門版畫有時又稱為廉價版畫（catchpenny print），雖然這個術語最常用來指十七、十八世紀的荷蘭兒童版畫。英國產品包括樂透紙（lottery sheets）、書寫紙（writing sheets）及其他便宜圖畫。[38]

提姆西・克萊頓（Timothy Clayton）曾經提及：「書籍與版畫業者……鎖定兒童為潛在族群，版畫常放在托兒所或學校展示促銷。」兒童不只能觀賞到專為兒童製作的版畫，許多鳥類、動物及花朵版畫也在十八世紀前半葉大賣，作為教育及娛樂使用。羅伯特・弗伯（Robert Furber）於1731年出版的《花朵的十二個月》（Twelve Months of Flowers）就是個例子。此書雕刻師為亨利・弗萊徹（Henry Fletcher）及彼得・卡斯提爾（Peter Casteel）。卡斯提爾的《十二幅鳥類版畫》（Twelve Prints of Birds）出版於1726年。出售讓女士塗漆（lacquering）或刺繡的圖案。這些圖案包括景觀設計、建築、花卉、鳥類及野獸，這些圖案能輕易融入娛樂或兒童課程（最有可能是兩者兼具），運用方式就像樂透用紙。如同歪像版畫，這種版畫並非專門針對兒童市場，可是卻結合了視覺娛樂及科學教育，所以十八世紀教育家對其極為讚賞。就連較為貧窮的孩子也很熟悉版畫。1759年出生的托馬斯・比威克回憶這些版畫時表示：

> 在我小時候，這種版畫非常普遍，全國每個小屋或農舍都有……這些版售價極低，上面常繪有奇特旅程或偉人肖像……另外還有其他種類眾多的設計，通常也會加上道德、愛國或鄉村傾向的歌曲……種類繁多，不勝枚舉。[39]

時至1780年代，威利斯家族、約翰・馬歇爾（John Marshall）、紐伯瑞家族（就是後來的（約翰・哈瑞斯）等童書業者開始主導這類教材的生產與銷售，他們至少都會提供版畫、書寫紙、拼幅地圖、遊戲及新奇商品供客戶選擇。莎拉・崔姆兒（Sarah Trimmer）撰寫小本的《聖經版畫及古羅馬歷史版畫》（Scripture Prints and Prints of Ancient and Roman History）。馬歇爾在1793年以眾多形式推出此系列：

> 《聖經史版畫系列》（A Series of Prints of Scripture History）當初的設計是用來裝飾兒童接受基本教育的房間，售價為1先令6便士，可以貼公佈欄上。

---

[38] Ibid., 71。

[39] Ibid., 72。

11-21　《兒童理性展覽》（The Rational Exhibition for Children）威廉·
達頓（William Darton）1800 伯爵童書奧森本收藏（Osborne
Collection of Early Children's Books）多倫多公共圖書館。圖
片來源：Jill Shefrin, The Dartons, Publishers of Educational
Aids Pastimes & Juvenile Ephemera 1787-1876, 72。

　　　　可懸掛在托兒所的版畫售價為9便士。大理石紋紙（Marble Paper）口袋系列
　　　　（Pocket）售價10便士。工整紅色皮革精裝書售價1先令2便士。[40]

　　崔姆兒在版畫附冊序言討論讓珍利夫人（Mme de Genlis），她將這本書描述為
「對於絕世傑作的平庸模仿，可用於裝飾兒童初受教育的房間，精心擺放能取悅與教
育兒童的物品。」兒童版畫展現的主題包括聖經、道德、自然歷史到熱門文學作品。
瑪麗亞與里察·洛弗爾·埃奇沃思（Maria and Richard Lovell Edgeworth）在論文
《實務教學》（Practical Education）倡導使用這些版畫，藉此鼓勵兒童發揮想像力：

　　　　版畫能娛樂各年齡層兒童，其用途無窮無盡、不勝枚舉。版畫能教導孩子視覺
　　　　的準確度，讓他們全神貫注並運用想像力。[41]

　　老威廉·達頓的著作《兒童理性展覽》（The Rational Exhibition for Children,
1800）。此書初版的標題頁展現版畫的普及程度。在讓人想起托馬斯·比威克的段
落，此書敘事者說道：「我拜訪一位窮困的老奶奶，我很驚訝她屋內竟有一面牆貼滿
了印刷紙張與圖畫。她告訴我這是兒孫的收藏品。他們沒將這些東西撕掉，反而把它
們貼在牆上。這種破爛房屋為何貼滿了畫紙呢？這些版畫不僅回答了其中原因，也讓
孩子有機會多多觀賞。她常向孩子說明畫作主題。」伯爵童書奧森本收藏（Osborne
Collection of Early Children's Books）多倫多公共圖書館（Toronto Public Library）
（圖11-21）。

[40]　Ibid。

[41]　Ibid., 73。

雖然有版畫教育價值的廣告、個人說法、現存樣本及理論主張，但我們還是不清楚在十九世紀前半期時，版畫在教室與托兒所的運用程度。舉例來說，我們不清楚業者從何時開始宣傳版畫很適合讓兒童上色。當然，到了1820年，玩具店的禮物也包括「能替印版上色的版畫盒」。

　　時至1820年代，廉價兒童熱門版畫依然為數眾多，但也有越來越多的公司（例如達頓）販售更精緻的兒童版畫。在《指標》（Indicator）中有篇文章描述一間玩具店，裡面販售的「畫作內容包括蘋果派、耕田、軍隊與星座，確保蒼蠅跟大象大小相同，X字母特別適合 Xersex。」

　　勞動階級的創新教育開始發展，這包括主日學（Sunday school）、導生制學校（monitorial school），以及，尤其是托兒所。而印刷技術也蓬勃發展。大約在十九世紀末，教育專用版畫大賣。凸版版畫（letterpress）及圖畫版畫（pictorial）變成最普遍的印刷教具。很多版畫都是原地印製，讓各別教師用來教導學生，而不是進行大量銷售。有些版畫是針對兒童，有些則針對成人。後者是供成人作為自學時的記憶輔助工具。為了便於理解，有些版畫會用手工上色。其他童書出版商的作品包括《法國歷史編年表：從法蘭克初代國王法拉蒙德到路易十四》（Chronological Tables of the History of France from Pharamond the First King to the Reign of Lewis the XIV）（伊莉莎白・紐伯瑞出版，1791）及《古今完整編年史系統》（Sententiae Chronologica, or A Complete System of Ancient & Modern Chronology Contained in Familiar Sentences）（愛德華・威利斯出版，1819）。前者就如同割拼圖般販賣。若干公司也會出版閱讀課程讀物，以供應特定教育機構（例如，達頓曾擔任英國與外國學院學會及家庭殖民商店的印刷商），或是純粹作為商業投資（例如，豪斯頓與斯通曼（Houlston and Stoneman）出版的《下層社會聖經接軌課程：第一系列》（Connected Scripture Lessons, for Lower Classes, First Series）。班納登（Jeremy Bentham）以功利主義擴展教室牆上版畫的概念。《求知若渴》（Chrestomathia）於1817年出版，「此書為版畫收藏集，解釋教育機構的設計，提議成立「求知日間學校」（Chrestomathic Day School, or Chrestomathic School）作為高階教育的全新延伸體系，以供中產階級與上層階級使用。」他在書中提議，教室窗戶位置應大幅提高，如此，當學童從桌上抬頭時只會看到滿牆的資訊圖表與圖解。[42]

書寫紙（Writing sheets）：

　　以雕刻印版製作，印在王冠大小的紙上（48×38公分）。中心與左側的空白能讓年輕書法家展現技巧。素色或手工上色圖案圍繞著這些空白處，通常會呼應紙張頂端的主題或敘述，底端則以空白螺旋裝飾（blank cartouche）。

　　書寫紙又稱為「聖誕紙」（Christmas sheets）、「寫字紙」（sheet pieces）或

---

[42] Ibid。

「校用紙」（school pieces）。學童會寫上最佳書法作品，作為禮物送給父母或其他成人。孩子會把名字與日期寫在書法作品底端沒有螺旋裝飾的地方。學童可能會抄寫格言、聖經章節或是課文摘錄。

書寫紙從十七世紀晚期被保存下來，到了十九世紀依然非常暢銷。大部分現存樣本都是在十八世紀晚期或十九世紀初期印製。這些書寫紙能作為教具、作為抄寫書籍的抄寫紙（copy slips），也能作為教育用的書法範本。十七及十八世紀初期的書寫紙邊框飾有插圖。約翰・史密斯（John Smith）是十七世紀晚期基督公學（Christ's Hospital School）的書法大師，他設計過多款最古老的現存書法範本。到了十八世紀中期，書寫紙變成更現代的刻印形式（達頓所有的產品皆然），以版畫傳講故事。這些書寫紙是十八世紀印刷商的標準商品，顯然街頭小販、印刷店及書店都有販售。在1786年，保樂與卡夫（Bowles and Carver）每隔半年即推出29張各異的書寫紙（「新穎優質的校用紙會再固定出版，至少一年兩次」）。洛力與惠特勒（Laurie and Whittle，伯特・薩耶爾的後身）在1795年推出兩大批校用紙：

> No.1 包含超過60種不同道德、娛樂及宗教主題的印版；印在整張精美的全開印刷紙（demy paper），素色一打售價為2便士。彩色一打4便士。N.B.兩款全新產品，每年聖誕節推出。
> No. 2 12張半開校用紙，一打售價為1便士。

書寫紙鑲邊的圖案版畫通常會加入熱門主題或與特定書籍有關，例如威廉・達頓及湯瑪士・達頓出版描繪《約翰・吉爾平之旅》（John Gilpin's Journey）的書寫紙。有些則附有聖經內容。在《英國熱門版畫》（The Popular Print in England），希拉・奧康奈爾（Sheila O'Connell）描述法雷爾（J. Farrell）在1729年出版的書寫紙，上面有拉斐爾圖稿（Raphael's cartoons）蝕刻（etching）印製的西斯廷小堂（Sistine Chapel）絨繡（tapestries）。

這份清單上有9張書寫紙，其中8張是由威廉與湯瑪士・達頓出版，1張則是由湯瑪士發行。有4張已有編號（第2、5、7、9），至少可能還有1張有編號，只是原本的編號處可能已遭撕毀。有5張的內容為文學作品，其中3張是講述《約翰・吉爾平之旅》（John Gilpin）、《魯賓遜漂流記》（Robinson Crusoe）及《格列佛遊記》（Gulliver's Travels）。另外2張則是複印崔瑟勒（Trusler）的《人類與社會進步》（The Progress of Man and Society）。另外有1張或2張則是傳記內容，1張是班哲明・富蘭克林（Benjamin Franklin）生平。在湯瑪士離開公司後，小威廉（William junior）似乎不再印製任何書寫紙。這清單敘述的特定書寫紙為手工上色，他們也販售同樣的素色紙張。這些書寫紙的同時代廣告並未列出個別標題，可是現存樣本都是由勞瑞與惠特爾以及鮑爾斯與卡弗推出，他們的營運規模確實較大，其發行過的書寫

紙可能遠遠大於現存數量。[43]

　　下面是兩個書寫紙的範例。《倫敦呼喊》（*London Cries*，約1808年）。威廉與湯瑪士大約在同時期出版這組字母卡，街頭小販會販售「聖誕紙、任何校用紙」。歐派收藏（*Opie Collection*）牛津大學博德利圖書館（圖11-22）。[44]

　　《印刷特展，人生百繪》（*Exhibition of Prints, Illustrative of life*）（1808年）的12幅小圖是以約翰・比威克（John Bewick）的木版印製作為約翰・崔瑟勒大人（Rev. John Trusler）《人類與社會進步》（The Progress of Man and Society）一書中的插圖。普林斯頓大學考森兒童圖書館收藏（圖11-23）。[45]

11-22 ｜ 11-23

11-22　《倫敦呼喊》（London Cries）威廉與湯瑪士（William and Thomas）約1808 歐派收藏（Opie Collection）牛津大學博德利圖書館（Bodleian Library, University of Oxford）。圖片來源：Jill Shefrin, The Dartons, Publishers of Educational Aids Pastimes & Juvenile Ephemera 1787-1876, 79。

11-23　《印刷特展，人生百繪》（Exhibition of Prints, Illustrative of life）1808 12幅小圖是以約翰・比威克（John Bewick）的木版印製作為約翰・崔瑟勒大人（Rev. John Trusler）《人類與社會進步》（The Progress of Man and Society）一書中的插圖 普林斯頓大學科特桑兒童圖書館。圖片來源：Jill Shefrin, The Dartons, Publishers of Educational Aids Pastimes & Juvenile Ephemera 1787-1876, 80。

---

[43] Ibid., 79。

[44] Ibid。

[45] Ibid., 80。

114

《約翰・吉爾平騎馬》
教具與遊戲用品

　　筆者已經在第五章提到，威廉・達藤於1787年在倫敦設立一個書店，並迅速地發展童書與兒童教具。有關吉爾平騎馬的旅程故事，達騰公司製作了兩種不同形式的教具：一種是書寫紙張，另一種是拼圖玩具。

　　達藤公司於1808年6月25日製作《約翰・吉爾平旅程》（John Gilpin Journey）書寫紙張2件，大小為48.5×38.5cm。達藤公司製作吉爾平故事書寫紙張，結合詩節文句與插畫。由圖10中可以看出，共有插畫8張，沿著紙張四周呈現故事的內容。插畫的角色在紙張上佔有重要的地位。這張吉爾平旅程書寫紙張利用蝕刻法銅版印刷，手工色彩，色彩鮮明。吉爾平身著紅衣、黑色外套、黃色裙子，意象凸出鮮明。橘紅色的地面，與綠色的窗戶和樹叢，對比色的運用，強化了色彩的表現。最上面的插圖運用遠近畫法描繪高樓豎立的商業城市，其中吉爾平的布料商店，繽紛的色彩和擁擠的顧客，呈現吉爾平擁有富翁的財富地位，正意氣風發地發展他的布料商事業。

　　威廉・達藤於1785年首次以吉爾平的故事製作其拼圖玩具，描寫吉爾平騎馬故事的窘情；他的外套失落，他的帽子與假髮飛落，馬兒顯出驚嚇的模樣。此外，達藤於1825年製作吉爾平的故事（圖11-11），其大小30×39cm，遠比上述作品19cm大很多。這個拼圖玩具作品是來自於詩節28：犬吠雜童呼，窗牖家家開，同聲齊喝采，彷彿聽雷聲。

　　達藤描寫吉爾平身穿藍色衣服，紅色外套，勇猛騎馬穿過街頭的景象。達藤的版本氣氛更加活潑生動，吉爾平騎馬的意象顯然引起在地住民的認同與歡呼；不僅在前景的右下角有兩位住民歡呼，而且在民宅前也有住民與兒童興奮觀望著。此外，在前景的地面上有五隻小狗，2隻鵝興奮地跳躍著，畫面充滿生氣與動感。這件作品是使用銅版印製，手工彩色描繪紅磚民房與綠色的樹叢，形成強烈的對比色彩，街景中的光影效果，更強化了畫面的生氣氛圍。達騰公司曾經在1829年與1859年，使用上面拼圖玩具作為兒童的教具，並且記錄如後：這件作品充分表現了有名的吉爾平的幽默旅程。

　　根據柯特桑兒童圖書館典藏文獻資料顯示，從1840年代到1870年代 有關吉爾平故事的遊戲用品至少存有三筆。在1840年倫敦某公司有製作《約翰・吉爾平騎馬》拼圖玩具，這是用手工彩色雕刻製作在木刻板上（hand-colored wood engraved sheet, mounted on wood and divided），大小是22×35.5 cm[46]（圖11-24、11-25）。另一

---

[46]　William Cowper, *Johnny Gilpin—A Dissected Puzzle* (London, 1840)。

個吉爾平故事的拼圖玩具（City of London, Dissected Puzzle John Gilpin）是製作於1860年，其出版商是W.P. & S，筆者無法查出此出版商，這個拼圖玩具也是手工彩色，以石版印刷在木板上，大小是222.5×30cm（圖11-26、11-27）。[47]

吉爾平騎馬的故事於十八世紀末不僅在英國，而且也在美國受到歡迎，在費城與紐約均有出版商製作銷售吉爾平圖畫書。此外肯達家族（The Crandall Family）從1840年代開始，便製作經營木頭玩具（wooden toy）事業，特別是搖擺木馬（rocking horse）最為流行，肯達家族於1876年也以吉爾平騎馬的故事，製作一系列搖擺木馬的玩具，非常生動有趣，相信在十九世紀末的美國也受到兒童的喜愛（圖11-28～11-36）。[48]

11-24	11-25
11-26	
11-27	

11-24 《約翰‧吉爾平騎馬》（John Gilpin Ride）切割拼圖1840 22×35.5。圖片來源：William Cowper, Johnny Gilpin──A Dissected Puzzle。

11-25 《約翰‧吉爾平騎馬》（John Gilpin Ride）切割拼圖1840 22×35.5cm。圖片來源：William Cowper, Johnny Gilpin──A Dissected Puzzle。

11-26 《約翰‧吉爾平騎馬》（John Gilpin Ride）切割拼圖1860 23×30.5cm。圖片來源：William Cowper, City of London Dissected Puzzle, John Gilpin。

11-27 《約翰‧吉爾平騎馬》（John Gilpin Ride）切割拼圖1860 23×30.5cm。圖片來源：William Cowper, City of London Dissected Puzzle, John Gilpin。

[47] William Cowper, *City of London Dissected Puzzle, John Gilpin* (London: W.P. & S, 1860)。

[48] Crandall's John Gilpin An Illustration of The Fine Old English Ballad *John Gilpin's Ride*...(United States., Crandall, 1876)。

11-28	11-29	11-30
11-31	11-32	11-33
11-34	11-35	11-36

11-28~11-36　《肯達約翰・吉爾平騎馬》（Crandall's John Gilpin An Illustration of The Fine Old English Ballad John Gilpin's Ride）肯達（Crandall）1876 木頭玩具。圖片來源：Crandall, Crandall's John Gilpin An Illustration of The Fine Old English Ballad John Gilpin's Ride。（31,32,34,36）

11.5 小結

由於童書出版業與印刷業在十八、十九世紀出現前所未見的擴展，以兒童中心教學倡導兒童在遊戲中學習的理念，蔚為時代的風尚。約翰‧阿摩司‧康米紐斯教導兒童語言，透過結合文字與實物，以圖授課。他於1657年製作《可見世界圖解》，被視為圖畫書的前身，擁有相輔相成的圖文內容。約翰‧洛克在1693年《教育隨想》中提議使用圖畫教導兒童語言，他於1703年的《伊索寓言》中便附有版畫插圖。大衛‧赫特利主張環境扮演著關鍵角色，並在其1749年的著作《人類觀察》中擴展洛克的白板概念，並延伸湯瑪仕‧霍布斯所有知識源於外物引起的官能感覺的主張。他連結這些學說與大腦運作，確信特定聯想會影響兒童發展。赫特利的「聯想主義」以孩子為中心，鼓勵要創造兒童友善環境，並鼓勵運用教學輔助工具。

在十七世紀有一個以圖畫教育兒童的例子，是精美的小吉丁和聲印刷本。尼可拉斯‧菲洛在1625年與家人於亨廷登郡小吉丁建立聖公會社區，社區內青年在尼可拉斯的指示下，集結四部福音書與其他聖典的和聲樂，附上福音書段落、並剪貼圖畫，最後收編成冊。第一本和聲集在1630年完成。小吉丁和聲集是十七世紀圖畫教學碩果僅存的手抄本例證。

另一個以圖畫教育兒童的例子是十八世紀德國出版商約翰‧西格蒙‧斯托依於1784年的著作《學院青年圖畫集》。這是有關於一個包含全世界圖像的盒子，由丹尼爾‧查多維奇繪製插圖。此外，德國的教育家約翰‧伯恩哈德‧巴塞於1785年的《初級課程》，也是一本以圖畫教育兒童的書籍，共四冊，由丹尼爾‧查多維奇製作插圖。

延續這股十八世紀以降，出現以兒童中心教學，倡導兒童在遊戲中學習理念的時代風尚，喬治‧勞特力奇公司於1850、60年代也製作了許多供兒童教學的用品與出版刊物，包括1859年《給男孩的遊戲與運動》，此書於1859年由戴吉爾兄弟繪製90張插畫。該公司於1864年也出版《男孩的書：室內、室外的玩具百科全書》，包括室內、室外的玩具與遊戲，含255張插畫。

字母玩具與字母教學：盒中字母磚是喬治王時代與維多利亞時期豪華托兒所的熱門玩具。字母磚體積很小，裝在附有滑蓋的木盒內。最奢華的樣本就是以象牙或獸骨刻成的字母磚，但現存的達頓字母磚組是以木頭刻成，貼著鉛字印刷字體。《全新大小寫拼字組》於1810至1819年製作，就是一個實例，該拼字組在實心桃花心木上貼字

母紙磚，收藏在花心木盒。此外，法國蒙彼利埃的路易‧杜馬發明了「印刷局」，法國教育家都推廣這種精美教具。

教育遊戲卡片：方濟會僧侶湯瑪士‧默能製作了歷史紀錄最早的教育遊戲卡片。這些卡片是設計用來教授邏輯，他的1507年《邏輯記憶》是以卡片的形式發行。默能於1511年的著作《學生遊戲》就有插圖描繪教學情況。印刷業者約翰‧蘭索在1708至1737年間販售文具、地圖以及圖表。他在1713年刊登報紙廣告，販售「兒童閱讀教學卡片」，然後又推出「兒童拼字與閱讀速成卡片」。

拼幅地圖：拼幅地圖似乎是源自於英國。在1760年代初期，雕刻師及地圖商約翰‧史皮斯貝瑞首次將拼幅地圖作為商品在英國發售。《歐洲國家圖》是1766年史皮斯貝瑞發行的六張拼幅地圖之一，裝在同期的桃花心木櫃內。童書業者似乎直到1780年代才終於瞭解拼幅地圖的重要性。老威廉‧達頓及約翰‧威利斯這兩家童書業者率先將拼幅地圖納入旗下產品，他們都有販售地圖與童書。

切割拼圖：最早期的切割拼圖類別屬於地圖，由倫敦地圖商販售。這些拼圖能教導國家、大陸或世界邊界。至1780年代童書業者也推出其他科目的切割拼圖。首款歷史拼圖與字母切割拼圖似乎是由威廉‧達頓出版。首款歷史拼圖於1787年出版，是約翰‧休利特的《英國歷史與編年史教學，按拼幅地圖地理教學法》。首款字母切割拼圖於1789年出版，名為《教師手冊：學習基本準則》。

圖頁：刷市場在十八世紀不斷擴展，使兒童版畫變得比較普及。刻印與鉛字版畫都是銷售給兒童讀者，有些更是專為兒童製作。在倫敦書籍、版畫及地圖商中，羅伯特‧薩耶爾及鮑爾斯家族是十八世紀市場不斷成長的最大推手。這兩家公司也販售遊戲與拼幅地圖。青少年市場的熱門版畫有時又稱為廉價版畫，英國產品包括樂透紙、書寫紙及其他便宜圖畫。

書寫紙：書寫紙從十七世紀晚期被保存下來，到了十九世紀非常暢銷。大部分現存樣本都是在十八世紀晚期或十九世紀初期印製。這些書寫紙可作為教具、抄寫書籍的抄寫紙，也能作為教育用的書法範本。十七及十八世紀初期的書寫紙邊框飾有插圖。約翰‧史密斯是十七世紀晚期基督公學的書法大師，他設計過多款最古老的現存書法範本。到了十八世紀中期，書寫紙變成更現代的刻印形式，達頓所有的產品皆是。這些書寫紙是十八世紀印刷商的標準商品，顯然街頭小販、印刷店及書店都有販售。在1786年鮑爾斯與卡弗每隔半年即推出29張各異的書寫紙。

約翰‧吉爾平教具與遊戲用品：達藤公司於1808年6月25日製作《約翰‧吉爾平旅程》書寫紙張2件。威廉‧達藤於1785年首次以吉爾平的故事製作其拼圖玩具，描寫吉爾平騎馬故事的窘情；他的外套失落，他的帽子與假髮飛落，馬兒顯出驚嚇的模樣。此外，達藤於1825年也製作另一件吉爾平的故事拼圖玩具。

根據柯特桑兒童圖書館典藏文獻資料顯示，從1840年代到1870年代，有關吉爾平故事的遊戲用品至少存有三筆。在1840年倫敦某公司有製作《約翰‧吉爾平騎馬》拼圖玩具，這是用手工彩色雕刻製作在木刻板上。另一個吉爾平故事的拼圖玩具是製作

於1860年，其出版商是W.P. & S，筆者無法查出此出版商，這個拼圖玩具也是手工彩色，以石版印刷在木板上。

　　吉爾平騎馬的故事於十八世紀末不僅在英國，而且也在美國受到歡迎，在費城與紐約均有出版商製作銷售吉爾平圖畫書。此外，肯達家族從1840年代開始，便製作經營木頭玩具事業，並於1876年也以吉爾平騎馬的故事，製作一系列搖擺木馬的玩具，非常生動有趣，相信在十九世紀末的美國也受到兒童的喜愛。

Chapter 12

繪畫、時尚與戲劇

12.1 前言

　　本章討論英國維多利亞時期盛行的十八世紀風潮，說明這股風潮不僅反映著1870年代人們緬懷過去的年代，而且形成十八世紀風味的時尚與戲劇潮流。十八世紀的時尚在1870年代英國重新受到重視，並且在十九世紀末持續地影響著英國的穿著方式。具有十八世紀風格的服飾被重新設計製作，成為英國當代的流行時尚，反映著1870年代人們緬懷舊時代的生活。

　　對於劇院的態度也開始反映出這種變化。1870年代的中產階級又可以接受上劇院看戲了，而十八世紀復興戲劇以及其他以十八世紀想像為題材的戲劇則在這波劇院的復興中扮演重要的角色。民眾不斷地上劇院看戲，在戲劇中看到十八世紀的生活與故事之後，也因此對舊時代更加充滿了熱情。本文也將討論 1870至1900年期間，十八世紀的戲劇作品如何成為流行的戲劇製作，以及舞台總監、創造新喬治王戲劇風潮的演員與畫家之間的交流活動。凱迪克因應這股十八世紀戲劇復興風潮，製作了一本有關戲劇的圖畫書。

　　此外，十八世紀復興風潮也刺激帶動繪畫的創作，十八世紀題材的繪畫作品反映出復古的服飾與戲劇的場景與角色。因此，本文將利用這些題材的繪畫作品，來剖析十八世紀復興風潮的盛行。所以，本文重點在於十八世紀時尚和戲劇的復古風潮，文章結構則以時尚與戲劇作為兩大主軸進行，並統合相關繪畫作品，作為佐證資料，來討論發展十八世紀復興風潮的論述。

12 時尚

十八世紀的時尚在1870年代英國重新受到歡迎，並且在十九世紀末數十年持續地影響著人們的穿著方式。當時的時尚是如何效仿過去的藝術？這些設計是以什麼模樣出現在維多利亞時代的繪畫中，並進而讓這個舊時代的「樣貌」為人所知？馬庫斯‧斯通（Marcus Stone）的傳記清楚闡述了畫家對於十八世紀服飾的喜愛：

十八世紀的服裝不但保存了復古裝扮的別致典雅，同時也結合了現代的流行時尚，所以當代的觀察家不僅可以接受這種風格，甚至覺得別具魅力。法國大革命時期流行的打褶與荷葉邊、三角帽和長大衣，對於今日的我們似乎有點陌生，若要讓這些服裝出現在現實生活中，需要有極大的想像力。然而，十八世紀的服裝優雅美麗，比起日常的服飾還更適合穿戴，也更能提供浪漫的時刻與溫柔的想像。[1]

一、朵莉‧瓦登服裝

1869年，裙襯出現於尤金妮皇后（Empress Eugenie）的十八世紀宮廷情愛場景中，但很快就過氣了。[2]取代這種大型蓬裙的是一種名為「華托式裝扮」（Watteau look）的穿著方式，華托式裝扮的線條比較修長，但後擺的部份較膨鬆。最知名的18世紀復古打扮是波蘭式連衫裙（polonaise），這種服裝的特色就是外部有一層打褶的罩裙，裙擺在正面開叉，露出裡面的襯裙。1740年代，由於龐巴度夫人（Madame De Pompadour）的關係，這種女牧羊人的裝扮大大的流行，而且在貴族宴會上重現的田園式服裝和模仿田園式的生活方式也在十八世紀的英國大為風行。[3]以嘲諷著稱的《胖趣》雜誌也在1872年以一幅漫畫《牧羊女的香水》（Toilette à la Shepherdess）記錄了英國維多利亞時代所興起的這股復古風潮（圖12-1）。

十九世紀的英國仍然依賴巴黎的時尚指引，因此在英國的雜誌會看到法國服裝設計的標題，例如「龐巴度」（Pompadour）或是「華托式風格」（Watteau）等。英

---

[1] Lfred Lys Baldry, *The Life and Work of Marcus Stone, R.A.* (London: Art Journal Office, 1896) 20-21。

[2] Carol Duncan, *The Pursuit of Pleasure: the Rococo Revival in French Romantic Art* (N.Y.: Garland Pub., 1976)。Seymour Simches, *Le Romanticisme et le gout esthètique du XVIIIe siècle* (Paris: Presses Universitaires de France, 1964)。

[3] Ann Buck, *Dress in Eighteenth-Century England* (N.Y.: Holmes & Meier, 1979) 38-40。Barbara Baines, *Fashion Revivals: from the Elizabethan Age to the Present Day* (London: Batsford, 1981) 77-84。

A SUGGESTION FOR THE PARK—TOILETTE À LA SHEPHERDESS.
WHY HALF COPY THE OLD COSTUMES! MUCH BETTER COME OUT IN THIS STYLE AT ONCE.

12-1 《牧羊女的香水》（Toilette
a la Shepherdess）。圖
片來源：*Punch*, July 6,
1872。

國的珍・渥思（Jean Worth）成為巴黎首位女裝設計師，並且對整個歐美社會的穿
著打扮產生極大的影響。珍・渥思對過去各個歷史時期都很有興趣，再加上其本身擁
有豐富的繪畫知識，使得十九世紀的時尚融入了許多過去的藝術元素。[4]然而在1870
年代初，英國最流行的打扮也許是「朵莉・瓦登印花服飾」（Dolly Varden），這
種裝扮同時也被譽為「最道地的英式風格。」[5]這個名稱源自於文學作品，是在普法
戰爭期間[6]，法國無暇顧及國際時裝流行時，所出現的一種裝扮方式。朵莉・瓦登是
狄更斯（Charles Dickens）小說《巴納比・拉奇》（Barnaby Rudge）裡的人物，這
本小說以1780年代為背景，而朵莉・瓦登則是故事中一位質樸天真的少女。

　　威廉・鮑威爾・福利思（William Powell Frith）在1842至1849年期間以這位深
受大眾喜愛的少女為題材，創作了一系列的作品，在此同時，他似乎也因此帶動了這
股以朵莉・瓦登為名的流行風尚。與後來的服裝設計師一樣，福利思在當代裝扮的基
本輪廓上結合了18世紀的特色，例如搭配草帽以及在內襯裙外面再搭上一件在腰間收
合的外罩裙。外罩裙後擺膨鬆的樣子讓人想起十八世紀的波蘭式連衫裙。這種通常以
印花棉布或絨布製成的服飾在當時非常流行，是非正式的日間衣著。朵莉・瓦登式的
帽子是一種麥桿編織而成的草帽，通常帽冠很淺，帽緣鬆軟。當時的人穿戴這種帽子
時會把它調成向前傾斜的角度，1871年出版的《胖趣》雜誌的藝術家覺得這種帽子的
戴法是個非常奇特的現象（圖8-2）。

4　Diana DeMarly, *Worth, Father of Haute Couture* (London, 1980) 61-62。

5　C. Willett and Phillis Cunnington, *Handbook of English Costume in the Nineteenth Century* (London:
　Fable & Fable, 1959) 493。

6　Alison Adburgham, *A Punch History of Manners and Modes, 1841-1940* (London: Hutchinson, 1961)
　103。

12-2　《捲土重來的時尚元素》（Fashion Repeats Itself）。
圖片來源：*Graphic*, Sept.7, 1872。

　　1872年在《圖文報》和《倫敦新聞畫報》[7]中，有一整頁的插圖以「捲土重來的時尚元素（Fashion repeats itself）」為題，畫了一名穿著朵莉・瓦登式服裝的少女，她出神地盯著一幅打扮與她相似的十八世紀淑女肖像畫。在9月7日的《圖文報》上，由海倫・帕特森・艾琳漢（Helen Paterson Allingham）所設計的封面（圖12-2）旁邊有一篇文章，提醒人們即使是最新的時尚，也不可能是全然創新的設計：

> 時下的少女看著大概是她曾曾祖母的畫像，……突然又驚又喜的發現，她身上這襲女帽製造商聲稱是最新的流行服飾，在各方面幾乎都與眼前這張圖片一模一樣。或許在這樣的機緣巧合之下，這幅畫可以給予這位美麗少女一些有益的道德教訓。這樣的道德教訓不僅可用於矯正一般的愛慕虛榮，更可針砭招搖浮誇的穿著打扮。[8]

二、庚斯博羅帽、魯本斯帽

　　1870年代的十八世紀復興風潮也影響到帽子的流行風格。1877年到1880年代的英國人流行穿戴庚斯博羅帽（Gainsborough hat）[9]，這種帽子的帽緣較寬、帽冠較圓，材質為天鵝絨或毛絨。這種帽子的帽緣只比當時小巧的淑女帽寬，然而這種庚斯博羅帽與畫家庚斯博羅畫作中的仕女所配戴的寬帽，其實有很大的差異。畫作裡的庚斯博羅帽邊緣通常會裝飾羽毛，帽緣的一邊翹起，與1870至75年左右流行的另一種較小型

---

[7]　"Fashion Repeats Itself: A Picture in the Old Hall," *Illustrated London News*, 1872, 253。

[8]　*Graphic*, Sept. 7, 1872, 20。

[9]　Alison Gernsheim, *Victorian and Edwardian Fashion, A Photographic Survey* (N.Y.: Dover Publications, 1981) 67。

的魯本斯帽（Rubens hat）相同。值得注意的是，畫作中的淑女配戴的寬大、有羽毛裝飾的帽子逐漸受到注意，並且也引起另一波魯本斯帽的配戴風潮。「魯本斯」帽得名來自於佛蘭斯（Flemish）繪畫大師的作品《草帽》（Le Chapeau de Paille），這幅畫作與皮爾爵士的收藏（Peel collection）（譯註：羅勃茲・皮爾爵士（Sir Robert Peel）的收藏品）於1872年由國家美術館收購。同年，在皇家藝術學院也舉行了一場盛大的雷諾茲（Reynolds）畫展，會場中展示了許多類似造型的仕女肖象畫。

邁克・溫特沃斯（Michael Wentworth）透過比較分析詹姆士・帝索（James Tissot）於1875年創作的《魯本斯帽》（Le Chapeau Rubens）與雷諾茲的《穿著魯本斯夫人服飾的羅賓遜太太》（Mrs. Robinson in the Dress of Rubens' Wife）（收藏於沃德斯登莊園）（Waddesdon Manor）[10]這兩幅作品，發現魯本斯帽是兩個展覽界大事之間的共通點。

喬治・愛多芬斯・史多利（George Adolphus Storey）的《情婦桃樂絲》（Mistress Dorothy）也因為畫作裡的桃樂斯戴了一頂寬邊帽，使我們可以將這幅作品歸類為甜美復古類型。這幅1873創作的油畫，同年在皇家藝術學院夏季展展出，後來由擁有許多十八世紀英國精美肖像畫的收藏家阿爾弗雷德・德・羅斯柴爾德（Alfred de Rothschild）買下。對於自己的作品造成寬邊帽暢銷這件事，史多利覺得又驚又喜。

在這幅畫問世後，幾乎每天……我都會收到女士的信件，她們會在信中詢問情婦桃樂絲頭上戴的那頂帽子。當時的人不熱衷大帽子；豬肉餅才是當時最流行的東西，所以我想應該是這頂帽子還算新奇，畢竟，這頂帽子也只是把切爾西（Chelsea）退休老人戴的帽子扭曲成不同形狀，再用緞帶和一個大蝴蝶結裝飾而已……我的姐妹，為了參加愛斯科賽馬會週（Ascot week），特地到製作帽子的店鋪挑選服裝配件，商家給她看現在最新流行的帽子，那就是在皇家藝術學院展示的那副畫作「桃樂絲」所戴的帽子[11]。

透過這篇論文的資料，可以理解維多利亞時期人們熱愛十八世紀復古風格的時代，以及「桃樂絲」式的帽子為何會受到大眾喜愛的原因。大帽子是1870年代的十八世紀復古繪畫中最引人注目的配件之一，例如查爾斯・格林（Charles Green）1870年創作的《信封包》（The Letter Bag）以及帶有喬治王時期繪畫大師風格的肖像畫，例如休伯特・赫克摩爾（Hubert Herkomer）於1877年創作的《梅森夫人》（Mrs. H. Mason），都可以在畫作中看到這種帽子。

蘿絲・蕾本（Rose Leyburn）是漢弗萊・沃德女士（Mrs. Humphrey Ward）1880年的小說《羅伯特・艾爾斯梅爾》（Robert Elsmere）裡的人物，她是一名年輕、具有藝術氣質的少女。在這本小說的一開始，她穿著公主袖的禮服與「一頂造型

10　Michael Justin Wentworth, *James Tissot, Catalogue Raisonne of his Prints* (Minneapolis: Minneapolis Institute of Arts, 1978) 60。

11　G.A. Storey, *Sketches from Memory* (London: Chatto & Windus, 1899) 282-83。

特殊的帽子出場,她自鳴得意地覺得那就是『模仿庚斯博羅』(Gainsborough)的風格。」[12] 1890年代的帽子越來越大,使得美國俄亥俄州的立法機關明文禁止在劇院穿戴大帽子。在行事較保守的英國,則是禮貌性地要求民眾脫帽。[13]

三、茶會服

從1875年開始,裙撐和波蘭式連衫裙在英國社會消聲匿跡,直到1880年代才又流行起來。這種牧羊女風格的連衫裙在1878年時被修長苗條的緊身「公主式」禮服取代;這裡指的公主是威爾斯地區的亞莉珊德拉公主(Alexandra),在十九世紀晚期與公主的夫婿所執政的二十世紀初期,她的個人風格受到很多人的愛戴。在這段期間,由於這種緊身衣實在很不舒服,並且由於唯美主義與衛生改革的精神抬頭,出現了另一種時尚潮流。

茶會服(tea gown)是在1870年代參考18世紀的寬禮服(sacque)所設計而成的新式服裝,是在這波時尚潮流中最多人穿著的服裝樣式。[14]在「安妮女王」裝潢風格流行的那幾年,這種茶會服被認為既時尚且符合唯美主義的品味。只有典型的唯美主義者才會打扮得像莫里哀(Du Maurier)筆下聚集在「矯情的格羅夫納畫廊」(Greenery-Yallery Grosvenor Gallery)裡的那幫人,這些人穿著的禮服飄逸、沒有腰身、以羊腿袖(leg-o-mutton sleeves)為特色[15];相反地,每個習慣閱讀《皇后雜誌》(The Queen)[16]或其他類似的淑女雜誌的端莊主婦都有一套茶會服。

因為具有「華托式」的裙子複褶襉(box-pleat),所以這種衣服經常被稱為「華托式」的茶會服。在惠斯勒(J.M. Whitsler)1771至1774年創作的《膚色與粉紅色的和諧搭配:法蘭西絲・蕾蘭夫人的肖象畫》(Symphony in Flesh-Color and Pink: Portrait of Mrs. Frances leyland)(圖12-3)中,這種複褶襉特別引人注目。如果在衣服的設計上加入柔和條紋與印花絲綢等,這種服裝會變得別具歷史感,與法國大革命之前的舊制度時代(ancient regime)的服飾類似。[17]

在衣著品味的標準令人困惑的同時,霍伊斯夫人也為大家指點迷津,就像她之前解答了大家對於室內裝潢的疑問一樣。在1878年《皇后雜誌》的一篇文章〈安妮女王式服裝〉(Queen Anne Costume)中,她試圖消除大家對於寬禮服起源的誤解,並且對於那些想把自己打扮成與自家「安妮女王式」傢俱相同風格的家庭主婦,她也給予了良心的建議。首先,她給大家一記當頭棒喝,她說真正的安妮女王服飾其實非常醜陋...顏色濃艷,而且設計誇張、看起來不舒服。就像是大家對傢俱的誤解一樣,

[12] Stella Mary Newton, *Health, Art and Reason: Dress Reformers of the Nineteenth Century* (London: J. Murray, 1974) 128。

[13] Adburgham, *A Punch History,* 1961, 172。

[14] Anne Buck, *Victorian Costume and Costume Accessories* (London: H. Jenkins, 1961) 66。

[15] L. Ormond, *George Du Maurier* (London: Routledge & K.Paul, 1969) 50。

[16] Quentin Crewe, *The Frontiers of Privilege* (London: Collins, 1961)。

[17] Brooklyn Museum, N.Y., *The House of Worth,* exhibition catalogue (N.Y: Brooklyn Museum, 1962) 48。

她指出大多數人都以為許多迷人的18世紀物品是「安妮女王風格」，然而這些東西通常是喬治王時期的作品。寬禮服這種流行於1720至1780年期間的服裝樣式，其實是在安妮女王去世之後才得到讚譽。在文章結尾，霍伊斯夫人直接跟讀者說：

> 當這股風潮的愛好者穿著優雅的寬禮服，並且彎腰觀看前方[齊本德爾式]桌子上精美的德比茶杯與飾有金銀花圖樣的喬治王風格銀器時，她可能會不禁沾沾自喜，……她看起來非常美麗、非常高雅，但如果她以為這就是安妮女王式的傢俱或服飾，那麼她在癡人說夢而已。[18]

　　在霍伊斯夫人眼裡，維多利亞時代最後三十年的繪畫中經常出現的場景是：一名漂亮的女孩拿起銀製茶壺，把茶倒入青花瓷杯。裴魯基尼（C. Perugini）於1874年創作的《一杯茶》（A Cup of Tea）（圖8-12）是這個流派的代表；湯姆斯·赫（Thomas P. Hall）在1868年的《喫茶時光》（Teatime）算是這個流派早期成熟的作品，這幅畫中的椅子似乎可以追溯到十八世紀以前的詹姆士一世時期。裴魯基尼讓畫中的女子優雅地轉向觀眾，刻意營造出十八世紀人物的氛圍。另一方面，瓦爾·普林塞普（Val Prinsep）在1886年創作的《五點鐘的茶會》（Five O'clock Tea）描繪一名身穿精緻茶會服的現代女性，站著接待客人。這種茶會服只有已婚女士早上在家裡才會穿，其相對寬鬆、非正式的設計不適合未婚少女，至少到1890年代之前都是如此。然而，1880年代的寬禮服有了較新的剪裁，適合下午茶或甚至是非正式的晚宴穿著。[19]

12-3　《法蘭西絲·蕾蘭夫人的肖象畫習作》（Study for a Portrait of Mrs. Leyland）詹姆斯·麥克尼爾·惠斯勒（James McNeill Whistler），1771-1774，臘筆。圖片來源：T.R.Way and G.R.Dennis, *The Art of James McNeill Whistler an Appreciation*, 90。

---

[18] E.M. Haweis, "Queen Anne Costume," *The Queen*, December 28, 1878。

[19] Mary Clive, *The Day of Reckoning* (London: Macmillan, 1964) 47。

茶會服是由1875成立的設計公司「自由」（Liberties）專門為有藝術品味的女人所提供的服裝，該公司的服裝最符合唯美主義的理念。[20]因為客戶買新衣服前會問：「這種衣服會出現在繪畫作品嗎？」[21]，所以「自由」設計公司會在過去的繪畫作品中尋找靈感，特別是約書亞‧雷諾茲爵士（Sir Joshua Reynolds）的作品。[22]

　　在十九世紀即將結束之際，十八世紀末的作品成為時裝設計師的重要靈感來源。因為在法國大革命不久後，女士的衣服有很大的改變。寬鬆、飄逸的希臘風長袍搭配帝國式高腰長裙取代了早期的緊身及腰馬甲與連衣裙。

　　1870年代左右的唯美主義女士是最早追求十八世紀晚期「改良式」禮服的先驅。她們不僅改良了簡單樸素的中世紀長袍，同時也把柔美飄逸的「大革命（Revolutionary）」時期的服飾改造成適合自己的風格。[23]1880年代晚期，主流的時尚融入了各種復古帝國式禮服的元素；從康斯坦斯‧威爾德（Constance Wilde）1888年4月發表的「女人世界」（Woman's World）可以清楚地看到這個現象的「開端」[24]，此作品並且引領了執政內閣時期的復古風潮。帝索在1872年搬到英國之前，他就以賣弄風情的主題創作了好幾幅執政內閣風格的作品，例如1870年創作的「四人派對」（Partie Carrée）就是受到1800年左右的大師莫洛（Moreau Le Jeune）、布伊（Bouilly）和迪布寇（Debucourt）的啟發。[25]

　　在1880年代，服飾改良的先驅倡導一種更健康、舒適、設計簡潔、討人喜歡的服裝，這個論點使得十八世紀服飾的復興獲得更多的支持。然而，當時對於十八世紀風尚的意見並非一成不變，以奧利芬特夫人（Mrs. Oliphant）為例，她對於十八世紀的服裝完全不能苟同，且在1878年的著作《服裝》（Dress）中寫道：「直到十八世紀末，男人和女人還是死守著那套貴氣愚蠢的裝扮。」[26]瑪麗‧霍伊斯嚴厲地批評安妮女王式裝扮，但卻對喬治王時期的寬禮服讚譽有佳，她曾在某篇文章說過，十八世紀服裝唯一值得推薦的只有「雷諾茲爵士肖像畫人物」的薄紗袖。[27]

　　然而，理性服裝協會（Rational Dress Society）的重要成員奧斯卡‧王爾德（Oscar Wilde）對於十八世紀服飾給予全面的肯定。1882年，王爾德曾以「美麗的房

---

[20] Victoria and Albert Museum, *Liberty's 1875-1975*, exhibition catalogue (London: Victorian and Albert Museum, 1975)。

[21] Margaret Oliphant, *Dress* (London: Macmillan and Co., 1878) 3-4。

[22] Liberty & Co., *History of Feminine Costume: Tracing its Evolution from the Earliest Times to the Present* (London: Liberty, 1897)。

[23] 有關法國大革命時期（1785-1820）的服裝改革，參見Geoffrey Squire, "Liberty, Equality and Antiquity: Dress, 1785-182," Costume Society, *The So-Called Age of Elegance: Costume 1785-1820, Costume Society Conference* (London: the Costume Society, 1970) 4-16。

[24] *Woman's world,* April 1888, 288。Cunnington, *Handbook of English Costume*, 1959, 520。

[25] Krystyna Matyjaszkiewicz, "Costume in Tissot's Pictures," Barbican Art Gallery, *James Tissot, 1836-1902* (Paris: Le musee, 1984) 66。

[26] Oliphant, *Dress,* 1878, 56。

[27] M.E. Haweis, *The Art of Dress* (London, 1879) 77。

子」（House Beautiful）為題在美國進行巡迴演講，他在演講中表示：「現代服飾有很多方面都讓人失望。」他提倡希臘時代之後的簡約服飾風格。但是，他繼續說道：

> 如果更新、更現代的服飾是你所追求的目標，那麼你也會覺得上世紀的英國服飾非常優雅別緻；因為你可以從雷諾茲爵士和庚斯博羅的畫作中找到這種風格的服飾；這種服飾在他們的畫作中一點也不顯得突兀，而且富有和諧的美感。[28]

四、復古男士服裝

很多人都覺得十九世紀的男士服裝設計根本一無是處。查爾斯・樂克・伊斯特雷克（Charles Lock Eastlake）總結了當代的主流看法：「這個國家的男性服裝不僅難看，而且時常會讓穿衣服的人覺得不便，除此之外，某些方面看來，這種服飾也不太健康。」[29]他無法苟同當時的褲子，因為這些褲子就像「管子」一樣，這個評論也出現在數十年後的一本刊物《阿格蕾雅》（Aglaia）中，發表這篇文章的作者是「健康與藝術服飾聯盟」（Healthy and Artistic Dress Union）的代言人華特・克雷恩。[30]

比起十九世紀的黑褲與禮服大衣（frock coat），大多數的服飾改革者偏愛的服飾風格是類似十八世紀的男士服裝。克蘭推薦「及膝的褲子搭配絲質長統襪和扣帶鞋（buckled shoes）。」在演講過程中，王爾德問底下的美國聽眾：「男人應該如何穿著？」，同時他也提供了以下的答案：

> 上世紀的禮服相當優雅；男士們會細心地研究喬治・華盛頓（George Washington）高貴華麗的服裝；英勇偉人的穿著富有品味……〔若與長褲相比〕及膝的褲子更加舒適、方便、美觀，也不容易沾泥巴。[31]

王爾德自己的穿著就是他所推薦的美觀實用的衣服。他的絨布褲裝很像早期1870年的唯美主義畫家的作品，例如，西蒙・所羅門（Simon Solomon）1870年的作品《為女士朗誦的少年》（Youth Reciting to the Ladies）。所羅門最為人所知的是他是承襲法國「為藝術而藝術」理想的人士之一。儘管他「先進」的藝術理念似乎與許多熱門畫家迎合大眾品味的趨勢相差甚遠，然而所羅門在作品中所描繪的場景，「在穿著及膝褲的詩人音樂演奏下，一群穿著帝國式高腰長裙的女士沉醉其中」，這種構

---

[28] K.H.F. O'Brien, "The House Beautiful,' A Reconstruction of Oscar Wilde's American Lecture," *Victorian Studies*, 17 (June 1974), 414-15。

[29] John C.Freeman, *Charles Eastlake, and Clarence Cook, Late Victorian Décor from Eastlake's Gothic to Cook's House Beautiful* (N.Y.: Watkins Glen, American Life Foundation, 1968) 106。

[30] Walter Crane, "Progress of Taste in Dress," Aglaia, III, 1893, quoted in Stella Newton, *Health, Art and Reason* (London: J. Murray, 1974) 40-43。

[31] O'Brian, " The House Beautiful," 1974, 417。

圖與一些當代作品的構圖方式雷同，例如萊斯利、帝索和其他畫家的作品。

五、復古童裝

十八世紀的復古風潮對於兒童服裝的改革也產生了一股正面的影響。奧斯卡‧王爾德的夫人在1888年發表的「女人世界」由王爾德負責書的編輯工作，她在書中提到：「或許是因為藝術家開始注意到服裝的重要性，我們才能在身邊看到這麼多衣著賞心悅目的孩子。這些小孩的服裝有很多都是復古的風格。」書中提到「有許多小紳士穿著絨毛高領長外套（tunics）和燈籠褲，搭配絲質彩色腰帶與凡戴克式的衣領（Vandyck collars）」，她注意到查爾斯一世（Charles I）時期的服飾是小男孩最喜歡的風格。[32]

這身裝扮又被稱作「小公子」（Little Lord Fauntleroy），名稱源自於弗朗西絲‧霍奇森‧伯內特（Frances Hodgson Burnet）1888年的同名小說（圖12-4），小說插圖由雷金納德‧伯奇（Reginald Birch）繪製。但在小說出版的前幾年前，這種裝扮就已經很流行了。[33]雖然17世紀的服飾，也就是查爾斯一世時期的服裝（查爾斯1625年至1649年在位），是維多利亞晚期男童流行服飾的主要參考樣本，然而這種所謂「凡戴克式」服裝最知名的例子，應該還是庚斯博羅的畫作《藍衣少年》（Blue Boy）。[34]

1880年代和90年代女童服裝，講求設計寬鬆、高腰薄棉洋裝搭配簡單的緞帶腰帶，讓小孩可以自由地玩耍，這種實用的裝扮讓人聯想到雷諾茲晚年創作的孩童肖像畫。但是這種服裝的設計不應完全歸功於當時的服裝改革者，因為決定性的人物，其實是凱特‧格林那威。她的作品所勾勒出的「少年天堂」意象讓許多年輕人和老年人都非常嚮往。她在作品中所畫的連身長裙是根據十八世紀後期的風格與帝國式高腰裙的設計為藍本，再巧妙地搭配上草帽與踝帶式拖鞋；格林那威本人親自設計製作這類衣服（圖8-4），由此重現了她畫中的衣服模樣，為兩個世代的小女孩提供這種風格的服裝。[35]格林那威對成人服飾和童裝的影響力一直持續到二十世紀；一個女裝裁縫師曾經針對1913年德比賽馬會（Derby Day）的訂單發表意見，她說最受歡迎的樣式就是「仿凱特‧格林那威的風格；圓桶邊的裙子和三角領巾。」[36]（圖8-5）許多要參加婚禮派對的年輕女性還是會選擇「格林那威式」的服裝。

---

[32] Constance Wilde, "Children's Dress in this Century," *Womans World,* July 1888, 415。

[33] Frances Hodgson Burnet, *The Little Lord Fauntleroy* (New York: Charles Scribner's Sons, 1886)。 Elizabeth Ewing, *History of Children's Costume* (New York: Scribner, 1977) 90-92。

[34] J.L. Nevinson, "The Vogue of the Vandyke Dress," *Country Life Annual,* 1959, 25-27。Aileen Ribeiro, "Evidence of the Influence of the Dress of the Seventeenth Century on Costume in 18th-century Female Portraiture, " *Burlington Magazine,* 119 (December 1977), 834-40。

[35] Ina Taylor, *The Art of Kate Greenaway A Nostalgic Portrait of Childhood* (Gretna: Pelican Publishing Co., 1991) 120。

[36] Ibid.

十八世紀時尚復興顯示著維多利亞人對於十八世紀有相當廣泛的興趣。當時的服裝可以看出維多利亞人對這個舊時代有著崇高的敬意，這也使得十八世紀文化可以融入維多利亞晚期的生活裡。雷諾茲、庚斯博羅和其他當代的畫家會在作品中描繪類似的服裝風格，使得十八世紀的服飾受到更多人的喜愛。此外，源自於18世紀的時尚潮流使得維多利亞晚期的畫家在偏好上更趨一致，那就是他們在表達英國當代或是永恆的主題時，會期望在作品中選擇帶有「歷史風味」的服裝。

LORD FAUNTLEROY WRITES A LETTER.

12-4　《小公子寫信》（Lord Fauntleroy Writes a Letter）雷金納德・
伯奇（Reginald Birch），1886。圖片來源：Frances Hodgson
Burnett, *The Little Lord Fauntleroy*, 103。

12.3 戲劇

1870年代的新、舊喜劇和通俗劇也有很濃的十八世紀色彩。由於十八世紀的復興熱潮，加上這個時期中產階級也喜歡戲劇，重回劇院，所以比起其他領域的復古風潮，戲劇圈對於18世紀的復興尤其狂熱。本部份將探討1870至1900年左右的戲劇作品，以及畫家、舞台總監、和創造新喬治王戲劇風潮的演員之間的交流活動。

一、復古風潮下的戲劇交流活動

社交活動促進了戲劇圈藝文人士彼此之間的合作關係，例如著名的舞台總監和演員通常和皇家院士屬於同一個社交圈，而加里克俱樂部（Garrick Club）則同時受到戲劇圈和藝術界的喜愛。[37]從「維多利亞與阿爾伯特博物館圖書中心」（Victoria and Albert Museum Library）保存的書信可以知道亨利·歐文（Henry Irving、亞瑟·文·皮內羅（Arthur Wing Pinero）、愛倫·泰瑞（Ellen Terry）、和查爾斯·基恩（Charles Keene）都是畫家盧克·費爾德斯（Luke Fildes）的朋友。

基恩寫了一封信給費爾德斯，內容是有關他借給費爾德斯作畫使用的「鄉村」服裝，包括了長罩衫、燈芯絨的馬褲和高筒靴。[38]戲服出租商和管理道具的人時常會接到藝術家出借道具的要求，像艾德凡·奧斯丁·艾比（Edwin Austin Abbey）就抱怨說，為了精確地呈現莎士比亞戲劇插圖裡的歷史感，租借服飾、傢俱及配件的成本實在所費不貲，幸好他在劇院工作的朋友可以幫上大忙，他說：「傢俱的問題我應該去找蘭心劇院（Lyceum）的道具管理員幫忙。他是個非常聰明的傢伙，成本可大大減少。」[39]相對地，劇院經理也需要藝術家提供服裝的專業知識，像是馬庫斯·斯通和盧卡斯（J.S.Lucas）對於古裝劇有很大的貢獻，本部份後面會討論到這個問題。

在十九世紀的前半葉，會上劇院看戲的不是中產階級和崇高的貴族成員，而是勞工和中低階層的人民。然而到了1850年代，當維多利亞女王把在倫敦獲得滿堂彩的

---

[37] Sir Johnston Forbes-Robertson, *A Player under Three Realms* (London, 1925) 71。Martin Meisel, *Realizations: Narrative, Pictorial and Theatrical Arts in Nineteenth-century England* (Princeton, N.J.: Princeton University Press, 1983)。

[38] Meisel, *Realizations,* 1986, 30。

[39] E.V. Lucas, *Edwin Austin Abbey, R.A.: The Record of his Life and Work* (London: Methusen and Co., New York: Charles Scribner's Sons, 1921) 175。

戲劇帶進溫莎城堡（Windsor），並在公主劇院（Princess Theatre）訂了一個包廂後，這個情況開始出現轉變。[40]然而，一直要到1860年代，音樂廳的開幕趕走了那批吵鬧的常客後，劇院才開始變得愈來愈體面。瑪麗·威爾頓（Marie Wilton）（後來的班克羅夫特女士[Bancroft]）和鄉紳班克羅夫特先生（Squire Bancroft）在1865年接手管理威爾斯親王劇院（The Prince of Wales Theatre）後，這裡成為第一個中產階級可以自在看戲的場所。[41]

班克羅夫特夫婦為1890年代的英國戲劇復興奠定了基礎，他們把晚場的票價由套票變成單場的票價，並且把輪演的劇目變成固定演出。1860和70年代新建和改建的劇場[42]往往偏小，但當時劇院裡的觀眾素質比較高，也樂於每晚只欣賞一齣戲。

在班克羅夫特的管理之下，使得劇作家湯瑪斯·威廉·羅伯遜（Thomas William Robertson）得以在威爾斯親王劇院製作嶄新的寫實主義戲劇。羅伯遜認為演技不需要太誇張，反而要注意舞台佈景的細節，而且每一齣戲都要有統一的戲劇氛圍。評論家觀察到，較內斂的演技符合新一代觀眾的品味。[43]在1870和80年代，隨著班克羅夫特轉到海馬克劇院（Haymarket Theatre）工作後，羅伯遜的觀念也一併帶到了這個劇院，而約翰·海爾（John Hare）管理的皇家宮廷劇院（Court）、海爾和肯德夫婦（Hare and the Kendals）管理的聖約翰劇院（St. James），以及亨利·歐文管理的蘭心劇院（從1878年起）也都受到羅伯遜的影響。歐文把劇院當成藝術的殿堂，由於他和他主要的女演員埃倫·特里的關係，唯美主義者也成了戲劇的愛好者。[44]

19世紀中葉，劇院的標準劇目是道德教化的通俗劇（melodrama），這些劇目往往是早期的經典劇或是從法文翻譯過來的戲劇。古裝劇在當時也很受歡迎。1860年代後期，羅伯遜開始創作帶有嚴肅主題的本土喜劇[45]，而威廉·斯文克·吉爾伯特（William Schwenck Gilbert）則從1870年代開始在薩沃伊劇院（Savoy）推出他新完成的音樂劇。

二、理查德·布林斯利·謝里登的《造謠學堂》（Richard Brinsley Sheridan）

1874年4月4日《圖文報》的評論家表示：「倫敦的新劇院一家接著一家開，觀眾對於新戲有很大的需求，但新戲仍然供不應求。」他接著指出，填補這個空缺的是18世紀的戲劇！

---

[40] Allardyce Nicoll, *A History of Late Nineteenth Century Drama, 1850-1900* (Cambridge: The Univeristy Press, 1949) 5-6。

[41] Ibid., 50-51。

[42] Ibid., 28。

[43] *Saturday Review*, Sept. 1, 1888, 52。

[44] George Rowell, *The Victorian Theatre, A Survey* (London, New York: Oxford University Press, 1956) 95。

[45] Ibid., 79-80。

恰好因為當代的戲劇人才不多，所以戲劇界明顯掀起一陣復古的風潮，在復古的戲劇元素中，受到我們曾祖父輩喜愛的喜劇，如今又再次流行了起來。[46]

十九世紀初，觀眾幾乎把喬治王時期的戲劇完全拋在腦後，他們對那個時期盛行的缺乏感情、劇情錯綜複雜的社會諷刺喜劇不感興趣。常上劇院的人喜歡動作活潑，劇情賺人熱淚，有個完美結局，最好還要淺顯易懂的作品。早期維多利亞時代的資產階級即使去看戲，他們也無法接受理查德・布林斯利・謝里登（Richard Brinsley Sheridan）的戲劇裡那些世故的俏皮話。相反地，1870年代對戲劇作品容忍度較高，也較熱愛戲劇，儘管18世紀的喜劇在上演前有時得先經過改寫，把劇情改得更激動人心一些，但是那個時代的戲劇還是在這個時候有了蓬勃的發展，例如1874年的《圖文報》提到許多十八世紀的作品，包括霍爾克羅夫特（Holcroft）的《毀滅之路》（Road to Ruin）、考利夫人（Mrs. Cowley）的《貝兒的計謀》（Belle's Stratagem）、小科爾曼（Colman the Younger）的《法定繼承人》和《英國佬》（John Bull），並且評論說：「當謝里登的《造謠學堂》（School for Scandal）受到熱烈的歡迎，在劇院持續加演的熱況，其實沒有人會比作者本人還要驚訝。」[47]其實在這之前兩年，《圖文報》早就報導過：「看到自己手中的兩部喜劇可以在今日受到如此熱烈的歡迎，謝里登就算地下有知，必定也會感到非常欣慰。」[48]

當此評論一出，謝里登的《對手》和《造謠學堂》都各自在倫敦主要的劇院熱烈上演。[49] 1777年發表的《造謠學堂》是一齣圍繞在兩兄弟之間的風尚喜劇（comedy of manners）；在這齣劇中，約瑟夫・瑟菲思（Joseph Surface）是個偽君子，查爾斯・瑟菲思（Charles Surface）是個天生的敗家子，而老彼得・則爾先生（Sir. Peter Teazle）娶了一個比他年輕好多歲的女人。故事全是因為這兩兄弟富有的叔叔，奧利弗・瑟菲思（Oliver Surface）而起，他毫無預期地從印度返國，並且在公布身份之前，想了個辦法測試他這兩個侄子的為人。奧利弗假扮成一個放高利貸的人，想辦法要引誘查爾斯出售家族的肖象畫；之後，他又裝成一個窮親戚，請求約瑟夫幫幫他。最後，事實證明查爾斯是兩兄弟中較值得敬重的一方，而真愛在悌索夫婦之間，以及查爾斯・瑟菲思與彼得監護的瑪麗亞（Maria）之間獲得了勝利。

一些流行的雜誌，例如《圖文報》和《倫敦新聞畫報》是瞭解品味趨勢的最佳標準。以十八世紀復興風潮為例，從雜誌的報導可以發現，由於以喬治王時期為故事背景的戲劇作品有如雨後春筍般地出現，一般民眾對於取材自十八世紀的風俗畫和通俗

---

[46] *Graphic,* April 4, 1874, 311。

[47] Ibid.

[48] *Graphic,* Dec. 14, 1872, 40。

[49] 《對手》（The Rivals）在海馬克（the Haymarket Theatre）與查理果斯（the Charing Cross Theatre）劇院上演；《造謠學堂》（The School for Scandal）在福德飛樂（the Vaudeville Theatre）、公主（Princess Theatre）以及海馬克劇院上演。

12-5 | 12-6

12-5　《漂泊的繼承人》（The Wandering Heir）盧克・費爾德斯（L. Fildes）。圖片來源：*raphic* Dec.6, 1873, 210。

12-6　《遺跡》（Ruin）查爾斯・格林（Charles Green）。圖片來源：*Graphic* Oct.21,1871, 99。

文學的反應變得比較熱烈。雜誌社會派插畫家到劇院裡作畫；許多與盧克・費爾德斯在1872年取材自戲劇《漂泊的繼承人》（The Wandering Heir）（圖12-5）的作品和雜誌上所刊登的黑白插圖相當雷同，而雜誌上的黑白插圖則是摹仿在皇家藝術學院和各地展出的喬治王時期戲劇肖象畫。雜誌上刊登的十八世紀風俗畫常會讓評論家聯想到最近剛上演的劇目。例如，西摩・露卡（Seymour Luca）的《不擇手段》（By Hook or By Crook）描繪隔著牆的浪漫幽會，而在觀賞這幅畫時會讓評論家想起最近在斯特蘭德劇院（Strand Theatre）上演的一齣戲。[50]不僅是評論家，雜誌的一般讀者也可發現戲劇和繪畫之間的關聯性。

　　亨利・詹姆士・拜倫（Henry James Byron）創作的《英國紳士》（An English Gentleman）在海馬克劇院演出，1871年5月20日的《畫報雜誌》刊出了這齣戲的劇評，而該雜誌在10月21號出刊時，則引用了查爾斯・格林（Charles Green）的皇家學院畫作《遺跡》（Ruin）（圖12-6）中的場景[51]，無論是《英國紳士》還是《遺跡》中的年輕鄉紳，都可以看出是「十八世紀」風格。在拜倫劇中的年輕繼承人遭到惡管家的設計而失去了大筆錢財，雜誌的評論以同情的口吻重述了這位年輕人的遭遇。相反地，格林畫中的鄉紳則被認為是罪有應得，要不是他沉迷賭博，也不會散盡家財。

　　雜誌記者一直都重視戲劇，甚至認為謝里登影響到小說家的創作。《喬治三世國王》（When George the Third was King）的評論家注意到小說中的主角似乎是以謝里登《造謠學堂》裡的查爾斯和約瑟夫為創作原型，這位評論家說：「事實上，《造

---

[50]　*Graphic*, July 17, 1875, 54。

[51]　*Graphic*, May 20, 1871, 459。格林的作品《遺跡》複製於該雜誌1871年十月21日頁400。

謠學堂》對小說的影響力與薩克萊（Thackeray）不相上下。」[52]，而期刊也前所未見地報導了許多「古代」短篇故事的創作源起。謝里登這位十八世紀喜劇作家雖然已經去世，但是他的影響力卻更加鞏固了由薩克萊所帶動起來的十八世紀復興風潮。

在班克羅夫特的威爾斯親王劇院上演的《造謠學堂》在服裝和佈景上相當豪華且對時代背景相當考究，是研究當代服裝的好案例。在羅伯遜加入該劇院之後，這部戲劇在服裝和佈景上的標準紛紛讓倫敦的高級劇院起而傚尤。本身也是鄉紳的班克羅夫特回憶過去，他記得在1874年春天上演的《造謠學堂》是「一齣重現舊時代樣貌的偉大復古喜劇。」

對於服裝和佈景的相關研究最早是在大英博物館的版畫室和閱覽室（British Museum Print Room and Reading Room）中找尋資料，且研究的範圍相當廣泛。接著，塞文歐克斯（Sevenoaks）的諾爾莊園（Knole）成為研究的地點。

> 我和佈景的藝術指導喬治・戈登（George Gordon）一起參觀這座迷人的鄉村別墅，我們想從他們大量的圖片和古董傢俱中，選出幾種房間類型做為參考，希望讓舞台裝潢不但能精緻，還能忠於原味……[53]

瑪麗・班克羅夫想像自己身處於十八世紀的大廳，她突然想到可以在一幕舞會的場景中加入小步舞，讓觀眾感覺自己更像身處在十八世紀。畫家威爾・普林塞浦（Val Prinsep）於1875年提交給皇家藝術學院的畫作《小步舞曲》（The Minuet）就是在這個場景中汲取了靈感，這幅作品捕捉到十八世紀社會中的「鋪張與怠惰的奢侈」，而這也是班克羅夫特夫婦在戲劇中力求重現的題材。普林塞浦的畫作中記錄著班克羅夫特回憶裡的那段時光，當時有：

> 小鋼琴和上了妝的音樂家…穿著華麗的男僕，…接著傳出悅耳的小步舞曲第一小節，隨著音樂聲，訴說著那段音樂家為舞蹈編曲的日子，以及人們把舞蹈當成一門藝術的時光。[54]

普林塞浦不是唯一在畫作上回應《造謠學堂》風潮的畫家。約翰・貝帝（Jone Pettie）在1880年代從謝里登的戲劇中取材，創作出好幾個不同主題的畫作，例如1885年的《約瑟夫・瑟菲思出售家中祖先的肖像畫》（Joseph Surface Selling Portraits of his Ancestors）。在這幅作品中，構圖的明亮處讓一道道鮮豔的色彩顯得更生動活潑，而這種技法似乎特別能傳達謝里登風趣的特質。

班克羅夫特夫婦力求精確地重現謝里登劇作中的英國氛圍。然而，他們卻沒有完

---

[52] *Graphic,* Nov. 9, 1872, 439。

[53] Squire and Marie Bancroft, *Recollections of Sixty Years* (London: John Murray, 1909) 134。

[54] Ibid., 137。

全遵照原作劇本，他們認為「稍微調換幕序」[55]可以表現出更多謝里登沒能傳達的情感。班克羅夫特夫婦排演的《造謠學堂》在1870年代被譽為「幾乎是全新的戲劇作品⋯⋯因為在這齣劇中，一些過去時常被認為是睿智、一針見血、且帶有功利味道的格言警句，如今注入了情感與同情。」[56]

三、威廉‧葛盟‧威爾斯的《奧利維亞》（William Gorman Wills）

這種在十八世紀諷刺劇中注入情感的手法，也是維多利亞時代將舊小說改編成戲劇的一大特色，例如高德史密斯的小說《維克菲爾德的牧師》。威廉‧葛盟‧威爾斯（William Gorman Wills）的戲劇作品《奧利維亞》（Olivia）就是改編自《維克菲爾德的牧師》。比起十九世紀晚期其他的戲劇作品，這齣戲或許更能激起觀眾對於十八世紀古雅安逸的懷想，同時這齣戲劇也讓更多人在生活中融入更多能引發思古幽情的物品。

1878年3月，《奧利維亞》在皇家宮廷劇院首演，並在1885年於蘭心劇院再次演出。《奧利維亞》的演出紀錄讓我們得知為了適應維多利亞時代的觀眾，18世紀的文本通常會被「改編」，並且讓我們瞭解到戲劇對於繪畫與流行時尚的影響。《奧利維亞》劇中的某些當紅的戲劇演員也吸引了唯美主義者的注意，這些演員把喬治王時期的主題表現得很好，受到「上流」社會與主流中產階層的歡迎。

1878年，約翰‧海爾委託身兼劇作家的愛爾蘭畫家威爾斯把《維克菲爾德的牧師》改編成劇本，當時的時代背景正是改編的最好時機。1870年12月，標準劇院（Standard Theatre）曾將這本小說搬上舞台；羅伯遜在1871年去世前，書桌上還留著這本小說未完成的改編劇本。這部威爾斯的戲劇作品在1878年3月到5月於皇家宮廷劇院輪演，當時水世界劇院（Aquarium）不甘示弱，也上演了另一齣戈德史密斯的經典作品。[57]

皇家宮廷劇院於1878年推出《奧利維亞》，倫敦的戲迷給予演員埃倫‧特里和扮演牧師的赫爾曼‧貝辛（Herman Vezin）熱烈的掌聲。雖然埃倫‧特里在1864年和1877年這段期間淡出舞台，但在這齣戲當中飾演女主角則讓她重新確立戲劇天后的地位。後來在1885年，《奧利維亞》又重新搬上舞台，當時在亨利‧歐文的蘭心劇院已是固定班底的埃倫‧特里，又再次地在《奧》劇中展現出細膩的情感，而歐文則在劇中飾演普瑞羅斯醫生（Dr. Primrose）。

威爾斯把小說改編成適合維多利亞時代的劇本時，他有一套固定的公式。他把焦點集中在兩個角色身上，例如奧利維亞和她的父親，普瑞羅斯醫生。威爾斯修掉奧利維亞古怪矛盾的性格，而原著小說中虛榮且輕浮的鄉村美少女，在經過改編後，則變成了負心漢手下的受害者，因此全場的觀眾並不會厭惡這名少女，因為她「在多舛的

---

[55] Ibid., 135。

[56] Ibid., 140。

[57] Freeman Wills, *W.G. Wills, Dramatist and Painter* (London: Longman, Green, 1898) 160。

命運中展現了高貴」。[58]此外，改編時會把小說中的一些幽默軼事刪掉，諷刺的語氣也會變得和緩些。威爾斯的兄弟弗里曼・威爾斯（Freeman wills）曾說過：「改編成戲劇後，原作小說中『滑稽可笑』的部份淡化成了古雅趣味。」

在改編過程中還會把一些比較驚世駭俗的元素被刪除，使原作故事變得較精緻，比方說在戲中「從沒有倫敦的好女人[妓女]或監獄場景。」[59]當奧利維亞淚流滿面地回到父親身邊，劇情進入高潮，然而場景並不是在監獄的黑暗深處，而是在較為體面的惡龍旅店（Dragon Inn）。就是這一幕使得《奧利維亞》深受觀眾的喜愛，因為維多利亞時代的觀眾最愛這一幕戲帶給他們情感上的宣洩。埃倫・特里的嫂子回憶道：「據說劇院裡的任何一場戲都沒有比這一幕戲更催淚，光是這一幕就足以幫這齣戲賺進大把的鈔票。」[60]

威爾斯「淨化」主要角色的手法讓人想起湯姆・泰勒（Tom Taylor）在1853年的作品《面具與臉》（Masks and Faces）中對18世紀女伶佩格・沃芬頓（Peg Woffington）的表現手法。值得回顧的是，這齣以喬治王時期為故事背景的作品在1875年11月重新在威爾斯親王劇院上演，並由埃倫・特里扮演劇中一名重要角色（瑪貝爾・維恩）（Mabel Vane）。在1880年代，其他根據18世紀經典小說改編而成的劇本，都是依照威爾斯在《奧利維亞》一劇中所樹立的模式。女演員伊莎貝爾・貝特曼（Isabel Bateman）在1888年委託威爾斯改編《克拉麗莎・哈洛威》（Clarissa Halowe）[61]，而羅伯特・布坎南（Robert Buchanan）則改編了亨利・菲爾丁的兩部小說；他在1886年將菲爾丁的《湯姆・瓊斯》（Tom Jones）改編成《索菲亞》（Sophia），然後在1888年將《約瑟夫・安德魯斯》（Joseph Andrews）改編成《約瑟夫的情人》（Joseph's Sweetheart）。《索菲亞》開頭那段冗長的「作者註」可以看出兩件事，第一就是劇作家會小心翼翼地避免得罪觀眾，再者，所有18世紀不雅的小說都逃不出維多利亞時代核心保守份子的譴責。

雖然這齣喜劇的主要人物和事件都是以這位英國首位偉大諷刺小說家的劇作為藍本，但是羅伯特還是非常謹慎，僅挑選小說裡面善良純潔的情節而且不會冒犯觀眾的部份。就算是「湯姆・瓊斯」有部分不雅的情節，那也只能算是粗俗，還稱不上違背道德。因為「湯姆・瓊斯」的人性描寫不但正確而且單純，堪稱是不朽的藝術作品。讀者如果覺得這部作品粗糙不堪，他們也必定不會喜歡塞萬提斯（Cervantes）和樂薩奇（Le Sage），以及喬叟（Chaucer）、莎士比亞、德萊頓（Dryden）和莫里哀（Moliere）的作品。在現今的這齣劇作中，雖然羅伯特淨化了劇中的英雄人物，並且改編劇中的許多事件並創造了其他情節，以致稍微偏離了原作……但他卻儘量保持

---

[58] *The Queen*, April 6, 1878, 247。

[59] Wills, *W. G. Wills*, 1898, 158。

[60] Saintsbury H.A and Cecil Palmer, *We Saw Him Act; A Symposium on the Art of Sir Henry Irving* (New York: B.Blom, 1969) 253。

[61] Wills, *W.G. Wills*, 1898, 264。

菲爾丁的道德純正。[62]

　　景畫師戈登（Gordon）和哈福德（Harford）為《奧利維亞》畫了好幾幅符合歷史背景與氛圍的佈景。在1878年的節目單上，他們還自豪地宣布舞台上普瑞羅斯身邊的大鍵琴是1786年製造的真品。

　　回首往事，威爾斯的兄弟津津樂道地談論著《奧利維亞》：

> 誰能忘懷首演那夜的佈景和令人記憶深刻的感動？牧師家旁結實纍纍的蘋果園；客廳裡的古董小銅琴和布穀鳥鐘；快樂的孩子與牧師夫婦彷彿穿越時空，從過去來到現代，一切是那麼的古樸而美麗；鄉村生活簡單而且充滿樂趣。[63]

　　他的回憶特別強調如詩如畫的舊時代農村景色，而這也是當代繪畫中最常見的18世紀刻板印象。舞台配件的選擇完全符合當代的「安妮女王」品味。《皇后雜誌》對《奧利維亞》的劇評認為該劇作家注重細節，包括適當的傢俱和服飾。

> 在《奧利維亞》一劇中，牧師的住所瀰漫著薰衣草香、迷迭香、與茶香……還有傳統的思維方式、復古的服裝、懷舊的印花棉布和瓷器。[64]

　　維克菲爾德的牧師住所必定讓當時的人們更加嚮往芳香的花園與舒適的紅磚屋，而這種類型的房子也就是理查德・諾曼・蕭（Richard Norman Shaw）、史蒂文森（J.J. Stevenson）和其他堅持「安妮女王」風格的建築師所設計的房子。

　　《維克菲爾德的牧師》於1766年發表出版後，便獲得極高的評價，於十八世紀後期，延續至十九世紀，在十九世紀文學藝術領域中，非常的流行，被尊為英國的文學經典作品。由於這本小說在文藝市場受到重視與喜愛，小說不斷再版，並且也不斷地繪製插畫以吸引讀者的閱讀與興趣，可以說是十九世紀最常被插繪的一部小說。這部小說到底有多少繪畫受其啟發、製作呢？里查・艾提克（Richard Altick）在其著作《書中的繪畫——英國的藝術與文學》（Paintings From Books: Art and Literature in Britain, 1760-1900）中指出，共有一百件作品依據這部小說創作。[65]而取材自小說中第22章描寫奧利維亞回家的故事，便是最受歡迎的插畫題材之一（圖12-7）。當代畫家丹尼爾・麥克里斯、威廉・穆雷迪（圖6-9）、威廉・鮑威爾・福利思（William Powell Frith）均曾經從該小說得取靈感創作而知名。

　　畫家馬庫斯・斯通於1878年也投入了英國的十八世紀狂熱，並透過畫作為繪畫界

---

[62] Ibid.

[63] Ibid., 60。

[64] *The Queen*, 1878, 247。

[65] Richard D. Altick, *Paintings from Books: Art and Literature in Britain 1760-1900* (Columbus: Ohio State University Press, 1985) 21。

12-7　《奧利維亞與索菲亞》（Olivia and Sophia），
查理・貝瑟（Charles Baxer）1852。圖片來源：
Baxer Charles, "British Artists: Their style and
Character," 145。

與戲劇界的服裝設計提供了不錯的參考典範。斯通將他的想法呈現在一幅名為「奧利
維亞」的小型作品中，裡頭所蘊含的概念具體代表了1870年代英國人對18世紀女性服
飾的一般觀念。這位女子穿著一套簡單的高腰連衣裙，七分袖的袖口部份有寬鬆的褶
襴造型，斯通在臀部的位置加了有當代華托式茶會服風味的工字褶襴，並在肩膀上
綁了條打摺的三角形白色領巾。在奧利維亞的頭飾部份，可以看到他在一頂精緻的
仕女帽上面，再搭配另一頂戶外用的淺帽冠草帽。因應「奧利維亞」在1878年所帶
動的戲劇熱潮，斯通在1880年的皇家藝術學院夏季畫展發表了另一幅更大的奧利維
亞畫像。在這幅畫中，她穿著同樣的衣服，身邊是她的弟弟迪克・普瑞羅斯（Dick
Primrose）。若是把埃倫・特里的劇照（圖12-8）與畫作中的服裝相較，服裝線條的
差異清晰易見。舞台服裝緊身且修長的「公主」身形與窄裙造型並不是真正的十八世
紀時尚。儘管斯通受到特里的影響而想要準確重現古代的服裝設計，不過他在作畫
時，還是本能地為畫中人物添加了當代的優雅元素。

　　針對保存在倫敦博物館的另一套特里演出《奧利維亞》時所穿的戲服（圖8-1），馬
丁・瑞芬藤・何摩斯（Martin Rivington Holmes）清楚地列舉出戲服與原本服裝的
差異。他說：

> 「斯通作品中的服裝對於十八世紀服裝的考究只有做到表面功夫，其實他所模
> 擬的服裝並非純正的十八世紀風格，因為傳統服飾背後飾有工字褶襴的裙袋
> （sack-back）應該是禮服的一部分，但是在斯通的畫中，裙袋變成了獨立的
> 配件……而裙子本身的材料、設計和穿著方式，都非常接近這位女演員當代的
> 流行時尚，她幾乎都可穿這件衣服去喝下午茶了。」[66]

---

[66]　M.R. Holmes, *Stage Costume and Accessories in the London Museum* (London: H.M.S.O.,1968) 9。

12-8　《奧利維亞》劇中的埃倫・特里與亨利・歐文（Ellen Terry and Henry Irvin in Olivia）圖片來源：Nina Auerback, *Ellen Terry Player in Her Time*, 187。

　　這件保存在倫敦博物館的戲服，在印花的部分非常類似1870年代初期的朵莉・瓦登式服飾；另一方面，高腰線的服裝常見於斯通繪製的1800年代場景，而在1878年的仕女服裝中，這種設計則不那麼常見。亞登・霍爾特（Ardern Holt）在他的華麗宴會服飾指南《華麗服飾》（Fancy Dress）中，非常激賞斯通對這位18世紀女主角的服裝概念，其中的「普瑞羅斯家族（Primrose Family）」報導詳細地介紹了埃倫・特里在《奧利維亞》劇中的服飾。[67]

　　比起其他的服裝特點，奧利維亞的仕女帽燃起維多利亞時代女性的模仿熱潮。藉由以下兩個人的親眼見證，我們可以更清楚瞭解當時的情形。弗里曼・威爾斯（Freeman Wills）說：「整個時尚圈都受到牧師甜美女兒的影響。奧利維亞的仕女帽隨處可見，在這頂簡約甜美的仕女帽襯托下，許多少女的臉龐看起來特別迷人。」[68] 埃倫・特里說：「每個人都中了『奧利維亞』的毒。奧利維亞的仕女帽和蘭特里帽（Langtry bonnet）同樣受到大眾的歡迎。」[69]然而，除了《奧利維亞》帶動了大眾對仕女帽的熱愛，仕女帽的熱潮與1885年的復興風潮有更直接的關係，在時尚的歷史中，這頂高帽冠的白帽子是1880年代中期的服裝特色。

　　1887年3月的《皇后雜誌》有篇描述「奧利維亞帽」的文章。文章中提到「奧利維亞帽」是頂使用奶油色縐布製成的高帽冠仕女帽，帽身綴飾著深紅色雪尼爾絲線（chenile），帽沿襯著紅色彩帶、蕾絲和窄邊的緞帶結[70]；由此可知，已經有人把馬

[67] Ardern Holt, *Fancy Dresses* (London: Debenham &Freebody, 1896) 275-76。

[68] Wills, *W.G.Wills,* 1898, 161。

[69] Ellen Terry, *Memoirs* (London: V.Gollancz, 1933) 111。

[70] *The Queen,* March 26, 1887, 382。

12-9 《摯友》（Good Friends）馬庫斯‧斯通（M. Stone）1888, 皇家藝術院德波馬藝廊。圖片來源：Alfred Lys Baldry, *The Life and Work of Marcus Stone, R.A.,* 22。

Good Friends. By Marcus Stone, R.A. (p. 22.)
Diploma Picture.
By permission of the Council of the Royal Academy.

庫斯‧斯通的作品製成了實際的商品，顯然這頂奧利維亞的帽子比她的禮服還要讓人印象深刻。艾德凡‧奧斯丁‧艾比在1906年埃倫‧特里出道五十周年的慶祝會送給她一幅《奧利維亞》的畫像，畫中的帽子就是特里演出時的那種樣式，但是寬鬆的禮服則比較接近正宗的18世紀裙袋禮服。[71] 在斯通自己的畫作中，例如在1888年取得皇家藝術學院入會資格的作品《摯友》（Good Friends）（圖12-9），裡頭出現的仕女帽或許可以讓人知道真正的仕女帽究竟是什麼模樣。

由威爾斯創作、以及埃倫‧特里和亨利‧歐文演出的《奧利維亞》，不但幫助提升戲劇品味，還使戲劇能與繪畫、設計和其他藝術相互結合。根據歐文的兒子所言，在《奧利維亞》和《查爾斯二世》（Charles II）（1872年9月發表，同樣是威爾斯的作品）等歷史劇發表之前：

大眾一方面對由伯恩‧瓊斯（Burne-Jones）集其大成的前拉斐爾派（Pre-raphaelites）成員感到失望，一方面又覺得劇院無法滿足他們的需求。突然間，在蘭心劇院出現一個人，這個人就是歐文。他實現了真正的浪漫精神，他把大眾家中牆上圖畫裡的世界帶到日常生活中，而他的每句對白和舉手投足都讓觀眾覺得他就是他們心中期待已久的理想浪漫演員。[72]

---

[71] Ellen Terry, *Souvenir Program Ellen Terry Jubilee Commemoration: 1856-1906, Theatre Royal* (London: J.Miles & Co., Ltd., 1906) 3。

[72] Lawrence Irving, *Henry Irving, The Actor and his World* (London: S.1.:s.n.n.d., 1951) 221。

上述評論點出了繪畫與其他藝術之間的依存關係，而這也是唯美主義者所提倡的觀念。沃爾特・漢密爾頓（Walter Hamilton）在他1882年著作的《唯美主義運動的歷史》（History of the Aesthetic Movement）中列舉了相關面向的「唯美文化」。

在建築方面，他舉了「安妮女王」風格；詩歌界則有威廉・邁克爾・羅塞蒂（William Michael Rossetti）、阿爾杰農・查爾斯・史溫伯恩和丹特・加百列・羅塞蒂（Dante Gabriel Rossetti）；在音樂界有華格納（Wagner）；而在戲劇界則有亨利・歐文和埃倫・特里。他認為以上這些人都具有「強烈的特色」；他認為：「蘭心戲院確實把唯美主義所追求的美發揮得淋漓盡致」[73]而且，若要符合唯美主義的標準，那麼至少「精緻的美（picturesqueness）」與強烈的特色是同等重要的。而人稱「畫家的專屬女伶（the painter's actress）」[74]的埃倫・特里是經典的代表，因為在讓你沉醉於她那迷人聲音之前，她會先擄獲你的雙眼。亨利・詹姆斯（Henry James）風趣地總結了埃倫・特里的魅力：

> 她是當代的時尚教主，恰如其分地屬於這個注重唯美傢俱、復古服裝和青花瓷器的時代。埃倫・特里小姐是「唯美主義」的最佳代表；不僅是她的服裝，她的美貌也為人所激賞。[75]

十八世紀的古裝劇在十九世紀末和二十世紀初蓬勃發展，並不是只是因為保守主義或是逃避當今社會的心態，而是因為謝里登與反感性風格的其他喬治王時期劇作家，他們所提倡的十八世紀復興戲劇為新的社會諷刺劇奠定了穩固的基石。謝里登的《造謠學堂》在愛德華時期比在1870年代還要受歡迎。不過，人們欣賞的部份也有細微的改變；從思念往日美好的復古情懷，變成喜愛謝里登式的活潑機智以及巧妙的文字遊戲。

四、山姆・福德的《偉大的潘展狀》（Samuel Foote）

有關凱迪克圖畫書的標題「偉大的潘展狀」（The Panjandrum Picture Book），其來源有一段詼諧、有趣的故事。它是有關於一位神祕的人物存在著。作者山姆・福德（Samuel Foote, 1720-1777）是一位十八世紀著名的英國戲劇家、演員以及克沃（Cornwall）的劇場經理。福德初期接受劇場的訓練，是來自於查理士・麥克林先生（Charles Maclin）的指導。截至1744年福德與麥克林常常在劇場從事表演的工作。在當時麥克林在英國劇場的表演圈已經是一位著名的演員。麥克林在1741年曾經在都樂連劇場（the Drury Lane Theatre）表演，扮演莎士比亞的作品《威尼斯商人》（The Merchant of Venice）中的一角色沙洛克（Shylock），而福德也在1744年2月6日在海馬克劇場，表演莎士比亞的作品《歐鐵羅》（Othello）。雖然此次初次表演

---

[73] W. Hamilton, *The Aesthetic Movement in England* (London: Reeves & Turner, 1882) 31。

[74] Ellen Terry, *Memoirs*, 1933, 96。

[75] Randolph Caldecott, The Panjandrum Picture Book (London: Frederick Warne and Co., Ltd, n.d. 190?)。

並不成功，卻也是福德的戲劇工作經驗。

　　福德與麥克林因此形成了良好的工作夥伴關係，並且對「偉大的潘展狀」已文產生了一段有趣的淵源故事。在1753年麥克林從倫敦劇場退休後，在凱方花園（Covent Garden）展開了一系列表演活動。他每日晚上七點前往花園舉行表演與辯論活動。這個活動進行了一段期間，吸引了許多的觀眾，包括福德本人。福德是一位擅於模仿嘲弄（mimic）、充滿機智的演員，他似乎喜歡開玩笑，毫不客氣地奚落了麥克林，麥克林則相當自豪，宣稱他自己擁有極佳的記憶力，能夠記得任何他唸過僅有一次的文章。據說福德當場挑戰麥克林，說他所言純屬一派胡言，接著念了下面一段文章：

> 她走進庭院採甘藍菜葉，打算拿來做成蘋果派，此時有隻大母熊來到街上，把頭探進店裡。「什麼！沒賣肥皂？」那男人就這樣死了，然後她非常衝動地嫁給了理髮師，接著現身的是皮克尼尼一家（the Picninnies）、賈伯利利一家（the Joblillies）、蓋瑞優利一家（the Garyulies），以及領口有顆小圓鈕扣、狂妄自負的潘展壯大人（grand Panjandrum），他們瘋狂地玩著鬼抓人遊戲，直到靴子鞋跟都冒出煙來。

　　據說麥克林對上面已文一派胡言說法，相當憤怒，一句都不肯回復，上述文章純粹是福德自己的創作，但是偉大的潘展狀一語很快地就存留下來，成為一句有名的語言，當然這個與文章的韻律有關。這段文章在十九世紀中葉迅速地流傳，成為流行的語句。它首次於1825年發表、出現在一本小說名稱為《海莉與路西》（Harry and Lucy Concluded），由瑪麗瑪·海德沃（Maria Edgeworth）撰寫。上文被引述為一則記憶的測驗（a test of memory），並署名為福德的作品。而至十九世紀中葉時「偉大的潘展狀」已文已經是成為有名的文學作品。這個名詞在二次大戰期間曾經被引用為實驗性爆炸的設計名詞。[76]

　　凱迪克於1885年為「偉大的潘展狀」已文創作一本圖畫書。依其創作的慣例，凱迪克與埃文斯合作，製作了一個設計模式。凱迪克的創作似乎可能是十九世紀唯一的版本，與前《約翰·吉爾平騎馬》與《農夫少年》吸引許多作家、出版商製作插畫，擁有許多插畫、多元風格的版本迥然不同。全書共二十四頁，以封面為首展開圖畫書的故事。封面以綠色為主要色彩，描寫潘展狀大人與皮克尼尼一家、賈伯利利一家輕鬆漫步在橋下的湖畔，充滿快樂歡笑的氣氛（圖12-10）[77]。

　　埃文斯的印刷風格依然採用創新的模式，黑白與彩色印刷相互呼應與流動。全書以黑白印刷為主，彩色印刷為輔，彩色印刷包括封面、頁2、6、10、15、19、23共7頁，餘17頁為黑白。本書並無跨頁設計，全書仍以插畫為主，文字為輔。

---

[76]　World Wide Words: Panjandrum http://www.worldwidewords.org/weirdwords/ww-pan2.htm。

[77]　Caldecott, The Panjandrum Picture Book, 1。

12-10 │ 12-11 │ 12-12

12-10 《潘展狀圖畫書》（The Panjandrum Picture Book cover）藍道夫·凱迪克（Randolph Caldecott）1885封面。圖片來源：Randolph Caldecott, *The Panjandrum Picture Book*。

12-11 《在庭院的鄉村姑娘》（the Country Girl in the Garden）藍道夫·凱迪克1885。圖片來源：Randolph Caldecott, *The Panjandrum Picture Book*, 2。

12-12 《鄉村姑娘採甘藍菜》葉（the Country Girl Cut a Cabbage-leaf）藍道夫·凱迪克1885。圖片來源：Randolph Caldecott, *The Panjandrum Picture Book*, 3。

　　頁2彩色插畫描寫一位鄉村姑娘在一個寬廣綠色的田園或庭院觀看甘藍菜葉的景象，畫面充滿田園寧靜的氣氛（圖12-11）。頁3轉入黑白頁面呈現這一位姑娘急速在田園中採甘藍菜葉（圖12-12），為此她忙著做蘋果派。頁3、4轉變為黑白插畫，巧妙利用線條輕巧捕捉人物的型態與動作。頁6採用彩色插圖描寫一位肥胖的大母熊，它身穿著橘紅色的花衣，手拿著小籃子與一個小陽傘在大街上漫步走著，這一位擬人化的母熊扮演著老奶奶的模樣，怪異卻可愛，惹得路上行人注目觀看（圖12-13）。頁7、8轉變為黑白插畫，接續大母熊把頭探進一間店裡說著：「為什麼沒有賣肥皂？」，卻發現一個荒謬的結果：一個男人已死去。頁10彩色插圖描寫鄉村姑娘非常地衝動嫁給了理髮師，畫面出現婚禮的歡樂氣氛。接續頁11呼應以黑白印刷呈現婚禮的景象。頁14-17出現皮克尼尼一家、賈伯利利一家、蓋瑞優利一家。[78]

　　頁18與頁19也是採用黑白與彩色插圖互相呼應，出現狂妄自負的潘展狀大人，他身材肥胖高大、身著大黑色外套、上衣領口有個小鈕扣，手拿著一本書，大步走進室內，在旁有許多民眾與兒童觀看著（圖12-14）。作者似乎為了誇大描寫潘展狀大人的權威與重要性，特別描寫一群兒童為了迎接他，都彎腰鞠躬著向大人致敬，表現出對大人的崇敬（圖12-15）。頁22與23同樣地採用黑白、與彩色插圖相互呼應，描寫潘展狀與許多家人正在瘋狂地玩著鬼抓人遊戲，氣氛活潑歡笑，充滿著生活的樂趣（圖12-16）。全書末尾頁24則以詼諧的氣氛，捕捉人們在遊戲歡笑後疲累不堪的坐在地上，他們把靴子跟腳跟抬起來、冒出煙來了，讓人啼笑皆非（圖12-17）。[79]凱迪克以簡潔的風格，利用線條、色彩捕捉了潘展狀與人們歡樂、詼諧的生活情調。本書色彩以橘紅與綠色兩個對比色為主，強化了視覺的表現能力。

---

[78] Ibid., 2-17。

[79] Ibid., 18-24。

and the great Panjandrum himself, with
the little round button at top;

12-13	12-14
12-15	12-16
	12-17

12-13 《街上的大母熊》（a Great She-bear in the Street）藍道夫・凱迪克1885。圖片來源：
Randolph Caldecott, *The Panjandrum Picture Book*, 7。

12-14 《潘展狀大人》（Grand Panjandrum）藍道夫・凱迪克1885。圖片來源：Randolph
Caldecott, *The Panjandrum Picture Book*, 19。

12-15 《潘展狀大人與兒童們》（Grand Panjandrum and Children）藍道夫・凱迪克1885。圖片來
源：Randolph Caldecott, *The Panjandrum Picture Book*, 18。

12-16 《潘展狀玩鬼抓人遊戲》（Panjandrum Play the Game of Catch-as-catch-can）藍道夫・凱
迪克1885。圖片來源：Randolph Caldecott, *The Panjandrum Picture Book*, 23。

12-17 《人們靴子腳跟都冒出煙來》（the Gunpowder Ran Out at the Heels of their Boots）藍道
夫・凱迪克1885。圖片來源：Randolph Caldecott, *The Panjandrum Picture Book*, 24。

12.4 小結

　　十八世紀時尚復興顯示著維多利亞人對於十八世紀有相當廣泛的興趣。當時的服裝可以看出維多利亞人對這個舊時代有著崇高的敬意，這也使得十八世紀文化可以融入維多利亞晚期的生活裡。雷諾茲、庚斯博羅和其他當代的畫家會在作品中描繪類似的服裝風格，使得十八世紀的服飾受到更多人的喜愛。此外，源自於18世紀的時尚潮流使得朵莉‧瓦登服裝、庚斯博羅帽、茶會服和復古服裝成為當代流行的服飾。當代畫家如福利思，惠斯勒，及格林那威皆因應這股潮流，描繪十八世紀的服飾題材，來表達對於舊時代的喜愛。《畫報雜誌》和《倫敦新聞畫報》含有當代十八世紀服飾與設計的插畫，足以證明這一段時期所盛行的十八世紀時尚風潮。

　　十八世紀復興戲劇以及其他以十八世紀想像為題材的戲劇在這股復興風潮中扮演重要的角色。改寫十八世紀的戲劇作品中，謝里登的《造謠學堂》是典範作品。由於忠於舊時代，以及對於服裝和佈景上嚴謹考究，使得這部作品上演之後，被讚譽為是一齣重現舊時代樣貌的偉大復古喜劇。畫家威爾‧普林塞浦與約翰‧貝帝皆曾經從該作品場景中汲取創作靈感。威爾斯的戲劇作品《奧利維亞》是改編自十八世紀重要作家高德史密斯的小說《維克菲爾德的牧師》。改編成戲劇後，原作小說中滑稽可笑的部分被淡化成了古雅風趣，因為如此，這部戲劇作品成功地激起觀眾對於十八世紀古雅安逸的懷想。畫家馬庫斯‧斯通也投入奧利維亞畫像的製作，為當代繪畫界與戲劇界的服裝設計提供了良好的參考典範。由此可以看出1870年代十八世紀復興風潮對於戲劇與繪畫產生影響力。

　　凱迪克於1885年為「偉大的潘展狀」已文創作一本圖畫書。依其創作的慣例，凱迪克與埃文斯合作，製作了一個設計模式。此圖畫書文本是依據山姆‧福德一位十八世紀著名的英國戲劇家、演員的作品。埃文斯的印刷風格依然採用創新的模式，黑白與彩色印刷相互呼應與流動。全書以黑白印刷為主，彩色印刷為輔，彩色印刷包括封面、頁2、6、10、15、19、23共7頁，餘17頁為黑白。本書並無跨頁設計，全書仍以插畫為主，文字為輔。全書共二十四頁，以封面為首展開圖畫書的故事。封面以綠色為主要色彩，描寫潘展狀大人與皮克尼尼一家、賈伯利利一家輕鬆漫步在橋下的湖畔，充滿快樂歡笑的氣氛。凱迪克的「偉大的潘展狀」圖畫書成功地回應了十八世紀戲劇的復興風潮。

Chapter 13

結論

本書研究目的在探究：英國十八世紀的復甦或復興潮流，如何反映在十九世紀維多利亞時期的兒童圖畫書中，特別針對該世紀中葉的童書公司——喬治‧勞特力奇公司1870-80年代所出版的作品。喬治‧勞特力奇公司是英國十九世紀中葉最重要的童書出版公司，在十八世紀復興風潮中，勞特力奇公司積極因應這股復古的潮流，製作了一系列以十八世紀文化為主題的圖畫書。喬治‧勞特力奇公司是十八世紀主題圖畫書的搖籃。這一段時期，該公司特地邀請艾德蒙‧埃文斯擔任木刻與印刷師，協同維利亞時代最傑出的三位童書插畫家合作，製作成以十八世紀文化為主題的圖畫書系列。這三位插畫家分別是：藍道夫‧凱迪克、華特‧克雷恩、與凱特‧格林那威。

1870年代維多利亞時期對於喬治王時期的藝術熱烈展開時，英國十九世紀是一個注重歷史的時代，歷史主義如同十八世紀的復甦潮流，對於十九世紀具有高度的價值，提供了哲學家、歷史家、小說家、與畫家思想論述的題材，也就是說十八世紀是維多利亞時期作家與畫家最鍾愛的歷史時期，十八世紀的主題在十九世紀中葉受到歡迎與流行，在這一段時期歷史主義的重視導致了對於十八世紀狂熱的潮流。這股風潮不僅反映著1870年代人們緬懷過去的年代，而且形成十八世紀復古的繪畫、時尚與戲劇潮流。奧利佛‧高德史密斯的《維克菲爾德的牧師》與其他十八世紀文學作品的插畫版本在市場上流行。亨利‧奧斯汀‧多布森在英國文學界被尊稱為十八世紀先生，熱衷於十八世紀視覺文化的表現，特別讚賞凱特‧格林那威與藍道夫‧凱迪克的插畫，由此證明了十八世紀文化復甦的重要性。

藍道夫‧凱迪克在十八世紀復甦風潮中的第一件書籍插畫作品為《舊聖誕節》。這件作品是美國作家華盛頓‧歐文的著作。歐文是一位活躍於十九世紀早期的美國作家、歷史學家、評論家。他於1815由於家庭事業，舉家遷往英國，並於1819-20年之間撰寫了《寫生簿》。《寫生簿》這本書的影響力主要原因之一是來自於書中有關於舊聖誕節的文章，描寫了十九世紀的前十年或二十年英國老鄉紳在鄉村中慶賀聖誕節慶的風俗情形。據說歐文先生曾經於十九世紀早期住在英國伯明翰的愛斯頓邸第，居住期間他觀察、經驗了英國舊聖誕節的慶祝活動，而這些聖誕節風俗，早已經遭到遺棄。愛斯頓邸第是由約翰‧梭本設計，於1618-1635年之間，由湯瑪士‧何德建造。在《舊聖誕節》中歐文利用愛斯頓邸第，作為《布雷斯布里奇廳》的模型、與主角老鄉紳的住宅。

歐文在《舊聖誕節》中，描寫十九世紀的前二十年英國老鄉紳在鄉村中慶賀聖誕節慶的風俗情形，共有5章，含聖誕節、馬車、聖誕夜、聖誕日、與聖誕晚餐。凱迪克於1874年接受麥克米倫公司委託繪製《寫生簿》。起初他一共繪製了112幅作品，並且在1875以《舊聖誕節》為名出版，並再版兩次，由詹姆士‧古伯擔任雕刻。凱迪克精湛的插圖，畫出了歐文著作裡復古的人物與服裝，讓這個典型鄉紳故事可以重現舊聖誕節十八世紀的場景。凱迪克品設計此書封面、卷頭插畫、各章亦含卷頭插畫，一共繪製了112幅黑白插畫作品。凱迪克的設計是十九世紀唯一的插畫版本，風格簡潔典雅，顯露出其獨特的插畫風格。

凱迪克為《舊聖誕節》設計封面，描寫老鄉紳與家族成員，共同慶賀聖誕節歡樂的景色，卷頭插畫描繪老鄉紳熱誠招待村民貧窮者，進入邸第的景色。這種設計彰顯了老鄉紳在聖誕節中的角色與重要性，反映了繪者積極呼應歐文在文中的描述：鄉紳會在聖誕節時邀請村民進入大廳，讓他們吃一些東西祛寒。窮人祝福他，讓人確信這一位老鄉紳在享樂之餘，從未忘記聖誕節樂善好施的美德。

鄉紳布雷斯布里奇在世襲領地中扮演著重要角色，他富涵學養、喜愛閱讀，住在自己的莊園內，管理土地、監督照顧佃農、以及治理小型父權社會，在十八世紀的社會與政治上具有影響力。華盛頓・歐文對鄉紳的生活描述如下：這一位老鄉紳其實是英國紳士的活標本，他幾乎足不出戶、隱居於鄉間，而且是一位幽默風趣的人。老鄉紳對英國古禮與習俗有一種偏執的熱愛。布雷斯布里奇廳附近小村莊的居民都很崇敬老鄉紳，幾乎將他視為封建領主。此類英國家政的隱居範例及正統古風能保留至今，要歸功於老鄉紳的獨特性情。

老鄉紳以為：從前的聖誕遊戲與地方習俗影響深遠，能讓農夫喜歡自己的家園，仕紳也可藉此使佃農更喜歡他。這些遊戲和習俗能讓這些時光變得歡樂、親切及更加美好。為此在聖誕節當天，會舉行野豬首的儀式，伴隨著吟遊詩人的演唱放在大桌上。凱迪克生動地描繪，捕捉古老時期在富麗大廳舉辦的豪華聖誕慶典中，眾人在野豬之顱隊伍前進的重要時刻，依據傳統儀式將此菜送上主桌的情形。祝酒之碗，也是聖誕節慶祝活動中最著名的器具。

十八世紀最受歡迎的聖誕節活動是化裝舞會或啞劇。歐文與凱迪克均生動地描寫化裝舞會的情形：西蒙主人在前方領隊，他代表「古代古聖誕節」，老鄉紳的女伴是一位藍色眼睛的頑皮女孩，扮演的身分是「肉餡餅夫人」。年輕軍官則打扮成羅賓漢。美麗的茱莉亞身穿一襲簡樸的洋裝勾著軍官的手臂，扮演羅賓漢的情人「瑪莉安小姐」。

《約翰・吉爾平騎馬》係源自於十八世紀的詩人作家威廉・考伯的詩作。其故事描寫吉爾平騎馬的旅程，反映了考伯對於吉爾平與馬兒之間互動充滿幽默樂趣的故事。有關故事的來源，據說是考伯在五十歲時認識了奧斯登女士，奧斯登女士幼小便熟念翰吉爾平騎馬的故事，將該故事轉述給考伯，考伯深受感動，徹夜未眠急速將故事寫成民謠文稿。

在十八世紀的復興風潮中，《約翰・吉爾平騎馬》的詩文不僅開啟於十八世紀末，迅速流傳，獲得讀者的喜愛，而且持續在十九世紀，刺激產生了豐富的插畫版本，形成了強勢的吉爾平故事的插畫傳統。吉爾平故事書在喬治王時期從1784年到1836年之間，迅速出版發展，共有42家出版商出版。在這一段喬治王時期，吉爾平故事書的出版設計概念業已形成，並且以版畫印製成的插畫，暢銷故事書、童書、書寫紙張、和拼圖玩具等多樣形式呈現。英國畫家珊姆・柯林首先於1784年7月發表吉爾平騎馬的插畫，這是《約翰・吉爾平騎馬》的第一張插畫，不但具有歷史上的重要性，而且激發了爾後十九世紀對於吉爾平的想像與再現。重要出版商包括繼承約翰・紐百瑞的童書事業的約翰・海力斯、以發展童書與兒童教具著名的達藤出版公司、以

及擁有獨特表現風格的喬治・庫克強。在這一段時期吉爾平故事的版本設計特徵便是結合文字與圖像，插畫佔有重要的地位。

吉爾平騎馬故事在維多利亞時期持續盛行，廣泛受到出版商與讀者的關注與喜愛。這一段時期曾經出版吉爾平故事的出版公司約有13家，散佈在英國各大城市，倫敦持續為十九世紀英國童書出版集中城市。此外，紐約城市也有三家出版公司，曾經出版吉爾平的故事。喬治・勞特力奇公司特別熱衷十八世紀文化，曾經出版吉爾平故事3種不同的版本。吉爾平故事圖畫書在本時期的出版特徵為圖畫書頁數增多、尺寸增大、注重封面設計及圖文的關係，而且插畫持續扮演重要的角色。本時期四位著名插畫家為：以書籍封面設計著名的約翰・雷登、重視圖文關係配置的費茲庫克、精巧運用彩色插畫的斯基、以及展現獨特創新風格的藍道夫・凱迪克。

凱迪克於1878年製作吉爾平騎馬圖畫書，該書由艾德蒙・埃文斯雕刻與印刷，並由喬治・勞特力奇出版公司出版。凱迪克為吉爾平故事圖畫書所設計的模式，在十九世紀的插畫版本中，獨樹一格，具有獨創性，可以由其設計的模式中看出，包括：尺寸、頁數、圖文關係配置、插畫的頁數、插畫的印刷、封面、卷頭插畫、與內文中的相關插畫。

凱迪克版本為23.1/2×20.1/2cm，是故事歷屆版本中尺寸最大的。凱迪克版本共31頁，也是故事歷屆版本中頁數最多的。此版本圖文配置講求融合與變化的方法，使版面富有變化與統一。此外，凱迪克版本不但企圖增加頁數，來發展故事內容，而且企圖增加插畫張數，共31頁，來增強插畫的視覺表現能力。凱迪克設計插畫，每頁平均占頁面一半或一半以上，而頁6、9、23只有插畫，沒有文字。最重要的是，凱迪克尚且為插畫設計跨頁，是歷年吉爾平故事版本的首創。其跨頁設計，含頁12、13、28、29，共兩個跨頁設計，這是凱德克的獨特創新。由此可見，插畫在凱迪克的吉爾平圖畫書扮演重要的角色。

回顧喬治王時期吉爾平故事版本泰半是木雕黑白插畫，如珊姆・柯林、約克版暢銷故事書、及喬治庫克強版本。此時期亦有手工彩繪插畫，如海力斯版本、及達藤版本。進入維多利亞時期有木雕黑白插畫，如雷登及費茲庫克版本、亦有彩色插畫，如斯基版本。凱迪克偕同埃文斯的插畫印刷，是其圖畫書創意設計的重要策略，埃文斯的印刷製作，包含兩種不同印刷技術，一種是黑白單色印刷，一種是彩色印刷。吉爾平故事書凡31中，黑白佔22頁，而彩色佔9頁；彩色部分包含封面、卷頭插畫，及頁6、12、13、19、23、28、29。值得注意的是，頁12與13為跨頁設計彩色插畫，頁28與29也是跨頁設計彩色插畫，由此可以看出埃文斯企圖融合黑白與彩色這兩種不同的印刷技術，自然產生兩種不同的視覺效果，在版面上進行流動，相互呼應，因而形成了圖畫書的風格特徵。這種插畫風格，是吉爾平插畫歷史版本中唯一且獨特的，是埃文斯的獨創。

凱迪克的封面設計是源自於詩節36：婦立倚欄杆，遙望眼欲穿，忽見狂馳馬，心中如火箭。凱迪克詩節36，作為封面的主題，是歷年版本中獨有的。凱迪克描繪此詩

文以獨特的風格，表現吉爾平狂馳馬而其夫人心中如火煎，深情著急等待的心情，隱喻著夫妻深厚的感情。而此議題，銜接了卷頭插畫的內容，顯示了凱迪克認為吉爾平夫婦的恩愛感情，是故事中最重要的事件。

凱迪克雖然在頁12、13曾接承襲詩節28表現的插畫傳統，但是凱迪克不僅限於於模仿過去的版本，他企圖追求創新的表現，可以由下面幾點看出：以彩色跨頁的版面呈現，取代了過去版本泰半僅以單頁黑白的表現方式。畫面採用新的斜角構圖，由左下角逐漸往右上角的方向進行，呈現街道的景象。重新塑造平騎馬的意象，身穿深咖啡色衣服、黃色褲子、佔據在畫面的中央，具有騎士英勇的動感與姿態。強化吉爾平騎馬帶來市街的歡樂與動感，加添描寫前景中跳耀奔跑的動物、以及在旁觀賞歡笑的地區住民。在背景中加強描寫深咖啡色的民房，建構出十八世紀舊時代民居的氣份，使畫面呈現出古樸與懷舊的氣氛。

凱迪克在頁18、19描繪詩節36、37：婦立倚欄杆，遙望眼欲穿，忽見狂馳馬，心中如火箭齊聲乎停馬，午餐已過時，富翁遠回答，晚餐未有期。凱迪克以創新的手法，繪製了兩張插畫。頁18為黑白插畫，描繪鐘聲旅館餐廳內的侍從，正在準備午餐的餐宴。頁19是彩色插畫，描繪吉爾平夫人在鐘聲閣樓外倚著欄杆，遙望呼喊著，期待吉爾平的到來，一齊共享晚餐的模樣，由此兩頁形成黑白與彩色的呼應，旅館內與外面空間的流動，形成了視覺的延續性。值得注意的是，頁18在餐廳內準備餐宴，是凱迪克的想像創新，過去版本從未出現過；頁19的彩色插畫，在概念上，則承襲了吉爾平插畫的傳統，沿用了吉爾平夫人與婦女兒童在閣樓上呼喊的景象，惟凱迪克企圖改變上述題材在吉爾平插畫的傳統表現的模式，他採用了斜角的構圖，將婦女兒童在閣樓平台上呼喊的意象，放置在畫面的右角，而吉爾平騎馬的意象，則放置在左下角，使畫面產生俯視的新視野。

因應詩節59、60，凱迪克意圖加強表現詩節的內容，改變原過去版本僅使用黑白單頁，增加為4頁，由頁25、26、27、28、建構了一個連續性的敘事表現模式，使用25、26兩頁黑白，加上27、28跨頁的彩色插畫，形成黑白與彩色插畫的連續性流動與呼應。頁25呈現俯角的視野，進入愛德蒙頓市寬廣的郊區空間，描寫六位騎士正在追趕吉爾平，而畫面的右下角呈現一對夫婦正在觀望這個追趕的景象動。頁26呈現3位郊區市民在地觀望的景象。頁27、28凱迪克改變手法，以驚人寫實的技巧與風格，描寫6位騎士追趕與呼喊的景象，畫面產生強烈的動感與戲劇張力。頁25、26採用黑白的簡潔風格，搭配頁27、28的彩色寫實風格，形成插畫的對應與流動，展現了凱迪克的創新表現手法。

由上述討論可以得知：凱迪克與埃文斯合作的圖畫書，在吉爾平故事形成的插畫表現中，展現獨創的風格，具有重要的歷史地位，而其呈現吉爾平騎馬的意象，不僅在插畫的傳統中，佔有創新的角色，而且在二十世紀設立的凱迪克獎中，成為該獎獎章的代表意象，由此足以證明凱迪克繪製的吉爾平圖畫書在世界兒童插畫領域，具有歷史的地位與意義。

奧利佛‧高德史密斯是一位愛爾蘭小說家、劇作家、詩人。他一生最著名的小說，於1766年發表，名稱為《維克菲爾德的牧師》。這部小說出版後，獲得極高的評價，於十八世紀後期，延續至十九世紀，非常流行，可以說在十九世紀文學藝術領域，被尊為英國的經典之作。早期插畫版小說作者有丹尼爾‧查多維奇、丹尼爾‧道得、湯瑪斯‧史東薩。進入維多利亞時代，有關《牧師》主題積極成長。這段期間有三位重要的英國作家，以這部小說作為創作題材，具有優異的表現。三位作家包括丹尼爾‧麥克里斯、威廉‧穆雷迪、與藍道夫‧凱迪克。這一段期間，維多利亞的藝術特別風行具有敘述內容的文學性繪畫。

　　高德史密斯的《瘋狗之死輓歌》一方面與英國十八世紀有關寵物狗輓歌的傳統詩有關，另一方面這首詩有別於傳統的寵物狗詩，它實際上具有社會寫實的觀點，記錄了十八世紀末葉寵物狗所帶來的社會災難。喬治‧巴樂在其文章《兩件高德史密斯未受承認的作品》中指出：當時瘋狗在倫敦市街上所帶來的驚駭。高德史密斯本人於1760年也曾經發表一篇文章，名稱為《害怕瘋狗》或《殺狗的激憤》。如同詩文一開始描述牧師善心收留流浪狗；進入第四節詩文，內容轉折，狗不再是人類忠實的伴侶，反而帶來社會驚駭，最後也導致死亡，如同高德史密斯在《害怕瘋狗》已文中所陳述，瘋狗是可怕的傳染病，會侵入區域鄉里，並傷害國家。所以《瘋狗之死輓歌》也是一首反傳統詩，不再一昧歌誦狗的忠誠與永恆，它是一首富有批判省思，且具有當代寫實觀點的小詩。

　　凱迪克於1875年繪製的《瘋狗之死輓歌》圖畫書，含封面、卷頭插畫、與標題頁，他為這個圖畫書設計的模式與吉爾平騎馬雷同。封面描寫兩位男人協力抬著一隻死亡的瘋狗，在市街經過，沿著街道有五隻深咖啡色的流浪狗，挨餓沮喪低頭走著，似乎正在進行一個沉重的葬禮。畫面吐露著沉重的哀傷。著深咖啡色的男子與深咖啡色的流浪狗，象徵悲哀與死亡，顯示主題與色彩不但在畫面有重要性，而且具有象徵的內涵。

　　凱迪克繼續以批判、寫實的觀點描寫。從頁20到25進入瘋狗侵入市街的主題，描繪瘋狗帶來社區的不安與群眾的害怕與搔動，凱迪克為了強化瘋狗侵入市街所帶來的搔動，以長達五頁的畫面描繪，顯現繪者認為瘋狗帶來社會的嚴重災害，這個主題包含頁20、21、22、24、25，均以黑白的線條，描繪慌亂奔跑的群眾，產生畫面的不安與動感，頁23則是淺橘紅色彩色插圖，是凱迪克的創新表現手法。

　　最後一段頁30包含上下兩個插圖，均以以黑白的線條描繪，上圖奇蹟出現，牧師傷口復原，隱喻上帝祝福慈悲為懷的人類，下圖瘋狗所帶來社會的災害，倒地死亡，顯示寵物狗不再被歌頌與神格化，也不再賦予永恆的生命，具有道德的教訓。頁31彩色插圖描繪牧師與一群流浪狗皆站在山坡上，注視著死亡的寵物狗，強化了瘋狗之死的道德教訓，此兩頁含黑白與彩色插圖也形成呼應流動，也是圖畫書的創新表現。

　　艾德蒙‧埃文斯為《瘋狗之死輓歌》雕刻與印刷，依其製作風格，使用兩種不同的技術與風格，一種是黑白印刷，另一種是彩色印刷，讓兩種不同的技術與風格並

存，並產生互動與發展，是創新的設計。《瘋狗之死輓歌》全書共31頁，以黑白印刷為主軸，共24頁，彩色印刷為輔，共9頁。彩色部份包含封面、卷頭插畫、與內文中的插畫7頁。這是凱迪克與埃文斯的創新表現。

羅博‧布倫菲兒於1796-1798年之間，開始撰寫他的詩文著作《農夫少年》。這本詩集成為他一生中文學創作的經典之作，在英國文學界嶄露頭角，並且奠定其在文學界的地位。《農夫少年》屬於英國喬治王文學傳統的一部份，並深受傑姆‧湯姆生的經典作品《四季》的影響。布倫菲兒在這本詩文中，一方面運用與發展了喬治王文學傳統描寫的模式與主題，二方面將個人童年在蘇佛克農場生活的經驗，回憶書寫建構融合成為一個擁有喬治王文學傳統與地區農業勞動的生活經驗作品。

《農夫少年》於1800年3月第一次出版，不僅是一本詩集，而且是一本插畫詩集。《農夫少年》含有插畫，直至1827年第15版，都包含插畫。第一版是由亞歷山大‧安德生製作，第二版則改變，製作了一個新的卷頭插畫，是由約翰‧特斯動所描繪，而由查爾騰‧內斯比印刷。值得注意的是，早期詩集所製作的插畫，持續雷同的內容，一直到1805年第八版才有新的改變。第八版採用了一個新的卷頭插畫，並且也引入了幾張新的插畫作品，為詩集的插畫設計，帶來新的概念。如此以來這些插畫持續使用，直到第十（1808）及第十一版本（1810）。1869年《農夫少年》版本含有三位插畫家、三位雕刻家，共有30件插畫作品，是詩集自1800年首次出版以來，插畫張數相當多的版本，由此也可以窺見詩集在19世紀中葉出版銷售情況良好，而插畫能夠持續獲得讀著的喜愛。受布倫菲兒詩作《農夫少年》的啟發，約翰‧康斯坦堡創作了三件作品：1814年《蘇佛克的犁田景色》、1816年《麥田》、1830年代《雲的習作含布倫菲兒的詩句》。凱迪克1881年的《農夫少年》圖畫書是在十八世紀復興風潮中，依據布倫菲兒詩集所發展出來，具有創意設計概念的圖畫書。

凱迪克的《農夫少年》圖畫書的製作與內容，與布倫菲兒詩集息息相關，他意圖將原布倫菲兒冗長的詩作，改寫為短詩，描寫吉力在田園的生活經驗，並且以吉力照顧動物為主軸，發展成為一系列關於吉力從事農村的活動，這個主題顯然持續了十八世紀以來田園文學的敘事傳統，具有美學與道德上的觀點。

凱迪克繼承了布倫菲兒與蕭福特斯伯利的思想，肯定人類具有同情的善心，以為在農場工作與生活，是一種人生的體驗與學習，由於人類具有善心與同情的本性，所以在農場工作中，人類與動物應當保持良性的互動關係，由此展現出對於動物的人道主義的態度，所以凱迪克採用了布倫菲兒的思想，描寫吉力從事農村工作與照顧動物的主題，來發展圖畫書的主題。

受布倫菲兒的思想的影響，凱迪克為《農夫少年》圖畫書建構了一個設計模式，是其創作設計的中心概念。這個設計模式的中心主題為照顧主人的動物，首先是封面，其主題是照顧主人的綿羊，爾後主題依次為照顧主人的馬、綿羊、母雞、豬、野鴨、狗、兒童、土雞以及吉力的愛情。上面各主題每四頁形成一個單元，最後照顧主人的土雞，以及吉力的愛情僅有一頁。

凱迪克著重創意設計的概念，其改編主題，雖然保留了吉力照顧動物，以便從事農業的活動，但是原詩文中含有蘇佛克地區農業價值的幾項題材均被省略；包括擠牛奶製作乳酪農產品、蕪菁植物提供牛羊在冬日的營養來源，以及農業工人拾落穗的活動等。雖然如此，凱迪克喜愛創意發想，除了動物主題以外，他增加了個人所鐘愛的兒童題材，以及吉力的愛情故事，後兩種主題讓吉力的田園農事生活，增添兒童的趣味與感情的生活。

　　凱迪克在改編《農夫少年》詩集的主要策略之一，在於提高插畫的價值與重要性，也就是說插畫遠比文本重要，插畫在凱迪克設計模式中，扮演非常重要的角色。回顧《農夫少年》的插畫歷史，各版本均以詩文為主、插畫為輔，而凱德克改編詩文成為精簡有趣的短詩。其圖畫書31頁中含短詩的頁數僅有8頁，餘23頁均為插畫，而短詩每頁凡6行、9行、10行、11行、12行、13行，各頁短詩均不超過頁面一半，或至多佔頁面2/3。由此可以看出，凱迪克在改編《農夫少年》詩集的主要策略之一，在於提高插畫的價值與重要性，也就是說插畫遠比文本重要，插畫在凱迪克設計模式中，扮演非常重要的角色。

　　回顧《農夫少年》的插畫歷史，各版本的插畫主要以木雕的黑白插畫為主，只有1881年版本使用彩色的銅版印刷。凱迪克的《農夫少年》係與艾德蒙‧埃文斯合作，負責插畫雕刻與印刷部份，是其創意設計的另一重要策略。埃文斯的印刷製作包含兩種不同印刷技術，一種是黑白單色印刷，另一種是彩色印刷。《農夫少年》圖畫書凡31頁中，黑白占22頁，而彩色占9頁，埃文斯融合這兩種不同的印刷技術，在插畫版面上進行流動，相互呼應，使其圖畫書風格獨樹一格，且富有原創性。

　　凱迪克不僅只止於參考歷年的插畫版本，更重要的是他注入個人創意思想，發揮想像力，使其插畫具有簡潔自然的風格，且富有原創性。凱迪克的《農夫少年》圖畫書封面，描寫吉力坐在樹蔭下照顧著綿羊、享受著田園生活，其氣氛安詳和諧。這張封面的設計可以追朔1800年第二版本卷頭插畫，讀者可以看到吉力坐在樹下遙望著田園的景觀，這兩張圖像同樣描寫吉力代表牧羊者的意象，持著富有象徵性的手杖，與腳邊忠實的狗相互倚慰的模樣。此外，1805年第八版的插圖描寫吉力同樣戴著帽子，持杖與旁邊的小狗，形成一個親密的互動夥伴關係。由此可看出，凱迪克的封面設計，很可能參用了上述兩張插畫的設計構想，描寫吉力的牧羊者意象，坐在樹蔭下照顧著綿羊、享受著田園生活，其畫面充滿了阿卡迪亞氣氛。

　　雖然如此，凱迪克塑造吉力，不僅是一位牧羊者，也是一位愛情追求者。他凝視遠方，遙望對街上的一位小姐，渴望著愛情，是原詩文及插畫中所沒有的。由此也點出圖畫書中將要進行的愛情故事，這是凱迪克的創意發想。此外，凱德克採用彩色封面，以米黃色與綠色描寫草地與背景，使畫面倍增溫暖與安詳的氣息，是原兩張黑白插畫所缺少的。

　　凱迪克善於利用線條，展現其簡潔的風格，來描寫吉力照顧馬群的意象。吉力農耕完後進入農場照顧馬群，坐在樹下的模樣，雖然已於《農夫少年》歷年的插畫版本

中出現過，包括1800年第一版春天插畫、1801年第四版春天插畫、以及1869年春天插畫。與上述三個版本比較，凱迪克更善於利用線條，來描繪吉力與馬群的輪廓。此外，凱迪克也進一步發展吉力照顧母雞的主題，他讓母雞生蛋的想法，產生農場擁有生產力的意涵，並且同時傳達農場社區共享的生活概念。頁12呈現吉力兩手捧著雞蛋，奉獻給一位老奶奶，而一隻母雞站在牆上，似乎高興的看著這一個富有愛心的景象。頁13描寫農場主人也將蛋分享給來訪的兩位客人共同享用，意味著農場生產共享的涵意。這個創新的意念是原詩文與插圖忽略缺少的。

由以上的討論可以得知：凱迪克於1881年《農夫少年》圖畫書是《農夫少年》這本詩集在十九世紀中，因應十八世紀復興風潮系列出版機制中，具有創意設計概念成功的圖畫書，也是詩集出版歷史的脈絡中，具有歷史地位與涵意的圖畫書。

十八世紀復興戲劇以及其他以十八世紀想像為題材的戲劇在這股復興風潮中扮演重要的角色。改寫十八世紀的戲劇作品中，謝里登的《造謠學堂》是典範作品。由於忠於舊時代，以及對於服裝和佈景上嚴謹考究，使得這部作品上演之後，被讚譽為是一齣重現舊時代樣貌的偉大復古喜劇。畫家威爾·普林塞浦與約翰·貝帝皆曾經從該作品場景中汲取創作靈感。威爾斯的戲劇作品《奧利維亞》是改編自十八世紀重要作家高德史密斯的小說《維克菲爾德的牧師》。改編成戲劇後，原作小說中滑稽可笑的部分被淡化成了古雅風趣，因為如此，這部戲劇作品成功地激起觀眾對於十八世紀古雅安逸的懷想。畫家馬庫斯·斯通也投入奧利維亞畫像的製作，為當代繪畫界與戲劇界的服裝設計提供了良好的參考典範。由此可以看出1870年代十八世紀復興風潮對於戲劇與繪畫產生影響力。

凱迪克於1885年為「偉大的潘展狀」已文創作一本圖畫書。其文本是來自於十八世紀的著名劇作家山姆·福德的作品。凱迪克與埃文斯合作，依其創作的慣例，製作了一個設計模式。凱迪克的創作似乎可能是十九世紀唯一的版本，與前《約翰·吉爾平騎馬》與《農夫少年》吸引許多作家、出版商製作插畫，擁有許多插畫、多元風格的版本迥然不同。全書共二十四頁，以封面為首展開圖畫書的故事。封面以綠色為主要色彩，描寫潘展狀大人與皮克尼尼一家、賈伯利利一家輕鬆漫步在橋下的湖畔，充滿快樂歡笑的氣氛。

埃文斯的印刷風格依然採用創新的模式，黑白與彩色印刷相互呼應與流動。全書以黑白印刷為主，彩色印刷為輔，彩色印刷包括封面、頁2、6、10、15、19、23共7頁，餘17頁為黑白。本書並無跨頁設計，全書仍以插畫為主，文字為輔。

圖畫書中頁18與頁19採用黑白與彩色插圖互相呼應，出現狂妄自負的潘展狀大人，他身材肥胖高大、身著大黑色外套、上衣領口有個小鈕扣，手拿著一本書，大步走進室內，在旁有許多民眾與兒童觀看著。作者似乎為了誇大描寫潘展狀大人的權威與重要性，特別描寫一群兒童為了迎接他，都彎腰鞠躬著向大人致敬，表現出對大人的崇敬。頁22與23同樣地採用黑白、與彩色插圖相互呼應，描寫潘展狀與許多家人正

在瘋狂地玩著鬼抓人遊戲，氣氛活潑歡笑，充滿著生活的樂趣。全書末尾頁24則以詼諧的氣氛，捕捉人們在遊戲歡笑後疲累不堪的坐在地上，他們把靴子跟腳跟抬起來、冒出煙來了，讓人啼笑皆非。凱迪克以簡潔的風格，利用線條、色彩捕捉了潘展狀與人們歡樂、詼諧童趣的生活情調。本書色彩以橘紅與綠色兩個對比色為主，強化了視覺的表現能力。

《美女與野獸》在全世界流傳的各種動物新郎變體故事中，是歸類為425C型，其文本是緣自於十八世紀兩個重要的文學版本。卡儂德・薇蘭納芙夫人於1740年的《美女與野獸》是最早出現的版本，不過，勒普琳絲・博蒙特夫人1756年的版本才是爾後大多數作品的經典模範，對未來數世紀的創作造成影響力。薇蘭納芙、博蒙特的共通點在於高雅禮俗的基調、肯定理想的宮廷愛情，並強調女主角有選擇的權利。這兩種版本中的故事元素模式為：中心角色、簡單卻具有象徵性的敘事，以及特定意象與隱喻-風暴、玫瑰、花園、鏡子與戒指。

十九世紀版本受到創新的製書與印刷技術影響，產生許多版本，其中討論的4個《美女與野獸》版本包括：《美女與面惡心善的野獸：古典故事詩歌版》。據說此書是查爾斯・蘭姆於1811年的著作。詹姆斯・羅賓遜・普朗什於1841年的《美女與野獸：宏偉幽默浪漫歌劇、情節劇、誇張童話之兩幕劇》。華特・克雷恩1875年《美女與野獸》圖畫書，以及1889年刊登於《藍色童話》之安德魯・朗格的《美女與野獸》版本。

《美女與面惡心善的野獸：古典故事詩歌版》之插圖能媲美十九世紀的其他眾多版本，大小為5"×6"，版畫為3"×3"，全書共42頁。不過，此書與其他多數版本不同之處，在於以抑揚四步格寫成的押韻對句，為了達到詩歌的簡練性，而大幅刪減了故事角色：僅有一位商人、三個兒子、三個女兒（除貝兒外，都沒提到名字）以及野獸（最後證實為波斯的歐萊斯明王子）。本書插圖的主題包括貝兒的富貴時光、貝兒的艱苦時光、摘取玫瑰、貝兒蒞臨魔法、皇宮貝兒造訪圖書館、貝兒被無形音樂逗笑貝兒離去、令人哀傷魔法解除。插圖使用精細的線條，著重於主要角色的構圖，以及具有建築結構的背景。

安德魯・朗格的《美女與野獸》版本於1889年刊登於《藍色童話》，是十九世紀末之十年間最廣為流傳的版本。安德魯・朗格僅是受委託潤飾某一位無名作家的改編作品。在《美女與野獸》版本中，米妮・懷特小姐將《仙女書屋》的原著小說，減縮成童謠故事的篇幅。她費盡心思將薇蘭納芙夫人的數百頁小說濃縮成二十頁，並在完成此項任務時冠上朗格的名稱與聲望。朗格的版本大小為5"×7 1/2"，共有二十二頁，由亨利・福特繪製插圖，均為黑白鉛筆繪圖，僅有一張全頁插圖與四張半頁插圖。插圖的內容包括：蓄鬍的父親與在離別之前相擁、野獸正在威脅身穿長袍的商人、貝兒於夢境與王子在花園中交談、貝兒身邊圍繞著鸚鵡、大嘴鳥等生物貝兒在洞穴中利用水讓野獸恢復生氣。

克雷恩1875年《美女與野獸》版本圖文具有驚人的鮮明色彩，且敘事風格與設計

獨樹一格。這個版本的特徵在於書籍裝飾，在12頁的內容中半數有插圖，並有4幅整頁插圖與跨頁展圖。這些插圖描繪商人遭遇野獸、商人帶著玫瑰與家人重逢、貝兒與野獸坐在沙發上聊天、服裝優雅的猿猴跟隨著貝兒、貝兒照顧瀕死的野獸。克雷恩在所有插圖中常使用繽紛的色彩、圖樣與質感設計、並以扎實的黑線劃分出幾何平衡的形狀。背景如同凡爾賽宮的庭院，且無論背景或野獸都沒有絲毫的野性。野獸是戴單眼鏡片的分趾蹄公豬，服裝是十八世紀的法國宮庭服裝，貝兒的側臉則少了羽毛帽，顯露出希臘陶器上的人物線條。插圖中的角色受到設計要素、構圖及裝飾的影響。

克雷恩的圖畫書與維多利亞時期盛行之日本藝術潮流息息相關。《美女與野獸》的封面採用日本的元素。這件作品是克雷恩與埃文斯合作的先令系列作品，八件其中的一件作品。此一系列作品，均圖文分開，使用多彩顏色印刷。作品封面受日本藝術的啟發，採用許多日本的題材：包括一隻鶴站立著，背景為竹子與太陽，波浪裝飾著封面的四周。鶴是克雷恩名字的雙關語，克雷恩常常使用牠，作為他的署名。

《美女與野獸》三與四頁是跨頁插圖，具有裝飾性，成功地展現了東方藝術的特質：貝兒美女手中拿著一個日本扇子，中間的小桌上是中國的青花瓷，右方則是野獸。這件作品令人憶起惠斯勒於1864年的東方風格的畫作：包括《紫和玫瑰紅：手拿六枚瓷器的高挑女子》和《白色交響樂二號：小白色少女》。由此可見克雷恩與惠斯勒一樣，極力從日本與中國的題材汲取靈感，融入他的兒童圖畫書。此外，克雷恩的圖畫書《安妮與傑克在倫敦》與《柏克萊我的鞋子》也採用日本的元素。

格林那威的兒童插畫表現傑出，在十九世紀兒童插畫的黃金時代，占有一席之地，魯斯金稱讚她的插畫作品及成就表示：格林那威的兒童插畫擁有英國的插畫傳統特色。她的兒童插畫創作，一方面緬懷了十八世紀的文化歷史價值，將兒童插畫注入歷史涵義；另一方面也批判維多利亞時代工業化的污染，強調必須返回自然的重要性，喚起自然的空間，讓兒童在自然中成長的概念。格林那威的作品《窗下》，描寫兒童在古風中的花園，與朋友一同喝茶的景象，便是具體的說明。

格林那威圖畫書中展現的「少女」復古風格，揉合多種時期的特色，包括十八世紀的蘑菇帽、十八世紀的寬鬆襯裙與裙子、十九世紀早期的特大號草帽、以及帝式高腰棉款洋裝。倫敦利伯提百貨公司服裝目錄的「漂亮童裝與戲服區」，有少數童裝已明確標出以格林那威的插圖為雛形，而1899年目錄中有女童身穿「凱特‧格林那威風格」的帝式高腰棉款洋裝裝與蘑菇帽，小男伴則是穿著相稱的連身衣。女童洋裝之文字敘述為「薄紗連身裙搭配絲綢腰帶」與「薄紗帽」，男孩是身穿粉紅連身衣搭配藍襪，頭戴「綠帶白色海狸帽」，這兩套童裝都是出現在格林那威之著作：《金盞花園》之詩作〈希望〉的插圖中。此外，利伯提服裝目錄1899年「漂亮童裝」目錄中，為適合四到七歲女童穿著的「芙芮姐」外套，以荷葉鑲領，搭配特大蝴蝶結飾邊的大帽子，整套配搭酷似格林那威在1884年為《金盞花園》繪製的卷頭插畫。

由於童書出版業與印刷業在十八、十九世紀出現前所未見的擴展，以兒童中心教學、倡導兒童在遊戲中學習的理念，蔚為時代的風尚。約翰‧阿摩司‧康米紐斯教導

兒童語言，透過結合文字與實物，以圖授課。他於1657年製作《可見世界圖解》，被視為圖畫書的前身，擁有相輔相成的圖文內容。約翰‧洛克在1693年《教育隨想》中提議使用圖畫教導兒童語言，他於1703年的《伊索寓言》中便附有版畫插圖。大衛‧赫特利主張環境扮演著關鍵角色，並在其1749年的著作《人類觀察》中擴展洛克的白板概念，並延伸湯瑪仕‧霍布斯所有知識源於外物引起的官能感覺的主張。他連結這些學說與大腦運作，確信特定聯想會影響兒童發展。赫特利的「聯想主義」以孩子為中心，鼓勵要創造兒童友善環境，並鼓勵運用教學輔助工具。

　　延續這股十八世紀以降，以兒童中心教學，倡導兒童在遊戲中學習理念的時代風尚，喬治‧勞特力奇公司於1850、60年代也製作了許多供兒童教學的用品與出版刊物，包括1859年《給男孩的遊戲與運動》，此書於1859年由戴吉爾兄弟繪製90張插畫。該公司於1864年也出版《男孩的書：室內、室外的玩具百科全書》，包括室內、室外的玩具與遊戲，含255張插畫。

　　因應這股兒童學習理念的時代風尚，許多童書業者積極製作許多類型的教具用品，包括字母玩具、卡片、拼幅地圖、切割拼圖、圖頁、書寫紙。比如盒中字母磚是喬治王時代與維多利亞時期豪華托兒所的熱門玩具。最奢華的樣本就是以象牙或獸骨刻成的字母磚，但現存的達頓字母磚組是以木頭刻成，貼著鉛字印刷字體。《全新大小寫拼字組》於1810至1819年製作，就是一個實例，該拼字組在實心桃花心木上貼字母紙磚，收藏在花心木盒。

　　威廉‧達藤於1785年首次以吉爾平的故事製作其拼圖玩具，描寫吉爾平騎馬故事的窘情；他的外套失落，他的帽子與假髮飛落，馬兒顯出驚嚇的模樣。此外，達藤公司於1808年6月25日製作《約翰‧吉爾平旅程》書寫紙張2件，並於1825年也製作另一件吉爾平的故事拼圖玩具。

　　此外，從1840年代到1870年代，有關吉爾平故事的遊戲用品至少存有三筆。在1840年倫敦某公司有製作《約翰‧吉爾平騎馬》拼圖玩具，這是用手工彩色雕刻製作在木刻板上。另一個吉爾平故事的拼圖玩具是製作於1860年，其出版商是W.P.& S，筆者無法查出此出版商，這個拼圖玩具也是手工彩色，以石版印刷在木板上。

　　吉爾平騎馬的故事於十八世紀末不僅在英國，而且也在美國受到歡迎，在費城與紐約均有出版商製作銷售吉爾平圖畫書。此外，肯達家族從1840年代開始，便製作經營木頭玩具事業，並於1876年也以吉爾平騎馬的故事，製作一系列搖擺木馬的玩具，非常生動有趣。由此顯示在十八世紀的復甦風潮中，吉爾平故事不僅產生了豐富強勢的插畫版本，而且在英美兩國吸引童書業者製作故事的兒童教具與遊戲用品，廣受歡迎。

參考文獻

Ch1 序論

Alderson, Brian, *Sing a Song for Sixpence: the English Picture Book Tradition and Randolph Caldecott*, Cambridge: Cambridge University Press, 1986.

Arth, Janet Marie, *Edmund Evans, Color Illustration, and Libraries, Master of Art*, University of Minnesota, 1978.

Blackburn, Henry, *Randolph Caldecott: His Early Art Career*, London: Sampson Low, Marston, Searle & Rivington, 1886.

Bodger, Joan H., "Caldecott Country," *Horn Book* (June 1961), 237.

Bradley, Laurel, *Evocations of the Eighteenth Century in Victorian Art,* Ph.D. New York:New York University, 1986.

Cech, John, "Remembering Caldecott: The Three Jovial Huntsmen and the Art of the Picture Book," *Lion and the Unicorn* 7/8 (1983/84), 110-11.

Chambers, Aidan, "Letter from England: Looking at Pictures," *Horn Book* (April 1974), 130-35.

Connors, Joseph B., *The Victorian Reappraisal of the Eighteenth Century*, Ph.D., University of Minnesota, 1964.

Crane, Walter, *An Artist's Reminiscences*, London: Methuen and Co., 1907.

Dalby, Richard, *The Golden Age of Children's Book Illustration*, New York: Gallery Books, 1991.

Darton, F. J. Harvey, *Children's Books in England: Five Centuries of Social Life,* London: The British Library Board, New Castle: Oak Knoll Press, 1999.

Davis,Mary Gould, *Randolph Caldecott*.1846-1886, Philadelphia, New York, J.B. Lippincott Company, 1946.

Desmarais, Robert J., *Randolph Caldecott: His Book and Illustrations for Young Readers,* Edmonton: University of Alberta Libraries, 2006.

Engen, Rodney K, *Walter Crane as a Book Illustrator*, London: Academy Editions, 1975.

_____, *Kate Greenaway: A Biography,* New York: Schocken Books, 1981.

Fritz, Sonya Sawyer, *Girlhood Geographies: Mapping Gendered Spaces in Victorian Literature for Children*, Ph.D., Texas A & M University, 2010.

Girouard, Mark, *Sweetness and Light: The Queen Anne Movement*, Oxford: Clarendon Press, 1977.

Greene, Ellin, "Randolph Caldecott's Picture Books: The Invention of a Genre," in *Touchstones: Reflections on the Best in children's Literature*, vol. 3, West Lafayette, In: Children's Literature Association, 1985, 38-45.

Hardie, Martin, *English Coloured Books,* Bath: Kingsmead, 1906 (reprint 1973).

_____, *English Colored Books*, London: Methuen and Co., 1906.

Hearn, Michael Patrick, "Before the Flood: Notes on Early Twentieth Century American Children's Illustration," *The Calendar* (Children's Book Council) (November 1979-June 1980), n.p.

Hegel, Claudette, *Randolph Caldecott: an Illustrated Life*, North Carelina, Avisson Press Inc., 2004.

Konody, Paul G. *The Art of Walter Crane*, London: G. Bell & Sons, 1902.

Lane, Lisa, "Caldecott: New Look at a Picture-Book Pioneer," *Christian Science Monitor* (February 21, 1986), 16-17.

Laws, Fredrick, "Randolph Caldecott," *in Only Connect: Readings on Children's Literature,* ed. Sheila Egoff, G. T. Stubbs, and L. F. Ashley, Toronto: Oxford University Press, 1969.

Lundin, Anne Hutchison, *Victorian Horizons, The Reception of The Picture Books of Walter Crane, Randolph Caldecott, and Kate Greenaway*, Lamham, Md, & London: The Children's Literature Association and Scarecrow Press, Inc., 2001.

_____, *The Critical Reception of Kate Greenaway in England and America*, Ph.D., Alabama: The University of Alabama;1992.

_____, "Anne Carroll Moore (1871-1961): 'I Have Spun Out a Long Thread,'" in *Reclaiming the American Library Past: Writing the Women In,* ed. Suzanne Hildebrand, Norwood, NJ: Ablex, 1996, 187-204.

MacLean, Ruari, *Victorian Book Design and Colour Printing*, London: Faber & Faber, 1963.

_____, *The Reminiscences of Edmund Evans*, Oxford at the Clarendon Press, 1967

Mahony, Bertha, "Randolph Caldecott," *Horn Book* (July 1983), 218-23.

_____, "Their First Hundred Years," *Horn Book* (March-April 1946), 95.

Masaki,Tomoko, *A History of Victorian Popular Picture Books: The Aesthetic, Creative, and Technological Aspects of The Toy Book Through The Publications of The Firm of Routledge*, Part 1 Combination of Volume I: Text, Volume II: Catalogue, Tokyo:Kazama-Shobo, 2006.

_____, *A History of Victorian Popular Picture Books: the Aesthetic, Creative, and Technological Aspects of the Toy Book through the Publications of the Firm of Routledge 1852-1893, Part 2 Volume III: Illustrations*, Tokyo: Kazama-Shobo, 2006.

Meyer, Susan E., *A Treasury of The Great Children's Book Illustrators*, New York: Harry N. Abrams, Inc., 1983.

Muir, Percy H., *English Children's Books 1600-1900*, London: B. T. Batsford Ltd. 1954.

_____, *Victorian Illustrated Books*, New York, Washington: Praeger Publishers, Inc. 1971.

Nodelman, Perry, ed., *Touchstones: Reflections on the Best in Children's Literature*, vol. 1, West Lafayette, IN: Children's Literature Association, 1985.

O'Neill, Morna, *Walter Crane: The Arts and Crafts, Painting, and Politics*, New Haven: Yale University Press, 2010.

Pennell, Joseph, *Modern Illustration*. London: George Bell & Sons, 1895.

Perry, Rebecca, "Girlies" and "Grannies":*Kate Greenaway and Children's Dress In Late Nineteenth-Century Britain,* M.A., New York: the Bard Graduate Center, 2010.

Sayers, Frances Clark, *Anne Carroll Moore;A Biography*, New York: Athenaeum, 1972.

Sendak, Maurice, "Randolph Caldecott: An Appreciation," in *The Randolph Caldecott Treasury*, ed. Elizabeth T. Billington, New York: Frederick Warne, 1978, 11-14.

Silvey, Anita, "A Homage to Randolph Caldecott," *Horn Book* (November/December 1985), 683.

_____, "Caldecott's Heirs," *Horn Book* (November-December 1987), 693.

Smith, Lillian H., *The Unreluctant Years: A Critical Approach to Children's Literature*, Chicago: American Library Association, 1953.

Spencer, Isobel, *Walter Crane: His Work and Influence*, Ph.D., University of Glasgow, 1975.

Taylor, Ina, *The Art of Kate Greenaway: a Nostalgic Portrait of Childhood*, Gretna, La.: Pelican Pub. Co., 1991.

Van Stockum, Hilda, "Caldecott's Pictures in Motion," *Horn Book* (March-April 1946), 119-125.

White, Gleeson, *Children's Books and Their Illustrators,* New York: J. Lane, 1897.

Ch2 喬治・特力奇公司

Arnold, Matthew, *Culture and Anarchy,*Cambridge, 1932.

Allen, Grant, "Some New Books," *Fortnightly Review Magazine, 26* (1879), 151.

Arth, Janet Marie, Edmund Evans, Color Illustration, and Libraries, Master of Art, University of Minnesota, 1978.

Bradley, Laurel, *Evocations of the Eighteenth Century in Victorian Art,* Ph.D. New York: New York University, 1986.

Bicknell, John W., "Leslie Stephen's 'English Thought in the Eighteenth Century' A Tract for the Times," *Victorian Studies* (December 1962), 104-20.

Bland, David, A History of Book Illustration, the Illuminated Manuscript and the Pinted Book, Cleveland: World Publishing Company, 1958.

Burch, R.M., Colour Printing and Colour Printers, Edinburgh: Paul Harris Publishing, 1983, (first published in 1910 by Sir Isaac Pitman and Sons).

Connors, Joseph B., *The Victorian Reappraisal of the Eighteenth Century,* Ph.D., University of Minnesota, 1964.

Clarke, Harold George, Baxter Colour Prints, London: Maggs Bros;Leamington Spa: Courier Press, 1919.

Crane, Walter, An Artist's Reminiscences, 2nd ed., London: Methuen & Co., 1907.

Dangerfield, George, *The Strange Death of Liberal England: 1910-1914* ,N.Y.: Capricorn Books, 1961.

Dowling, Linda,"*Aesthetes and the Eighteenth Century,*" *Victorian Studies*, 20 (Summer 1977), 358。

Darton, F. J. Harvey, Children's Books in England: Five Centuries of Social Life, Cambridge: Cambrige Univeristy Press, 1932.

Dictionary of National Biography.

Feaver, William, When We Were Young: Two Centuries of Children's Book Illustration, New York: Holt, Rinehart and Winston, 1977.

Franklin, Norman, Routledge & Kegan Paul, Routledge and Kegan Paul: 150 Years of Great Publishing, London: Routledge and kegan Paul, 1986.

Girouard, Mark, *Sweetness and Light: The Queen Anne Movement 1860-1900,* Oxford: Clarendon Press, 1977.

Hardie, Martin, English Coloured Books, London: Fitzhouse Books, an Imprint of B.T. Batsford, 1990, first published 1906.

Hodnett, Edward, Five Centuries of English Illustration, Aldershot: Scolar Press, 1988, 1990.

Hutchins, Michael, ed., Yours Pictorially, Illustrated Letters of Randolph Caldecott, New York: Frederick Warne, 1976.

Lewis, Charles Thomas Courtney, The Story of Picture Pringting in England During the Nineteenth Century: or Forty Years of Wood and Stone, London: Sampton Low, Marston & Co., 1928.

MacLean, Ruari, The Reminiscences of Edmund Evans, with an Introduction by Ruari Mclean, Oxford: Oxford University Press, 1967.

_____, Victorian Book Design and Colour Pringing, 2nd ed., Berkeley, CA: University of California Press, 1972.

Masaki, Tomoko, A History of Victorian Popular Picture Books: The Aesthetic, Creative, and Technological Aspects of The Toy Book Through The Publications of The Firm of Routledge, Volume I: Text, Volume II: Catalogue, Tokyo: Kazama Shobo, 2006.

Mumby, F.A., The House of Routledge:1834-1934, London: George Routledge & Sons, Ltd., 1934.

Montgomery, David, *Paintings and Illustrations from Oliver Goldsmith's Vicar of Wakefield: An Overview of British Art Styles, in the Late Eighteenth and Nineteenth Centuries,* Ph. D. University of Missouri-Columbia, 1988.

Ryder,Judith and Harold Silver, *Modern English Society, History and Structure 1850-1970,* London: Methuen, 1970.

Spielman, Marion Harry and Layard George Somes, Kate Greenaway, London: Adam and

Charles Black, 1905;reprint ed., New York: Benjamin Blom, 1968.

Trevelyan, George Macauley, *British History in the Nineteenth Century and After: 1782-1919,* Harmondsworth, Middlesex, 1979.

The Publishers' Circular, London: Sampson Low, 1837-

Wilkinson, Rupert, *Gentlemanly Power: British Leadership and the Public School Tradition,* London and N.Y.: *Oxford University Press,* 1964.

Ch3　插畫家生平活動

Blackburn, Henry, 'The Art of Popular Illustration,' *Journal of the Society of Arts,* (March 12 1875), 367-375.

_____, *The Art of Illustration,* London: W. H. Allen, 1894.

_____, *Randolph Caldecott,* London: Sampson Low, Marston, 1886.

Brothers, A., *Photography: Its History, Processes, Apparatus, and Materials, Comprising Working Details of All the More Important Methods,* London: C. Griffin and Co., Philadelphia, Lippinicott, 1899.

Caldecott, Randolph, and Evans, Edmund, *The Complete Collection of Randolph Caldecott,'s Contributions to the "Graphic,"* London, Glasgow, New York:George Routledge and Sons, 1888.

_____, and Evans, Edmund, *The Complete Collection of Pictures & Songs,* London, New York: G. Routledge and Sons, 1887.

Catalogue of a Loan Collection of the Works of Randolph Caldecott exhibited at the Brasenose Club, Manchester, March 1888, Manchester: Private Press.

Clough, William, *Randolph Caldecott,* London and Manchester, 1886.

Crane, Walter, *An Artist's Reminiscences,* London: Methuen and Co., 1907.

_____, The Decorative Illustration of Books, London: G. Bell & Sons, 1896, Studio Edition, 1994.

Davis, Mary Gould, *Randolph Caldecott An Appreciation,* Philadelphia and New York: J. P. Lippincott, 1946.

Engen, Rodney K., Randolph Caldecott, 'Lord of the Nursery' London: Oresko Books Ltd., 1976.

Furniss, Henry, *Confessions of a Caricaturist,* 2 volumes, London: T. Fisher & Unwin, 1901.

Hartrick, Archibald S., *A Painter's Pilgrimage Through Fifty Years,* Cambridge: University Press, 1939.

Lamont, L. M., *Thomas Armstrong, C. B. A Memoir 1832-1911,* London: Martin Secker, 1912.

Linder, Leslie, *The Journal of Beatrix Potter from 1881-1897,* London and New York: Frederick Warne & Co., 1966.

Manchester Literary Club, *The Manchester Quarterly,* Manchester, England: Sherratt & Hughes, 1882-1940.

Mark, Girouard, Sweetness and Light: The Queen Anne Movement, Oxford [Eng.]: Clarendon Press, 1977.

Marks, Henry Stacy, *Pen and Pencil Sketches,* 2 volumes, London: Chatto & Windus, 1894.

Masaki, Tomoko, A History of Victorian Popular Picture Books: The Aesthetic, Creative, and Technological Aspects of The Toy Book Through The Publications of The Firm of Routledge, Volume I: Text, Volume II: Catalogue, Tokyo: Kazama Shobo, 2006.

Mclean, Ruari, *The Reminiscences of Edmund Evans,* with an Introduction by Ruari Mclean, Oxford, Clarendon Press, 1967.

Muir, Percy H., *Victorian Illustrated Books,* London: B. T. Batsford, 1971.

Pennell, Joseph, *Pen Drawing and Pen Draughtsmen, Their Work and their Methods,* London and New York: Macmillan & Co., 1889.

Phillips, Claude, 'Randolph Caldecott,' *Gazette des Beaux Arts*, vol. □□□□, (April 1886), 327-341.

Potter, Beatrix, *The Journal Of Beatrix Potter from 1881-1897*, London, New York: F. Warne, 1966.

Sato, Tomoko and Watanabe, Toshio, Japan and Britain: An Aethetic Dialogue, 1850-1930, London: Lund Humphries in Association with Barbican Art Gallery and the Setagaya Art Museum, 1991.

Spencer, Isobel., *Walter Crane: His Work and Influence*, Ph.D., University of Glasgow, 1975.

Taylor, Ina., *The Art of Kate Greenaway: A Nostalgic Portrait of Childhood*, Gretna, La.: Pelican Pub. Co., 1991.

The Pall Mall Gazette, London: J.K.Sharpe, 1865-1921.

The Pictorial World, London, England, 1874.

Van Gogh, Vincent, *The Complete Letters of Vincent Van Gogh.2.*, London: Thames & Hudson, 1958.

White, Gleeson, *English Illustration*, 'The Sixties,' Bath: Kingsmead, 1897. (reprint 1970).

Ch4　舊聖誕節

Aston Hall-Wikipedia, the free encyclopedia https://en.wikipedia.org/wiki/Aston_Hall

Blackburn, Henry, *Randolph Caldecott: A Personal Memoir of His Early Art Career*, New York: Cambridge University Press, 2010.

Carry, William Morrison, *Appreciating the Unappreciated:Washington Irving's Influence on Charles Dickens*, PhD., University of Southwestern Louisiana, 1996.

Engen, Rodney K., Randolph Caldecott, 'Lord of the Nursery' London: Oresko Books Ltd., 1976.

Hervey, Thomas K., *The Book of Christmas*, with Illustrations by R. Seymour, Boston: Roberts Brothers, 1888.

H. M. Brock -Wikipedia, the free encyclopedia. https://en.wikipedia.org/wiki/H._M._Brock

Irving, Washington, and Caldecott, Randolph, *Old Christmas: from the Sketch Book of Washington Irving*, London: Macmillan and Co., 1886.

＿＿＿＿＿＿＿＿＿＿＿＿, and Caldecott, Randolph, *Old Christmas and Bracebridge Hall*, London and New York: Macmillan and Co., 1886.

＿＿＿＿＿＿＿＿＿＿＿＿, *The Old English Christmas*, with Illustrations by H. M. Brock, London: T.N. Foulis, 1900.

＿＿＿＿＿＿＿＿＿＿＿＿, -Wikipedia, the free encyclopedia. https://en.wikipedia.org/wiki/Washington _Irving

Lunt, William E, History of England, New York: Harper, 1928.

Maurier, George Du, "The illustration of Books from the Series Artist's Point of View-I," *Magazine of Art*, (1890), London: Cassell and Company, 349-53.

Moore, Tara, *Victorian Christmas in Print*, New York: Palgrave Macmillan, 2009.

Ridenour, Chauncey Owen, *The Influence of Eighteenth Century English Writers on the Early Writings of Washington Irving*, B.A., The Pennsylvania State College, 1925.

Slagle, Kenneth Chester, *The English Country Squire as Depicted in English Prose Fiction from 1740 to 1800*, PhD., University of Pennsylvania, 1938.

The Sketch Book of Geoffrey Crayon, Gent. -Wikipedia, the free encyclopedia. https://en.wikipedia.org/wiki/The_Sketch_Book_of_Geoffrey_Crayon,_Gent.

Ch5　約翰吉爾平騎馬

Alderson, Brian, and Felix de Marez Oyens, *Be Merry and Wise: Origin of Children's Book Publishing in England*, 1650-1850, New York: Pierpont Morgan Library, Bibliographical

Society of America, London: British Library, Oak Knoll Press, New Castle, 2006.

Bateson, Frederick Wise, Watson, George, *The Cambridge Bibliography of English Literature*, Cambridge University Press, 1940.

Blackburn, Henry, *Randolph Caldecott A Personal Memoir of His Early Art Career*, New York: Cambridge University Press, 2010.

_____, *Randolph Caldecott's Sketches*, London: Sampson Low, Marston & Company, Limited, 1890.

Boudier, Gary, "Bell Inn," *A to Z of Enfield Pubs part2, Edmonton*, Palmers Green, Southgate, Wincmore Hill and Part of New Southgate, 2002, 12-16.

Brown, Penny, "Capturing (and Captivating)Childhood: The Role of Illustrations in Eighteen-Century Children's Books in Britain and France," *Journal for Eighteenth-Century Studies,* vol. 31,no.3 (2008), 419-449.

Buchanan-Brown, John, *The Book Illustrations of George Cruikshank*, Newton Abbot: David & Charles;Rutland, Vermont, Charles E Tuttle Company, 1980.

Caldecott, Randolph, *Randolph Caldecott's Picture Books Reproduced from Nineteenth-century Copies in the Huntington Collection*, California: Huntington Library San Marino, 2008.

Chapbook-Wikipedia, *the free encyclopedia.* http://en.wikipedia.org/wiki/Chapbook.

Chun, Sehjae, *At the Borders of Humanity: Sympathy and Animals in William Cowper's, William Wordsworth's and John Clare's Poems*, Ph. D, The State of University of New York at Buffalo, 2004.

Coleman, A.M., "*Illustrated Editions of John Gilpin,*" *Notes and Queries*, CLXVIII (February 2, 1935), 86.

Cowper and His Hares The Cowper & Newton Museum http://www.mkheritage.co.uk/cnm/collection_galleries/collection_items_html_/OLNCN

Cowper, William, 華英合璧 擬漢騎馬歌 (The Diverting History of John Gilpin done into Chinese), Ku, Hung Ming 辜鴻銘譯, Taipei: Committee for the Publication of Ku Hung Mingorks, 1956.

_____, *The History of John Gilpin, How He Went Farther Than He Intended*, and Came Home Safe at Last, Read by Mr. Henderson at Free Mason's Tavern., London: J. Fielding., 1785.

_____, *The Life of John Gilpin, Taken From Divers Manuscripts in the Possession of the Family. To which is Added, by Way of Appendix, the Celebrated History of His Journey to Edmonton, as Read by Henderson, at Free-Mason's Hall*, London: S. Bladon, Pater-Nofter-Row, 1785.

_____, *The Disastrous Journey of Johnny Gilpin to Edmonton:in which is Shewn, the Wonderful Prowess of the Calendrer's Horse, on Sixteen Elegant Engravings*, London: Printed for J. Harris, Successor to E. Newbery, at the Original Juvenile Library, the Corner of St. Paul's Church-Yard, 1806.

_____, *The Diverting History of John Gilpin: Shewing How He Went Farther Than He Intended, and Came Home Safe at Last, After All His Perils.*, York: E. Peck., 1800.

_____, *John Gilpin's Journey*, Illus. W. T. Darton, London: W. T. Darton, 1808.

_____, *John Gilpin Toy*, London: William Darton, 1825.

_____, *The Diverting History of John Gilpin: Showing How He Went Farther than He Intended, and Came Safe Home Again, with Six Illustrations by George Cruikshank;Engraved on Wood by Thompson, Branston, Wright, Slade, and White.*, London: Charles Tilt..., 1828.

_____, *Cowper's Diverting History of John Gilpin, with Twenty Illustrations* by Percy Cruikshank., London: Read & Co., Johnson's Court, Fleet Street, 185-?

_____, *John Gilpin's Diverting Ride to Edmonton.*, Illustrated by Percy Cruikshank, London: Read & Co., 1868.

_____, *The Diverting History of John Gilpin*, Illustrated by John Leighton London: Joseph Cundall, 12, Old Bond Street, 1845.

_____, *The Diverting History of John Gilpin, Shewing How He Went Farther Than He Intended And Came Safe Home Again*, London: Longmans, Green, 1868.

_____, *John Gilpin from Coloured Designs by J.F. Skill, Aunt Louisa's London Toy Books;8*, London: Frederick Warne & Co., Between 1881 and 1885.

_____, *John Gilpin*, Illustrated by J.F.Skill, London: Frederick Warne, 1865.

_____, *The Diverting History of Johnny Gilpin*, n.p. England, Designed by John Leighton, March 4. 1835.

_____, *The Diverting History of John Gilpin*: Shewing How He Went Farther than He Intended, and Came Safe Home again., Banbury (Oxfordshire): Printed and Sold by J. G. Rusher, Bridge-Street, 1835.

_____, *The Diverting History of John Gilpin: Showing How He Went Farther than He Intended, and Came Home Safe Again.*, with Drawings by R. Caldecott, London: G. Routledge & Sons, 1878.

_____, -Wikipedia, the free encyclopedia. https://en.wikipedia.org/wiki/William _Cowper

Cruikshank, Robert, *Popular Poem*, from Goldsmith, Cowper and Bloomfield;Illustrated with Fifty Six Engravings, from Original Drawings, London: Allan Bell and Co, 1834.

Engen, Rodney K, Caldecott, *Randolph, Lord of the Nursery,* London: Oresko Books Ltd., 1976.

Every Little Boy's Book: A Complete Cyclopaedia of In and Outdoor Games with and Without Toys, Domestic Pets, Conjuring, Shows, Riddles, etc.: With Two Hundred and Hundred and Fifty Illustrations, London, New York: Routledge, Warne, and Routledge, Farringdon Street;New York: 56, Walder Street, 1864.

Fisk, Fred, *The History of Ancient Parish of Edmonton in the Country of Middlesex*, Tottenham: Printed by Fred Fisk, 1914.

Games and Sports For Young Boys, London: Routledge, Warne, and Routledge, Farringdon Street, 1859.

Hartley, Lodwick, *William Cowper: The Continuing Revaluation: An Essay and a Bibliography of Cowperian Studies from 1895-1960*, Chapel Hill: The University of North Carolina Press, 1960.

Harvey, Paul and Eagle, Dorothy, *The Oxford Companion to English Literature*, 1967.

Hatley, Lowdick Charles, *William Cowper, Humanitarian,* Chapel Hill: The University of North Carolina Press, 1938.

Heseltine, Michael, 'Leighton, John', *Oxford Dictionary of National Biography*, Oxford University Press, 2004.

_____, 'Collings, Samuel (d.1793?)', *Oxford Dictionary of National Biography*, Oxford University Press, 2004. [http://www.oxforddnb.com.proxy2.library.illinois.edu/ view/article/5929]

Jackson, Mary V., Engines of Instruction, Mischief, and Magic Children's Literature in England from Its Beginnings to 1839, University of Nebraska Press, 1898.

Kirby, H.T., "John Gilpin in Pictures: Some Illustrators of Cowper's Famous Poem," *Bookman*, LXXXI (1931), 198-200.

_____, "Gilpin, John," *Print Collector's Quarterly*, XXIII (July 1936), 167-186.

_____, "*John Gilpin: A Note on the Pictorial History of a Famous Horseman,*" *Print Collector's Quarterly*, 23 (1936), 167-186.

McLean, Ruari, *English Masters of Black-and-White George Cruikshank, His Life and Work as a Book Illustrator*, New York: Pellegrini & Cudahy, 1948.

Moon, Marjorie, *John Harris's Books for Youth 1801-1843 Being a Check-list of Books for*

Children and Young People Published for Their Amusement and Instruction by John Harris and His Son, Successors to Elizabeth Newbery;Including a List of Games and Teaching Toys, Cambridge, Eng: M. Moon, Sold By A Spilman, 1976.

Neuburg, Victor E, Chapbooks: A Guide to Reference Material on English, Scottish and American Chapbook Literature of The Eighteenth and Nineteenth Centuries, London: Woburn Press, 1972.

New Brunswick, N. J.: Rutgers University Press, 1992.

_____, George Cruikshank's Life, Times, and Art: Volume 2, 1835-1878 Cambridge: The Lutterworth Press, 1996. The Cowper and Newton Museum https://www.tripadvisor.co.uk/LocationPhotoDirectLink-g1652482-d32

Patten, Robert L, George Cruikshank's Life, Times, and Art: Volume 1, 1792-1835

Pitcher, Edward W R., The Wit's Magazine;or, Library of Momus [electronic resource]. Being a Complete Repository of Mirth, Humour, and Entertainment, Eighteenth Century Collections Online, London: Printed for Harrison and Co., July 1784.

Rowlandson, Thomas, Picturesque Beauties of Boswell......Designed and Etched by Two Capital Artists, London: 1786, Gale Eighteenth Century Collections Online.

Russell, Norma, A Bibliography of William Cowper to 1837, Oxford: the Clarendon Press, 1963.

Ryskamp, Charles, "The First Illustrations to John Gilpin," Notes and Queries, vol. 53, issue 2, (June 2006),210-212.

Samuel, Colling, Gilpin Going Farther Than He Intended, London: Harrison & Co., 1784.

Shefrin, Jill, The Dartons, Publishers of Educational Aids Pastimes & Juvenile Ephemera 1787-1876, A Bibliographic Checklist, Together With A Descriptions of The Darton Archive As Held By The Cotsen Children's Library Princeton University & A Brief History of Printed Teaching Aids, Los Angeles: Cotsen Occasional Press, 2009.

Weiss, Harry B, "William Cowper's Frolic in Rhyme: The Diverting History of John Gilpin," Bulletin of the New York Public Library, XLI, no. 9 (September 1937), 675-680.

_____, "William Cowper's Frolic in Rhyme: The Diverting History of John Gilpin," Bulletin of the New York Public Library, XLI (September 1937),675-680.

Wright, Thomas,The Life of William Cowper, London: C.J. Farncombe &Sons, Ltd., 1921.

Ch6　維克菲爾德的牧師

Altick, Richard D., Paintings From Books: Art and Literature in Britain, 1760-1900, Columbus: Ohio State University Press, 1985.

Barnett, George L., "Two Unacknowledged Adaptations from Goldsmith," Modern Language Quarterly, vol. 6, issue 1 (March 1st 1945), 29-30.

Bland, David, A History of Book Illustration, 2nd rev. ed. Berkeley, Cal., 1969.

Coxhead, A. C., Thomas Stothard, R.A.:An Illustrated Monograph, London: A. H. Bulln, 1906.

"Daniel Maclise, R.A.," The Illustrated London News, 52 (9 May 1868), 470.

Dobson, Austin. " The Vicar of Wakefield and Its Illustrators, " The English Illustrated Magazine, 8 (Oct. 1890), 18-27.

Donald, Diana, Picturing Animals in Britain 1750 -1850, London, New York: The Paul Mellon Centre for Studies in British Art, Yale University Press, 2007.

Dulcken, H.W., Dalziel's Illustrated Goldsmith: Commprising The Vicar of Wakefield and A Sketch of the Life of Oliver Goldsmith, Illustrated by G. J. Pinwell, Engrated by the Brothers Dalziel, London: Warwick House, Salisbury Square E.C. New York: 10 Bond Street. 1865.

Frith, William Powell, My Autobiography and Reminiscences, London: Richard Benthy and Sons, 1888.

Goldsmith, Oliver, An Elegy on the Death of a Mad Dog, Illustrated by Randolph Caldecott,

London: George Routledge and Sons, 1885-1892.

Gordon, Catherine M., *British Paintings of Subjects From the English Novel, 1740-1870*, London: Courtauld Institute, 1981.

Heleniak, Karthryn Moore, *William Mulready*, New Haven: Yale University Press, 1980.

Hopkins, Robert H., *The True Genius of Oliver Goldsmith*, Baltimore: The John Hopkins Press, 1969.

Houfe, Simon, *The Dictionary of British Book Illustrators and Caricaturists 1800-1914*, Suffolk: Baron Publishing, 1978.

Johnson, E. D. H., *Paintings of the British Social Scene from Hogarth to Sickert*, New York: Rizzoli, 1986.

Kenyon-Jones, Christine, *Kindred Bruteds: Animals In Romantic Period Writing*, Aldershort, England: Ashgate, 2001.

Montgomery, David, *Paintings and Illustrations from Oliver Goldsmith's Vicar of Wakefield: An Overview of British Art Styles, in the Late Eighteenth and Nineteenth Centuries*, Ph. D. University of Missouri-Columbia, 1988.

Ormond, Richard. Daniel Maclise 1806-1870, London: Arts Council of Great Britain, 1972.

Paulson, Ronald, Satire and the Novel in the Eighteenth Century, New Haven: Yale University Press, 1967.

Penny, N.B., "Dead Dogs and Englishmen," *The Connoisseur,* London, 192 (1976), 298-303.

Quintana, Ricardo, Oliver Goldsmith: A Georgian Study, New York: The Macmillan Company, London: Collier-Macmillan Limited, 1967.

Rev. of No. 134, *Burchell and Sophia,* by Mulready, "Exibitions of the Royal Academy," *The Illustrated London News,* 10 (5 May 1847), 297.

Rev. of No. 128, The Whistonian Controversy, 1844, by Mulready, "The Exibition of the Royal Academy," *The Illustrated London News,* 4 (11 May 1844), 306.

Rev. of No. 140, *Choosing the Wedding Gown*, by Mulready, *The Athenaeum*, no. 968 (16 May 1846).

Rev. of No. 140, *Choosing the Wedding Gown*, by Mulready, "Exibitions of the Royal Academy," *The Illustrated London News,* 8 (23 May 1846), 337.

Rev. of No. 140, *Choosing the Wedding Gown*, by Mulready, "*Choosing the Wedding Gown,*" *The Illustrated London News,* 9 (10 Oct. 1846), 233 (illustrated).

Rev. of No. 277, *Olivia and Sophia Fitting out Moses for the Fair*, 1838, by Maclise, " Fine Arts—Royal Academy," *The Athenaeum*, no. 550 (12 May 1838), 346-7.

Thackeray, Wlliam Makepeace, " Strictures on Pictures: A Letter form Michael Angelo Titmarsh, Esq. to Monsieur Anatole Victor Isidor Hyacinthe Achillen Hercule de Bricabrac, Peintre d' hisrtoire, Rue Mouffetard, a Paris," rev. of No. 277, *Olivia and Sophia Fitting out Moses for the Fair*, 1838, by Maclise, *Fraser's Magazine,* 17 (June 1838), 763.

_____, "May Gambols: or. Titmarsh in the Picture- Galleries," rev. of No. 128, *The Whistonian Controversy*, 1844, by Mulready, *Fraser's Magazine,* 29 (June 1844), 706.

The Vicar of Wakefield, Stephen Coote, ed. Harmondsworth, Middlesex, England: Rev. of No. 128, *The Whistonian Controversy*, 1844;and No. 958, *Choosing the Wedding Gown* (cartoon), 1844, by Mulready, " Fine Arts—Royal Academy," *The Athenaeum*, no. 864 (18 May 1844), 459.

The Vicar of Wakefield. New York: Scribner & Welfrod, 1880. Reproductions of the following works by Mulready: *The Whistonian Controversy* (preliminary oil sketch or copy), *Choosing the Wedding Gown* (photograph of engraving), and *Burchell and Sophia* (preliminary oil sketch or copy).

Willmott, Robert Aris ed., *The Poems of Oliver Goldsmith*, Illustrated by Birket Foster and Henry Noel Humphreys, London, New York: G. Routledge, 1859.

Ch7 農夫少年

Anderson, Alexander (illustrator)- From Wikipedia, the free encyclopedia http://en.wikipedia.
org/wiki/Alexander_Anderson_ (illustrator)

Binfield, Kevin, "Labor and an Ethic of Variety in *The Farmer's Boy,*" Simon White, John
Goodridge, and Bridget Keegan edited, *Robert Bloomfield: Lyric Class and the Romantic
Canon*, Lewisburg: Bucknell University Press, 2006, 70-88.

Blackburn, Henry, *Randolph Caldecott: A Personal Memoir of His Early Art Career*, London:
S. Low, Marston, Sealle and Rivington, 1890.

Bloomfield B.C., "Robert Bloomfield: A Provisional Checklist of His Published Work, with
Some Bibliographical Notes and a Record of Later Editions," Simon White, John
Goodridge, and Bridget Keegan edited, *Robert Bloomfield: Lyric Class and the Romantic
Canon,* Lewisburg: Bucknell University Press, 2006, 288-301.

_____, *"The Publication of The Farmer's Boy by Robert Bloomfield,"* The
Library, sixth series, v. 15, no.2 (June 1993),75-94.

Bloomfield, Robert, *Rural Tales, Ballads, and Songs*, London: Printed for Vernor, Hood, and
Sharpe, Poultry;and Longman, Hurst, Rees, and Orme, Paternoster-Row, 1809.

_____, *The Farmer's Boy: a Rural Poem,* London: Printed for Vernor
and Hood, Bensley, Poultry, by T. Bolt-Court, Fleet-Street, 1800.

_____, 1766-1823, *The Farmer's Boy: a Rural Poem [electronic resource] /
by Robert Bloomfield. Early American Imprints. second series;no. 203. 1st American ed. /
Ornamented with Elegant Wood Engravings by A. Anderson,* New York: Printed and Sold
by George F. Hopkins, 1801.

_____, 1766-1823, *The Farmer's Boy [electronic resource];a Rural Poem,
in Four books. By Robert Bloomfield. With Ornaments Engraved in Wood by Anderson.
Eighteenth Century Collection Online,* London;printed by T. Bensley;for Venor and Hood;T.C.
Rickman;Ingram, Bury;and Booth, Norwich, 1800.

_____, *The Farmer's Boy: a Rural Poem, second edition.* London: Vernor
and Hood, 1800.

_____, *The Farmer's Boy,* the Fourth edition, Leipzig: Gerhard Fleischer
the Younger, 1801.

_____, 1766-1823, *The Farmer's Boy; a Rural Poem, 11th ed.* London:
Printed for Vernor, Hood, and Sharpe, 1805.

_____, 1766-1823, *The Farmer's Boy;a Rural Poem/ by Robert
Bloomfield. The Eighth ed.* London: Printed for Vernor and Hood, ... and Longman, Hurst,
Rees, and Orme, ... by J. Swan, Printer......, 1805.

_____, 1766-1823, *The Farmer's Boy;a Rural Poem. The Fifteenth edition,
Illustrated by Richard Westall,* London: Printed for Longman, Rees, Orme, and Brown, and
Green;Baldwin, Cradock, and Joy;Harvey and Darton; J. Rooker; G. Cowie & Co.;Hamilton
and Adams;printed by Thomas Davison, 1827.

_____, 1766-1823, *Poems, by Robert Bloomfield, the Farmer's Boy,* With
Thirteen Illustrations Designed and Drawn by T. Sidney Cooper, J. Callcott Horsley, J. Tayler,
Frederick, and Thomas Websterm A. R. A., Engraved by Thurston Thompson, London: J. Van
Voorst, 1845.

_____, 1766-1823, *The Poetical Works of Robert Bloomfield,* A Complete
Edition, Illustrated by Birket Foster and Others, London: George Routledge, 1857.

_____, 1766-1823, *The Farmer's Boy / by Robert Bloomfield;Illustrated
with Thirty Engravings, from Drawings by Birket Foster, Harrison Weir, and G.E.*

Hicks, New York: D. Appleton, 1869.

_____, *Index of People-*The Letters of Robert-Electronic Editions-Roma...... http://www.rc.umd.edu/editions/bloomfield_letters/HTML/people.html

_____, *Index of Places-*The Letters of Robert-Electronic Editions-Roma...... http://www.rc.umd.edu/editions/bloomfield_letters/HTML/places.html

_____, *List of Figures-*The Letters of Robert-Electronic Editions-Roma http://www.rc.umd.edu/editions/bloomfield_letters/HTML/figureslist.html

_____, Wikipedia, the free encyclopedia http://en.wikipedia.org/wiki/Robert_Bloomfield

Branston, Allen Robert- ikipedia, the free encyclopedia http://en.wikipedia.org/wiki/Allen_Robert_Branston

Caldecott, Randolph, *Randolph Caldecott's Picture Books*, California: San Marino, 2008.

_____, *The Farmer's Boy*, London;New York: Frederick Warne & Co, Ltd, n.d. 1881.

Constable, John, *A Harvest Field: Reapers, Gleaners*, 1817 now titled A Cornfield with Figures, date unknown, oil paint on canvas, 248×403mm, Tate Gallery, Tate Gallery website http://www.tate.org.uk/art/artworks/constable-a-confield-with-figures-n01065/text-catalogue-entry

_____, *Cloud Study with Verses from Bloomfield*, 1830s, ink on paper, 337×213mm, Tate Gallery, Tate Gallery website http://www.tate.org.uk/art/artworks/constable-cloud-study-with-verses-from-bloonfield-t01940

_____, *Ploughing Scene in Suffolk (A Summerland)*, 1814, oil on canvas, 50.5×76.5cm, National Gallery of Australia, National Gallery of Australia website http://nga.gov.au/Exhibition/CONSTABLE/Detail.cfm?IRN=143235

_____, *The Wheatfield*, 1816, 53.7×77.2cm, National Gallery of Australia, National Gallery of Australia website http://nga.gov.au/exhibition/constable/Detail.cfm?IRN=145041

Cooper, Thomas Sidney RA (1803-1902) http://myweb.tiscali.co.uk/speel/paint/cooper.htm

Craig, Drawings by William Marshall-Graphic Arts http://blogs.princeton.edu/graphicarts/2010/11/drawings_by_william_marshall_c.html

_____, -Wikipedia, the free encyclopedia http://en.wikipedia.org/wiki/William_Marshall_Craig

Eastin, Kristi Anne, *Virgil and the Visual Imagination: Illustrative Programs from Antiquity to John Ogilby (1654)*, Ph.D. Brown University, 2009.

Engen, Rodney K, *Dictionary of Victorian Engravers, Print Publishers and Their Works*, NJ: Somerset House • Teaneck, 1979.

English Wood Engravings from the James Wilson Bright Collection Mapping Special Collections http://mappinghiddencollections.wordpress.com/2009/11/20/english-wood-engravings-from-the-bright-collection/

Foster, Myles Birket-Wikipedia, the free encyclopedia http://en.wikipedia.org/wiki/Myles_Birket_Foster

Georgics- Wikipedia, the free encyclopedia http://en.wikipedia.org/wiki/Georgics

Graver, Bruce, "Illustrating The Farmer's Boy," Simon White, John Goodridge, and Bridget Keegan edited, *Robert Bloomfield: Lyric Class and the Romantic Canon*, Lewisburg: Bucknell University Press, 2006, 49-69.

Hicks, George Elgar - Wikipedia, the free encyclopedia http://en.wikipedia.org/wiki/George_Elgar_Hicks

Lambert, Ray, *John Constable and the Theory of Landscape Painting*, The United Kingdom, Cambridge University Press, 2005.

Lawson, Jonathan Nevin, *Robert Bloomfield and the Meaning of Rural Poetry*, Ph.D. Texas

Christian University, 1970.

Lewis, Frank, *Myles Birket Foster, RWS 1825-1899,* England: The Tithe House, Leigh-on-Sea, 1973.

Magnus, Gerhand H., *Robert Bloomfield and The Farmer's Boy A Biographical and Critical Study, New Haven: Yale University, Ph.D.* 1947.

Meister des Vergilius Romanus http://en.wikipedia.org/wiki/File:Meister_des_Vergilius_Romanus_001.jpg

National Portrait Gallery-Person-William Marshall Craig http://www.npg.org.uk/collections/search/person/mp17396/william-marshall-craig

Nesbit, Charlton-Wikipedia, the free encyclopedia http://en.wikipedia.org/wiki/Charlton_Nesbit

Parris, Leslie, *The Tate Gallery Constable Collection: a Catalogue*, London: Tate Gallery Publications Dept., 1981.

Reynolds, Jan, *Birket Foster,* London: B.T. Batsford Ltd, 1984.

Roman Vergil-Wikimedia Commons http://commons.wikimedia.org/wiki/Category:Roman_Vergil

Thomas, William Luson - Wikipedia, the free encyclopedia http://en.wikipedia.org/wiki/William_Luson_Thomas

Thompson, John (1785-1866) (DNB00)- Wikisource http://en.wikisource.org/wiki/Thompson,_John_(1785-1866)_(DNB00)

_____, -From Wikipedia, the free encyclopedia http://en.wikipedia.org/wiki/John_Thurston_(artist)

Vergilius Romanus-Wikipedia, the free encyclopedia http://en.wikipedia.org/wiki/vergilius_Romanus

Weir, Harrison-Wikipedia, the free encyclopedia http://en.wikipedia.org/wiki/Harrison_Weir

Westall, Richard-Wikipedia, the free encyclopedia http://en.wikipedia.org/wiki/Richard_Westall

White, Simon J, John Goodridge, Bridget Keegan, *Robert Bloomfield: Lyric, Class and the Romantic Canon*, Lewisburg: Bucknell Universitiy Press, 2006.

_____, *Robert Bloomfield, Romanticism and the Poetry of Community,* Ashgate Publishing Limited, 2007.

Wright, David H., *The Roman Vergil and the Origins of Medieval Book Design*, The British Library, 2001.

Ch8　風俗畫

Allen, Grant, "Some New Books," *Fortnightly Review Magazine, 26* (1879), 151.

Alley, Ronald. *Catalogue of the Tate Gallery's Collection of Modern Art Other than Works by British Artists*. London: Tate Gallery, 1981.

Arnold, Matthew, *Culture and Anarchy*, Cambridge, 1932.

Arnstein, Walter, L, *"The Survival of the Victorian Aristocracy,"* The Rich, the Well-Born and the Powerful, ed. F.C. Jaher, Urbana: University of Illinois Press, 1973, 203-257.

Baldry, Alfred Lys, *The Life and Work of Marcus Stone, R.A.,* London: Art Journal Office, 1896.

Bicknell, John W., "Leslie Stephen's 'English Thought in the Eighteenth Century' A Tract for the Times," *Victorian Studies* (December 1962)104-20.

Boas, George, *The Cult of Childhood,* London: Warburg Institute, 1966.

Bradley, Laurel, *"From Eden to Empire: John Everett Millais Cherry Ripe,"* Victorian Studies, 34 (1991)179-203.

_____, Evocation of the Eighteenth Century in Victorian Art, New York

University, Ph.D, 1986.

Bromfield, David, *Atkinson Grimshaw 1836-1893*, London: Scolar Press, 1979.

Caldecott, Randolph, *Randolph Caldecott's Picture Books Reproduced from Ninettenth Century Copies in the Huntington Collection*, California: Huntington Library San Marino, 2008.

Castaras, Susan Paulette, *Down the Garden Path: Courtship Culture and its Imagery in Victorian Painting,* Yale University, Ph.D, New Haven, 1977.

Clive, Mary, *The Day of Reckoning,* London: Macmillan, 1964.

Cooper, Nicholas, *The Opulent Eye: Late Victorian and Edwardian Taste in Interior Design,* London: Architect Press, 1976.

Cunningham, Gail, *The New Woman and the Victorian Novel*, London: Macmillan Press, 1978.

Cunnington, C.Willett and Phillis, *Handbook of English Costume in the Eighteenth Century,* London: Faber & Fable, 1906.

Dangerfield, George, *The Strange Death of Liberal England:1910-1914*, N.Y.: Capricorn Books, 1961.

Dobson, Austin, *A Gentleman of the Old School, Chicago: Alderbrink Press, 19.*

Dowling, Linda, "Aesthetes and the Eighteenth Century," *Victorian Studies*, 20 (Summer 1977), 358.

Eastlake, Charles, *Hints on Household Taste, in Hugh Guthrie, ed., Late Victorian Décor*, N.Y.: American Life Foundation., 1968.

Engen, Rodney K. and Caldecott, Randolph, *Lord of the Nursery,* London: Bloomsbury Books, 1976.

Fairholt, F.W., *Costume in England: History of Dress from the Earliest Period till the Close of the Eighteenth Century*, London: Chapman and Hall, 1846.

Fildes, L.V., *Luke Fildes, R.A.: A Victorian Painter*, London: Joseph, 1968.

Fitzgerald, Percy *and Irving, Henry, A Record of Twenty Years at the Lyceum*, London: Chapman and Hall, 1893.

Girouard, Mark, *Sweetness and Light: The Queen Anne Movement 1860-1900,* Oxford: Clarendon Press, 1977.

Greenaway, Kate, Birthday Book for Children, London, New York: George Routledge and Sons, 1880.

Hillier, Bevis, "The St. John's Wood Clique," *Apollo, 79* (June 1964) 490-95.

Holmes, M.R., *Stage Costume and Accessories in the London Museum*, London: H.M.S.O., 1968.

Holt, Ardern, *Fancy Dresses,* London: Debenham & Freebody, 1896.

Honour, Hugh, *Romanticism*, N.Y.: Harper & Row, 1979.

Huish, Marcus, B. *Happy England as Painted by Helen Allingham, R.W.S.,* London: Adam and Charles Black, 1903.

Hungerford, Constance Cain. *Ernest Meissonier: Master in His Genre*, Cambridge: Cambridge University Press, 1999.

Irving, Washington, *Old Christmas and Bracebridge Hall*, Illustrated by Randolph Caldecott, London: Macmillan And Co. and New York, 1886.

Linton, E.L., "A Picture of the Past", Nineteenth Century (1892) 791-803.

London, Royal Academy, *Lord Leverhulme: A Great Edwardian Collector and Builder,* London: The Academy, 1980.

London Museum, Cos*tume*, London: The Museum, 1934.

Mancoff, Debra N, John Everett Millais Beyond the Pre-Raphaelite Brotherhood, New Haven & London: The Paul Mellon Centre for Studies in British Art, The Yale Centre for British Art, Yale University Press, 2001.

Meynell, Wilfred, "A Painter of English Girlhood: George Dunlop Leslie," Windsor Magazine and M.H. Spielman, *Kate Greenaway: In Memoriam: Magazine of Art,, 1902, 121.*

Misfelt, Willard E., *James Jacques Joseph Tissot: A Bio-Critical Study*, Washington University Ph.D, 1971.

Muther, Richard, *The History of Modern Painting*, London: Henry and Co., 1895-96.

O'Neil, Morna, *Walter Crane: The Arts and Crafts, Painting and Politics 1875-1890*, New Haven and London: The Paul Mellon Centre for Studies in British Art, 2010.

Perry, Rebecca, *"Girlies and Grannies":Kate Greenaway and Children's Dress in Late Nineteenth-Century Britain*, M.A. Thesis, Bard Graduate Center, 2010.

Planche, James Robinson, *History of British Costume,* London: Charles Knight, 1834.

Reid, Forrest, *Illustrators of the Sixties,* London: Faber and Gwyer, 1928.

Reynolds, Graham, *Victorian Painting,* London: Studio Vista, 1966.

Ruskin, John, "Notes on Some of the Principal Pictures Exhibited in the Rooms of the Royal Academy: 1875," *Works, ed. E.T. Cook and Alexander Wedderburn*, London, 1903-12, XIV, 290.

_____, Cook, E.T. and Wedderburn, Alexander D O, *The Works of John Ruskin, London: G. Allen*, 1903-12.

Ryder, Judith and Harold Silver, *Modern English Society, History and Structure 1850-1970*, London: Methuen, 1970.

Sellars, Jane, ed. *Atkinson Grimshaw: Painter of Moonlight.* Harrogate: The Mercer Art Gallery, 2011.

Spenser, Isobel, *Walter Crane*, N.Y.: Macmillan, 1975.

Taylor, Ina, *The Art of Kate Greenaway A Nostalgic Portrait of Childhood*, Gretna: Pelican Pub. Co., 1991.

Terry, Ellen, *Memoirs*, London: V. Gollancz, 1933.

Treble, Rosemary, *Great Victorian Pictures: Their Path to Fame*, London: Arts Council of Great Britain, 1995.

Trevelyan, George Macauley, *British History in the Nineteenth Century and After: 1782-1919*, Harmondsworth, Middlesex, 1979.

Wenworth, Michael Justin, *James Tissot, Catalogue Raisonne of His Prints*, Minneapolis: The Institute of Arts, 1978.

Wilkinson, Rupert, Gentlemanly Power: British Leadership and the Public School Tradition, *London and N.Y.: Oxford University Press*, 1964.

Williams, Raymond, *The Country and the City,* New York: Oxford University Press, 1973.

中文：

林芊宏，〈十八世紀的復興：繪畫、時尚與戲劇〉《屏東教育大學學報─人文社會類》第41期（2014.02）1-29。

──，〈十八世紀英國肖像畫的復甦〉國立台東大學2011年圖像文本學術研討會論文集，2011.05. 1-75。

Ch9　美女與野獸

Aarne, Antti, *The Types of the Folktale: A Classification and Bibliography*, trans. and rev. by Stith Thompson, Folklore Fellows Communications, no. 184, Helsinki: Academia Scientiarum Fennica, 1961.

Barchilon, Jacques, "Beauty and the Beast," *Psychoanalysis and the Psychoanalytic Review* 46, no. 4 (Winter 1959), 19-29.

"Beauty and the Beast" in *The Blue Fairy Book,* edited by Andrew Lang, London: Longmans, Green and Co., 1889, 21.

Betsy, Hearne, Beautiful and the Beast: Vision and Revisions of An Old Tale, Chicago and London: The University of Chicago Press, 1989.

Beauty and the Beast: or A Rough Outside with Gentle Heart, A Poetical Version of an Ancient Tale, (Attribute to Charles Lamb) London: M.J. Goodwin, 1811.

Crane, Walter, Beauty and the Beast, London & New York: George Routledge & Sons, 1875.

_____, *Annie and Jack in London,* London: Routledge & & Sons, 1869.

_____, *Buckle My Shoe Book,* New York: The Grolier Society, 1967.

_____, *Buckle My Shoe,* London: G. Routledge & & Sons, 1869.

_____, *An Artist's Reminiscences,* London: Methuen and Co., 1907.

Dowson, Ernest, *The Story of Beauty and the Beast: The Complete Fairy Story,* translated from the French by Ernest Dowson with Four Plates in Colour by Charles Condor, London: John Lane, The Bodley Head, 1908.

Felix Summerly, *Beauty and the Beast,* London: Joseph Cundall, 1843.

Girouard, Mark, *Sweetness and Light: The Queen Anne Movement,* Oxford: Clarendon Press, 1977.

Helsinger, Elizabeth K., *Ruskin and the Art of the Beholder,* Cambridge: Harvard University Press, 1982.

Jay, Brennan, *The World of Whistler,* New York: Time-Life Library of Art, 1970.

J. R. Planché, *Beauty and the Beast: A Grand, Comic, Romantic, Operatic, Melodramatic, Fairy Extravaganza, in Two Acts,* London: G. Berger, 1841.

Le Prince de Beaumont, Madame, The Young Ladies Magazine, or Dialogues between a Discreet Governess and Several Young Ladies of the First Rank under Her Education, 4 vols, in 2. London: J. Nourse, 1760.

Lewis, C. S., *Of Other Worlds: Essays and Stor*ies, Edited, with a preface, by Walter Hooper, New York: Harcourt Brace Jovanovich, 1966.

Lang, Andrew, *Blue Fairy Book,* Edited by Andrew Lang with Numberous Illustrations by H. J.Ford and G. P. Jacomb Hood, London: Longmans, Green, and Co., 1889.

_____, *Blue Fairy Book,* Revised and edited by Brian Alderson from the 1890 edition. New York: Viking, 1975.

Mark, Girouard, *Sweetness and Light: the Queen Anne' Movement 1860-1900,* New Haven and London: Yale University Press, 1977.

Masaki, Tomoko, *A History of Victorian Popular Picture Books: the Aesthetic, Creative, and Technological Aspects of the Toy Book through the Publications of the Firm of Routledge 1852-1893,* Part1. Combination of Volume I:Text and Volume II: Catalogue, Tokyo: Kazama-Shobo, 2006.

_____, *A History of Victorian Popular Picture Books: the Aesthetic, Creative, and Technological Aspects of the Toy Book through the Publications of the Firm of Routledge 1852-1893,* Part2. Volume III: Illustrations, Tokyo: Kazama-Shobo, 2006.

MacLean, Ruari, The Reminiscences of Edmund Evans,with an Introduction by Ruari Mclean, Oxford: Oxford University Press, 1967.

Opie, Iona and Peter Opie, *The Classic Fairy Tales,* London: Oxford University Press, 1974.

Ralston,W.R.S., "Beauty and the Beast," *The Nineteenth Century,* (December 1878), 990-1012.

Sale, Roger, *Fairy Tales and After: From Snow White to E.B. White, Cambridge: Harvard University Press, 1978.*

Swahn, Jan-Öjvind, *The Tale of Cupid and Psyche,* Lund: Gleerup, 1955.

Sato, Tomoko. Watanabe, Toshio, *Japan and Britain: An Aesthetic Dialogue 1850-1930,* London: Lund Humphries in Association with Barbican Art Gallery and the Setagaya Art Museum, 1991.

Thompson, Stith, *Motif-Index of Folk-Literature: A Classification of Narrative Elements in*

Folktale, Ballads, Myths, Fables, Mediaeval Romances, Exempla, Fabliaux, Jest-books, and Local Legends, 6 vols., Bloomington: Indiana University Press, 1956.

Tolkien, J.R.R., "Tree and Leaf," in *The Tolkien Reader,* New York: Ballantine Books, 1966.

Vladimir Propp, "Morphology of the Folktale," *International Journal of American Linguistics* 24, no.4 (October 1958)Bloomington: Indiana University Research Center in Anthropology, Folklore, and Linguistics, no. 10, Edited by Svatava Pirkova-Jakobson and translated by Laurence Scott.

Zipes, Jack, *Fairy Tales and the Art of Subversion: The Classical Genre for Children and the Process of Civilization,* New York: Wildman Press, 1983.

_____, "The Dark Side of Beauty and the Beast: The Origins of the Literary Fairy Tale for Children," *Proceedings of the Eighth Annual Conference of the Children's Literature Association,* Edited by Priscilla A. Ord, University of Minnesota, March 1981, Boston: Children's Literature Association, 1982.

Ch10 兒童肖像畫

Ash, Russell, Sir John Everett Millais, London: Pavillion, 1996.

Bradley, Laurel Ellen, *Evocations of the Eighteenth Century in Victorian Art,* Ph.D. New York: New York University, 1986.

Greenaway, Kate, *Marigold Garden: Pictures and Rhymes,* New York: Frederick Warne, 1885.

_____, Under the Window: Pictures and Rhymes for Children, New York: Frederick Warne, 1880.

Girouard, Mark, *Sweetness and Light: The Queen Anne Movement,* Oxford: Clarendon Press, 1977.

Laver, J., Children's Fashion in the Nineteenth Century, B.T.Batsford, New York, 1951.

Liberty's Catalogues, 1881-1949: Fashion, Design, Furnishings [microform], Mindata Limited, Bath, England, 1985.

Millais, John Guille, *The Life and Letters of Sir John Everett Millais,* N. Y., Frederick A. Stokes Company, 1899.

Perry, Rebecca, *"Girlies and Grannies": Kate Greenaway and Children's Dress In Late Nineteenth-Century Britain,* M.A., New York: the Bard Graduate Center, 2010.

Ruskin, J, Letters and Advice to Young Girls and Young Ladies on Dress, Education, Marriage, Their Sphere, Influence, Women's Work and Women's Rights, John Wiley and Sons, New York, 1888.

Spielmann, M H and G S Layard, *Kate Greenaway,* London: Adamand Charles Black, 1905.

Stephens, Frederic G., *English Children as Painted by Sir Joshua Reynolds,* London: Seeley, Jackson, and Halliday, 1867.

Taylor, Ina, *The Art of Kate Greenaway: a Nostalgic Portrait of Childhood,* Gretna, La.: Pelican Pub. Co., 1991.

Taylor, J. and A, Little Ann and Other Poems, Illustrated by Kate Greenaway, F. Warne, New York, 1883.

Treble, Rosemary, *Great Victorian Pictures,* London, 1975.

Ch11 兒童教具與遊戲用品

Abbeì, Gaultier; Aspin Jehoshephat, John Harris and Son., David Rumsey Collection., Cartography Associates, *A Complete Course of Geography, By Means of Instructive Games,* London: Printed for Harris and Son, 1821.

Acland, J.E., *Little Gidding and Its Inmates in the Time of King Charles I,* Society for

Promoting Christian Knowledge, 1903.

Alderson, Brian and Felix de Marez Oyens, *Be Merry and Wise: Origins of Chlidren's Book Publishing in England, 1650-1850*, The Pierpont Morgan Library, the Bibliographical Society of America, The British Library, Oak Knoll Press, 2006.

Bonner, Stanley F., *Education in Ancient Rome from the Elder Cato to the Younger Pliny*, Methuen, 1977.

Comenius, Johann Amos, The Great Didactic, M.W.Keating, (tr.)New York and London: McGraw-Hill Education Classics, 1931: New York: Ruwwell and Russell, 1967.

_____, *Orbis Pictus: A Facsimile of the First English Edition of 1659*, London: Oxford University Press, 1968.

Cowper, William, Johnny Gilpin—A Dissected Puzzle, London, 1840.

_____, City of London Dissected Puzzle. John Gilpin, London: W.P. & S, 1860.

Crandall's John Gilpin An Illustration of The Fine Old English Ballad John Gilpin's Ride..., United States., Crandall, 1876.

Every Little Boy's Book: A Complete Cyclop aedia of In and Outdoor Games With and Without Toys, Domestic Pets, Conjuring, Shows, Riddles, etc.:With Two Hundred and Fifty Illustrations. London,New York: Routledge, Warne, and Routledge, Farrington Street;New York: 56, Walker Street., 1864.

Fénelon, François de Salignac de La Mothe, *Instructions for the Education of a Daughter: To Which is Added, a Small Tract of Instructions for the Conduct of Young Ladies of the Highest Rank. With Suitable Devotions Annexed.* Done into English, and revised by Dr.George Hickes, London: Printed for Jonah Bowyer, 1721.

Games and Sports for Young Boys, London: Routledge, Warne, 1859.

Lewis, Mark, *An Essay to Facilitate the Education of Youth, by Bringing Down the Rudiments of Grammar to the Scene of Seeing*, London: Pintedfor Thomas Parkhurst, 1674.

Locke, John, *Some Thoughts Concerning Education*, John W. and Jean S. Yolton eds, Oxford: Clarendon Press, 1989.

_____, *Aesop's Fables, in English ε Latin, Interlineary*, London: A. and J.Churchill, 1703.

Moyer, Ann E., *The Philosophers' Game Rithmomachia in Medieval and Renaissance Europe*, University of Michigan Press, 2001.

Quintilian, *Institutio Oratoria*, Harvard University Press, 1996.

Shefrin, Jill, "Make it a Pleasure and Not a Task," : Educational Games for Children in Georgian England, *Princeton University Library Chronicle 50* (Winter 1999), 251-275.

_____, The Dartons, Publishers of Educational Aids Pastimes & Juvenile Ephemera 1787-1876 A Bibliographic Checklist Together with a Description of the Darton Archive as Held by the Cotsen Children's Library Princeton University & A Brief History of Printed Teaching Aids, Los Angeles, Cotsen Occasional Press, 2009.

Simon, Brian, *The Two Nations and the Educational Structure, 1780-1870*, London: Lawrence and Wishart, 1974.

Sir, Hugh Plat, *The Jewell House of Art and Nature*, Peter Short, 1594.

Watt, Tessa, *Cheap Print and Popular Piety*, Cambridge University Press, 1991.

Ch12 繪畫、服裝與戲劇

Adburgham, Alison, *A Punch History of Manners and Modes, 1841-1940*, London: Hutchinson, 1961.

Altick, Richard D., *Paintings from Books: Art and Literature in Britain 1760-1900,* Columbus: Ohio State University Press, 1985.

Auerback, Nina, *Ellen Terry Player in Her Time,* New York: Univeristy of Pennsylvania Press,

1987.

Baines, Barbara, *Fashion Revivals: from the Elizabethan Age to the Present Day*, London: Batsford, 1981.

Baldry, Alfred Lys, *The Life and Work of Marcus Stone, R.A.*, London: Art Journal Office, 1896.

Bancroft, Squire and Bancroft, Marie, *Recollections of Sixty Years*, London: John Murray, 1909.

Barbican Art Gallery, *James Tissot, 1836-1902*, Paris: Le musee, 1984.

Baxer, Charles, "British Artists: Their Style and Character,"*Art Journal*, 26 (1864), 145.

Bradley, Laurel Ellen, *Evocations of the Eighteenth Century in Victorian Art*, Ph.D. New York: New York University, 1986.

Brooklyn Museum, *The House of Worth*, Exhibition Catalogue, N.Y: Brooklyn Museum, 1962.

Buck, Ann, *Dress in Eighteenth-Century England*, N.Y.: Holmes & Meier, 1979.

_____, *Victorian Costume and Costume Accessories*, London: H.Jenkins, 1961.

Burnett, Frances Hodgson, *The Little Lord Fauntleroy*, New York: Charles Scribner's Sons, 1886.

Caldecott, Randolph, *The Panjandrum Picture Book*, London: Frederick Warne and Co., Ltd, n.d.

Clive, Mary, *The Day of Reckoning*, London: Macmillan, 1964.

Costume Society, *The so-called Age of Elegance: Costume 1785-1820*, *Proceedings of the Fourth Annual Conference of the Costume Society*, London: The Costume. Society, 1971.

Crewe, Quentin, *The Frontiers of Privilege*, London: Collins, 1961.

Cunnington, C.Willett and Phillis, *Handbook of English Costume in the Eighteenth Century*, London: Faber & Fable, 1906.

_____, *Handbook of English Costume in the Nineteenth Century*, London: Faber & Faber, 1959.

DeMarly, Diana, *Worth, Father of Haute Couture*, London, 1980.

Duncan, Carol, *The Pursuit of Pleasure: the Rococo Revival in French Romantic Art*, N.Y.: Garland Pub., 1976.

Eastlake, Charles, *Hints on Household Taste*, London: (s.n.), 1868.

Ewing, Elizabeth, *History of Children's Costume*, New York: Scribner, 1977.

Forbes-Robertson, Sir Johnston, *A Player under Three Realms*, London, 1925.

Freeman, John C, and Eastlake, Charles L, and Cook, Clarence, *Late Victorian Décor from Eastlake's Gothic to Cook's House Beautiful*, N.Y. Watkins Glen, American Life Foundation, 1968.

Gernsheim, Alison, *Victorian and Edwardian Fashion. A Photographic Survey*, New York: Dover Publications, 1981.

Hamilton, W., *The Aesthetic Movement in England*, London: Reeves & Turner, 1882.

Haweis, M.E., "Queen Anne Costume," *The Queen*, December 28, 1878.

_____, *The Art of Dress*, London, 1879.

Heleniak, Kahtryn Moor, *William Mulready*, New Haven: Yale University Press, 1980.

Holmes, M.R., *Stage Costume and Accessories in the London Museum*, London: H.M.S.O., 1968.

Holt, Ardern, *Fancy Dresses*, London: Debenham & Freebody, 1896.

Hope, Anthony, *Memories and Notes*, London: Hutchinson & Co. Ltd., 1927.

Irving, Lawrence, *Henry Irving, the Actor and his World*, London:S.1.:s.n.n.d., 1951.

Liberty &Co., London, *History of Feminine Costume: Tracing its Evolution from the Earliest Times to the Present*, London: Liberty (n.d.), 1897.

Lucas, E.V., *Edwin Austin Abbey, R.A.: The Record of his Life and Work*, London: Methuen and Co.;New York: Charles Scribner's Sons, 1921.

Meisel, Martin, *Realizations: Narrative, Pictorial, and Theatrical Arts in Nineteenth-century England*, Princeton, N.J.: Princeton University Press, 1983.

Nevinson, J.L., "The Vogue of the Vandyke Dress," *Country Life Annual*, 1959, 25-27

Newton, Stella Mary, *Health, Art and Reason: Dress Reformers of the Nineteenth Century,* London: J. Murray, 1974.

Nicoll, Allardyce, *A History of Late Nineteenth Century Drama, 1850-1900,* Cambridge [Eng.] The University Press, 1949.

O'Brien, K.H.F." 'The House Beautiful,' A Reconstruction of Oscar Wilde's American Lecture," *Victorian Studies,* 17 (June 1974), 414-15.

Oliphant, Margaret, *Dress,* London: Macmillan and Co., 1878.

O'Gorman, Frank, Turner, Katherine, and Hampshire, Aldershot, *The Victorians and the Eighteenth Century;Reassessing the Tradition*, England, Burlington, VT: Ashgate, 2004.

Ormond, L., *George Du Maurier*, London: Routledge & K. Paul, 1969.

Ribeiro, Aileen, "Evidence of the Influence of the Dress of the Seventeenth Century on Costume in 18th-century Female Portraiture", *Burlington Magazine,* 119 (December 1977), 834-40

Ricketts, Charles, *Oscar Wilde: Recollections,* London: Bloomsbury Nonesuch Press, 1932.

Rowell, George, *The Victorian Theatre, A Survey,* London, New York: Oxford University Press, 1956.

Saintsbury, H.A. and Palmer, Cecil, *We Saw Him Act; A Symposium on the Art of Sir Henry Irving,*, New York: B.Blom, 1969.

Sichel, Walter, *The Sands of Time,* London: Hutchinson & Co., 1923.

Simches, Seymour, *Le Romanticisme et le gout esthetique du XVIIIe siecle*, Paris: Presses Universitaires de France, 1964.

Storey, G.A., *Sketches from Memory,* London: Chatto & Windus, 1899.

Taylor, Ina, *The Art of Kate Greenaway A Nostalgic Portrait of Childhood,* Gretna: Pelican Pub. Co., 1991.

Terry, Ellen, *Memoirs,* London: V. Gollancz, 1933.

_____, *Souvenir Program Ellen Terry Jubilee Commemoration: 1856-1906, Theatre Royal,* London: J. Miles & Co., ltd., 1906.

Victoria and Albert Museum, *Liberty's 1875-1975,* exhibition catalogue, Victoria and Albert Museum, 1975.

Way, T.R. and Dennis, G.R. *The Art of James McNeill Whistler an Appreciation,* London: George Bell and Sons, 1903.

Wentworth, Michael Justin, *James Tissot, Catalogue Raisonne of his Prints,* Minneapolis: Minneapolis Institute of Arts, 1978.

Wilde, Constance, "Children's Dress in this Century," *Womans World,* July 1888, 415

Wills, Freeman, *H.G. Wills, Dramatist and Painter,* London: Longmans, Green, 1898.

Yeats, W.B., *Memoirs,* New York: Macmillan, 1972.

Young, B.W, *The Victorian Eighteenth Century,* Oxford: Oxford University Press, 2007.

附錄

附錄一

艾德蒙・埃文斯作品

（A Selective List of Books Containing Colour Printing by Edmund Evans）

1852　Ida Pfeiffer: *Visit to the Holy Land, Egypt and Italy*. Ingram, Cooke & Co. 8 plates printed in brown, pale blue, and pale yellow.

1852　Ida Pfeiffer: *Visit to Iceland and the Scandinavian North*. Ingram, Cooke & Co. 8 plates printed in black, pale blue, and pale yellow.

1853　*Fern Leaves from Fanny's Portfolio*. 2nd edition. Nathaniel Cooke. 8 plates after Birket Foster, printed in dark brown and pale ochre. (First English edition and first with these illustrations); see R. P. Eckert, Jr.'s 'Friendly Fragrant Fanny Ferns' in *The Colophon*, Part 18, New York, 1934.

1853　*Flowers from the Garden of Knowledge*. Nathaniel Cooke.
　　　1. Prince Arthur's Alphabet.
　　　2. Days, Months, and Seasons.
　　　3. The Child's Book of Objects.
　　　4. The Nations of the Earth. [This may never have appeared?] Booklets with paper covers printed in brown, green, red, and yellow.

1853　H. Mayhew: *Letters left at the Pastry Cook's*. Ingram, Cooke & Co. Paper covers printed in blue-black and dull brick-red.

1854　*The Wonderful Drama of Punch and Judy*, etc. H. Ingram & Co. Booklet same size as *Flowers from the Garden of Knowledge*, with paper cover printed in black, green, and red.

1854　*Little Ferns for Fanny's Little Friends*. 2nd edition. Nathaniel Cooke. 8 plates after Birket Foster, printed in dark brown and ochre. (First edition with these illustrations.)

1854　A.Rabbe and J. Duncan: *The History of Russia*, etc. (2 vols.)H. Igram & Co. 16 plates (8 in each vol.) after S.Read, printed in black and yellow.

1855　E. J. Brabazon: *Russia and her Czars*. R. Theobald. 14 plates printed in black and pale yellow.

1856　*Sabbath Bells chimed by the Poets*. Bell & Daldy. 16 illustrations after Birket Foster, printed in dark brown, pale yellow, blue-grey, and reddish-brown. In some copies, the initial letters are coloured by hand: they are otherwise plain.

1857　*Africa's Mountain Valley*. Seeley, Jackson & Co. Frontispiece printed in five colours.

1857　J. G. Wood: *The Common Objects of the Sea Shore*. Routledge, Warne, & Routledge. 12 plates after W. Coleman, printed in six or more colours (more than six different colours are used overall).

[? 1858]　T. Miller: *Birds, Bees and Blossoms*. J. & C. Brown & Co. 3 plates printed in black, blue, and ochre. (Also issued in separate parts in coloured paper covers.)

1858　S. Thompson: *Wild Flowers*. G. Routledge & Co. 8 plates after H. N. Humphreys, printed in six or more colours.

1858　J. G. Wood: *The Common Objects of the Country*. G. Routledge & Co. 12 plates after W. Coleman, printed in seven or more colours.

1859　J. G. Francis: *Beach Rambles*. Routledge, Warne, & Routledge. 9 plates after W. S. Coleman, presumed printed by E. Evans but not signed or attributed to him in the book, printed in six or eight colours.

1859　W. S. Coleman: *Our Woodlands, Heaths, and Hedges*. Routledge, Warne, & Routledge. 8 plates after the author, printed in about eight colours.

1859   R. A. Willmott (editor): *The Poems of Oliver Goldsmith*. George Routledge & Co. 40 illustrations after Birket Foster, printed in about six colours with some handcolouring, and numerous ornaments designed by H. Noel Humphreys printed in two colours.

1860   *The Poems of Oliver Goldsmith*. A new edition, as above, with 12 illustrations in colour added.

1860   *A Book of Favourite Modern Ballads*. Edited by Joseph Cundall. W. Kent. 48 illustrations by various artists, printed in black and grey, with decorations and borders printed in gold, all engraved and printed by Evans.
        Reissued *c.* 1865 by Ward, Lock, & Tyler with the illustrations engraved and printed in about six colours. Also issued in two volumes (each containing half the book), as Choice Pictures and Choice Poems and *The Illustrated Poetical Gift Book*, with the illustrations printed in colours.

1860   T. Miller: *Common Wayside Flowers*. Routledge, Warne' & Routledge. 24 illustrations after Birket Foster, printed in six or seven colours.

1860   W. S. Coleman: *British Butterflies*. Routledge, Warne, & Routledge. 16 plates after the author, of which fourteen are printed in about six to eight colours.

1860   M. E. Chevreul: *The Laws of Contrast of Colour*. Routledge, Warne, & Routledge. 17 plates, of which sixteen are printed in up to about ten colours.

1861   T. Moore: *British Ferns and their Allies*. Routledge, Warne, & Routledge. 12 plates after W. S. Coleman, printed in from four to six colours.

1861   J. G. Wood: *Common Objects of the Microscope*. Routledge, Warne, & Routledge. 12 plates after Tuffen West, printed in from six to twelve colours.

1861   *The Art Album*. W. Kent & Co. 16 plates after various artists printed in about eight colours. The same plates occur in *Beauties of Poetry and Art*, Ward, Lock, & Tyler, n.d.; and eight of them are repeated in *Treasures of Art, and Beauties of Song*, Ward, Lock, & Tyler, n.d.

1861   M. B. Edwards: *Little Bird Red and Little Bird Blue*. Sampson Low, Son & Co. 12 illustrations after T. Macquoid printed in about six colours.

[? 1862]   M. B. Edwards: *Snow Flakes*. Sampson Low, Son & Co. 12 illustrations after H. K. Browne, printed in about six colours.

1862   *Marvellous Adventures* (including *Gulliver's Travels, Baron Münchhausen and Peter Wilkins*). George Vickers. 24 illustrations after 'Phiz', printed in four colours.

1862   *The Psalms of David*. Sampson Low, Son & Co. Initial letters throughout printed in red or blue. The wood blocks were engraved by W. J. Linton, the printing is by Evans.

1863   Dulcken: *Bible Album*. Ward & Lock.

1864   J. E. Doyle: *A Chronicle of England*. Longman, Green, Longman, Roberts & Green. 81 illustrations printed in nine or ten colours.

[c. 1864]   J. Tillotson: *Stories of the Wars, 1574-1658*. S. O. Beeton. 8 plates printed in from four to six colours.

[? 1865]   Routledge's Toy Books, engraved and printed in colours by E. Evans, begin. W. Crane: *Railroad Alphabet*. Routledge. *Farmyard Alphabet*. Routledge.

1867   *Aunt Louisa's Sunday Picture Book*. Frederick Warne & Co. 24 pages printed in from four to six colours.

1868   *The Basket of Flowers*. Frederick Warne. 24 illustrations printed in from eight to twelve colours.

1869   L. B. C. Valentine (editor): *The Nobility of Life*. Frederick Warne. 12 colour plates by Evans (in addition to 12 colour plates by Kronheim: the book was printed by the Dalziels at their Camden Press).

1870   Mrs. Trimmer: *The Story of the Robins,* Frederick Warne. 16 illustrations printed in colours. Uniform with *The Basket of Flowers*.

1870	R. Doyle: *In Fairyland*. Longmans, Green, Reader & Dyer. 16 plates after R. Doyle printed in from eight to twelve colours.
1872	*The Illuminated Scripture Text Book*. F. Warne & Co. 94 pages of designs printed in about five colours. A fourth edition was published in 1875, stating that nearly 150,000 copies had been sold in three years.
1877	K. Greenaway: *Under the Window*. George Routledge. 64 pages printed in colour.
1878	R. Caldecott: John Gilpin, *The House that Jack Built*, and thereafter two titles a year until 1886.
1878	*The Christian Year*. George Routledge. 186 small illustrations of flowers, etc., and frontispiece, by William Foster, engraved and printed by Evans in about four colours.
1883	Mrs. Sale Barker: *Some of my Feathered and Four-footed Friends*. George Routledge & Sons, 24 plates engraved by Dalziel after J. B. Zwecker and printed by Edmund Evans in from four to six colours.
1884	Juliana Horatia Ewing: *Jackanapes*. S.P.C.K. Illustrated by R. Caldecott. This was followed by *Daddy Darwin's Dovecot*, 1884, *Lob Lie-by-the-Fire*, 1885, *Mary's Meadow,* 1886, and *Dandelion Clocks*, 1887, all by Mrs. Ewing, and printed by Evans, but only the covers were printed in colour.
1884	A. Lang: *The Princess Nobody*. Longmans, Green & Co. A new book using many of the blocks from *In Fairyland* (1870).
1890	Lewis Carroll: *The Nursery 'Alice'*. Macmillan & Co. 20 coloured enlargements from Tenniel's wood engravings, printed in colour, with a cover designed by E. Gertrude Thomson.
Undated	
	Major Seccombe: *Military Misreadings of Shakspere*. George Routledge & Sons, n.d. 24 colour plates, superb colouring.
	William Foster: *The Floral Birthday Book*. George Routledge & Sons, n.d. 368 illustrations engraved and printed in from four to six colours by Edmund Evans.
	William Foster: *The Bible Emblem Anniversary Book*. George Routledge & Sons, n.d. About 366 illustrations engraved and printed in colours by Edmund Evans.
	Sydney Grey: *Story-Land*. The Religious Tract Society, n.d. With 32 illustrations in colour by Robert Barnes, engraved and printed by Edmund Evans.
	Bret Harte: *The Queen of the Pirate Isle*. Chatto & Windus, n.d. 28 illustrations after Kate Greenaway, printed in from six to eight colours.
	Helen M. Burnside: *Round Nature's Dial: Spring, Summer, Autumn, Winter*. George Routledge & Sons, n.d. 28 illustrations after A. W. Cooper, printed in from six to eight colours.
	The Comical Story Book. George Routledge & Sons, n.d. Five stories with eight or ten pages, printed in from four to six colours.
	My Diary. Cassell, Petter, Galpin & Co., n.d. 382 illustrations (12 in colour) engraved and printed by Edmund Evans.
	Mrs. L. Burke: *The Language of Flowers*. George Routledge & Sons, n.d. Many small drawings (29 in colour) engraved and printed by Edmund Evans.
	Lt.-Col. Seccombe: *Army and Navy Birthday Book*. George Routledge & Sons, n.d. 12 colour plates and numerous other illustrations engraved and printed by Edmund Evans.
	E.V. Lucas: *The Visit to London*. Pictures by Francis D. Bedford. Methuen & Co., n.d. 25colour plates engraved and printed by Edmund Evans.

附錄二

約翰・吉爾平騎馬（The Diverting History of John Gilpin）

1780   Cowper, William, John Gilpin's Return from Ware—Original Artwork.

1780   Cowper, William, John Gilpin's Return from Ware, Matted Artwork.., London: Bowles & Carver No. 69 in St. Paul's Church Yard.

1785   Cowper, William, The Task Electronic Resource, A Poem, in Six Books. By William Cowper,... To Which Are Added, by The Same Author, An Epistle to Joseph Hill, Esq.... To Which Are Added,... An Epistle... and The History of John Gilpin., London: printed for J. Johnson.

1785   Cowper, William, The Task:A Poem in Six Books, By William Cowper...; to Which Are Added, by The Same Author, An Espistle to Joseph Hill, Esq. Tirocinium, or, A Review of Schools, and The History of John Gilpin., London:Printed for J. Johnson...

1785   Cowper, William, The Life of John Gilpin, Taken From Divers Manuscripts in The Possession of The Family. To Which is Added, by Way of Appendix, The Celebrated History of His Journey to Edmonton, as Read by Mr. Henderson, at Free-Mason's-Hall., London: S. Bladon.

1785   Cowper, William, The Life of John Gilpin, Taken from Divers Manuscripts in The Possession of The Family, and Now Published, for The First Time, by Their Permission... To Which is Added, by Way of Appendix, The Celebrated History of His Journey to Edmonton, as Read by Mr. Henderson., Dublin: Printed for Messrs, Brunet, etc.

1785   Cowper, William, The Life of John Gilpin [electronic resource], Taken from Divers Manuscripts in The Possession of The Family,... To Which is Added, by Way of Appendix, The Celebrated History of His Journey to Edmonton. As Read by Mr. Henderson,....,, Dublin: printed for Messrs. Burnet, White, Burton, H. Whitestone, Byrne, Cash, M'Donnel and Marchbank.

1785   Cowper, William, The Journey of John Gilpin [Electronic Resource], Linen-Draper, and Captain in The City Train-Bands, Relating How He Went Farther than He Intended, and Came Home Safe at Last, London?

1785   Cowper, William, Johnny Gilpin of Cheapside:Going Farther than He Intended, a Droll Story Read by Mr. Henderson at Freemason's Hall., Ludgate Street, London:I. Wallis, March, 25th.

1785   Cowper, William, John Gilpin as Humourously Deliver'd by Mr. Henderson, with Repeated Applause at The Free Masons Tavern. Shewing How He Went Farther than He Intended And Came Home Safe at Last., London: Printed and Sold by John Welcker, Music and Instrument Seller to their Majesties and all the Royal Family at no. 18 Coventry street, Haymarket.

1785   Cowper, William, A Humorous Representation of Johnny Gilpin, Linen-Draper of Cheapside, London., London: R. Sayer and I. Bennett, 16 Novr.

1785   Cowper, William, *The Histo[r]y of John Gilpin*, How He Went Farther than He Intended, and Came Home Safe at Last. Read by Mr. Henderson at Free Mason's Tavern., London. J. Fielding.

1785   Cowper, William, *The History of John Gilpin* [Electronic Resource], How He Went Farther than He Intended, and Came Home Safe at Last., London: Printed for J. Fielding.

1785   Cowper, William, *The History* [sic] *of John Gilpin* [Electronic Resource], How He Went Farther than He Intended, and Came Home Safe at Last. Read by Mr. Henderson at Free Mason's Tavern., London: printed for J. Fielding, Pater-noster-row.

1785	Cowper, William, Gilpin's Rig; or The Wedding Day Kept [Electronic Resource], A Droll Story; Read by Mr. Henderson, at Free-Masons Hall and Mr. Baddeley, at Drury Lane Theatre...., London: printed for S.W. Foves. And F. Clarkson.
1786	Cowper, William, Poems, by William Cowper, of The Inner Temple, Esq [Electronic Resource]: Volume The Second. Containing The Task. An Epistle to Joseph Hill, Esq. Tirocinium, or A Review of Schools. And The History of John Gilpin., London: Printed for J. Johnson, No. 72, St. Paul's Church-Yard.
1786	Cowper, William, Poems, by William Cowper..., London: Printed for J. Johnson...
1786	Cowper, William, Johnny Gilpin of Cheapside, Going Farther than He Intended; [Electronic Resource]:A Droll Story Read by Mr. Henderson at Freemason's-Hall., Philadelphia: Printed by Robert Aitken, and Sold by him and William Prichard[i.e., Pritchard, in Market-Street.
1787	Carey, Henry, True-Blue. A Musical Entertainment, as Performing at The Royalty-Theatre, Wellclose-Square.... And The Story of John Gilpin, as Delivered by Mr. Lee Lewes [Electronic Resource]., London: Printed by H. D. Steel, for J. Griffiths, Prompter, and Sold by Mr. Cleugh.
1790	Cowper, William, A Mirry [sic] and Diverting Song, Called, John Gilpin's Expedition from London to Edmonton:Shewing How He Rode Farther than He Intended, and Came Home Safe at Last., London?: s.n. Printed in the Year 1790.
179-	Cowper, William, *The Diverting History of Johnny Gilpin*: Shewing How He Went Farther than He Intended and Came Safe Home Again., London: Published by J.L. Marks.
1792	Cowper, William, *The Diverting History of John Gilpin*: [Microform]: Shewing How He Went Farther than He Intended, and Came Safe Home Again., Salem, Mass: Sold at the Bible and Heart, Salem [by William Carlton.
1792	Cowper, William, *The Diverting History of John Gilpin*: [Electronic Resource]: Shewing How He Went Farther than He Intended, and Came Safe Home Again., Salem, Mass.: Sold by William Carlton at the Bible and Heart.
1793	Cowper, William, The Facetious Story of John Gilpin; His Going Farther than He Intended and Returning Home Safe at Last... A Second Part... The Disasterous Accidents Which Befel His Wife on Her Return to London... Gilpin's Second Holiday., London: A. Lemoine, n.d.
1793	Cowper, William, *The Diverting History of John Gilpin*; [Microform]: Shewing How He Went Farther than He Intended, and Came Safe Home Again., Newburyport, Mass.: Printed at Osborne's office, Guttemberg's [sic] Head, in Market-Square, Newburyport., MDCCXCIII.
1793	Cowper, William, *The Diverting History of John Gilpin* [Microform]: Shewing How He Went Farther than He Intended, and Came Safe Home Again., Newburyport, Mass.: Printed at Osborne's Press, Market-Square, Newburyport, MDCCXCIII.
1793	Cowper, William, *The Diverting History of John Gilpin*; [Electronic Resource]: Shewing How He Went Farther than He Intended, and Came Safe Home Again., Newburyport, Mass.: Printed at Osborne's office, Guttemberg's [sic] Head, in Market-Square, Newburyport., MDCCXCIII.
1793	Cowper, William, *The Diverting History of John Gilpin* [Electronic Resource]: Shewing How He Went Farther than He Intended, and Came Safe Home Again., [Newburyport, Mass.]:Printed at Osborne's Press, Market-Square, Newburyport,, MDCCXCIII.
1794	Cowper, William, *The History of John Gilpin*, of Cheapside. Recited by The Late Mr Henderson, at Free-Masons' Tavern, London [electronic resource]., London?: s.n.
1794	Cowper, William, The Facetious Story of John Gilpin; His Going Farther than He

Intended, and Returning Home Safe at Last. [Microform]: To Which is Added, a Second Part; Containing An Account of The Disastrous Accidents Which Befel His Wife, on Her Return to London.:Also, A Third Part; Containing John Gilpin's Second Holiday; or A Voyage to Vaux-Hall., Philadelphia: Printed by Wrigley & Berriman, for Thomas Stephens, no. 57, South Second-Street, and Alexander M'Kenzie, no. 126, South Front-Street., M.DCC.XCIV.

1794   Cowper, William, The Facetious Story of John Gilpin; His Going Farther than He Intended, and Returning Home Safe at Last. [Electronic Resource]: To Which is Added, a Second Part; Containing an Account of The Disastrous Accidents Which Befel His Wife, on Her Return to London.:Also, A Third Part; Containing John Gilpin's Second Holiday; or A Voyage to Vaux-Hall., Philadelphia: Printed by Wrigley & Berriman, for Thomas Stephens, no. 57, South Second-Street, and Alexander M'Kenzie, no. 126, South Front-Street., M.DCC.XCIV.

1795   Cowper, William, The Facetious Story of John Gilpin [Electronic Resource]; His Going Farther than He Intended, and Returning Home Safe at Last. By Mr. Cowper, and a Second Part; Containing an Account of The Disastrous Accidents Which Befel His Wife, on Her Return to London. By Henry Lemoine. To Which is Added, Gilpin's Second Holiday. Written by The Late John Oakman. London: Printed for A. Lemoine, Coleman-Street, and Sold by the booksellers of London, Westminster, Edinburgh and Dublin.

1798   Cowper, William, *The Diverting History of John Gilpin*: as Related by The Late Mr. Henderson. Shewing How He Went Farther Than he Intended, and Came Home Safe at Last, Coventry: Luckman & Suffield.

1800   Cowper, William, The Journey of John Gilpin, Linen-draper, and Captain in The City Train-bands :Relating How He Went Farther Than He Intended, and Came Home Safe at Last., England?:s.n.

1800   Cowper, William, *The Diverting History of John Gilpin*, Shewing How He Went Farther than He Intended and Came Safe Home Again [electronic resource]., Burslem: Printed and sold by J. Tregortha.

1800   Cowper, William, *The Diverting History of John Gilpin*: Shewing How He Went Farther than He Intended, and Came Home Safe at Last, After All his Perils., York: E. Peck.

18--   Cooper, William, *The Diverting History of John Gilpin*... Illustrated by C.A. Doyle., New York: J. Wiley & Son.

18--   Cruikshank, George, Cruikshank's John Gilpin., s.l.:s.n.

1878   Nursery Tales and Alphabets., London: John Dicks. not after September.

1801   Cowper, William, Humourous Pieces. The Splendid Shilling; History of John Gilpin's Journey &c. &c., Ludlow.; London. G: Nicholson, Poughall, near Ludlow. Sold also, in London, by.; H.D. Symonds...; Champante & Whitrow...; R. Bickerstaff...; T. Conder...; Lackington, Allen, & Co.

1802   Cowper, William, *The History of John Gilpin's Journey*, Shewing How He Went Farther Than He Intended, and Came Safe Home Again., Stourport Herefordshire: G. Nicholson.

1805   Cowper, William, The Life and Whimsical Adventures of John Gilpin, Citizen and Linen-Draper. To Which is Added His Journey to Edmonton., London: Ann Lemoine.; J. Roe.

1806   Cowper, William, The Facetious History of John Gilpin:Shewing How He Went Farther than He Intended and Came Safe Home Again. To Which is Added, The Hunting in Chevy Chase [Microform]., Newburyport Mass.: W. & J. Gillman, Printers.

1806	Cowper, William, The Disastrous Journey of Johnny Gilpin to Edmonton:In Which is Shewn, The Wonderful Prowess of The Calendrer's Horse, on Sixteen Elegant Engravings., London: Printed for J. Harris, Successor to E. Newbery, at the Original Juvenile Library, the Corner of St. Paul's Church-Yard.
1807	Cowper, William, The History of John Gilpin of Cheapside, a Droll Story. And, the Historical Ballad of, The Children in the Wood [Microform]., Philadelphia: Jacob Johnson.(United States: Rakestraw)
1808	Cowper, William, The Humorous Story of Mrs. Gilpin's Return from Edmonton, Being The Sequel to Johnny Gilpin of Cheapside., London: John Harris.; John Wallis.
1808	Oakman, John, A Second Holiday for John Gilpin, or, A Voyage to Vauxhall: Where, Though He Had Better Luck than Before, He Was Far from Being Contented., London: Printed for J. Wallis Junr. at his Universal Juvenile Library & Original Dissected-Map Warehouse, removed from Ludgate-street to No. 188 Strand, (next door to the Crown-and Anchor Tavern). (Brettell and Co., Printers, Marshall-Street, Golden-Square)
1808	Cowper, William, John Gilpin's Journey [Writing Blank], London: W. & T. Darton, 58 Holborn Hill. June 25.
1808	Cowper, William, *The Diverting History of John Gilpin*:Shewing How He Went Farther than He Intended, and Came Safe Home Again:Illustrated with Humourous Engravings., London: Printed for J. Harris, Successor to E. Newbery, at the Original Juvenile Library, Corner of St. Paul's Church-Yard.(London: H. Bryer, Printer, Bridge-Street, Blackfriars)
1808	Cowper, William, *The Diverting History of John Gilpin*; [Microform]: Shewing How He Went Farther than He Intended and Came Safe Home Again., Montpelier, Vt.:From Parks' Press.
1808	Cowper, William, The Disastrous Journey of Johnny Gilpin to Edmonton:in Which is Shewn The Wonderful Prowess of The Calendrer's Horse, on Sixteen Elegant Engravings, New-York:Printed at the Porcupine Office.
1809	Cowper, William, *The Diverting History of John Gilpin*; [Microform]: Shewing How He Went Farther than He Intended, and Came Home Safe Again., Philadelphia: Published and Sold by Wm. Charles. (United States: W. M'Culloch)
1810	Cowper, William, Johnny Gilpin, London: G. Martin.
1810	Cowper, William, The Humourous History of John Gilpin, of Cheapside, London. To which is Added The Story of an Elephant, London: John Evans.
1811- 1826	Cowper, William, John Gilpin's Diverting Journey to Ware: Embellished with Fourteen Coloured Engravings., London: Printed for A.K. Newman & Co., Leadenhall-Street. London: Dean and Munday, Printers, Threadneedle-Street.
1814	Cowper, William, *History of Johnny Gilpin*, London: Martin Publisher.
1814	Cowper, William, *The Diverting History of John Gilpin*: or, His Intended Journey to Edmonton., London: T. Crabb.
1815	Cowper, William, W. Belch's *Diverting History of John Gilpin*, London: Printed & Sold by W. Belch.
1815	Lemoine, Henry, The Humourous Story of Mrs. Gilpin's Return from Edmonton [Microform: being the Sequel to Johnny Gilpin., Philadelphia: Published and Sold by Wm. Charles.
1815	Lemoine, Henry, The Humourous Story of Mrs. Gilpin's Return from Edmonton. [Electronic Resource]:Being The Sequel to Johnny Gilpin.:Illustrated with Humourous Engravings, of Copperplate., Philadelphia: Published and Sold Wholesale, by Wm. Charles, and May be Had of All the Booksellers.

1815	Cowper, William, *The Diverting History of John Gilpin*; [Microform]:Shewing How He Went Farther than He Intended, and Came Home Safe Again., Philadelphia:Published and Sold Wholesale by Wm. Charles.
1815	Cowper, William, *The Diverting History of John Gilpin*; [Electronic Resource]: Shewing How He Went Farther than He Intended, and Came Safe Home again.: Illustrated with Humourous Engravings. On Copperplate., Philadelphia: Published and Sold Wholesale by Wm. Charles, and May be Had of All the Booksellers.
1820	Cowper, William, Johnny Gilpin., London: W. Belch.
1825	Cowper, William, John Gilpin, London: William Darton.
1825	Cowper, William, *The Diverting History of John Gilpin*, London: J. Catnach, Printer.
1826-1837	Cowper, William, Johnny Gilpin's Diverting Journey to Ware: Embellished with Thirteen Neatly Coloured Engravings., London: Dean and Munday, Threadneedle Street; and A.K. Newman & Co., Leadenhall Street.
1826-1837	Cowper, William, Johnny Gilpin's Diverting Journey to Ware: Embellished with Fourteen Neatly Coloured Engravings, London: Dean and Munday, Threadneedle Street; and A.K. Newman & Co., Leadenhall Street.
1828-1843	Cowper, William, *The History of John Gilpin*, Derby: Printed by and for Thomas Richardson, Friar-Gate.
1828	Cowper, William, *The Diverting History of John Gilpin*: Showing How He Went Farther than He Intended, and Came Safe Home again. / with Six Illustrations by George Cruikshank; Engraved on Wood by Thompson, Branston, Wright, Slader, and White., London: Charles Tilt.
1828	*The Diverting History of John Gilpin.*
1831-1847	Cowper, William, John Gilpin's Possierliche Reise Nach Wehr: Mit Vielen Bunten Bildern Geziert., Harrisburg, Pa.: Gedruckt und zu haben bey G.S. Peters.
1832	Cowper, William, *The Diverting History of John Gilpin*, London: Charles Tilt.
1835	Cowper, William, *The Diverting History of John Gilpin*:Shewing How he Went Farther than He Intended, and Came Safe Home again., Banbury Oxfordshire:Printed and Sold by J. G. Rusher, Bridge-Street.
1835	Cowper, William, *The Diverting History of Johnny Gilpin*, England? March 4.Designed by John Leighton.
1836	Cowper, William, Poetical Effusions, from Celebrated Authors; Illustrated with Fifty-six Engravings, from Original Drawings by Cruikshank., London: Allan Bell and Co.; Edinburgh: Fraser and Co.
1836	Cowper, William, John Gilpin; Set to Music by W. A. Nield., Simpkin, Marshall & Co.; London.; Allan Bell and Co.; H. Washbourne.; Shepherd & Sutton.
1840	Cowper, William, Johnny Gilpin. Picture Sheet., England.
1840	Cowper, William, Johnny Gilpin.,Copybook., England.
1840	Cowper, William, Johnny Gilpin—A Dissected Puzzle, London.
1840	William Cowper; Edward Dunigan, *The History of John Gilpin*, New York: Edward Dunigan.
1843-1848	Cowper, William, *The History of John Gilpin*, New York:Edwd. Dunigan, 151 Fulton-Street.
1845	Cowper, William, John Gilpin. With Engravings from New Designs., Leeds. Webb and Millington, 93, Top of Briggate.
1845	Cowper, William, *The History of John Gilpin* Showing How He Went Further than He Intended, and Came Safe Home again., Leeds. Webb and Millington, 93, Top of Briggate.

1845   Cowper, William, *The Diverting History of John Gilpin*, London: Joseph Cundall, 12, Old Bond Street.

1879   Cowper, William, Johnny Gilpin's Famous Ride, London: Dean & Sons, 160a Fleet Street.

1850   Cowper, William, John Gilpin—Lantern Slides.., England?

1850   Cowper, William, John Gilpin—Lantern Slides., England?

185-   Cowper, William, Cowper's *Diverting History of John Gilpin*, with Twenty Illustrations by Percy Cruikshank., London: Read & Co., Johnson's Court, Fleet Street.

1854   Cowper, William, Johnny Gilpin., London: Dean & Son, Lithographers & Book and Print Publishers, 31 Ludgate Hill, late Threadneedle St.

1860   Cowper, William, City of London Dissected Puzzle. John Gilpin, London: W.P. & S.

1863   Cowper, William, John Gilpin., London and New York: Frederick Warne & Co.

1865   Cowper, William, John Gilpin,illustratedby J F.Skill, London: Frederick Warne. After 1856 Cowper, William, John Gilpin, London: Frederick Warne & Co., Bedford Street, Covent Garden, London: Printed by Kronheim & Co.

1866   Cowper, William, *The Diverting History of John Gilpin*, Showing How He Went Farther than He Intended, and Came Safe Home again, Edinburgh. William P. Nimmo.

1868   Cowper, William, John Gilpin's Ride to Edmonton., London, Philadelphia; Melbourne. Read, Brooks & Co.; Lippincott & Co.; G. Robertson.

1868   Cowper, William, John Gilpin's Galop Composed for The Piano Forte, by Carl Faust, of Breslau, London. Robert Cocks & Co.

1868   Cowper, William, John Gilpin's Diverting Ride to Edmonton., London: Read & Co.

1869   Cowper, William, *The Diverting History of John Gilpin*, Showing How He Went Farther than He Intended and Came Safe Home Again, Rendered into German by Rev. Paul Weiss..., Philadelphia, J.B. Lippincott.

1876   Crandall's John Gilpin An Illustration of The Fine Old English Ballad John Gilpin's Ride..., United States. Crandall.

1877-   Cowper, William, John Gilpin's Ride to Edmonton, London: Read.

1885   Brooks & Co., Printers and Publishers, 25 & 26, New Street, Cloth Fair, E.C. (late 128, Aldersgate Street)

1878   Cowper, William, John Gilpin Postcards, London: n.p.

1878   Cowper, William, *The Diverting History of John Gilpin*: Showing How He Went Farther than He Intended, and Came Home Safe Again. with Drawings by R. Caldecott, London: G. Routledge & Sons.

1880   Cowper, William, The Stories of John Gilpin and Blue Beard., Manchester: Marks & Spencer Ltd.

1880   Cowper, William, John Gilpin Lantern Slides, England.

1880-   Cowper, William, *The Diverting History of John Gilpin* / after R.

1882   Caldecott, New-York: McLoughlin Bros.

1881-   Cowper, William, John Gilpin / from Coloured Designs by J.F. Skill,

1884   Cowper, William, John Gilpin—Poly Opticon Picture Book, New York: Peck and Snyder.

1885   Aunt Louisa's London Toy Books; 8, London: Frederick Warne & Co.

1885   Caldecott, Randolph, Randolph Caldecott's Painting Book:First Series / Pictures by R. Caldecott; for *Little Folks* to Colour, London and New York: Frederick Warne & Co., (London: Printed by Edmund Evans, Ltd.,The Raquet Court Press)

189-   Cowper, William, *The Diverting History of John Gilpin*: Showing How He Went Farther than He Intended, And Came Safe Home Again, with Drawings by R. Caldecott, London; New York: Frederick Warne and Co., Ltd.(London: Edmund Evans, Engraver and Printer, Raquet Court, Fleet Street).

1890	Cowper, William, *The Diverting History of John Gilpin*, n.p. n.p.
189-	Child's Picture Book.
1899	Cowper, William, *The Diverting History of John Gilpin*, Illustrated by Chas. E. Brock, London: Guild of Women-Binders.
1900	Cowper, William, John Gilpin—Postcards, England.
1900	Cowper, William, John Gilpin, London: Dean and Son.
1910	Cowper, William, *The Diverting History of John Gilpin* with 36 Original Sketches Illustrating His Famous Ride by Brinsley Le Fanu. London: Books for the Bairns Office.

附錄三

維克菲爾德的牧師（Chronological List of Paintings from The Vicar of Wakefield）

THE EARLY PERIOD: 1784-1800

1784   Morland, George, RA # 42, *Scene from Vicar of Wakefield*, "vol. i, chap. viii". (Sketch by E.F.Burney) Chapter 8, pp. 63-68.

1786   Ryley, Charles Reuben, RA # 35, *Vicar of Wakefield*, (listed as "vol. i, chap. vii.", but subject is from Chapter 8, "Dining in the Hayfield—Interrupted", Yale Center for British Art). Chapter 8, pp. 63, 68.

1787   Ryley, Charles Reuben, RA # 125, *The Sermon in Prison*. Chapter 27, p. 161.

1787   Ryley, Charles Reuben, RA # 257, *The Return of Olivia, vide Vicar of Wakefield*, "vol. ii, chap, iii". Chapter 22, p. 142.

1790   Ryley, Charles Reuben, RA # 91, Squire Thornhill Eloping with Olivia. Chapter 17, p. 107.

1790   Ryley, Charles Reuben, RA # 107, Burchel Rescues Sophia. Chapter 3, p. 49.

1792   Westall, Richard, RA # 422, "Edwin and Angelina." Chapter 8, pp. 64-8.

1795   Kirk, Thomas, RA # 17, Goldsmith's " Hermit". Chapter 8, pp. 64-8.

1797   Smith, John Rubens, RA # 560, Olivia's Return, Vide Vicar of Wakefield. Chapter 22, pp. 142.

1799   Smith, John Rubens, RA # 494, Olivia's Visit to her Father in Prison, Vide Vicar of Wakefield, "vol. ii, page 9". Chapter 28, pp. 164.

1800   Hamilton, William, RA # 406, Scene from" The Hermit": for F. J. Du Roveray's new edition of "Goldsmith's Poems". Chapter 8, pp. 64-8.

THE SECOND PERIOD—THE EARLY 19TH CENTURY: 1801-1837

1817   Martin, John, K.L., BI # 299, " The Hermit" (Edwin and Angelina). Chapter 8, p. 64, verse 1.

1823   Davis, Richard Barrett, BI # 240, Dr. Promise Selling Blackberry—vide Vicar of Wakefield and His Family. Chapter 14, pp. 88-9.

1825   Newton, Gilbert Stuart, undated, not exhibited The Vicar of Wakefield and His Family. No chapter determined.

1828   Newton, Gilbert Stuart, RA # 243, The Vicar of Wakefield Reconciling His Wife to Olivia. Chapter 22, p. 142.

1830   Cruikshank, George, RA # 223, Fitting Out Moses for the Fair. Chapter 12, p. 81.

1834   Pierce, Mrs. W. (formerly Miss Anne Beaumont), BI # 45, Subject from the Vicar of Wakefield. No chapter determined.

1836   Nixon, James Henry, BI # 313, Sophia; Vicar of Wakefield. No chapter determined.

THE EARLY VICTORIAN PERIOD—FIRST PHASE: 1838-1849

1838   Maclise, Daniel, RA # 277, 1839 BI # 158, Olivia and Sophia Fitting out Moes for the Fair. Chapter 12, p. 81.

1839   Redgrave, Richard, RA # 505, Olivia's Return to her Parents. Chapter 22, p. 142.

1840   Claxton, Marshall, RA # 989; 1843 BI # 37, Moses Returned from the Fair with a Gross of Green Spectacles, etc. Chapter 12, p. 84.

1841   Redgrave, Richard, RA # 498, The Vicar of Wakefield Finding his Lost Daughter at the Inn. Chapter 21, p. 136.

1841   Anonymous (without initials), # 729, Olivia and the Innkeeper's Wife. Chapter 21, p.

136.

| 1841 | Maclise, Daniel, RA # 313; 1846 RSA # 54, Hunt the Slipper at Neighbour Flamborough's (unexpected visit of fine ladies) Chapter 11, p. 76-7. |

1841 Maclise, Daniel, RA # 313; 1846 RSA # 54, Hunt the Slipper at Neighbour Flamborough's (unexpected visit of fine ladies) Chapter 11, p. 76-7.

1842 Solomon, Abraham, RA # 1022, Scene from the Vicar of Wakefield. No chapter determined.

1842 Firth, William Powell, RA # 454, Measuring Heights, or, Back to Back. Chapter 16, p. 98.

1842 Stonehouse, C., RA # 427, Moses Going to Sell the Colt at the Fair. Chapter12, p.82.

1843 Joy, Thomas Musgrove, BI # 244, Olivia—Vicar of Wakefield. No chapter determined.

1843 Lesile, Charles Robert, RA # 164, " Virtue, my dear Lady Blarney, virtue is worth any price: but where is that to be found?-Fudge!" Chapter11, p. 79.

1843 Martin, John, K. L., BI # 211, Goldsmith's "Hermit" (large size than 1817) Chapter 8, p. 64, verse 1.

1843 Mulready, William, not exhibited oil sketch, Olivia Eloping With Squire Thronhill. Chapter 17, p. 107.

1844 Firth, William Powell, RA # 491, The Squire Describing some Passages in his Town Life. Chapter 16, p. 98.

1844 Hollins, John, RA # 557, The Vicar of Wakefield Addressing Olivia after one of Squire Thornhill's Visits to the Vicarage. Chapter 17, pp. 102-3.

1844 Mulready, William, RA # 128, The Whistonian Controversy. Chapter 2, p. 42.

1844 Mulready, William, RA # 958, Choosing the Wedding Gown (Cartoon in red chalk and pencil, heightened with white). Chapter 1, p. 37.

1844 Stonhouse, C., RA # 1046, The Vicar of Wakefield's Family after the Fire. Chapter 24, p. 147.

1844 Hayes, J. W., BI # 383, Scene from The Vicar of Wakefield (The Vicar's Farewell to His Son George). Chapter3, pp. 44-5.

1845 Brown, Ford Madox, undated, not exhibited, Dr. Promise and His Daughters. No chapter determined. (possibility chapter 1, p. 39).

1845 Stacpoole, Frederick, A.R.A., BI # 275, The Vicar of Wakefield Reading his Favourite Whiston. Chapter2, p. 2.

1846 Mulready, William, RA # 140, Choosing the Wedding Gown. Chapter1, p. 39.

1847 Mulready, William, RA # 134, Burchell and Sophia (Haymaking). Chapter6, p. 57.

1847 Solomon, Abraham, RA # 747, The Vicar of Wakefield Rebuking his Wife and Daughters for their Vanity. Chapter4, pp. 51-2.

1848 Stonhouse, C., RA # 680, The Vicar's Family on the Way to Church. Chapter10, p. 75-6.

1840 Woodward, Thomas, undated, not exhibited, The Vicar's Family Going to Church. Chapter10, p.75-6.

THE EARLY VICTORIAN PERIOD—SECOND PHASE: 1850-1860

1850 Maclise, Daniel, RA # 56, The Gross of Green Spectacles. Chapter12,p.83.

1851 Noble, J., RSBA # 130; 1854 RSBA # 263; winter 1870 RSBA # 141, Squire Thornhill Introduces Himself to the Family of the Vicar of Wakefield. Chapter5, p. 53.

1851 Macleod, Miss Jessie, BI # 423, Scene from the Vicar of Wakefield (Jenkinson explaining Olivia's true marriage to the Squire). Chapter31, p. 193.

1852 Baxter, C., RSBA # 29, Olivia and Sophia. No chapter determined (possibly chapter 1, p. 39).

1852 Crowley, Nicholas J., RA # 613, Scene from the Vicar of Wakefield. (Olivia's Return to her Parents). Chapter22, p. 143.

1852   Woolmer, Alfred Joseph, BI # 353, The Reverie (Olivia indulging in her grief). Chapter17, p. 102.

1853   Smith, (fictional review in The Newcomes, mentions "RA # 617, Moses Bringing Home the Gross of Green Spectacles", not listed by Graves). Chapter12, p. 83.

1853   Faed, Thomas, RA # 488, Sophia and Olivia—Vicar of Wakefield. No chapter determined (possibly chapter 1, p. 39).

1854   Wilson, Thomas Harrington, RA # 1268, Olivia and Sophia with the Gypsy. No chapter (possibly chapter 1, p. 39).

1855   Absolon, John, RA 1127, From the Vicar of Wakefield. No chapter determined.

1855   Rossiter, Charles, RA # 1385, The Return of Olivia. Chapter22, p. 142.

1857   Noble, J., RSBA # 318, Burchell and Sophia. No chapter determined (probably chapter 6, p. 57).

1857   Joy, Thomas Musgrave, RA # 923, The Vicar of Wakefield's Family Going to Church. Chapter10, pp. 75-6.

1859   Robbinson, Mrs. Margaret, RA # 309, Olivia and Sophia in their Sunday Finery. Chapter4, p. 51.

1860   Barker, Thomas Jones, BI # 482, Doctor Promise taking Blackberry to the Fair—Vide Vicar of Wakefield Chapter14, p. 88-9.

1860   Edwards, Miss Amelia B., BI # 438, The Vicar's Daughters. (not listed as from The Vicar of Wakefield, but is of a similar subject).

THE LATER VICTORIAN PERIOD: 1861-1899

1863   Firth, William Powell, not exhibited, Measuring Heights. A later version of the painting exhibited in 1842. This version is not in the Victoria and Albert Museum. Chapter16, p. 98.

1863   Firth, William Powell, not exhibited, Measuring Heights. Another version of the 1842 composition. This version is now in the Leger Galleries, London. Chapter16, p. 98.

1868   Herrick, William Salter, RA # 471, The Gypsy Fortune Teller. Chapter10, p. 73.

1869   Gray, George (enamel painter) RA # 1140, Vicar of Wakefield, after W. Mulready, R. A. No chapter determined.

1870   Herrick, William Salter, RA # 477, Olivia (not listed as from Vicar, but since Herrick exhibited a painting of Olivia two years earlier, it seems likely that this painting is also from Goldsmith's book). No chapter determined.

1876   Firth, William Powell, RA # 250, The Squire Teaching the Girls Piquet and the Boys to Box. Chapter16, p. 98.

1883   Adam, Patrick William, RSA # 723, Olivia and the Vicar. No chapter determined.

1887   Vernon, Arthur Longley, RA # 1026, The Vicar of Wakefield. No chapter determined.

1892   Breakespare, William A, RA # 579, The Vicar Finds Olivia. Chapter21, p. 136.

1898   Dicksee, Miss Margaret I, RA # 577, A Sacrifice of Vanities—"The next day I had the satisfaction of finding my daughters... cutting up their trains into waistcoats for Dick and Bill". Chapter4, p. 52.

1899   Lancaster, Alfred Dobree, RA # 946, Olivia and Sophia, (cutting up their trains, etc.). Chapter4, p. 52.

Chronological List of Illustrated Editions of The Vicar of Wakefield and Wash Drawings Designed for Engraving

1776	Chodowiecki, 1 illustration, reissued 3rd ed. Berlin: Printed for August Mylins, 1784.
1777	Chodowiecki, (unlocated) 12 illustrations with French titles published in The Almanac Genealogique for 1777. Two prints are reproduced by Austin Dobson, "The Vicar of Wakefield" and Its Illustrators", The English Illustrated Magazine vol. 8, Oct. 1890, p. 23. Eight of these designs are published with German titles in a 1797 English/German version of The Vicar. Accentuirt von Ebers. Berlin: G.C. Nauk, Printed in Berlin by G.Hayn, 1797. This version includes a frontpiece by Thomas Kirk, "Edwin and Angelina". RA # 17, 1795. See 1795 edition.
1779	Daniel Dodd, (unlocated) 2 illustrations (The Vicar Taking Leave of George, and Olivia and the Landlady) London: J. Wenman, 144 Fleet Street. See Dobson, p. 19.
1781	Daniel Dodd—1 illustration, Walker—1 illustration. Novelists Magazine vol. 2, London: Harrison & Co., 1781, pp. 32 and 78.
1782	Unnamed illustrator, 1 illustration (frontpiece, vol. 1, chap 18, The Vicar in Persuit of Olivia and her Abductor) London: printed and sold by T. Martin, No. 76, Wood street, Cheapside.
1787-89	Thomas Stothard, 4 wash drawings published as larger individual plates (Young Thornhill's First Interview with Olivia, The Fortune Teller, When Lovely Woman Stoops to Folly, and Olivia's Return. see A.C. Coxhead, Thomas Stothard, R.A.:An Illustrated Monograph. London: A.H. Bulln, 1906, pp. 117-120)
Undated	Thomas Stothard, india ink wash drawing designed for engraving (The Vicar with his family in Prison?). In South Kensington Museum. See Dobson, p. 19.
1792	Thomas Stothard, 6 illustrations (1 illustration unlocated, The Vicar Finds Olivia) 5 others are printed in 1880 edition below. Also see Coxhead, pp. 116-7.
1792	Thomas Stothard, 2 additional small plates (Olivia's Elopement with Thornhill, and Arbour Episode) reissued in 1797. See Coxhead, p. 117.
1793	unlocated, 1 vignette by R. Corbould, and 1 plate by Anker Smith (Olivia Rejecting the Purse from Squire Thornhill) Cooke's Edition of Select Novels. Smith's plate was republished with modernized costumes in the Dean and Munday edition of 1820. See Dobson, p. 22.
1795	Thomas Kirk, 1 illustration of "Edwin and Angelina" (From " The Hermit", engraved by Anker Smith, Chapter 8 of The Vicar of Wakefield, 1795 RA # 17) The Poetical Works of Oliver Goldsmith, Cooke's edition. London: printed for C. Cooke. See note under 1777 edition.
1798	Thomas Bewick—4, Eginton—3, 7 woodcuts all engraved by Bewick, unlocated except for 1 print by Bewick, The Procession to Church (see Dobson, p. 18, 23-4) Hereford: Printed and sold by D. Walker at the Printing Office, High Town; sold also by G. Sael, No. 192, Strand, London, 1798. Also mentioned in a clipping from an unnamed periodical, "8809—Bewick and "The Vicar of Wakefield", by S. F. Longstaffe, Norton, Stockton-on-Tess.
1798	Daniel Dodd—1 illustration, Ramberg—2 illustrations. Vienna: Printed for R. Sammer.
1800	R. Corbould, 5 illustrations. The frontpiece (Sophia's Rescue from her Abductor) is in a different format and is similar to Thomas Bewick's 1812 edition. Perhaps it is adapted from Bewick's 1798 edition. One of Corbould's illustrations (The Draft of

	Farmer Flambourgh) is the frontpiece in an 1830 edition engraved by S. Seymour (Philadelphia: Published by J. Locken). London: T. Cadell Junr., W. Davies, S. Scatcherd, G. Wilkie, J. Mathews, J.Walker and Vernor & Hood, 1800.
1802	F. Huet, 2 illustrations, Le Ministre de Wakefield, ou Histoire de la Famille Promise. Paris: Chez Lesguilliez Freres, Imprimeurs, rue de la Harpe, No. 151, 1802.
1803	Alexander Anderson, 4 wood engravings. New York: Printed by James Ovam, for Christian Brown, Nw 70, Water Street.
1805	Thomas Stothard, The Pocket Atlas,containing 24 headings for the months illustrating scenes from The Vicar of Wakefield. See Coxhead, p. 117.
1805	Thomas Stothard, "Edwin and Angelina", wash drawing made for Aikin's Goldsmith's Poetical Works, 1805. See "Citizens of the World", The Periodical No. xxxvii (Dec. 1906) p. 88.
1805	Edward Francis Burney, 3 illustrations for The Vicar of Wakefield in The Collected Works of Oliver Goldsmith. Published by T. Cadell & W. Davies Strand.
1806	unnamed illustrator, perhaps Anker Smith. (See Dobson p. 22) 6 illustrations. London: Clarke and Co., Printing by W. Wilson, 1806. Three of these designs also appear in the same format an 1820 edition, Philadelphia: Published by Benjamin Warner, Frankish Printer. Along with these three plates in the 1820 edition there is a new plate in the same style (Burchell Reading in the Hayfield) which had not been in the 1806 edition.
1806	Lafille, 1 illustration (Burchell Reading the Ballad of the Hermit) Paris: printed for Theophilus Barrois, Junior, Foreign Bookseller, Quai Voltaire, 1806.
1807-09	unlocated, three American editions with woodcuts by Alexander Anderson, Bewick's trans-Atlantic imitator, possibly copies of Bewick's work. See Dobson, 24.
1808	Thomas Stothard, 2 illustrations. London: W. Suttaby, Crosby and Co, Scateherd and Letterman, and C. Corrall, 1808.
1808	Thomas Stothard, The Vicar of Wakefield in Suttaby's "Miniature Library" contains new versions of two scenes already delineated. See Coxhead, p. 117.
1812	Thomas Bewick, 7 illustrations (4 full plates, frontpiece &tail vignette, with Reynolds portrait of Goldsmith). Select Works of Oliver Goldsmith, comprising The Vicar of Wakefield, A Tale: Essays & Poems, including Original anecdotes communicated by the Rev. J. Evans, LL.D. London: J. Robins & Co, Albion Press, 1822 reissue of 1812 illustrations which were originally published by J. and J. Cundee, Ivy Lane, Paternoster Row, London.
1812	Thomas Uwins, 2 illustrations. London: J. Walker, Paternoster Row and J Harris, St. Church Yard, 1812. Reissued 1823 and 1826.
1812	unnamed illustrator, 1 illustration (The Elopement) London: Printed by J. Shaw, Fetter Lane, and sold by J. Bushell, No. 7, Hatton Wall, 1812.
1815	perhaps Samuel Williams or Thurston, wngravd by John Thompson, 37 woodcuts and tailpieces. Known as "Whittingham's edition". Reprinted, London: Chiswick, from the Press of T. Whittingham, 1819. also 1822 and 1825.
1817	R.Corbould—3 illustrations, Anker Smith—1 (see 1895 and note for 1777), London: Dean and Monday, Threadneedle Street, and A. K. Newman & Co, Leadenhall, Street, 1817.
1817	Thomas Rowlandson, 24 colored designs. London: R. Ackermann, Repository of Arts. Reprinted at the Chiswick Press for Constable and Co. limited and Houghton Mifflin Co., 1926.
1819	Richard Westall, R.A., 5 illustrations, London: Printed for John Sharpe, Piccadilly, 1819. Reissued New York: Frederick A Stokes & Brother, 1889.

1820   unnamed illustrator, perhaps Anker Smith, 4 illustrations, (including new design Burchell Reading in the Hayfield). See 1806 edition.

1823   H. Corbould, 2 illustrations. London: Printed for C. & J. Rivington and other Proprietors, Oct. 1823.

1828   Unnamed illustrator, 2 plates and other small vignettes from The Vicar of Wakefield. The Vicar of Wakefield and the Deserted Village. J. & B. Williams, publishers.

1830   S. Seymour engraving after R. Corbould's 1800 Draft of Farmer Flambourgh, also 1 illustration Burchell Reading in the Hayfield, see 1820 edition. Philadelphia: Published by J. Locken.

1832   George Cruikshank, 2 illustrations, plus an engraving after Sir Joshua Reynold's portrait of Oliver Goldsmith. London: James Cochrane and Co.

1834   Harvey, drom 6 woodcuts, Glasgow: Blackie and Son, 1834.

1838   Tony Johannot, 10 engravings on steel after Johannot's drawings, plus 118 vignettes in text engraved on wood after drawings by Jacques Marville and Janet Lange. Le vicaire de Wakefield. Paris: Bouguelert.

1841   unnamed, 5 vignettes, Goldsmith's Miscellaneous Works: The Vicar of Wakefield. London: Andrew Moffat and others, 1841.

1843   William Mulready illustrator, John Thompson engraver, 32 illustrations. London: John van Voorst. Reprinted 1855 and 1858.

1849   Devreux, 10 illuminations and engravings in tints of green, after the designs of Tony Johannot. Philadelphia: Hogan & Thompson.

1854   Devreux, 10 engravings after designs by Johannot, same as 1849 version but not in tints. Philadelphia: H.C. Peck & Theo. Bliss.

1855   George Thomas, 40 illustrations, with ornamental illustrations designed by T. Macquoid. London: Published for Joseph Cundall by Sampson Low and Son.

1857   Louis (Ludwing) Richter, numerous illustrations. This edition unlocated, but re-issued in 1866 in the Jubillee-edition n English and German. Der Landprediger von Wakefield. Berlin: Fr. Hortkampf.

1858   unnamed illustrator, 10 full plates based on drawings of Tony Johannot, expanded format, some reversed. Other numerous illustrations including 32 chapter headings, and many vignettes. London: Willoughby and Co.

1862   Designed by L.C., engraved by S.V.S., 1 illustration (Measuring Heights), The Complete Works of Oliver Goldsmith. London: Charles Griffin & Co.

1864   Cassell, 50 illustrations, plus 9 from Goldsmith's life, Cassell's Illustrated Goldsmith, or The Works of Oliver Goldsmith, Illustrated Vicar of Wakefield, Select Poems and Comedies with Introductions, Notes and Life of Oliver Goldsmith, edited by John Francis Waller, LL. D., Vice president of the Royal Irish Academy. London: Cassell, Petter, and Galpin, 1864.

1865   G. J. Pinwell, 42 illustrations from The Vicar, 6 from Goldsmith's life. Dalziels' Illustrated Goldsmith, engraved by the Brothers Dalziel. London: Ward and Lock, 1865.

1867   Unnamed illustrator, 12 illustrations printed in oil colors. London: Frederick Warne and Co.

1875   John Massey Wright, 1 steel engravings by Sangster after Wright's watercolors. London: Edwd. E. Barrett, 1875. See 1903 edition.

1880   The Vicar of Wakefield: with 12 illustrations in permanent photography from pictures by eminent British artists. New York: Scribner & Welford; London: Bickerson & Son. 6 by Stothard, 3 by Mulready, 1 by Maclise, 1 by Newton, 1 by Ward, and 1 by Woodward.

1884   Randolph Caldecott, 1 illustration. New York: D. Appleton and Co.

1886	V. A. Poirson, and Michelet, 114 colored illustrations. London: John C. Nimmo. Also published in French in the same format.
1890	Hugh Thompson, 182 illustrations (counting small vignettes at each chapter head and tail). London: New York: Macmillan.
1903	John Massey Wright (1773-1866) pupil of Thomas Stothard, R.A. 13 facsimile reproductions in color of the original watercolor drawings. London: Adam & Charles Black. See 1875 edition.
1908	Frederick Simpson Coburn, 80 photogravures from the original paintngs in The Works of Oliver Goldsmith in ten volumes, edited by Peter Cunningham. Volume one (Poems) contains 1 illustration of "Edwin and Angelina". Volume three contains 8 illustrations for The Vicar of Wakefield. New York and London: G.P. Putnam's Sons, 1908.
1914	Edmund J Sullivan, 16 color, 48 black and white illustrations. London: Constable and Co. LTD, 1914.
1929	Arthur Rackham, 12 color illustrations, 13 pen and ink drawings. London: George G. Harrap & Co. LTD.
1939	John Austen, 8 illustrations made in pen and watercolor, plus 32 chapter heading illustrations. New York: Heritage Club.

附錄四

農夫少年（The Farmer's Boy）

1800   *The Farmer's Boy: a rural poem.* London: Vernor and Hood. Probably three issues.8vo. c. 245mm×152mm, 4to.c. 248mm×195mm, and large 4to.c. 338mmx 245mm. The last of these is also distinguished by being printed entirely on paper watermarked J.Whatman 1794, and by the insertion before the sectional half-title to each season of an additional pull of the relevant head-piece. See: Robert Ashby, "The first editions *of The Farmer's Boy*" (*Book Collector*41 [1992]: 180-87), and B. C. Bloomfield, "The publication of *The Farmer's Boy*" (*The Library* 6th series, no. 15 [June 1993]: 75-94).Drawn by John Thurston, engraved by John Anderson (or Alexander Anderson) and Charlton Nesbit.

1800   *The Farmer's Boy: a rural poem in four books.* London: Vernor and Hood.8vo. The title page is reset with,*inter alia,* the addition of provincial booksellers' names.

1800   *The Farmer's Boy: a rural poem.* Second edition. London: Vernor and Hood. Demy 8vo and 8vo issues. CL's preface and supplement dated May 25, 1800, and added final notes. Includes the poem "The milk-maid on the first of May," recollected from memory by RB—with the last stanza supplied by CL. Drawn by John Thurston, engraved by Charlton Nesbit.

1800   *The Farmer's Boy: a rural poem.* Third edition. London: Vernor and Hood. Demy 8vo and 8vo issues. Adds RB's poem"On visiting the place of my nativity" dated May 30, 1800, and CL's further Appendix.

1801   *The Farmer's Boy: a rural poem. The* first American edition. New York: George F. Hopkins.

1801   *The Farmer's Boy... printed from the 3rd London edition.* Philadelphia: James Humphreys. Two issues, one with the appendix ending on 141, the other with the appendix ending on 140.

1801   *The Farmer's Boy: a rural poem.* Fourth edition. London: Vernor and Hood. Demy 8vo and 8vo issues, adds undated quatrain by V. L. G.

1801   *The Farmer's Boy.* The fourth edition. Leipzig: Gerhard Fleischer the Younger.

1801   *The Farmer's Boy: a rural poem.* Fifth edition. London: Vernor and Hood. CL adds preliminary dedicatory poem by a young lady (whom he later married) dated August 25, 1800. Drawn by John Thurston, engraved by Charlton Nesbit.

1801   *The Farmer's Boy.* Fourth American edition. New York: G. and R. Waite.

1802   *The Farmer's Boy: a rural poem.* Sixth edition. London: Vernor and Hood.

1802   *The Farmer's Boy.* Sixth edition. Dublin: P. Wogan.

1803   *The Farmer's Boy.* Fifth American edition from the sixth London edition. New York: Hopkins and Seymour.

1803   *The Farmer's Boy: a rural poem.* Seventh edition. London: Vernor and Hood. CL adds note (dated December 1802) recording his marriage to the young lady author of the dedicatory poem included in the fifth edition.

1803   *The Farmer's Boy.* Seventh edition. Dublin: P. Wogan.

1803   *The Farmer's Boy.* Fourth American edition. Baltimore: printed for Thomas Andrews and Butler by John W. Butler.

1803   *The Farmer's Boy... Rural Tales.* Wilmington, DE: James Wilson.

1803   *The Poems... Part I The Farmer's Boy. Part II Rural Tales.* Burlington,NJ: David Allinson.

1804	*The Farmer's Boy: a rural poem*. Paris: Parsons and Galignani. With a scathing attack on CL's preface at the end of the publisher's adaptation of that introduction. This edition is paged continuously with the same publisher's edition of *Rural Tales* (A2k) below, and may have been issued bound with it, as well as separately.
1805	*The Farmer's Boy: a rural poem*. Eighth edition. London: Vernor and Hood. RB resumes control of the text (cf. British Library copy C.61.a.3), provides his own advertisement, abbreviates CL's preface,corrects the text and retitles the poem "The milk-maid" as "A village girl," deleting CL's final supplied stanza from the poem, and reproduces Thomas Park's collation of the original manuscript with the first printed text, identifying CL's changes and "improvements" for the first edition. (Park's collated copy now in the Beinecke Library at Yale.) drawn by William Marshall, engraved by Robert Branston.
1806	*The Farmer's Boy: a rural poem*. Ninth edition. London: Vernor, Hood and Sharpe. At least two states of the plates.
1808	*The Farmer's Boy: a rural poem*. Tenth edition. London: Vernor, Hood and Sharpe. New engraved plates introduce each season.
1810	*The Farmer's Boy: a rural poem*. Eleventh edition. London: Vernor, Hood and Sharpe.
1811	*The Farmer's Boy: a rural poem*. Twelfth edition. London: Vernor, Hood and Sharpe. Engraved plates dropped.
1814	*The Farmer's Boy*. Fifth American edition. Albany, NY: Pratt and Doubleday.
1815	*The Farmer's Boy: a rural poem*. Thirteenth edition. London: Longman, Hurst, Rees, Orme and Brown, 1815.New title page vignette.
1820	*The Farmer's Boy: a rural poem*. Fourteenth edition. London: Longman, Hurst, Rees, Orme and Brown.
1821	*The Poems... Part I The Farmer's Boy. Part II Rural Tales*. New York: Myers and Smith.
1827	*The Farmer's Boy: a rural poem*. Fifteenth edition. London: Long man, Rees, Orme, Brown and Green. New engraved title page and seasonal plates by Richard Westall, printed by Thomas Davison engraved by F. Engleheart.

Later Editions After RB's Death Once Copyright Lapsed In 1827

1827	Poems by Robert Bloomfield. *The Farmer's Boy, Good tidings, Rural Tales, Wild Flowers*. London: W. Wilton.
1827	*The Farmer's Boy*, and *Good Tidings*. London: John King.
1827	*The Farmer's Boy, a rural poem*. London: Jones and Co. (Diamond poets).
1827	*The Farmer's Boy*. London: Thomas Colme. Also contains *Rural Tales* and *Wild Flowers*.
1828	*The Farmer's Boy*, a rural poem. Glasgow: Malcolm and Griffin.
1829	*Ruth Lee*. Philadelphia: American Sunday School Union. "Written for the American Sunday School Union by the author of 'Wild Flowers'." (Attributed to RB by R.H. Shoemaker Press[A checklist of American imprints for 1828,Metuchen, NJ: Scarecrow Press, 1971, item 32402] but more probably by the author of Wild Flowers, or The May Day Walk issued by the same publisher, and copyrighted in the name of Huge de Haven.)
1832	*The Farmer's Boy*. Sudbury: T.D. Dutton. Copsey, Book Distribution and Printing in Suffolk, 213, as ca. 1820, but subsequently redated.
1833	The Farmer's Boy, *Rural Tales, Ballads and Songs*, by Robert Bloomfield. London: J.F. Dove. Later editions issued by Scott, Webster and Geary, successors to Dove,

often in series titled "The English Classics."Reissued in one volume with Thomson by Scott, Webster and Geary (1842).

1834 *The Farmer's Boy, Rural Tales, Ballads and Songs...* London: Charles Daly.

1835 The Poetical Works of Robert Bloomfield, containing *The Farmer's Boy, Good tidings, Rural Tales, Ballads, Wild Flowers, Songs*, etc. etc. London: E. Spettigue. Reissued c.1845 in 32mo. with the imprint of C. Daly.

1835 *The Farmer's Boy, Rural Tales, Ballads and Songs*, to which are added *Wild Flowers*, etc.etc. London: Frederick J.Mason.

1835 The Poetical Works of Robert Bloomfield. Containing *The Farmer's Boy, Rural Tales, Wild Flowers*, etc. London: Orlando Hodgson.

1835 Bloomfield's *Farmer's Boy, Good tidings, Rural Tales, Ballads, Songs,Wild Flowers*. Halifax, UK: W. Milner. Numerous subsequent editions in different formats and bindings.

1836 The Poetical Works of Robert Bloomfield. London: T. Allman. Engraved title page; printed title page as Spettigue.

1837 Bloomfield's *Farmer's Boy, Rural Tales, Ballads, Songs, Wild Flowers*. London: Joseph Smith.

1840 Bloomfield's poems. *The Farmer's Boy*, etc.... London: "Cheerful Vistor" Office.

184- Bloomfield's poems. London: printed by Thomas.

1844 *The Farmer's Boy, a rural poem' also Rustic Tales, Ballads and Songs...* London: Edward and Henry Lacey. Also contains *Wild Flowers* and *Good Tidings*.

1845 *The Farmer's Boy, Rural Tales, Ballads and Songs*, to which are added *Wild Flowers*, etc., etc.... London: G. Nodes. Engraved title page; later printed title page reads "London, Darton& Co."

1845 Poems by Robert Bloomfield, *The Farmer's Boy*. London: Van Voorst. Thirteen engravings; issued in various bindings, and in large and small formats.

1845 *Poems by Robert Bloomfield, The Farmer's Boy.* London: Van Voorst, 1845. Thirteenth engravings;Thirteen illustrations designed and drawn by T.Sidney Cooper, and others, engraved by Thurston Thompsonissued in various bindings, and in large and small formats.

1846 *The Farmer's Boy...Wild Flowers.* London: T. Noble. (English Classics series). Also contains the Banks of Wye. Cf. B8 above.

1846 *The Farmer's Boy* and other poems... Philadelphia: John Locken.

1847 The Poetical Works of Robert Bloomfield, Thomson and Kirke White. London: William Tegg.

1854 Richard and Kate, or fair day. A Suffolk ballad. London: David Bogue.

1855 The Poetical Works of Robert Bloomfield. London: Knight and Son. Issued in a variety of bindings and with engraved or chromolitho frontispiece.

1855 *The Miller's Maid*, by Robert Bloomfield, to which is added the *Hermit*, by Oliver Goldsmith. London: Darton and Co.

1855 *The Farmer's Boy*, with a biographical sketch of the author, [by W.B. Rands]. London: T. Nelson and Sons. Reissued in one volume with the poems of Henry Kirke White in 1871.

1857 The Farmer's Boy and other Poems [i.e. Rural Tales]. London: Knight and Son.

1857 The Poetical Works of Robert Bloomfield. A complete edition. London: Routledge. The first issues are not complete in spite of the title. Reissued in different formats and bindings to the end of the nineteenth century, usually with illustrations by Birket Foster and others, in more complete editions.

1858 *The Farmer's Boy.* London: Sampson Low, 1857; New York: Appleton, 1858. With numerous engravings.Later issued by Cassell, Petter and Galpin in their "Choice Series" in London and New York.

1864   The Works of Robert Bloomfield. A complete edition. London: Routledge, Warne and Routledge. (cf. B29.) Reissued by Routledge and Sons in 1867, and again in 1883.

1867   Fair Day, or Richard and Kate... with illustrations by A.L. Bond. London: R. Gardner. Chromolithographic imitations of an illuminated manuscript on pages facing next.

1869   *The Farmer's Boy*; illustrated with thirty engravings, from drawings by Birket Foster, Harrison Weir and G.E. Hicks. New York: D. Appleton, 1869

1871   My Garden Acquaintance, by J.R. Lowell; *The Farmer's Boy*, by Robert Bloomfield. Boston: Houghton Mifflin. Reissued in 1881.

1874   *The Farmer's Boy*. London: T. J. Allman (Allman's English Classics for elementary schools, no. 6). Withnotes for teachers and scholars.

1880   The Bird and Insects' Post-office. London: Griffith and Farran [but 1879?]; New York: E.P. Dutton.

1880   The Drunken Father: a ballad... London: National Temperance Publication Depot. From May-Day with the Muses.

1881   The Famer's Boy, Cadecott Rondolph, engraved by Edmund Evans, 1881, London, New York: F. Warne.

1882   The Horkey: a Ballad...with illustrations by George Cruikshank. London: Macmillan. From *Wild Flowers*.

1883   Poems of Robert Bloomfield: consisting of *The Farmer's Boy*, a rustic tale; and *Rural tales, Ballads and Songs...* London: printed for the booksellers, 1883. Another edition or issue with the same title imprint is dated 1835, and has printer's imprint of G. Cowie, 13 Newcastle St., Strand.

1887   *The Farmer's Boy*. Boston: James R. Osgood (Vest-Pocket series).

1941   *The Farmer's Boy*. London: Staples Books.

1947   A Selection of Poems by Robert Bloomfield, ed. With an introduction by Roland Gant. London: Grey Walls Press.

1966   A Selection from the Poems of Robert Bloomfield, ed. J.L. Carr. Kettering, UK: Northants Campaigner.

1971   *The Farmer's Boy*: the story of a Suffolk poet Robert Bloomfield, his life and poems, 1766-1823, by William Wickett and Nicholas Duval. Lavenham: Terence Dalton.

1971   Collected Poems, 1800-1822 by Robert Bloomfield... with an introduction by Jonathan Lawson... Gainesville, FL: Scholars' Facsimiles and Reprints.

1971   Poems of Robert Bloomfield. Farnborough: Gregg International Publishers. Reprint of A7(e) above.

1977   Robert Bloomfield. Wild Flowers, the Banks of Wye, and May-Day with the Muses, with an introduction... by Donald H. Reiman. New York: Garland Publishing.

1986   The Farmer's Boy, A rural poem. Bury St. Edmunds, UK: Lark Books.

1998   Selected Poems, edited by John Goodridge and John Lucas, with an introduction by John Lucas. [Nottingham, UK]: Trent Editions.

附錄五

美女與野獸（Beauty and the Beast）

1804　　*Beauty and the Beast: or, The Magic Rose,* with elegant coloured engravings. A new edition revised, and adapted for juvenile readers, By a Lady. London, Dean and Munday. 36pp.

1804　　Tabart's Improved Edition of *Beauty and the Beast*: A Tale for the Nursery with coloured plates. A New Edition. London, Tabart& Co.37 pages, suede binding. Three copperplates, 6pp., Beaumont text.

1811　　*Beauty and the Beast*: or *A Rough Outside with Gentle Heart, A Poetical Version of an Ancient Tale.* Illustrated with a Series of Elegant Engravings and Beauty's Song at Her Spinning Wheel, Set to Music by Mr. Whitaker. London: Printed for M. J.Goodwin, at the Juvenile Library, 41, Skinner Street, United Kingdom. 5s. 6d.coloured, or 3s. 6d. plain.

1815　　*Beauty and the Beast*: A Tale Ornamented with Cuts. Bristol: Philip Rose. 39pp., 6p.

1816　　*Beauty and the Beast*: A tale. London: Printed for the Booksellers. New Juvenile Library. A new and Correct Edition. Four copperplates by Lizars.34pp., 6p.

1818　　Popular Fairy Tales;or, a Lilliputian Library Containing Twenty-six Choice Pieces, by Those Renowned Personages King Oberon, Queen Mab, Mother Goose, Mother Bunch, Master Puck, and Other Distinguished Personages at the Court of the Fairies. Now first collected and revised by Benjamin Tabart. With twenty-six coloured engravings. London: Sir Richard Phillips, ca.1818.

1824　　*Beauty and the Beast*: or, The Magic Rose.Emb.With Coloured Engravings. London: Dean & Munday. 34pp., 6p.[This may be a new edition of the 1804 version.]

1836　　The Child's Own Book. Illustrated with 300 engravings. 5th ed. London: Thomas Tegg and Son. Pp. 33-50.

1840　　The Interesting Story of Beauty and the Beast with a Coloured Engraving. Derby: Thomas Richardson. 12pp. 2p.

1841　　*Beauty and the Beast*: A Grand, Comic, Romantic, Operatic, Melodramatic, Fairy Extravaganza, in Two Acts, by J. R. Planche' as Performed at the Theatre Royal, Covent Garden, on Easter-Monday, April 12, 1841. London: G. Berger, Holywell St., Strand; And All Book sellers, Price one shilling.

1842　　*Beauty and the Beast*.A Manuscript by Richard Doyle.Translated by Adelaide Doyle.Printed by the Pierpont Morgan Library, New York, 1973.

1843　　*Beauty and the Beast*: An entirely new Edition with new pictures by an Eminent Artist. Edited by Felix Summerly.The Home Treasury. London: Joseph Cundall. 35pp.

Undated　(This edition, in the Victoria and Albert Museum Library, appears to be pre-1850.) *Beauty and the Beast*, To Which is Added the Punishment of Ingratitude. A New Edition.With Elegant Engraving. London: Printed for S. Maunder. Engraving by W. Layton, Published by Hodgson. 36pp.

1850　　The History of *Beauty and the Beast*. Glasgow: Francis Orr and Sons. No illustrations. Similar edition to Richardson Chapbook Series.

1853　　*Beauty and the Beast*: With illustrations by Alfred Crowquill. New York: Leavitt and Allen.

1854　　*Beauty and the Beast*: An Entertainment for Young People, the First of the Series of Little Plays for Little People. By Miss Julia Corner and Alfred Crowquill. London: Dean & Son. 46pp. 1s.boxed.

1856   *Beauty and the Beast.* Aunt Mary's Series. McLoughlin Bros. & Co., New York. 14pp.

1867   *Beauty and the Beast.* Aunt Mavor's Toy Books. London, George Routledge& Sons.8pp. 6p.

Undated *Beauty and the Beast.* Second Series of Aunt Mavor's Picture Books for Little Readers. London, George Routledge. 6p.

1875   *Beauty and the Beast.* Walter Crane's Toy Books. Shilling Series. London & New York: George Routledge& Sons.

1886   Gordon Browne's Series of Old Fairy Tales no. 2: *Beauty and the Beast.* Drawings by Gordon Browne. Story retold by Laura E. Richards. London: Black & Son. 32pp., 1s.

1891   La Belle et la Bête in Contes de fées,edited by Edward S. Joynes. Boston: D. C. Heath.

1892   "*Beauty and the Beast*" in Favorite Fairy Tales. With new pictures by Maud Humphrey. Frederick A. Stokes Company. 2 pp.

1894   Jack the Giant Killer and Beauty and the Beast. The Banbury Cross Series prepared for children by Grace Rhys. Vol. 11. London: J. M. Dent.

新銳藝術33　PH0200

新銳文創
INDEPENDENT & UNIQUE

十八世紀的復甦
──維多利亞時期的圖畫書與懷舊的年代

作　　　者	林芊宏
責任編輯	徐佑驊
圖文排版	楊家齊
封面設計	楊廣榕

出版策劃	新銳文創
發 行 人	宋政坤
法律顧問	毛國樑　律師
製作發行	秀威資訊科技股份有限公司
	114 台北市內湖區瑞光路76巷65號1樓
	電話：+886-2-2796-3638　傳真：+886-2-2796-1377
	服務信箱：service@showwe.com.tw
	http://www.showwe.com.tw
郵政劃撥	19563868　戶名：秀威資訊科技股份有限公司
展售門市	國家書店【松江門市】
	104 台北市中山區松江路209號1樓
	電話：+886-2-2518-0207　傳真：+886-2-2518-0778
網路訂購	秀威網路書店：http://store.showwe.tw
	國家網路書店：http://www.govbooks.com.tw

出版日期	2017年9月　BOD一版
定　　　價	820元

國家圖書館出版品預行編目

十八世紀的復甦：維多利亞時期的圖畫書與懷舊的年代 /
林芊宏著. -- 一版. -- 臺北市：新銳文創, 2017.09
　　面；　公分. -- (新銳藝術；33)
BOD版
ISBN 978-986-95251-5-2(平裝)

1. 英國文學　2. 兒童讀物　3. 繪本

873.907　　　　　　　　　　　　　　　106014148

讀 者 回 函 卡

感謝您購買本書,為提升服務品質,請填妥以下資料,將讀者回函卡直接寄
回或傳真本公司,收到您的寶貴意見後,我們會收藏記錄及檢討,謝謝!
如您需要了解本公司最新出版書目、購書優惠或企劃活動,歡迎您上網查詢
或下載相關資料:http:// www.showwe.com.tw

您購買的書名:_____

出生日期:_____年_____月_____日

學歷:□高中 (含) 以下   □大專   □研究所 (含) 以上

職業:□製造業 □金融業 □資訊業 □軍警 □傳播業 □自由業
     □服務業 □公務員 □教職   □學生 □家管   □其它_____

購書地點:□網路書店 □實體書店 □書展 □郵購 □贈閱 □其他

您從何得知本書的消息?

□網路書店 □實體書店 □網路搜尋 □電子報 □書訊 □雜誌

□傳播媒體 □親友推薦 □網站推薦 □部落格 □其他_____

您對本書的評價:(請填代號 1.非常滿意 2.滿意 3.尚可 4.再改進)

   封面設計____ 版面編排____ 內容____ 文/譯筆____ 價格____

讀完書後您覺得:

□很有收穫 □有收穫 □收穫不多 □沒收穫

對我們的建議:_____

_____

_____

_____

11466
台北市內湖區瑞光路 76 巷 65 號 1 樓

秀威資訊科技股份有限公司　　　收

BOD 數位出版事業部

⋯⋯⋯⋯⋯⋯⋯⋯⋯⋯⋯⋯⋯⋯⋯⋯⋯⋯⋯⋯⋯⋯⋯⋯⋯⋯⋯⋯⋯⋯⋯

（請沿線對折寄回，謝謝！）

姓　　名：_____　年齡：_____　性別：□女　□男

郵遞區號：□□□□□

地　　址：_____

聯絡電話：(日)_____ (夜)_____

E-mail：_____